紅樓夢古抄本叢刊【夢稿本】

乾隆抄本百廿回紅樓夢稿

圖書在版編目（CIP）數據

乾隆抄本百廿回紅樓夢稿 /（清）曹雪芹，（清）高鶚著．— 上海：上海古籍出版社，2024.5

（紅樓夢古抄本叢刊）

ISBN 978-7-5732-1088-3

Ⅰ．①乾… Ⅱ．①曹… ②高… Ⅲ．①《紅樓夢》 Ⅳ．① I242.4

中國國家版本館 CIP 數據核字（2024）第 076389 號

紅樓夢古抄本叢刊

乾隆抄本百廿回紅樓夢稿

（全二册）

〔清〕曹雪芹　高　鶚　著

上海古籍出版社出版發行

（上海市閔行區號景路 159 弄 1-5 號 A 座 5F　郵政編碼 201101）

（1）網址：www.guji.com.cn

（2）E-mail：guji1@guji.com.cn

（3）易文網網址：www.ewen.co

上海麗佳製版印刷有限公司印刷

開本 787×1092　1/16　印張 86.25　插頁 10

2024 年 5 月第 1 版　2024 年 5 月第 1 次印刷

印數　1—2,300

ISBN 978-7-5732-1088-3

I·3823　定價：238.00 元

如有質量問題，請與承印公司聯繫

序

范寧

《紅樓夢》一書，向以八十回抄本和一百二十回刻本分別流行於世。八十回抄本附有脂硯齋和他人的批語，一般認爲是曹雪芹原稿的過録。據平步青《霞外攟屑》卷九及鄒弢《三借廬筆談》卷十一中記載，這個本子曾經刊刻。但是這個刻本今天未見流傳。至於百二十回刻本則是由高鶚、程偉元等人的修改和增補過的，與原稿微有異同。程、高刻書的前一年，周春在《閱紅樓夢隨筆》中説有人以重價購得百二十回《紅樓夢》抄本一部，看來程、高删改付刻之前，百二十回《紅樓夢》已在社會上流行過。近年山西出現的乾隆甲辰夢覺主人序抄本《紅樓夢》，似是這一類本子，惜止存八十回，尚不足以證實周春的話。現在這個抄本的發見和影印，幫助我們解决了一樁疑案。

這個抄本的早期收藏者楊繼振，字又雲，號蓮公，别號燕南學人，晚號二泉山人。隸内務府鑲黄旗。著有《星風堂詩集》。他是一位有名的書畫收藏家。原書是用竹紙墨筆抄寫的。蓋有『楊印繼振』『江南第一風流公子』『猗歟又雲』『又雲攷藏』等圖章。楊繼振的朋友于源、秦光第等并有題字和題簽。于源字秋泩(泉)，又字惺伯、辛伯，秀水人。著有《一粟廬合集》。秦光第字次游，别號微雲道人。于源有《贈秦次游(光第)兼題其近稿》詩一首，可見也是有著作的。他們兩個人都是楊繼振的幕客。秦次游在封面題簽上稱『佛眉尊兄藏』，楊繼振不聞有『佛眉』之號，或者這個抄本在流傳到楊繼振手中以前，曾經爲『佛眉』其人收藏過。

楊繼振説這個抄本是高鶚的手訂《紅樓夢稿》，不是最後的定稿。意思是説這個抄本乃高鶚和程偉元在修改過程中的一次改本，不是付刻底稿。證以七十八回末有『蘭墅閲過』字迹，他的話應當可靠。但是無論如何，這個抄本不是楊繼振等所僞造，用以欺瞞世人，是可以斷定的。因爲前八十回的底稿文字係脂硯齋本，而脂硯齋本楊氏生前并未見過，這是斷然假造不出來的。我們從他公開説四十一回至五十回原殘闕，他照排字本補抄了，可見他也無意於作假。至於高鶚不在這本書的開頭或結尾來個署名，單單選定七十八回寫上『蘭墅閲過』四個字，實屬費解。如果説高鶚修改《紅樓夢》時，正是屢試不第，『閒且憊矣』，而七十八回原有一段關於舉業的文字被删改了，或者他看到這等地方，有所感觸，因而寫下了他的名字，那倒是意味深長的了。

當然，説這個抄本是程偉元、高鶚修改過程中的一次稿子，單憑四個字是不够的。主要的還應該是這個本子上修改後的文字百分之九十九都和刻本一致，只有極少數地方如回目名稱、字句、個别情節，稍微不同。由於基本上一致，所以我們説它是程、高改本。又由於兩者不盡相同，我們覺得它不是定稿。一般説來，兩個本子的文章字句，彼此雷同，不可能純粹出於巧合。它也可能有這樣的情形，即程偉元買到這份稿子時，上面已經有人改過了。但是這與實際情況不符。程偉元在刻本序上只提到他所買到的本子是『漶漫殆不可收拾』，不曾説原抄本上有塗改情況。因此我們覺得這個假定是不能成立的。此外也還可能有這樣情形，即有人根據刻本修改他原來收藏的抄本而成了現在這個樣子。我們認爲這也是不可能的。因爲修改的文字，從回目到情節都有與刻本不同的地方。既然是照改，又故意改得不忠實，未免不合情理。

如上所云，根據我們的考察，這個抄本是程、高修改稿，可能性最大。但是這個抄本的價值却不限於它是程、高的手訂稿這一點。首先，這個抄本提供給我們一個相當完整的八十回脂硯齋的本子。這個百二十回抄本的底本前八十回是脂本，這個脂本的抄寫時代應在『庚辰』本與『甲辰』本之間。説它在庚辰本之後，最明顯的一個例證就是十七和十八兩回已經分開。説它在甲辰本之前，我們根據的是這種情形：即這個抄本和甲辰本同樣改動了的地方，有的和甲辰本一樣，不留痕迹，如二十二回末尾謎語；但更多的地方是保留修改痕迹，如五十八回藕官燒紙錢。這個抄本雖然抄寫在庚辰本之後，但是仍有它的特色。如第四回開端有一首詩爲各本所無。將第五回起始二十九字移至第四回末，第十六回記秦鍾之死，七十回柳絮詞『任他隨聚隨分』下有批語云：『人事無常，原不必戚戚也。』都是和别本不同或别本脱抄的。所以在脂本系統上，這個抄本將占有一定的地位。其次，通過這個抄本，我們大體可以解决後四十回的續寫作者問題。自從有人根據張問陶《船山詩草》中的贈高鶚詩『艷情人自説紅樓』的自注説『《紅樓夢》八十回以後皆蘭墅所補』，認定續作者是高鶚，并説程偉元刻本序言是故弄玄虚，研究《紅樓夢》的人，便大都接受這個説法。但是近年來許多新的材料發現，研究者對高鶚續書日漸懷疑起來，轉而相信程、高本人的話了。這個抄本在這方面提供了一些材料，我們看到後四十回也和前八十回一樣，原先就有個底稿。高鶚在這個底稿上面做了一些文字的加工。這個底稿的寫作時間應在乾隆甲辰以前。因爲庚辰抄本的二十二回末頁有畸笏叟乾隆丁亥夏間的一條批説『此回未成而芹逝矣』，仍保留着殘闕的形式。但到甲辰夢覺主人序抄本時就給補寫完整了。而且把原來寶釵一謎改作黛玉的，另給寶釵换製一謎，謎中有『恩愛夫妻不到冬』一句，并有批云：『此寶釵金玉成空。』可見這位補寫的人對寶釵後期生活是清楚的。這也就是説，後四十回所寫寶釵生活的文字，這位補寫的人見到過。或者後四十回竟是出於他一人的手筆，也很可能。因此，張問陶所説的『補』，只是修補而已。

後四十回既大致可以確定不是高鶚寫的，而是遠在程、高刻書以前的一位不知名姓的人士所續，這樣一來，我們前面提到周春的話就得到了實物的證明了。看來這個抄本不僅前八十回重要，而整個百二十回抄本更是在《紅樓夢》的板本史上占着不可輕視的地位。現在將它影印出來了，送到《紅樓夢》的研究者和愛好者的面前，讓大家共同來研究它，欣賞它。至於上面的一些意見，只是我個人讀後的一點看法，也不一定完全正確，寫出來供大家參考。

一九六二年十一月於北京

目録

红楼梦稿本

佛眉学兄藏

沈[illegible]签

红楼梦案

[illegible]秋月

[illegible]题

蘭墅太史手定紅樓夢稾百廿卷內闕四十一至五十十卷據擺字本抄足又雲記

紅樓夢稿

咸豐乙卯花朝後十日

年白于源

紅樓夢目錄

一百十二回　活冤孽妙姑遭大劫　死讐仇趙妾赴冥曹

一百十三回　懺宿冤鳳姐託村嫗　釋舊憾情婢感癡郎

一百十四回　王熙鳳歷幻返金陵　甄應嘉蒙恩還玉闕

一百十五回　惑偏私惜春矢素志　證同類寶玉失相知

一百十六回　得通靈幻境悟仙緣　送慈柩故鄉全孝道

一百十七回　阻超凡佳人雙護玉　欣聚黨惡子獨成家

一百十八回　記微嫌舅兄欺弱女　驚謎語妻妾諫癡人

一百十九回　中鄉魁寶玉卻塵緣　沐皇恩賈家延世澤

一百廿回　甄士隱詳說太虛情　賈雨村歸結紅樓夢

紅樓夢第一回

甄士隱夢幻識通灵　賈雨村風塵懷閨秀

此開卷第一回也作者自云因曾歷過一番夢幻之後故將真事隱去而借通灵之說撰此石頭記一書也故曰甄士隱云　但書中所記何事何人自又云今風塵碌碌一事無成　忽念及當日所有之女子一一細考較去覺其行止見識皆出于我之上何我堂堂鬚眉誠不若彼裙釵我實愧則有餘悔亦無益真大無可如何之日也當此時則自欲將已往所賴天恩祖德錦衣紈袴之時飫甘饜肥之日背父兄教育之恩負師友規談之德以致今日一技無成半生潦倒之罪編述一集以告天下知我之罪固不免然閨閣中本自歷歷有人萬不可因我之不肖自護其短一併使其泯滅也雖今日之茅椽蓬牖瓦灶繩床其晨夕風露階柳庭花亦未有妨我之襟懷筆墨雖我未學下筆無文又何妨用假語村言敷演出一段故事來亦可使閨閣昭傳復可悅世之目破人愁悶不亦宜乎故曰賈雨村云云　書中凡用夢用幻等字是提醒閱者眼目亦是此書立意本旨　列位看官你道此書從何而來說起根由雖近荒唐細按則有趣味待在下將此來歷注明方使閱者了然不惑

原來女媧氏煉石補天之時于大荒山無稽崖煉成高經十二丈方經二十四丈頑石三萬六千五百零一塊女媧氏只用了三萬六千五百塊只單單剩了一塊

未用，便棄在青埂峯下。誰知此石自經煅煉之後，靈性已通，因見衆石俱得補天，獨自己無才不堪入選，遂自怨自嘆，日夜悲號慚愧。一日正當嗟悼之際，俄見一僧一道遠遠而來，生得骨格不凡，丰神迥異，來至石下，席地而坐長談，見一塊鮮明瑩潔的美玉，且又縮成扇墜一般，可佩可拿。那僧托于掌上，咲道：「形體倒也是个寶物了，還只沒有實在的好處，須得再鐫上數字，使人一見便知是奇物方妙。然後好携你到那昌明隆盛之邦、詩礼簪纓之族、花柳繁華地、溫柔富貴鄉去安身樂業。」石頭听了，喜不能禁，乃问：「不知賜了弟子那几件奇處？又不知携了弟子到何地方？望乞明示。」那僧咲道：「你且莫问，日後自然明白。」說着，便袖了那石，同那道人飄然而去，竟不知投奔何方何舍。後來又不知過了几世几刦，因有个空空道人訪道求仙，忽從這大荒山無稽崖青埂峯下經過，忽見一大石上字跡分明，編述歷歷。空空道人乃從頭一看，原來是無才補天、幻形入世，蒙茫茫大士、渺渺真人携入紅塵，歷盡一番离合悲欢、炎涼世態的一段故事。後面有一首偈云：

無才可去補蒼天，枉入紅塵若許年。
此係身前身後事，倩誰記取作奇傳。

詩後便是此石墮落之鄉、投胎之處、親自經歷的一段陳跡故事。其中家庭閨閣的瑣事，以及閑情的詞詩，到还全備，或可適情解悶。然朝代年紀、地輿邦國，却反失落無考。空空道人遂向石頭說道石兄你這一段故事據你自己說有些趣味故編寫在此意欲問世傳奇據我看來第一件無朝代年紀可考第二件並無大忠大美理朝廷治風俗的善政其中止不過几个異樣的女子或情或痴或小才微善亦無班姑蔡女之德能我縱抄去恐世人不愛看呢石頭笑答道我師何太痴也若云無朝代可考今我師竟假借汗唐等年紀添綴又有何不可但我想歷代野史皆蹈一轍莫如我不借此套反到別致新奇不過只取其事体情理罷了又何必拘拘于朝代年紀哉再者市井俗人喜看理治之書者甚少愛看適趣閑文者甚多歷代野史或訕謗君相或貶人妻女姦淫凶惡者不可勝數更有一種風月筆墨其淫穢污臭荼毒筆墨坏人子弟又不可勝數更若佳人才子等書則又千部共出一套且其中終不能不涉于淫濫以致滿紙潘安子建西子文君不過作者要寫出自己那两首情詩艷賦來故假擬出男女二人姓名又必傍出一小人其間撥亂亦如戲中小丑然且环婢開口即者也之乎非文即理故逐一看去悉皆自相矛盾大不盡情理之話竟不如我半世親覩親聞的這几个女子虽不敢說強似前代书中所有之人但事迹原故亦可消愁破悶也有几首歪詩俗語可以噴飯供酒至若离合悲欢兴衰際遇則又追踪躡跡不敢少加穿鑿徒为供人之目而反失其真傳今之人貧者日為衣食所累富者又怀不足之心縱一時少閑又有貪淫戀色好貨尋愁事那里有工夫去看那理治

之书、所以我這一段事、也不愿世人称奇道妙、也不定要世人喜悦檢讀、只愿他們當那醉淫飽飫卧之时、或避事去愁之際、把此一玩、豈不省了些壽命筋力、就比那様謀虛逐妄、却也省了些口舌是非之言、腳腿奔忙之苦、再者亦令世人換新眼目、不比那些胡牽乱扯、忽离忽遇、満紙才子淑女子建文君、紅娘小玉等、通共熟套旧稿、我师意为何如、空空道人听如此说、思忖了半晌、想這石頭記亦非傷时罵世之旨、及至君仁臣良、父慈子孝、凡倫常所関之處、皆是称功頌德、眷眷無穷、实非别书之可比、虽其中大旨談情、亦不過实録其事、又非假擬妄称、一味的淫邀艷約、私讨偷盟之可比、因毫不干涉时世、方從頭至尾抄録回来、問世傳奇、因空見色、由色生情、傳情入色、自色悟空、遂易名為情僧、改名石頭記為情僧録、東魯孔梅溪則題曰風月宝鑑、後因曹雪芹于悼紅軒披閱十載、增删五次、纂成目録、分出章回、則題曰金陵十二釵、並題一絶云、

滿紙荒唐言、　一把辛酸泪、　都云作者痴、　誰解其中味

出則既明、且看石上是何故事、按那石上书云、当日地陥東南、這東南一隅有處曰姑蘇、有城曰閶门者、最是紅塵中一二等富貴風流之地、這閶门外有个十里街、街内有个仁清巷、巷内有个古庙、因地方窄小、人皆呼作葫蘆庙、傍住着一家鄉宦、姓甄名费、字士隱、嫡妻封氏、情性賢淑、深明礼義、家中雖不甚富貴、然本地便也推他為望族了、因這甄士隱禀性恬淡、不以

功名為念每日只以觀花修竹酌酒吟詩為樂到是神仙一流人品只是一件不足如今年已半百膝下無兒只有一女乳名英蓮年方三歲一日炎夏永晝士隱于書房閑坐至倦時拋書伏几少憩不覺朦朧睡去夢至一處不辨是何地方忽見那廂來了一僧一道且行且談只聽得道人問道你携了這蠢物意欲何往那僧笑道你放心如今現有一段風流公案正該了結這一干風流冤家尚未投入人世趁此机会就將此蠢物夾帶其中使他去經歷經歷 那道人道原來近來的風流冤孽又將造劫歷世去不成但不知落于何方何處那僧笑道此事說來好笑竟是千古未聞的罕事只因西方靈河岸上三生石畔有絳珠草一株時有赤霞宮神瑛侍者日以甘露灌溉这絳珠草始得久延歲月後來既受天地精華復得雨露滋養遂得脫却草胎木質得化人形只修成个女体終日遊于離恨天外飢則食蜜青菓為膳渴則飲灌愁海水為湯只因未酬那灌溉之德故甚至五內便鬱結着一段纏綿不盡之意恰近日這神瑛侍者凡心偶熾乘此昌明太平盛世意欲下凡造歷幻緣已在警幻仙子案前掛了號警幻亦曾問及灌溉之情未償趁此到可了結那絳珠仙子道他是甘露之惠我並無此水可還他既下世為人我也去下世為人但把我所有一生的眼泪还他也償还得過他了因此一事就勾出許多風流冤家陪他們去了結此案那道人道果是罕聞实未聞有还眼泪之說想來這段故事比歷來風月故事

更加瑣碎細膩了、那僧道歷来几个风流人物、不過傳其大概、以及詩词篇章而已、至家庭閨閣中一飲一食、總未述記、再者大半风月故事、不過偷香竊玉、暗約私奔而已、並不曾將兒女之私情發洩一二、想這一干人入世、其情痴色鬼、賢愚不肖者、悉與前人傳述不同矣、那道人道、趁此你我何不也去下世度脫几个、豈不是一場功德、那僧道、正合吾意、你且同我到警幻仙子宮中、將這蠢物交割清楚、待這一干风流孽鬼下世已完、你我再去、如今雖已有一半落塵、然猶未全集、道人道、既如此、便隨你去来、却說甄士隱俱听明白、但不知所云蠢物係何東西、遂近前来施礼、笑問道、二仙师請了、那僧道也答礼相问、士隱因说道、適聞仙师所談因果、實人世罕聞者、但弟子愚濁、不能洞悉明白、若蒙大開痴頑、備講一聞、則洗耳静听、稍能警醒、亦可免沉淪之苦、二仙笑道、此是玄机、不可預洩者、到那时只不要忘了我二人、便可跳出火坑矣、士隱听了、不便再问、因笑道、玄机不可預洩、但適云蠢物、不知為何物、或可一見否、那道人道、若问此物、到有一面之緣、说着取出遞與士隱、士隱接了看時、原来是塊鮮明美玉、上面字跡分明、鐫着通灵寳玉四字、後面还有几行小字、正欲細看時、那僧便说已到幻境、便強從手裡奪了去、與道人竟過一大石牌坊、那牌坊上大書四字、乃是太虛幻境、两边又有一付对聯道

假作真时真亦假、　無為有處有还無、

士隱意欲跟了進去、方舉步時、忽听得一聲霹靂、有若山崩地陷、士隱大叫一聲、定睛一看、只見烈日炎炎、芭蕉冉冉、夢

中之事便忘了大半又見奶母正抱了英蓮走来士隱見女兒一發生的粉粧玉琢甚覺可喜便伸手接来抱在怀内闘他頑耍一回又带至街前看那過会的熱鬧方欲進来時只見從那边来了一僧一道那僧則癩頭跣足那道則跛足蓬頭瘋〻癲〻揮霍談笑而至及至到了他门前看見士隱抱着英蓮那僧便大哭起来又向士隱道施主你把這有命無運累及爹娘之物抱在怀内做甚士隱听了知是瘋话也不去採他那僧还说捨我罢〻〻士隱不耐煩便抱女兒撤身進去那僧乃指着他大笑口中念了四句言词道

慣養娇生笑你痴　菱花空对雪澌〻　好防佳節元宵後　便是烟消火滅時

士隱听得明白心下犹豫意欲问他们的来歷只听道人说道你我不必同行就此分手各幹营生罢三刼後我在北邙山等你会齐同往太虚幻境銷号那僧道最妙〻說畢二人已去再不見个踪影了士隱此時心中自忖这两个人必有来歷该試问一番如今悔之晚矣这士隱正痴想忽見隔壁葫芦庙内寄居一个穷儒姓賈名化表字时飛别号雨村者原係湖北人氏詩书仕宦之族因他生于末世父母祖宗根基已尽人口衰丧只剩得他一身一口在家鄉無益因此進京求取功名再整基業自前歲来此又淹蹇住了暫寄庙中安身每日賣字作文為生故士隱常與他交接當下雨村見了士隱忙施礼陪笑道老先生倚门佇望敢是街市上有甚新闻否士隱笑道非也適因小女啼哭引他出

來作耍、正是無聊之甚、兄來得甚妙、請入小齋一談、彼此皆可消此永晝、說着便令人送女兒進去、自攜
了雨村來至書房中、小童獻茶、方談得三五句話、忽家人飛報、嚴老爺來拜、士隱慌忙起身謝罪道、
恕誑駕之罪、畧坐弟即失陪、雨村忙起身亦讓道、老先生請便、晚生乃常造之客、稍候何妨、說着士隱竟
往前廳去了、這里雨村且翻弄書籍解悶、忽聽得窗外有女子嗽聲、雨村遂起身往窗外一看、原來是個
丫環在那里擷花、生得儀容不俗、眉目清明、雖無十分姿色、卻亦有動人之處、雨村不覺看得呆了、那丫環
擷了花、方欲走時、猛抬頭見窗內有人、敝巾舊服、雖是貧窘、然生得腰圓背厚、面闊口方、更兼劍眉星眼、直鼻
權腮、這丫環忙轉身迴避、心下乃想、這人生得這樣雄壯、卻又這等襤褸、想他定是我家主人常說的賈雨村
了、每有意帮助周濟、只是沒甚机会、我家並無這樣貧窮親友、想來定是此人無疑了、怪道又說他必非
久困之人、如此想來、不免又回頭兩次、雨村見他回了頭、便自為這女子心中有意與他、便狂喜不禁、
自為此女子必是個巨眼英豪、風塵中之知己也、一時小童進來、雨村打听得前面留飯、不可久待、遂
從夾道中自便門出去了、士隱待客既散、知雨村自便、也不去再邀、一日早又中秋佳節、士隱家宴已畢、
已另具一席于書房中、卻自己步月至廟中來邀雨村、原來雨村自那日見了甄家之婢、曾回顧他兩
次、自為是個知己、便时刻放在心上、今又值中秋、不免对月有怀、因而口占五言一絕云、

自顧風前影、　誰堪月下愁、　悶來時歛額、　先上玉人樓、

雨村吟罷、因又思及平生的抱負、苦未逢時、乃又搔首对天長嘆、復高吟一聯云、

玉在櫝中求善價、　釵于奩内待時飛、

恰值士隱走来、听見笑道、雨村兄真抱負不淺也、雨村忙笑道、豈敢、不過偶吟前人之句、何敢狂誕至此、因问先生何事至此、士隱笑道、今夜中秋、俗謂團圓之節、想尊兄旅寄僧房、不無寂寥之感、故特具小酌、邀兄到敝齋一飲、不知可納芹意否、雨村听了、並不推辭、便笑道、既蒙謬愛、何敢拂此盛情、説着便同了士隱過這边書院中来、須臾茶畢、早已設下盃盤、那美酒佳餚、自不必説、二人歸坐、先是款斟慢飲、漸次談至興濃、不覺飛觥獻斝起来、当时街坊上家家簫管、户户歌弦、当頭一輪明月、飛彩凝輝、二人愈添豪興、酒到盃干、雨村此時已有七八分酒意、狂興不禁、乃对月寓怀、口占一绝云、

時逢三五便團圓、　滿把晴光護玉蘭、　天上一輪纔捧出、　人间萬姓仰頭看、

士隱听了、大叫妙哉、吾每謂兄必非久居人下者、今所吟之句、飛騰之兆已見、不日可接履于雲霓之上矣、可賀可賀、乃親斟一斗為賀、雨村因干過、嘆道、非晚生酒後狂言、若論舉業之學、晚生也或可去充數沽名、只是目今行囊路費、一概無措、神京路遠、非賴賣字撰文即能到者、士隱不待説完、便道、兄何不早言、愚每有此意、但每遇兄時、並未談及、故未敢唐突、今既提及、愚雖不才、義利二字却还識得、且喜明歲正當大比、兄宜作速入都、春闈方不負兄之所学也、其盤費餘事、弟自為處置、亦不枉兄之謬識矣、

當下即命小童進去速封五十兩白銀並兩套冬衣又云十九日乃黃道之期兄可即買舟西上待雄飛高舉明冬再晤豈非大快之事也雨村收了銀衣不過畧謝一語並不介意仍是吃酒談笑那天已交三鼓二人方散士隱送雨村去後回房一覺直至紅日三竿方醒因思昨夜之事意欲寫兩封薦書與雨村帶至神都使他投謁个仕宦之家为寄足之地因使人過去請时那家人去了回來說和尚說賈爺今日五鼓已進京去了也曾留下話與和尚轉達老爺說讀書人不在黑道黃道總以事理為要不及面辭了士隱聽了也只得罷了真是閑處光陰易過倏忽又是元宵佳節矣因士隱命家人霍啟抱了蓮英去看放社火花灯半路中霍起因要小解便將蓮英放在一家門檻上坐著待他小解完了來抱时那有蓮英的蹤影急得霍啟直尋了半夜至天明不見那霍啟也就不敢回來見主人便逃往他鄉去了那士隱夫婦見女兒一夜不歸便知有些不妥再使幾个人去尋找回來皆云連影響皆無夫妻二人半世只生此女一旦失落豈不思想因此晝夜啼哭幾乎不曾尋死看看一月士隱先得了一病当時封氏孺人也因思女構疾日日請醫療治不料這日三月十五葫芦廟中炸供那些和尚不加小心致使油鍋火起便燒著窗紙此方人家多用竹籬木壁者甚多大抵也因劫數于是接二連三牽五掛四將一條街燒得如火焰山一般彼時雖有軍民來救那火已成了勢如何救得下直燒了一夜漸漸的熄下去也不知燒了幾家只可憐甄家在隔壁燒成一片瓦礫場了只有他夫妻並幾个家人的性命不曾傷了

急得士隱惟跌足長嘆而已、只得與妻子商議、且到田庄上去安身、偏值近年水旱不收、鼠盜蜂起、無非搶奪田地、鼠窃狗偷、民不安生、因此官兵剿捕、難以安身、只得將田庄多折变了、便攜了妻子與兩个丫鬟投他岳丈家去、他岳丈名喚封肅、本貫大如州人氏、雖是務農、家中多还殷实、今見女婿這等狼狽而來、心中便有些不樂、幸而士隱还有折变的銀子、未曾用完、拿出來託他、隨分就價、薄置些須房地、為後日衣食之計、那封肅便半哄半賺、些須與他些薄田朽屋、士隱乃讀書之人、不慣生理稼穡等事、勉強支持了一二年、越發窮了下去、封肅每見面時、便說些現成話、且人前人後、又怨他們不善過活、只一味好吃懶做等語、士隱知投人不着、心中未免悔恨、再兼上年驚嚇、急忿怨痛、已傷、暮年人貧病交攻、竟漸漸的露出那下世的光景來、可巧這日拄了拐杖、掙挫到街前散散心、忽見那边來了一个跛足道人、瘋顛落脱、麻屣鶉衣、口内念自几句言詞道、

世人都曉神仙好、惟有功名忘不了、古今將相在何方、荒塚一堆草沒了、
世人多曉神仙好、只有金銀忘不了、終朝只恨聚無多、及至多時眼閉了、
世人多曉神仙好、只有姣妻忘不了、君在日日說恩情、君死又隨人去了、
世人多曉神仙好、只有兒孫忘不了、痴心父母古來多、孝順兒孫誰見了、

士隱听了便迎上來道、你滿口裡說些什么、只听見好了好了、那道人道、你果听見好了二字、还算你

明白可知世人萬般了、便是好、便是了、若不了、便不好、若要好、須是了、我這歌兒便名好了歌、士隱本是有慧的、一聞此言、心中早已徹悟、因笑道、且住待我將你這好了歌、解出了何如、道人笑道、你解〻、士隱乃說道

陋室空堂、當年笏滿床、衰草枯楊、曾為歌舞場、蛛絲兒結滿雕樑、綠紗兒今又糊在蓬窗上、說什麼脂正濃、粉正香、如何兩鬢又成霜、昨日黃土隴頭送白骨、今宵紅燈帳裡臥鴛鴦、金滿箱、銀滿箱、展眼乞丐人皆謗、正嘆他人命不長、那知自己歸來喪、保不定日後作強梁、擇膏粱、誰承望流落在煙花巷、因嫌紗帽小、致使鎖枷扛、昨憐破襖寒、今嫌紫蟒長、亂烘烘你方唱罷我登場、反認他鄉是故鄉、甚荒唐、到頭來多是為他人作嫁衣裳、

那瘋跛道人听了、拍手笑道、解得切〻〻、士隱便說一聲走罷、將道人肩上的褡褳搶了過來、背着竟不回家、同了瘋道人飄〻而去、當下哄動了街上的眾人、當作新聞傳說、封氏聞得此信、哭个死去活來只得與父親商议、遣人各處尋訪、那討音信、沒奈何、只得靠着他父母度日、幸而身边还有兩个旧日的丫环伏侍、主僕三人日夜做些針指發賣、帮着父親用度、那封肅雖然日〻抱怨、也無可奈何了、這日那甄家的大丫环、在门前買線、忽听街上喝道之聲、眾人多說新太爺到任了、丫环于是隱在门內看時、只見几个軍牢快手、一对〻的過去、俄見大轎內、抬着一个烏紗新袍的官府

過去了，好到發了一個怔，自思這夜好面善，到係在那里見過的，于是進入房中，也就丟過不在心上。至晚間，正待歇息之時，忽聽一片敲打的门响，許多人亂嚷，说本府的太爺，差人來傳人问话。封肅听了，唬的目瞪口呆，不知有何禍事，且听下回分解。

第二回

賈夫人仙逝揚州城　冷子興演説榮國府

此回亦非正文本旨，只在冷子興一人，即俗謂冷中出熱，無中生有也。其演説榮府一篇者，盖因族大人多，若從作者筆下一一叙出，尽一二回不能得明白，則成何文字？故借用冷子一人，畧出其大半，使閲者心中已有一榮府隱隱在心，然後用黛玉、寶釵等兩三次皴染，則耀然于心中眼中矣。此即畫家三染法也。

未寫榮府正人，先寫外戚，是由近及遠，由小至大也。若使先叙出榮府，然後一一叙及外戚，又至朋友、至奴僕，其死板拮据之筆，豈作十二釵人手中之物也？今先寫外戚者，正先寫榮國一府，故又怕閑文贅瘰。開筆即先寫賈夫人已死，是特使黛玉入榮府之速也。通靈寶玉于士隱夢中一出，今又于子興口中一出，閲者已洞然矣。然後于黛玉、寶玉二人目中極精極細一描，只是鎖合處，不肯下筆直下，有若放閘之水、燃信的炮竹，使其精華一洩而無餘也。究竟此玉原應出自釵黛目中，方有照應。今預從子興口中説出，雖寫而却未寫，觀其後文可知。此一回則是虚敲旁擊之文，筆則是反逆隱曲之筆。詩曰：

一局輸贏料不真，香消茶盡尚逡巡。
欲知目下興衰兆，須問傍觀冷眼人。

却説封肅因聽見公差傳唤，忙出來陪笑啟問。那些人只嚷快請出甄爺來。封肅忙陪笑道：小人姓封，並不姓甄，只有當日小婿姓甄，今已出家一二年了，不知可是問他？那些公人道：我們也不知什应真假、因奉太爺之命来問他、既是你女婿、便帶了你去親見太爷面禀、省得亂跑、說着不容封肅多言、大家推擁着他去了、家人各々驚慌、不知何兆、那天約二更時、只見封肅回来、欢天喜地、衆人忙問端的、他乃說道、原来本府新陞的太爷、姓賈名化、本湖州人氏、曾與女婿旧日相交、方才在咱门前过去、因看見嬌杏那丫頭在门前買線、只當女婿移住于此、我一々將原故回明、那太爷倒傷感嘆息了一回、又问外孫女兒、我說看灯丢了、太爷說不妨、我自使番役、務必探访回来、說了一回話、臨走倒送我二两銀子、甄家娘子听了、不覺心中傷感、一宿無話、至次日早有雨村差人送了两封銀子、四疋錦緞、答謝甄家娘子、又寄一封密書與封肅、轉托问甄家娘子、要那嬌杏作二房、封肅喜的屁滚尿流、巴不得去奉承、便在女兒前一力攛掇成了、乘夜只用一乘小轎、便把嬌杏送進去了、雨村歡喜、自不必說、乃封百金贈封肅、外又謝甄家娘子許多物事、令其好生養贍、以待尋訪女兒下落、封肅回家無話、却說嬌杏這丫环、便是那回顧雨村者、因偶然一顧、便弄出這段事来、亦是自己意料不到之奇緣、誰想他命運两濟、不承望到雨村身边、只一年便生了一子、又半載、雨村的嫡妻忽染病去世、雨村便將他扶作正室夫人了、正是

偶因一着巧、便為人上人、

原来雨村因那年士隱贈銀之後、他于十六日便起身入都、到大比之期、不料他十分得意、已会了進士、選入外班、今已陞了本府知府、雖才幹優長、未免有些貪酷之弊、且又恃才侮上、那些官員皆側

目而視不上一年便被上司尋了一个空隙做成一本參他情性狡猾擅纂礼仪且沽清正之名而暗結虎狼之属致使地方多事民命不堪等語龍顏大怒即批革職該部文书一到本府官員無不大悦那雨村心中虽十分慚恨却面上全無一点怨色仍是嬉咲自若交代過公事將歷年做官積下貲本并家小人属送至原籍安插妥協却是自己担风袖月遊覽天下勝跡那日偶又遊至維楊地面因闻得今歲盐政点的是林如海這林如海姓林名海表字如海乃是前科的探花今已陞至蘭台寺大夫本貫姑蘇人氏今欽点出為巡盐御史到任方一月有餘原来這林如海之祖曾襲過列侯今到如海業經五世起初时只封襲三世因当今隆恩盛德遠邁前代額外加恩至如海之父又襲了一代至如海便從科第出身雖係鐘鼎之家却亦是书香之族只可惜這林家枝庶不盛子孫有限虽有幾门却与如海是堂族而已没甚親近嫡派今如海年已四十只有一个三歲之子偏又于去岁死了虽有几房姬妾奈命中無子亦無可如何之事只有嫡妻賈氏生得一女名黛玉年方五岁夫妻無子故爱女如珍且又見他聪明俊秀也使他读书識字不過假充養子之意聊解膝下荒凉之嘆且说雨村正值偶感风寒病在旅店將一月光景方漸愈一[illegible]因身体勞倦二因盤費不繼也正欲尋个合式之處暫且歇下幸有两个旧友亦在此境居住因闻得盐政欲聘一西賓雨村便托了友力謀了進去且作安身之計妙在只一个女学生并两个伴讀的丫环這女学生年又極小身体又怯弱工課不限多寡故十分省力堪又是一載的光陰誰

知女学生之母賈氏夫人一疾而終，女學生侍湯奉藥，守喪尽哀，遂又將辭館別圖。林如海意欲令女守制讀書，故又將他留下。只因女学生哀痛过傷，本自怯弱多病的，觸犯旧症，遂連日不曾上学。雨村闲居無聊，每当風日晴和，飯後便出来闲步。这日偶至郊外，意欲賞鑒那村野風光，忽信步至一山环水繞、茂林深竹之處，隱隱有座廟宇，门巷傾頹，墻垣汚敗，门前有額，寫着智通寺三字，门傍又有一付破旧对联，是

身後有餘忘縮手，　眼前無路想回頭。

雨村看了，因想道：這两句话文虽淺近，其意則深。我也曾遊过些名山大刹，到不曾見过这话頭，其中想来必有个翻过觔斗来的，也未可定。何不進去試試。想着走入，看时只有一个聋腫老僧在那里煮粥。雨村見了，便不在意。及至问他兩句话，那老僧既聋且昏，齿落舌鈍，所答非所问。雨村不耐煩，便仍出来，意欲到那村肆中沽飲三杯，以助野興，于是欵步行来。方入肆门，只見座上吃酒之客有一人起身大笑，接了出来，口内说：奇遇奇遇。雨村忙看時，此人是都中古董行中貿易的，號冷子興，旧日在都中相識。雨村最讚这冷子興是个有作為大本領的人，这子興又借雨村斯文之名，故二人说话最相投合。雨村忙亦笑问道：老兄何日到此？弟竟不知。今日偶遇，真奇緣也。子興道：去年岁底到家，今因还要入都，從此順路找个朋友说一句话，承他之情，留我多住两日，待月半也就起身了。今日敞友有事，我因闲步至此，且歇歇脚，不期这樣巧遇。一面说，一面讓雨村坐了，另整上酒餚来。二人闲谈慢飲，叙些别後之

事。雨村因问：近日都中可有新闻没有？子兴道：到没有什么新闻，到是老先生你贵同宗家出了一件小小异事。雨村笑道：弟族中无人在都，何谈及此？子兴笑道：你们同姓，岂非同宗一族？雨村问是谁家。子兴道：荣国府贾府中可也不玷辱了先生的门楣。雨村笑道：原来是他家。若论起来，寒族人丁却不少，自东汉贾复以来，支派繁盛，各省皆有，谁能逐细考查？若论荣国一枝，却是同谱，但他那等荣耀，我们不便去攀扯，至今所以越发生踈了。子兴叹道：先生休如此说。如今这荣国府及门，也都萧踈了，不比先时的光景。子兴道既是雨村道：当日荣宁两府的人口也极多，如何就萧踈了？子兴道：正是，说来也话长。雨村道：去岁我到金陵地界，因游览六朝的遗迹，那日进了石头城，从他老宅门前经过，街东是宁国府，街西是荣国府，二宅相连，竟将大半条街占了。大门前虽冷落无人，隔着围墙一望，里面厅殿楼阁，也还峥嵘轩峻；就是后一带花园子里，树木山石，也都还有蓊蔚洇润之气，那里像个衰败之家？子兴笑道：亏你是个进士出身，原来不通。古人有云：百足之虫，死而不僵。如今虽说不似先年那样兴盛，较之平常仕宦之家，到底气象不同。如今生齿日繁，事务日盛，主仆上下，安富尊荣者甚多，运筹谋画者无一；其日用排场，又不能将就省俭，如今外面架子虽未甚倒，内囊却也尽上来了。这还是小事，更有一件大事：谁知这样钟鸣鼎食之家，翰墨诗书之族，如今的儿孙，竟一代不如一代了。雨村听说，也纳罕道：这样诗礼之家，岂有不善教育之理？别门不知，只说这荣宁两宅，是最教子有方的。子兴叹道：正说是那两门呢。待我告诉你：当日宁国公与荣国公是一乳同胞的双个弟兄、宁公居長、生了四个儿子、宁公死後、長子賈代化、襲了官、也养了双个儿子、長名賈敷、至八九岁上便死了、只剩了次子賈敬、襲了官、如今一味好道、只爱烧丹炼汞、餘者一概不在心上、幸而早年留下一子、名唤賈珍、因他父亲一心想做神仙、把官到让他襲了、他父亲又不肯回原籍来、只在都中城外、合道士们胡羼、这位珍爷、也到生了一子、今年才十六岁、名叫賈蓉、如今敬老爹、一概不管、这珍爷那里肯讀书、只一味高樂、把宁國府翻过来、也没有敢来管他的、再説荣府、你听、方才所说的異事、就在這里、自荣公死後、長子賈代善襲了官、娶的是金陵世勲、史侯家的小姐為妻、生了双个儿子、長名賈赦、次名賈政、如今代善早已去世、太夫人尚在、長子賈赦袭着官、次子賈政、自幼酷好讀书、祖父最疼、原要以科甲出身的、不料代善臨終時、遺本一上、皇上因恤先臣、即時令長子襲官、又问还有几子、而即引見、遂特恩賜了这政老爷一个主事之職、令其入部学習、如今現已陞員外郎了、这政老爷的夫人王氏、頭生的公子、名叫賈珠、十四岁上進了学、不到廿岁就娶了妻、生了子、一病死了、弟二胎生了位小姐、生在大年初一、这就奇了、不想次年又生了一位公子、说来更奇、一落胎胞、嘴里便啣着一塊五彩晶瑩的玉来、上面还有许多字跡、就取名叫做宝玉、你道是新奇異事不是、雨村咲道、果然奇異、怕這人来歷不小、子興冷咲道、凡人皆如此説、因而他祖母、便爱如珍宝、那年週岁時、政老爷便要试他将来的志向、便將那世上所有之物、摆了無数、与他抓取、誰知他一概不取、伸手只把那些脂粉釵环抓来、政老爷便大怒了、説將来是酒色之徒耳、因此便大不喜欢、独那史老太君还是命根一樣、説来又尤奇、乃如今長了七八岁、虽然淘氣異常、但其聰明乖觉處、百个不及他一个、説起孩子話来也奇怪、他説女儿是水作的骨肉、男人是泥做的骨肉、我見了女儿、我便清爽、見了男子、便觉濁臭逼人、你道好笑不好笑、將来色鬼無疑了、雨村罕然厲色忙止道、非也、可惜你们不知道這人来歷、大約政老爷前辈也錯以淫魔色鬼看待了、若非多讀书識字、加以致知格物之功、悟道參玄之力者、不能知也、子興見他説得這樣重大、忙請教其端、雨村道、天地生人、除大仁大惡兩種、餘無大異、若大仁者、則應運而生、大惡者則應劫而生、運生治世、劫生世危、尧舜禹湯、文武周公、孔子韓周程朱張皆應運而生者、蚩尤共工桀紂始皇王莽曹操桓文安禄山秦桧等、皆應劫而生者、大仁者修治天下、大惡者撓亂天下、清明灵秀、天地之正氣、仁者之秉也、殘忍乖僻、天地之邪氣、惡者之所秉也、今当運隆祚永之朝、太平無為之世、清明灵秀之氣、所秉者上至朝廷、下及草野、比比皆是、所餘之秀氣、漫無所歸、遂為和风、洽然溉及四海、彼殘忍乖僻之邪氣、不能蕩溢于光天化日之中、遂凝結充塞于深溝大壑之内、偶因风蕩、忽被云催、略有摇動感發之意、一絲半縷悮而洩出者、偶值灵秀之氣適過、正不容邪、邪復妒正、兩不相下、亦如风水雷電、地中既遇、既不能消、又不能讓、必致搏擊掀發後始盡、故其氣亦必賦人、發洩一盡始散、使男女偶秉此氣而生者、上則不能成仁人君子、下則亦不能為大凶大惡置之于万万人之中其聰明灵秀之氣則在万万人之上其乖僻邪謬不近人情之態又在万万人之下若生于公侯富貴之家則為情癡情種若生于清貧詩礼之族則為逸士高人縱再偶生于薄祚寒门断不能為走卒健僕甘遭庸人驅馳駕馭必為奇優名妓如前代之許由陶潛阮籍嵇康劉伶王謝二族陳後主唐明皇宋徽宗劉庭之温飛卿米南宮石曼卿柳耆卿秦少遊近日之倪云林唐伯虎祝枝山再如李龜年黄旙綽敬新磨卓文君紅拂薛濤崔鶯朝云之流此皆易地則同之人也子興道依你説成則公侯敗則賊了雨村道正是這意你还不知道我自革職以来这双年遍遊名省也曾遇見双个異様孩子所以方才你一説这宝玉我就猜着了八九亦是这一派人物不用遠處只这金陵城内欽差金陵省体仁院總裁甄家你可知道麽子興道誰人不知这甄府和賈府是老親又係世交双家来往極其親熱便在下也和他家往来非止一日了雨村笑道去歲我在金陵也曾有人薦我到甄府處館我進去看其光景誰知他家那等显貴却是个富而好礼之家到是个難得之館但这个学生雖是啓蒙却比个举業的学生还劳神説起来更可笑他説必得兩个女兒伴我讀書我方能認得字心里也明白不然我心里糊塗又常对跟他的小厮们説这女兒双个字極尊貴極清凈的比那阿彌陀佛元始天尊的双个宝号还尊栄無对呢你们这濁口臭舌万不可唐突这兩个字要緊的狠呢但凡要説時必須先用清水香茶漱了口才可説若失錯便要鑿

牙穿腮芽事其暴虐浮躁頑劣憨痴種種異常只一放了学進去見了那些女兒們聰明文雅竟又变了一个人了因此他令尊也曾下死笞楚了几次無奈竟不能改每打的吃疼不过時他便姐姐妹妹乱叫起来後来听得裡頭女兒們拿他取咲因何打急了只管叫姐妹做甚莫不是求姐妹去讨饒你豈不羞些他回荅的最妙他説疼急之時只叫姐姐妹妹字樣或可解疼也未可知因叫了一聲便不覺疼了遂得了密诀每疼痛之急便連叫姐妹起来你説可咲不可咲因他祖母溺爱不明每因孫女辱師责子因此我就辞了館出来如今在巡塩林家坐了館你説這等子弟必不能守祖父之根基從師友之規諫只可惜他家几个好姊妹多是少有的子興道便是賈府中現在三个也不錯政老爺之長女元春現因賢孝才德選入宮中作女史去了二小姐乃赦老爺之女政老爺養為已女名迎春三小姐乃政老爺之庶出名探春四小姐乃寧府珍爺之胞妹名惜春因史老太夫人極爱孫女都跟在祖母這边一處讀书听得个个不錯雨村道妙在甄家的風俗女兒之名亦從男子之名命字不似別家用這些春紅香玉等艷字何得賈府亦落此俗套子興道不然只因現今大小姐是正月初一所生故名元春餘者方從了春字上一輩的却也是從弟兄而来現有对证目今你貴東家林公之夫人即荣府赦政二公之胞妹在家时名喚賈敏不信時你回去細访便知雨村拍案咲道怪道這女学生讀书凡有敏字他皆念作密字每每寫字若遇着敏字又减一二筆我心中就有些疑惑今听你説是為此無疑了怪道

我这女学生言语举止另是一様不與近日女子相同度其母必不凡方生此女今知為榮府之外孫又不足罕矣可傷上月竟亡故了子興嘆道这老姊妹四个这一个是極小的又没了長一輩的姊妹一个也没了只看这少一輩的將来之東床何如呢雨村道正是方纔説这政公已有一个啣玉之兒又有長子所遺一个弱孫这赦老竟無一个不成子興道政公既有玉兒之後其妻後又生了一个到不知其好歹只眼前現有二子一孫却不知將来何如若问那赦公也有二子長子名賈璉今年廿来歲了親上做親娶的就是政老爷的夫人王氏之内姪女今年已娶了二年这位璉爷身上現捐的是个同知也是不愛讀書于世路上好机变言談去得所以如今只在乃叔政老爷家住着帮着料理些家務誰知自娶了他令夫人之後到上下無一人不稱頌他夫人璉爷到退了一射之地説模様兒又極標緻言談又爽利心机又極深細竟是个男人萬不及一的雨村听了笑道可知我前言不謬你我方才所説这几个人只怕是那正邪兩賦而来一路之人未可知也子興道邪也罢正也罢只僱算别人家的帳你也吃一杯才好雨村道正是只僱説话竟多吃了几杯子興笑道説着别人家闲话正好下酒就多吃几杯何妨雨村向窗外看道天已晚了仔细関了城我们慢慢進城再談未為不可于是二人起身算还酒帳方欲走時只听得後面有人叫道雨村兄恭喜了特来報喜信兒雨村忙回頭看時且听下回分解

第三回

賈雨村夤緣復旧職　林黛玉抛父進京都

却説雨村忙回頭看時不是别人乃是当日同僚一案參革的号張如圭者他本係此地人革職後家居今打听得都中奏准起復旧員之信便四下里尋情找门路忽遇見雨村々々自是欢喜忙々的叙了两句遂作别各自回家冷子興听得此言便忙献计令雨村央煩林如海轉向都中去央煩賈政雨村領其意作别回至館中尋邸報看真確了次日面謀之如海々々道天緣湊巧因賤荊去世都中家岳母念及小女无人依傍教育前已遣了男女船隻来接因小女未曾大痊故未及行此刻正思向蒙訓教之恩未曾酬報遇此机会豈有不尽心圖報之礼但请放心弟已預为籌畫至此已修下荐书一封轉托内兄務为週全協佐方可稍盡弟之鄙诚即有所费用之例弟于内家信中已注明白亦不劳尊兄多慮矣雨村一面打恭謝不釋口一面又问不知令親大人現居何職只怕晚生草率不敢驟然冒瀆如海咲道若論舍親尊兄犹係同谱乃榮公之孫大内兄現襲一等將軍之職名赦字恩侯二内兄名政字存周現任工部員外郎其为人謙恭厚道有祖父遺风非膏粱輕薄仕宦故弟方致书煩托否則不但有污尊兄之清操即弟亦不屑为矣雨村听了心下方信昨日子興之言于是謝了如海々々乃説已擇了出月初二日入都尊兄即同路而往豈不兩便雨村唯々听命心中十分得意如海遂打点礼物並餞行之事雨村一々領

了那女学生黛玉身体又愈原不忍棄父而往无奈他外祖母致意務必叫去且兼如海說汝父年將半百再無續室之意且汝多病年又極小上無親母教養下無姊妹兄弟扶持今依傍外祖母及舅氏姊妹去正好減我顧盼之憂何反云不往黛玉听了方洒泪拜别随了奶娘及荣府中几个老婦人登舟而去雨村另有一隻船帶了两个小童依附黛玉而行那日到了都中進入神京雨村先整了衣冠帶了小童拿着宗侄的名帖至荣府门前投了彼時賈政已看了妹丈之書即忙請入相見雨村相貌魁偉言談不俗这賈政最喜讀書人禮賢下士拯溺濟危大有祖風况又係妹丈致意因此優待雨村更有不同便竭力内中協助題奏之日輕輕謀了个復職候缺不上两个月金陵應天府缺出便謀補了此缺拜辞了賈政擇日到任去了此是後話且說黛玉自那日棄舟登岸時便有荣國府打發了轎子並拉行李的車輛候着黛玉、~~这林黛玉~~常听得他母親說过他外祖母家与别家不同他近日所見的这几个三等的僕婦吃穿用度已是不凡了何况今至其家因此步步留心時時在意不肯輕易多說一句話多行一步路生恐被人耻笑了他去自上了轎進入城中從紗窓外瞧了一瞧其街市之繁華人烟之茂盛自与别處不同又行了半日忽見街北蹲着两个大石獅子三间獸頭大门门前列坐着几个華冠麗服之人正门却不開只有两角门有人出入正门之上有一匾匾上大书敕造寧國府五个大字黛玉想道这是外祖之長房了想着又往西行不多远照樣又是三间大门方是荣國府却也不進正门只進了西边的角门那轎夫抬進去走了一射之地將轉湾時便歇下退出去了後面婆子們已都下了轎赶

上前来另换了三四个衣帽周全十七八岁的小厮上来復抬起轿子众婆子围随至一垂花门前落下众小厮退
出众婆子上来打起轿簾扶黛玉下轿黛玉扶着婆子的手进了垂花门两边是抄手游廊当中是穿堂当地
放着个紫檀架大理石大插屏转过了插屏小小的三间厅厅后就是后面的正房大院正面五间正房皆
是雕梁画栋两边穿山游廊厢房挂着各色鹦鹉画眉等鸟雀台阶上坐着几个穿红着绿的丫头一见他
们来了便忙都笑迎上来说刚才老太太还念呢可巧就来了于是三四个争着打起簾子一面听见人回说林姑
娘到了黛玉方进入门时只见两个人搀着一位鬓发如霜的老母迎上来黛玉便知是他外祖母方欲拜见时
早被他外祖母一把搂入怀中心肝肉儿的大哭起来当下底下侍立之人无不掩泪涕泣黛玉也哭个不住一
时众家人忙忙解劝住了黛玉方拜见了外祖母此即冷子兴所云史太君贾赦贾政之母也当下贾母一一的指
与黛玉这是你大旧母这是你二旧母这是你先珠大哥的媳妇珠大嫂子黛玉一一拜见过了贾母又说请姑娘
们来今日远客才来可以不必上学去了众人答应了一声就去了两个不一时只见三个奶娘并五六个丫环撮拥着
三个姊妹来了第一个肌肤微丰合中身材腮凝新荔鼻腻鹅脂温柔沉默观之可亲此迎春也第二个削肩
细腰长挑身材鸭蛋脸面俊眼修眉顾盼神飞文彩精华见之忘俗此探春也第三个身量未足形容尚
小其钗环裙袄皆是一样妆饰黛玉忙起身迎上来见礼互相厮认过大家归了坐丫环斟上茶来不过说
些黛玉之母如何得病如何请医服药如何送死发丧不免贾母又伤感起来因说我这些女儿所疼者

独你母親今日一旦先捨我而去連面不能見今見了你怎不傷心説着摟了黛玉在怀又嗚咽起来众人忙多寬慰解釋方畧畧止住众人見黛玉年貌虽小其舉止言谈不俗身体面庞虽怯弱不勝却有一段自然风流体度便知他有不足之症问他常服何葯如何不急为療治黛玉道我自来是如此従会吃飲食时便吃葯到今未断請了多少名医修方配葯皆不見効那一年我才三岁时听見説来了一个癞頭和尚説要化我去出家我父母固是不従他又説既捨不得只怕他的病一生也不能好的若要好时従此已後揔不許見哭声除父母之外外姓親友一概不見方可平安了一世疯疯癫癫説了些无稽之谈也没人理他如今还是吃人参养荣丸贾母道这正好这里正配丸葯叫他们多配一料就是了一语未了只听得後院中有人笑声説我来遅了不曾迎接远客黛玉暗想道这里人个个歛声屏氣恭肃严整如此来是谁这樣放荡无礼心下正想时只見一群媳妇丫頭围擁着一个人従後房進来这人打扮与众姑娘不同頭上带着金丝八宝攢珠髻绾着朝陽五凤挂珠釵项上带着赤金盘螭瓔珞圈裙边繫着豆緑宫縧双衡比目玫瑰佩身上穿着缕金百蝶穿花大红洋緞窄褃袄外罩五彩刻丝石青銀鼠褂下罩撒花翡翠洋縐裙一双丹凤眼兩湾柳葉眉身量苗條体格风騷粉面含春威不露丹唇未啟笑先闻黛玉連忙起身接見贾母笑道你不認得他是我们这里有名的一个泼皮破落户兒南省俗謂叫做辣子你只叫他凤辣子就是了黛玉正不知以何称呼只見众姊妹多忙告诉他道这是琏嫂子黛玉虽不識也曾听見母親説过大旧旧贾赦之子贾琏娶的是二旧母王

氏之内姪女自幼假充男兒教養學名叫做王熙鳳黛玉忙陪笑見禮以嫂呼之这熙鳳携着黛玉的手上下仔细打量了一回便仍送至賈母身边坐下因笑道天下真有这樣標緻人物我今日才算見了况且这通身氣派竟不像老祖宗的外孫女兒竟是个嫡親的孫女兒怨不得老祖宗口頭心頭一時不忘只可憐我妹妹这樣命苦怎么姑妈偏就去世了說着便用手帕拭泪賈母道我才好了你又來招我你妹妹遠路才來身子又弱他才劝住了快再休題起前话这熙鳳听了忙轉悲為喜道正是呢我一見妹妹一心都在他身上又是欢喜又是傷心竟忘了老祖宗该打该打又忙携黛玉之手问妹妹幾歲了黛玉答道十三岁了又问道可也上過學現吃什広藥黛玉一一面答又說道在这里不要想家想什広吃的什么頑的只管告訴我丫頭老婆们不好也只管告訴我一面又问婆子们林姑娘的行李東西可搬進來了帶了几个人來你们赶早兒打掃二间下房讓他们去歇歇說话之间已擺了茶菓上來熙鳳親為捧茶捧菓又見二舅母问他月钱放完了不曾熙鳳道月錢也放完了才刚帶着人在後樓上找緞子找了这半日也沒見昨日老太太說的那樣真想是太太記錯了王夫人道有沒有什広要緊又說道該隨手拿出兩个來給你妹妹去裁衣裳等晚上想着叫人再去拿罢可別忘了熙鳳道这到是我先料着了知道妹妹不过这兩日到我已預備下了等太太回去过了目好送來王夫人一笑点頭不語当下茶菓已撤賈母命兩个老嬷嬷帶了黛玉去見兩个舅舅时賈赦之妻邢氏忙亦起身回道我帶了外甥女过去到也便易賈母笑道正是你也去罢不必過來了邢夫人答应一聲遂携了黛玉而王夫人作辞大家送至穿堂前出了垂花门早有眾小子们拉过一

軟翠幄青紬車來邢夫人攜了黛玉坐上眾婆子們放下車簾方命小子們抬起拉至寬處方駕上馴騾亦出了西角门往東過榮府正门便入一黑油大门中至儀门前放下來眾小廝退出方打起車簾邢氏攙了黛玉的手進入院中黛玉度其房屋院宇必是榮府中之花园隔斷过來的進入三層儀门果見正房廂房遊廊悉皆小巧別致不似方才那邊軒峻壯麗且院中隨處之樹木山石皆在一時進入正室早有許多盛粧麗服之姬妾丫環迎着邢夫人讓黛玉坐了一面令人到外面書房中請賈赦一时人來回說老爺說了連日身上不好見了姑娘彼此到要傷心不忍相見劝姑娘不要傷心想家跟着老太太和舅母是同家里一樣姊妹們雖拙大家一處伴着亦可以解些煩悶或有委曲之處只管說得不要外道才是黛玉忙站起來一一聽了再坐一刻便辭邢夫人苦留吃了晚飯去黛玉回道舅母愛恤賜飯原不应辭只是还要过去拜見二舅舅恐領賜飯去不恭改日再領未為不可望舅母容諒邢夫人听說笑道这才是遂命兩三个嬷嬷用方才的車好生送了姑娘过去于是黛玉告辭邢夫人送至儀门前眼看着車去了方回來一时黛玉入榮府下了車眾嬷嬷引着便往東轉灣穿過一个東西穿堂向南大廳之後儀门內大院落上面五间大正房兩边廂房鹿頂耳房鑽山四通八達軒昂壯麗比賈母處不同黛玉便知这方是正經內室一條大甬路直接出大门進入堂屋抬頭迎面先看見一个赤金九龍青地大匾上寫着斗大的三个字是榮禧堂後有一行小字某年月日書賜榮國公賈源又有萬几宸翰之寶大紫檀雕螭案上設着三尺來高青綠古銅鼎懸着待漏隨朝墨龍大画一边是金蜼彝一边是玻璃盒底下兩溜十六張紫檀交椅又有一付对聯

乃乌木联牌镶着錾银的字迹道

座上珠玑昭日月　堂前黼黻焕烟霞

下面一行小字是同乡世教弟勋袭东安郡王穆莳拜手书原来王夫人时常居坐宴息亦不在这正室只在这正室东边的耳房内于是老嬷嬷引黛玉进东房门来临窗大炕上铺红洋毯正面设着大红金钱蟒的靠背石青金钱蟒的引枕秋香色金钱蟒的大条褥两边设着一对梅花式洋漆小几右边几上文王鼎左边几上汝窑美人觚内插着时鲜花卉并茗碗痰盒等物底下面西一溜四张椅上都搭着银红撒花椅搭底下四付脚踏椅子两边也有一对高几几上茗碗瓶花俱备其余陈设自不必说老嬷嬷们让黛玉炕上坐炕沿上却也是两个锦褥对设着黛玉度其坐次便不上炕只向东边椅上坐了本房内的丫环们忙捧上茶来黛玉一面吃茶一面打量这些丫环们妆饰衣裙举止行动亦果别家不同茶未吃了只见一个穿红绫袄青缎掐牙背心的丫环走来笑说道太太说请姑娘到那边坐罢老嬷嬷听了于是又引黛玉出来到了东廊三间小正房内正面炕上横设着一张炕桌桌上磊落着书籍茶具靠东壁面西设着半旧青缎靠背引枕王夫人却坐在西边下首亦是半旧青缎靠背坐褥见黛玉来了便往东让黛玉心中料定这是贾政之位因见挨炕一溜三张椅子黛玉便向椅上坐了王夫人再四携他上炕他方挨王夫人坐了王夫人因说你舅舅今日斋戒去了再见罢只是有一句话嘱咐你你三个姊妹倒都极好以后一处念书认字学针线或是偶一顽笑却有尽让的但我不放心者最是一件我有一个孽根祸胎是这家里的混世魔王他今日庙里还愿去了尚未回来晚间你看见便知了

你这已後不要採他你这些姊妹都不敢沾惹他的黛玉亦常听見母親說过二舅母生的有个表兄乃啣玉而生頑劣異常極悪讀書最喜在内幃廝混外祖母又極溺爱无人敢管今見王夫人如此說便知說的是这表兄了因陪笑道舅母所說的是啣玉所生的這位哥〻在家时亦曽听見母親常說这位哥〻比我大一岁小名叫宝玉虽極憨頑說在姊妹情中極好的况我来了自然只合姊妹们同處兄弟们自然是别院另室的岂得去沾惹之理王夫人道你不知道原故他与别人不同自幼因老太〻疼爱原係同姊妹们一處嬌养惯了的若姊妹们一日不理他到还安静些他縂然没趣不过出了二门背地里拿着他两个小丫头儿们生氣咕唧一会儿就完了若一日姊妹们和他多说一句话他心里一乐便生出多少事来所以嘱咐你别採他〻嘴里一时甜言蜜语一時有天无日一时痴〻傻〻只休信他黛玉一〻答应着只見一个丫环来回說老太〻那里傳晚飯了王夫人忙携了黛玉從後房门由後廊往西出了角门是一条南北宽夹道南边是倒坐三间小〻抱厦厅北边立着一个粉油大影壁後有一半大门儿小〻的一所房屋王夫人笑指向黛玉道这是你凤姐〻的屋子回来你好往这里来找他来少什么東西你只管和他说就是了这院门上也有四五个才總角的小廝多垂手侍立王夫人遂携黛玉穿过一个東西穿堂便是贾母的後院了于是進入後房门已有多人在此伺候見王夫人来了方安设桌椅贾珠之妻李氏捧飯熙凤安箸王氏進羹贾母正面榻上独坐两傍四张空椅熙凤忙拉了黛玉在左边第一张椅上坐了黛玉十分推讓贾母道你舅母和你嫂子們不在这里吃飯你是客原應如此坐的黛玉方告了

坐了賈母命王夫人坐了迎春姊妹三个告了坐迎春便坐了右手第一探春左边第二惜春右边第二傍边丫环执

着拂塵漱盂巾帕李凤二人立于案傍佈讓外间伺候之媳婦丫环虽多却連一聲咳嗽不聞寂然飯畢各有丫环用小

茶盤捧上茶来当日林如海教女以惜福養身云飯後務待飯粒嚥盡過一時再吃茶方不傷脾胃今黛玉見

了这里許多事情不合家中之事不得不随少不得一一改过来因而接了茶早見人又捧过漱盂来黛玉也照樣漱了

口然後盥手畢又捧上茶来这方是吃的茶賈母便说你們去罢讓我們自在说话兒王夫人听了忙起身又说了几

句閑话引李凤二人去了賈母便问黛玉念何书黛玉道只刚念了四书又问姊妹們念何书賈母道讀的是

什麽书不过是認得几个字不是睁眼的瞎子就罢了一語未了只听得院外一陣脚步响丫环進来道宝玉来

了黛玉心中正疑惑着这个宝玉怎生个憊懶人物懵懂頑童到不見那蠢物也罢了心下正想着忽見丫

环话未报完已進来了个年輕公子頭上帶着束髮嵌宝紫金冠齐眉勒着二龍搶珠金抹額穿一件二色金百蝶

穿花大红箭袖束着五彩丝攒花結長穗宫絛外罩石青起花倭緞排穗褂登着青緞粉底小朝靴

面若中秋之月色如春曉之花鬓若刀裁眉如墨画眼若桃瓣睛若秋波虽怒时而似笑即嗔視而有情項

上金螭瓔珞又有一根五色丝絛紧着一塊美玉黛玉一見便吃了一大驚心下想道好生奇怪到像在那里見过一

般何等眼熟到如此只見这宝玉向賈母请了安賈母便命見你娘来宝玉即轉去見了回来再看已換了

冠帶頭上周遭一轉的短髮总結成小辮红丝結束共攢至頂中胎髮總編一根大辮黑亮如漆從頂

垂稍一串四顆大珠用金八宝墜角身上穿着銀紅撒花半旧大襖仍帶着項圈宝玉寄名鎖護身符

等物下面半露松花綠撒花綾褲腿錦边弹墨襪厚底大紅鞋越显得面如傅粉唇若施脂轉盼多情

言語常笑天然一段風騷全在眉梢平生萬種情思悉堆眼角看其外貌最是極好却难知其底细後人

有西江月詞批这宝玉極恰其詞曰

無故尋愁覔恨有時似傻如狂縱然生得好皮囊腹内原來草莽潦倒不通世務愚頑怕讀文

章行動偏僻性乖張那管世人誹謗富貴不知樂業貧窮那耐淒凉可憐辜負好韶光于國于家無

望天下無能第一古今不肖無双寄言紈袴与膏粱莫效此兒形狀

賈母因笑道外客未見就脱了衣裳还不去見你妹〻宝玉早已看見多了一个姊妹便料定是林姑母之女忙

來作揖相見畢歸坐細看形容与衆不同双灣似蹙非蹙罥（籠）烟眉一双似（喜非喜含情目）態生（两靨之愁）嬌襲一身之

病淚光点〻姣喘嘘（微）〻閑靜時（似）如姣花照水行動時如弱柳扶托心較比干多一竅病如西子勝三分宝玉

看罢道这个妹〻我曾見过的賈母道可又是胡説你又何曾見过他宝玉道虽然未曾見过他然我

看着面善心里就算是旧相識的今日只做远別重逢未為不可賈母笑道更好〻若如此便相和睦了宝

玉便走近黛玉身边坐下又细〻打諒一番因问妹〻可曾讀書黛玉道不曾讀只上了一年学些須認得几个

字宝玉问道妹〻尊名是那两个字黛玉便説了名宝玉又问表字黛玉道没有表字宝玉笑道我送

妹〻一妙字莫如顰〻二字極妙探春便問何出宝玉道古今人物通考上説西方有石名黛可代画眉之墨况这林妹〻眉尖若蹙用取这兩个字豈不兩妙探春笑道只恐又是你杜撰宝玉道除四书外杜撰的甚多偏只我是杜撰不成又问黛玉可也有玉没有衆人不解其語黛玉便忖度着因他有玉故问我有没有因荅道我没有那个想来那玉亦是一件好物豈能人〻有的宝玉听了登时發作起痴狂病来摘下那玉就狠命的摔去罵道什么罕物連人之高低不擇还説通灵不通灵呢我也不要这劳東西嚇的底下衆人一擁争去拾玉賈母急的摟了宝玉道孽障你生氣要打罵人容易何苦摔那命根子宝玉滿眼淚痕哭道家里姐〻妹〻多没有单我有我説没趣如今来了这庅一个神仙似的妹〻也没有可知这不是个好東西賈母忙哄他道你这妹妹原有这个来着因你姑媽去世時捨不得你妹〻無法可處遂把他的玉带了去了一則全殉葬之礼尽你这妹〻孝心二則你姑媽之灵亦可权做見了女兒之意因此他只説没有这个不便自己誇張之意你如今怎比得他还不好生慎重带上仔细你娘知道了説着便向丫环手中接来親与他带上宝玉听如此説想了一想竟大有情理也就不生别論了当下奶娘来问黛玉之房賈母便説今將宝玉挪出来同在套间暖阁兒裡把你林姑娘暂且安置碧紗廚里等过了残冬春天再与他們收拾房屋另作者安置罷宝玉道好祖宗我就在碧紗廚外狠妥当何必又出来闹的老祖宗不得安静賈母想了想説也罷了每人一个奶媽一个丫頭照管餘者在外间上夜听喚一面早有熙凤命人送了一頂藕合色花帳並几件棉被緞褥之類黛

玉只带了两个人来一个是自幼奶娘王嬷嬷一个是十岁的小丫头亦是自幼随的名唤雪雁贾母见雪雁甚小一团孩气王嬷嬷又极老料黛玉皆不随心便将自己身边的一个二等丫头名唤英哥与了黛玉外亦如迎春等例每人除自幼奶娘外另有四个教引嬷嬷除贴身掌管钗钏盥沐两个丫头外另有五六个洒扫房屋来往使役的小丫头当下王嬷嬷与英哥陪侍黛玉在碧纱厨内宝玉之乳母李嬷并大丫头名唤袭人陪侍在外面大床上原来这袭人亦是贾母之婢本名叫珍珠贾母因溺爱宝玉生恐宝玉之婢无竭力尽心之人素喜袭人心地纯良克尽职任遂与了宝玉宝玉因知他本姓花又曾见旧人诗句上有花气袭人之句遂回明贾母更名袭人这袭人亦有些痴处扶持贾母心中眼中只有个贾母今与了宝玉心中眼中亦只有个宝玉只因宝玉性情乖僻每每规谏宝玉不听心中着实忧郁是晚宝玉李嬷嬷都睡了他见里面黛玉和英哥犹未安歇他自卸了粧悄悄的进来问道姑娘怎么还不安歇黛玉忙让姐姐请坐袭人在炕沿上坐了英哥笑道林姑娘正在这里伤心自己淌眼抹泪的说今日才见了就惹出你家哥儿狂病倘若摔坏了那玉岂不是因我之故因此便伤心起来我好容易劝好了袭人道姑娘快休如此将来只怕比这个更奇怪的笑话还有呢若为他这种行止你多心伤感只怕你伤感不了呢快别多心黛玉道姐姐们说的我记着就是了究竟不知那玉是怎么个来历上头还有字迹袭人道连一家子也不知来历听得说是落草时从他口内掏出来的上面现成的穿眼让我拿来你看便知黛玉忙止道罢了此刻夜深了明日再看不迟大家又叙了一回方才安歇次日起

來省過賈母因望王夫人處來正值王夫人与熙凤在一處拆金陵來的书信看又有王夫人之兄嫂處遣了

两个媳婦來說話的黛玉虽不知緣故探春等卻多曉得是議論金陵城中所居薛姨母之子姨表兄薛蟠

倚財仗勢打死人命現在應天府案下審理如今母舅王子騰得了信息故遣人來告訴這边意欲喚取進

京之意且聽下回

第四回

薄命女偏逢薄命郎　葫芦僧乱判葫芦案

题曰　捐躯报國恩　未报身犹在　眼底物多情　君恩或可待

却说黛玉同姊妹们至王夫人處見王夫人與兄嫂處的来使计议家務又说姨母家遭人命官司等语因見王夫人事情冗杂姊妹们遂出来至寡嫂李氏房中来了元来这李氏乃賈珠之妻賈珠虽亡幸存一子取名賈蘭今方五歲已入学攻书这李氏亦係金陵名宦之女父名李守中曾为國子監祭酒族中男女无有不誦诗讀书者至李守中承继以来便说女子无才便有德故生李氏时便不十分令其讀书只不过將些女四书列女傳賢媛集等三四種书使他認得几个字记得前朝几个賢女罢了却只以紡績井臼為要因取名李紈字宫裁因此这李紈虽青春喪偶且居處于膏粱錦綉之地竟如槁木死灰一般一槪無見無聞惟知侍親養子外則陪侍小姑等針綉誦讀而已今黛玉虽客寄于此日有这般姑嫂相伴除老父外餘者也就無庸慮及了如今且说兩村因補授了應天府一下馬就有一件人命官司詳至案下乃是兩家爭買一婢各不相讓以致毆傷人命彼时雨村即拘原告之人来審那原告道被毆死者乃小人之主人因那日買了一个丫頭不想係拐子拐来賣的这拐子先已得了我家銀子我家小爷原说第三日方是好日子再接入门这拐子便又悄悄的賣与了薛家被我们知道了去找那賣主奪取丫頭無奈薛家原係金

陵一霸倚財仗勢衆豪奴將我小主人竟打死了凶身主僕已皆逃走無影無踪只剩了几个局外之人小人告了一年的狀竟無人做主望大老爺拘拿凶犯剪惡除凶以救孤寡死者感戴天恩不盡雨村聽了大怒道豈有這樣放屁的事打死人命就白白的走了再拿不來的因發籤差公人立刻將凶犯族中人拿來拷問令他們實供藏在何處一面再動海捕文書正要發籤時只見案邊立的一个門子使眼色不令他發籤之意雨村心下甚為疑怪只得停了手即時退堂至密室侍從者皆出去只留門子一人伏侍這門子忙上來請安問老爺一向加官進祿八九年來就忘了我了雨村道却十分面善得緊只是一時想不起來那門子道老爺真是貴人多忘事把出身之地竟忘了不記當年葫蘆廟里之事了雨村聽了如雷震一驚方想起往事原來這門子本是葫蘆廟內的一小沙彌因被火之後無處安身欲投別廟去修行又耐不得清涼景況因想這个生意到還輕省熱鬧遂趁年紀蓄了髮充了門子雨村那里想到是他便忙攜手道元來是故人又讓坐了好談這門子不敢坐雨村道貧賤之交不可忘你我故人也二則此係私室既欲長談豈有不坐之理這門子聽了方告了坐斜簽着坐了雨村因問方才何故不令發籤之故門子道老爺既榮任到這一省難道就沒有抄一張本省的護官將來不成雨村忙問何為護官符我竟不知門子道這還了得連這不知怎能做得長遠如今凡做地方官的皆有一个私單上面寫着本省最有權有勢極富極貴的大鄉紳名姓各省皆然倘若不知一時觸犯了這樣的人家不但官爵只怕

連命还保不成呢所以绰号叫做護官符方才所说的这薛家老爷如何惹得他々这一件官司並无难断之處皆因多碍着情分脸面所以如此々一面说一面從順袋中取出一張抄写的護官符来遞与雨村看時上面皆大族名宦之家的諺俗口碑其口碑排寫的明白下面皆註着始祖的官爵並房次據所抄云

賈不假白玉為堂金作馬 寧国荣国二公之後共二十房除寧荣親派八房在都外現住原籍十二房

阿房宫三百里住不下金陵一个史 保齡侯尚书令史公之後共十八房都中現住十房現居原籍八房

東海缺少白玉床龍王来请金陵王 都太尉統制县伯王公之後共十二房都中現住五房原籍七房

豐年好大雪珍珠如土金如鐵 紫微舍人薛公之後現領内庫帑銀行商共八房

雨村犹未看完忽聞傳点人報王老爷来拜雨村听说忙具衣冠出去迎接有頓飯工夫方回来细问這门子道這几家皆連多是親戚一損皆損一荣俱荣扶持遮飾皆有照應的今打死人之薛就係豐年大雪之薛也不单靠三家他的世交親友在都在外者本亦不少老爷如今拿谁去雨村听了便问门子道如你這樣说来却怎么了結此案你大约也深知这凶犯躲的方向了门子道不瞒老爷说不但这凶犯躲的方向我知道一併这拐賣之人我也知道死鬼買主也深知道待我細说与老爷听这个被打之死鬼乃是本地一个小鄉宦之子名喚馮渊自幼父母早亡又無兄弟只他一个守着些薄產过日長到十八九岁上酷爱男龍最厭女子这也是前生的冤業可巧遇这拐子賣丫頭他便一眼看上了这丫頭立意買来作妾立誓再

不交接男子也不再娶第二个了所以三日後才过门谁知这拐子又偷賣与了薛家他意欲要捲了兩家的銀子再逃往別省誰知又不曾走脱兩家拿住打了个臭死都不肯收銀只要領人那薛公子豈是讓人的便喝着手下人一打將馮公子打了个稀爛抬回家去三日死了这薛公子原是早已擇定日子上京去的頭起身兩日前就偶然遇見了这丫頭意欲買了这丫頭進京的誰知鬧出这事来既打了馮公子奪了丫頭他便没事人一般只管帶了家眷走他的路这里自有兄弟奴僕在此料理也並不為此些須小事值得他一逃走的这且不説老爺你道这被賣之丫頭是誰雨村道我如何得知门子冷笑道这人算来还是老爺的大恩人呢他就是葫芦廟傍住的甄老爺的女兒小名英蓮的雨村罕然道元来就是他聞得養到五歲被人拐去却如今才来賣门子道这種拐子單管偷拐五六歲的女兒養在一个僻靜之處到十二歲時度其容貌帶至他鄉轉賣當日这英蓮我們天天哄他頑耍雖隔了七八年如今十二三歲的光景其模樣雖然出脱的齊整好些然大概的相貌自是不改熟人易認況他眉心中元有米粒大小的一点胭脂痣從胎里帶来的所以我却認得偏生这拐子又租了我的房子居住那日拐子不在家我也曾问他他是被拐子打怕了的斷不敢説只説拐子是親爹因無錢償債故賣他我又哄之再三他又哭了只説我元不記得小時之事这可無疑了那日馮公子相看了兌了銀子拐子醉了他自嘆道我今日罪孽可滿了後又听見馮公子三日後才過门他又轉有憂愁之態我又不忍其形

葛拐子出去又命内人去解釋他這馮公子必待好日来接可知必不以丫环相待况他是个風流人品家里頗過得素習最又厭恶堂客今竟破價買你後事不言可知只耐得三两日何必憂悶他听如此説方才略解憂悶自為從此得所誰料天下竟有這等不如意之事第二日他偏又賣与了薛家若賣与第二个人还好這薛公子的混名獃霸王最是天下第一个弄性尚氣的而且使钱如土遂打了个落花流水生拖死拽把个英蓮拖去如今也不知死活這馮公子空喜一場一念未遂反花了钱送了命豈不可嘆雨村听了亦嘆道這也是他們的孽障遭遇亦非偶然不然這馮淵如何偏只看准了這英蓮々々受了這拐子几年折磨才得了个頭路且又是个多情的若能聚合了到是件美事偏又生出這段事来這薛家總比馮家富貴想其為人自然姬妾众多淫慾無度必不及馮淵一人定情者這正是夢幻情缘恰遇見一对薄命兒女且不要议論他人如今這官司如何判断才好门子咲道老爷当年何其明决今反成了个没主意的人了小的闻得老爷補陞此任亦係賈府王府之力此薛蟠即賈府之親老爷何不順水推舟作个整人情將此案了結日後也好去見賈王二公之面雨村道你説何常不是但事関人命蒙皇上隆恩起復委用实是重生再造正当秉心竭力圖报之时豈可因私而廢法是我实不忍為门子听了冷咲道老爷説的何常不是大道理但只是如今世上是行不去的豈不闻古人有云大丈夫相机而動又曰趋吉避凶者為君子依老爷這一説不但不能报效朝廷亦且自身不保还要三思為妥雨村低了半日頭方説道依你怎么樣

门子道小人想了一个极好主意在此老爷明日坐堂只管虚张声势动文书发签拿人原凶自然是拿不来的原告固是定要的自然将薛家族中及奴仆人等拿几个来拷问小的在暗中调停令他们报了暴病身亡合族中及地方上共递一张保呈老爷只说善能扶鸾请仙堂上设了乩坛令军民人等只管来看老爷就说乩仙批了死者冯渊与薛蟠原因宿孽相逢今狭路既遇原因了结薛蟠今已得无名之病被冯魂追索已死其事皆由拐子而起拐之人原系某乡某姓人氏按法处治余不累及等语小人暗中嘱托拐子令其实招众人见乩仙批语与拐子相符余者自然也都不虚了薛家有的是银老爷断一千也使得五百也可与冯家做烧埋之费那冯家也无甚要紧的人不过为的是银子见有这个银子想也就没话说了老爷细想此计何如雨村道不妥不妥等我再斟酌斟酌或可压伏口声二人计议天色已晚别无话说至次日坐堂勾取一应有名人犯雨村细加审问再见冯家人口稀疏不过赖此多得些烧埋之费薛家仗势倚财偏不相让故致颠倒未决雨村便徇情枉法胡乱判断此案冯家得了许多烧埋银子也就无甚话说了雨村断了此案急忙作书信二封与贾政并京营节度使王子腾不过说令甥之事已完不必过虑等语此事皆由葫芦庙内之沙弥新门子所出雨村又恐他对人说出当日贫贱时的事来因此心中大不乐业后来到底寻了个不是远远的充发了才罢当下言不着雨村且说那买了英莲打死冯渊的薛公子亦系金陵人氏本是书香继世之家只是如今这薛公子幼年丧父寡母又怜他是个孤根独种未

兒溺愛縱容些遂致老大無成且家中有百萬之富現領着內帑的錢粮採办雜料這薛公子学名薛蟠表字文起五岁上就情性奢侈言語傲慢雖也上過学不過畧識几个字終日惟有鬥雞走馬遊山玩景而已雖是皇商一應經紀世事全然不知不過賴祖父旧日的情分戶部掛虛名支領錢粮其餘事体自有伙計老家人措办寡母王氏乃現任京營節度王子騰之妹與榮國府賈政的夫人王氏是一母所生的姊妹今年方四十上下的年紀只有薛蟠一子还有一女比薛蟠小兩岁乳名寶釵生得肌骨瑩潤舉止嫻雅當日有他父親在日酷愛此女令其讀書識字較之乃兄竟高过十倍自他父親死後見哥〻不能依貼母怀他便不以書字為事只留心針指家計等事好為母親分憂觧勞近因今上崇詩尚礼徵採才能降不世之隆恩除聘選妃嬪外在仕宦名家之女皆親〻達部以備選擇為宮主郡主入学陪侍充為才人贊善之職二則自薛蟠父親死後各省中所有的買賣承局總管伙計人等見薛蟠年輕不諳世事便趁時拐騙起來京都中几處生意漸亦消耗薛蟠素〻聞得京都第一繁華之地正思一遊便趁此机会一為送妹待選二為望親三為親自入部銷算旧帳再計新支其實則為遊覧上國之意因此打点下行装細軟以及饋送親友各色土物人情等類正擇定起身日期不想偏遇見了那拐子重賣英蓮薛蟠見英蓮生得不俗立意買了又遇馮家來奪人因恃強喝令家下豪奴將馮淵打死他便將家中的事務一〻囑托族中人並几个老家人他便帶了母妹竟自起身長行去了人命官司一事他却視為兒戲自為花几个臭錢沒有不了的

事在路不计其日那日将入都时却又闻得母旧王子腾陞了九省総制奉旨出都查边薛蟠心中暗喜道我正愁进京去有个嫡亲的母旧管辖着不能任意挥霍〻〻偏如今又陞出去了可知天从人愿因和母亲商议道咱们京中虽有几处房舍只是这十年多没人进京居住那看守的人未免偷着租赁与人须得先着人去打扫才好他母亲说何必如此招摇咱们这一进京元是先拜望亲友或是在你旧〻家或在你姨爹家他两家的房舍极是便宜的咱们先住下再慢〻的着人收拾岂不消停薛蟠道如今旧〻正陞了外省去家里自然忙乱起身咱们这工夫反一窝一拖的奔了去岂不没眼色他母亲道你旧〻家虽陞了去还有你姨爹家况这几年来你旧〻姨娘两处每〻带信捎书接咱们来如今既来了你旧〻虽忙着起身你贾家的姨娘未必不苦留我们咱们且忙〻的收拾房屋岂不使人见怪你的意思我却知道守着旧〻姨爹住着未免拘紧了你不如你各自住着好任意施为你自己去挑所宅子住我和你姨娘姊妹们别了这几年却要厮守几日我带了你妹〻去投你姨娘家去你道好不好薛蟠见母亲如此说情知扭不过的只得吩咐人夫一路奔荣国府来那时王夫人已知薛蟠官司事亏贾雨村就中扶持了结才放下了心又见哥〻陞了边缺正愁又少了娘家的亲戚来往略加寂寞过了几日忽见家人传报姨太〻带了哥儿姐儿合家进京已在门外下车喜的王夫人忙带了女媳人等接出大厅将薛姨妈等接了进来姊妹们暮年相见自不必说悲喜交集泣笑叙阔一番忙又引了拜见贾母将人情土物各种酬献了合家俱相见过忙又治席接风薛蟠已拜见过贾政贾琏

又引着拜見了賈赦賈珍等賈政便使人上來对王夫人説姨太〻已有了春秋外甥年輕不知世務在外住着恐有人生事咱們東北角上梨香院一所十来间房子空闲着叫人打掃干净請姨太太和哥兒姐兒住了甚好王夫人未及留賈母也就遣人来説請姨太〻就在這里住下大家親密些等語薛姨媽正欲一處住宿方可拘緊些兒子若另住在外又恐縱性惹禍遂忙道謝應允又私与王夫人説明一應日費供給一概免却方是處長之法王夫人知道他家不难于此遂亦從其意從此後薛家母子就在梨香院中住了原来這梨香院乃當日榮公暮年養靜之所小〻巧〻約有十餘间房舍前廳後舍俱全另有一门通街薛蟠家人就走此门出入西南有一角门通一夾道便是王夫人正房東院了每日或飯後或晚间薛姨媽便過来或与賈母閑談或和王夫人閑叙寶釵日与黛玉迎春姊妹等一處或看書下棋或做針指倒也十分樂業只是薛蟠起初之心原不欲在賈府居住生恐姨父管束拘緊料必不自在的無柰母親執意在此且賈宅中又十分慇懃苦留只得暫且住下一面使人打掃出自己的房屋再移居過去誰知自在此间住了不上一月的光景賈宅族中凡有的子姪俱已認熟了一半凡是那些紈袴氣習者莫不喜与他往来今日会酒明日觀花甚至聚賭嫖娼漸〻無所不至引誘的薛蟠比當日更坏了一串陪雖説賈政訓子有方治家有法一則族大人多照管不到這些二則現任族長乃是賈珍彼乃寧府的長孫又現襲職凡族中〻之事自有他掌管三則公私冗雜且素性瀟洒不以俗務為要每公暇之時不過看書着棋而已餘事多不介意況且這梨香院

隔又層房舍又有街门别開任意可以出入所以这些子弟们竟可以放荡畅怀的闹因此遂将移居之念渐渐打灭了既将薛家母子在荣国府寄居等事略已表明此後荣国府又有何事且听下文

第五回

遊幻境指迷十二釵　　飲仙醪曲演紅樓夢

春困葳蕤擁綉衾　　恍隨仙子別紅塵　　問誰幻入華胥境　　千古風流造業人

如今且說黛玉自在榮府以來賈母萬般憐愛寢食起居一如寶玉迎春探春惜春三个親孫女且打靠後就是寶玉和黛玉二人之親密友愛處亦自較別个不同日則同行同坐夜則同息同止真是言和意順略無參商不想如今忽然來了一个薛寶釵年歲雖大不多然品格端方容貌豐美人多謂黛玉之所不及而且寶釵行為豁達隨分從時不比黛玉孤高自許目無下塵故比黛玉大得下人之心便是那些小丫頭們亦多喜與寶釵頑耍因此黛玉心中便有些悒鬱不忿之意寶釵卻渾然不覺那寶玉亦在孩提之間況且天性所禀來的一片愚拙偏僻視姊妹兄弟皆出一意並無親疎遠近之別其中因與黛玉同隨賈母一處坐臥故略比別个姊妹熟慣些既熟慣則更加親密既親密則不免一時有求全之毀不虞之隙這日不知為何他二人言語有些不合起來黛玉又氣的獨自房中垂泪寶玉又自悔言語冒撞前去俯就那黛玉方漸漸的回轉來因東邊寧府中的花園梅花盛開賈珍之妻尤氏乃治酒請賈母邢夫人王夫人等賞花是日先携了賈蓉夫妻二人來面請賈母等于是早飯後過來就在會芳園遊頑先茶後酒不過皆是寧榮二府女眷家宴小集並無別樣新文趣事可記忽一時寶玉困倦欲睡中覺賈母命人好生哄着他歇息一回再來賈蓉之妻

秦氏便忙回道我们这里有给宝叔收拾下的房子老祖宗放心只管交与我就是了又向宝玉的丫环奶娘等
道嬷嬷姐姐们请宝叔随我这里来贾母素知秦氏是个极安妥的人而且又生得袅娜纤巧行事又柔温
和平乃重孙媳中第一个得意之人见他去安置宝玉自是安稳的当下秦氏引了一簇人来至上房内间宝
玉抬头先见一付画贴在上面画的人物固好其故事乃是燃藜图也不看系何人所画心中便有些不快又
有一付对联写的是　世事洞明皆学问　人情练达即文章
宝玉看了这两句对联纵然室宇精美铺陈华丽亦断断不肯在这里了忙说快出去秦氏听了笑道这里还
不好可往那里去呢不然到我屋里去罢宝玉点头微笑有一嬷嬷道那有个叔叔到侄儿房里去睡觉
的理秦氏道阿哟哟不怕他恼他能多大了就忌讳这些个上月你没看见我那个兄弟来了虽然和宝叔同
年两个站在一处只怕那一个还高些呢宝玉道我怎么没见过你带他来我瞧瞧众人道隔着二三十里那里
带去见的日子有呢说着大家来至秦氏房中便有一股细细的甜香袭人而来宝玉便越觉得眼饧骨软
连说好香进入房向壁上看时有唐伯虎画的海棠春睡图两边有宋学士秦太虚写的一付对联是
嫩寒锁梦因春冷　芳气袭人是酒香
一边摆着飞燕立着舞过金盘内盛着安禄山掷过伤了太真乳的木瓜上面设着寿昌公主于含章殿下
卧的榻悬的是同昌公主制的连珠帐宝玉含笑道这里好秦氏笑道我这房子大约神仙也可以住得

了说着亲自展开了西子浣过的纱衾移了红娘抱过的鸳枕于是众奶姆伏侍宝玉卧好款款散去只留下袭人媚人晴雯麝月四个丫环为伴秦氏便吩咐小丫环们好生在廊檐下看着猫儿狗儿打架那宝玉刚合上眼便惚惚睡去犹似秦氏在前遂悠悠荡荡随了秦氏至一所在但见朱栏白石绿树清溪真是人迹希逢飞尘不到之处宝玉在梦中欢喜想道这个去处有趣我就在这里过一生纵然失了家也愿意的强如天天被父母师父打去呢正胡思之间忽听山后有人作歌曰

春梦随云散　飞花逐水流　寄言众儿女　何必觅闲愁

宝玉听了是个女子的声音止待寻觅早见那边走出一个人来蹁跹袅娜端的与人不同有赋为证

方离柳坞乍出花房但行处鸟惊庭树将到时影度回廊仙袂乍飘兮闻麝兰之馥郁荷衣欲动兮听环佩之铿锵靥笑春桃兮云堆翠髻唇绽樱颗兮榴齿含香纤腰之楚楚兮若回风舞雪珠翠之辉辉兮满额鹅黄出没花间兮宜嗔宜喜徘徊池上兮若飞若扬蛾眉颦笑兮将言而未语莲步乍移兮欲止而欲行羡彼之良质兮冰清玉润慕彼之华服兮烂灼文章爱彼之容貌兮香培玉琢羡彼之态度兮凤翥龙翔其素若何春梅绽雪其洁若何秋兰披霜其静若何松生空谷其艳若何霞映澄塘其文若何龙游曲沼其神若何月射寒江应惭西子实愧王嫱奇矣哉生于孰地来自何方信矣乎瑶池不二紫府无双果何人哉如斯之美也

宝玉見是一个仙姑喜的忙忙来作揖问道神仙姐姐不知從那里来如今要往那里去我也不知这里是何處望乞携帶携帶仙姑道吾居离恨天之上灌愁海之中乃放春山遣香洞太虚幻境警幻仙姑是也司人间之風情月債掌塵世之女怨男痴因近来風流冤孽纏綿于此處是以前来查访机会佈散相思今忽与尔相逢亦非偶然此离吾境不远别無他物僅有自採仙茗一盞親釀美酒一甕素練魔舞歌姬數人新添红樓夢曲十二支試随吾一遊否宝玉听了喜躍非常便忘了秦氏在何處了竟随了仙姑至一所在有石牌横建着太虚幻境四个大字兩边一付对聯乃是

假作真時真亦假　無為有處有还無

轉过了牌坊便是一座宫门上横书着四个大字道孽海情天又有一付对聯大书云

厚地高天堪嘆古今情不尽　痴男怨女可怜風月債难償

宝玉看了心下自思道原来如此但不知何為古今之情又何為風月之債從今倒要領畧領畧宝玉只顧如此一想不料早把那些邪魔招入膏肓了当下随了仙姑進入二層门内只見兩边配殿皆有匾額对聯一时看不尽許多多惟見有几處寫着的是痴情司結怨司夜哭司朝啼司夜怨司春感司秋悲司宝玉看了因向仙姑道敢煩仙姑引我到那各司中遊玩遊玩不知可使得否仙姑道此各司中皆貯的是普天下之所有的女子过去未来的簿册尔凡眼塵軀未便知道的宝玉听了那里肯依復央之再四仙姑無柰说也罢就在此司内畧随喜随喜罷了宝玉喜不自勝抬頭看这司的匾上乃是薄命司三字兩边对聯寫的是

七〇

春恨秋悲皆自惹　　花容月貌为谁妍

宝玉看了便知感嘆進入门来只見有十数个大橱皆用封條封着看那封条上皆是各省地名宝玉一心只揀自己家鄉的封条看遂無心看别省的了只見那边橱上封条大書七字云金陵十二釵正册宝玉因问何为金陵十二釵正册警幻道即貴省中十二冠首女子之册宝玉道常听人说金陵極大的地方怎么只十二个女子如今单我们家里上上下下就有几百个女孩兒呢警幻冷笑道诸省女子故多不过擇其緊要者録之下边二橱則又次之餘者庸常之輩則無册可録矣宝玉听说再看下二橱上果然寫着金陵十二釵副册又一个寫着金陵十二釵又副册宝玉便伸手先將又副册橱门开了拿出一本册来揭开一看只見这首册上画着一副画又非人物亦無山水不过是水墨滃染的滿紙烏云濁霧而已後有几行字跡寫道是

霽月难逢　　彩云易散　　心比天高　　身為下賤

风流灵巧招人怨　　寿夭多因诽谤生　　多情公子空牽念

宝玉看了又見画着一簇鮮花一床破席也有几句言词寫的是

枉自温柔和順　　空云似桂如蘭　　堪羡優伶有福　　誰知公子無緣

宝玉看了不解遂擲下了这个又去开了副册厨门拿起一本册来揭开看时只見画着一枝桂花下面有一池沼其中水涸泥乾蓮枯藕敗後面書云

根並荷花一莖香　平生遭際實堪傷　自從兩地生孤木　致使香魂返故鄉

寶玉看了仍不解他又擲了再去取正冊看只見頭上一冊便畫着兩株枯木々上懸着一圍玉帶又有一堆雪々下一股金釵也有四句言詞道

可嘆停機德　堪憐咏絮才　玉帶林中掛　金簪雪裡埋　寶釵

寶玉看了仍不解待要問時情知他必不肯洩漏待要丟下又不捨遂又往後看時只見畫着一張弓々上掛着一香櫞也有一首歌云

二十年來辨是誰　榴花開處照宮闈　三春爭及初春景　虎兕相逢大夢歸　元春

後面又畫着兩人放風箏一片大海一隻大船々中有一女子掩面泣涕之狀也有四句云

才自精明志自高　生于末世運偏消　清明涕送江邊望　千里東風一夢遙　探春

後又畫几縷飛云一灣逝水其詞曰

富貴又何為　襁褓之間父母違　展眼吊斜暉　湘江逝水楚云飛　湘云

後面又畫着一塊美玉落在垢泥之中其云

欲潔何曾潔　云空未必空　可憐金玉質　落陷污泥中　妙玉

後面又畫着一惡狼追撲一美女欲啖之意其云

子係中山狼　得志便猖狂　金闺花柳質　一載赴黄梁　迎春

後面便是一所古廟里面有一人美人在内看経独坐其云

勘破三春景不長　緇衣頓改昔年粧　可憐绣户侯门女　独卧青灯古佛傍　惜春

後面便是一片氷山有一隻雌凤其云

凡鳥偏從末世来　都知愛慕此生才　一從二令三人木　哭向金陵事更哀

後面一座荒村野店有一美人在那里紡績其云

勢敗休云貴　家亡莫論親　偶因濟刘氏　巧得遇恩人　巧姐

詩後又画一盆茂蘭傍有一位凤冠霞帔美人也有判云

桃李春风结子完　到頭誰似一盆蘭　如氷水好空相妒　枉与他人作笑談　李紈

後面又画着高楼大厦有一美人懸梁自縊其曰

情天情海幻情身　情既相逢必主淫　漫言不肖皆荣出　造衅開端实在寧　秦氏

宝玉还欲看时那仙姑知他天分高明性情颖慧恐他把仙机泄漏遂掩了卷册向宝玉道且随我去遊玩遊玩奇景何必在此打这闷葫芦宝玉恍恍惚惚不觉棄了卷册随着仙姑来至一所在但見珠簾绣幙画棟雕簷说不尽那光摇朱户金鋪地雪照瓊窓玉作宫更見鲜花馥郁異草芬芳真

是好个所在宝玉正在观之不尽忽听警幻呼道你们快出来迎接贵客一语未了只见房中又走出几个仙子来荷袂蹁跹羽衣飘舞姣若春花媚如秋月一见了宝玉都怨谤警幻道我们不知系何贵客忙的接了出来姐姐曾说今日今时必有绛珠妹子的生魂前来游玩旧景故我等久待何故反引了这浊物来污染这清净女儿之境宝玉听如此说便吓得欲退不能退果觉自形污秽不堪警幻忙携住宝玉的手向众姊妹道你等不知原委今日原欲往荣府去接绛珠适从宁府所过偶遇宁荣二公嘱吾云吾家自国朝定鼎以来功名奕世富贵传流虽历百年奈运终数尽不可挽回者故近之子孙虽多竟无可以继业其中惟有嫡孙宝玉一人禀性乖张性情怪谲虽聪明灵慧略可望成无奈吾家运数合终恐无人规引入正幸仙姑偶来可望先以情欲声色等事警其痴顽或能使彼跳出这迷人圈子然后入于正路亦吾弟兄之幸矣如此嘱吾故发慈心引彼至此先以彼家中上中下三等女子的册籍令彼熟玩尚未觉悟故引彼再到此处令其再历饮馔声色之幻或冀将来一悟亦未可知说毕携了宝玉入室但闻一缕幽香竟不知所焚何物宝玉遂不禁相问警幻冷笑道此香尘世中既无尔何能知此香乃诸山名胜境内初生异卉之精合各种宝林珠树之油所制名为群芳髓宝玉听了只是欣羡而已大家入坐小环捧上茶来宝玉自觉清香异味纯美非常因又问何名警幻道此茶出在放春山遣香洞又以仙花灵叶上所带的宿露而烹此茶名曰仙红一窟宝玉听了点头称赏因

看房内的瑶琪宝影古画新诗无所不有更喜窗下亦有唾绒奁间时渍粉污壁上亦有一付对联曰

幽微灵秀地　无可奈何天

宝玉看毕无不羡慕因又请问众仙姑姓名一名痴梦仙姑一名钟情大士一名引愁金女一名度恨菩提各各道号不一少刻有一小环来调桌安椅设摆酒馔真是琼浆满泛玻璃盏玉液浓斟琥珀盃更不用再说那肴馔之盛宝玉闻得此酒清香甘冽异乎寻常又不禁相问警幻道此酒乃以百花之蕊万木之汁加以麟髓之醅凤乳之麹酿成因名为万艳同盃宝玉称赏不迭饮酒之间又有十二个舞女上来请问演何词曲警幻道就将新制的红楼梦十二支演上来舞女们答应了便轻敲檀板款按银筝听他歌道　开辟鸿蒙

方歌了一句警幻便道词曲不比尘世中所填传奇之曲必有生旦净末之则又有南北九宫之限此或咏叹一人或感怀一事偶成此曲即可谱入管弦若非個中人不知其中之妙料尔亦未必深明此调若不先阅其稿后听其歌反成嚼蜡矣说毕回头命小环取了红楼梦原稿来递与了宝玉宝玉接来一面目视其文一面耳聆其歌

第一〔红楼梦引〕开辟鸿蒙谁为情种都只为风月情浓奈何天伤怀日寂寥时试遣愚衷因此上演出这怀金悼玉的红楼梦　第二〔终身悞〕都道是金玉良姻俺只念木石前盟空对着山中高士晶莹雪终不忘世外仙姝寂寞林叹人间美中不足今方信纵然是齐眉举案到底意难平　第三〔枉凝眉〕

一个是阆苑仙葩一个是美玉无瑕若说没奇缘今生偏又遇着他若说有奇缘如何心事终虚化一个枉自嗟呀一个空劳牵挂一个是水中月一个是镜中花想眼中能有多少泪珠儿怎禁得秋流到冬尽春流到夏

宝玉听了此曲散漫无稽不见有甚好处但其声韵凄惋竟能消魂醉魄因此也不得查其原委问其来历就暂以此释闷而已因又听下面唱道

第四〈恨无常〉喜荣华正好恨无常又到眼睁睁、把万事全抛荡悠悠、芳魂消耗望家乡路远山高故向爹娘梦里相寻告儿命已入黄泉须要退步抽身早

第五〈分骨肉〉一帆风雨路三千把骨肉家园齐来抛闪恐哭损残年告爹娘休把儿悬念自古穷通皆有定离合岂无缘从今分两地各自保平安奴去也莫牵连

第六〈乐中悲〉襁褓中父母叹双亡纵居那绮罗丛谁知娇养幸生来英豪阔大宽弘量从未将儿女私情略萦心上好一似霁月光风耀玉堂相配得才貌仙郎博得个地久天长准折得幼年时坎坷形状终有时云散高唐水涸湘江这是尘寰中消长数应当何必枉悲伤

第七〈世难容〉气质美如兰才华复比仙天生成孤癖人皆罕你道是啖肉食腥膻视绮罗俗厌却不知太高人越妒过洁世间嫌可叹这青灯古殿人将老辜负了红粉朱楼春色阑到头来依旧是风尘肮脏违心愿好一似无瑕美玉遭泥陷又何须王孙公子叹无缘

第八〈喜冤家〉中山狼无情兽全不念当日的根由一味的骄奢淫荡贪还构觑着那侯门艳质同蒲柳作践的公府千金

七六

似下流，嘆芳魂艷魄，一載蕩悠悠。 第九〔虛花悟〕將那三春看破，桃紅柳綠待如何？把這韶華打滅，不見
那清淡天和。說什麼天上夭桃盛，雲中杏蕊多。到頭來，誰見把秋捱過？則看那白楊村里人嗚咽，青楓
林下鬼吟哦。更兼着連天衰草遮墳墓。這就是昨貧今富人勞碌，春榮秋謝花折磨。似這般生關死劫
誰能躲？聞說道，西方寶樹喚婆娑，上結着長生果。 第十〔聰明累〕機關算盡太聰明，反算了卿卿的性命。
生前心已碎，死後性空靈。家富人寧，終有个家亡人散各奔騰。枉費了意懸懸半世心；好一似蕩悠悠三
更夢。忽喇喇似大廈傾，昏慘慘似灯將盡。呀！一場欢喜忽悲辛。嘆人世，終難定！ 第十一〔留餘慶〕留
餘慶，留餘慶，忽遇恩人；幸娘親，積得陰功。勸人生，濟困扶窮。休似俺那愛銀錢忘骨肉的狠旧奸兄！正是乘除加
減，上有蒼穹。 第十二〔晚韶華〕鏡里恩情，更那堪夢里功名！那美韶華去之何迅！繡帳鴛衾。只這帶珠
冠，披鳳襖，也抵不了無常性命。雖說是人生莫受老來貧，也須要陰騭積兒孫。氣昂昂頭帶簪纓，
光燦燦腰懸金印；威赫赫爵祿高登，昏慘慘黃泉路近。問古來將相可還存？也只是虛名兒與後人欽
敬。 第十三〔好事終〕畫樑春盡落香塵。擅風情，秉月貌，便是敗家的根本。箕裘頹墮皆瑩玉，家事消亡
首罪寧。宿孽總因情。 第十四〔飛鳥各投林〕為官的，家業凋零；富貴的，金銀散盡；有恩的，死里逃生；無
情的，分明報應。欠命的，命已还；欠泪的，泪已盡。冤冤相報豈非輕，分離聚合皆前定。欲知命短問
前生，老來富貴真僥倖。看破的，遁入空门；痴迷的，枉送了性命。好一似食盡鳥投林，落了片白茫茫

大地真干净

歌毕还又歌别曲警幻见宝玉甚无趣味因叹道痴儿竟尚未悟那宝玉忙止歌姬不必再唱自觉朦胧恍惚告醉求卧警幻便命撤去残席送宝玉至香闺绣阁之中其间铺陈之盛乃素所未见之物更可骇者早有一位女子在内其鲜妍妩媚有似乎宝钗风流袅娜则又如黛玉正不知何意忽警幻道尘世中多少富贵之家那些绿窗风月绣阁烟霞皆被淫污纨袴与那些流荡女子悉皆玷辱更可恨者自古来多少轻薄浪子皆以好色不淫为饰又以情而不淫作案此皆饰非掩丑之语也好色即淫知情更淫是以巫山之会云雨之欢皆由既悦其色复恋其情所致也吾所爱汝者乃天下古今第一淫人也宝玉听了唬得忙答道仙姑差了我因懒于读书家父母尚每垂训饬岂敢再犯淫字况且年纪尚小不知淫字为何物警幻道非也淫虽一理意则有别如世之好淫者不过悦容貌喜歌舞调笑无厌云雨无时恨不能尽天下之美女供我片时之兴趣此皆皮肤滥淫之蠢物耳如尔则天分中生成一段痴情吾辈推之为意淫惟意淫二字雖[可]心[领]会而不可口传可神[会]而不可语达汝今独得此二字在闺阁中固可为良友然于世道中未免迂阔诡怪百口嘲谤万目睚眦今既遇尔祖宁荣二公剖腹深嘱吾不忍君独为我闺阁增光见弃于世道故特引前来醉以灵酒沁以仙茗警以妙曲再将吾妹一人乳名兼美字可卿者许配与汝今夕良时即可成姻不过令汝领略此仙闺幻

境之花光尚然如此何况塵境之情哉而今後萬萬解釋改悟前情留意于孔孟之间委身于经纪之道说毕便授以云雨之事推宝玉入房将门掩上自去那宝玉恍恍惚惚依警幻所嘱之言未免有儿女之事难以尽述至次日便柔情缱绻软雨温存與可卿难解难分因二人携手出去游玩之时忽至一个所在但見荆榛遍地狼虎同群迎面一道黑溪阻路並無桥梁可通正在犹豫之间忽見警幻從後追来告道快休前進作速回頭要紧宝玉忙止步问道此係何處警幻道此即迷津也深有万丈遥亘千里只有一木筏乃木居士撑柁灰侍者撑篙不受金银之谢但遇有缘者渡之尔今偶遊至此设如堕落其中则深負我從前谆谆警戒矣话犹未了只听津内的水响如雷竟有许多夜叉海鬼将宝玉拖将下去唬得宝玉汗如雨下一面失声喊叫可卿救我唬得袭人輩众丫环忙上来搂住叫宝玉别怕我们在这里却说秦氏正在房外嘱咐小丫頭们好生看着猫儿狗儿打架忽闻宝玉在梦中叫他的小名因纳闷道我的小名这里從無人知道的他如何知道在梦里叫将出来正是

夢同誰訴離愁恨　千古情人独我知

第六回

賈寶玉初試雲雨情　劉姥ゝ一進榮國府

題曰　朝叩富兒門　富兒犹未足　雖無千金酬　嗟彼勝骨肉

却説秦氏听見寶玉從夢中喚他的乳名心中自是納悶又不好細问彼時寶玉迷ゝ惑ゝ若有所失衆人忙端上桂元湯來呷了两口遂起身整衣襲人伸手與他繫褲帶時不覺伸手至大腿處只覺氷凉一片粘濕唬得忙褪出手來问是怎么了寶玉紅漲了臉把他的手一捻襲人本是个聰明女子年紀本又比寶玉大两歲近來漸通人事今見寶玉如此光景心中便覺察一半了不覺也羞的紅漲了臉面不敢再问仍旧理好衣裳隨即賈母處來胡乱吃畢晚飯過這边來襲人忙趂衆奶娘了頭不在傍時另取出一件中衣來與寶玉換上寶玉含羞央告道好姐ゝ千萬别告訴人襲人亦含羞咲问道你夢見什麼故事了是那里流出來的那些臟東西説着宝便把夢中之事細説與襲人听了然後説至警幻所授雲雨之攙面伏身而咲寶玉亦素喜襲人柔媚姣俏遂強襲人同領警幻所訓雲雨之情襲人素知賈母已將自己與了寶玉的今便如此亦不為越理遂和寶玉偷試一番幸得無人撞見自此寶玉視襲人更與别个人不同襲人侍寶玉更為盡心暫且别無話説按榮府一宅中合算起來人口雖不多從上至下也有三四百丁雖是不多一天也有 三十件竟如乱麻一般並

無一个頭緒可作綱領正行思從那一件事自那一个人寫起方妙恰好忽從千里之外芥豆之微小〻一个人家因與榮府畧有些瓜葛這日正往榮府中來因此便就此一家說來到还是頭緒這一家姓甚名誰又與榮府有甚瓜葛且听細講乃本地人氏也姓王祖上曾做過小〻的一个京官昔年與鳳姐之祖王夫人之父認識因貪王家的勢利便連了宗認作姪兒那時只有王夫人之大兄鳳姐之父與王夫人隨在京中得知有此一门連宗之族餘者皆不認識目今其祖已故只有一个兒子名喚王成因家業消條仍搬出城外原到鄉中住去了王成新近亦因病故只有其子小名狗兒妻劉氏所生一子小名板兒生一女名喚青兒一家四口仍以務農為業因狗兒白日间又作些生計刘氏又操井臼等事青板姊弟兩个無人看管狗兒遂將岳母刘姥〻接來一處過活這刘姥〻乃是个積年的老寡婦膝下又無兒子只靠兩畝薄田度日如今女婿接來養活豈不愿意遂一心一計帮趁着女兒女婿過活起來因這年秋盡冬初天氣冷將上來家中冬事未辦狗兒未免心中煩慮吃了几杯悶酒在家閑尋氣惱刘氏也不敢頂撞因此刘姥〻看不過因劝道姑爺你别嗔我多嘴咱們做庄人那一个不是老〻誠〻的守多大碗兒吃多大飯兒你皆因年小的時候托着你那老人家的福吃喝慣了如今所以把持不住有了錢就顧頭不過尾沒了錢就瞎生氣此為紈袴下針却先從此等小處寫來成个什么男子漢大丈夫呢如今

咱们虽城住着终是天子脚下這長安城中遍地多是钱只可惜没人會拿去罢了在家跳蹋會子也不中用狗兒听说便急道你老只會炕頭兒上混説难道叫我打劫偷去不成刘姥姥道谁叫你偷去呢也到底大家想方法兒裁度不然那银子钱自己跑到咱家来不成狗兒冷咲道有法兒还不等到這会子呢我又没有收税的親戚做官的朋友有什麼可想的便有也只怕他们未必来理我们呢刘姥姥道這倒不然謀事在人成事在天咱们謀到了靠菩薩的保佑有此机会也未可知我倒替你想出一个机会来當日你们原是和金陵王家連過宗的二十年前他们看承你们还好如今自然是你们拉硬屎不肯去親近他故踈遠起来想當初我和女兒还去過一遭他家的二小姐着实响快會待人到不拿大如今現是榮国府賈二老爺的夫人听得說如今上了年紀越發憐貧恤老最爱斋僧道捨米捨钱的如今王府雖陞了边任只怕這二姑太太还認得咱们你何不去走動走動或者他念旧有些好處也未可知只要他發一点好心拔一根寒毛比咱们腰还粗呢刘氏一傍接口道你老雖説得是但只你我這樣一个嘴臉怎么好到他门上去先不先他那些门上的人也未必肯去通信没的去打嘴現世誰知狗兒裡心最重靈听如此一說心下便有活動起来又听他妻子这番话便咲接道姥姥既如此说况且你當年見過這姑太太一次何不你老人家明日就走一趟先试试风頭再說刘姥姥道嗳哟可是說的侯门深似海我是个什么爱物兒

他家人又不認得我〻去了也不是白去的狗兒唉道不妨我教你老一个法子你竟帶了外孫子小板兒先去找倍房周瑞若見了他就有些意思了這周瑞先是曾和我父親交過一件事我們極好的劉姥〻道我也知道他的只是許多時不走知道他如今是怎樣這也說不得了你又是个男人又這樣个嘴臉自然去不得我們姑娘年輕媳婦子也難賣頭賣脚去到還是捨着我這付老臉去碰一碰果然有些好處大家都有益便是沒有銀子我也到公府侯门見一見世不枉我一生說畢大家說了一回當晚計議已定次日天未明劉姥〻便起來梳洗了又將板兒教訓了几句那板兒才五六歲的孩子一無所知听見帶他進城逛去便喜的無不應承于是劉姥〻帶他進城找至寧榮街來至榮府大门石獅子前只見簇〻的轎馬劉姥〻便不敢過去且彈〻衣服又教了板兒几句话然後走到角门前只見几个挺胸疊肚指手画脚的人坐在大欖上說東談西呢劉姥〻只得蹭上來问太爺納福衆人打諒了他一會便问那裡來的劉姥〻唉道我找太〻的倍房周大爺的煩那位太爺替我請他老出來那些人听了多不揪睬半日方說道你遠〻的那墙脚下等着一会子他們家有人就出來的內中有一老年人說道不要悮他的事何苦耍他因向劉姥〻道那周大爺已往南边去了他在後門一帶住着他娘子却在家你要找時從這边繞到後街上後门上去问就是了劉姥〻听了謝過遂攜了板兒繞到後门上只見门

前歇着些〻生意担子也有賣吃的也有賣頑耍物件的閙吵〻三二十个小孩子在那里厮閙刘姥〻便拉住一个道我問哥児一般有个周大娘可在家庅孩子们道那个周大娘我们這里周大娘有三个呢还有两个周奶〻不知是那一行當上的刘姥〻道是太〻的陪房周瑞孩子道這个容易你跟我来説着跳躥〻引着刘姥〻進了後门至一院墙边指與刘姥〻道這就是他家又叫道周大娘有个老奶〻来找你呢周瑞家的在内听説忙迎了出来问是那位刘姥〻忙迎上来问道好呀周嫂子周瑞家的認了半日方笑道刘姥〻你好呀你説〻能几年我就忘了請家裡来坐罢刘姥〻一壁里走一壁笑説道你老是贵人多忘事那里还记得我们了説着来至房中周瑞家的命顧的小丫頭到上茶来吃着周瑞家的又问板児道你多長这庅大了又问些别後闲话再问刘姥〻今日还是路過还是特来的刘姥〻便説原是特来瞧〻嫂子二則也請〻姑太〻的安若可領我見一見更好若不能便借重嫂子轉致罢了周瑞家的听了便已猜着几分来意只因昔年他丈夫周瑞争買田地一事其中多得狗児之力今見刘姥〻如此而来心中难却其意二則也要顯弄自己的体面听如此説便笑道姥〻你放心大遠的诚心诚意来了豈有个不叫你見个真佛去的呢論理人来客至回话却不與我相干我们這里各占一樣児我们男的只管春秋二季的地租子闲時只帶着小爺们出门子就完了我只管跟太〻奶〻们出门的事皆因你原是太〻的親戚又拏我

當个人投奔了我來我竟破个例給你通个信去但只一件姥姥有所不知我們這里又不比五年前了如今太太竟不大管事都是璉二奶奶管家了你道這璉二奶奶是誰就是太太的內姪女當日大舅老爺的女兒小名鳳哥的劉姥姥聽了罕問道原來是他怪道呢我當日就說他不錯呢這等說來我今日還得見他了周瑞家的道這個自然的如今太太事多心煩有客來了畧可推得去的就推過去了都是鳳姑娘周旋款待今日寧可不会太太到要見他一面纔不枉這裡來一遭劉姥姥道阿彌陀佛全仗嫂子方便了周瑞家的道說那里話俗語說的與人方便自己方便不過用我說一句話罷了害着我什麼說着便叫小丫頭子到倒廳上悄悄的打聽打聽老太太屋里擺了飯了沒有小丫頭去了這里二人又說些閑話劉姥姥因說這鳳姑娘今年大不過二十歲罷了就這等有本事當這樣的家可是難得的周瑞家的聽了說道我的姥姥告訴不得你呢這位鳳姑娘年紀雖少行事却比世人多大呢如今出挑的美人一樣的模樣兒少說些也有一萬个心眼子再要賭口齒十个会說話的男人也說他不過回來你見了就信了就只一件待下人未免太嚴了些說着只見小丫頭回來說老太太屋裡已擺了飯二奶奶在太太屋里呢周瑞家的聽了連忙起身催着劉姥姥說快走快走這一家來他吃飯是一个空子咱們先等着去若遲一步回事人也多了難說話再歇了中覺越發沒了時候了說着一齊下了炕打掃打掃衣服又教了板兒几句話隨着周瑞家的逶迤往賈璉的住處

来先到了倒所周瑞家的道刘姥姥在那里畧等一等自己先過影壁進了院門知鳳姐未出来先找着鳳姐的一个心腹通房大丫頭名喚平兒周瑞家的先將刘姥姥起初来歷説明又説今日大遠的特来请安當日太太是長會的今日不可不見所以我帶了他進来等奶奶下来我細細回明奶奶想也不責備我莽撞的平兒听了便作了主意叫他們進来先在這里坐着就是了周瑞家的听了方出去領了他两个進入院来上了正房台磯小丫頭子打起猩紅毡簾纔入堂屋只聞一陣香撲了臉来竟不辨是何氣味身子如在雲端裡一般滿屋中之物都是耀眼爭光使人頭懸目眩刘姥姥此時惟点頭咂嘴念佛而已于是来至東边這间屋内乃是賈璉的女兒大姐兒睡覺之所平兒站在炕沿边打量了刘姥姥两眼只得问个好讓坐刘姥姥見平兒遍身綾羅揷金帶銀花容月貌的便當是凤姐兒了纔待呼姑奶奶忽見周瑞家的稱他是平姑娘又見平兒赶着周瑞家的称周大娘方知是个有些体面的丫頭子于是讓刘姥姥和板兒上了炕平兒和周瑞家的對面坐在炕沿上小丫頭子們斟了茶来吃茶刘姥姥只听見咯噹咯噹的响声大有似乎打羅櫃篩麪的一般於小家氣象不免東張西望忽見堂屋中柱子上掛着一个匣子底下又墜着一个秤砣般一物却不住的乱幌刘姥姥心中想着這是什麼爱物兒有煞用呢正獃時陡听得噹的一聲又若金鐘銅磬一般不防倒唬的一展眼接着又是八九下方欲问時只見小丫頭們一齊乱跑説奶奶下来了

平兒周瑞家的忙起身命刘媽〻只管坐着等是時候我們来請呢說着都迹出去了刘姥〻只屏声側耳只听远〻有人咲声約有一二十婦人都捧着大漆捧盒進这边来等候听得那边說了声擺飯漸〻的人纔散出只有伺候端菜几个人半日鴉雀不聞之後忽見兩人抬了一張炕桌来放在这边炕上桌上碗盤生列俱是滿〻的魚肉在内不過畧動几樣兒板兒一見便吵着要肉吃刘姥〻一把掌打他去忽見周瑞家的咲嘻〻走過来招手兒叫他刘姥〻会意于是携了板兒下炕至堂屋中周瑞家的又和他唧咕了一會方過這边屋里来只見门外鏨銅鈎上懸着大紅撒花軟簾南窗下是炕上大紅毡条靠東边板壁立着一个鎖子錦靠背與一个引枕舖着金心閃緞大坐褥傍边有銀唾盒那凤姐兒家常帶着秋板貂鼠昭君套圍着攢珠勒子穿着桃紅撒花襖青石刻絲灰鼠披风大紅洋縐銀鼠皮裙粉光脂艷端〻正〻坐在那里手内拿着小銅火柱兒撥手炉内的灰平兒站在炕沿边捧着一个小〻的填漆茶盤〻内一个小蓋鍾凤姐也不接茶也不抬頭只管撥手炉内的灰慢〻的道怎麼还不請進来一面說一面抬身要茶時只見周瑞家的已帶了兩个人在底下站着呢這纔忙欲起身犹未起身时滿面春风的问好又嗔着周瑞家的怎麼不早說刘姥〻在地下已是拜了数拜问奶〻安凤姐忙說周姐〻快些扶起来别拜罢請坐我年輕不大認得可也不知是什么輩不敢稱呼周瑞家的忙回道這就是我纔回的

那刘姥〻了风姐点頭刘姥〻已在炕沿上坐下了板兒便躲在後頭百般的哄他出来作揖他死也不肯风姐兒咲道親戚们不大走動都踈遠了知道的呢说你们棄嫌我们不肯長来不知的那起小人还只當我们眼裡没人是的刘姥〻忙念佛道我们家道艰難走不起来了这裡没得給姑奶〻打嘴就是管家爺们看着也不像风姐兒咲道这话没的叫人恶心不過借頼着祖父虚名作个穷官兒谁家有什么不過是个旧日的空架子俗语说朝廷还有三门子穷親戚何况你我说着又问周瑞家的回了太〻了没有周瑞家的道如今等奶〻的示下风姐道你去瞧〻要是有人有事就罢得閑呢就回看怎么说周瑞家的答应着去了这里风姐叫人抓些菓子與板兒吃刚问些閑话時就有家下許多媳婦管事的来回话平兒回了风姐道我这里陪客呢晚上再来回若有狠要紧的事你就找進来現办平兒出去了一会進来说我多问了没什么紧事我就叫他们散了风姐点頭只見周瑞家的回来向风姐道太〻说了今日不得閑二奶〻陪着便是一樣多謝費心想着白来瞧〻罢便罢若有甚说的只管告訴二奶〻都是一樣刘姥〻道也没甚说的不過是来瞧〻姑太〻姑奶〻也是親戚们的情分周瑞家的道没甚说的便罢若有话只管回二奶〻是和太〻一樣的一面说一面遞眼色與刘姥〻〻〻会意未语先飛紅的臉欲待不说今日又所為何来只得忍恥说道論理今日初次見姑奶〻都不该说只是大远的奔了

你老这里来也少不得説了剛説道這里二门上小厮们回説東府里的小大爺進来了凤姐忙止刘姥、不必説了一面便问你蓉大爺在那里呢只听一路靴子脚响進来了一个十七八歲的少年面目清秀身材俊俏輕裘寶带美服華冠刘姥、此時坐不是立不是藏没處藏凤姐笑道你只管坐着這是我侄儿刘姥、方扭、捏、在炕沿上坐了賈蓉笑道我父親打發了我来求嬸子説上面老舅太、給嬸子的那架玻璃炕屏明日請一个要緊的客借了略擺一擺就送過来凤姐道説遲了一日昨日已經給了人了賈蓉听説嘻、的笑着在炕下半跪道嬸子若不借又説我不会説话了又挨一頓好打呢求嬸子賞給侄儿罢凤姐笑道也没有見你们王家的東西多是好的不成你们那里放着那些好東西只是看不見偏我的就是好的賈蓉道只求開恩罢凤姐道要碰一点儿你可仔細你的皮因命平儿拿去楼房鑰匙傳几个妥當人来抬去賈蓉喜的眉开眼笑説我親自帶了人拿去别由他们乱碰説着便起身出去了這里凤姐忽又想起一事来便向窗外叫蓉哥回来外边几个人接声説蓉大爺快回来賈蓉忙復身轉来垂手侍立听阿凤指示那凤姐只管慢、的吃茶出了半日的神又笑道罢了你且去罢晚飯後你来再説罢這会子有人我也没精神了賈蓉應了一声方慢、的退去這刘姥、心神方安才又説道今日我带了你侄儿来也不為别的只因他老子娘在家里連吃的多没有如今天又冷了越想越没个派頭儿

只得帶了你姪儿奔了你老来说着又推板儿道你那爹在家怎庅教你来打發偺们做煞事

来只顧吃菓子咧风姐早已明白了听他不会说话因咲止道不必说了我知道了因问周瑞家

的道這姥ヽ不知可用早飯没有刘姥ヽ忙说道一早就徃这里赶咧那里还有吃飯的工夫风姐听

说忙命快傳飯来一時周瑞家的傳了一桌客飯来擺在東边屋内過来带了刘姥ヽ和板儿过去吃

飯风姐说道周姐ヽ好生讓着些儿我不能陪了于是过東边房里来又叫过周瑞家的去问他纔

回了太ヽ说些什庅周瑞家的道太ヽ说他们家原不是一家子不过因先一姓当年又与太老爺一

處做官偶然連了宗的这几年来也不大走動當时他们来一遭却也没空了他们今日既来了瞧ヽ

我们是他的好意也不可简慢了他便是有什庅说的叫奶ヽ裁奪着就是了风姐听了说道

我说呢既是一家子我如何連影儿也不知道说话时刘姥ヽ已吃畢飯拉了板儿過来舔舌咂

嘴的道谢风姐咲道且请坐下听我告訴你老人家方才的意思我已知道了若論親戚之间

原该不待上门来就该有照应才是但如今家里雜事太煩太ヽ漸上了年紀一時想不到也是

有的况自我進来接着管些事多不大知道这些親戚们二則外頭看着這里烈ヽ轟ヽ殊不知

大有大的艱难去處说與人也未必信罢今日你既老遠的来了又是頭一次見我張口怎好叫你空回去

呢可巧昨日太ヽ給我的丫頭们做衣裳的二十两銀子我还沒動呢你们不嫌少就暫且先拿了去

罢那刘姥姥先听見告艰难只道是没有心里便突突的後来听見給他二十两喜的又渾身發癢起
来说道唉我也是知道艰难的但俗语说的瘦死的駱駝比馬大凴他怎様你老拔根毛比我们
的腰还粗呢周瑞家的見他说得粗鄙只管使眼色止他凤姐看見笑而不睬只命平儿把昨日那包
銀子拿来再拿一吊子来多送到刘姥姥的根前凤姐乃道这是二十两銀子暫且給这孩子做件冬
衣罢若不拿着可真是怪我了这錢顧車坐罢改日無事只管来曠曠方是親戚们的意思天
也晚了也不虚留你们了到家里该问个好的问个好儿罢一面说一面就站了起来刘姥姥只
管千恩萬谢的拿了銀子錢随周瑞家的来至外頭周瑞家的道我的娘你見了他怎么到
不会说了開口就是你姪兒我说句不怕你恼的话便是親姪儿也要说和軟些蓉大爺纔到
是他的正經姪儿呢他怎么又跑出这么个姪儿来了刘姥姥笑道我的嫂子我見了他心眼儿
里爱还爱不过来那里还说上话来二人说着又到周瑞家坐了半時刘姥姥便要留下一塊銀子
與周瑞家孩子们買菓子吃周瑞家的如何放在眼里執意不肯刘姥姥感谢不盡仍從後
门去了正是

得意濃時易接濟　受恩深處勝親朋

第七回

話說周瑞家的送了劉姥〻去後便上來回王夫人話誰知王夫人不在上房問丫環們時方知往薛姨媽那邊閒話去了周瑞家的聽說便轉出東角門至東院往梨香院來剛到院門前只見王夫人的丫環名金釧兒和一个纔留了頭的小女孩兒站在台堦坡兒上頑見周瑞家的來了便知有話回因向內努嘴兒周瑞家的輕〻掀簾進去只見王夫人和薛姨媽長篇大套的說些〻家務人情等語周瑞家的不敢驚動遂進裡間來只見薛寶釵穿着家常衣服頭上只散挽着鬢兒坐在炕裡邊伏在小炕桌上同丫環鶯兒正描花樣子呢（批：一副綉窓仕女圖吾想得到）見他進來寶釵纔放下筆轉過身來滿面堆笑讓周姐〻坐周瑞家的也忙賠笑問姑娘好一面炕沿邊坐了因說這有兩三天也沒見姑娘到那邊逛〻去只怕是你寶玉兄弟沖撞了你不成寶釵笑道那里的話只因我那種病又發了所以這兩天沒出屋子周瑞家的道還是呢姑娘道底有什庅病根兒也該趁早兒請个大夫來好生開个方子認真吃幾劑藥一勢兒除了根纔是小〻年紀倒作下个病根兒也不是頑的寶釵聽說便笑道再不要提吃藥為這病請大夫吃藥也不知白花了多少銀子錢呢憑你什庅名醫仙藥從不見一点兒效後來還虧了一个禿頭和尚專治無名之症因請他看了他說我的這是從胎裏帶來的一股熱毒幸而先天壯還不相干若

吃尋常藥是不中用的他就說了一个海上方又給了一包藥末子作引子異香異氣的不知是那里
弄來的（批卿不知從那里弄了來的余則深知是放春山採來以愁海水和成煩廣寒玉兔搗碎在太虛幻境空靈殿上炮製配合者也）他說發了時吃一丸就好倒也奇怪吃他的
藥到效驗些周瑞家的因問不知是个什麼海上方兒姑娘說了我們也記着與人知道倘遇見這
樣病也是行好的事寶釵見問乃笑道不用這方兒还罷若用了這藥方兒的病症真真把人鎖碎死
東西藥料一槩都有現只難得可巧要春天開的白牡丹花蕊十二兩夏天開的白荷花蕊十二兩秋天
開的白芙蓉花蕊十二兩冬天的白梅花蕊十二兩將這四樣花蕊于次年春分這日晒乾和在藥末子一處
一齊研好又要雨水這日的雨水十二錢周瑞家的忙道噯喲這樣說來這就得三年的工夫倘或雨水這
日不下雨可又怎處呢寶釵笑道所以說那里有這樣可巧的雨便没雨也只好再等罷了白露這一
日的露水十二錢霜降這一日的霜十二錢小雪這一日的雪十二錢把這四樣水調匀和了丸藥再加十二
錢蜂蜜十二錢白糖丸了龍眼大的丸子盛在旧磁罈内埋在花根底下若發了病時拿出來吃
一丸用十二分黃柏煎湯送下（批用黃柏更加可知甘苦二字不獨十二釵世皆有同者）周瑞家的听了笑道阿彌陀佛真坑死人的事兒
等十年未必都這樣巧呢寶釵道竟好自他說了去後三年間可巧都得了好容易配成了如今從
南帶至北現在就埋在梨花樹底呢（批梨香二字有着落並未白白虛說）周瑞家的又問道這藥有名子没有呢寶釵
道有這也是那癩頭和尚說下的叫作冷香丸周瑞家的听了点頭兒因又說這病發了

時到底覺怎麽着宝釵道也不覺甚麽着只不過喘嗽些〻吃一丸下去也就好些〻了批以花爲藥可是吃煙火人想得出者現此語公且不必論其事之有無只據此新奇之文悅我者心目者當浮一大白周瑞家的还與説話時忽听王夫人問誰在那〻房里呢周瑞家的忙出去答應了趂便回了刘姥姥之事略待半刻見王夫人無話方欲退出薛姨媽忽又笑道你且站住我有一宗東西你帶了去罷説着便叫香菱只听簾櫳响處方纔和金釧兒頑的那个小丫頭進来了問奶〻叫我做什麽薛姨媽道把那匣子里花兒拿来香菱答應了向那边捧了个小錦匣来薛姨媽乃道這是宫裡作的新樣法堆紗的花兒十二枝昨兒我想拿了起来白放着可惜了兒的何不給他們姊妹們帶去昨兒要送去偏又忘了你今兒来的巧就帶了去罷你家的三位姑娘每人一对剩下六枝送林姑娘两枝那四枝給了鳳哥罷王夫人道留着給宝丫頭帶罷又想着他們薛姨媽道姨娘不知道宝丫頭古怪着呢他從来不愛這些〻花兒粉兒的説着周瑞家的拿了匣子走出房门見金釧兒仍在那里晒日陽周瑞家的因問他道那香菱小丫頭子可就是常説臨上京時買的為他打人命官司的那个小丫頭子麽金釧道可不是他正説着只見香菱笑嘻〻的走来周瑞家的便拉了他的手細〻看了一回因向金釧兒笑道到好个模樣兒竟有些〻像咱們東府里蓉大奶〻的品格兒批一擊兩鳴法二人之美並可知矣再忽然想到秦可卿何奇幻之極假使説像賈府中所有之人則死

之至放逸之〻以可卿之貌爲習似概批諉然却是天下必有之情也

金釧笑道我也是這麼說呢周瑞家的又問香菱你几年沒身到這里又問你父母今在何處今年十幾歲了本处是那里人香菱听問都搖頭說不記得了〔批傷痛之極亦必如此收住方妙不然則又作出香菱思鄉一段文字矣〕周瑞家的和金釧听了到反爲嘆息傷感一回一時周瑞家的携花至王夫人正房後頭來原來就是賈母說孫兒們太多了一處擠着到不方便只留宝玉黛玉二人在那裡解悶却將迎探惜三人移到王夫人這边房屋三間小抱廈內居住令李紈陪伴照管如今周瑞家的故順路先往這里來只見幾个小丫頭都在抱廈內听呼喚呢只見迎春的丫環司棋與探春的丫環待書二人正掀簾子出來手里都捧着茶盤茶鍾周瑞家的便知他們姊妹在一處坐着呢遂進內房只見迎春探春二人正在窗下圍棋周瑞家的將花送上說明原故二人忙住了棋都欠身道謝命丫環們收了周瑞家的答應了因說四姑娘不在房里只怕在老太太那边里丫頭們道那屋里不是四姑娘周瑞家的听了便往這边屋里來只見惜春正同水月庵的小姑子智能兒一处頑耍呢見周瑞家的進來惜春便問他何事周瑞家的便將花匣打開說明原故惜春笑道我這里正和智能兒說我明日也要剃了頭同他作姑子去呢可巧又送了花兒來若剃了頭可把這花兒戴在那里呢說着大家取笑一回惜春命丫環們放在匣里

周瑞家的因問道智能兒你是什麽時候来的你師父那秃歪拉到往那里去了智能兒道
我們一早出門來了我師父見了太太就往于老爺府上去了叫我在這里等他呢周瑞家道
十五的月例香供銀子可得了没有智能兒搖頭兒說我不知道惜春聽了便問周瑞家的
如今各廟月例銀子是誰管着周瑞家的道是余信管着惜春听了笑道這就是了他
師父來了余信家的就赶上來和他師父咕唧了半日想是就為這事了那周瑞家的
又和智能兒勞叨了一回便往鳳姐兒處來穿夾道從李紈後窗下過來隔着玻璃窗户
見李紈在炕上歪着睡覺呢遂越過西花墻出西角門進入鳳姐院中走至堂屋只見
小丫頭豐兒坐在鳳姐房門檻上見周瑞家的來了連忙擺手兒叫他往東屋里
去周瑞家的會意忙躡手脚的往東边房里來只見奶子正拍着大姐兒睡覺呢周
瑞家的悄問奶子道姐兒睡中覺呢也該醒了奶子搖頭兒正說着只听那边一声咲却有
賈璉的声音接着房門响處平兒拿着大銅盆出來叫豐兒舀水進去平兒便進這边
來一見了周瑞家的便問你老人家又跑了來作什麽周瑞家的忙起身拿匣子與他
說送花兒一事平兒聽了便打開匣子拿了四支轉身去了半刻工夫手里又拿出
兩支來先叫彩明吩咐他送到那边府里給小蓉大奶奶戴去次後方命周瑞家的回去

道謝周瑞家的這纔往賈母這邊來穿過了穿堂抬頭忽見他女兒打扮着纔從他婆
家來周瑞家的忙問你這會跑來作甚麼他女兒笑道媽一向身子好我在家里等了
這半日媽竟不出去什麼事情這樣忙的不回家我等煩了自己先到老太太跟前請了
安了這會去請太太安去媽還有什麼不了的差事手里是什麼東西周瑞家的笑
道噯今日偏偏的來了个劉姥姥我自己多事為他跑了半日這会子又被姨太太看見
送這几支花兒與姑娘奶奶們這会子還沒送清楚呢你這会子跑來一定有什麼事
情他女兒笑道你老人家到会猜寔對你老人家說你女婿前兒因多吃了兩杯
酒和人分爭不知怎的被人放了一把邪火說他來歷不明告到衙门里要解他還鄉所
以我來和你老人家商議商議這个情分求那一个可了事呢周瑞家的听了道我就
知道呢這有什麼大不了的事你且家去我給林姑娘送了這些花兒去時太太奶奶
都不得閒兒你回去等我速這有什麼忙的如此他女兒听了便回去了還說媽好
些快來周瑞家的道是了小人家沒經過什麼事就急得你這樣子說着便過黛
玉房中去了誰知此時黛玉不在自己房中却在寶玉房中大家解九連環頑呢周瑞家
的進來笑道林姑娘姨太太着我送花兒與姑娘帶寶玉听說便先說什麼花兒拿

来給我一面早伸手接過了開匣看時原来是宮製堆紗新巧的假花兒代玉只就在宝玉手中看了一看便問道還是單送我一个人的还是別的姑娘們都有周瑞家的道各位都有了這兩枝是姑娘的了代玉冷笑道我就知道別人不挑剩下的也不給我周瑞家的听了一声也不言語宝玉便道問周姐々你作什麼呢到那边去了周瑞家的因說太々在那里因回話去了姨太々就順便叫我帶来了宝玉道宝姐々在家做什麼呢怎麼這几日也不過這边来周瑞家的道身上不大好呢宝玉听了便和了頭們說誰去瞧々就說我和林姑娘打發来請姨太々姐々安問姐々是什麼病現吃什麼藥論我該親自来的就說纔從学里回来也着了些涼異日再親自来看說着茜雲便答應去了周瑞家的自去無話原来這周瑞家的女婿便是雨村的好友冷子興近因賣古董和人打官司故教女人来討情分周瑞家的仗着主子的勢利把這些事也不放在心上晚間只求々鳳姐兒便完了至掌灯時分风姐已卸了粧来見王夫人回說今兒甄家送了来的東西我已收了咱們送他的趁着他家有年下送鮮的船去一併都交給他們帶了去罷王夫人点頭风姐又道臨安伯老太々生日的礼已經打点了派誰送去呢王夫人道你瞧誰閑着就叫他們去四个女人就是了又来當什麼正經事問我风姐又笑道今日珍大嫂子来請我明日過去逛々明日没有什麼事情王夫人道有事没事都害不着

什麽每常他来請有我們你自然不便意他既不請我們单請你可知是他誠心叫你散淡々々別辜負了他的心便有事也要過去縂是凤姐答應了当下李紈迎探等姊妹們亦来足看畢各自歸房無話次日凤姐梳洗了先回王夫人畢方来辭賈母宝玉听了又要跟々了驍去凤姐只得答應立等着換了衣服姐兒兩个坐了車一時進入寧府早有賈珍之妻尤氏與賈蓉之妻秦氏婆媳兩个引了多少姬妾丫環媳婦等接出儀门那尤氏一見了凤姐必先嘲笑一陣一手携了宝玉同入上房来歸坐秦氏獻茶畢凤姐因說你們請我来做什麽有什麽好東西孝敬我就快獻上来我还有事呢尤氏秦氏未及答話下面几个姬妾先就笑說二奶々今兒不来就罢既来了就依不得二奶々了正說着只見賈蓉進来請安宝玉因问大哥々今日不在家麽尤氏道出城請老爺安去了又道可是你怪悶的也坐在這里做什麽何不去驍々秦氏笑道今兒巧上回宝叔剋要見的我那兄弟他今兒也在這里呢宝叔々何不去瞧々一瞧宝玉听了即便下炕要走尤氏凤姐都忙說好生着忙什麽一面便吩咐人好生小心跟着他別委曲着他到比不得跟了老太々過来就罢了凤姐說道既这麽着何不請这秦小爺来我也瞧々一瞧難道我見不得他不成尤氏秦氏笑道罢々可以不必見他比不得偺們家的孩子們胡打海摔的慣了人家的

孩子都是斯斯文文的乍見了你這破落戶還被人笑他死了呢凤姐笑道普天下的人我不笑話就
罷了竟叫這小孩子笑話我不成賈蓉笑道不是這話他生的腼腆沒見過大陣仗兒嬸子見
了沒的生氣凤姐道憑他是什麽樣兒的我也要見一見別放你娘的屁了再不帶來看給
你一頓好嘴巴子賈蓉嘻嘻的笑的說我不敢扭着就帶來說着果然出去帶進一个小後生來
較寶玉略瘦些清眉秀目粉面朱唇身材俊俏舉止風流似在寶玉之上只是怯怯羞羞有女
兒之態腼腆含糊慢向凤姐作揖問好凤姐慌的先推寶玉笑道比下去了便探身一把攜了這孩
子的手就命他身傍坐了慢慢的問他几歲了讀什麽書弟兄几个学名唤什麽秦鐘一一答應
了早有凤姐的丫鬟媳婦們見凤姐初会秦鐘並未備得表礼來遂忙過那边去告訴平兒平兒
知道凤姐與秦氏厚密雖是小後生家亦不可太儉遂自作主意拿了一疋尺頭兩个狀元及
第的小金錁子交付與來人送過去凤姐猶笑說太簡薄等語秦氏等謝畢一時吃過飯
尤氏凤姐秦氏等抹骨牌不在話下那寶玉自見了秦鐘的人品出衆心中便有所失
癡了半日自己心中又起了獃意乃自思道天下竟有這等的人物如今看來我竟成了
泥豬癩狗了可恨我為什麽生在這侯門公府之家若也生在寒儒薄宦之家早得與他
交接也不枉生了一世我雖如此比他尊貴可知錦繡紗羅也不過裹了我根死木頭美酒

羊羔也不過填了我这糞窟泥溝富貴二字不料我遭毒了秦鐘自見了宝玉形容
出衆擧止不凡更兼金冠繡服驕婢侈童心中亦自思道果然这宝玉怨不得人溺爱他
可恨我偏生于清寒之家不能與他耳鬢交接可恨貧窶二字隔人亦世間之大不快事二人一樣的胡思
亂想忽然宝玉問他讀什麽書秦鐘見問便因實而答二人你言我語十來句後越覺親密
起來一時擺上茶菓吃茶宝玉便說我們兩个又不吃酒把菓子擺在里间小炕上我們那里
坐省得鬧你們於是二人進來吃茶秦氏一面張羅與凤姐擺酒菓一面忙進来囑宝玉道宝叔
你姪兒倘或言語不妨你千万看着我而不要理他他雖腼腆却性子左強不大隨和此是有的
宝玉笑道你去罷我知道了秦氏又囑了他兄弟一回方去陪凤姐一時凤姐尤氏又打發人来
問宝玉要吃什么外面有只管要去宝玉只答應着也無心在飲食上只問秦鐘近日家務等
事秦鐘因說業師父于去年病故家父又年老邁衰殘疾在身公務繁冗因此尚未議及延
師一事目下不過在家温習旧課而已再讀書一事必須有一二知己爲伴時常大家討論纔
能進益宝玉不待說完便答道正是呢我們家却有个家塾合族中有不能延師的便可
入塾讀書子弟們中亦有親戚在内可以附讀我因業師上年回家去了也現荒廢着呢
家父之意亦欲暫送我去且温習旧書待明年業師上来再各自在家讀書家祖母因說

一〇二

一則家學里子弟太多生恐大家淘氣反爲不好二則也因我病了幾天遂暫且擱如此說來尊翁如今也爲此事懸心今日回去何不禀明就往我們敝塾中來我亦相伴彼此有益豈不是好秦鍾笑道家父前日在家提起延師一事也曾提起這義學倒好原要來和這里的親翁商議引荐因這里又事忙不便爲這點小事來聒絮的寶叔果然度小侄或可磨墨滌硯何不速速的作成又彼此不致荒廢又可以常相談聚又可慰父母之心又可以得朋友之樂豈不是美事寶玉道放心放心咱們回來先告訴你姐夫姐姐和璉二嫂子你今日回家就禀明令尊我回去再禀明祖母再無不速成之理二人計議一定那天氣已是掌灯時候出來又看他們頑了一回牌算賬時却又是秦氏尤氏二人輸了戲酒的東道言定後日吃這東道一面就叫送飯吃畢晚飯因天黑了尤氏因說先派兩個小子送了這秦相公家去媳婦們傳出半日秦鍾告辞起身尤氏問派了誰送去媳婦們回說外頭派了焦大誰知焦大醉了又罵呢尤氏秦氏都說偏又派他作什麽放着這些小子們那一個派不得偏要惹他去鳳姐道我成日家說你太軟弱了縱的家里人這樣还了得了尤氏嘆道你難道不知這焦大的連老爺都不理他的你珍大哥也不理他只因他從小兒跟着太爺們出過三四回兵從死人堆裏把太爺背了出來得了命自己挨着餓都偷了東西來給主子吃兩日沒得水得了半

碗水給主子吃了他自己喝馬溺不過仗着这些功勞情分有祖宗時都另眼相待如今誰肯難為他自己又老了不顧体面一味的吃酒吃醉了無人不罵我常說管事的不要派他差事全当一个死的就完了今兒又派了他鳳姐道我和常不知这焦大到是你們沒主意有这樣的何不打發他遠遠的庄子上去就完了說着因問我們車子可有備了地下衆人都應道伺候齊了鳳姐起身告辭和宝玉携手同行尤氏等送至大廳只見灯籠輝煌衆小厮都在丹墀侍立那焦大恃賈珍不在家即在家亦不好怎樣他更可以任意洒落洒落因趁着酒興先罵大總管賴二說他不公道欺軟怕硬有了好差事就派我不着这黑更半夜送人的事就派我沒良心的王八羔子瞎充管家你也不想想焦大太爺蹺蹺脚比你頭還高呢二十年頭里的焦大太爺眼里有誰別說你們这一起子雜種王八羔子們正罵的興頭上賈蓉送鳳姐的車出去衆人喝他不听賈蓉忍不得便罵了他兩句使人綑起來等明日酒醒了問他還尋死不尋死了那焦大那里把賈蓉放在眼呢反大叫起來赶着賈蓉哥兒你別在焦大跟前使主子性兒別說你这樣兒的就是你爹你爺爺也不敢和焦大挺腰子不是焦大一个人你們做官兒享榮華受富貴你祖宗九死一生掙下这家業到如今不報我的恩反和我充起主子來了不和我說別的还可若再說別的咱們紅刀子進去

白刀子出来凤姐在车上说与贾蓉说以后还不早打发了这没王法的东西留在这里岂不是祸害倘或亲友知道了岂不笑话咱们这样的人家连个王法规矩都没有贾蓉答应时众小厮见他太撒野了只得上来几个揪翻綑倒拖往马圈里去焦大越发连贾珍都说出来乱嚷乱叫说我要往祠堂里哭太爷去那里承望到如今生下这些畜牲来每日家偷狗戏鸡爬灰的爬灰养小叔子的养小叔我什么不知道咱们胳膊折了往袖子里藏众小厮听他说出这些没天日的话来唬的魂飞魄散也不顾别的了便把他綑起来用土和马粪满满的填了他一嘴凤姐和贾蓉等也遥遥的闻得便都装作不听见宝玉在车上见这般醉闹因问凤姐道姐姐你听他说爬灰的爬灰什么是爬灰凤姐听了连忙立眉嗔目断喝道少胡说那是醉汉嘴里混吣你是什么样的人不说不听见还到细问等我回去回了太太仔细捶你不捶你吓的宝玉连忙央告到好姐姐我再不敢了凤姐道这才是呢等咱们到了家回了老太太打发你同秦家侄儿学里念书去要紧说着自回荣府而来正是

不因俊俏为朋友　正为风流始读书

第八回　比通靈金鶯微露意　探寶釵黛玉半含酸

話說凤姐和寶玉回家見过衆人寶玉先便回明賈母秦鐘要上家塾之事自己也有了个伴讀的朋友正好發奮又着實的稱贊秦鐘的人品行事最使人憐愛凤姐又在一傍帮着說過日他还来拜老祖宗等語說的賈母喜悅起来凤姐又趁勢請賈母後日过去看戲賈母雖年高却極有興頭至後日又有尤氏來請遂携了王夫人林黛玉寶玉等過去看戲至晌午賈母便回来歇息了王夫人本是好清凈的見賈母回来也就回来了然後凤姐坐了首席盡歡至晚無話却說寶玉因送賈母回来待賈母歇了中覺意欲还去看戲取樂又恐擾的秦氏等人不便因想近日薛寶釵在家養病未去親候意欲望他一望若從上房後角门過去又恐遇見别事纏擾再或可巧遇見他父親更為不妥寧可繞遠路罷當下衆嬷嬷丫環伺候他換衣服見他不換仍出二门去了衆嬷嬷丫環只得跟隨出去还只當他去那府里看戲誰知到了穿堂便向東向北遶廳後而去偏頂頭遇見了门下清客相公詹光單聘仁二人走来一見了寶玉便都笑着趕上来一个抱住腰一个携着手都道我的菩薩哥兒我說作了好夢呢好容易今兒見了你說着請了安又问好嘮叨了半日方纔走開老嬷嬷叫住因问你二位也是從老爺跟前来的不是他二人点頭道老爺在夢坡齋小书房

里跑中竟呢不妨事的一面說一面走了說向寶玉也咲了于是轉湾向北梨香院來可巧銀庫房總管名喚吳新登與倉上的頭目名戴良还有几个管事的頭目共有八人從賬房里出來一見了寶玉趕來都一齊垂手站立獨有一个買办名喚錢華他因多日未見寶玉忙上前來打千兒請安寶玉忙含咲携他起來众人都咲說前兒在一處看見二爺寫的斗方兒字法越發好了多早晚賞我們几張貼〻寶玉咲道在那里看見了众人道好几处都有誇的了不得还和我們尋呢寶玉咲道不值什么你們說給我的小么兒們就是了一面說一面走众人待他过去方都各自散了閑言少述且說寶玉來至梨香院中先入薛姨媽室中正見薛姨媽打点針指與丫們呢寶玉忙請了安薛姨媽忙一把拉了他抱入怀內咲說這么冷天我的兒难為你想着來快上炕來坐着罢命人到滚〻的茶來寶玉因問哥〻不在家薛姨媽嘆道他是沒籠頭的馬天〻逛不了那里肯在家一日寶玉道姐〻可大安了薛姨媽道可是呢你前兒又想着打發人來瞧他〻在里間呢你去瞧他里間比这里暖和那里坐着我收拾〻〻就進來和你說話兒寶玉听說忙下了炕來至里間门前只見吊着半旧的紅紬軟簾寶玉掀簾一迈步進去先就看見薛寶釵坐在炕上作針線頭上挽着漆黑油光的鬢兒穿着水緑色棉袄玫瑰紫二色金銀鼠比肩褂葱黄綾棉裙一色半新不旧看去不覺奢華唇不点而紅眉不画而翠臉若銀盆

一〇八

眼如水杏罕言寡語人謂安分隨時自云藏愚守拙宝玉一面看一面问姐々好如今可大愈了宝釵抬頭只見宝玉進来連忙起身含笑荅道已経大好了到多謝記挂着說着讓他在炕沿上坐着即命鶯兒斟茶来一面又問老太々姨娘安別的姊妹們都好一面看宝玉頭上戴着累絲嵌宝紫金冠額上勒着二龍搶珠金抹額身上穿着秋香色團花袄腰繫着五色蝴蝶縧赤金纓項上掛着長命鎖記名符另外有一塊落地時啣下來的宝玉宝釵因咲說道成日家說你的這玉究竟未曾細々的賞鑒我今兒到要瞧々說着便挪進前来宝玉亦凑了上去從項上摘了下来遞在宝釵手內宝釵托在掌上只見大如雀卵燦若明霞瑩潤如酥五色花紋纏護這就是大荒山中青硬峰下的那塊頑石的幻相後人曾有詩嘲云

女媧煉石已荒唐　又向荒唐演大荒　失去幽靈真境界　幻来親就臭皮囊　好知運敗金無彩
堪嘆時乖玉不光　白骨如山忘姓氏　無非公子與紅粧

那頑石亦曾記下他這幻相并癩頭僧所鐫的篆文今亦按圖畫於後但其真体最小方能胎中小兒口中啣下今若按其体畫恐字跡過於微細使觀者大廢眼光亦非暢事故今只按其形式無非略展放些規矩使觀者便于灯下醉中可閱今註此故方無胎中之兒口有多大怎得啣此狼犺蠢大之物等語之謗

通靈寶玉正面圖式

通靈寶玉

莫失莫忘

仙壽恒昌

註云 莫失莫忘 仙壽恒昌

通靈寶玉反面圖式

一除邪祟

二療冤疾

三知禍福

註云 一除邪祟 二療冤疾 三知禍福

寶釵看畢又從新翻过正面來細看口内念道莫失莫忘仙壽恒昌念了兩遍乃回頭向鶯兒咲道你不去倒茶也在这里發獃作什麽鶯兒咲道我听这兩句話倒像和姑娘的項圈上的兩句話是一对兒寶玉听了忙咲説道原来姐〻那項圈上也有八个字我也賞鑒〻〻寶釵道你别听他的話没有什麽字寶玉咲央好姐〻你怎麽瞧我的来着呢寶釵被纏不过因説道也是个人給了兩句吉利話兒所以鏨上了叫天〻戴着不然沉甸〻的有什麽趣兒一面説一面解了排扣從里面大紅襖上將那珠寶晶瑩黄金燦爛的瓔珞掏將出来寶玉忙托了鎖看時果然一面有四个篆字兩面八个共成兩句吉讖亦曾按式畫下形相

音註云不離不棄 芳齡永繼

寶玉看了也念了兩遍又將自己的也念了兩遍因咲問道姐〻這八个字到真與我的是一對鶯
兒咲道是个癩和尚送的他說必須鏨在金器上寶釵不待說完便嗔他不去到茶一面又問從那
里來寶玉此時與寶釵就近只聞一陣〻涼森〻甜絲〻的幽香竟不知從何處來的遂問寶釵
姐〻燻的是什麼香我今竟從未聞見過這味兒寶釵咲道我最怕燻香好〻的衣服燻的烟
燎氣作什麼呢寶玉道既如此這是什麼香寶釵想了一想咲道是了是我早起吃了丸藥
的香氣寶玉咲道什麼丸藥這麼好聞好姐〻給我一丸嘗〻寶釵咲道又混鬧了一个丸藥
也是混吃的一語未了忽聽外面人說林姑娘來了話猶未完林黛玉已搖〻擺〻進來了一
見寶玉便咲道噯喲我來的不巧了寶玉等忙起身讓坐寶釵因咲道這話怎麼說黛玉
咲道早知他來我就不來了寶釵道我便不解這意黛玉咲道要來時一群都來要不來一
个也不來今兒他來了明日是我再來如此間錯開了來豈不天〻有人來了也不至于太冷
落了也不至于太熱鬧了姐〻如何不解這意思寶玉因見他外面罩着大紅刺緞對衿褂
子因問下雪了麼地下婆娘們道下了這半日雪珠兒了寶玉道取了我的斗篷來了沒有
黛玉道是不是我來了他就該去了寶玉咲道我多早晚說要去了不過拿來預備着
寶玉的奶母李嬤〻因說道天又下雪也好早晚的了就在這里同姐〻妹〻一處頑〻罷

媽那里擺茶菓子呢我叫丫頭們去取斗篷來說給小么兒們散了寶玉應允李嬤嬤出去

命小廝們都各自散去不提這里薛姨媽已擺了几樣細巧的茶菓與他們吃茶寶玉因誇

前日在那府里珍大嫂子的好鵝掌鴨信薛姨媽聽了忙也把自己糟的取了些來與他

嚐寶玉笑道這个須得就酒纔好薛姨媽便命人灌了最上等酒來李嬤嬤便上來道姨

太太酒倒罷了寶玉笑央道好媽媽我只吃一鍾李嬤嬤道不中用當着老太太太太那怕你

吃一罈呢想那日我錯不見的不知是那一个沒調教的只圖討你的好把不管別人的死活

給了你一口酒吃葬送的我捱了兩日罵姨太太不知道他性子又可惡吃了酒更弄性有一

日老太太高興了又盡着他吃什麽日子又不許他吃酒白把我陪在里面受罪薛姨媽笑

道老貨你只放心吃你們的去我也不許他吃多了便是老太太問有我呢一面命小丫鬟

來讓你奶奶們去也吃杯搪搪雪氣那李嬤嬤聽如此說只得和眾人且去吃些酒水這

里寶玉又說不必盪煖了我只要吃冷的薛姨媽忙道這可使不得吃了冷酒寫字打颭

兒寶釵笑道寶兄弟虧你每日家雜學傍收的難道就不知道酒性最熱若熱吃下

去發散的就快若冷吃下去便凝結在內以五臟去煖他豈不受害從此還不快不要吃那

冷的呢寶玉聽這話有情理便放下冷的命人煖來方飲黛玉磕着瓜子兒只抿着嘴笑可巧

黛玉的小环雪雁走来與黛玉送小手炉黛玉因含笑問他說誰叫你送来的难為他費心那里就冷死我了雪雁道紫鹃姐姐怕姑娘冷叫我送来的黛玉一面接了抱在怀中笑道也虧你听他的話我平日和你說的全当耳傍風怎麽他說了你就依他比聖旨还快些宝玉听这話知是黛玉借此奚落他也無回覆之詞只嘻嘻的笑兩陣罷了宝釵素知黛玉是如此慣了的也不去採他薛姨媽道你素日身子弱禁不得冷的他們記挂着你到不好黛玉笑道姨媽不知道幸虧是姨媽这里倘或在別人家人家豈不惱就看的人家連个手炉也沒有爬爬的從家里送一个来不說丫頭太小心过餘还只当我素日是这等狂慣了呢薛姨媽道你是个多心的有这樣想我就沒有这樣心說話時宝玉已是三杯過去了李嬷嬷又上来攔阻宝玉正在心甜意洽之時和宝黛姊妹說說笑笑的那肯不吃只得央告好媽媽我再吃兩鐘就不吃了李嬷嬷道你可仔細老爺今兒在家隄防问你的書宝玉听了此話便心中大不自在慢慢的放了酒低下頭黛玉先忙的說別掃大家的興舅舅若叫你只說姨媽留着呢这个媽媽他吃了酒又拿我們来醒脾了一面悄推宝玉使他賭氣一面悄悄咕噥說別理那老貨咱們只管樂咱們的李嬷嬷素知黛玉的因說道林姐兒你不要助着他了你到劝劝他只怕他还听些黛玉冷笑道我為什麽助他我也不犯劝他你这媽媽太小心了

往常老太太又給他酒吃如今在姨媽這里多吃一口料也不妨事必定說姨媽這里是外人不當在這里的呢也未可知李嬤嬤聽了又是急又是笑說道真真這林姐兒說出一句話來比刀子還尖你這算什麼呢寶釵也忍不住笑着把黛玉腮上一擰說道真真這个顰丫頭的一張嘴叫人恨又不是喜歡又不是薛姨媽一面又說別怕別怕我的兒來了這里沒好的你吃別把這点子東西嚇的存在心里倒叫我不安只管放心吃都有我呢越發吃了晚飯去便醉了就跟着我睡罷因命再盪熱酒來姨媽陪你吃兩杯可就吃飯罷寶玉听了方又鼓起興來李嬤嬤因吩咐小丫頭們你們在這里小心着我家去換了衣服就來悄悄回道姨太太別由他的性多給他吃說着便家去了這里雖還有兩三个婆子都是不関痛癢的見李嬤嬤走了也都悄悄自尋方便去了只剩兩个小丫頭子樂得討寶玉的喜幸而薛姨媽千哄万哄的只容他吃了几杯就忙收过去了作了酸笋鷄皮湯寶玉痛喝了兩碗吃了半碗碧粳粥一時薛林二人也吃完了飯又釅釅的沏上茶來大家吃了薛姨媽方放心雪雁等三四个丫頭已吃完了飯進來伺候黛玉因向寶玉道你走不走寶玉乜斜倦眼道你要走我和你一同走黛玉听說遂起身道偺們來了這一日也該回去了還不知那边怎麼找偺們呢說着二人便告辭小丫頭忙捧過斗笠來寶玉便把頭略低一低命他戴上那丫頭便將這大紅猩毡斗笠一抖纔

往寶玉頭上一合寶玉便說罷〻好蠢東西你也輕些〻兒難道沒見別人代過的讓我自己代罷黛
玉站在炕沿上道囉唆什麼過來瞧〻罷寶玉忙就近前來黛玉用手整理輕〻籠住束髮冠將
笠沿掖在抹額之上把那一顆核桃大的絳絨簪纓扶起顫巍〻露於笠外整理已畢端像了端像
說道好了披上斗篷罷寶玉聽了方接了斗篷披了薛姨媽忙道跟你們的媽〻都沒來呢
且略等〻寶玉道我們到去等他們有了頭們跟着也彀了薛姨媽不放心到底命兩個婦女跟
隨他兄妹來他二人道了擾一逕回至賈母房中賈母尚未用飯知是從薛姨媽處來更加歡喜
因見寶玉吃了酒遂命他自回房中去歇着不許再出來了因命人好生看侍着忽想起
跟寶玉的人來遂問眾人李奶子怎麼不見眾人不敢直說家去了只說纔進來有想是
有事纔去了寶玉踉蹌回頭道他比老太〻還受用呢問他作什麼沒有他只怕我還多
活兩日一面說一面自己自到臥室只見筆墨在案晴雯先接出來笑道說好〻叫我研了
那些〻墨早起高興只寫了三個字丟了筆就走了哄的我們等了一日快來給我寫完這些
墨纔罷寶玉忽然想起早的事來因笑道我寫的那三個字在那裡呢晴雯笑道
這個人可醉了你頭裡過那府裡去囑咐我貼在這門斗上這會子又這麼問我恐怕別
人貼壞了我親自爬高上梯的貼上這會還凍的手冰冷的呢寶玉聽了笑道我忘了

你的手冷我替你渥着說着便伸手携了晴雯的手同仰首看门斗上新書的三个字一時黛玉来了宝玉便笑道好妹〻你别撒謊你看这三个字那一个好黛玉抬頭看時見裡间门斗上新貼三个字寫着絳芸軒黛玉笑道这字个〻寫的都好怎么忽然寫的这樣好了明日替我寫一个匾宝玉喜的笑道又哄我呢說着又问襲人姐〻呢晴晴雯向里间炕上努嘴宝玉一看只見襲人合衣睡着呢宝玉笑道好太渥早了些〻因又问晴雯道今兒我在那府里吃早飯有碟子豆腐皮兒的包子我想着你愛吃和珍大奶〻說了只說我留着晚上吃叫人送过来的你可吃了晴雯道快別提一送了来我就知道是我的偏我纔吃飯就擱在那里後来李奶〻来了看見說宝玉未必吃了拿来給我孫子吃罷他就叫人拿了家去了接着茜雪捧上茶来宝玉因讓林妹〻吃茶衆人笑說林妹〻早走了还讓呢宝玉吃了半碗茶忽又想起早的茶来因问茜雪道早起溌了一碗楓露茶我說过那茶是三四次後纔出色的这会子怎么又溌了这个茶来茜雪道我原是留着的那会子李奶〻来了他要嘗〻就給他吃了宝玉听了將手中茶杯順手往地下一擲豁啷一声打了个粉碎潑了茜雪一裙子茶又跳起来问着茜雪道是你们那一门子的奶〻你们这么孝敬他不过仗着我小時候吃过他几日奶如今逞的他比祖

宗还大了如今我有吃不有奶了白〻養着祖宗作什麽呢攆了出去大家干净說着立
刻便要去回賈母攆他奶母原来襲人實未睡着不过故意粧睡引寶玉来逗他頑
要先听說字向包子等事也还可不必起来後来摔了茶鍾動了氣遂連忙起來解
釋勸阻早有賈母遣人来問是怎麽了襲人忙道我纔倒茶来被雪滑倒了失手砸
了鍾子一面又安慰寶玉道你立意要攆他也好我們也都願意出去不如趁勢連我
們一齊攆了我們也好你也不愁再有好的来伏侍你寶玉听了这話方無了言語被
襲人等扶至炕上脫換了衣服不知寶玉还内說些什麽只覺口齒綿纏眉眼愈加餳
澁忙伏侍他睡下襲人伸手從他項上摘了那通靈寶玉来用自己的手帕包好塞
在褥下次日代時便冰不着脖子那寶玉就枕就睡了彼時李嬷〻等已進来了听見
醉了不敢前来再加觸犯只悄〻的打听睡了方放心散去次日醒来就有人回那边
小蓉大爺代了秦相公来拜寶玉忙接了出去領来見賈母〻〻見秦鍾形容標緻舉
止溫柔堪陪寶玉讀书心中十分欢喜便留茶留飯又命人代去見王夫人等众人因
素愛秦氏今見了秦鍾是这般的人品也都欢喜臨去時都有表礼賈母又与了
一个荷包並一个金魁星取文星合之意又囑咐他道你家住的遠或一時寒〻熱飢

飽不便只管住在這里不必限定了只和寶叔在一處別跟著那起不長進的東西們學秦鍾一一的答應回去稟知他父親秦業現任營郎年近七旬夫人早亡因當年無兒女便向養生堂抱了一個兒子並一個女兒誰知兒子又死了只剩女兒小名喚可兒長大時生得形容嫋娜性格風流因素與賈家有些瓜葛故結了親許與賈蓉為妻那秦業至五旬之上方得了秦鍾因去歲業師亡故未暇延請高明之士只暫在家溫習舊課正思要和親家去商議送往他家塾中去暫且不致荒廢可巧遇見了寶玉這个机會又知係賈家塾中現今司塾的是賈代儒乃當今之老儒秦鍾此去學業料必進益成名可望因此十分喜悅只是宦囊羞澀那賈家上上下下都是一双富貴眼睛容易拿不出來兒子的終身大事說不得東併西湊的恭恭敬敬封了二十四兩贄見禮親自代了秦鍾來代儒家拜見了然後聽寶玉上學之日好一同入塾正是

早知日後閒爭氣　豈肯今朝錯讀書

第九回　戀風流情友入家塾　起嫌疑頑童鬧學堂

話說秦業父子專候賈家的人來送上學擇日之信原来寶玉急于要和秦鐘相遇却顧不得別的遂擇了後日一定上學後日一早請秦相公到我這里会齊了同去打發了人送了信至日一早寶玉起来時襲人早已把書筆文物包好收什得停〻妥〻坐在床沿上發悶寶玉醒来只得伏侍他梳洗寶玉見他悶〻的因咲問道好姐〻你怎麽又不自在了難道怪我上學去丟的你們冷清了不成襲人咲道這是那里話讀書是極好的事不然就潦倒一輩子終久怎麽樣呢但只一件只是念書的時節想着書不念的時節想着家些別和他們一処頑鬧碰見老爺不是頑的雖說是奮志要強那工課寧可少些一則貪多嚼不爛二則身子也要保重這就是我的意思你可要体量襲人說一句寶玉應一句襲人又道大毛衣服我也包好了交出給小子們去了學里冷好歹想着添換比不得家里有人照顧脚炉手炉的炭也交出去了你可着他們添那一起懶賊你不說他們樂得不動白凍壞了你寶玉道你放心出外頭我自己都会調停的你們也可別悶死在這屋里長和林妹〻一処去頑咲纔好說着俱已穿戴齊備襲人催他去見賈母賈政王夫人等寶玉且又嘱咐了晴雯麝月等人几句方出来見賈母〻〻也未

色有几句吩付的話然後去見王夫人又出来书房中見賈政偏生这日賈政回家的早
正在书房中與相公清客们閑話忽見宝玉進来請安回説上學里去賈政冷笑
道你如果再提上學兩个字連我也羞死了依我的話你竟頑你的去是正理仔細站
臟了我这地靠臟了我的門衆清客相公们都早起身笑道老世翁何必又如此今日世兄一
去三二年就可顯身成名的了斷不似往年仍作小兒之態了天也將飯時世兄竟快請罢
説着便有兩个年老的攜了宝玉出去賈政因向跟宝玉的是誰只听外面答应了兩声
早進来三四个大漢打千兒請安賈政看時認得是宝玉奶姆之子名喚李貴因向他道
你们成日家跟他上學他倒底念了些什么書倒念了些流言混話在肚子里學了些精緻的
淘氣等我閑一閑先揭了你的皮再和那不長進的算賬嚇的李貴忙双膝跪下摘了帽子碰頭
有声連連答应是又回説哥兒已念到第三本詩經什么呦呦鹿鳴荷葉浮萍小的不敢撒謊
説的滿座閧然大笑起来賈政也掌不住笑了因説道那怕再念三十本詩經也都是掩耳
偷鈴哄人而已你去請學里太爺的安就説我説了什么詩經古文一槩不用虛應故事只是
先把四書一齊講明背熟是最要緊的李貴忙答应是見賈政無話方退了出去此時宝玉独站在
院外屏声靜候待他们出来便忙忙的走了李貴等一面彈衣服一面説道哥兒

可听見了不曾先要揭我們的皮呢人家奴才跟主子賺些好体面我們这等奴才白賠着挨打受罵的從
此後也可憐見些纔好寶玉笑道好哥哥你別委曲我明兒請你李貴道小祖宗誰敢望你請只求听一
句半句就有了說着又至賈母这邊秦鍾已早来等候了賈母正和他說話兒呢于是二人見過
辭了賈母寶玉忽想起来辭黛玉因又忙至黛玉房中来作辭彼時黛玉纔在窗下对鏡理粧听寶
玉說上學去因笑道好这一去可定是要蟾宮折桂了我不能送你了寶玉道好妹妹等我下了學再吃
晚飯和胭脂膏子也等我来再製勞叨了半日方撤身去了黛玉忙又叫住問道你怎麼不去辭辭你
寶姐姐来寶玉笑而不答一逕同秦鍾上學去了原来这賈家之義學離此也不甚遠不過里之遙原
係始祖所立恐族中子弟有貧窮不能請師者即入此中肄業凡族中有官爵之人皆有供給銀
兩按俸之多寡帮助為學中之費特共舉年高有德之人為塾掌專為訓課子弟如今寶秦二
人来了一一的都互相拜見過讀起書来自此後二人同来同往同坐同起愈加親密又兼賈母愛
惜也常常的留下秦鍾住上三天五日和自己重孫一般疼爱因見秦鍾家中不甚寬裕更又助些衣履等
事不上一月之工秦鍾在榮府便熟了寶玉終是个不能安分守理的人一味的隨心所欲因此又發了癖
性又特向秦鍾悄說道咱們兩个人一樣年紀況又是同窗以後不必論叔姪只論弟兄朋友就是了
先是秦鍾不肯当不得寶玉不依只叫他兄弟或叫他的表字鯨卿秦鍾也只得混着亂叫起来

免人多了就有龍蛇混雜下流人物在内「伏下一筆自寶秦二人来了都生的花朵兒一般的模樣又見秦鍾腼腆温柔未語面先紅怯怯羞羞有女兒之風寶玉又是天性成慣能作小服低賠身下氣性情体貼話語綿纏因此二人更加親厚也怨不得那起同窓人起了疑背地理你言我語詬誶謠諑佈滿書房内外原来薛蟠自来王夫人處住後便知有一家学学中廣有青年子弟不免偶動了龍陽胡說之興因此也假来上学讀書不過是三日打魚兩日晒網白送些束脩礼物與賈代儒却不曾有些進益只圖結交些契弟誰想这学内就有好几个小学生圖了薛蟠的銀錢吃穿被他哄上手的也不消多記更又有兩個多情的学生亦不知是那一房的親眷亦未考真名姓只因生得嫵媚風流滿学中都送了他兩个外号一号香憐一号玉愛誰都有窃慕之意將不利於孺子之心只是都懼薛蟠的威勢不敢来沾惹如今寶秦二人一来了見了他兩个也不免繾綣羨慕亦因知係薛蟠相知故未敢輕舉妄動香玉二人心中也一般的留情與寶秦因此四人心中雖有情意只未發跡每日一入学中四处各坐却八目勾留或設言托意或咏桑寓柳遥以心照却外面自為避人眼目不意偏又有几个滑賊看出形景来都在後擠眉弄眼或咳嗽揚声这也非止一日可巧这日代儒有事早已回家去了又留下一句七言對聯命学生對了明日再来上書將学中之事又命賈瑞暫且管理妙在薛蟠如今不大来学中應卯了

因此秦鐘趂此和香憐擠眉弄眼遞暗号二人假粧出小恭走至後院說梯己話秦鐘先問

他你家里的大人可管你交朋友不管一語未了只听背後咳嗽了一声二人唬的忙回頭看時原来是窓友

名金榮者香憐本有些性急羞怒相激問他道你咳嗽什庅难道不許我們說話不成金榮咲道

你們說話难道不許我咳嗽不成我只問你們有話不明說許你們這樣鬼鬼祟祟的幹什庅故事我

可也拿住了还賴什庅先得讓我抽个頭兒咱們一声兒不言語不然大家就奮起来秦香二人急

得飛紅的臉便問道你拿住什庅了金榮咲道我現拿住了是真的說着又拍手咲嚷道

貼的好燒餅你們都不買个吃去秦鐘香憐二人又氣又急忙進来向賈瑞前告金榮說金

榮無故欺負他两个原来這賈瑞最是个圖便宜沒行止的人每在學中以公報私勒索子

弟們請他後又附助着薛蟠圖些銭鈔酒肉一任薛蟠横行覇道他不但不去管約反助紂

為虐討好兒偏那薛蟠本是浮萍心性今日愛東明日愛西近来又有了新朋友把香玉

二人又丢開一边就連金榮亦是当日的好友自有了香玉二人見棄於金近日連香玉亦已

見棄故賈瑞也無了提携帮襯之人不說薛蟠得新棄旧只怨香玉二人不在薛蟠前

提携帮補他因此賈瑞金榮等一干人也正在醋妒他两个今見秦香二人来告金榮賈瑞

心中便更不自在起来不好呵叱秦鐘却拿着香憐作法反說他多事着實搶白了几

句香怜反討了沒趣連秦鍾也訕訕的各歸坐位去了金榮越發得了意搖頭咂嘴的口內还說許多閑話玉爱偏又听了不忿兩个人隔座咕咕唧唧的角起口来金榮只一口咬定說方纔明明的撞見他兩个在後院子里親嘴摸屁股兩个商議定了一对一肏撅草棍兒抽長短誰長誰先幹金榮只顧得意乱說却不防还有别人誰知早又觸怒了一个你道这个是誰原来是賈薔亦係寧府中之正派玄孫父母早亡從小兒跟着賈珍过活如今長了十六歲比賈蓉生的还風流俊俏他兄弟二人最相親厚常相共处寧府中人多口雜那些不得志的奴僕們專能造言誹謗主人因此不知又有了什么小人詬誶謠諑之詞賈珍想亦風聞得些口声不大好自己也要避些嫌疑如今竟分與房舍命賈薔搬出寧府自去立门户过活去了这賈薔外相既美内性又聪明雖然應名来上学亦不過虛掩眼目而已仍是闘鷄走狗賞花玩柳從事上有賈珍溺爱下有賈蓉匡扶因此族中人誰敢觸逆于他他既和賈蓉最好今見有人欺負秦鍾如何肯依如今自己要挺身出来報不平心中且忖度一番想道金榮賈瑞一干人都是薛大叔相知向日我與薛大叔相好倘或我一出頭他們告訴了老薛我們豈不傷和氣待要不管如此謠言說的大家沒趣如今何不用計制伏又止息口声又不傷了臉面想畢也推作出小恭出至外面悄悄的把宝玉的书童名喚茗烟者喚到身边如此这般調撥他几句这茗烟

乃是宝玉第一个得用的且又年輕不諳世事如今听賈薔說金荣如此欺負秦鐘連他的爺宝玉
都干連在内不給他个利害下次越發狂縱难制了这茗烟無故就要欺壓人的如今得了这个信又有
賈薔助着便一頭進来找金荣也不叫金相公了只說姓金的你是什麼東西賈薔遂跺一跺靴子故
意整整衣服看看日影兒說是時候了遂先向賈瑞說有事要早走一步賈瑞不敢強他只得隨
他去了这里茗烟先一把揪住金荣問道我們肏屁股不肏管你⿺毛巴⿺毛巴相干横竪没肏你爹去就
罷了你是好小子出来動一動你茗大爺嚇的滿屋中子弟都怔怔的痴望賈瑞忙吆喝茗烟不得撒
野金荣氣黄了臉說反了奴才小子都敢如此我和你主子說便奪手要去抓打宝玉秦鐘二人去尚
未去時從腦後嗖的一声早見一方硯瓦飛来并不知係何人打来的幸未打着却又打了傍人的座上这
座上乃是賈蘭賈菌之[青東]賈菌亦係荣国府近派的重孫其母亦少寡独守着賈菌这賈菌與賈
蘭最好所以二人同桌而坐誰知賈菌年紀雖小志氣最大極是个淘氣不怕人的他在坐上冷眼
看見金荣的朋友暗助金荣飛硯来打茗烟偏没打着茗烟便落在他座上正打在面前將一个
磁硯水壺打了个粉碎濺了一书黑水賈菌如何依得便罵好囚攮的們这不都動了手了麼罵
着也抓起硯磚来要打回去賈蘭是个省事的忙按住硯極口劝道好兄弟不與咱們相
干賈菌如何忍得住便兩手抱起书匣子来照那边掄了去終是身小力薄却掄不到那里

剛到寶玉秦鐘桌案上就落了下來只聽豁啷一声砸在桌上书本紙片筆硯等物撒了一桌又把寶玉的一碗茶也砸得碗碎茶流賈菌便跳出来要揪打那个飛硯的金榮此時隨手抓了一根毛竹大板在手他独人多那里經得舞動長板茗烟早吃了一下亂嚷你們还不来動手寶玉还有三个小厮一名鋤藥一名掃紅一名墨雨这三个豈有不淘氣的一齊亂嚷小婦養的動了兵器了墨雨遂掇起一根门闩掃紅鋤藥手中都是馬鞭子蜂擁而上賈瑞急的攔一回这个劝一回那个誰听他的話肆行大閙衆頑童也有趁勢幫着打太平拳助樂的也有胆小的藏在一边的也有直立在桌上拍着手兒乱笑喝着声兒叫打的登時鼎沸起来外边李貴等几个大僕人听見里边作反起来忙都進来一齊喝住問是何故衆声不一这一个如此說那一个又如彼說李貴且喝罵了茗烟四个一頓攆了出去秦鐘的頭上早撞在金榮的板上打去一層油皮寶玉正拿褂襟子替他揉呢見喝住了衆人便命李貴收書拉馬来我回去回太爺去我們被人欺負了不敢說別的守礼来告訴瑞太爺瑞太爺反派我們不是听着人家罵我們又調唆他們打我們茗烟見人欺負我他豈有不為我的他們反打夥兒打了茗烟連秦鐘的頭也打破了还在这里念什麽书李貴劝道哥兒不要性急太爺既有事回家去了这會子為这点子事去聒噪他老人家到顯的咱們没礼依我的主意那里事情那

里了嗐何必驚動老爺家這都是瑞大爺的不是太〻爺不在這里你老人家就是這學里頭腦了衆人看你行事衆人有了不是該打的打該罸的罸如何等鬧到這步田地還不管賈瑞道我吆喝着都不聽李貴笑道不怕你老人家惱我素日見你老人家到底有些不正經所以這些兄弟們不聽就鬧到太爺跟前去連你老人家也脱不過的還不快作主意撕羅開了罷寶玉道撕羅什麼我必是回去的秦鍾哭道有金榮我是不在這里念書的寶玉道這是為什麼難道有人家來的咱們倒來不得我必回明白衆人攆了金榮去又問李貴金榮是那一房的親戚李貴想一想也不用問了若說起那一房的親戚更傷了弟兄們的和氣茗烟在窗外道他是東衚衕子里璜大奶〻的侄兒那是什麼硬正仗腰子的親戚也來唬我們璜大奶〻是他姑娘你那姑媽只會打旋磨子給我們璉二奶〻跪着借當頭我眼里就看不起他那樣主子奶〻李貴忙斷喝不止說偏你這小合子的知道有這些蛆嚼寶玉冷笑道我只當〻是誰的親戚原來是璜嫂子的侄兒我就去問〻他來說着便要走叫茗烟進來包書茗烟包着又得意道爺也不用自己去見等我去他家就說老太〻有話問他呢僱上一輛車拉進去當着老太〻問他豈不省事李貴忙喝道你要死仔細回去我好不好先捶了你然後再回老爺太〻就說寶玉全是你調唆的我這里好容易勸哄的好了一半了你又

来生个新法子你闹了学堂不说变法儿压息了纔是到要往大里闹茗烟方不敢作声

此时贾瑞也怕闹大了自己也不干净只得委屈着来央告秦钟又央告宝玉先是他

二人不肯后来宝玉说也不回去也罢了只叫金荣赔不是便罢金荣先是不肯后来禁当

不得贾瑞也来逼他去赔不是李贵等只得好劝金荣说原是你起的端你不这样怎

得了局金荣强不得只得与秦钟作了揖宝玉还不依偏定要磕头贾瑞只要暂息

此事又悄悄的劝金荣说俗语说的好杀人不过头点地你既惹出事来少不得下点

气儿磕个头就完事了金荣无奈只得进前来与宝玉磕头且听下回分解

第十回 金寡婦貪利權受辱 張太醫論病細窮源

話說金榮因人多勢衆又兼賈瑞勒令賠了不是給秦鐘磕了頭寶玉方纔不吵鬧了大家散了學金榮回到家中越想越氣說秦鐘不過是賈蓉的小舅子又不是賈家的子孫附學讀書也不過和我一樣他因仗着寶玉合他好他就目中無人他既是這樣就該行些正經事人也沒的說他素日又和寶玉鬼鬼祟祟的只當人都是瞎子看不見今日他又去勾搭人偏偏撞在我眼睛里就是鬧出事來我还怕什麽不成他母親胡氏聽見他咭咭唧唧的說因問道你又要管什麽閑事好容易我望你姑媽又千方百計的向他們西府里的璉二奶奶跟前說了你才得了這個念書的地方若不是仗着人家咱們家里还有力量請先生麽況且人家學里茶也有飯也有你這二年在那里念書家里也省得好大的嚼用呢省出來的你又愛穿件鮮明衣服再者不是因你在那里念書你認得什麽薛大爺了那薛大爺一年不給不給這二年也幫了咱們有七八十兩銀子你如今要鬧出了這個學房再要找這麽個地方比登天还難呢你給我老老實實的頑一會子睡你的覺去好多着哩呢於是金榮忍氣吞

聲不多一時自去睡了次日仍舊上學去了不在話下且說他姑娘原聘給的是賈家的玉字輩的嫡派名喚賈璜但其族人家那里都能像寧榮二府的富勢原不用細說這賈璜夫妻守着些小小的產業又時常到寧榮二府里去請請安又會奉承鳳姐兒併尤氏所以鳳姐尤氏又時常資助他方能如此度日却說這日賈璜之妻金氏因天氣晴明又值家中無事遂帶了一个婆子坐了車來家里走走瞧瞧寡嬸併侄兒閑話之間金榮的母親便提起昨日賈家學房里的那事從頭至尾一五一十都向他小姑子說了這璜大奶奶不聽則已聽了一時怒從心上起說道這秦鐘小崽子是賈門的親戚難道榮兒不是賈門的親戚人都別忒勢利了况且都作的是什麽有臉的好事就是寶玉也不犯向着他到這个田地等我去到東府瞧瞧我們珍大奶奶再向秦鐘他姐姐說說叫他評評這个理金榮的母親聽了這話急的了不得忙說道這都是我的嘴快告訴了姑娘求姑奶奶快別去說去別管他們誰是誰非倘或鬧起來怎麽在那里站的住若是站不住家里不但不能請先生反到在保侄兒身上添出許多攪用來呢璜大奶奶聽了說道那里管得許多你等我說了看是怎麽樣

也不答他嫂子的話一面叫婆子瞧了車就坐上往寧府里來到了寧府進了大门到了東邊小角门前下了車進去見了賈珍妻尤氏也未敢氣高殷〻勤〻的叙過寒温說了些閑話方问道今日怎麼沒見蓉大奶〻尤氏說道他這些日子不知是怎麼着經期有兩个多月沒來叫大夫瞧了又說並不是喜那兩日到了下半天就懶待動話也懶待說眼也發眩我說他你且不必拘禮早晚不必照例上來你竟好〻養〻罷就是有親戚們來了還有我呢就有長輩們怪你等我替你告訴連蓉哥我都囑咐了我說你不許累掯他不許招他生氣叫他静〻的養〻就好了他要想什麼吃只管到我這里取來倘或我這里沒有只管望你璉二嬸子那里要去倘或他有个好合歹你再要娶這麼个媳婦這麼个模樣兒這麼个情性的人兒打着灯籠也沒地方找去他這為人行事那个親戚那一家兒的長輩那个不喜欢他所以我這兩日好不煩心焦的我了不得偏〻今日早晨他兄弟來瞧他誰知他小孩子家不知好歹看見他姐〻身上不大爽快就有事也不該告訴他别說是這麼一點子小事就是你受了萬分的委曲也不該向他說才是誰知他們昨日學房里打了架不知是那里附學來的一个人欺負了他了里頭還有些不干不淨的話都告訴了他姐〻嬸子你是知道那媳婦的雖說見了人有說有笑会行事兒他可細心

又心重不拘听見个什么話兒都要度量个三日五夜才罢這個病就是打这个秉性上頭思慮出来的今兒听見有人欺負了他兄弟又是惱又是氣惱的是那狐朋狗友扯事搬非調三唆四那些人氣的是他兄弟不學好不上心讀書以致如此學里吵鬧他听了这一番事今日索性連早飯也没吃我听見了我方到他那兒安慰了一會子又劝解了他兄弟一会子我叫他兄弟到那府里找寶玉去了我才瞧着他吃了半中燕窩粥我總過来了嬸子你說我心焦不心焦况且如今又没个好大夫我想到他這病上我心里倒像刀扎了々的是的你们知道有什么好大夫没有金氏听了这半日話把方才在他嫂子家的那一團要向秦氏論理盛氣早嚇的丢在爪窪国去了听見尤氏問他有知道好大夫的話連忙答道我们這们听着實在也没人說有個好大夫如今听起大奶々這个病来定不得还是喜呢嫂子别叫人混治倘或認錯了这可了不得的尤氏道可不是呢正說話之間賈珍從外進来見了金氏便向尤氏問道这不是璜大奶々么金氏向前給賈珍請了安賈珍向尤氏說道讓这大妹妹吃了飯去賈珍說着話就望屋里去了金氏此来原要向秦氏說々秦鍾欺負了了他侄兒的事听見秦氏病不但不能說抑且不敢提了况且賈珍尤氏又待的狠好反轉怒為喜的又說了一会子話兒方家去了金氏去後賈珍方過来坐下問尤氏道今兒

他來有什庅說的事情庅尤氏答道到庅（沒）說什庅一進來的時候臉上到像着惱的氣色
似的及至說了半天話又听見媳婦這庅病也不好意思只管坐着又說了几句閑話兒
就去了到沒有求什庅事如今且說這媳婦到那兒尋一个好大夫來給他瞧瞧要緊可
别耽悞了現在咱們家走的這群大夫那兒要得一个呢都是听着人的口氣兒人仔庅說他
添几句文話兒照樣說一遍可到別殷勤的狠三四個人一日輪流着到有四五便看脉來他
們大家商量着定個方子吃了也不見効到弄的一日換四五遍衣裳坐起來見大夫其
實與病人沒益賈珍說道可是這孩子也糊塗何必脫脫換換的倘或又着了涼更添一
層病那還了的衣裳任憑什庅好的可又值什庅呢孩子的身子要緊就是一天穿一套
新的也不值什庅我正要進來告訴你方才馮紫英來看我他見我有些抑鬱之色問我
仔庅了我告訴他說媳婦忽然身子有好大的不爽快因為不得个好大夫斷不透是
喜是病又不知有方碍無方碍所以我這兩日心里着實着急馮紫英因說起他
有个幼時從學的一個先生姓張名友士學問最淵博的更兼醫理極精且斷人生死今
年是上京來給他兒子捐官現在他家住着呢這庅看來竟是合該媳婦的病
在他手里除災亦未可知我即　一着人拿我的名帖請去了今日倘或天晚了不

能來明日想必一定來况且馮紫、　即刻回家親自去求他務必叫他來瞧、、等這个
張先生來瞧、再說罷尤氏听了心中甚喜因說道後兒是太爺的壽日到底怎麼樣
辦賈珍道我方才到了太爺那里去請安兼請太爺來家來受一受一家子的礼太爺
說我是清淨慣了的我不願意往你們那是非場中鬧去你們必定說是我的生
日要叫我去受眾人些頭莫若你把我從前註的陰隲文給我叫人好、的寫出來刻
了比叫我無故受眾人的頭還强百倍呢倘或後日這兩日一家子要來就在家里好
好的款待他們就是了也不必給我送什麽東西來連你後日也不必來你要心中不
安送今兒就給我磕了頭去倘或後日你要來又跟多少人來鬧我、必合你不依既
如此說了後日我是断不敢去了且叫來昇來吩咐他預備兩日的筵席尤氏因叫人
叫了賈蓉來吩咐來昇照、加要豐、富、你再親自到西府里去請老太太大太太二太
太和你璉二嬸來逛、你父親今日又听見一个好大夫業已打發人請去了想必明
日必來你可將他這些日子的病症細、的告訴他賈蓉一、的答應了出去正遇着方才往
馮紫英請那先生的小子回來了因回道奴才方才到了馮大爺家拿了老爺的名
帖請那先生去那先生說道方才這里大爺也向我說了但是今日拜了一天的客

一三四

续回到宅此时精神疲乏不能支持就是去到府上也不能看脉须得调息一
夜明日务必到府他又说医学浅薄本不敢当此重荐因冯大爷和府上既已如此说了
又不得不去你先代我回明大人就是了大人的名帖实不敢当仍叫奴才拿回来了哥
儿替奴才回一声儿罢贾蓉复转身进去回了贾珍尤氏的话方出来叫了来升吩咐
预备两日筵席的话来升听毕自去照例料理不在话下且说次日午间门上人回道
请的那张先生来了贾珍遂延入大厅坐下茶毕方开言道昨承冯大爷示知
老先生人品学问又兼深通医学小弟不胜钦敬张先生道晚生粗鄙下士知识浅
陋昨因冯大爷示知大人家第谦恭下士又承呼唤敢不奉命但毫无实学实增
汗颜贾珍道先生何必过谦就请先生进去看看儿妇仰仗高明以释下怀于是
贾蓉同了进去到了内室见了秦氏向贾蓉说道这就是尊夫人了贾蓉道正是请
先生坐下让我把贱内的病症说一说再看脉如何那先生道依小弟意下竟先看
脉再请教病源为是我初造尊府本也不知道什么但我们冯大爷务必叫小弟过
来看看小弟所以不得不来如今看了脉息看小弟说的是不是再将这些日
子的病势讲一讲大家斟酌一个方儿可用不可用那时大爷再定夺就是了贾

賈蓉道先生實在高明如今恨相見之晚就請先生看一看脈息可治不可治得以使家父母放心于是家下媳婦們捧過大迎枕來一面給秦氏拉着袖口露出手腕來先生方伸手按在右手脈上調息了至數凝神細診了半刻工夫換過左手亦復如是診畢了說道我們外邊坐罷賈蓉于是同先生到外邊房裡炕上坐了一個婆子端了茶來賈蓉道先生請茶茶畢問道先生看這脈息還治得治不得先生道看得尊夫人脈息左寸沉數左關沉伏右寸細而無力右關虛而無神其左寸沉數者乃心氣虛而生火左關沉伏者乃肝家氣滯血虧右寸細而無力者乃肺經氣分太虛右關虛而無神者乃脾土被肝木剋制心氣虛而生火者應現今經期不調夜間不寐肝家血虧氣滯者應脇下痛脹月信過期心中發熱肺經氣分太虛者頭目不時眩暈寅卯間必然自汗如坐舟中脾土被肝木剋制者必然不思飲食精神倦怠四肢酸軟據我看這脈當有這些症候或以這个的為喜脈則小弟不敢聞命矣旁邊一個貼身伏侍的婆子道何嘗不是這樣呢真正先生說得如神倒不用我們說的了如今我們家裡現有好幾位太醫老爺瞧着呢都不能說得這樣真切有的說道是喜有的說道是病這位說不相干那位又說怕冬至前後

没个真着话儿求老爷明白指示〻〻那先生说大奶〻这个症候可是众耽搁了正要在初次行经的时候就用药治起只怕此时已全愈了如今既是把病耽悮到这地位也是应有此灾依我看起来病尚有三分治得吃了我这药看若是夜间睡的着觉那时又添了二分拿手了据我看这脉息是大奶〻是个心性高强聪明不过的人但聪明太过则不如意事常有不如意事常有则思虑太过此病是忧虑伤脾肝木忒旺经血所以不能按时而至大奶〻从前行经的日子问〻断不是常缩必是常长的是不是这婆子道答可不是从没缩过或是长两日三日以至十日不等都长过的先生听道是了这就是病源了从前若能以养心调经之药服之何至于此这如今明显出一个水亏火旺的症候来待我用药看〻于是写了方子递与贾蓉上写的是

益气养荣补脾和肝汤

人参　白术　云苓　熟地　归身　白芍

川芎　黄芪　香附米　醋柴胡　淮山药　真阿胶

延胡索　炙甘草　引用建莲子七粒去心大枣二枚

贾蓉看了说高明的很还要请教先生这病与性命终究有妨无妨先生笑

道大爷是最高明的人〻病到这个地位非一朝一夕的病候了吃了这药也要看医缘了依小弟看来今年一冬是不相干的總是过了春分就可望全愈〻贾蓉也是个聪明的人也不往下细问了于是贾蓉送了先生去了方将这药方子并脉案都给贾珍看了说的话也都回了贾珍并尤氏了尤氏向贾珍道从来大夫不像他说的痛快想必用药不错的贾珍道他原不是混吃饭的久惯行医的人因为冯紫英我们和好他好容易求了他来的既有了这个人媳妇的病或者就能好了他那方子上有人参就用前日买的那一斤好的罢贾蓉听说毕话方出来叫人打药去煎给秦氏吃不知吃了药病势如何下回分解

红楼梦第十一回

庆寿辰宁府排家宴　见熙凤贾瑞起淫心

话说是日贾敬的寿辰贾珍先将上等可吃的东西稀奇的菓品装了十六大捧盒着贾蓉带领家下人送与贾敬去向贾蓉说道你留神看太爷喜欢不喜欢你就起来行了礼说父亲遵太爷的话不敢前来在家里率领合家都朝上行了礼了贾蓉听罢即率领家人去了这里渐渐的就有人来先是贾琏贾蔷来看了各处的座位并问有什么顽意儿没有家人答道我们爷算计本来请太爷今日来家所以并未敢预备顽意儿前日听见太爷又不来了现叫奴才们找了一班小戏儿并一档子打十番的都在园子里戏台上预备着呢次后邢夫人王夫人凤姐儿宝玉都来了贾珍并尤氏接了进去尤氏的母亲已先在这里大家见过了彼此让了坐贾珍尤氏二人亲递了茶因笑道老太太原是个老祖宗我父亲又是侄儿这样年纪这个日子原不敢请他老人家来但是这时候天气又凉爽满园的菊花又盛开请老祖宗过来散散闷看看众儿孙热热闹闹的是这个意思谁知老祖宗又不赏脸凤姐儿未等王夫人开口先说道老

太〻昨日还说要来呢因为晚上看见宝兄弟吃桃儿他老人家又嘴馋了吃了有大半个五更天时候就一连起来了两次今日早晨略觉身子倦些因叫我回大爷今日断不能来了说有好吃的要几样还要很烂的呢贾珍听了笑道我说老祖宗是爱热闹的今日不来必定有个缘故这就是了王夫人说前日听见你大妹〻说蓉哥媳妇身上有些不大好到底是怎么样尤氏道他这个病得的也奇上月中秋还跟着老太〻太〻顽了半夜回家来好〻的到了二十日以后一日比一日觉懒了又懒得吃东西这将近有半个多月经期又有两个月没来邢夫人接着说道莫是喜罢正说着外头人回道大老爷二老爷并一家的爷们都来了在厅上呢贾珍连忙出去了这里尤氏复说从前大夫也有说是喜的昨日冯紫英荐了他幼时从学过的一个先生医道很好瞧了说不是喜竟是一个大症候昨日开了方子吃了一剂药今日头眩的略好些别的仍不见大效凤姐道我说他不是十分支持不住今日这样日子再也不肯不挣扎着上来尤氏道你是初三日在这里见他的他强扎挣了半天也是因你们娘儿两好的上头还恋〻的舍不得去凤姐听了眼圈儿红了一会子方说道天有不测风云人有旦夕祸福这点年纪倘或因这病上有个长短人生在世还有甚么趣儿正说着贾蓉进来给邢夫人王夫人凤姐都请了

賈蓉回尤氏道方纔我給太爺送吃食去並回說我父親在家伺候老爺們款待一家子的爺們遵太爺的話並未敢來太爺聽了甚歡喜說這纔是叫告訴父親母親好生伺候太爺太太們叫我好生伺候叔叔嬸子並哥哥們還說那陰騭文叫他們急急刻出來印一萬張散人我將此話都回了我父親了我這會子還得快出去打發太爺們並合家爺們吃飯鳳姐兒說蓉哥兒你且站着你媳婦今日到底是怎麼着賈蓉皺皺眉兒說道不好麼嬸子回來瞧瞧去就知道了于是賈蓉出去了這裡尤氏向邢夫人王夫人道太太們在這裡吃飯還是在園子裡吃去小戲兒現在園子裡預備着呢王夫人向邢夫人道這裡很好尤氏就分付媳婦婆子們快擺飯來門外一齊答應了一聲都各人端各人的去了不多時擺上了飯尤氏讓邢夫人王夫人並他母親都上坐了他與鳳姐兒寶玉側席坐了邢夫人王夫人道我們來原為給大老爺拜壽這豈不是我們來過生日來了麼鳳姐兒說大老爺原是好養靜的已修煉成了也算得是神仙了太太們這麼一說就叫做心到神知了一句話說的滿屋裡都笑起來尤氏的母親並邢夫人王夫人鳳姐都吃了飯漱了口淨了手纔說要往園子裡去賈蓉進來向尤氏道老爺們並眾位叔叔哥哥們都吃了飯了大老爺說家裡有事二老爺是不愛聽戲又怕人鬧的慌都去了

别的一家子爷们被琏二爷并蔷大爷都让过去听戏去了方才南安郡王东平郡王西宁郡王北静郡王四家王爷并镇国公牛府等六家忠靖侯史府等八家都差人持名帖送寿礼来俱回了我父亲先收在账房里了礼单都上了档子了领谢名帖都交给各家的来人了来人也各照例赏过都让吃了饭去了母亲该请二位太太老娘婶子都过园子里去坐着罢尤氏道也是才刚吃完了饭就要过去了凤姐说我回太太我先瞧瞧蓉哥媳妇去我再过去罢王夫人道很是我们都要去瞧瞧他倒怕他嫌我们闹的慌说我们问他好罢尤氏道好妹妹媳妇听你的话你去开导开导他我也放心你就快些过园子里来宝玉也要跟着凤姐儿去瞧秦氏王夫人道你看看就过去罢那是侄儿媳妇呢于是尤氏请了王夫人邢夫人并他母亲都过会芳园去了凤姐宝玉方和贾蓉到秦氏这边来进了房门悄悄的走到里间房门秦氏见了要站起来凤姐说快别起来看头晕于是凤姐儿紧行了两步拉住了秦氏的手说道我的奶奶怎么几日不见就瘦的这样了于是就坐在秦氏坐的褥子上宝玉也问了好在对面椅子上坐了贾蓉叫快倒茶来婶子和二叔在上房还未喝茶呢秦氏拉着凤姐的手强笑道这都是我没福这样人家公公婆婆当自家的女孩儿似的待婶娘你侄儿虽说年轻却也是他敬我我敬他从来没有红过脸儿就是一家子的长辈同辈之中除了婶子不用说了别人也从无不和我好的如今得了这个病把我那要强的心一分也没了公婆面前未得孝顺一天儿就是婶娘这样疼我我就有十分孝顺的心如今也不

能彀了我自想着
未必熬的过年去呢宝玉正眼瞧看那海棠春睡图并那秦太虚的嫩寒锁梦因春冷芳气袭
人是酒香的对联不觉想起在这里睡梦到太虚幻境的事正自出神听见秦氏说了这些
话如万箭攒心那眼泪不知不觉就流下来了凤姐儿心中虽十分难过但恐怕病人见了反添
心酸倒不是来开导劝解的意思了见宝玉这个样子因说道宝玉兄弟你特婆婆妈妈
的了他病人不过是这么说那里就到得这个田地了况且能多大年纪的人略病一病儿就
这么想那么想的这不是自己到给自己添病了么贾蓉道他这病也不用别的只是吃
得些饮食就不怕了凤姐儿道宝玉兄弟太太叫你快过去呢你别在这里只管这么
着到招媳妇儿心里不好太太那里又等着你呢因向贾蓉说道你先同你宝叔过去罢
我还略坐一坐儿贾蓉听说即同宝玉过会芳园来了这里凤姐儿又劝了秦氏一番说
了许多衷肠话儿尤氏打发人请了两三遍凤姐儿才向秦氏说道你好生养着罢我
我再来看你合该你这病要好所以前日就有人荐了这个好大夫再也是不怕的了秦
氏笑道治得病治不得命婶子我知道这病不过是挨日子凤姐儿说你只管这么想
那病那里能好呢总要想开了才是况且听得说大夫若是不治怕春天不好如今才九
月半还有四五个月的工夫什
咱们家若是不能吃人参的人家这也难说了

你公〻婆〻听見治得好別説一日二錢人參就是二斤也能勾吃的起好生養着罢我过园子里去了秦氏又道嬸子恕我不能跟着去了閑了時候还求嬸子常过来瞧〻我咱們娘兒們坐〻多説几遭話兒凤姐兒听了不覺大眼圈一紅遂説道我得閑兒必常來看你于是凤姐兒帶領跟來的婆子了頭并寧府的媳婦婆〻子〻們從裡頭繞進园〻子的便门来但見

黄花満地白柳橫坡小橋通若耶之溪曲徑接天台之路石中清流激湍籬落飄香樹頭紅葉翩翻踈林如画西風乍緊初罢鶯啼暖日当暄又添蛩語遥望東南建几處依山之榭縱覌西北結三间臨水之軒笙簧盈耳別有幽情羅綺穿林倍添韵致

凤姐兒正看园中景致一步〻行来讚賞猛然從假山石後走过一个人来向前对凤姐兒説道請嫂子安凤姐兒猛然見了將身子往後一退説道是瑞大爷不是賈瑞説道嫂子連我也不認了不是我是誰凤姐兒道不是不認得猛然一見想不到是大爷到这里来賈瑞道也是合該我與嫂子有緣我方才偷出了席在这个清凈地方畧散一散不想就遇見嫂子也從这里来这不是有緣麼一面説着一面拿眼睛不住的覰看凤姐兒凤姐兒是个聰明人見他这个光景如何不猜透八九分呢因向賈瑞假意

含笑道怨不得你哥々常提你說你狠好今日見了听你說這几句話兒就知道你是个聰明和氣的人了這会子我要到太々們那里去不得合你說話兒等閑了咱們再說話兒罢賈瑞道我要到嫂子家里去請安又恐怕嫂子年輕不肯輕易見人凤姐兒假意笑道一家子骨肉說什庅年輕不年輕的話賈瑞听了這話再不想到今日得這个奇遇神情光景越發不堪的難看凤姐兒說道你快去入席罢看他們拿住罰你酒賈瑞听了身上已木了半截慢々的一面走着一面回过頭來看凤姐兒故意的把脚步放遲了些兒見他去遠了心里暗忖道這才是知人知面不知心呢那里有這樣禽獸似的人呢他果如此幾時叫他死在我手里他才知道我的手段于是凤姐方移步前來將轉过一重山坡見兩三个婆子慌々張々的走來見了凤姐兒笑說道我們奶々見二奶々只是不來急的了不得叫奴才們又來請奶々來了凤姐說你們奶々就是這庅急脚鬼是的凤姐慢々走着問戲唱了有几齣了那婆子回道有八九齣了說話之间已到了天香楼的後门見寶玉合一羣丫頭那里頑呢凤姐兒說道寶兄弟別特淘氣了一个丫頭道太々們都在楼上坐着呢請奶々就從這边上去罢凤姐兒听了款步提衣上了楼見尤氏已在楼梯口等着呢尤氏笑說道你們娘

他两个特好了是了面總捨不得来了你明日搬来合他住着把你坐下你坐下我先敬你一鍾于是凤姐儿在邢夫人王夫人前告了坐並尤氏的母親處也先周旋了一遍仍同尤氏坐在一桌上吃酒听戲尤氏叫拿戲单来讓凤姐儿点戲凤姐儿說太太們在这里我如何敢点邢夫人王夫人道我們合親家太太都点了好几齣了你点两齣我們听凤姐儿立起身来答應了一声方接過戲单来從頭一看点了一齣还魂一齣談詞遞過单去說現在唱的双官誥唱完了再唱这两齣也就是時候了王夫人道可是呢也該趂早儿叫你哥哥嫂子歇歇他們又心里不靜尤氏說太太們又不常过来娘儿們多坐一会子才有趣儿天还早着呢凤姐儿立起身来望楼下一看說爺們都往那里去了傍边一个婆子道爺們才到凝曦軒带了打十番儿的那里吃酒去了凤姐儿說道在这里不便當背地里又不知幹什麼去了尤氏笑道那里都像你这正經人呢于是說說笑笑点的戲都唱完了方才撤下酒席擺上飯来吃畢大家纔出园子来到上房坐下吃了茶方才叫預備車向尤氏的母親告了辭尤氏率同衆姬妾并家下婆子媳婦們方送出来賈珍率領衆子侄都在車傍侍立等候着呢見了邢王二位夫人說道二位嬸子明日还过来瞧瞧王夫人道罷了我們今日整坐了一日也乏了明日歇歇罷于是都上了車去了賈瑞犹不時的拿眼睛覷凤姐儿賈珍等都進去了後李貴才拿過馬来宝玉騎上隨王夫人

去了这里賈珍同一家子的兄弟子侄吃過了晚飯方大家散了次日仍是衆族人等鬧了一日不必細說此後鳳姐兒不時來看秦氏〻〻也有几日好些也有几日仍是那樣尤氏賈珍賈蓉好不焦心且說賈瑞到榮府來了几次偏都遇見鳳姐兒往寧府那边去了这年正是十一月三十日冬至到交節的那几日賈母王夫人鳳姐兒天〻差人去看秦氏回來的人都說这几日未見添病也不見甚好王夫人向賈母說这个症候遇着这樣的大節不添病就有好大的指望了賈母說可是呢好个孩子要是有些原故可不叫人疼死說着一陣心酸叫鳳姐兒說道你们娘兒兩个也好了一場明日大初一过了明日後日再看〻他去細〻瞧〻他那光景倘或好些〻你回來告訴我〻也喜歡〻〻那孩子素日愛吃的你也常叫人做些給他送过去鳳姐兒一〻的答應了到了初二日吃了早飯來到寧府看見秦氏的光景雖未甚添病但是那臉上身上的肉都全瘦盡了于是合秦氏坐了半日說了些閑話兒又將这病無妨的說開導了一番秦氏道好不好春天就知道了如今現过了冬至或者好的了也未可知嬸子回老太〻太〻放心罷昨日老太〻賞的棗泥餡的山藥糕我到吃了兩塊倒像尅化的動似的鳳姐兒說道明日再給你送來我到你婆〻那里瞧〻就要趕着去回老太〻話去秦氏道嬸子替我請老太〻太〻安罷鳳姐兒答應着就出來了到了尤氏上房坐下尤氏道你冷眼瞧媳婦是怎麼樣鳳姐兒低了半日頭

説道这实在没法児了你也該将後事料理〻〻冲一冲也好尤氏道我也暗〻的預備了就是那件東西不得好木頭暫且慢〻的办罢于是凤姐児吃了茶説了一会子話児説道我要快回去回老太〻話去呢尤氏説你可慢〻児的説别唬着老人家凤姐児道我知道了于是凤姐児回来見了贾母説蓉哥児媳婦請老太〻安給老太〻〻磕頭説他好了些了求老祖宗放心他再畧好些还要給老祖宗請安来呢贾母道你看他是个什庅様凤姐児説暫且無妨精神还好呢贾母听了沉吟半日因向凤姐説你换〻衣服歇〻去罢凤姐児答应着出来看過了王夫人到了家中平児将换的家常衣服給凤姐児换了凤姐児方坐下問道家里没什庅事平児方端了茶来遞了过去説道没有什庅事情就是那三百兩银子利分旺児媳婦送来我收了再还有瑞大爺使人来打听奶〻在家没有他要来請安説話凤姐児听了哼了一声説道这畜生合該作死看他来了怎庅様平児因問道这瑞大爷是為什庅只管来凤姐児遂将九月里在寧府园子里遇見他的光景並他的話都告訴平児〻〻説道癩蝦蟆想吃天鵝肉没人倫的混賬東西起这个念頭叫他不得好死凤姐児道等他来了我自有道理不知賈瑞来時作何光景且听下回分解

第十二回

王熙鳳毒设想思局　　賈天祥正照凤月鑑

话说凤姐儿正与平儿说话只見有人回说瑞大爷来了凤姐儿忙令人快请進来賈瑞見往里讓心中喜出望外急忙進来見了凤姐儿满面陪笑連連问好凤姐儿也假意慇懃讓茶讓坐賈瑞見凤姐儿如此打扮亦发酥倒因餳了眼问道二哥哥怎庅还不回来凤姐儿道不知什庅縁故賈瑞笑道别是有人在路上绊住了脚捨不得回来也未可知凤姐儿道也未可知男人家見一个爱一个也是有的賈瑞笑道嫂子这话说错了我就不这樣鳳姐儿笑道像你这樣的人能有几个呢十个里也挑不出一个来賈瑞听了喜的抓耳挠腮又道嫂子天天也闷得狠凤姐儿道正是呢只盼个人来说话解解闷儿賈瑞笑道我倒天天闲的过来替嫂子闲解闲解闷可好不好凤姐儿笑道你哄我呢你那里肯往我这里来賈瑞道我在嫂子跟前若有一点谎话天打雷劈只因素日闻得人说嫂子是个利害人在你跟前一点儿也错不得所以唬住了我如今見嫂子最是有说有笑極疼人的我怎庅不来死了也愿意的凤姐儿笑道果然你是明白人比賈蓉两个强远了我看他那樣清秀只当他们心里明白谁知竟是双个胡塗虫一点不知人心賈瑞听了这话越发撞在心坎上由不得又往前凑了一凑觑眼看凤姐儿的荷包然後又问带的什庅戒指凤姐儿悄悄的道放尊重些别叫

了頭们看見㕭话賈瑞如听綸音佛語一般忙往後退凤姐㕭道你该去了賈瑞道我再坐一坐兒好狠心的嫂子凤姐兒又悄〻的道大天白日人来人往你就在这里也不方便你且去等着晚上起了更你来悄〻的在西边穿堂兒里等我賈瑞听了如得珍宝忙问道你别哄我但只是那里人過的多怎么好躲的凤姐道你只管放心我把上夜的小厮们都放了假兩边门一関再没别人賈瑞听了喜之不禁忙〻的告辞而去心内已為得手盼到晚上果然黑地里摸入荣府趁掩门時鑽入穿堂果見黢里無人往賈母那边去的门户已倒鎖只有向東的门未関賈瑞听着半日不見人来忽听咯噔一声東边的门也関了賈瑞急的也不敢則声只得悄〻的出来將门撼了撼関的鐵桶一般此時要求出去亦不能南北皆是大房墙要跳亦無攀援这屋内又是過门風空落〻的現是臘月天氣夜又長朔風凛〻侵肌裂骨一夜几乎不曾凍死好容易盼到早晨只見一个老婆子先將東门開了進来去叫西門賈瑞瞅他背着臉一溜烟跑了出来幸而天氣尚早人都未起從後门一逕跑回家去原来賈瑞父母早亡只有他祖父代儒教養那代儒素日教训最嚴不許賈瑞多走一步生怕他在外吃酒要錢有悮学業今忽見他一夜不帰只料定他在外非飲即賭嫖娼宿妓那里想到这段公案因此氣了一夜賈瑞也捻着把汗少不得回来撒谎只说往舅〻家去了天黑了留我住了一夜代儒道自来出门非禀我不敢擅出如何昨日私自去了據此亦该打何况是撒谎因此發狠到底打了

三四十板还不许吃飯令他跪在院内讀文章定要補出十天的工课来方罢賈瑞直凍了一夜今又遭他苦打且餓着肚子跪在风地里讀文章其苦萬狀此時賈瑞前心猶未改再想不到是凤姐儿捉弄他的過了几日得了空仍来找尋凤姐儿凤姐儿故意抱怨他失信賈瑞急的賭神罰咒凤姐儿因見他自投羅網少不得再尋别计令他知改故又約他道今日晚上你别在那里了你在我这房後小過道子里那间空房子里等我可别冒失了賈瑞道果真凤姐儿道谁可哄你你不信就别来賈瑞道来来来！就死也要来凤姐道这会子你先去罢賈瑞料定晚间必妥此時便先去了凤姐儿在这里便点兵派將设下圈套那賈瑞只盼不到夜上偏生家里又有亲戚来了直吃了晚飯才去那天已有掌灯時分又等他祖父安歇了方溜進荣府直往那夹道中屋子里来等着就像那熱鍋上的螞蟻一般只是干轉左等不見个人影右听也没个聲音心下自思道别是又不来了又凍我一夜不成正自胡猜只見黑魆魆的来了一个人賈瑞便想定是凤姐儿不管皂白餓虎一般等那人刚至门前便如猫捕鼠的一般抱住叫道我的親嫂子等死我了说着便抱到屋里坑上就亲嘴扯褲子满口里親娘親爹的乱叫起来那人只不做声賈瑞扯了自己的褲子硬帮帮的就想頂入忽見灯光一闪只見賈薔舉着个火紙捻子照道谁在屋里只見坑上那人笑道瑞大叔要肏我呢賈瑞一見却是賈蓉真臊得無地可入不知要怎么様才好回身就要跑被賈薔一把揪住道别走如今璉二嬸已经告到太太跟前了说

你無故調戲他他暫用了个脫身計哄你在这边等着太太氣死过去了因此叫我來拿你剛才你又攔住他沒的說跟我去見太太罷賈瑞聽了魂不附體說好姪兒只說沒有見我明日我重重的謝你賈薔道你若謝我放你不值什麼只不知謝我多少況且口說無憑須得寫一文契來賈瑞道这如何落紙呢賈薔道这也不妨寫一个賭局輸了外人的賬目借頭家銀若干兩便罷賈瑞道这也容易只是此時無紙筆賈薔道这也容易說畢反身出來紙筆現成拿來命賈瑞寫他又做好做歹只寫了五十兩然後画了押賈薔收起來然後撕邏賈蓉賈蓉先咬定牙不依只說明日告訴族中的人評評理賈瑞急得至于叩頭賈薔做好做歹的也寫了五十兩的一張欠契才罷賈薔又道如今要放你我就担着不是老太太的門早已關了老爷正在所上看南京的東西那一條路定難过去如今只好走後门若这一走倘或遇見了人連我也完了等我們先去哨探哨探再來領你这屋里你还藏不得少時就來堆東西等我尋个地方說畢拉着賈瑞仍息了火出至院外摸着大台磯底下說道这窩兒里好你只蹲着別哼一声兒等我們來再動說畢二人去了賈瑞此時身不由己只得蹲在那里心下正在盤算只聽頭頂上一声响嘩拉拉一淨桶尿糞從上面直潑下來可巧澆了他一頭一身賈瑞掌不住阿呦了一声忙又掩住口不敢声張滿頭滿臉渾身皆是尿糞冰冷打戰只見賈薔跑來叫快走快走賈瑞如得了命一般三步双步從後门跑到家里天已三更只得叫门開门人見他这般景况问是怎的了少不得撒謊說黑了失腳

掉在毛厮里了一面到了自己房中更衣洗濯心下才想到是凤姐顽他因此發一回恨再想〻凤姐的模樣兒又恨不得一時樓在怀内一夜竟不曾合眼自此滿心想凤姐只不敢往榮府去了賈蓉双个常〻的來索銀子他又怕祖父知道正是相思尚且难禁更又添了債務日间功課又緊他二十來岁之人尚未娶过親近來想着凤姐未免有那指頭兒告了消乏等事更兼兩回凍惱奔波因此三五下里夾攻不覺就得了一病心内發膨脹口内無滋味脚下如綿眼中如醋黑夜作燒白晝常倦下溺連精嗽痰帶血諸如此症不上一年多添全了于是不能支持一頭睡倒合上眼还只〻夢魂顛倒滿口胡說乱語驚怖異常百般請医療治諸如肉桂附子鼈甲麦冬玉竹等藥吃了有几十斤下去也不見个動靜倏又臘尽春回这病更有沉重代儒也慌了忙各處請医療治皆不見效因後来吃独参湯代儒如何有这力量只得往榮府来尋王夫人命凤姐称二兩給他凤姐回說前日新近多替老太〻配了藥那整的太〻又說留着送楊提督的太〻配藥偏生昨日我已送了去了王夫人道就是咱们这边没了你打發人往你婆〻那边问〻或是你珍大哥〻那府里再尋来凑着給人家吃好了救人一命也是你的好處凤姐听了也不遣人去尋只得將些渣沫泡鬚凑了几錢命人送去只說太〻送来的再也没了然後回王夫人只說多尋来了共凑了有二兩送去那賈瑞此時要命心勝無藥不吃只是白花〻不見效忽然这日有个瘸足道人来化斋口称專治冤業之症賈瑞偏生在内

就听見了直肖声叫喊説快请進那位菩薩来救命一面叫一面在枕上叩首衆人只得带了那道士進来賈瑞一把拉住連叫菩薩救我那道士嘆道你这病非藥可医我有个宝貝与你、天看时此命可保矣説畢從褡褳中取出一面鏡子来双面皆可照人、鏡把上鏨着风月宝鑑四字遞与賈瑞道这物出自太虚幻境空霊殿上警幻仙子所製専治邪思妄動之症有济世保生之功所以帶他到世上单与那些聰明俊傑风雅王孫等肴照千万不可照正面只照他的背面要緊、、三日後我来収取管叫你好了説畢佯常而去衆人苦留不住賈瑞收了鏡子想道这道士到有些意思我何不照一照試、想畢拿起风月宝鑑来向反面一照只見一个骷髏立在里面唬得賈瑞連忙掩了罵道士混帳如何唬我、到再照、正面是什庅想肴又將正面一照只見凤姐站在裡面招手叫他賈瑞心中一喜蕩悠、的覔得進了鏡子与风姐云雨一番凤姐仍送他出来到了床上阿哟了一声一睜眼鏡子從手内掉过来仍是反面立肴一个骷髏賈瑞自覔汗津、的底下已遺了一瘫精到底不足又反过正面来只見风姐还招手叫他、、又進去如此三四次到了这次剛要出鏡子来只見双个人走来拿鉄鎖把他套住拉了就走賈瑞叫道讓我拿了鏡子再走只説得这句就不能再説话了傍边伏侍賈瑞的衆人只見他先还拿肴鏡子照落下来仍睁開眼拾在手内末後鏡子落下来便不動了衆人上来、看时已没了氣了身子底下冰凉漬湿一大瘫精这才忙着穿衣抬床代儒夫婦哭的死去活來大罵道士是何妖鏡若不早燬此物遺害于世不小遂命架火來燒只听鏡內哭道誰叫你們瞧正面了你每自己以假為真何苦來燒我正哭着只見那瘸足道人從外跑來喊道誰敢毀风月宝鑑吾來救也说着直入中堂搶入手內飄然去了当下代儒料理喪事各處去報喪三日起經七日發引寄靈于鐵檻寺日後帶回原籍当下賈家衆人齊來弔問榮國府賈赦贈銀二十兩賈政亦是二十兩寧國府賈珍亦有二十兩別者族中人貧富不一或三兩或五兩不可勝數外另有各同窗家分資也凑有二三十兩代儒家道虽然淡薄到也豐、富、完了此事誰知这年冬底林如海的書信寄來却為身染重疾寫书特來接林黛玉回去賈母听了未免又加憂悶只得忙、的打点代玉起身宝玉大不自在怎奈父女之情也不好攔阻的于是賈母定要賈璉送他去仍叫帶回來一应土仪盤費不消煩说自然要妥貼作速擇了日期賈璉與林代玉辞別了賈母等帶了僕從登舟往楊州去了要知分明且听下文

第十三回

秦可卿死封龍禁尉　　王熙鳳協理寧國府

話說凤姐自賈璉送代玉往揚州去後心中实在無趣每到晚间不过和平兒說笑一回就胡乱睡了這日夜间正和平兒灯下擁炉倦绣早命濃熏绣被二人睡下屈指筭行程该到何處不知不覺已交三鼓平兒已睡熟了凤姐方覺星眼微朦恍惚只見秦氏從外走了進来說道嬸嬸好睡我今日回去你也不送我一程因娘兒們素日相好我捨不得嬸嬸故来别你一别还有一件心事未了非告訴嬸嬸别人未必中用　凤姐听了恍惚问道有何心事你只管托我就是了秦氏道嬸嬸你是个脂粉隊里的英雄連那些束帶頂冠的男子也不能及你你如何連兩句俗語也不曉得常言月滿則亏水滿則溢又道是登高必跌重如今我們家赫赫揚揚已將百載一日倘或樂極悲生若應了那句樹倒猢猻散的俗語豈不虛稱了一世的詩书旧族了　凤姐听了此话心胸大快十分敬畏忙问道這话慮的極是但有何法可以永保無虞秦氏道嬸嬸你好痴也否極泰来榮辱自古週而復始豈人力可保常的但如今能于榮時籌畫下將来衰時的事業亦可能常保永全也即如今日諸事都妥只有兩件未妥若把此事如此一行則後日可保永全了　凤姐便问何事秦氏道目今祖塋雖四時祭祀只是無一定的錢粮第二件家塾雖立無一定供給依我想来如今盛時固

不缺祭祀工給但將來敗落之時此二項有何出處莫以我定見起今日富貴將祖塋附近多置田庄房舍地畝以備祭祀工給之費皆出自此將家塾亦設于此会同族中長幼大家定了則例日後按房掌管這一年的地畝錢粮祭祀工給之事如此週流又無爭競亦不能有典賣諸弊便是有了罪凡物皆可入官這祭祀產業連官也不入的便敗下來子孫回家讀書務農也有个退步祭祀又可永継若目今以為榮華不絶不思後日終非長策眼見不日又有一件非常喜事真是烈火烹油鮮花自錦之盛要知道也不過是瞬息繁華一時的歡樂萬不可忘了那盛筵不散的俗話此時若不早為後慮臨期只恐後悔無益了风姐忙问有何喜事秦氏道天机不可洩漏只是我与嬸嬸好了一場臨別你双句话須要记着因道 三春去後諸芳尽 各自尋須各自门风姐还欲问时只听二门上傳事的云牌連擊四下正是喪音將风姐驚醒人回說東府蓉大奶奶沒了风姐闻听嚇了一身冷汗出了一回神只得忙忙的穿衣往王夫人處來彼时合家皆知無不納罕那長一輩想他素日孝順平一輩的想他平日和睦亲密下一輩的想他素日慈愛以及家中僕從老小想他素日憐貧惜賤慈老愛幼之恩莫不悲號痛哭者閑言少叙却说宝玉因近日林代玉回去剩得自已孤恓也不和人頑耍每到晚间便索然睡了如今從夢中听見说秦氏死了連忙翻身爬起來只覺心中似戳了一刀的不忍哇的一聲直噴出一口

血来襲人等慌了忙上来攙扶問是怎庅樣了又要回賈母来請大夫宝玉道不用忙不相干
这是急火攻心血不帰經说着便爬起来要衣服換了来見賈母即時要过去襲人見他如此心中
虽放不下又不敢攔只得由他罢了賈母見他要去因说纔嚥氣的那里不干净二則夜里風大
等明早再去不遲宝玉那里肯依賈母命人預備車多派跟從人役擁護前来一直到了寧
国府前只見府门大開两边灯籠照如白晝乱烘烘人来人往里面哭聲摇山振岳宝玉下了車忙忙
奔至停灵之室痛哭一番然後見过尤氏誰知尤氏正犯了胃疼旧疾睡在床上然後出来見賈珍
彼时賈代儒賈代脩賈敕　賈效賈敦賈赦賈政賈琮賈㻞賈珩賈珖賈琛賈瓊賈璘賈
薔賈菖賈菱賈芸賈芹賈蓁賈萍賈藻賈蘅賈芬賈芳賈蘭賈菌賈芝等都来了賈
珍哭的泪人一般正和賈代儒说道合家大小遠親近友誰不知我这媳婦比兒子还强十倍如今伸
腿去了可見这長房内絶滅無人了说着又哭起来了衆人忙劝道人已辭世哭也無益且商量
如何料理要紧賈珍拍手道如何料理不过盡我所有罢了正说着只見秦業秦鍾并
尤氏的几个眷屬尤氏姊妹也都来了賈珍便命賈瓊賈琛賈璘賈薔四个人去陪客一面
吩咐去喚欽天監陰陽司来擇日擇准停灵七七四十九日三日後開喪送訃聞这四十九日单請
一百单八衆禪僧在大廳上拜大悲懺超度前亡後化諸魂以免亡者之罪另設一壇于天

香樓上是九十九位全真道士打四十九日解寃洗孽醮然後停灵于会芳园中灵前另外五十衆高僧五十位高道对坛按七做好事那賈敬聞得長孫媳死了因为自己早晚就要飛昇如何肯又回家染了紅塵将前功尽棄呢因此並不在意只憑賈珍料理賈珍見父親不管一發恣意奢華看板时几副杉木板皆不中意可巧薛蟠来弔问因見賈珍尋好板便説道我们木店里有一付板叫做什么檣木出在潢海鐵網山上做了棺材萬年不壞这还是当年先父带来元係義忠亲王老千歲要的因他坏了事就不曽拿去現在还封在店里也没人出價敢買你若要就抬来使罷賈珍听説喜之不勝即命人抬来大家看时只見帮底皆厚八寸紋若檳榔味若檀麝以手扣之玎璫如金玉大家多奇異称賞賈珍道價值多少薛蟠道拿一千兩銀子来只怕也没處買去什么價不價賞他们几兩工錢就是了賈珍听説忙謝不尽即命解鋸糊漆賈政劝道此物恐非常人可享者殮以上等杉木也就是了此時賈珍恨不能代秦氏之死这话如何听得忽又听得秦氏之丫環名喚瑞珠者見秦氏死了他也觸柱而亡此事可罕合族人也多称嘆賈珍遂以孫女之礼殯殮一并停灵于会芳園中之登仙閣内又一小丫環名宝珠者因見秦氏身無所出乃干心愿為義女誓任摔喪駕灵之任賈珍喜之不尽即时傳下從此皆呼宝珠为小姐那宝珠按未嫁之女喪在灵前哀哀欲绝于是合族人丁並家下諸人多各

遵舊制行事自不得紊亂賈珍因想着賈蓉不過是个黌门監灵旛經榜上寫时不好看便是執事也不多因此心中甚不自在可巧这日正是首七第四日早有大明宫掌宫内相戴权先備了祭礼遣人来次後坐了大轎打伞鳴鑼親来上祭賈珍忙接着至逗蜂軒獻茶賈珍心中打算定了主意因而趁便就说要与賈蓉捐个前程的话戴权会意因道想是丧礼上風光些賈珍忙道老内相所見不差戴权道事到湊巧正有个美缺如今三百員龍禁尉短了兩員昨日襄陽侯的兄弟老三来求我現拿了一千五百兩銀子送到我家里到底咱們灵是老相与不拘怎么樣看着他爺爺的分上胡亂应了还剩了一个缺誰知永興節度使馮胖子来求我要与他孩子捐我就没工夫应他既是咱們的孩子要捐快寫个履歷来〔賈珍〕小廝听說忙吩咐快命书房里人恭恭敬敬寫了大爺的履歷来小廝不敢怠慢去了一刻便拿了一張紅紙来与賈珍賈珍看了忙送与戴权戴权看时上面寫道江南江寧府江寧縣監生賈蓉年二十歲曾祖原任京營節度使世襲一等神威將軍賈代化祖乙卯科進士賈敬父世襲三品爵威將軍賈珍戴权看了回手便遞与一个貼身的小廝收了說道回来送与户部堂官老趙說我拜上他起一張五品龍禁尉的票再給个執照把履歷填上明日我来兑銀子送去小廝答应了戴权也就告辭了賈珍十分款留不住只得送出府门臨上轎賈珍因问銀子还是

我到部兑还是一併送上老内相府中戴权道若到部里你又吃亏了不如平准一千二百銀子送到我家就完了賈珍感謝不尽説待服満後親帶小兒到府叩謝于是作别又听喝導之声元来是忠靖侯史鼎的夫人来了王夫人邢夫人凤姐等刚迎入上房又見錦鄉侯川寧侯寿山伯三家祭礼摆在灵前少时三人下轎賈珍等忙接上大厅如此亲朋你来我去也不能勝數只这四十九日寧國府街上一条白漫漫人来人往花簇簇官去官来賈珍命賈蓉次日换了吉服領憑回来灵前供用執事等物俱按五品職例灵牌疏上皆寫天朝誥授賈门秦氏恭人之灵位会芳園臨街大门大開在兩边起了鼓樂厅兩班青衣奏樂一对对執事摆的刀斬斧齊更有兩面硃紅銷金大字牌竪在门外写云　防護　内庭紫禁道　御前侍衛龍禁尉对面高起着宣坛僧道对坛榜文上大書世襲寧國公冢孫婦防護内庭御前侍衛龍禁尉賈门秦氏恭人之喪四大部州至中之地奉天永建太平之國總理虚無寂静教门僧録司正堂萬虚總理元始三教清教门道録司正堂葉生等敬謹修斋朝天叩佛以及恭请諸伽藍揭諦功曹等神聖恩普錫威远鎮四十九日消灾洗業平安水陸道塲尤氏又犯了旧病不能料理事務惟恐各誥命来往亏了礼數怕人嘆話因此心中不自在當下正憂慮时因宝玉在側问道事事都筭妥貼了大哥哥还愁什麽賈珍見问便將里面無人的话説了出来宝玉道

这又何难我荐个人与你权理这一个月的事管必妥当贾珍忙问道是谁宝玉见坐间还有许多亲友不便明言走至贾珍耳边说了双句贾珍听了喜不自禁连忙起身道果然妥贴如今就去说着拉了宝玉辞了众人便往上房里来可巧这日非正经日期亲友来的少里面不过几位近亲堂客邢夫人王夫人凤姐并合族中的内眷陪坐闻人报大爷进来了唬的众婆娘忽的一声往後藏之不迭独凤姐款款的站了起来贾珍此时也有些病症在身上二则过于悲痛了因拄了拐踱了进来邢夫人等说道你身上不好又连日事多该歇歇才是又进来做什么贾珍一面扶拐作挣着要蹲身跪下请安道乏邢夫人等忙叫宝玉搀住命人挪椅子来与他坐贾珍断不肯坐因道侄儿进来有一件事要求二位婶娘并大妹邢夫人等忙问什么事贾珍忙道婶娘自然知道如今孙子媳妇没了侄儿媳妇偏病倒我看里头着实不成个体统怎么屈尊大妹妹一个月在这里料理料理我就放心了邢夫人道元来为这个你大妹现在你二婶婶家只和你二婶婶说就是了王夫人忙道他一个小孩子家何曾经过这些事倘或料理不清反叫人笑话到是再烦别人好贾珍道婶婶的意思侄儿猜着了是怕大妹妹劳苦了若说料理不开我管保必料理得开便是错一点儿别人看着还是不错的自小儿大妹妹顽笑着就有杀伐决断如今出了阁又在那府里办事越发历练老成了我想了这

几日除了大妹、再无人了婶娘不看侄儿〻媳妇的分上只看死了的分上罢说着滚下泪来王夫人心中怕的是凤姐儿未曾经过丧事怕他料理不清惹人耻咲今见贾珍苦〻的说到这步田地心中已活了几分却又眼看着凤姐出神那凤姐素日最喜揽事办好卖弄才干虽然当家妥当也因未办过婚丧大事恐人还不服巴不得遇见这事今见贾珍如此一来他心中早已欢喜先见王夫人不允后见贾珍说得情真王夫人有活动之心便向王夫人道大哥、说得恳切太〻就依了罢王夫人悄、的道你可能庅凤姐道什庅不能的外面的大事已经大哥、料理清了不过是里头照管〻便是我有不知道的问、太、就是了王夫人见说得有理便不则声贾珍见凤姐允了又道管不得许多了横竖要求大妹、辛苦〻我这里先与大妹、行礼等事完了我再到那府里去谢说着就作揖下去凤姐儿还礼不迭贾珍便向袖中取了宁国府对牌出来命宝玉送与凤姐又说妹、爱怎庅樣要什庅只管拿这牌取去也不必问我只求别存心替我省钱只要好看为上二则也要同那府里待人一樣才好不要存心怕人抱怨只这两件外我再没不放心的了凤姐不敢就接对牌只看着王夫人〻道你哥、既这庅说你就照看〻罢了只是别自作主意有了事打发人问你哥、嫂子要紧宝玉早向贾珍手内接过对牌来强递与凤姐了又问妹、还是住在这里还是天、来呢若是天、来越发辛苦了

不以我这里赶着收拾出一个院落来妹妹住过这几日到安稳 凤姐道不用那边也离不得我

到是天天来的好 賈珍听说只得罢了 些後又说了一回闲话方才出去 一时女眷散後 王夫人因

问凤姐你今日怎麽様 凤姐道太太只管请回我须得先理出一个头绪来才回去得呢 王夫人

听说便先同邢夫人等回去 这里凤姐来至三间一所抱厦内坐了 因想头一件是人口混雜

遗失东西 第二件事无专责临期推委 第三件需用过费滥支冒领 第四件事无大小

苦乐不均 第五件家人豪纵有脸者不服約束 无脸者不能上进 此五件实是寧国府中

风俗 以何處治 且听下文

金紫万千谁治国　裙钗一二可齐家

第十四回

林如海捐館揚州城　賈宝玉路謁北静王

话说寧国府中都総管来陞闻得里面委请了凤姐因傳齐了同事人等说道如今请了西府里璉二奶奶管理内事倘或他来支取東西或是说话我们須要比往日小心些每日大家早来晚散寧可辛苦这一个月過後再歇着不要把老脸丢了那是个有名的烈貨脸酸心硬一时惱了不認得人的众人都道有理又有一个道论理我们里面也須得他来整理整理都忒不像了正说着只見来旺媳婦拿了对牌来领取呈文京榜纸劄票上批着数目众人連忙讓坐倒茶一面命人按数取纸来抱着同来旺媳婦一路行来至儀门口方交与来旺媳婦自己抱進去了凤姐即命彩明定造簿册即时傳来陞媳婦兼要家口花名册来查看又限于明日一早傳齐家人媳婦進来听差等语大概点了点数目单册问了来陞媳婦几句话便坐車回家一宿无话至次日卯正二刻便过来了那寧国府中婆娘媳婦闻得到齐只見凤姐正与来陞媳婦分派众人不敢擅入只在窗外听覷只听凤姐和来昇媳婦说道既托了我我就说不得要讨你们嫌了我可比不得你们奶奶好性兒由着你们去再不要说你们这府里原是这樣的话如今可要依着我行錯我半点兒管不得谁是有脸的谁是没脸的一例現清白處治说着便吩咐彩明念花名册按名一个一个

的唤進来看視一时看完便又吩咐道这二十个分作双班一班十个每日在里頭单管人来客往倒茶别的事不用他们管这二十个也分作双班每日单管本家亲戚茶飯别的事也不用他管这四十个人单也分作双班单在灵前上香添油掛幔守灵供茶供飯随起举哀别的事也不与他们相干这四个人单在内茶房收管盃碟茶器若少一件便叫他四个人描赔这四个人单管酒飯器皿若少一件也是他四个人描赔这八个人单管監收祭祀这八个人单管各處灯油蜡烛紙劄我總支了来交与你八个然後按我的定數再往各處去分派这三十个每日輪流各處上夜照管门户監察火烛打掃地方这下剩的按着房屋分開某人守某處某處所有桌椅古董起至于痰盒担帚一草一苗或丢或坏就和守这處的人算帳描赔来陞家的每日總理查看或有偷懒的賭钱吃酒的打架拌嘴的立刻来回我你要徇情经我查出三四輩子的老臉就顧不成了如今都有了定規以後那一行乱了就和那一行说话素日跟我的人随身自有鐘表不論大小事我是皆有一定的时辰横竪你们上房里也有时辰鐘卯正二刻我来点卯巳正吃早飯凡有領牌回事的只在午初刻戌初燒过黄昏紙我親到各處查一遍回来上夜的交明鑰匙第二日仍是卯正二刻过来说不得咱们大家辛苦这几日罢事完了你们家大爺自然賞你们说畢又吩咐按數發与茶葉灯油鸡毛担子笤帚等物一面又搬去傢伙桌圍椅搭坐褥毡席痰盒脚踏之類一面交發一面提筆登记某人管某處某人領某物開

淂十分清楚众人領了去也有了投奔不似先前只揀便宜的做剩下苦差沒个招攬各房中也不能趂乱失迷東西便是人来客往也都安静了不比先前一个摆茶又去端飯正陪举哀又去接客如这些無頭緒荒乱推托偷闲窃取等弊次日一概蠲了凤姐兒見自己的威重令行心中十分淂意因見尤氏犯病賈珍又過于悲哀不大進飲食自己每日從那府中煎了各樣细粥精緻小菜命人送来劝食賈珍也另外吩咐每日送上等菜到抱厦内单与凤姐吃那凤姐不畏勤劳天天于卯正二刻就过来点卯理事独在抱厦内起坐不与妯娌合群便有堂客来往也不迎会这日乃五七正五日上那應佛僧正開方破獄傳灯照亡參閻君拘都鬼延请地藏王開金桥引幢旛那道士們正伏章申表朝三清叩玉帝禪僧們行香放燄口拜懺又有十三众青年尼僧搭綉衣靸红鞋在灵前默诵接引诸咒十分热闹那凤姐料定今日人客不少在家中歇宿一夜至寅正平兒便请起来梳洗及收拾完備更衣盥手吃了几口奶子糖粳粥漱口已畢已是卯正二刻了来旺媳婦率領众人伺候已久凤姐出自所前上了車前面打了一对明角灯大写荣国府三个大字款款来至寧國大门上只見门灯朗掛双边灯照如白畫白汪汪穿孝僕從双边侍立请車至正门上小廝等退去众媳婦上来揭起車簾凤姐下了車一手扶着豐兒两个媳婦執着手把灯簇擁着凤姐進来寧國诸媳婦迎出来请安接待凤姐款款走入会芳園中登仙阁灵前一見了棺材那眼泪

恰似断線之珠滚將下来院中許多小厮伺候燒紙凤姐吩咐得一声供茶燒紙只听得一捧鑼鳴諸樂齊奏早有人端过一张大交椅来放在灵前凤姐坐了放声大哭于是裡外男女上下見凤姐出声身忙接声嚎哭一時賈珍尤氏遣人来劝凤姐方才止住来旺媳妇献茶嗽口畢凤姐方起身别过族中諸人自入抱厦内按名查点各項人数多已到齊只有迎送親客上的一人未到即命傳到那人已慌惶愰惧凤姐冷笑道我说是誰悞了原来是你你原比他们有體面所以才不听我的話那人道小的天天来的早只有今日醒了覺得早些因又睡迷了来遲了一步求奶奶饒过這次正说着只見荣府中的王興媳婦来了在外探頭凤姐且不發放這人却先问王興媳婦做什么王興媳婦巴不得先问了他完了事連忙進去说領牌取線打車轎上網絡说着將个帖兒遞上去凤姐命彩明念道大轎两頂小轎四頂車四輛共用大小絡子若干根用珠兒線若干斤凤姐听了數目相合便命彩明登記取荣国府对牌擲下王興家拿了去了凤姐方欲说話时只見荣府的四个执事進来都是要支領東西領牌来的凤姐命他们要了帖子念过听了共四件因指两件说道這两件開銷錯了再算清了来取说着擲下帖子来那二人掃興而去凤姐因見张材家的在傍因问你有什么事张才家的忙取帖兒回说就是方才車轎圍做成領取裁縫工銀若干两凤姐听了便收了帖子命彩明登記待王興家的交过牌得了買办的回押相符然後与张材家的去領一面又命念那一个是为宝玉外书

房完竣支買紙料糊裱凤姐听了只命收帖子登记待張材家的交清又發与这人去了凤姐便说道明日他也瞧迷了後日我也瞧迷了将来多没有人了本来要饒你只是我頭一次寬了下次就难管人了不如开發的好當时放下臉来喝令帶出打二十板一面又擲下寧国府的对牌去说与来陞革他一月銀米衆人听说不敢怠慢拖人出去执牌傳谕那人身不由己已拖出去挨了二十大板还要進来叩谢凤姐道明日再有悞的打四十後日的打六十有要挨打的只管悞说着吩咐散了罢窗外衆人听说方各自执事去了彼时荣府寧府兩處执事人領牌交牌的来往不绝那抱愧被打之人含羞去了这才知道凤姐利害衆人不敢偷安自此兢兢業業执事保全不在话下如今且说宝玉因見今日人多恐秦鍾受了委曲因默与他商议要同他往凤姐處来坐秦鍾道他的事多况且不喜人去咱们去了他豈不煩膩宝玉道他怎煩我们不相干只管跟我来说着便拉了秦鍾直至抱厦内凤姐才吃飯見他们来了便道好長腿子快上来罢宝玉道我们偏了凤姐道在这边吃的还是那边吃的宝玉道同那些渾帳人吃什麽在那边我双个同老太太吃的一面歸坐凤姐吃畢飯就有寧国府的一个媳婦来領為支取香燭事凤姐道我算着你们今日该来支取捴不見来想是忘了这会子到底来取要忘了自然是你们包出来都便宜了我那媳婦道何常不是忘了方才想起来再遲一步也領不成了说畢領牌而去一时登记交牌秦鍾因道你们两府多是这牌倘或别人私弄了一个支銀子跑

了怎樣风姐道依你說多沒王法了宝玉道怎庅咱們家沒人來領牌子做東西风姐道人家來領的時侯你还做夢呢我且问你〻們这書多早晚才念呢宝玉道巴不得如今就念才好他們只〻是不快收拾出书房來这也無法风姐道你請我一請包管就快了宝玉道你要快也不中用他們該做到那里自然就有了风姐道他們做也得要東西攔不住我不給对牌是难的宝玉听說便猴向风姐身上立刻要牌說姐〻給出牌來叫他們要東西去风姐道我乏的身上生疼还擱住你揉搓你放心今日才領紙裱糊去了宝玉不信风姐便叫彩明查册子与宝玉看了正看着人回來照兒來了风姐急命喚進來照兒打千兒請安风姐便问回來做什庅照兒道二爺打發回來的林姑老爺是九月初三巳時沒的二爺帶了林姑娘同送林姑老爺的靈到蘇州去大約赶年底就回來了二爺打發小的來报个信請安讨老太〻的示下还瞧〻奶〻叫把大毛衣服帶几件去风姐道你見过別人沒有照兒道多見过了說畢連忙退出风姐向宝玉道你林妹〻可在咱們家住長了宝玉道了不得想來这几日他不知哭的怎樣呢說着皺眉長嘆风姐見照兒回來因當着人未及細问賈璉心中自是記掛待要回來怎奈事情繁雜一時去了恐有遲延失悞惹万人咲話少不得耐到晚上回來復令照兒進來細问一路平安信息連夜打点大毛衣服和平兒親自檢点包裹再細〻追想所需何物一並包藏交付照兒又細〻吩咐照兒在外好生小心伏侍不要惹你二爺生氣时〻劝他少吃酒

别勾引他認得混賬女人回来打折你的腿等语赶乱完了天已四更將尽才睡下不覺又是天明鷄唱忙梳洗了過寧府中来那賈珍因見發引日近亲自坐車帶了陰陽司吏往鐵檻寺来踏看寄灵所在又一一吩咐住持色空好生預備新鮮陳设多请名僧以備接灵使用色空忙看晚齋賈珍也無心茶飯因天晚不得進城就在靜空房中胡乱歇了一夜次日一早便進城来料理出殯之事一面又派人先往鐵檻寺連夜修飾停灵之處並厨茶等項接灵人口凤姐見日期在近也預先分派料理一面又派榮府中車轎人從跟王夫人送殯又顧自己送殯去占下處又值繕国公誥命亡故邢王二夫人又去打祭送殯西安郡王妃華誕送壽礼鎮国公誥命生了長男預備賀礼又有胞兄王仁連家眷回南一面寫家信稟叩父母並帶往之物又有迎春染病每日請医服藥等事亦難盡述又兼發引在近因此忙的凤姐茶飯也沒工夫吃坐卧不得清淨剛到了寧府榮府的人又跟到寧府既回到榮府寧府的人又找到榮府凤姐見如此心中到十分欢喜並不偷安推委恐落人褒貶因此日夜不暇籌畫得十分整肅于是合族上下無不稱嘆者这日伴宿之夕裡面兩班小戲並耍百戲的與亲朋堂客伴宿尤氏犹卧内寢一夜張罗款待都是凤姐一人周全合族中雖有許多妯娌但或有羞口的或有羞腳的或有不慣見人的或有惧貴怯官的種種不一但不如凤姐言語慷慨珍貴寬大因此也不把眾人放在眼里揮喝指示任其所為目若無人一夜中

灯明火彩客送官迎那百般热闹自不用说至天明吉時已到一般六十の名青衣灵前面銘旌上大書奉天洪建兆年不易之朝誥封一等寧國公冢孫婦防護内廷紫禁道御前侍值龍禁尉享强寿贾门秦氏恭人之靈位一应執事陳设皆依現着赶新做出来的一色光艷奪目宝珠自行未嫁女之礼外摔喪駕灵十分哀苦那時官客送殯的有鎮国公牛清之孫現袭一等伯牛继宗理国公柳彪之孫現袭一等伯柳芳斉国公陳翼之孫世袭三品威振将軍陳瑞文治国公馬魁之孫世襲三品威遠将軍馬尚修国公侯曉之孫世襲一等子侯孝康繕国公誥命亡故其孫石光珠守孝未曾来得这六家与寧荣二家並日所称八公的便是餘者更有郡王之孫西寧郡王之孫忠靖侯史鼎平原侯之孫世袭二等男蔣子寧定城侯之孫世袭三等男兼京營遊擊謝鯨襄陽侯之孫世袭二等男戚建輝景田侯之孫五城兵馬司裘良餘錦鄉侯公子韓奇神威将軍公子馮紫英衛若蘭等諸王孫公子不可勝數堂客等来一共有十来頂大轎小轎三の十頂連家下大小車輛不下百餘乘連前面各色執事陳设百耍浩々蕩々一对々擺出三の里远来走不多时路傍彩棚高搭设席张筵和音奏乐俱是各家路祭第一座是王府東平祭棚第二座是安南郡王祭棚第三棚是西寧郡王的第の便是北静郡王的元来这の王當日惟北静王功高及今子孫犹袭王爵現今北静王水溶年未弱冠生得

一七四

形容秀美情性謙和近聞寧国公孫媳告殂因想当日祖父彼此相与之情同難同榮未以異姓相視因此不以王位自居上日也曾探喪上祭如今又設路奠命麾下各官在此伺候自己五更入朝公事已畢便換了素服坐大轎鳴鑼張傘而来至棚前落轎手下各官双傍擁侍軍民人衆不得往还一时只見寧府大殯浩〻蕩〻压地艮山一般從北而至早有寧府間路傳事人看見連忙回去報與賈珍〻〻急命前面駐扎同賈赦賈政三人連忙迎来以国礼相見水溶在轎内欠身含笑答礼仍以世交称呼接待並不妄自尊大賈珍道犬婦之喪累蒙郡駕降臨蔭生輩何以克当水溶道世交之誼何出此言遂回頭命長府官主祭代奠賈赦等一傍还礼畢復身又来謝恩水溶十分謙遜因問賈政道那一位是啣玉而誕者几次要見一見多為雜冗所阻想今日是来的何不請来一會賈政听説忙回去急命宝玉脱去孝服領他前来那宝玉素日就曾听得父兄親友人等説閑話时讚水溶是个賢王且生得才貌双全風流潇洒每不以官格国體所縛每思想見只是父親拘束嚴密無由得会今又及来叫他自是欢喜一面走着早見那水溶坐在轎内好个美貌人才不知近看如何且听下回

第十五回　王鳳姐弄權鐵檻寺　秦鯨卿得趣饅頭庵

話說寶玉舉目見北靜郡王水溶頭上代着潔白簪纓銀翅王帽穿着江牙海水五爪坐龍白蟒袍繫着碧玉紅鞓帶面如美玉目似明星真好秀麗人物寶玉忙搶上來參見水溶連忙從轎內伸出手來挽住見寶玉帶着束髮銀冠勒着雙龍出海抹額穿着白蟒箭袖圍着攢珠銀帶面若春花目如點漆水溶笑道名不虛傳果然如寶似玉因問啣的那寶玉在那裡寶玉見問連忙從衣內取了遞過去水溶細細的看了又念了那上頭的字因問果靈驗否賈政忙道雖如此說只是未曾試過水溶一面稱奇道異一面理好綵絛親自與寶玉帶上又携手問寶玉幾歲了讀何書寶玉一一答應水溶見他言語清楚談吐有致一面又向賈政笑道令郎真乃龍駒鳳雛非小王在世翁前唐突將來雛鳳清于老鳳聲未可諒也賈政忙陪笑道犬子豈敢謬承金獎賴藩郡餘禎果如是言亦廕生輩之幸矣水溶又道只是一件令郎如是質致老太夫人夫人輩自然鍾愛極矣但吾輩後生甚不宜鍾溺鍾溺則未免荒失學業昔小王曾蹈此轍想令郎亦必不如是也若令郎在家難以用功不妨常到寒第小王雖不才卻多蒙海上眾名士凡至都者未有不另垂青因是以寒第高人頗聚令郎常去談談講則學問可

不日进了賈政忙躬身答應永溶又將腕上一串念珠卸了下来递與宝玉道今日初会倉促竟
無敬賀之物此係前日聖上親賜鶺鴒香念珠一串權為敬賀之礼宝玉連忙接了回身奉與
賈政〃〃與宝玉一齊謝过于是賈赦賈珍等一齊上来請回輿永溶道逝者已登仙界非碌
碌你我塵寰中之人也小王雖上叩天恩虛邀郡襲豈可越仙輀而進也賈赦等見執意不
從只得告辭謝恩回来命手下掩樂停音滔〃然將殯过完方讓永溶回輿去了不在話
下且說寧府送殯一路熱鬧非常剛至城门前又有賈政賈赦賈珍同僚家屬下各家祭
棚接祭一〃謝过然後出城竟奔鉄檻寺大路行来彼時賈珍帶賈蓉來到諸長輩
前讓坐轎上馬因而賈赦一輩的各自上了車轎賈珍一輩的也將要上馬鳳姐兒因記
挂着宝玉怕他在郊外縱性逞強不服家人的話賈政管不着這些小事惟恐有个闪失難見
賈母因此便命小使来喚他宝玉只得来到他車前鳳姐笑道好兄弟你是个尊貴人女孩
一樣的人品别學他們猴在馬上下来偺們姐兒兩个坐車豈不好宝玉听說便忙下了馬爬
入鳳姐車上二人說笑前進不一時只見從那邊兩匹馬壓地飛来離鳳姐車不遠一齊躥下
来扶車回話這里有下處邦〃請歇〃更衣鳳姐急命請邢夫人王夫人的示下那人回来
說太〃們說不用歇了叫奶〃自便罢鳳姐听了便命歇〃再走小厮听了一帶轅馬岔出

人群往北飛走寶玉在車內急命請秦相公那特秦鍾正騎馬隨着他父親的轎忽見寶玉的小廝跑來請他去打尖秦鍾看時只見鳳姐的車往北而去後面拉着寶玉的馬搭着鞍籠便知寶玉同鳳姐坐車自己也便帶馬趕上來同入一庄門內早有家人將衆庄漢攆儘那庄村人家無多房舍婆娘們無處廻避只得由他們去了那些村姑庄婦見了鳳姐寶玉秦鍾的人品衣服礼數款段豈有不愛看的一時鳳姐進入茅堂因命寶玉等先出去頑々寶玉等會意因同秦鍾出來帶着小廝們各處遊玩凡農家動用之物皆不曾見過寶玉一見了鍬鐝鋤犁等物皆以為奇不知何項所使其名為何小廝在傍一々告訴了名色說明原委寶玉因点頭嘆道怪道古人詩上說誰知盤中餐粒々皆辛苦正為此也一面說一面又至一間房屋前只見炕上有個紡車寶玉又問小廝們這又是什広小廝又告訴原委寶玉听說便上來擰轉作耍自為有趣只見一個約有十七八歲的村庄丫頭跑來亂嚷的動壞了衆小廝忙斷喝攔阻寶玉忙丟開手陪笑說道我因為沒見過這个所以試他一試那丫頭道你們那里会弄這个站開了我紡與你瞧秦鍾暗拉寶玉笑道此卿有々意趣寶玉一把推開笑道該死的再胡說我就打了說着只

見那丫頭紡起線來寶玉正要說話時只听那边老婆子叫道二丫頭快过来那丫頭听見丢下紡車一逕去了寶玉悵然無趣只見凤姐打發人来叫他两个進去凤姐洗了手换衣服抖灰問他們换不换寶玉不换只得罷了家下僕婦們將帶着行路的茶壶茶盃十錦屉盒各様小食端来凤姐等吃过茶待他們収什完備便起身上車外面来旺兒預備下賞封賞了本村主人庄婦等來叩賞凤姐並不在意寶玉却留心看時内中並沒二丫頭一時上了車出来走不多遠只見迎頭二丫頭懷里抱着他小兄弟同着几个小女孩說笑而来寶玉恨不得下車跟了他去料是衆人不依的少不得以目相送争奈車輕馬快一時展眼無踪走不多時仍又跟上大殯了早有前面法鼓金鐃幢幡寶蓋鐵檻寺接靈衆僧齊至少時到入寺中另演佛事重設香壇安靈于内殿偏室之中寶珠安理寢室相伴外面賈珍帶領一應親友也有擾飯的也有不吃飯而辞的一應謝过乏從公侯伯子男一起一起的散去至未末時分方散盡了裡面的堂客皆是凤姐張羅接待先從顯官誥命散起也到晌午大錯時分散盡了只有几个親戚是至近的等作过三日安靈道場方去那時邢王二夫人知凤姐必不能来家也便要進城王夫人要帶寶玉去寶玉乍到郊外那里肯回去只要跟凤姐住

省王夫人無法只得交與凤姐便回去了原来这鉄檻寺原是寧榮二公当日修造現今还是有香火地畝佈施以備京中老了人口在此便宜寄放其中陰阳两宅俱已預備妥貼好為送灵人口寄放不想如今後人〻口繁盛其中貧富不一或性情参商有那家業艱難安分的便住在这里了有那尚排場有錢勢的只說这里不方便一定另外或村莊或尼庵尋个下處為事畢宴退之所即今秦氏之喪族中諸人此日權在鉄檻寺下榻獨有凤姐嫌不方因而早遣人来和饅頭庵的姑子淨虛說了騰出兩間房子来作下處原来这饅頭庵就是水月寺因他廟內做的饅頭好就起了这个渾号離鉄檻寺不遠当下和尚工課已完奠过晚茶賈珍便命賈蓉請凤姐歇息凤姐見还有几个妯娌陪着女親自己便辭了眾人代了宝玉秦鐘往水月庵来原来秦業年邁多病不能在此只命秦鐘待等安灵罢了那秦鐘便只跟着凤姐宝玉一時到了水月庵淨虛帶領智善智能兩个徒弟出来迎接大家見过凤姐等来到換衣淨手畢因見智能兒越發長了模樣兒越發出息了因說到你們師徒怎麼这些日子也不往我們那里去淨虛道可是这几天都沒工夫因胡老爷府里产了公子太〻送了十兩銀子来叫我这里請几位師父念三日血盆經忙的沒个空兒就沒来請奶〻的安不言老尼陪着凤姐且說秦鐘宝玉二人正在殿上頑耍因見智能過来宝玉笑道能兒来了秦

鍾道那里東西作什庅寶玉笑道你別弄鬼那一日在老太〻屋里一个人沒有你摟着他作什庅

来這会子还哄我秦鍾笑道這可是沒有的話寶玉笑道有沒有也不管你〻只叫他到碗

茶来我吃就丟開手秦鍾笑道這又奇了你叫他到去还怕他不到去何必要我說呢寶

玉道我叫他到的是無情趣的不及你叫他到的是有情趣的秦鍾只得說道能兒到碗茶来

給我那智能自幼在榮府走動無人不識因常與寶玉秦鍾頑耍他如今大了漸知風月

便看上了秦鍾人物風流那秦鍾極愛他的妍媚二人雖未上手却已情投意合了今智能

見了秦鍾心眼俱開走去到了茶来秦鍾笑說給我寶玉叫給我智能抿嘴笑道一

碗茶也爭我難道手里有蜜寶玉先搶得了吃方要問話只見智善来叫智能去擺

茶碟之時来請他兩个去吃茶菓点心他兩个那里吃得這些東西坐一坐仍出来頑耍

凤姐也略坐片時便回至淨室歇息老尼相送此時衆婆娘媳婦見事無預陸續散了

自去歇息跟前不過几个心腹常伏侍的小丫环老尼便乘机說道我正有一事要到府里

求太〻請奶〻一个示下凤姐因問何事老尼道我弥陀佛只因当日我先在長安縣内善才庵

内出家的時節那時有个施主姓張是大財主他有个女兒小名金哥那年都往我庙裡

来進香不想遇見長安府〻太爷的小舅子李衙内那李衙内一心看上要娶金哥打發人来

求親不想金哥已受了原任守備〻〻的公子之聘張家要退親又怕守備不依因此說已有了
人家誰知李公子致意不依要娶他女兒張家正要計策兩處爲難不想守備家听了此信也不管青
紅皂白便來作賤辱罵說一个女兒許几家之偏不准退定禮就打官司告狀起來那張家急
了只得有人上京來尋門路賭氣偏要退定禮我想如今長安節度雲老爺與府上
最契可以求太〻與老爺說声打發一封書去求雲老爺和那守備說声不怕那守備不依若
是肯行張家連傾家孝順也都情愿凤姐听了咲道這事到不大只是太〻再不管這
樣的事老尼道太〻不管奶〻也可以主張了凤姐咲道我也不等銀子使也不作這樣的事
淨虛听了打去妄想半晌嘆道雖如此說只是張家已知我來求府里如今不管這事
張家不知道沒工夫管這事不希罕他的謝礼到相府里連這点子手段也沒有的一
般凤姐听了這話便發了興頭說道你是素日知道我的從來不信什麼陰司地獄
報的憑你什麼事我說要行就行你叫他拿三千銀子來我就替他出這口氣老尼聽
說喜不自禁忙說有〻這个不難凤姐又道我比不得他們扯篷拉牽的圖銀子這三千銀
子不过是給打發說去的小廝作盤纏使他賺几个辛苦錢我一个錢也不要他的便是三万
兩我此刻也拿的出來老尼連忙答應又說道既如此奶〻明日就開恩也罷了凤姐道你

照照我忙的那一處少了我既應了你自然快快的了結老尼道这点子事別人的跟前就忙的不知怎庅樣樣了若是奶奶的跟前再添上些也不彀奶奶一發揮的只是俗語說的能者多劳太太因大小事見奶奶妥貼素性都推給奶奶了奶奶也要保重金体纔是一路話奉承的凤姐越發受用也不顧劳乏便談起来誰想秦鐘趁黑無人来尋智能剛至後面房中只見智能独在房中洗茶碗秦鐘跑来便摟着親嘴智能急的跺脚說这算什庅呢再这庅着我就叫喚了秦鐘求道好人兒我已急死了你今日再不依我就死在这里智能道你想怎庅樣除非我出了这牢坑離了这些人纔依你秦鐘道这也容易只是遠水救不得近渴說着一口吹了灯滿屋漆黑將智能抱到炕上就雲雨起来那智能百般扎掙不起又不好叫的少不得依他了正在得趣只見一人進来將他二人按住也不則声二人不知是誰唬的不敢動一動只听那人嗤的一声掌不住笑了二人听声方知是宝玉秦鐘連忙起来抱怨道这算什庅呢宝玉笑道你道不依咱們就叫喊起来羞的智能趁黑影里跑了宝玉拉了秦鐘出来說道你可还和我強嘴秦鐘道好親人你只別嚷的衆人知道了你要怎樣我都依你宝玉笑道这会子也不用說等一会睡下再細細的算帐一時寬衣要安歇時節凤姐在裡間秦鐘宝玉在外間滿地下皆是家下婆子打鋪坐更凤姐因怕通

灵玉失落便等宝玉睡下命人拿来塞在自己枕边宝玉不知与秦鐘算何賬目未見真切未曾記得此係疑案不敢纂創一宿無語至次日早便有賈母王夫人打發了人来看宝玉又命多穿几件衣服無事寧可回去宝玉那里肯回去又有秦鐘恋着智能調唆宝玉求凤姐再住一天凤姐想了一想凡喪儀大事雖妥还有一半点小事未曾安插可以至此再住一日豈不又在賈珍跟前送了满情二則可以完淨虛的那事三則又順了宝玉的心賈母听見豈不歡喜因有此三益便向宝玉道我的事都完了你要在这里𨔼少不得索性辛苦一日罢了明日是要走的了宝玉听說千姐〻万姐〻的央求只住一日明日必回去的于是又住了一夜凤姐便悄〻将昨日老尼之事說與来旺〻〻心中俱已明白急忙進城找着主文的相公假託賈璉所嘱修書一封連夜往長安縣来不过一日路程兩日工夫俱已妥協那節度使名喚雲光久受賈府之情这一点小事豈有不允之理給了回書来旺兒回来且不在话下且說凤姐等又过了一日次日方別了老尼叫他三日後往府裡去討信那秦鐘與智能百般不忍分離背地里多少幽期密約俱不用細述只得含恨而別凤姐又到鐵檻寺中照望一番宝珠堅意不肯回家賈珍只得派婦女相伴要知端的再听下回分解

第十六回

賈元春才選鳳藻宮　秦鯨卿夭逝黃泉路

話說寶玉見收拾了外書房約定與秦鍾讀夜書偏那秦鍾的禀賦最弱因在郊外受了些風霜又與智能偷期綣繾未免失於調養回家時便咳嗽傷風懶進飲食大有不勝之態遂不敢出门去只在家中養息寶玉便掃了興頭只得付于無可奈何且自靜候大愈時再約那鳳姐已是得了雲光的回信俱已妥協老尼達知張家果然忍氣吞聲的那守備受了前聘之物誰知那張家父母如此愛勢貪財却養了個知義多情的女兒聞得父母退了前夫便將一條麻繩悄々的自縊了那守備之子聞得金哥自縊他也是个極多情的遂也投河而死不負妻義張李二家真是人財兩失這里鳳姐却坐享了三千兩王夫人等連一点消息多不知道自此胆識愈壯有了這樣的事便恣意的作為起來也不消多記一日正是賈政的生辰寧榮二府人丁多有集慶賀熱鬧非常忽有門上人忙々來至席前報說有六宮都太監夏老爺降旨唬得賈赦賈政等一干人不知是何消息忙住了戲文撤去酒席擺着香案開中門跪接早見六宮都太監夏守忠也不曾負詔奉勅至簷前下馬滿面咲容走至廳上面南而立口內說特旨立刻宣賈政入朝在臨敬殿上陛見說畢也不及吃茶便乘馬去了賈赦等不知是何兆頭只得急忙更衣入朝賈母等合家人等心中皆惶恐不定不住的使飛馬來往探信有兩個時辰工夫忽見賴大等三四个管家喘吁々跑至儀門報信又說奉老爺命速

請老太太帶領太太等進朝謝恩那時賈母正心神不定在大堂廊下佇立邢王二夫人及尤氏李紈鳳姐迎春姊妹以及薛姨媽等皆在一處聽知此信賈母喚進賴大來細問端的賴大稟道小的們只在臨敬門外伺候裡面的信息一概不能得知後來還是夏太監出來說喒們家大小姐晉封為鳳藻宮尚書加封賢德妃後來老爺出來亦如此說如今老爺又往東宮去了速請老太太領着太太們去謝恩賈母等聽了方心神安定不免又喜氣盈腮于是按品級大粧起來賈母帶領邢王二夫人尤氏一共四乘大轎入朝賈赦賈珍亦換了朝服帶領賈蓉賈薔奉侍賈母大轎前往

說俺們家大小姐晉封為鳳藻宮尚書加封賢德妃後來老爺出來亦如此吩咐小的們如今老爺又往東宮去了速請老太太領着太太們去謝恩賈母等听了方心神安定不免又都洋洋喜氣盈腮于是按品大粧扮起來賈母帶領邢王二夫人尤氏一共四乘大轎入朝賈珍賈赦亦換了朝服帶領賈蓉賈薔奉侍賈母大轎前往于是寧榮二處上下裡外莫不欣然踴躍个个面上皆有得意之狀言笑鼎沸不絕誰知近日水月庵的智能私逃進城找至秦鍾家下看視秦鍾不意被秦業知覺將智能逐出將秦鍾打了一頓自己氣的老病發作三五日光景嗚呼死了秦鍾本自怯弱又帶病未愈受了笞杖今見老父氣死此時悔恨無及更又添了許多症候因此寶玉心中悵然如有所失雖聞得元春晉封之事亦未解得愁悶賈母等如何謝恩如何回家親朋如何來慶賀寧榮二處近日如何熱鬧衆人如何得意獨他一个皆視有如無毫不介意因此衆人嘲他越發獃了且喜賈璉與黛玉回來先遣人來報信明日就可到家寶玉听了方略有些喜意細問原由方知賈雨村亦進京陛見皆由王子騰累上保本此來候補京缺與賈璉是同宗弟兄又與黛玉有師徒之誼故同路作伴而來林如海已葬入祖墳了諸事停妥賈璉才進京的本該出月到家因聞元春喜信遂晝夜兼行而進一路俱各平安寶玉只聞得黛玉平安二字餘者也就不在意了好容易盼至明日午錯果報璉二爺合林姑娘進府了見面時彼此悲喜交加未免又大哭一陣後又致喜慶之詞寶玉心中品度黛玉越發

出落的越発了黛玉又代了許多书籍来忙着打掃臥室安擇器具又將紙筆等物分送宝釵迎春宝玉等人宝玉又將北靜王所贈鶺鴒香串珍重取出来轉贈黛玉〻〻說什么臭男人拿过的我不要他遂擲而不取宝玉只得收回暫且無話且說賈璉自回家參見过衆人回至房中正值凤姐近日多事之時無片刻閒暇之空且見賈璉遠路帰来少不得撥冗接待房內無外人便笑道国旧老爷大喜国旧老爷一路风程辛苦小的听見昨日的頭起报馬来报說今日大駕帰府略預偹了一盃水酒撢塵不知可賜光謬領否賈璉笑道豈敢豈敢多承〻〻一面平兒與衆丫环參拜畢献茶賈璉遂問別後家中的諸事又謝凤姐的操持勞碌凤姐道我那里照管的这些事見識又淺口角又拙心腸又直率人家給个棒槌我作針脸又軟擱不住人給两句好話心里就慈悲了况且又沒経过大事胆子又小太〻略有些不自在就嚇的我連覺也睡不着我苦辞了几回太〻又不允倒反说我圖受用不肯習学了可不知我是捻着一把汗児呢一句也不敢多说一步也不敢多走你是知道的偺们家所有的这些管家奶〻们那一个是好纏的錯一点児他们就笑話打趣偏一点児他们就指桑说槐的报怨坐山看虎闘借劍殺人引风吹火跕乾岸児推倒油瓶不扶都是全掛子的武藝况且我年紀輕頭等不壓衆怨不得他们不放眼里更可笑那府里忽然蓉児媳婦死了珍大哥又再三再四的在太〻跟前跪着討情只要求我帮他几日我是再四推辞太〻断不依只得從命依旧被我闹过去了不过不成

一九〇

體統至經珍大哥还振怨後悔呢你这一来了明日見了他好歹描補〻〻就說我年紀小原没有
見过世面誰叫大爺錯委了他呢正說着只听外间有人說話凤姐便问是誰平兒進来回道
姨太〻打發香菱妹子来问我一句話我已經說了打發他回去了贾璉笑道正是呢方才我
見姨媽去不方合一个年輕的小媳婦子撞了个对面生的好齊正模樣我疑惑咱們家並無
此人說話時因问姨媽誰知就是上京来买的那小丫頭名喚香菱竟與薛大傻子作了
屋里人開了臉越發出挑的標緻了那薛大傻子真玷辱了他凤姐道往蘇杭去了一淌
回来也該見些世面了还是这樣眼饞肚飽的你要爱他不值什麼我拿平兒去換了
他来如何那薛老大也是吃着碗里望着鍋里的这一年来的光景他為要香菱不能
到手合姨媽打了多少飢荒也因姨媽看着香菱模樣好还是未則其為人行事
却又比别的女孩子不同溫柔安靜差不多的主子姑娘也跟不上他呢故此擺酒
請客的費事明堂正道的與他作了妾过了沒半个月也看的馬棚一般了我道心里可惜了
他一語未了二們上小厮傳报老爷在大书房等二爷呢贾璉听了忙〻整衣出去这里凤姐
乃问平兒方才姨媽有什麼事巴〻的打發了香菱来平兒笑道那里来的香菱是我
借他暫撒了个謊奶〻說〻旺兒媳婦越發連个成算也沒有了說着又走到凤姐身

边悄々説到奶々的那利錢銀子遲不送来早不送来这会子二爷在家他且送这銀
子来虧我在堂屋里撞見不然時走了来回奶々二爷倘或問奶々是什麽利錢奶々
自然不肯瞞二爷的少不得照寔告訴二爷我二爷那脾氣油鍋里錢还要找出来花呢
听見奶々有了这个梯己他还不放心的花所以我赶着接了過来叫我説了他两句誰知
奶々偏听見了問我就撒謊説香菱来了凤姐听了笑道我説呢姨媽知道你二爷
来了忽刺巴的反打發个房里人来原来是你肏个蹄子肏鬼説話時賈璉已進来
了凤姐便命擺上酒饌夫妻对坐凤姐雖善飲却不敢任興只陪侍着賈璉一時賈璉乳
母趙嬷々走来賈璉凤姐忙讓吃酒令其上炕去趙嬷々執意不肯平兒等早於炕下設
下一杌又有一小脚踏趙嬷々在脚踏上坐了賈璉向桌上揀兩色餚饌與他放在杌子上
吃凤姐又道媽々很嚼不動那个没的砑了他的牙因向平兒道早起我説那一碗火腿炖
的很爛正好給媽々吃你怎麽不拿了去叫他們熱了来又道媽々你嚐々你兒子帶来
的惠泉酒趙嬷々道我喝呢奶々也喝一鍾怕什麽只不要过多就是了我这会子
跑了来到也不為酒飯到有一件正經事奶々好歹記在心里疼顧我些罷我們
这爷只是嘴里説的好到了跟前就忘了我們幸虧我從小兒奶了你这們大我也老了

有的是我那两个儿子你就另眼照看他们些别人也不敢呲牙儿我还再四的求〻几遍你答应的到好到如今还是燥屎这如今又從天上跑出这樣一件大喜事来那里一用不着人呢所以到是来合奶〻说是正經靠着我们爺只怕我还餓死呢风姐笑说道他的脾氣拿着皮肉到往那不相干的人身上貼可是現放着奶〻哥〻那一个不比人强你疼顾照看他们谁敢说个不字儿没的白便宜外人我这话也说錯了我们看着是外人你却是看着是内人一樣呢说的满屋里人都笑了赵嬷〻也笑了个不住又念佛道可是屋子里跑出青天来了若说内人外人这些混賬原故我们爷是没有的不过是臉軟心慈擱不住人求两句就依了风姐笑道可不是呢有内人的他才慈軟呢他在咱们娘兒们跟前才是硬着呢赵嬷〻说道奶〻说的太尽情了我也乐了再吃一盃好酒從此我们奶〻作主了我就没的愁了賈璉此一好意思只是訕笑吃酒说胡说二字快盛飯来吃〻完了还要往珍大爺那边去商量事呢风姐道可是别悮了正經事剛才老爺叫你说什庅要璉道就為省親的事风姐忙问道省親的事竟准了不成賈璉笑道雖不十分准也有八分准了风姐笑道可見當今的隆恩歷来听書看戲古至今未有的赵嬷〻又接口道可是呢我也老糊塗了我听見上〻下〻吵嚷了这些

日子什庅肖親不肖親的我也不理論他如今又說肖親到底是怎庅个原故賈璉道如今當今體貼万人之心世上至大莫如孝字想來父母兒女之情皆是一理不是貴賤分別的當今自己日夜侍奉太上皇皇太后尚不能畧盡孝意因見宮里嬪妃才人等皆是入宮多年抛離父母音容豈有不思想之礼在兒女思想父母是分所當然的君是父在家只管思念兒女竟不能一見倘因此成疾甚至死亡皆由朕躬禁錮不能使其遂天倫之愿亦大傷天和之事故啓奏太上皇皇太后每日逢二六日期准其椒房眷屬入宮請安看視于是太上皇皇太后大喜甚深讚當今至孝純仁體天格物因此二位老聖人又下旨意說椒房眷屬入宮未免國体儀制母女尚不能愜懷竟大開方便之恩特降諭旨諸椒房貴戚除二六日入宮之外凡有重宇別院之家可以駐蹕關防之處不妨啓請內廷鑾輿入其私第庶可畧盡骨肉私情天倫中之至性此旨一下誰不踴躍感戴現今周貴人父親已在家里動了工了修蓋肖親別院呢又有吳貴妃的父親吳天佑家也往城外踏看地方去了這豈不有八九分了趙嬤嬤道阿彌陀佛原來如此這樣說咱們家也要預備接咱們家大小姐賈璉道這何用說呢不然這会子忙的什庅鳳姐笑道果然如此我可也見見大世面了可恨我小几歲年紀若早生二三十年如今這些老家也不怕我没見世面了說起当

年太祖皇帝訪舜巡狩的故事比一部書还熱閙我偏没造化赶上赵嬷嬷道噯哟哟那可是千載希逢的那時候我才記事兒咱們賈府正在姑蘇揚州一帶監造海舫脩理海塘只預備接駕一次把銀子花的像淌海水的是的鳳姐忙接道我們王府也預備过一次那時我爺爺单管各国進貢朝賀的事凡有的外国人来都是我們家養活粤閩滇浙所有的洋船貨物都是我家的赵嬷嬷道那時誰不知道的如今还有个口号兒呢說東海少了白玉牀龍王来請江南王這說的就是奶奶府上了还有如今現在江南的甄家噯哟哟好势派独他家接駕四次若不是我們親眼看見告訴誰誰也不信的别講銀子成了土泥憑是世上所有的没有不是堆山塞海的罪过可惜四个字竟顧不得了鳳姐道我常听見我們大爺們也是这等說豈有不信的只納罕他家怎麼就这麼富貴呢赵嬷嬷道告訴奶奶一句話也不过是拿着皇帝家銀子往皇帝身上使罷了誰家有那些錢去買这个虚熱閙呢正說的熱閙王夫人又打發人来瞧鳳姐吃了飯不曾鳳姐便知有事等他忙忙的吃了半碗飯漱口要走又有二門上小厮們回說東府里蓉蔷二位哥兒来了鳳姐才漱了口平兒捧着盆盥洗手見他二人来了便問什麼話快說鳳姐聞得便止步听他二人回些什麼賈蓉先回說我父親打發我来回叔叔老爺們已經議定了從東边一帶借着東府里花园起轉至北边一共丈量準了三里大可以盖造省親別院了已經傳人画圖樣去了明日就得叔叔才回

家未免勞乏不用過我們那邊去了有話明日一早再請過去說罷賈璉咲着忙說道多謝大
爺費心体諒我就從命不過去了正經是这个主意才省事盖的也容易若採置別的地方
去那更費事且到不成體統你回去說这樣很好若老爺們再要改時全仗大爺諫阻万不
可另尋地方明日一早我給大爺請安去再細說罷賈蓉忙答應这个是賈薔又近前回
說下姑蘇合聘教習採買女孩子置買樂器行頭等事大爺派了侄子帶領着来管家两
个兒子还有單聘人卜固修两个清客相公一同前去所以命我来見叔々賈璉听了將賈薔
打諒了打諒咲道你能在这一行这个事雖不甚大裡頭大有藏掖的賈薔咲道只好學習
着办罷了賈蓉在身傍灯影下悄拉凤姐的衣襟凤姐会意因咲道你也太操心了難道大
爺比偺們还不会用人偏你又怕他不在行了誰都是在行孩子們已長的这麼大了没吃过猪
肉也看見过猪跑大爺派他去也不过是个坐纛旗兒難道認真的叫他去講價錢会
經紀去呢依我說就很好賈璉道自然是这樣並不是我駁回少不得替他筹算々々因
問这一項銀子動那一處的賈薔道才也議到这里爺々說竟不用從京里帶下去江南
甄家还收着我們五萬銀子明日寫一封書信會票我們帶去先支三萬下剩二萬存着等置辦花燭
彩灯並各色簾櫳帳幔的使費賈璉點頭道这个主意好凤姐忙向賈薔道既这樣我有两个在行妥

当人你就比他们去办这个便宜了你贾蔷忙陪咲道说正要合婶娘讨两人呢这可巧了因问名字凤姐便问

赵嬷〻彼时赵嬷〻已听呆了平儿忙咲推他〻才醒悟过来忙说一个叫赵天梁一个叫赵天栋凤姐道可别忘了

我可干我的去了说着便出去了贾蓉忙送出来又悄〻的向凤姐道婶〻要什么东西吩咐我开个帐给蔷

兄弟带了去叫他按帐置办了来凤姐咲道别放你娘的屁我的东西还没处撂呢希罕你们鬼〻祟〻

的说着一径去了这里贾蔷也悄问贾琏要什么东西顺便织来孝敬贾琏咲道你别兴头才学着办

事倒先学会了这把戏我短什么东西少不得写信来告诉你且不要论到这里说毕打发他二人

去了接着回事的人来不止三四次贾琏害乏便传与二门上一应不许传报俱等明日料理凤姐至三更

时分方下来安歇一宿无话次早贾琏起来见过贾赦贾政便往宁府中来合同老管事人等并几位世交门

下清客相公审察两府地方缮画省亲殿宇一面参度办理人丁自此后各行匠役齐集金银铜锡以及土木砖

瓦之物搬运移送不歇先令匠役拆宁府会芳园墙垣楼阁直接入荣府东大院中荣府东边所有下人一带群房尽已拆

去当日宁荣二宅虽有一小巷界断不通然这小巷亦系私地并非官道故可以连属会芳园本是从北角墙

下引来一股活水今亦无烦再引其山石树木虽不敷用贾赦住的乃荣府旧园其中竹树山石以及亭榭栏杆

等物皆可挪就前来如此两处又甚近凑来一处省得许多财力纵亦不敷所添亦有限全亏一个胡老明公号

山子野筹画起造贾政不惯于俗务只凭贾赦贾珍贾琏赖大来升林之孝吴新登詹光程日兴等几

人安插摆佈凡堆山鑿池起楼竪閣種竹栽花一應点景等事又有山子野調度賈政下朝閑暇不过各處看望〻〻最好要緊處合賈赦等商議〻〻就完了賈赦只在家高卧有芥豆之事賈珍等或自去回明或寫略節或有話說便傳呼賈璉賴大等来領命賈蓉单管打造金銀器皿賈薔已起身往姑蘇去了賈珍賴大等又点人丁開册籍監工等事一筆不能寫到不过是喧闐熱鬧非常而已暫且無話且說寶玉近因家中有这等大事賈政不来问他的書心中是件暢事無奈秦鐘之病日重一日也着實懸心不能樂業〻〻这一日早起来才梳洗畢意欲回〻賈母去望候秦鐘忽見茗烟在二門照壁前探頭縮腦寶玉忙出来问他作什麽茗烟道秦相公不中用了寶玉听說唬了一跳忙问道我昨日才瞧了他来还明〻白〻怎麽就不中用了茗烟道才刚是他家老頭子来特告诉我的寶玉听了忙轉身回明賈母〻〻吩咐好生派妥当人跟去到那里尽一尽同窗之情就回来不许多躭擱了寶玉听說忙〻的更衣出来車尤未備急的满庭乱轉一時催促車到忙〻上了車李貴茗烟等跟隨来至秦鐘门首悄無一人遂蜂擁至内室唬的秦鐘兩個遠房嬸母並几个弟兄都藏之不迭此時秦鐘已發了兩三次昏了移床易簀多時矣寶玉一見便不禁失声李貴忙劝道不可〻〻秦相公是弱症未免炕上挺扛的骨頭不受用所以暫且挪下来鬆散些〻哥兒如此豈不添了他的病寶玉听了方忍住近前見秦鐘面如白蠟合目呼吸于枕上寶玉忙叫道鯨兄寶玉来了連叫兩三声秦鐘不睬寶玉又道寶玉来

了那秦鍾早已魂魄離身只剩得一口悠ゝ餘氣在胸正見許多鬼判持牌提索来捉他秦鍾魂魄那里肯去又紀念着家中無人掌管家務又記掛着父親还有留積下的三四千兩銀子又記掛着智能尚無下落因此百般求告鬼判無奈这鬼判都不肯徇私反叱咤秦鍾道虧你还是讀書人豈不知俗語説的閻王叫你三更死誰敢留人到五更我們陰間上下都是鐵面無私的不比你們陽間瞻情顧面有許多関碍處正鬧那秦鍾魂魄听見宝玉来了四字便忙又央求道列位神差畧發慈悲讓我回去合這一个好朋友説一句話就来衆鬼道又是什麽好朋友秦鍾道不瞞列位就是榮国公的孫子小名宝玉児都判官听了先就唬的忙起来忙喝罵鬼使道我説你們放了他回去走ゝ你們断不依我的話如今只等他請出運旺時盛的人来才罢衆鬼見都判如此也都忙了手脚一面又怨道你老人家先是那等雷霆電雹原来見不的宝玉二字依我們愚見他是陽我們是陰怕他也無益不如拿了秦鍾一走完事判官聞听連喝不可于是将秦鍾魂魄放回甦醒过来睜眼見宝玉在傍無奈痰堵咽喉不能出語只番眼將宝玉看了一看頭搖一搖听喉内哼了一声遂溘然而逝且听下回分解

第十七回　會芳園試才題對額　賈寶玉機敏動諸賓

詩曰　豪華雖是羨　離別却难堪　博得虛名在　誰人識苦甘

話說秦鍾既死寶玉痛哭不已李貴等好容易劝解半日方住归時猶是悽惻哀痛賈母帮了几十兩銀子外又備奠儀寶玉去弔紙七日後便送殯掩埋了別無記述只有寶玉日日思慕感悼然亦無可如何了不知歷过几日何時这日賈珍等來回賈政園内工程俱已告竣大老爷已瞧过了只等老爷瞧了或有不妥之處再行改造好題匾額對聯賈政听了沉思一回說道这匾額對聯倒是一件难事論理該請貴妃賜題才是然貴妃不親觀其景大約亦必不肯妄擬若直待貴妃遊幸过再請題若大景致若干亭榭無一字標題也覺寥落無趣縱有花柳山水也不斷不能生色衆清客在傍笑答道老世翁所見極是如今我們有个愚見各处匾額對聯亦不可少斷不可定名如今且按其景致或二字三字四字虛合其意擬了出來暫做灯匾對聯懸了待貴妃遊幸時再請定名豈不兩全賈政听了都道所見不差我們今日且看看去只管題了若妥当便用不妥当時然後將雨村請來令他再擬衆人笑道老爷今日一擬定佳何必又待雨村賈政笑道你們不知我自幼于山水花鳥上題咏就平常的如今上了年紀且案牘勞煩于这怡情悅性文章上更生疏了縱擬了出來未免迂腐古板反不能使花柳園亭生色似不妥協反沒意思衆清客笑道这也無妨我們大家看了公擬各舉其長優則存之劣則刪之未為不可賈政道此論極是且喜今日天氣和暖大家去逛逛說着起身引衆人前往賈珍

先去园中知会衆人可巧近日宝玉因思念秦鐘憂戚不尽贾母長命人带他去新园中戲耍
此時亦才進来忽見贾珍走来向他咲道你还不出去老爺一会就来了宝玉听了代着奶娘
小厮們一溜烟就出園来方轉过湾頂頭贾政引着衆人来了躲之不及只得一傍站了贾政近因聞
得塾掌稱讚宝玉岩能对对联虽不喜讀書偏到有些歪才情今日偶然撞見这机会便命
他跟来宝玉只得隨往尚不知何意贾政剛至園門前只見贾珍帶領許多執事人一傍侍立
贾政道你且把園门都関上我們先瞧了外面再進去贾珍听說令人將门関了贾政先秉正看
门只見正门五間上面桶瓦泥鰍脊那门欄窗隔皆是細雕新鮮花樣並無硃粉塗飾一色
水磨群墙下面白石台磯鑿成西番草花樣左右一望皆雪白粉墙下面虎皮石隨勢砌去果然
不落富麗俗套自是喜欢遂命開门只見迎门一帶翠嶂擋在面前衆清客都道好山好山贾
政道非此一山一進来園中所有之景悉入目中則有何趣衆人都道極是非胸中大有邱壑
想及此說着往前一望見白石崚嶒或如鬼怪或如猛獸縱橫拱立上面苔蘚成斑藤蘿掩映其中微
露羊腸小徑贾政道我們就從此小徑遊去回来由那一边出去方可遍覧說畢命贾珍導引自己
扶了宝玉逶迤進入山口抬頭忽見山上有鏡面白石一塊正是迎面留題处贾政回頭咲道諸公請看此
处題以何名方妙衆人听說也有說該題疊翠二字妙的也有說該題錦嶂的又有說賽香爐的

又有説小終南的種〻名色不止几十个原来衆客心中早知賈政要試寶玉的功業進益何如只將
些俗套来敷衍寶玉亦料定此意賈政听了便笑命寶玉擬来寶玉道常聞古人有云編新不如述
旧刻古終勝雕今况此處並非主山正景原無可題之処不過是探景一進步耳莫若直書曲徑通幽処這句
旧詩在上到還大方氣派衆人听了都讚道極是二世兄天分高才情遠不似我們讀腐了書的賈政笑道不
可謬奬他年小不過以一知充十知用取笑罷了再俟選擬説着進入石洞来只見佳木蘢葱奇花熌灼一帶
清流從花木深処曲折瀉于石隙之下再進數步漸向北邊平坦寬豁兩邊飛樓插空雕甍繡檻皆隱于
山坳樹杪之間俯而視之則清溪瀉雪石磴穿雲白石為欄環抱池沼石橋三港獸面啣吐橋上有
亭賈政与諸人上了亭子倚欄坐了因問諸公以何題此諸人都道當日歐陽公醉翁亭記有亭翼然就名
翼然賈政笑道翼然雖佳但此亭壓水而成還須偏于水題方称依我拙裁歐陽公之瀉出于兩峰之
間竟用他這一个字有一客道極是〻〻竟是瀉玉二字妙賈政拈髯尋思因抬頭見寶玉侍側便
笑命他也擬一个来寶玉听説連忙回道老爺方才所議已是但是如今追究了去似乎當日歐陽
公題釀泉用一瀉字則妥今日此泉若亦用瀉字則覺不妥况此処既云省親駐蹕別墅亦當
入于應制之例用此等字眼亦覺粗陋不雅求再擬較此蘊藉含蓄者賈政笑道諸公
听此論若何方才衆人編新你又説不如述古我們如今述古你又説粗陋不妥你且说你的来我听

宝玉說有用瀉玉二字則莫若沁芳二字豈不新雅賈政拈髯点頭不語衆人都忙迎合讚宝玉才情不凡賈政道匾上二字容易作一付七言對聯来宝玉听說立于亭上四顧一望便機上心来乃念道

繞堤柳借三篙翠　隔岸花分一脉香

賈政听了点頭微咲衆人先称讚不已于是出亭过去所有一山一石一花一木莫不著意觀覧忽抬頭看見面前一帶粉垣裡面数楹修舍有千百竿翠竹遮映衆人都道好个所在于是大家進来只見入门便是曲折遊廊階下石子漫成甬路上面小〻三间房舍一明兩暗裡面都是合着地步打就的床几椅案從裡间房内又得一小门出去則是後院有一大株梨花兼着芭蕉又有兩间小〻退步後院墻下忽開一隙得泉一派開溝僅尺許灌入墻内繞階緣屋至前院盤旋竹下而出賈政咲道这一处到还罷了若能月夜坐此讀书不枉虚生一世說畢看着宝玉唬的宝玉忙垂了頭衆客忙用話開釋又說道此处的匾该題四个字賈政咲問那四字一个道是淇水遺風賈政道俗又一个說是睢園雅跡賈政道也俗賈珍咲道还是宝兄弟擬一个来賈政道他未曾作先要議論人家的好歹可見就是个輕薄人衆客道議論的極是其奈他何賈政道休如此縱了他因命他道今日任你狂為乱道先设議論来然後方許你作方才衆人可有使得的宝玉

見問便答道都似不妥要賈政冷笑道怎麽不妥寳玉道這是第一處行幸之處必須頌聖方可若用四字的匾又有古人現成的何必再作賈政道難道淇水雎園不是古人的寳玉道這太板腐了莫若有鳳來儀四字衆人都哄然叫妙賈政點頭道畜生畜生可謂管窺蠡測矣因命再題一聯來寳玉便念道

寳鼎茶閑烟尚緑　幽窗棋罷指猶凉

賈政搖頭說道也未見長說畢引人出來方欲走時忽又想起一事來因問賈珍道這些院落房宇並几案桌椅都算有了還有那些帳幔簾子並陳設玩器古董可也都是一處一處合式配就的麽賈珍回道那陳設的東西早已添了許多自然臨期合式陳設帳幔簾子昨日聽見璉兄弟說還不全那原是一起工程之時就畫了各處的圖樣量准尺寸就打發人办去的想必昨日得了一半賈政听了便知此事不是賈珍的首尾便令人去喚賈璉一時賈璉趕來賈政問他共有几種現今得了几種尚欠几種賈璉見問忙向靴桶內取靴掖內裝的一個紙摺略節來看了一看回道粧蟒繡堆刻絲彈墨並各色綢綾大小幔子一百二十架昨日得了八十架下欠四十架簾子二百掛昨日得了外有猩猩毡簾子二百掛湘妃竹簾子二百掛金絲藤紅漆竹簾子二百掛黑漆竹簾二百掛五彩線絡盤花簾子二百掛每樣得了一半也不過秋天都全了椅搭桌圍床裙桌套每分一千二百件也有了一面說一面走倏尔青山斜阻轉過山懷中隱隱露出一帶黃泥築就矮墻墻頭上皆稻莖掩護有几百株杏花噴火蒸霞

一般裡面數間茅屋外面却是桑榆槿柘各色樹木隨其曲折編就兩溜青籬〻外山坡之下有一土井傍有桔槔轆轤之屬下面分畦列畝佳蔬菜花漫然無際賈政笑道倒是此處有些道理固然係人力穿鑿此時見未免勾引起我歸農之意我們且進去歇息〻〻說畢方欲進籬門去忽見路傍一石碣亦為留題之備眾人笑道更妙〻〻此處若懸匾待題則田舍家風一洗盡矣立此一碣又覺生色許多非范石湖田家之咏不足以盡其妙賈政道諸公請題眾人道方纔世兄有云編新不如述旧此處古人已道盡矣莫若直書杏花村妙極賈政聽了笑向賈珍道正虧提醒了我此處都妙極只是少一個酒幌明日竟作一个不必華麗就依外面村庄的式樣作来用竹竿挑在樹梢賈珍答應了又回道此處竟還不可養別的雀鳥只是買些鵝鴨雞類才都相稱賈政與眾人都道更妙賈政又向眾人道杏花村固佳只是犯了正名村名直待請名方可眾客都道是呀如今虛的便是什麼字樣好大家想一想寶玉却等不得了也不等賈政的命便說道旧詩有云紅杏梢頭掛酒旗如今莫若杏帘在望四字眾人都道好個在望又暗合杏花村意寶玉冷笑道村名若用杏花二字則俗陋不堪了又有古人詩云柴門臨水稻花香何不就用稻香村的妙眾人聽了越發同聲拍手道妙賈政一聲斷喝無知的業障你能知道幾个古人能記得幾首熟詩也敢在老先生前賣弄你方才那些胡說的不過是試你的清濁取笑而已你就認真了說着引人步入茆堂裡面紙窗木榻富貴氣象一洗皆盡賈政

心中宜是喜欢，却聰宝玉道：此處如何？衆人見問，都忙悄悄的推宝玉，教他說好。宝玉不听人言，便應道：不及有鳳來儀多矣。賈政听了道：無知的蠢物！你只知朱樓画棟惡頼富華為佳，那里知道這清幽氣象，終是讀书之过。宝玉忙答道：老爷教訓的固是，但古人常云天然二字，不知何意？衆人見宝玉牛心，都怪他獃痴不改，今見問天然二字，衆人忙道：别的都明白，如何連天然不知？天然者，天之自然而有，非人力之所成也。宝玉道：却又來！此處置一田庄，分明見得人力穿鑿扭捏而成。遠無隣村，近不負郭，背山山無脉，臨水水無源，高無隱寺之塔，下無通市之桥，峭然孤出，看去覺得無味，不如那几處有自然之理，得自然之氣，雖種竹引泉，亦不傷于穿鑿。古人云天然圖画四字，正畏非其地而強為地，非其山而強為山，雖百般精巧，終不相宜。未及說完，賈政氣的喝命叉出去，剛出去，又喝命回來，命再題一聯，若不通，一併打嘴。宝玉只得念道：

新漲綠添浣葛處　好雲香護采芹人

賈政听了，搖頭說：更不好。一面引人出來，轉过山坡，穿花度柳，撫石依泉，过了荼蘼架，再入木香棚，越牡丹亭，度芍藥圃，入薔薇院，出芭蕉塢，盤旋曲折，忽聞水声潺湲，瀉出山石洞，上則蘿薜倒垂，下則落花浮蕩。衆人都道：好景好景！賈政道：諸公題以何名？衆人道：再不必擬了，恰恰乎是武陵源三字。賈政笑道：又落實了，而且陳旧。衆人笑道：不然，就用秦人旧舍四字也罷了。宝玉道：這越發过露了。秦人旧舍說避亂之意，如何使得？莫若蓼汀花溆四字。賈政听了，便批胡說了是要進港洞時又想起有船無船賈珍道採蓮船四只座船一隻如今尚未造成賈政笑道可惜不得入了賈珍道從山上盤道亦可進去說畢在前導引大家攀藤撫樹過去只見水上落花愈多其水愈加清溜溶溶蕩蕩曲折縈迂池邊兩行垂柳雜以桃杏遮天無一些塵土忽見柳陰中又露出一個折帶朱欄板橋來度過去諸路可通便見一所清凉瓦舍一色水磨磚墻青瓦花堵那大主山所分之脈皆穿墻而過賈政道此處這一所房子無味的很因而步入門時忽迎面突出插天的大玲瓏山石來四面羣繞各式石塊竟把裡面所有房屋悉皆遮住且一株花木也無只見許多異草或有牽藤的或有引蔓的或垂山巔或穿石隙甚至垂簷繞柱縈砌盤階或如翠帶飄颻或如金繩盤屈或實如丹砂或花如金桂味芬氣馥非凡花之可比賈政不禁道有趣只是不大認識有的說是薜荔藤蘿賈政道薜荔藤蘿不得如此異香寶玉道果然不是這些之中也有藤蘿薜荔那香的是杜若蘅蕪那一種大約是茝蘭這一種大約是清葛那一種是金簦草這一種是玉蕗藤紅的自然是紫芸綠的定是青芷想來離騷文選等書上所有的那些異草也有叫作什庅藿蒳薑蕁的也有叫作什庅綸組紫絳的還有石帆水松扶留等樣的又有叫什庅綠荑的還有什庅丹椒蘼蕪風蓮的如今年深歲改人不能認識故皆像形奪名漸漸的換差了也是有的未及說完賈政喝道誰問你來嚇的寶玉倒退不敢再說賈政因見兩邊俱是

起手進廊便順着遊廊步入只見上面五間厦連着捲棚四面出廊綠窗油壁更比前几處清雅
不同賈政嘆道此軒中煮茶操琴亦不必再焚名香矣此造已出意外諸公必有佳作新題以顏
額方不負此衆人笑道再莫若蘭風蕙露貼切了賈政道也只好用這四字其聯若何一人道我
到想了一對大家批削改正念道

麝蘭芳靄斜陽院　杜若香飄明月洲

衆人道妙則妙矣只是斜陽二字不妥那人道古人詩云蘼蕪滿手泣斜暉衆人道頹喪頹喪又一
人道我也有一聯諸公評閱評閱因念道

三逕香風飄玉蕙　一庭明月照金蘭

賈政拈髯沉吟意欲也題一聯忽抬頭見寶玉在旁不敢則聲因喝道怎麽你應說話時又
不說了還要等人請教你不成寶玉聽了說便回道此處並沒有什麽蘭麝明月洲渚之類若
要這樣着跡說起來就題二百聯也不能完賈政道誰按着你的頭教你必定說這些字樣
呢寶玉道如此說匾上則莫若蘅芷清芬四字對聯則是

吟成荳蔻才猶艷　睡足酴醾夢也香

賈政笑道這是套的書成蕉葉文猶綠不足為奇衆客道李太白鳳凰台之作全套黃鶴樓
只要套得妙如今細評起來方才這一聯竟比書成蕉葉猶覺幽嫻活潑視書成之句竟似
套此而來賈政笑說豈有此理說着大家出來行不多遠則見崇閣巍峨層樓高起面

琳宫合抱迢迢複道縈行青松拂簷玉欄繞砌金輝獸面彩煥螭頭賈政道這是正殿
了只是太富麗了些些衆人都道要如此方是雖是貴妃崇節尚儉天性惡繁悦朴然今日
之尊礼儀如此不為过也一面说一面走只見正面現出一座玉石牌坊来上面龍蟠螭護玲瓏
鑿就賈政道此處書一何名衆人道必是蓬莱仙境方妙賈政摇頭不語寶玉見了這个所
在心中忽有所動尋思起来到像那里見过的一般却一時想不起来那年月日的事賈政又命他
作題寶玉只顧細思前景全無于此心衆人不知其意只当他受了這半日的折磨精神耗散才
尽辞窮了再要考难逼迫着了急或生出事来到不便遂忙都劝賈政罢了明日再題罢了賈
政心中也怕賈母不放心遂冷笑道你這畜生也竟有不能之時了也罢限你一日明日若再不能
我定不饒這是要緊之处更要好生作来说着引人出来再一观望原来自進门起所行
至此才遊了十之五六又值人来回有雨村處遣人来回話賈政笑道此数處不能遊了雖然
如此到底從那一边出去縱不能細观也可稍覧说着引衆客行来至一大橋前見水如晶簾一
般奔入原来這橋便通外河之閘引泉而入者賈政因问此閘何名寶玉道此乃沁芳泉之正
源就名沁芳閘賈政道胡说偏不用沁芳二字于是一路行来或清堂或茅舍或堆石為垣
或编花為牖或山下幽尼佛寺或林中藏女道丹房或長廊曲洞或方厦圓亭賈政皆不

二一〇

及進去因说道半日腿酸未嘗歇息忽又見前面露出一所院落来贾政咲道到此可要進去歇息〻〻了说着一逕
引人遶着碧桃花穿过一層竹籬花障編就的月洞门俄見粉墙环護緑柳週垂贾政與衆人進去一入门两边俱是
遊廊相接院中点襯几塊山石一边種着数本芭蕉那一边乃是一顆西府海棠其势若傘絲垂碧縷葩吐丹砂衆人
讃道好花〻〻從来也未見过海棠那里有这樣妙的贾政道这叫做女兒棠乃是外国之種俗傳係出女兒国中云
彼国此種最盛亦荒唐不经之说罢了衆人咲道然雖不經如何此名竟傳久了宝玉道大约騷人咏士以此花
之色紅暈若施脂輕弱似扶病大近乎闺閣風度所以女兒命名想因被世间俗恶听了他便以野史纂
入為证以俗傳俗以訛傳訛都認真〻了衆人都摇身讃妙一面说話一面都在廊外抱厦下打就的榻上坐了
因问想几个什麽新鮮字来题此一客道蕉鹤二字最妙又一个道崇光泛彩方妙贾政與衆人都道好个
崇光泛彩宝玉也道妙極只是可惜了衆人问如何可惜宝玉道此处蕉棠两植其意暗蓄紅緑二字
在内若只说蕉則棠無着落若只说棠則蕉亦無着落固有蕉無棠不可有棠無蕉更不可贾政道依
你如何宝玉道依我题紅香緑玉四字方两全其妙贾政摇頭道不好〻〻说着引人進入房内只見这几
间房内收拾的與别处不同竟分不出间隔来的原来四面皆是雕空玲瓏木板或流百蝠或歲寒
三友或山水人物或翎毛花卉或集錦或慱古或萬福万壽各種花樣皆名手雕鏤五彩銷金
嵌宝的一隔〻〻或有貯書处或有設鼎处或安置筆硯处或供花設瓶安放盆景处其

隔式各式各樣或天圓地方或葵花蕉葉或連环半壁真是花團錦簇剔透玲瓏倏儿五色紗糊就竟係小窓倏儿彩綾輕覆竟係幽户且滿墻壁皆係古玩之形摳成的槽子諸如琴劍懸瓶桌屏之類雖懸于壁卻都是與壁相平的衆人都道好精致想頭難為怎麽想来原来賈政等走了進来未進两層便都迷了旧路左瞧也有門可通右瞧又有窓間隔及到了跟前又被一架書擋住回頭再走又有紗窓明透門徑可行及至門前忽見迎面也進来了一群人都與自己形相一樣卻是一架玻璃大鏡相照及轉过鏡去越發見門多了賈珍笑道老爷隨我来從這門出去便是後院從後院出去到比先近了說着又轉了两層紗廚錦隔果得一門出去院中滿架薔薇寶相轉过花障則見清溪前阻衆人咤異這股水又是從何而来賈珍遥指道原從那閘起流至洞口從東北山坳裡引到那村莊里又開一道岔口引到西南上共總流到這里仍旧合在一处從那墻下出去衆人听了都道神妙之極說着忽見大山阻路衆人都道迷了路賈珍笑道隨我来乃在前導引衆人隨他直由山脚边忽一轉便是平坦寬闊豁然大門前見衆人都道有趣有趣真搜神奪巧之至于是大家出来那寶玉一心只記掛着里邊又不見賈政吩咐来隨跟到書房賈政忽想起他来方喝道你还不去难道還逛不足也不想逛了這半日老太太必懸掛着还不快進去疼你也白疼了寶玉聽說方退了出來再听下回分解

第十八回　林黛玉悞剪香囊袋　賈元春歸省慶元宵

却說寶玉來至院外就有跟賈政的几个小廝抱住都說今日虧了我們老爺說喜歡老太〻打發人出來問了几遍都虧我們回說喜歡不然老太〻叫你進去就不得展才了人〻都說你才那些詩比世人都强今日得了這樣的彩頭該賞我們了寶玉笑道每人一吊錢衆人道誰沒見那一吊錢把這荷包賞了罷說着一个上來解荷包那一个就解扇囊不用分說將寶玉所佩之物盡行解去又道好生送上去罷一个抱了起來几个圍繞送寶玉至賈母二門前那時賈母已命人看了几次衆奶娘丫嬛上來見過賈母知道不曾難為着他心中自是歡喜少時襲人到了茶來見身邊所佩之物一件無存因噗道帶的東西又都是那起沒臉的東西解去了黛玉听說走过來瞧〻果然一件無存因向寶玉道我給你的那个荷包也給了他們了你明兒再想我的東西可不能夠了說畢賭氣回房將前日寶玉所煩他做的那个香袋兒幾做了一半賭氣拿过來就鉸寶玉見他生氣便知不妥忙趕过來早剪破了寶玉已見过這香囊雖尚未完却十分精巧費了許多工夫今見無故剪了却也可氣因忙把衣領解了從裡面紅襖襟上將黛玉所給的那荷包解了下來遞與黛玉瞧道你瞧〻這是甚麼我那一回把你的東西給了人了黛玉見他如此珍重

帶在裡面可知是怕人拿去之意因此又自悔莽撞未見皂白就剪了香袋因此又愧又氣低頭一言不發宝玉道你也不用剪我知道你是懶待給我东西我連这荷包奉还何如說着擲向他怀中便走黛玉見如此越發氣起来声咽氣堵又汪汪滚下泪来拿起荷包来又剪宝玉見他如此忙回身搶住笑道好妹妹饒了他罷黛玉將剪子一摔拭泪說道你不用同我好一陣歹一陣的要惱就撂開手这当了甚麼呢說着賭氣上床面向裡倒下拭泪禁不住宝玉上来妹妹長妹妹短賠不是前面賈母一片声找宝玉衆奶娘丫嬛們忙回說在林姑娘房裡呢賈母听說道好好好讓他們姊妹們一處頑頑罷才他老子拘了他半天讓他開心一会子罷只别叫他們拌嘴不許扭了他衆人答應着黛玉被宝玉纏不过只得起来道你的意思不叫我安生我就離了你說着往外就走宝玉笑道你到那里我跟到那里一面仍拿起荷包来帶上黛玉伸手搶道你說不要了这会子又帶上我也替你怪燥的說着嗤的一声又笑了宝玉道好妹妹明日另替我作个香袋兒罷黛玉道那也瞧我的高興罷了一面說一面二人出来走到王夫人上房中去了可巧宝釵亦在那里此時王夫人那边熱鬧非常原来賈薔已從姑蘇採買了十二个女孩子并聘了教習以及行頭等事来了那時薛姨媽另遷于东北上一所幽靜房舍居住將梨香院早已騰挪出来另行修理了就令教習在此教演女戲又令派

二一四

家中旧有曾演学过歌唱的女人们如今皆已皤然老嫗着他们带领管理就令贾菖

總理其日用出入银钱等事以及诸凡大小所需之物料账目又有林之孝来回採訪聘買

的十个小尼姑小道姑都有了连新做的二十分道袍也有了外有一个带髮修行的本是蘇

州人氏祖上也是读书仕宦之家因生了这位姑娘自小多病买了许多替身儿皆不中用到

底这姑娘亲自入了空门方才好了所以带髮修行今年才十八岁法名妙玉如今父母俱已亡故身

边只有两个老嬷嬷一个小丫头伏侍文墨也极通经文也不用学了模样儿又极好因听见长

安都中有观音遗迹并贝叶遗文去岁随了师傅上来现在西门外牟尼院住着他师父

极精演先天神数于去冬圆寂了妙玉本欲扶灵回乡的他师父临寂遗言说他衣食

起居不宜回乡在此静居后来自然有你的结果所以他竟未回去王夫人不等回完便

说既这样我们何不接了他来林之孝回道请他他说侯门公府必以贵势压人我再不

去的王夫人笑道他既是官宦小姐自然骄傲些就下个帖子请他何妨林之孝家的答

应了出去命书启相公写请帖去请妙玉次日遣人备车轿去接等后话再表暂且搁

过当下又有人回工程上等着糊东西的纱绫请凤姐去开楼拣纱绫又有人来回请凤

姐开库收金银器皿连王夫人并上房丫鬟等皆一时不得閒的宝钗便说咱们别

要在這里礙手礙脚我探頭了去說着同寶玉黛玉往迎春等房中來閑頑無話王夫人等日日忙亂直到十月將尽幸皆全備各處監管都交清賬目各处古董文玩皆已陳設齊備採辦鳥雀的自仙鶴孔雀以及鹿兔鷄鵝等類悉已買全交于園中各處像景飼養賈薔那边也演出二十齣雜戲來小尼道姑也都学会了念几卷經咒賈政方略覺心意寬暢又請賈母等進園色色斟酌點綴妥当無一些遺漏不当之处于是賈政方擇題本本上之日奉硃批准奏次年正月十五日上元之辰恩准賈妃省親賈府領了此恩旨越發晝夜不閒年也不曾好生過腊眼元宵在迩自正月初八日就有太監出來先看方向何处更衣何处燕坐何处受礼何处開宴何处退息又有巡察地方總理關防太監等帶了許多小太監出來各处關防擋圍幙指示賈宅人員何处退何处跪何处進膳何处啓事種種儀注不同外面又有工部官員並五城兵備道打掃街道撵逐閑人賈赦等督率匠人扎花灯烟火之類至十四日俱已停妥这一夜上下通不曾睡至十五日五鼓自賈母等有爵者皆按品服大妆起來園內各处帳舞蟠龍簾飛彩鳳金銀煥彩珠寶爭輝鼎焚百合之香瓶插長春之蕊靜悄悄無人咳嗽賈赦等在西街门外賈母等在榮府大门外街頭巷口俱係圍幙擋嚴正等的不耐煩忽一太監坐大馬而來賈母忙接入問其消息太監道早

多有兒未初刻用畢晚膳未正三刻还到宝靈宮拜佛酉初刻進太明宮領宴看灯方請旨只怕戌刻纔起身呢凤姐听了道既是这麼着老太々太々且請回房等是時候再来也不遲于是賈母等暫且自便園中悉賴凤姐照理又命执事人带領太監們去吃酒飯一時傳人一担々々的挑進蠟燭来各處点灯方点完時听外面馬跑之声一時有十来个太監都喘吁々跑来拍手兒这些々太監会意都知道是来了各按方向站住賈赦領合族子侄在西街門外賈母領合族女眷在大门外迎接半日靜悄々的忽見一對紅衣太監騎馬緩々的走来至西街门下馬將馬赶出圍幙之外便垂手面西站住半日又是一對亦是如此少時便来了十来對方聞得隱々細樂之声一對々龍旌凤翣雉羽夔頭又有金鎖提炉焚着御香然後一把曲柄七凤金黄傘过来便是冠袍帶履又有执事太監捧着香珠繡帕漱盂拂塵等類一對々过完後面方是八个太監抬着一顶金顶金黄繡凤版輿緩々行来賈母等連忙路傍跪下早飛过几个太監来扶起賈母邢夫人王夫人来那版輿抬進大门入儀门往東去到一所院落门前有执拂太監跪請下輿更衣于是抬輿入门太監等散去只有昭容彩嬪等引領元春下輿只見院内各色花灯烂灼皆係紗綾扎成精緻非常上面有一匾灯寫着体仁沐德四字元春入室更衣畢復出上輿進園只見園中香烟繚繞花彩繽紛々灯光相映時々細樂声喧説不尽这

太平氣象富貴風流那賈妃在轎內看此園內外如此豪華因默默嘆息奢華過費忽又見
執拂太監跪請登舟賈妃下了輿只見清流一帶勢若遊龍兩邊石欄上皆係水晶玻璃各色風灯點的如銀
光雪浪上面柳杏諸樹雖無花葉然皆用通草綢綾紙絹依勢作成粘於枝上的每一株懸灯數盞
更兼池中荷荇鳬鷺之屬皆係螺蚌羽毛之類作就的諸灯上下爭輝真係玻璃世界珠寶乾
坤船上亦係各種精緻盆景諸灯珠簾繡幙桂楫蘭橈自不必說已而入一石港港上面匾灯明現着
蓼汀花漵四字按此四字并有鳳來儀等處皆係上回賈政偶然一試寶玉之課藝才情耳何今日
認真用此匾聯況賈政世代詩書來往諸客屏侍坐陪者悉皆才技之流豈無一名手題撰竟用小
兒一戲之辭苟且應塞真似暴發新榮之家濫使銀錢一味抹油塗朱則大書前門綠柳垂金鎖
後戶青山列錦屏之類則以為大雅可觀豈石頭記中通部所表之寧榮賈府所為哉據此論
竟大相矛盾了諸公不知待蠢物將原委說明大家方知當日這賈妃未入宮時自幼亦係賈母
教養後來添了寶玉賈妃乃長姊寶玉為弱弟賈妃之心上念母年將邁始得此弟是以
憐愛寶玉與諸弟不同且同隨祖母時刻未離那寶玉未入學堂之先三四歲時已得賈妃手
引傳教授了幾本書數千字在腹內了其名分雖係姊弟其情狀有如母子自入宮後時時帶信
出來與父母說千萬好生扶養不嚴不能成器過嚴恐生不虞且致祖母之憂眷念切愛之心時刻

二一八

不能忘前日賈政聞塾師背後讚寶玉偏才盡有賈政未信適巧遇園已落成令其題撰聊一試其情思之清濁其所擬之匾聯雖非妙句在幼童為之亦或可取即另使明公大筆為之固不費難然想來到不如這本家風味有趣更使賈妃見之知係其愛弟所作亦或不負其素日切望之意因有這段原委故此竟用了寶玉所題之聯額那日雖未題完後來亦曾補擬

閑文少叙且説賈妃看了四字笑道花溆二字便妥何必蓼汀侍座太監聽了忙下舟登岸飛傳與賈政賈政聽了即忙移換一時舟臨岸復棄舟上輿便見琳宮綽約桂殿巍峨石牌坊上明顯天仙寶境四大字賈妃忙命換省親别墅四字于是進入行宮但見庭中繚繞香屑佈地火樹奇花金窗玉檻説不盡簾捲蝦鬚毯鋪魚獺鼎飄麝腦之香屏列雉尾之扇真是金門玉户神仙府桂殿蘭宮妃子家賈妃乃問此殿何無匾額隨侍太監跪啓曰此係正殿外臣未敢擅擬賈妃點頭不語禮儀太監跪請升座受禮兩陛樂起禮儀太監二人引賈赦賈政等於月台下排班殿上昭容傳諭曰免太監引賈赦等退出又有太監引榮國太君及女眷等自東階升月台上排班昭容再諭曰免于是引退茶已三献賈妃降座入側殿更衣方備省親車駕出園至賈母正室欲行家禮賈母等俱跪止不迭賈妃滿眼垂淚方彼此上前厮見一手携賈母一手携王夫人三個人滿心裡皆有許多話只是俱説不出只管嗚咽對淚邢夫人李紈王熙鳳迎探惜三姊妹等

俱在傍围繞垂泪無言半日賈妃方忍悲強笑安慰賈母王夫人道當日既送我到不得見人
地方好容易今日回家娘儿們不說說笑笑反倒哭起来一会子我去了又不知多偺晚纔来說
到這句不免又哽咽起来邢夫人忙上来觧劝賈母等讓賈妃帰座又逐次一一見过又不免哭泣
一番然後東西两府官家执事人丁在庭外行礼及两府掌官执事媳婦領丫环等行礼畢
賈妃因問道薛姨媽宝釵黛玉因何不見王夫人啟曰外眷無職未敢擅入賈妃听了忙命快請一時薛
姨媽等進来欲行国礼亦命免过上前各叙濶别寒温又有賈妃原带進宮去的丫环抱琴等上来叩
見賈母等連忙扶起命人别室款待執事太監及彩嬪昭容各侍從人等寧国府及賈舍那宅两
处款待只留三四个小太監答應世女姊妹深叙些離别情景及家務私情又有賈政至簾外問
安賈妃垂簾行参等事又隔簾垂泪謂其父曰田舍之家雖虀塩布帛終能聚天倫之樂今雖
富貴已極骨肉各方然終無意趣賈政亦含淚啟道臣草芥寒门鳩群鴉屬之中豈意得
凤鸞之瑞今貴人上錫天恩下昭祖德此皆山川日月之精奇祖宗之遠德鍾於一人幸及政夫婦
且今上啟天地生物之大德垂古今未有之曠恩雖肝胆塗地臣子豈能得補於万一惟朝乾夕惕忠
于厥職外願我君万寿千秋乃天下蒼生之同幸也貴妃切勿以政夫婦残年為念懣憤金怀
更祈自加珍愛惟業業兢兢勤慎恭肅以侍上庶不負上体貼眷愛如此隆恩也賈妃亦嘱只以

国爭為重暇時保養切勿記念等語賈政又啟园中所有亭台軒館皆係宝玉所題如果有一
二稍可寓目者請別賜名為幸元妃听了宝玉能題便含笑說果進益了賈政退出賈妃見
宝林二人越發比別的姊妹不同真是嬌花軟玉一般因問宝玉為何不進見賈母乃啟無諭
外男不敢擅入元妃命快引進来小太監出去引宝玉進来先行国礼畢元妃命他進前攜手攔于懷
內又撫其頭頸笑道比先竟長了好些一語未終淚如雨下尤氏凤姐等上来啟道筵宴齊備請貴妃
遊幸元妃等起身命宝玉導引遂同諸人步至园門前早見灯光火樹之中諸般羅列非常進
园来先從有凤来仪紅香綠玉杏帘在望蘅芷清芬等処登樓步閣涉水緣山百般眺覽徘
徊一処々鋪陳不一樁々点綴新奇賈妃諭免極加奨讃又劝以後不可太奢此皆过分之極已而至
正殿諭免礼歸座大開筵宴賈母在下相陪尤氏李紈凤姐等親捧羹把盞賈妃乃命傳筆
硯伺候親搦湘管擇其几処最喜者賜名按其書云

顧恩思義匾　天地啟宏慈赤子蒼頭同感戴　古今垂曠典九州万国被恩榮　聯　書於正殿

大觀园园之名　有凤来儀賜名曰瀟湘館　紅香綠玉改作怡紅快綠即名曰怡紅院　蘅芷清芬賜名曰蘅蕪院　杏帘在望賜名曰浣葛山莊　正樓
曰大觀樓東西飛樓曰綴錦閣西面斜樓曰含芳閣更有蓼凤軒藕香榭紫菱洲荇葉渚等名
又有四字的匾額十數个諸如梨花春雨桐剪秋凤荻芦夜雪等名此時悉難全记又命旧有匾聯

者俱不必摘去于是先題一絶云

啣山抱水建来精　多少工夫築始成　天上人间諸景俻　芳園應錫大观名

寫畢向諸姊妹咲道我素乏捷才且不長于吟咏妹輩素所深知今夜聊以塞責不負斯景而已異日少暇必補撰大觀園記並省親頌等文以記今日之事妹輩亦各題一匾一詩隨才之長短亦暫吟成不可因我微才所縛且喜寶玉竟知題咏是我意外之想此中瀟湘館蘅蕪苑二处我極愛次之怡紅院浣葛山庄此四处必得別有章句題咏方妙前所題之联雖佳如今再各賦五言律一首使我當面試过方不負我自幼教授之苦心寶玉只得答應了下来自去構思迎探惜三人之中要算探春又出于姊妹之上然自忖亦难與薛林爭衡只得勉強隨衆塞責而已李紈也勉強湊成一律賈妃先挨次看姊妹們的寫道是

曠性怡情　　迎春

園成景俻特精奇　奉命羞題額曠怡　誰信世间有此景　遊来寧不暢神思

萬象爭輝　　探春

名園築出勢巍巍　奉命何慚学淺微　精妙一時言不出　果然萬物生光輝

文章造化　　惜春

二二二

山水横拖千里外楼台高起五雲中园修日月光輝裏景奪文章造化功

文采風流　李紈

秀水名山抱復迴風流文采勝蓬莱緑裁歌扇迷芳草紅襯湘裙舞落梅珠玉自應傳盛世神仙何幸下瑶台名园一自邀遊後未許凡人到此来

凝暉鍾瑞　薛宝钗

芳园築向帝城西華日祥雲籠罩奇高柳喜迁鶯出谷修篁時待凤来仪文风已著宸遊夕孝化應隆帰省時睿藻仙才盈彩筆自慚何敢再爲辞

世外仙源　林黛玉

名园築何处仙境紅〻塵借得山川秀添来景物新香融金谷酒花媚玉堂人何幸邀恩寵宫車过往頻

賈妃看畢稱賞一番又笑道終是薛林二妹之作与衆不同非愚姊妹可同列者原来黛玉安心今夜大展其才将衆壓倒不想賈妃只命一扁一咏到不好違谕多作只胡乱作一首五言律應景罢了彼時宝玉尚未作完只刚作了瀟湘館与蘅蕪苑二首正作怡紅院起草囲有緑玉春猶捲一句宝钗轉眼瞥見便趁衆人不理論急忙回身悄推他道他

因不喜红香绿玉才改了怡红快绿你这会子偏用绿玉二字岂不是有意合他争驰了况且蕉叶之说也颇多再想个字改了罢宝玉见宝钗如此说便拭汗说道我这会子总想不出什么故典出处来宝钗笑道你只把绿玉的玉字改作蜡字就是了宝玉道绿蜡可有出处么宝钗见问悄悄的咂嘴点头道亏你今夜不过如此将来金殿对策你大约连赵钱孙李你都忘了不成宝玉听了不觉洞开心腹笑道该死该死现成唐朝韩翊咏芭蕉诗头一句冷烛无烟绿蜡干眼前之物偏到想起来真可谓一字师了从此后我只叫你师父再不叫你姐姐了宝钗亦悄悄的道还不快作上去只管姐姐妹妹的谁是你姐姐上头穿黄袍的才是你姐姐你又认我这姐姐来了一面说笑因又怕他耽延工夫遂抽身走开了宝玉只得续成共有了三首此时林黛玉未得展其抱负自是不快因见宝玉独作四律大费精神自思何不替他作两首也省他些精神想着便也走至宝玉案旁悄问可都有了宝玉道才有了三首只少杏帘在望一首了黛玉道既如此你只抄录前三首罢赶你写完那三首我也替你作出这首来了说毕低头一想早已吟成一律便写在纸条上搓成个团子掷在他跟前宝玉打开一看只觉此首比自己所作的三首高过十倍真是喜出望外遂连忙恭楷呈上贾妃看道

有凤来仪　　　　臣宝玉謹題

秀玉初成實，堪宜待鳳凰。竿竿青欲滴，个个綠生凉。迸砌防階水，穿簾碍鼎香。莫摇清碎影，好夢晝初長。

衡芷清芬

蘅蕪滿静苑，蘿薜助芬芳。軟襯三春草，柔拖一縷香。輕烟迷曲徑，冷翠滴廻廊。誰謂池塘曲，謝家幽夢長。

怡紅快綠

深庭長日静，兩兩出嬋娟。綠蠟春猶捲，紅粧夜未眠。凭欄垂絳袖，倚石護青烟。對立東風裡，主人應解憐。

杏帘在望

杏帘招客飲，在望有山庄。菱荇鵝兒水，桑榆燕子梁。一畦春韭綠，十里稻花香。盛世無飢餒，何須耕織忙。

賈妃看畢，喜之不尽，說果然進益了。又指杏帘一首為三首之冠，遂將浣葛山庄改為稻香村。又命探春另以綵箋謄錄出方才一共十數首詩，出令太監傳与外廂。賈政等看了，都稱頌不已。賈政又進歸省頌。賈妃又命以瓊酥金膾等物賜与宝玉並賈蘭。此時賈蘭極幼，未達諸事，只不过隨母依叔行礼，故無別傳。賈環從年內染病未愈，自有閑處調養，故亦無傳。那時賈薔帶領十二个女戲在樓下正等的不耐煩，只見一个小太監飛跑来說：作完了詩，快拿角本来。賈薔忙呈上並十二人花名單子。少時太監出来，只点了四齣戲：第一齣家宴，第二乞巧，第三仙緣，第四離魂。

贾蔷忙令粧扮演起来一个个歌欺裂石之音舞有天魔之態雖是粧演的形容却作尽悲歡情状剛演完了一太監挑一金盤糕点之屬進来問誰是齡官贾蔷便知是賜齡官之物喜的忙接了命齡官叩頭太監又道貴妃有諭説齡官極好再作兩齣不拘那兩齣就是了贾蔷忙答應了因命齡官作遊園驚夢二齣齡官自為此二齣原非本角之戲執意不作定要作相約相罵二齣贾蔷扭他不過只得依他作了贾妃甚喜命不可難為了這女孩子好生教習額外賞了兩疋宫緞兩个荷包並金銀錁子食物之類然後撤筵將未到之処復又遊玩忽見山環佛寺忙洗手進去焚香拜佛又題一匾云苦海慈航又額外加恩于一班幽尼女道少時太監跪啟賜物俱齊請驗乃呈上畧節贾妃從頭看了俱甚妥協即命照此遵行太監聽了下来一一發放原来贾母的是金玉如意各一柄沉香拐杖一根茄南念珠一串富貴長春宫緞四疋福壽綿長宫紬四疋紫金筆錠如意錁十錠吉慶有餘銀錁十錠邢夫人王夫人二分只減了如意拐珠（旁注：杖念）四件贾敬贾赦贾政等每分御製新書二部寶墨二匣金銀爵各二支表礼按前寶釵黛玉諸姊妹等每人新書一部寶硯一方新樣格式金銀錁二对寶玉亦同此贾蘭則是金銀項圈二个金銀錁二对尤氏李紈凤姐等皆金銀錁四錠表礼四端外表礼二十四端清錢一伯串是賜与贾母邢王二夫人及諸姊妹房中奶娘衆丫環的贾珍贾璉贾環

二二六

賈蓉等皆是表礼一分金錁一双其餘彩緞百端金銀千两御酒華筵是賜東西两府凡園中管
工程陳設答應及賞戲掌灯諸人的外有清錢五伯串是賜厨役優伶百戲雜行人丁的众人謝
恩已畢执事太監啓道時丑正三刻請駕回鑾賈妃听了不由的满眼又滚下泪来却又勉強
堆笑拉住賈母王夫人的手緊緊的不忍釋放再四叮嚀不須記掛好生自養如今天恩浩荡
一月許進内省視一次見面是儘有的何必傷慟倘明歲天恩仍許歸省万不可如此奢華
靡費了賈母等已哭的哽噎難言了賈妃雖不忍别怎奈皇家規範違錯不得只得
上輿去了這里諸人好容易將賈母王夫人安慰解劝攙扶出園去了且听下回分解

第十九回　情切切良宵花解語　意綿綿靜日玉生香

話說賈妃回宮次日見駕謝恩并回奏歸省之事龍顏甚喜又發內帑彩緞金銀等物
以賜賈政及各椒房等員不必細說且說榮寧二府中因連日用盡心力真是人人力倦各各
皆神疲又將園中一應陳設動用物收什了兩三天方完第一個鳳姐事多任重別人或可偷安
躲靜獨他是不能脫得的二則本性要強不肯落人褒貶只扎掙着與無事的人一般第一個是寶
玉是極無事最閒的偏這日一早襲人的母親又親來回過賈母接襲人家去吃年茶晚間
纔得回來因此寶玉只和眾丫環們擲骰子赶圍棋作戲正在房內頑的無聊忽見丫頭們
來回說東府裏珍大爺來請過去看戲放花燈寶玉聽了便命換衣裳才要去時忽又
有賈妃賜出糖蒸酥酪來寶玉想上次襲人喜吃此物便命留與襲人了自己回過賈母
過去看戲誰想賈珍這邊唱的是丁郎認父黃伯央大擺陰魂陣更有孫行者大鬧天
宮姜子牙斬將封神等類的戲文倏爾神鬼亂出忽又妖魔畢露甚至於揚旛過
會號佛行香鑼鼓喊叫之聲遠聞巷外弟兄子姪互爲獻酬姊妹婢妾共相笑語滿街之人都讚好熱鬧戲別人家斷不能有
寶玉見繁華熱鬧到如此不堪的田地只略坐了一坐便走開各處閒耍先是進內去和
尤氏并丫環姬妾說笑了一回便出二門來尤氏等仍料他出去看戲遂也不曾照

賈母賈珍賈璉薛蟠等只顧猜枚行令百般作樂那裡理論一時不見他在座只道在裡邊去了故也不理論至於跟寶玉的小廝們那年紀大些的知寶玉這一來了必是晚間纔散因此偷空也有會賭的也有往親友家去吃年茶的更有或嫖或飲的都私自散了待晚間再來那小些的都鑽在戲房裡瞧熱鬧去了寶玉見一個人沒有因想這裡素日有個小書房內曾掛着一軸美人極畫的得神今日這般熱鬧想那裡自然那美人是寂寞的須得我去望慰他一回想着便往書房裡來剛到窗前聞得房內有呻吟之韻寶玉倒唬了一跳敢是美人活了不成乃乍着胆子舔破窗紙向內一看那軸美人却不曾活却是茗烟按着一個女孩子也幹那警幻所訓之事寶玉禁不住大叫了一聲了不得一腳踹進門去將那兩個唬開了抖衣而顫茗烟見是寶玉忙跪求不迭寶玉道青天白日這是怎麼說珍大爺知道了你是死是活一面看那丫頭雖不標緻倒還白淨些微亦有動人處羞的面紅耳赤低首無言寶玉跺腳道還不快跑一語提醒了那丫頭飛也似去了寶玉又趕出去叫道你別怕我是不告訴人的急的茗烟在後叫祖宗這是分明告訴人了寶玉因問那丫頭十幾歲了茗烟道大不過十六七歲了寶玉道連他的歲數也不問問別的自然越發不知了可見他白認得你了可憐可憐又問名字叫什麼茗烟笑道若說出名字來話長

真々新鲜奇文據他说他母亲养他的时节做了一个梦梦见得了一疋锦上面是五色富贵不断头卍字的花样所以他的名子就叫万儿宝玉听了笑道想必他将来有些造化等我明儿说了给他作媳妇好不好茗烟也笑了说着沉思一会茗烟因问二爷为何不看这样的好戏宝玉道看了半日怪烦的出来逛々就遇见你们了这会子作什么呢茗烟嘻々笑道这会子没人知道我悄々的引二爷往城外逛去一会子再往这里来他们就不知道了宝玉道不好仔细花子拐了去况且便是他们知道了又闹大了不如往熟近些的地方去还可就来茗烟道熟近地方谁家可去这却难了宝玉笑道依我的主意咱们竟找你花大姐々去瞧他在家做什么呢茗烟笑道好々的倒忘了他家又道若他们知道了说我引着二爷胡走要打我呢宝玉道有我呢茗烟听说拉了马二人从后门就走了幸而袭人家不远不过一半里路程展眼已到门前茗烟先进去叫袭人之兄花自芳彼时袭人之母接了袭人与几个外甥女儿几个侄女儿来家正吃果茶听见外面有人叫花大哥花自芳忙出去看时见是他主仆两个唬的惊疑不止连忙抱下宝玉来至院内嚷道宝二爷来了别人听见还可袭人听了也不知为何忙跑出来迎着宝玉一把拉住问你怎么来了宝玉笑道我怪闷的来瞧々你作什么呢袭人听了才把心放下来嗐了一声笑道你也忒胡闹了可作什么来呢一面又问茗烟还有谁跟了来茗烟笑道别人都不知道就只我们两个袭人听了复又惊慌说道这还了得倘或碰见

見一人或是遇見了老爺街上人擠車碰倘有个閃失也是頑得的你們的胆子比斗還大呢都是
茗烟調唆的等我回去我定告訴嬷嬷們打你个賊死茗烟撅了嘴道二爺罵着打着叫我引了來的
這會子推到我身上說我來的罷我說別來罷要不我們回去罷花自芳忙勸罷了已經來了也不用多說了只是茅簷草舍又窄又髒爺怎麽坐呢襲人之母也早迎出來了襲人拉着宝玉進
去宝玉見房内三五个女孩兒見他進來都低了頭羞慚慚的那臉上通紅花自芳母子兩个百般怕宝玉冷
又讓他上炕又忙另擺果桌又忙倒好茶襲人笑道你們不用白忙我自然知道果子也不
用擺也不敢亂給他東西吃一面說一面將自己的坐褥拿了鋪在一个杌子上宝玉坐了又用自己的脚爐墊
了脚向荷包内取出兩个梅花香餅兒來又將自己的手爐掀開焚上仍蓋好放在宝玉懷裡然後
將自己的茶杯斟了茶送與宝玉彼時他母兄已是忙着齊齊整整的擺上一桌子果品來襲人見總無
可吃之物因笑道既來了沒有空去的理好歹嘗一點兒也是來我家一趟說着便拈了几个松子穰
吹去細皮用手帕托着遞給他宝玉看見襲人兩眼微紅粉光融滑因悄問襲人道好好的哭什麽
襲人笑道誰哭來着才迷了眼揉的因此便遮掩過了當下宝玉穿着大紅金蟒狐腋箭袖外罩
石青貂裘排穗褂襲人道你特為往這里來又換新衣服他們就不問你往那裡去宝玉笑道
原是珍大爺請過去看戲換的襲人點頭又道坐一坐就回去罷這个地方不是你來的宝玉笑道你就家去才好呢我還替你留着好東西呢襲人悄笑道悄悄的叫他們聽着什麽意思一面
又伸手從宝玉項上將通靈玉摘了下來向他姊妹們笑道你們見識見識時常說起來都當稀罕 二三二

恨不能一見今兒可尽力瞧々再瞧什麽希罕物兒也不過是這麽个東西說畢遞与他們傳看了一遍仍
与宝玉掛好又命他哥々去雇一乘小轎或雇一輛小車送宝玉回去花自芳道有我送去騎馬也不妨袭人道不為不妨
為的是碰見人花自芳忙去雇了一乘小轎来众人也不好相留只得送宝玉出去袭人又抓些果子与茗烟又把
些錢与他買花炮放叫他不可告訴人連你也有不是一直送宝玉至門前看着上轎放下轎簾花茗二
人牽馬跟隨来至寧府街茗烟命住轎向花自芳道須得我同二爺還到東府里混一混才好過去
的不然人家就疑惑花自芳聽說有理忙將宝玉抱出轎来送上馬去宝玉笑說倒難為你了于是仍進後門来
俱不在話下却說宝玉自出了門他房中這些丫環們都越性恣意的頑笑也有趕圍棋的也
有擲骰子抹牌的磕了一地的瓜子皮偏奶母李嬷々拄拐進来請安瞧々宝玉見宝玉不在家丫頭們
只顧頑十分看不過因嘆道只從我出去了不大進来你們越發没了樣兒了別的媽々們越不
敢說你們了那宝玉是个丈八灯台照見人家照不見自家的只知嫌人家臢這是他的屋子由着你們遭
塌越不成体統了這些丫頭們明知宝玉不講究這些二則李嬷々已是告老解事出去的了如今管
他們不着因此只顧頑並不理他那李嬷々還只管問宝玉如今一頓吃多少飯什麽時辰睡覺
等語丫頭們總胡亂答應有的說好个討厭的老貨李嬷々又問道這盖碗里是酥酪怎不送給我我
就吃了罷說畢拿匙就吃一个丫頭道快別動那是說了給袭人留着的回来又惹氣了

你老人家自己承認別怪我們受氣李嬷ミ听了又氣又愧便說道我不信他这樣坏了別說我
吃了一碗牛奶就是再比这个值錢的也是应該的难道待襲人比我还重难道他不想ミ怎麽長大了我的
血变的奶吃的長这麽大如今我吃他一碗牛奶他就生氣了我偏吃了看怎麽樣你們看襲
人不知怎樣那是我手裡調理出來的毛丫頭什麽阿物兒一面說一面賭氣將酥酪吃盡又一个丫頭笑
他們不會說話怨不得你老人家生氣寶玉時常还送東西孝敬你老人家呢豈有為这个不自在的
李嬷ミ道你們也不必妆狐媚子哄我打量上次為茶撵茜雪的事我不知道呢明日有了不是我再
來領說着賭氣去了少時寶玉回來命人去接襲人只見晴雯淌在床上不動寶玉因問敢是病了
再不然輸了秋紋道他到是贏的誰知李老ミ來了混輸了他氣的睡去了寶玉笑道你們別和
他一般見識由他去就是了說着襲人已来彼此相見襲人又問寶玉何處吃飯多早晚回來又代
母妹問諸同伴姊妹好一時換衣卸粧寶玉命取酥酪來了頭們回說李奶ミ吃了寶玉才要說
話襲人便忙笑說道原來是留的这个多謝費心前兒我吃的時候好吃吃過了好肚子疼鬧
的吐了纔好了他吃了到好擱在这里白遭塌了我只想風乾栗子吃你替我
剝栗子我去鋪炕寶玉聽了信以為真方把酥酪丟開取栗子自來向灯前檢剝一面見眾
人不在房中乃笑向襲人道今兒那个穿紅的是你什麽人襲人道那是我兩姨妹子寶玉聽了

赞叹了两声袭人道叹什么我知道你心里的原故想是说他那里配红的宝玉笑道不是不是那样的人不配穿红的谁还敢穿呢我因为见他实在好的很怎么也得他在咱们家就好了袭人冷笑道我一个人是奴才命罢了难道连我的亲戚都是奴才命不成定还要拣实在好的丫头才往你家来宝玉听了忙笑道你又多心了我说往咱们家来必定是奴才不成说亲戚就使不得袭人道那也搬配不上宝玉便不肯再说只是剥栗子袭人笑道怎么不言语了想是我才冒撞冲犯了你明日赌气花几两银子买他们进来就是了宝玉笑道你说的话怎么叫我答言呢我不过是赞他好正配生在这深堂大院里没的我们这种浊物倒生在这里袭人道他虽没这造化倒也是娇生惯养的我姨爹姨娘的宝贝如今十七岁各样的嫁妆都齐备了明年就出嫁宝玉听了出嫁二字不禁又嗐了两声正不自在又听袭人叹道只从我来这几年姊妹们都不得在一处如今我要回去了他们又都去了宝玉听这话里有文章不觉吃一惊忙丢下栗子问道怎么你如今要回去了袭人道我今儿听见我妈和哥哥商议叫我再耐烦一年明年他们上来就赎我出去呢宝玉听了这话越发怔了因问为什么要赎你袭人道这话奇了我又比不得是你这里的家生子儿一家子都在别处独我一个人在这里怎么是个了局宝玉道我不叫你去也难袭人道从来没这道理便是朝廷宫里也有个定例或几年一选几年一入也没有长远留下人的理别说是你了宝玉想了一想果然有理又道

太〻要不放你呢 袭人道為什麼不放我果然是个最难得的或者感動了老太〻太〻必不
肯放我出去的設或多給我們家几兩銀子留下我也还或有的其实我又不过是个最平常的人
比我強的多而且多自我從小兒來了跟着老太〻先服侍了史大姑娘几年如今又服侍了你几年
如今我們家來贖正是該叫去的只怕連身價不要就開恩叫我去呢要說為服侍的你好不
叫我去断然没有的事那服侍的好是分内應当的不是什麼奇功我去了仍旧又有好的來了不
是没了我就使不得宝玉听了这些話竟是有出去的理没有留下的理心内越發急了因
又道雖然如此說我一心要留下你不怕老太〻不和你母親說多〻給你母親些銀子他也不好意
思接你了 袭人道我媽自然不敢強且慢說和他好說又多給他銀子就便不好和他說一个錢不給安
心要強留下我他也不敢不依但只是偺們家從没有幹这倚勢仗貴霸道的事这比不得别的东西
因為你喜欢加十倍利弄了來給你那賣的人不得吃亏可以行得如今無故平空留下我於你又無益反
叫我們骨肉分離这件事老太〻太〻断不肯行的 宝玉听了思忖半晌乃說道依你說你是去定了 袭人道
去定了 宝玉听了自思道誰知这样一个人这样薄情無義乃嘆道早知道都是要去的我就不該弄
了來臨了剩了我一个孤鬼兒說着便賭氣上床睡去了 原來袭人在家聽見他母兄要贖他回去他就
說至死也不回去的又說當日原是你們没飯吃就剩我还值几兩銀子若不叫你們賣没有个看着老子

二三六

娘饿死的理如今幸而卖到这个地方吃穿和主子一样又不朝打暮骂况且如今爹虽没了你们却又整理的家成业就复了元气若果然还艰难把我赎出来再多掏摸几个钱也还罢了其实又不难了这会子又赎我作什么权当我死了再不必起赎我的念头因此哭闹了一阵他母兄见他这般坚执自然必不出来的了况且原是卖倒的死契明仗着贾府是慈善宽厚人家不过求一求只怕连身价银子一并赏了这是有的事呢二则贾府中从不曾作践下人只有恩多威少的且凡老少房中所有亲侍的女孩子们更比待家下的众人不同平常寒薄人家的小姐也不能那样尊重因此他母子两个也就死心不赎了次后忽然宝玉去了他两个又是那般景况他母子二人心中更明白了越发石头落了地而且是意外之想彼此放心再无赎念了如今且说袭人自幼见宝玉性格异常其淘气憨顽自是出于众小儿之外更有几件千奇百怪口不能言的毛病儿近来仗着祖母溺爱父母又不能十分严紧拘管更觉放荡弛纵任性恣情最不喜务正每欲劝时料不能听今日可巧有赎身之论故先用骗词以探其情以压其气然后好下箴规今见他默默睡去了知其情有不忍气已馁堕自己原不想栗子吃的只因怕为酥酪又生事故又像那茜雪之茶等事是以假以栗子为由混过宝玉不提就完了于是命小丫头们将栗子拿去吃了自己来推宝玉只见宝玉泪痕满面袭人便笑道这有什么伤心的你果然留我我自然不出去了宝玉见这话头里有活动了便道你倒说说我

还要怎么留你我自己也难说了袭人叹道咱们素日好处再不用说但今日你要安心留我不在这上头我另说出两三件事来你果然依了我就是你真心留我了刀搁在脖子上我也是不出去的了宝玉忙笑道你说那几件我都依你好姐姐好亲姐姐别说两三件就是两三百件我也依的只求你们同看着我守着我等我有一日化成了飞灰飞灰还不好灰还有形有迹还有知识的等我化成一股轻烟风一吹便散了的时候你们也管不得我我也顾不得你们了凭你们爱那里去就去了急的袭人忙握他的嘴说好好的正为劝你这些更说的狠了宝玉忙说道再不说这话了袭人道这是头一件要改的宝玉道改了再要说你就拧嘴还有什么袭人道第二件你真爱读书也罢假爱也罢只是在老爷跟前或在别人跟前你别只嘴里混批驳诮谤只作出个爱读书的样子来也叫老爷少生些气在人前也好说嘴他心里想着我家代代读书只从有了你不承望你不但不爱读书已经他心里又气又愧了而且背前背后乱说那些混话凡读书上进的人你就起个名字叫禄蠹又说只除明明德外无书都是前人自己不能解圣人之书便另出己意混编纂出来的这些话怎么怨的老爷不气不时打你叫别人怎么想你宝玉笑道再不说了那原是我小时候不知天高地厚信口胡说如今再不敢说了还有什么袭人道再不许谤僧毁道调脂弄粉还有更要紧的一件再不许吃人嘴上擦的胭脂了与那爱红的毛病儿宝玉道都改都改再有什么快说袭人道再也

没有了只是諸事檢点些不可任情任意的就是了你果然都依了就是拿八人轿也抬我不出
去了宝玉笑道你在这里長远了不怕没有八人轿你坐袭人冷笑道这我可不希罕的有那个福
氣没有那个道理縱坐了也没趣兒二人正說着只見秋纹走進来说三更天了該睡了方才老太
太打發嬤嬤来问我答应睡了宝玉命取表来看時果然針已指到子初二刻了方從新盥漱寛衣
安歇不在話下至次日清晨袭人起来便覺身体發重頭疼目脹四肢火熱先時还扎挣的
住次後来捱不住只要睡因而和衣躺在炕上宝玉忙回了賈母傳醫胗視說道不过偶感
風寒吃一两剂藥疏散疏散就好了開方去後令人取藥来煎好剛服下去命他蓋上被渥汗宝玉自去
黛玉房中来看視彼時黛玉自在床上歇午丫鬟們皆出去自便滿屋内静悄悄的宝玉揭起
備黛進入裡間只見黛玉睡在那里忙上来推他道好妹妹才吃了飯又睡覺將黛玉喚醒黛玉見
是宝玉因說道你且出去逛逛我前兒鬧了一夜今兒还没有歇过来渾身酸疼宝玉道酸疼事小
睡出来的病大我替你解悶兒混过困去就好了黛玉只合着眼說道我不困只畧歇歇兒你且
别處去鬧会子再来宝玉推他道我往那里去呢見了别人就怪膩的黛玉听了嗤的一声笑道你
既要在这里那去老老實實的坐着咱們說話兒宝玉道我也歪着黛玉道你就歪着宝玉
道没有枕頭咱們在一个枕頭上黛玉道放屁外面不是枕頭拿一个来枕着宝玉出至外

向看了一看回来咲道那个我不要也不知是那个臟老婆子的黛玉听了睁開眼起身咲道真〻你就是我命中的天魔星請枕這一个說着將己自枕頭推与宝玉又起身將自己的又拿了一个来自己枕上二人对面倒下黛玉因看見宝玉左边腮上有鈕扣大小的一塊血漬便欠身湊近前来以手撫之細看又道這又是誰的指甲刮破了宝玉側身一面躲一面咲道不是刮的只怕是才刚替他们淘澄胭脂膏子濺上了一点兒說着便找手帕子要揩拭黛玉便用自己的帕子替他揩拭了口内說道你又幹這些事了幹也罢了必定要帶出幌子来便是舅〻看見別人看見了又当奇事新鮮話兒去學舌討好兒吹到旧〻耳朶裡又大家不干淨惹氣了宝玉總未听見這些話只聞得一股幽香却從黛玉袖中發出聞之令人醉魂酥骨宝玉一把便將黛玉的袖子拉住要瞧籠着何物黛玉咲道冬寒十月誰帶什么香呢宝玉咲道既然如此這香是那里来的黛玉道連我也不知道想必是櫃子裡的香氣衣服上燻染的也未可知宝玉搖頭道未必這香的氣味奇怪不是那些香餅子香毬子香袋子的香黛玉冷咲道難道我也有什么羅漢真人給我些奇香不成便是得了奇香也没有親哥〻兄弟弄了花兒朵兒霜兒雪兒替我炮製我有的是那些俗香罢了宝玉咲道凡我說一句你就拉扯上這些不給个利害你也不知道從今兒可不饒你了說着翻身起来

将两只手呵了两口便伸向黛玉膈肢窝内两胁下乱挠黛玉素性触痒不禁宝玉两手伸来
乱挠便笑的喘不过气来口里说宝玉你再闹我就恼了宝玉方住了手笑问道你还说这些不说
了黛玉笑道再不敢了一面理鬓笑道我有奇香你有暖香没有宝玉见问一时解不来因
问什么暖香黛玉点头笑叹道蠢才你有玉人家就有金来配你人家有冷香你就没有
暖香去配他宝玉方听出来因笑道方才求饶如今便说狠了说着又去伸手黛玉忙笑道
好哥哥我可不敢了宝玉笑道饶便饶你只把袖子我闻一闻说着便拢了袖子笼在面
上闻个不住黛玉夺了手道这可该去了宝玉笑道去不能偺们斯斯文文的躺着说话儿说
着复又躺下黛玉也躺下用手帕盖上脸宝玉有一搭没一搭说些鬼话黛玉总不理宝玉问
他几岁上京路上见何景致古迹扬州有何遗迹故事土俗民风黛玉只不答宝玉只怕
他睡出病来便哄他道嗳哟你们扬州衙门里有件大故事你可知道么黛玉见他说的
郑重又且正言厉色只当是真事因问道什么事宝玉见问便忍着笑顺口诌道扬
州有一座黛山山上有个林子洞黛玉笑道这就扯谎自来也没听见这山宝玉道天下
山水多着呢你那里知道这些不成等我说完了你再批评黛玉道你且说宝玉又诌道
林子洞里原来有群耗子精那一年腊月初七日老耗子升座议事因说明日是腊八

世上人都熬臘八粥如今我們洞中果品短少須得趁此打劫些來方妙乃拔令箭一枝遣
一能幹的小耗子前去打聽一時小耗子回報各處察訪打聽已畢惟有山下廟里果米最
多老耗問米有幾樣果有幾品小耗道米豆成倉不可勝記果品只有五種一紅棗二栗
子三落花生四菱角五香芋老耗聽了大喜即時點耗前去乃拔令箭問誰去偷米一耗
便接令去偷米又拔令箭問誰去偷豆又一耗接令去偷豆然後一一的都各領令去
了只剩下香芋一種因又拔令箭問誰去偷香芋只見一極小極弱的小耗應道我愿
去偷香芋老耗並眾耗見他這樣恐不諳練且又怯懦無力都不准他去小耗道我雖
年小身弱却是法術無邊口齒伶俐機謀深遠此去管比他們偷的還巧呢眾耗忙問
如何比他們巧呢小耗道我不學他們直偷我只搖身一變也變成個香芋滾在香芋堆里
使人看不出聽不見却暗暗的用分身法搬運漸漸的就搬運盡了豈不比直偷硬
取的巧些眾耗聽了都道妙却妙只是不知怎麼變你先變個我們瞧瞧小
耗聽了笑道這個不難等我變來說畢搖身說變竟變了一個最標致美貌的一位小姐眾耗忙笑道變
錯了原說變果子的如何變出小姐來小耗現形笑道我說你們沒見世面只認得這果子
是香芋却不知鹽課林老爺的小姐才是真正的香玉呢黛玉聽了翻身爬起來按着寶玉笑

道我把你爛了嘴的就知道你是編我呢說着便擰的寶玉連連告說好妹妹饒了我罷再不
敢了我因為聞你的香氣忽然想起這个故典來不防黛玉笑道饒罵了人還說是故典呢一語未了只
見寶釵走來笑問道誰說故典呢我也聽聽黛玉忙讓坐笑道你瞧瞧還有誰他饒罵了人還說是
故典寶釵笑道原來是寶兄弟怨不得他肚子里的故典本來就多只是可惜一件凡說用故典
的時候他偏就忘了有今日記得的前兒夜里的芭蕉詩就該記得呀眼前面的倒想不起來
別人冷的那樣你急的只出汗這會子偏又有了記性了黛玉聽了笑道阿彌陀佛到底是我
的好姐姐你一般也遇見對頭了可知一還一報不爽不錯的剛說到這里只聽寶玉房中一片嚷
吵鬧起來未知何事且聽下回分解

第二十回

王熙凤正言弹妒意　林黛玉俏语謔姣音

话说宝玉在林黛玉房中说耗子精宝钗撞来讽刺宝玉元宵不知绿蜡之典三人正在房中互相讥刺取笑那宝玉正恐黛玉饭後贪眠一時存了食或夜间走了困皆非保养身体之法幸而宝钗走来大家谈笑那黛玉方不欲睡自己才放了心忽听他房中嚷起来大家侧耳听了一听黛玉先笑道这是你妈妈和袭人叫嚷呢那袭人也罢了你妈妈再要认真排揎他可见老背晦了宝玉忙要赶过去宝钗一把拉住道你别和你妈妈吵才是他是老糊涂了到要让他一步为是宝玉道我知道了说毕走来只见李嬷嬷拄着拐杖在当地骂袭人忘了本的小娼妇儿我抬举起你来这会子我来了你大模大样的尚在炕上见我来了也不理一理一心只想妆狐媚子哄宝玉哄的宝玉不理我只听你们的话你不过是几两臭银子买了来的毛丫头这屋里你就作起耗来如何使得好不好的拉出去配一个小子看你还妖精似的哄人不哄袭人先只道李嬷嬷不过因他躺着生气少不得分辩说病了才出汗蒙着头原没看见你老人家等语後来听见他说哄宝玉又说配小子由不得又愧又委曲禁不住哭起来了宝玉虽听了这些话也不好怎樣少不得替他分辩说病了吃药等语又说你不信只问别的丫头们李嬷嬷听了这话越發气起来了说道你只护着那起狐狸那里认得我了叫我

问谁去谁不帮自你呢谁不是袭人拿下马来的我多知道那些事我只和你到老太太跟前去讲讲把你奶了这么大如今吃不着奶了把我丢在一边逞着丫头们裁我一面说一面哭彼时代玉宝钗等也过来劝说妈妈你老人家担待他们些就完了李妈见他二人来了便拉住诉委曲将当日吃茶茜雪出去和昨日酥酪等事劳劳叨叨说个不清可巧凤姐正在上房算完输赢账听得后面一片声嚷便知是李妈老病发了排揎宝玉的人正值他今儿输了钱迁怒于人便连忙赶过来拉了李妈笑道好妈妈别生气大节下老太太才喜欢了一日你是个老人家别人高声你还要管他们呢难道你反不知道规矩在这里嚷起来叫老太太生气不成你只说谁不好我替你打他我家里烧的滚热的野鸡快来跟我吃酒去一面说一面拉着走又叫丰儿替你李奶奶拿着拐棍子擦眼泪的手帕那李妈脚不沾地跟了凤姐走了一面还说我也不要这老命了索性今日没了规矩闹一场子讨个没脸强如受那娼妇们的气后面宝钗代玉随着见凤姐儿这般多嗳道亏这一阵风来把个老婆子撮了去了宝玉点头叹道这又不知是那里的账只拣软的排揎昨日又不知是那个姑娘得罪了上到他账上一笔未了晴雯在傍道谁又疯了得罪他做什么便得罪了他就有本事承认不犯着带累别人袭人一面哭一面拉宝玉道为我得罪了一个老奶奶你这会子又为我得罪这些人这还不够我受的还只是拉别人宝玉见他这般病势又添了这些烦恼连忙忍气吞声

安慰他仍旧睡下出汗又見他湯燒火熱自己守着他歪在傍边劝他只養病别想那些没要紧的事
生氣襲人冷笑道要為这些事生氣这屋里一刻也站不得了但只是天長日久儘着这樣可叫人怎
麼樣好呢时常我劝你別為我得罪人你只顧一時為我們那樣他們都記在心裡遇着
坎兒說得好听不好听的大家什麼意思一面說禁不住流淚又怕寶玉煩惱只得又勉強忍着一時
雜使的老婆子煎了二和藥来寶玉見他才有汗意不肯叫他起来自己端着就枕与他吃了即命
小丫頭們鋪炕襲人道你吃飯不吃飯到底到老太太太太跟前坐一会子和姑娘們頑一会子再
回来我就静静的躺一躺也好寶玉听說只得替他去了簪环看他躺下自往上房来同賈母吃
畢飯賈母猶欲和那几个老管家媽媽閙牌解悶寶玉記掛着襲人便回至房中見襲人朦朧
睡去自己要睡天氣尚早彼时晴雯綺霞秋紋碧痕多尋熱閙找鴛鴦琥珀等耍戲去了
獨見麝月一个人在外间房里灯下抹骨牌寶玉笑道你怎麼不同他們去麝月道沒有錢寶
玉道床底下堆着那麼些錢還不夠你輸的麝月道多頑去了这屋里交给谁呢那一个又病了滿
屋里上頭是灯地下是火那些老媽媽們老天拔地服侍了一天也該叫他歇歇了小丫頭們伏侍了一天
这会子还不叫他們頑頑去所以讓他們都去罷我在这里看着寶玉听了这话公然又是一个襲人
因笑道我在这里坐着你放心去罢麝月道你既在这里越發不用去了咱們两个說話頑笑

宝玉道儍丫个做什么呢快没意思的也罢了早起你说头痒这会子没什么事我替你篦头罢麝月便答道就是这样说着将文具镜奩搬来卸却钗钏打开头发宝玉拿了篦子替他一一的梳篦只篦了三五下只见晴雯忙忙走进来取钱一见了他两个便冷笑道哦交盃盏还没吃倒上了头了宝玉道你来也给你篦一篦晴雯道我没有那么大福说着便拿了钱便摔帘子出去了宝玉在麝月身后二人对镜相视宝玉便向镜内道满屋里就只是他磨牙麝月听说忙向镜中摆手宝玉会意忽听唿的一声帘子响晴雯又跑进来问道我怎么磨牙了咱们到得说说麝月道你去你的罢又来问人了晴雯道你又护着你们那瞒神弄鬼的我都知道等我捞回本儿来再和你们说说着一径出去了这里宝玉通完了头命麝月悄悄的伏侍他睡下不肯惊动袭人一宿无话次日清晨起来袭人已是夜间出了汗觉得轻了好些只吃些米汤静养宝玉放了心因饭后走到薛姨妈这边来闲逛彼时正月内学房中放年学闺阁中忌针都是闲时因贾环也过来顽正遇见宝钗香菱莺儿三个赶围棋作耍贾环见了也要顽宝钗素日看他也如宝玉并没别意今日听他要顽让他上来坐在一处顽一注十个钱头一回自己赢了心中十分喜欢谁知后来接连输了几盘便有些着急赶着这盘正该自己掷骰子若掷个七点便赢若掷个六点底下就该莺儿掷三点就赢了因拿起骰子来狠命一掷一个坐定了五那一个乱转莺儿拍着手只叫么贾环便瞪着

眼六七八混叫那骰子偏生轉出么来賈环急了伸手便抓起骰子来然後就拿錢説是个六點儿便説分明是个么宝釵見賈环急了便瞅鶯儿道越大越没規矩難道爺還賴你還不放下錢来呢鶯儿满心委曲見宝釵不敢則声只得放下錢来口内嘟囔説一个做爺的還賴我們這几个錢連我也不放在眼里前儿和宝二爺頑他輸了那些也没着急下剩的錢還是几个小丫頭們一搶他一笑就罢了宝釵不等説完連忙喝断賈环道我拿什麽比宝玉呢你們怕他都和他好都欺負我不是太太養的説着便哭了宝釵忙劝道好兄弟快别説這話人家笑話你又罵鶯儿正值宝玉走来見了這般形景问是怎么来賈环不敢則声宝釵素知他家規矩凡做兄弟的多怕哥哥却不知那宝玉是不要人怕他的想着兄弟們一概多有父母教训何必我多事反生疏了况且我是嫡出他是庶出饒這樣還有人背後談論還禁得辖治他了便有這个呆意思存在心里你道是何呆意因他自幼姊妹叢中長大的親姊妹有元春探春叔伯的有迎春惜春亲戚中又有史湘云林代玉薛宝釵等诸人他便料定原来天生人为万物之灵凡山川日月之精秀只鍾于女子須眉男子不过是些渣滓濁沫而已因有這个呆念在心把一切男子都看成混沌濁物可有可無只是父亲伯叔兄弟中因孔子是亘古第一人説下的不可不听又不可忤慢只得要听他這句話所以弟兄之間不过尽其大概情理就罢了并不想自己是男子須要為子弟之表率是以賈环等都不怕他却怕賈母才讓他三分如今宝釵生怕宝玉教训他到

没意思，連忙替賈环掩飾。宝玉道：大正月裡哭什庅，这里不好，你別處頑去。天天念书，倒念糊塗了。比如这件东西不好，横竪那一件好，难道你守着这东西哭會子就好了不成？你原是来取樂頑的，既不能取樂，就往別處去再尋樂頑去。哭一會子，难道算取樂頑了不成？倒招自己煩惱，不如快去為是。賈环听了，只得回来。趙姨娘見他这般，因問：又是那里墊了踹窝来了？一問不答，再問時，賈环便说：同宝姐姐頑，鶯儿欺負我，賴我的钱，宝玉哥哥撵我来了。趙姨娘啐道：谁叫你上高抬盘去了？下流没臉的东西！那里頑不得？谁叫你跑了去討这没意思！正说着，可巧凤姐在窗外过，都听在耳内，便隔窗说道：大正月又怎庅了？环兄弟小孩子家，一半点儿錯了，你只教導他，说这些淡话做什庅！凭他怎庅去，还有太太老爺管他呢，就大口啐他！他現是主子，不好了，横竪有教導他的人，与你什庅相干！环兄弟出来，跟我頑去。賈环素日怕凤姐比怕王夫人更甚，听見叫他，忙唯唯的出来。趙姨娘也不敢則声。凤姐向賈环道：你也是个没氣性的！時常说給你，要吃要喝要頑要笑，只愛同那个姐姐、妹妹、哥哥、嫂子頑，就同那个頑。你不听我的话，反叫这些人教的歪心邪意，狐媚子霸道的。自己不尊重，要往下流走，安着坏心，还只管怨人家偏心。輸了几个钱，就这庅个样儿！賈环見問，只得諾諾的回说：輸了一二百。凤姐道：亏你还是爺，輸了一二百就这样儿。去取一吊钱来，姑娘们都在後頭頑呢，把他送了頑去。你明日再这庅下流狐媚子，我先打

了你再叫人告訴学裡皮不揭了你的為你這个不尊重恨的你哥〻牙根癢〻不是我攔
着窩心腳把你腸子窩出來呢喝命去罢賈环諾〻的跟了豐兒得了錢自去和迎春等頑去不在
話下且說宝玉正和宝釵頑咲忽見人說史大姑娘來了宝玉听見抬身就走宝釵咲道等着咱們兩
个一齊走瞧〻他去說着下了炕同宝玉來至賈母這边只見史湘云大咲大說的見他兩个來忙問好
厮見正值林代玉在傍因咲问宝玉在那里來宝玉便說在宝姐〻家的代玉冷咲道我說呢虧了
在那里絆住不然早就飛了來了宝玉咲道只許同你頑替你解悶兒不過偶然到他那裡就說
這話代玉道好沒意思的話去不去管我什麽事又沒叫你替我解悶兒还許你從此不理我呢說
着便賭氣回房去了宝玉忙跟了來问道好〻的又生氣了就是我說錯了你到底也还坐在那里
和別人說咲一会子又來自己納悶代玉道你管我呢宝玉咲道我自然不敢管你只沒有看着你自己
作践了身子呢代玉道我作践了我的身子我死我的与你何干宝玉道何苦來大正月里死了活了的代玉道偏說死我這会子就死你怕死你長命百岁的如何宝玉
咲道要像只管這樣鬧我还怕死呢到不如死了干淨代玉道正是了要是這樣鬧不如死了干淨宝玉道我說我
自己死了干淨別听錯了話賴人正說着宝釵走來說道史大妹〻等你呢說着便推宝玉走了這里代
玉越發氣悶只向窗前流泪沒兩盞茶時宝玉仍來了代玉見了越發抽〻噎〻的哭个不住
宝玉見了這樣知难挽回打叠起千百樣的款語温言來劝慰不料自己沒張口只見代玉先說道你

又来做什么横竖如今有人和你頑比我又会念又会作又会写又会说咲又怕你生氣拉了你去你又做什么来呢死活凭我去罢了宝玉听了忙上来悄悄的说道你这么个明白人难道连亲不间踈先不僭後也不知道我虽糊涂却明白这两句话头一件咱们是姑舅姊妹宝姐是两姨姊妹论亲戚他比你踈第二件你先来咱们两个一桌吃一床睡長的这么大了他是才来的豈有个为他踈了你的呢代玉啐道我难道为叫你踈他我成了个什么人呢我为的是我的心宝玉道我也是为的是我的心你難道就知道你的心难道就不知道我的心不成代玉听了低头不语半日说道你只怨人行动嗔怪了你再不知道你自己慪人难受就拿今日天氣比分明今儿冷的这样你怎么倒反把青肷披风脱了呢宝玉咲道何尝不是穿着见你一惱我一暴燥就脱了代玉嘆道回来傷了风又该饿着吵吃的了二人正说着只見湘云走来咲道爱哥哥林姐姐你们天天一處頑我好容易来了也不理我一理代玉咲道偏是咬舌子爱说话连个二哥哥也叫不上来只是爱哥哥爱哥哥的回来赶圍碁儿又该你闹么爱三四五了宝玉咲道你学了他明日连你还咬起来呢湘云道他再不饶人一点儿专挑人的不好你自己便比世人好也不犯見一个打趣一个我指出一个人来你敢挑他我就服你代玉忙问是谁湘云道你敢挑宝姐姐的短處就算你是好的我算不如你他怎么不及你呢代玉听了冷咲道我道是谁原来是他我那里敢挑他呢宝玉不等说完忙用话分开湘云咲道这一辈子我自然比不上你我只保佑着明

儿得一个咬舌儿林姐夫，时时刻刻你可听爱呀厄的去，阿弥陀佛，那时才现在我眼里呢！说的众人一笑，湘云忙回身跑了。要知端的，下回分解。

红楼梦第二十一回

贤袭人娇嗔箴宝玉
俏平儿软语救贾琏

话说史湘云跑了出来怕黛玉赶上宝玉在后忙说绊倒了那里就赶上来了林黛玉赶到门前被宝玉叉手在门框上拦住笑道饶他这一遭儿罢黛玉扳着手说道我要饶了云儿再不活着湘云见宝玉拦着门料黛玉不能出来便立住脚笑道好姐姐饶我这遭儿罢却值宝钗来在湘云身背后也笑道我劝你两个看宝兄弟面上都丢开手罢黛玉道我不依你们是一气的都戏弄我不成宝玉劝道谁敢戏弄你你不打趣他他焉敢说你四人正难分解忽见人来请吃饭方往前边来那天已掌灯时分王夫人李纨凤姐迎春探惜春姊妹等都往贾母这边来大家闲话了一回各自归寝湘云仍往黛玉房中安歇宝玉送他二人到房那天已二更多时袭人来催了几次方回自己房中来睡次早天方明时便披衣靸鞋往黛玉房中来却不见紫鹃翠缕二人只有他姊妹两个尚卧在衾内那黛玉严严密密裹着一幅杏子红绫被安稳合目而睡那史湘云却一把青丝拖于枕畔被只齐胸一湾雪白的膀子撂于被外又带着两个金镯子宝玉见了叹道睡觉还是不老实回来风吹了又嚷肩窝疼了一面说一面轻轻的替他盖上黛玉早已醒了觉得有人就猜着定是宝玉因翻身一看果不出所料因说道这早晚就跑过来作什么宝玉说道这早晚还早呢你起来瞧瞧黛玉道你先出去让我

们起来宝玉出至外间黛玉起来叫醒湘云二人都穿了衣裳宝玉复又进来坐在镜台旁边只见紫鹃雪雁进来伏侍梳洗湘云洗了脸翠缕便拿残水要泼宝玉道站着我趁势洗了就完了省得过去费事说着便走过来湾腰洗了两把紫鹃递过香皂去宝玉道这盆里就不少不用搓了再洗了两把便要手巾翠缕道还是这个毛病儿多早晚才改宝玉也不理他忙忙的要青盐擦了牙漱了口完毕见湘云已梳完了头便走过来笑道好妹妹替我梳上头湘云道这可不能了宝玉笑道好妹妹你先时怎么替我梳了呢湘云道如今我忘了怎么梳呢宝玉道横竖我不出门又不戴冠子勒子不过打几根辫子就完了说着又千妹妹万妹妹的央告湘云只得扶过他的头来一一梳篦在家不戴冠子并不总角只将四围短发编成小辫往顶心发上归了总编一根大辫红绦结住自发顶至辫梢一路四颗珍珠下面有金坠脚湘云一面编着一面说道这珠子只三颗了这一颗不是的我记得是一样的怎么少了一颗宝玉道丢了一颗湘云道必定是外头去掉下来不防被人拣了去倒便宜黛玉便冷笑道也不知是真丢也不知是给了人镶什么戴去了宝玉不答因镜台两边都是妆奁等物顺手拿起来赏玩不觉顺手拈了胭脂意欲往口边送又怕湘云说正犹豫间湘云在身后伸过手来拍的一下将胭脂从他手中打落说道不长进的毛病儿多早晚改一语未了只见袭人进来见这光景知是梳洗过了只得回来自己梳洗忽见宝钗

来因问宝兄弟那里去了袭人冷笑道宝兄弟那里还有在家的工夫宝钗听了心中明
白又听袭人叹道姊妹们和气也有个分寸礼节也没个黑家白日闹的凭人怎么劝都是耳旁
风宝钗听了心中暗忖道倒别看错了这个丫头听他说话倒有些识见宝钗便在炕上坐了
慢慢的闲言中套问他年纪家乡等语留神窥察其言语志量深可敬爱一时宝玉来了宝钗方
出去宝玉便问袭人道怎么宝姐姐和你说的这么热闹见我进来就跑了问一声不答再问时袭人方道你问我
么我那里知道你们的原故宝玉听了这话见他脸上气色非往日可比便笑道怎么又动了真气了袭人冷
笑道我那里敢动气只是从今别进这屋子了横竖有人伏侍你再不必来支使我我仍旧还伏侍老太太去
一面说一面便在炕上合眼倒下宝玉见了这般景况深为骇异禁不住赶来劝慰那袭人只管合着眼不理
宝玉无了主意因见麝月进来便问道你姐姐怎么了麝月道我知道么问你自己便明白了宝玉听说
呆了一回自觉无趣便起身嗳道不理我罢我也睡去说着便起身下炕到自己床上歪下袭人听他半日无
动静微微的打鼾料他睡着便起来拿一领斗篷来替他盖上只听忽的一声宝玉便掀过去仍合目装
睡袭人明知其意便点头冷笑道你也不用生气从此后我只当哑了再不说你一声如何宝玉禁不住起身问
道我又怎么了你又劝我你劝我也罢了刚才又没见你劝我一进来你就不理我赌气睡了我还摸不着什么这会子你又说
我恼了我何尝听见你劝我的是什么话袭人道你心里还不明白还等我说呢正闹着贾母遣人来叫他吃饭方往

前边来胡乱吃了几碗饭仍回至自己房中只见袭人睡在外头炕上麝月在旁抹骨牌宝玉素知麝
月与袭人亲厚一并连麝月也不理揭起软帘自往里间来麝月只得跟进来宝玉便推他出去说不敢惊动
你们麝月只得笑着出来唤两个小丫头进来宝玉拿一本书歪着看了半天因要茶抬头只见两个丫头在地下
站着一个大些生得十分水秀宝玉便问你叫什么名字丫头答道叫蕙香宝玉又问是谁起的这个名字蕙香
道我原叫芸香是花大姐姐改的宝玉道正经该叫晦气罢了什么蕙香呢又问你姊妹几个蕙香道四个
宝玉道你第几个蕙香道第四宝玉道明日就叫四儿不必什么蕙香兰气的那一个配比这些花没
的玷辱了好名好姓的一面说一面命他倒了茶来吃袭人和麝月在外间听了半日抿嘴而笑这一日宝
玉也不大出房也不和姊妹丫头等厮闹自己闷闷的只不过拿书解闷或弄笔墨也不使唤众人只叫四儿答应谁知这
个四儿是个乖巧不过的丫头见宝玉用他他变尽方法笼络宝玉至晚饭后宝玉因吃了
两杯酒眼饧耳热之际若往日则有袭人等大家喜笑有兴今日却冷清清的
一人对灯好没兴趣待要赶了他们去又怕他们得了意以后越发来劝了若拿
出作上人的样子镇唬他们似乎无情太甚说不得横了心只当他们死了横
竖自然也要过的便权当他们死了毫无牵挂反能怡然自悦因命四儿剪烛烹
茶自己看了一回南华经至外篇胠箧一则其文

二五八

又曰故絶圣棄知大盗乃止擿玉毁珠小盗不起焚符破玺而民朴鄙剖斗折衡而民不争殚残天下之圣法而民始可与論议擢乱六律鑠絶竽瑟塞瞽曠之耳而天下始人含其聪矣滅文章散五彩膠离朱之目而天下始人含其明矣毁絶鉤绳而棄規矩攦工倕之指而天下始人有其巧矣看至此意氣洋洋趁着酒興便提筆續曰焚花散麝而閨閣始含其劝矣戕宝釵之仙姿灰代玉之灵竅喪減情意而閨閣之美恶始相類矣彼含其劝則無参商之虞矣戕其仙姿無戀愛之心矣灰其灵竅無才思之情矣彼釵玉花麝者皆炫其羅而穴其隧所以迷惑缠陷天下者也續完擲筆就寝頭剛着枕便安然睡去一夜竟不知所之直至天明方醒翻身看時只見襲人和衣睡在衾上宝玉將昨日的事已付于度外便推他説道起来好好的睡看凍着了原来襲人見他無曉夜和姊妹厮鬧兒混若直劝他料不能改故用柔情以警之料他不過半日片刻仍復好了不想宝玉一日夜竟不回轉自己反不得主意直一夜沒好生睡渴今忽見宝玉如此料他心意回轉便索性不採他宝玉見他不應便伸手替他解衣服刚解開了鈕子被襲人將手推開又自扣了宝玉無法只得拉他的手笑道你到底怎么了連問几声襲人睜眼説道我也不怎么你睡醒了快過那边屋里去梳洗再遲了就赶不上了宝玉道我過那里去襲人冷笑道你問我我知道嗎你愛往那里去就往那里去從今咱們两个丢開手省得鶏生鵝鬭的叫別人笑横竪那边膩了过来这边又有个什么四兒五兒伏侍你我們这起

東西可是忘了好名好姓的宝玉笑道你今日还记着呢袭人道一百年还记着呢比不得你拿
着我的话当耳傍风夜里说了早晨就忘了宝玉見他娇嗔满面情不可禁便向枕边拿起一根玉簪来
一跌两節说道我再不听你说就同这个一樣袭人忙的拾了簪子说道大清早起这是何苦来听不听什
么要紧也值得这種樣子宝玉道你那里知道我心里急呢袭人笑道你也知道着急么可知我心裡
怎么樣快起来洗脸去罢说着二人方起来梳洗宝玉往上房去後谁知代玉走来見宝玉不在房中因翻
弄案上書看可巧便翻出昨日的莊子来看至所續之處不覺又笑又氣不禁也續一绝云

無端弄筆是何人　作賤南華莊子文　不悔自己無見識　卻將醜語怪他人

寫畢也往上房来見賈母後往王夫人處来谁知凤姐之女大姐兒病了正乱着请大夫来診脉大
夫便说替夫人奶奶们道喜姐兒發热是見喜了並非别症王夫人凤姐听了忙遣人问可好不好医生回
道症虽險卻順到不妨預備桑虫猪尾要紧凤姐听了忙将起来一面打掃房屋供奉痘疹娘娘一面
傳与家人忌煎炒等物一面命平兒打點铺盖衣服与賈璉隔房一面又拿大红尺頭与奶子丫頭
亲近人等裁衣外面又打掃淨室款留兩个医生輪流斟酌診脉下藥十二日不放家去賈璉只得搬
出外書房来齋戒凤姐与平兒都隨着王夫人日日供奉娘娘那賈璉離了凤姐便要尋事獨寢了兩
夜便十分难熬便暂将小厮们内有清秀的選来出火不想荣國府内有一个極不成氣破爛酒頭

厨子名唤多官人見他軟弱無能都唤他做多渾虫因他父母自小在外給他娶了一个媳婦今年方
二十來往年紀生得有几分人才見者無不羨慕他生性輕浮最喜拈花惹草多渾虫又不理論只是
有酒有肉有錢便諸事不管了所以榮寧二府之人多得入手因這个媳婦美貌異常輕狂無比衆人多
呼他做多姑娘如今賈璉在外熬煎往日也曾見过這媳婦失過魂魄只是内懼嬌妻外懼孌寵不曾
下得手那多姑娘也曾有意于賈璉只恨沒空今聞挪在外書房來他便無事也走三四趟去招惹惹
那賈璉似飢鼠一般少不得和心腹的小廝們計議合同遮掩謀求多以金帛相許小廝們焉有不允
之理況都和這媳婦是好友一說便成是夜二鼓人靜多渾虫吃醉在炕賈璉便溜了來相會一見
其態早已魂飛魄散也不用情談款叙便寬衣動作起來誰知這媳婦有天生的奇趣一經男子挨身
便覺遍身筋骨癱軟使男子如臥綿上更兼淫態浪言壓倒娼妓諸男子至此豈有惜命者哉那賈
璉恨不能連身子化在他身上那婦人故作浪語說道你家女兒出花兒供着娘娘你也該忌兩日倒為我
臟了身子快离了我這里罷賈璉一面大動一面喘吁吁答道你就是娘娘我那里還管什麼娘娘那婦人
越浪賈璉越醜態畢露一時事畢兩个又海誓山盟難分難捨自此遂成相契一日大姐毒盡癍回
十二日後送了娘娘合家祭天祀祖還愿焚香慶賀放賞已畢賈璉仍復搬進卧室見了鳳姐正是俗
語云新婚不如遠別更有無限的恩愛自不必說次日早起鳳姐往上屋去後平兒收拾賈璉在外的

衣服鋪蓋不承望枕套中抖出一綹青丝来平儿会意忙拢在袖内便走至这边房里来拿出頭髮来向賈璉咲道这是什庅賈璉看見着了忙赶上来要奪平儿便跑被賈璉一把揪住按在炕上掰手要奪口内咲道小蹄子你不趂早拿出来我把你膀子撅折了平儿道你就是个没良心的我好意瞒着他来问你你到賭狠等他回来我告訴他看你怎庅着賈璉听说忙陪咲央求道好親人你賞我罢我再不賭狠了一语未了只听得凤姐声音進来賈璉听見鬆了手平儿口刚起身凤姐已走進来命平儿快開匣子給太太找様子平儿忙答应了找時凤姐見了賈璉忽然想起来便问平儿前日拿出去的東西多收進来了庅平儿道收進来了凤姐道可少了什庅没有平儿道我也怕丢下一半件细细的查了查也不少凤姐道不少就好只是别多出来罢平儿咲道不丢就罢了那里还有多出来的分兒凤姐冷咲道这半個月难保干净或者有相厚的丢下的東西戒指汗巾香袋兒再至于頭髮指甲都是東西一夕话说的賈璉臉都黄了賈璉在凤姐身後只望着平兒殺鷄抹脖使眼色兒平兒只粧看不見因咲道怎庅我的心就和奶奶的心一様我就怕有个的神搜了一搜竟一点破綻也没有奶奶不信時那些東西我还没收呢奶奶親自再搜一遍去凤姐咲道傻丫頭他便有这些東西那里就叫咱們翻着说着拿了様子去了这里賈璉说道你不用怕他等我性子上来把这醋罐打个稀爛他才認得我呢他防我防贼的是的只

许他同男人说话不许我和女人说话我和女人略近些他就疑惑不论小叔子侄儿大的小的说说笑笑就不
怕我吃醋了以后我也不许他见人平儿道他醋你使得你醋他使不得他原行的正走的正你行动便
有个坏心连我也不放心别说是他贾琏道你两个一口贼气都是你们行的是我凡行动便存坏心多
早晚都死在我手里一语未了风姐走进院来因见平儿在窗外就问道要说话
怎么不在屋里说又跑出来隔着窗户是什么意思贾琏在窗内接道你可问他倒像屋里有老虎吃他呢
平儿道屋里一个人没有我在他跟前做什么风姐笑道正是没人好呢平儿便道这话是说我么
风姐道不说你说谁平儿道别叫我说出好话来了说着也不打帘子让风姐自己先摔帘
子进来往那边去了风姐自掀帘子进来说道平儿疯魔了这蹄子认真要降伏我仔细你的
皮要紧贾琏听了拍手笑道我竟不知平儿这么利害从此到服他了风姐道都是你惯的他
我只和你说贾琏听说道你两个不睦又拿我来做我躲开你们风姐道我看你躲
到那里去贾琏道我就来风姐道我有话和你商量不知商量何事且听下回分解

第二十二回

聽曲文寶玉悟禪機　製灯謎賈政悲讖語

話說賈璉聽鳳姐兒說有話商量因止步問什麼話鳳姐道二十一是薛妹々的生日你到底怎麼樣呢賈璉道我知道怎麼樣你連多少大生日都料理过了這会子倒沒有主意了鳳姐道大生日是有一定的則例如今他這生日大又不是小又不是所以和你商量賈璉聽了低頭想了半日道你竟糊塗了現有比例那林妹々就是例往年怎麼給林妹々做的如今也照樣給薛妹々做就是了鳳姐听了冷笑道我难道連這个也不知道我也這麼想來着但昨日听見老太々說問起大家的年紀生日來听見薛大妹々今年十五歲雖不算是整生日也算得將笄的年分兒了老太々說要替他做生日自然和往年給林妹々做的不同了賈璉道這麼着就比林妹々的多增些鳳姐道我也這麼想着所以討你的口氣兒我私自添了你又怪我不回明白了你了賈璉笑道罷々這空頭情我不領你不盤察我就殼了我还怪你說着一徑去了不在話下且說湘雲住了兩日便要回去賈母因說等过了你寶姐々的生日看了戲再回去湘雲听了只得住下又一面遣人回去將自己旧日作的兩件針線活計取來為寶釵生辰之儀誰想賈母自見寶釵來了喜他穩重和平正值他總过第一个生辰便自己捐資二十兩喚了鳳姐來交與他備酒戲鳳姐湊趣笑道一个老祖宗給孩子們作生日不拘怎麼着誰敢还爭又办什麼酒席呢既

高兴为热闹就说不得自己花费几两老库里的体己这早晚找出这霉烂的二十两银子来做东意思还

叫我们赔上果然拿不出来也罢了金的银的圆的扁的压塌了箱子底只是累掯我们老祖宗看看谁不是

你老人家的儿女难道将来只有宝兄弟顶你老人家上五台山不成那些东西只留给他我们虽不配使

也别太苦了我们这个够酒的够戏的呢说的满屋里都笑起来贾母亦笑道你们听听这嘴我也算会说的了怎么说

不过这猴儿你婶婶也不敢强嘴你就和我哪哪唧唧的凤姐笑道我婆婆也是一样的疼宝玉我也没处诉冤倒说我强嘴

说着又引贾母笑了一会贾母十分喜悦到晚上众人都在贾母前定省之余大家娘儿们说笑时贾母因问宝

钗爱听何戏爱吃何物宝钗深知贾母年老之人喜热闹戏文爱吃甜烂之物便总依贾母素喜者说

了一遍贾母更加喜欢次日先送过衣服玩物去王夫人凤姐黛玉等诸人皆有随分的不须细说至二十一日贾母

内院搭了家常小巧戏台定了一班新出的小戏昆弋两腔俱有就在贾母上房摆了几席家宴酒席并无一个

外客只有薛姨妈史湘云宝钗是客余者皆是自己人这日早起宝玉因不见代玉便到他房中来寻只见

代玉歪在炕上宝玉笑道起来吃饭去就开戏了你爱听那一出我好点代玉冷笑道你既这么说你就特

叫一班戏拣我爱的唱给我听这会子犯不上借着光儿问我宝玉笑道这有什么难的明儿就叫一班子也叫

他们借着咱们的光儿一面说一面拉他起来携手出去吃了饭点戏时贾母一面先叫宝钗点宝钗推让

一遍无法只得点了一出西游记贾母自是喜欢又让薛姨妈薛姨妈见宝钗点了不肯再点贾母便

特命凤姐点凤姐雖有邢王二夫在前但因賈母之命不敢違拗且知賈母喜熱鬧更喜謔笑科諢便先点了一齣却是劉二當衣賈母果真更喜歡然後便命代玉点代玉又讓王夫人等先点賈母道今兒原是我特帶着你們取樂咱們只管咱們的别理他們我巴巴的唱戲擺酒為他們呢他們白听戲白吃已經便宜了还讓他們点戲呢說着大家都笑代玉方点了一齣然後宝玉史湘云迎探惜李紈等俱各点了接齣扮演至上酒席時賈母又命宝釵点宝釵点了一齣山门宝玉道你只好点这些戲宝釵道你白听了这几年戲那里知道这齣戲排場詞藻都好呢宝玉道我從来怕这些熱鬧戲宝釵笑道要說这一齣熱鬧你更不知戲了你过来我告訴你这一齣戲是一套北点絳唇鏗鏘頓挫那音律不用說是好了那詞藻中有隻寄生草極妙你何曾知道宝玉見說的这般好便凑近来央告好姐姐念給我听听宝釵便念給他听道

漫揾英雄淚相離處士家謝慈悲剃度在蓮台下沒緣法轉眼分離乍赤條條来去無牽掛那裡討烟蓑雨笠卷單行一任俺芒鞋破鉢隨緣化

宝玉听了喜的拍膝搖頭稱賞不已又讚宝釵無書不知代玉把嘴一撇道安靜些看戲罷还沒唱山门你就粧瘋了說的湘云也笑了于是大家看戲到晚方散賈母深愛那做小旦的和那做小丑的因命人帶進来細看時益發可憐見的因問他年紀那小旦纔十一歲小丑纔九歲大家歎息了一回賈母令人另拿些肉菓給他两个又另賞錢凤姐笑道这个孩子扮上活像一个人你們再瞧不出来宝釵心内

也知道却点頭不說寶玉也点了点頭亦不敢說湘云便接口道我知道是像林姐〻的模樣兒寶玉聽了忙把湘云瞅了一眼衆人聽了這話留神細看都笑起來了說果然像他一時散了晚間湘云便命翠縷把衣包收拾了翠縷道忙什麼等去的時候包也不遲湘云道明早就走還在這裡做什麼看人家的臉子寶玉聽了這話忙近前說道好妹〻你錯怪了我林妹〻是个多心的人别人分明知道不肯說出來也皆因怕他惱誰知你不防頭就說出來了他豈不惱呢我怕你得罪了人所以纔使眼色你這会子惱了我豈不辜負了我要是别人那怕他得罪了人与我何干呢湘云摔手道你那花言巧語别望着我說我原不及你林妹〻别人拿他取笑兒都使得我說了就有不是我本也不配和他說話他是主子姑娘我是奴才丫頭麼寶玉急的說道我倒是為你為出不是來了我要有壞心立刻化成灰教萬人拿脚踹湘云道大正月裡少信着嘴胡說這些沒要緊的歪話你要說你說給那些小性兒行動愛惱人会轄治你的人聽去别叫我啐你說着進賈母裡間屋裡氣忿〻的躺着去了寶玉沒趣只得又來找黛玉誰知纔進門便被黛玉推出來了將門関上寶玉又不解何故在窗外只是低声叫好妹〻好妹〻黛玉總不理他寶玉悶〻的垂頭不語紫鵑却知端底當此時料不能勸那寶玉只呆〻的站着黛玉只当他回去了却開了門只見寶玉還站在那裡黛玉不好再関門寶玉因跟進來問道凡事都有个原故說出來人也不委屈好〻的就惱到底為什麼起呢黛玉冷笑道問我呢我也不知為什麼我原是給你們取笑兒的拿着我比戲子給衆人取笑兒寶玉道我

並沒有比你也並沒有笑你為什麽惱我呢代玉道你還要比你還要笑你不比不笑比人家比了笑了的還利害呢宝玉听說無可分辯代玉又道這還可恕你為什麽又和云兒使眼色兒這安的是什麽心莫不是他和我頑他就自輕自賤了他是公侯的小姐我原是民間的丫頭他和我頑設如我回了口那不是他自惹輕賤你是這个主意不是你卻也是好心只是那一个不領（偏的）情一般也惱了你又拿我作情倒說我小性兒行動肯惱人你又怕他得罪了我我惱他與你何干他得罪了我又與你何干呢宝玉听了方知才和湘云私談他也听見了細想自己原為怕他二人惱了故在中間調停不料自己反落了兩處的數落正合著前日所看南華經內巧者勞而智者憂無能者無所求蔬食而遨遊汎若不繫之舟又曰山木自寇源泉自盜等句因此越想越無趣再細想來如今不過這幾个人尚不能應酬妥協將來猶欲何為想到其間也不分辯自己轉身回房代玉見他去了便知回思無趣賭氣去的一言也不發不禁自己越添了氣便說這一去一輩子也別來了也別說話那宝玉不理竟回來躺在床上只是悶悶的襲人雖深知原委不敢就說只得以別事來解說因笑道今兒听了戲又勾出幾天戲來宝姑娘一定要還席的宝玉冷笑道他還不還與我什麽相干襲人見這話不似往日因又笑道這是怎麽說呢好好兒的大正月裡娘兒們姐兒們都喜喜歡歡的你又怎麽這个樣兒了宝玉冷笑道他們娘兒們姐兒們喜歡不喜歡也與我無干襲人笑道大家隨和兒你也隨點和兒不好宝玉道什麽大家彼此他們有大家彼此我只是赤條條無牽掛的說到這句不覺淚下襲人見這景況不敢再說

宝玉细想这一句意味不禁大哭起来翻身站起来至案边提笔立占一偈云

你證我證　心證意證　是無有證

斯可云證　無可云證　是立足境

寫畢自己雖解悟又恐人看了不解因又填一隻寄生草寫在偈後又念了一遍自覺心中無有掛碍便上床睡了誰知代玉見宝玉此番果斷而去假以尋襲人為由來看動靜襲人回道已经睡了代玉听了就欲回去襲人笑道姑娘請站着有一个字兒瞧瞧寫的是什麽話便將宝玉方纔所寫的拿給代玉看代玉看了知是宝玉為一時感忿而作不覺又可笑又可歎便向襲人道作的是个頑意兒無甚関係的說畢便拿了回房去次日和宝釵湘云同看宝釵念其詞曰

無我原非你從他不解伊肆行無碍憑來去茫茫着甚悲愁喜紛紛說甚親疏密從前碌碌

却因何到如今回頭試想真無趣

看畢又看那偈語又因笑道这是我的不是了我昨兒一支曲子把他这个話惹出來这些道書機鋒最能移性的明兒認真說起这些瘋話存了这个念頭豈不是從我这支曲子起的呢我成了个罪魁了說着便撕了个粉碎遞給丫頭們叫快燒了代玉笑道不該撕了等我問他你們跟我來包管叫他收了这个念頭三人說着過來見了宝玉代玉先笑道宝玉我問你至貴者宝至堅者玉尔有何貴

尔有何坚宝玉竟不能答二人笑道这样愚钝还参禅呢湘云也拍手笑道宝哥〻可输了代玉又道你道無可云證是立足境固然好了只是据我看来还未尽善我还续两句云無立足境方是干净宝钗道实在这方悟彻当日南宗六祖惠能初寻师至韶州闻五祖宏忍在黄梅他便充作火头僧五祖欲求法嗣令诸僧各出一偈上座神秀说道

身是菩提樹　心如明鏡台　時〻勤拂拭　莫使有塵埃

惠能在厨房舂米听了道美則美矣了則未了因自念一偈曰

菩提本非樹　明鏡亦非台　本来無一物　何处染塵埃

五祖便将衣钵传给了他今儿这偈语亦同此意了只是方才这句機鋒尚未完全了结这便丢开手不成代玉笑道他不能答就算输了这会子答上了也不为出奇了只是以后再不许谈禅了连我们两个人所知所能的你还不知不能呢还去参什么禅呢宝玉自己以为觉悟不想被代玉一问便不能答宝钗又比出语录来此皆素不见他们所能的自己想了一想原来他们比我的知觉在先尚未解悟我如今何必自寻苦恼想毕便笑道谁又参禅不过是一时的顽意话罢了说罢四人仍复如旧忽然人报娘〻差人送出一個灯谜来命你们大家去猜〻后每人也作一个送进去四人听说忙出来至贾母上房只见一个小太监拿了一盏四角平头白纱灯专为灯谜而制上面已有了一个众人都争

看乱猜小太监又下谕道众小姐猜着不要说出来每人只暗々的写了一齐封送进去候娘々自验是否宝钗听了近前一看是一首七言绝句并无新奇口中少不得称赞只说难猜故意寻思其实一见早猜着了宝玉黛玉湘云探春四个人也都解了各自暗々写了一并将贾环贾兰等传来一齐各揣心机猜了写在纸上然后各人拈一物作成一谜恭楷写了挂在灯上太监去了至晚出来传谕道前日娘々所制俱已猜着惟二小姐与三爷猜的不是小姐们作的也都猜了不知是否说着也将写的拿出来也有猜着的也有猜不着的太监又将颁赐之物送与猜着之人每人一个宫制诗筒一柄茶筅独迎春贾环二人未得迎春自以为顽笑小事并不介意贾环便觉得没趣且又听太监说三爷所作这个不通娘々也没猜叫我带回问三爷是个什么众人听了都来看他作的是什么写道

大哥有角只八个　二哥有角只两根
大哥只在床上坐　二哥爱在房上蹲

众人看了大发一笑贾环只得告诉太监说是一个枕头一个兽头太监记了领茶而去贾母见元春这般有兴自己一发喜欢便命速作一架小巧精緻围屏灯来设于堂屋命他姊妹们各自暗々的做了写出来粘在屏上然后预备下香茶细果以及各色玩物为猜着之贺贾政朝罢见贾母高兴况在节间晚上也来承欢取乐上面贾母贾政宝玉一席王夫人宝钗黛玉湘云又一席迎春探春惜春三人又一席俱在下面地下老婆子丫鬟站满李宫裁王熙凤二人在裡间又一席贾政因不见贾兰

便問怎麽不見蘭哥兒地下女人們忙進裡間問李氏李氏起身笑着回道他說方才老爺並沒叫他去他不肯來女人們回覆了賈政眾人都笑說天生的牛心拐孤賈政忙遣賈環和个女人將賈蘭喚來賈母命他在身邊坐了抓菓子給他吃大家說笑取樂往常間只有寶玉長談闊論今日賈政在這裡便唯〻而已餘者湘云雖係閨閣弱質却素喜談論今日賈政在席也自柑口禁語代玉本性嬌懶不肯多話寶釵原不妄言輕動便此時亦是坦然自若故此一席雖是家常取樂反見拘束賈母亦知因賈政一人在此所致酒過三巡便攆賈政去歇息賈政亦知賈母之意攆了他去好讓他姊妹兄弟們取樂因賠笑道今日原聽見老太〻這裡大設春灯雅謎故也備了綵禮酒席特來入會何疼孫子孫女之心便不略賜與兒子半點賈母笑道你在這裡他們都不敢說笑沒的倒叫我悶的慌你要猜謎把我說一个你猜〻不着是要罰的賈政忙笑道自然受罰若猜着了也要領賞呢賈母道這个自然便念道

猴子身輕站樹梢　　打一菓名

賈政已知是荔枝故意亂猜罰了許多東西然後方猜着了也得了賈母的東西然後也念一个灯謎与賈母猜念道

身自端方　體自堅硬　雖不能言　有言必應　　打一用物

說畢便悄〻的說与寶玉〻〻會意又悄〻的告訴了賈母〻〻想了一想果然不差便說是硯台賈政笑道到底是老太〻一猜就是回頭說快把賀彩獻上來地下婦女答應一声大盤小盒一斉捧上賈母逐件看去都是灯節下所用所頑新巧之物心中甚喜遂命給你老爺斟酒寶玉執壺迎春送酒賈母因說你瞧〻那屏上都是他姐兒們做的再猜一猜我聽賈政答應起身走至屏前只見第一个是元妃的寫着道

能使妖魔胆盡摧　身如束帛氣如雷　一声震得人方恐　回首相看已化灰　打一頑物

賈政道这是爆竹嗎寶玉答道是賈政又看迎春的道

天運無功理不窮　有功無運也難逢　因何鎮日紛〻乱　只為陰陽數不通　打一用物

賈政道是算盤迎春笑道是又往下看是探春的道

階下兒童仰面時　清明粧点最堪宜　遊絲一断渾無力　莫向東風怨別離　打一頑物

賈政道好像風箏探春道是賈政再往下看是黛玉的道

朝罷誰携兩袖烟　琴边衾裡兩無緣　曉筹不用鷄人報　五夜無煩侍女添

焦首朝〻还暮〻　煎心日〻復年〻　光陰荏苒須當惜　風雨陰晴任变迁　打一用物

賈政道这个莫非是更香寶玉代言道是賈政又看道

南面而坐　北面而朝　象憂亦憂　象喜亦喜　打一用物

賈政道好々如猜鏡子妙極宝玉笑回道是賈政道這个却無名子是誰做的賈母道這个大約是宝玉做的賈政就不言語往下再看宝釵的道是

有眼無珠腹内空　荷花出水喜相逢　梧桐葉落分離別　恩愛夫妻不到冬　打一用物

賈政看完心内自忖道此物还倒有限只是小々年紀作此等言語更覺不祥看來皆非福壽之輩想到此處甚覺煩悶大有悲戚之狀只是垂頭沉思賈母見賈政如此光景想到他身體勞乏又恐拘束了他衆姊妹不得高興頑耍便对賈政道你竟不必在這裡了歇着去罷讓我們再坐一会子也就散了賈政一聞此言連忙答应幾个是又勉強劝了賈母一回酒方才退出去了回至房中只是思索翻來覆去甚覺凄惋這裡賈母見賈政去了便道你們樂一樂罷一語未了只見宝玉跑至圍屏灯前指手畫脚信口批評這个這一句不好那个破的不恰當如同開了鎖的猴兒一般代玉便道还像方才大家坐着說々笑々豈不斯文些兒鳳姐兒自裡間屋裡出來插口說道你這个人就該老爺每日合你寸步兒不離才好剛才我忘了為什麼不當着老爺撺掇着叫你作詩謎兒这會子不怕你不出汗呢說的宝玉急了扯着鳳姐兒厮纏了一会賈母又和李宫裁並衆姊妹等說笑了一會子也覺有些困倦听了听已交四鼓了因命將食物撤去賞給衆人遂起身道我

们歇着罢明日还是节呢倒当早些起来明日晚上再顽罢于是众人方慢慢的散去未知次日如何且听下回分解

第二十三回

西厢記妙詞通戲語

牡丹亭艷曲警芳心

话说賈元春自那日幸大觀园回宫去後便命將那日所有的題咏命探春依次抄録妥協自己編次叙閣

其優劣敘又命在大觀园勒石為千古風流雅事因此賈政命人各處選拔精工名匠大觀磨石鐫字

賈珍率領賈蓉賈萍等監工因賈薔管理着文官等十二个女戲並行頭等事不大得便因此賈珍又將

賈菖賈菱喚來監工一日湯蠟釘硃動起工來這也不在话下且说那个玉皇庙並達摩庵两處一班的

十二个沙彌十二个小道士如今挪出大觀园來賈政正思想發到各庙去分住不想後街上住的賈芹

之母周氏正盤算着也要到賈政這边謀一个大小事件與兒子管々好弄些銀錢使用可巧听見

這件事出來便坐轎子來求凤姐々々因他素日不大拿糊做勢的便依允了想了几句话便回了

王夫人说這些小和尚道士萬不可打發到別處去一時娘々出來就要承應倘或散了若再用時可又費

事々依我的主意不如將他们竟送到咱们家庙裏鐵檻寺裏月间不过派一个人拿几两银子

去買柴米就是了说聲用就去叫來一点兒不費事兒王夫人听了便之於賈政々々听了笑道到

是提醒了我就是這樣即時喚賈璉來当下賈璉正同凤姐吃飯一聞呼喚不知何事放下飯

便走凤姐一把拉住道你且站住听我说话若是別的事我不管要是為小和尚们的事々好歹

依我这広着如此这般教了一套话贾璉道我不知道你有本事你説去凤姐听説把頭一梗把快子一放腮上似笑不笑的瞅着賈璉道你當真是頑话賈璉道西廊下五嫂子的兒子芸兒来求了我两三遭要件事情管，我應了叫他等着好容易出来这件事你又奪了去凤姐兒笑道你放心園子東北角上娘、説了还叫多、的種松柏樹楼底下还叫種些花草等这件事出来我保叫芸兒管这件工程賈璉道果然這樣也罢了只是昨日晚上我不过是要改个樣兒你就扭手扭脚的凤姐听了嗤的一声笑了向賈璉啐了一口低下頭便吃飯賈璉已经笑着去了到了前面見了賈政果然是為小和尚的事賈璉便依了凤姐的主意説道如今看来芹兒倒大大的出息了这件事竟交与他去管横竪照在頭裡的規例每月叫芹兒支領就是了賈政原不大理論这些事听賈璉如此説便依了賈璉回到房中告訴凤姐、即命人去告訴了周氏賈芹便来見賈璉母子二人感謝不尽凤姐又做情与賈璉先支三个月的叫他寫了領子賈璉批票画了押登時發了对牌出去銀庫上按數發三个月的供給来白花、的二三百两賈芹随手拈了一塊撂与掌秤的人叫他們吃茶罢於是命小廝拿了回家与母親商议、登時雇了大叫驢自己騎上又僱了几輛車至荣國府角门前喚出二十四个人来坐上車一迳往城外鉄檻寺去了如今且説賈元春因在宫中自編大观園題咏之後忽想起那大观園中景致自從幸過之後賈政必定敬謹封鎖不敢使人進去騷擾

豈不寥落況家中現有几个能诗会賦的姊妹何不令他們進去居住也不使佳人落魂花柳無顏却又
想起宝玉自幼在姊妹叢中長大不比别的兄弟若不命他進去只怕冷落了一時不大暢快未免賈
母王夫人愁慮須得也命他進園居住方妙想畢遂命太監夏守忠到榮国府下一道諭命宝釵等
只管在園中居住不可禁約封錮命宝玉仍隨進去讀書賈政王夫人接了这諭待夏守忠去後便來
回明賈母遣人進去各處收拾打掃安設簾幔床帳别人听了还由可惟宝玉听了这话喜的無可不可
正和賈母盤算要这个要那个忽見丫环來説老爺叫宝玉〃〃听了好似打了个焦雷登時掃去興
頭臉上轉了顏色便拉着賈母扭的好似扭棍兒糖殺死不敢去賈母只得安慰他道好宝
貝你只管去有我呢他不敢委曲了你況你又做了这篇好文章想是娘〃叫你進去住他吩咐你
几句不过是怕你在里頭淘氣他説什庅你只好〃的答應着就是了一面安慰一面喚了又个老嬷〃
來吩咐好生帶了宝玉去别叫他老子唬着他老嬷〃答应了宝玉只得前去一步挪不了三寸蹭到这
边來可巧賈政在王夫人房中商议事情金釧兒彩云彩霞綉鳳綉鸞众丫环多在廊檐下站
着呢一見宝玉走來多抿着嘴笑金釧一把拉住宝玉悄〃的笑道我这嘴上是才擦的香浸胭脂
你这会子可吃不吃了彩云一把推開道人家心里正不自在你还奚落他趁这会子喜欢快進去
罢宝玉只得挨進门去元來賈政和王夫人多在裡间屋裡趙姨娘打起簾子宝玉躬身挨入

入只見賈政和王夫人对面坐在炕上說話底下一溜椅子迎探惜三人並賈环坐在那里一見他進
来惟有探春惜春和賈环站起来賈政一舉目見宝玉站在跟前神彩飄逸秀色奪人看看賈环
人物委猥举止荒疎忽又想起賈珠来再看看王夫人只有这一个亲生的儿子素愛如珍自己的
鬍鬚將已蒼白因这几件上把素日嫌悪宝玉之心不覺減了八九半晌說道娘娘吩咐說你日日在外頭
嬉遊漸次踈懶如今叫禁管同你姊妹們在園子裡讀書寫字你可好生用心習學再不守分
安常你可仔細着宝玉連連答应了王夫人便拉他在身傍坐了他姊妹三人依旧坐下王夫人摸索着宝玉的
頸項說道前日的丸藥多吃完了没有宝玉答道还有一丸王夫人道明日再取十丸去天天臨睡的時節叫襲
人伏侍你吃了再睡宝玉道從太太吩咐了襲人天天晚上想着打發我吃的賈政問道襲人是何人王夫
人道是个丫頭賈政道丫頭不管叫个什么罢了是誰这樣刁鑽起这樣名字王夫人見賈政不喜歡了
便替宝玉掩飾道是老太太起的賈政道老太太如何知道这樣的話一定是宝玉宝玉見瞞不过只得起
身回道因素日讀書曾記得古人有句詩云花氣襲人知晝暖因这个丫頭姓花便隨口起了这个名字
王夫人忙向宝玉道你回去改了罢老爺也不用為这小事生氣賈政道究竟也無妨礙又何用改只是
可見宝玉不務正業在这些濃詩艶曲上做工夫說畢斷喝了一聲作孽的畜生还不出去王夫人也忙道去罢只怕老太太
等你吃飯呢宝玉答应了慢慢的退出向金釧兒咲着伸伸舌頭兒帶着兩个老媽媽一溜烟去了剛至

穿堂门前只見襲人倚门立在那里一見宝玉平安回来堆下笑来问叫你做什庅宝玉告诉他没有什庅不过怕我進园去淘氣吩咐了一面说一面至贾母跟前回明原委只見代玉在那裡宝玉问他你住那一處好代玉心里正盤筭这事忽見宝玉问他便笑道我心里想着潇湘館好我爱那几竿竹子隱着一道曲欄比别處更覺幽静些宝玉听了拍手笑道正合我的主意我也要叫你住那裡我就住怡红院咱们两个又近又多清幽二人正计較着就有贾政遣人来回贾母说二月二十二日是好日子哥儿姐儿们就搬進去这几日便遣人進去分派收拾宝釵住了蘅蕪院代玉住了潇湘館贾迎春住了綴錦樓探春住了秋掩与斋惜春住了蓼凤軒李氏住了稻香村宝玉住了怡紅院每一處添两个老姆〻四个丫頭除各人奶娘親随丫环不算外另有專管收拾打掃的人至二十二日一齊進去登時园内花招綉帶柳拂香风不似前番那等寂寞了閒言少叙且说宝玉自進园来心满意足再无别項可生貪求之心了每日只和姊妹丫頭们一處或讀书寫字或彈琴下棋作画吟诗以致描鸾刺凤闰草簪花低吟悄唱拆字猜枚無所不至到也十分快樂他曽有几首四时即事诗雖不算好却是真情真景

春夜即事云

霞绡雲幄任鋪陳隔巷蟆更听未真枕上輕寒窓外雨眼前春色夢中人盈〻燭泪因誰泣點〻花愁為我嗔自是小鬟嬌懶慣擁衾不耐笑言頻

夏夜即事

倦繡佳人幽夢長金籠鸚鵡喚茶湯窗明麝月開宮鏡室靄檀云品御香琥珀杯傾荷露滑玻璃檻納柳風凉水亭處處齊紈動簾捲朱樓傍晚粧

秋夜即事

絳云軒里绝喧嘩桂魄流光浸茜紗苔鎖石紋容睡鶴井飄桐露湿棲鴉抱衾婢至舒金凤倚檻人歸落翠花靜夜不眠因酒渴沉烟重撥索烹茶

冬夜即事

梅魂竹夢已三更錦罽鸘衾睡未成松影一庭惟見鶴梨花滿地不聞鶯女奴翠袖诗怀冷公子金貂酒力輕却喜侍儿知试茗掃將新雪及时烹

（不讀寶玉閒吟月彼）因这几首诗当时有一等势利人見是榮國府十二三歲的公子做的抄録出来各處称頌再有一等輕浮子弟（愛上那風流妖艷之句也寫在扇頭壁上）不时吟哦賞讚因此竟有人來尋诗覓字倩画求题的宝玉越發得了意镇日做这些外務誰想静中生煩惱忽一日不自在起来这也不好那也不好出来進去只是發悶的园中那些人多半是女孩子正在混沌世界天真爛熳之時坐卧不避嬉笑無心那里知宝玉此時的心事那宝玉心内不自在便懶在园内只在外頭鬼混却又痴痴的（又說不出什麼滋味來）茗烟見他这樣因想與他開心左思右想皆是宝玉頑煩

二八二

顽了的都厌闹心腻有这件■不曾見过便趕到书坊内把古今小说并那飞燕合德后那傳奇脚
本買了许多来孝敬宝玉■宝玉一看見了便如得珍寶若烟囑附他不可拿进园去若叫人知道了我就
吃不了兜着走呢宝玉那里捨得不拿进园去踟蹰再三单把那文理细密的撿了几套进去放在床
頂上無人时自看那粗俗過露的都藏在外面书房■那日正当三月中浣早飯後宝玉携了一套
会真记走到沁芳闸桥那边桃花樹下一塊石上坐着展開细玩正看到落红成陣只見一陣風过
把樹上桃花吹下一大半来落得满身满书满地皆是宝玉要抖将下来恐怕脚步践踏了只得兜
了那花辦来在池边抖在池内那花辦浮在水面飘飘荡荡竟流出沁芳闸去了回来只見地下还有许
多宝玉正踟蹰间只听背後有人说道你在这里做什么宝玉一回头却是代玉来了肩上担着花鋤
掛着花囊手内拿着花帚宝玉道好来罢把这花掃起来撂在那水裡我才撂了好些在那裡呢代
玉道撂在水里不好你看这裡的水干净只一流出去有人家臟的臭的混倒仍旧把花遭塌了那畸角上
我有一个花塚如今掃起来装在这绢袋裡拿土埋上日久不过随土化了豈不干净宝玉听了喜不自
勝待我放下书帮你来收拾代玉道什么书宝玉見问慌的藏之不迭便说道不过是中庸大学
代玉道你又在我跟前弄鬼趁早兒給我瞧瞧好多着呢宝玉道好妹妹若论你是不怕的你看
了好歹别要告诉人真是好文章你看了連飯也不想吃呢一面说一面递了过去代玉

把花具且放下接書來從頭看去越看越愛不過頓飯工夫將十六齣俱已看完但覺詞藻警人餘香滿口雖看完了書却只管出神心内还默〻的記誦宝玉道妹〻你說好不好代玉笑著點頭兒道果然有趣宝玉笑道我就是个多愁多病身你就是那傾國傾城貌代玉听了不覺帶腮連耳通紅登時直豎起双道似蹙非蹙的眉瞪了兩只似睁非睁的眼微腮帶怒薄面含嗔指宝玉道你這該死的胡說好〻的把這淫詞艷曲弄了来說這些混話欺負我〻告訴舅〻舅母去說到欺負兩个字上早又把眼睛圈兒紅了轉身就走宝玉急了忙向前攔住道好妹〻千萬饒我这一遭原是我說錯了若有心欺負你明日我吊在池子里叫个癩頭黿吞了去变个大忘八等你明日做了一品夫人病老歸西的時候我往你墳上替你駝一輩子的碑去說的代玉嗤的一声笑了一面揉着眼一面笑道一般唬的這个調兒还只管胡說元来是个苗而不秀是个銀樣鑞鎗頭宝玉听了笑道你这个呢我也告訴去代玉笑道你說你会过目成誦難道我就不能一目十行麼宝玉一面收書一面笑道正經快把花埋了罷別提那个了二人便收拾落花正才掩埋妥協只見襲人走来說道那里沒找到却在这裡那边大老爺身上不好姑娘们多過去請安老太〻叫打發你去呢快回去換衣裳去罢宝玉听了忙拿了書別了代玉同着襲人回房換衣不題这裡代玉見宝玉去了又听見眾姊妹也不在房自己悶〻的正欲回房剛走到梨香院墻角边只听墻内笛韻悠揚歌声婉轉代玉便知是那十二个女孩子演習戲文雖未留心去听偶然兩句吹到耳

二八四

聽内明白，一字不落唱道：元来姹紫嫣红開遍，似这般都付与断井頹垣。代玉听了，倒也十分感慨纏綿，
便止住步側耳细听，又听他唱道：良辰美景奈何天，賞心樂事誰家院。听了这两句，不覺点頭自嘆，心
中自思道：元来戲上也有好文章，可惜世人只知看戲，未必能領畧其中趣味。想畢，又後悔不該胡想，耽誤了
听曲子。又側耳時，只听唱到：則为你如花美眷，似水流年。代玉听了这两句，不覺心動神摇。又听道：你在幽閨自
怜等句，越發如醉如痴，站立不住，便一蹲身坐在一塊山子石上，细嚼如花美眷，似水流年八个字的滋味。
忽又想起前日見古人詩中有水流花謝兩無情之句，再又有詞中有流水落花春去也，天上人間之句，
又兼方才所見西廂記中花落水流紅，閒愁萬種之句，都
一時想起来，湊聚在一處，仔细忖度，不覺心痛神馳，眼中落淚。正沒个開交，忽覺身背上只有人拍了一下，及回頭
看時，原来是誰，下回分解。

第二十四回

醉金刚轻财尚义侠　痴女儿遗帕染相思

话说林代玉正自情思萦逗缠绵固结之时忽有人从背后击了一掌说道你做什么一个人在这里代玉到唬了一跳回头看时不是别人却是香菱代玉道你这傻丫头唬我这么一跳你这会子打那里来香菱道我来请我们姑娘的找姑娘总不见你们紫鹃也找你呢说琏二奶奶送了什么茶叶给你的走罢回家去坐着一面说着一面拉了代玉的手回潇湘馆来果然凤姐送了双小瓶上用新茶来代玉和香菱坐下说咲一回香菱去了如今且说宝玉被袭人找回房去只见鸳鸯歪在床上看袭人的针线见宝玉来了便问你往那里去了老太太等着你呢叫你过那边请大老爷的安去还不快换了衣服走呢袭人便进房去取衣服宝玉坐在床沿上脱了鞋等靴子穿的工夫回头见鸳鸯穿着桃红绫子袄儿青缎子背心来着白绉绸汗巾儿脸向那边低着头看针线脖子上带着花领子宝玉便把脸凑在他脖项上闻那粉香油气用手摩挲其白腻不在袭人之下宝玉便猴上身去涎皮咲道好姐姐把你嘴上的胭脂赏我吃了罢一面扭股糖是的粘在身上鸳鸯便叫道袭人你出来瞧瞧你跟他一辈子也不劝劝还是这么着袭人抱了衣服出来向宝玉道左劝着不改右劝着也不听你到底是怎么样你再这么着这个地方可就难住了替他穿衣裳同鸳鸯往前面来见过

賈母出至外面人馬俱已齊備剛欲上馬只見賈璉請安回来正下馬二人对面问了几句话只見
傍边闪出一个人来请宝叔安宝玉看时只見这个人細長臉兒長挑身材年紀只好十八九歲生的
着實斯文清秀倒也十分面善只是想不起是那一房的叫什么名字賈璉笑道你怎么發獃連他也
不認得他是後廊上住的五嫂子的兒子芸兒宝玉道是了是了我怎么就忘了因问他母親好這会子
什么勾當賈芸指賈璉道找二叔说句话宝玉道你到比先越發出挑了倒像是我的兒子賈璉
道好不害臊人家比你大四五歲呢就替你做兒子了宝玉道你今年十几歲了賈芸道十八了
俗語說的搖車裡的爺爺拄拐棍的孫孫雖然歲數大山高遮不住太陽自從我父親沒了這几年
也無人照管教道若宝叔不嫌姪兒蠢笨認做兒子就是我的造化了賈璉笑道你听見了認了兒子不
是好開交的呢宝玉道你明闲了只管来找我别和他們鬼鬼崇崇的这会子我不得闲明日你到書房
裡来和你說天話兒我帶你园里頑去說着扳鞍上馬眾小厮圍随往賈赦这边来見了賈赦不过是
偶感些風寒先述了賈母问的話然後自己請了安賈赦先站起来回了賈母話次後便喚人来帶哥
兒進去太太屋里坐宝玉領命退出来至後面進入上房邢夫人見了他来先站起来請過賈母的安宝
玉方請安邢夫人拉他上炕坐了方问别人好又命人倒茶来一鍾茶未吃完只見賈琮来问宝玉好邢
夫人道那里找活猴子去你那奶媽子死絕了也不收拾收拾你弄的黑眉烏嘴那里像大家子念書的

扶手正说着只見賈环賈蘭小叔侄两个也来了請過邢夫人安便在椅子上坐了賈环見宝玉同邢夫人
坐在大坐褥上邢夫人又百般摸娑撫弄他早已心中不自在了坐不多時便和賈蘭起身告辞宝玉見他們要走
自己也就起身要一同回去邢夫人咲道你且坐着我还和你说話宝玉只得坐了邢夫人向他两个道你們回去各
人替我问你各人的母親好你們姑娘姐々妹々們在這里吵闹的我頭疼今日不留你們吃飯了賈环
等答應着便出来回家去了宝玉道可是姐々們多過来了怎庅不見邢夫人道他們坐了一会子都往多
往那屋里去了宝玉道大娘方才说有说話不知是什庅話邢夫人道那里有什庅话不过叫你等着同
你姊妹們吃了飯去还有一个好顽的東西給你帶回去顽娘兒两个说話不覺早飯時候調開椅
棹罗列盃盤母女姊妹們吃畢飯宝玉出去辞了賈赦同姊妹們一齊回家見过賈母王夫人等各自
回房安置不在話下且说賈芸見了賈璉因打听可有什庅事情賈璉告訴他說道前日到有一件事出
来偏你嬸娘再三求了我給了賈芹了他許了我说明日园子里还有几處要栽花木的地方等這个
工程出来一定給你就是了賈芸听了半晌说道既是這樣我就等着罢叔々也不必先在嬸子跟前
提我今日来打听的话到跟前再说也不遲賈璉道你提他做什庅我那里有這些工夫说閑話兒
明日一五更还要到興邑走一淌須得当日赶回来纔好你先去等着後日起更以後你来討信兒
早了我不得閑说着便回後面換衣服去了賈芸出了荣國府回家一路思量想出一个主意来便

往他母舅卜世人家来原来卜世仁现开香料铺方才从铺子里回来一见贾芸进来彼此见过
了因问他这早晚什么事跑了来贾芸道有件事求舅舅帮衬我现有一件要紧的事用些冰片
麝香使用好歹舅舅每样赊四两给我八月里按数送了银子来卜世仁冷笑道再休提赊欠一事
前日也是我们铺子里一个伙计替他的亲戚赊了几两银子的货至今总未还上因此我们大家赔
上立了合同再不许替亲友赊欠谁要赊了罚他二十两银子的东道况且如今这个货
也短你就拿现银子到我们这不三不四的小铺子里来买也还没有这些只好倒扁儿去这
是一件你那里有正经事不过赊了去又是胡闹你只说舅舅见你一遭儿就派你一遭儿不是你
小人儿家狠不知好歹也要立个主见赚几个钱弄得穿是穿吃是吃的我看着也喜欢贾芸道
舅舅说的有理但我父亲没的时候我年纪又小不知事后来听见我母亲说都还亏舅舅们在我家
出主意料理的丧事难道舅舅就不知道的还是有一亩地两间房子如今在我手里花了不成巧
媳妇做不出没米的粥来叫我怎么样呢还亏是我要是别人死皮赖脸三日两头儿来缠舅舅要
三升米二升豆舅舅也就没法儿呢卜世仁道我的儿舅舅要有还不是该的我天天和你舅母说只愁你
没个计算儿你但凡立的起来到你大房里就是他们爷儿们见不着便下个气和他们的管
家管事的人们嬉和嬉和也弄个事儿管管前日我出城去撞见你们三房里的老四骑着大叫驴带着

着四五輛車有の五十个小和尚道士往家庙里去了他那不丐觖干就有这樣的好事見到他身上了、賈芸見勞叨的不堪便起身告辭卜世仁道怎庅這庅忙你吃了飯再去罢一句話未说完只听他娘子说道你又糊塗了说着没有来这里買了半斤麪来下給你吃这会子还粧胖呢留下外甥挨餓不成卜世仁道再買半斤来添上就是了他娘子便叫女兒銀姐兒往对门王奶奶家去借几个十个你說明日就進来的夫妻又个说话那賈芸早說几个不用費事去的无影无踪了不言卜家夫妻且说賈芸賭氣离了舅家一逕回歸舊路心下正自煩惱一边想一边低首頭只管走不想一頭就硼在一个醉漢身上把賈芸唬了一跳那醉漢罵道你媽的瞎了眼睛了碰起我来了賈芸忙要躲早被那醉漢一把抓住对面一看不是别人却是緊隣倪二原来这倪二是个潑皮專放重利在賭塲吃閒錢專愛喝酒打架此時正從欠錢人家取了利錢吃醉回来不想被賈芸硼了一頭正没好氣掄拳就要打只聽那人說道老二住手是我冲撞了你倪二听見是熟人的语音將醉眼睜開看時見是賈芸忙鬆了手趔趄着笑道元来是賈二爺该死该死这会子往那里去賈芸道告訴不得你平白的又討了个没趣倪二道不妨有什庅不平的事告訴我替你出氣这三街六巷平他是谁有人得罪了我醉金剛倪二的街坊管教他人离家散賈芸道你且别生氣听我告訴你这緣故便把卜世仁一段事告訴了倪二倪二听了大怒道要不是二爺的親戚我便罵出好

話來真正氣死我也你也不用愁煩我這里現有几兩銀子你若要用只管拿去使不了你我做了這

幾年街坊我在外頭有名放賬的人你却從沒有向我張过口也不知你厭惡我是个潑皮怕低了

你的身分也不知你怕我难纏利錢重若怕利錢重這銀子我是不要利錢的也不用寫文約若說怕低了

你的身分我就不敢借給你了一面說一面就從搭包內掏出一卷銀子來賈芸心下自思素日倪二雖然

潑皮却也因人而施頗頗的有義俠之名若今日不領他這情怕他臊了倒恐生事不如借了他的

改日加倍還他也倒罢了便道老二你果然是个好漢我何曾不想着你和你張口但只是我見你所

交的都是有胆量有做為的人像我們這等無能為的你倒不理我若向你張口你豈肯借

給我今日既蒙高情怎敢不領回家按例寫了文約过來便了倪二道好会说话的人我却听不

上這话既说相与交结四个字如何又放賬給他使他的利錢既图他的利錢便不是相与交结

且说咱们你不弃这是十五两三钱有零的银子你便拿去治买东西你要写什么文契趁早把銀子还我让我放

給那些有指望的人使去賈芸听了一面接了銀子一面笑道我便了倪二道天氣黑了也不讓茶讓

酒我还有点事儿你竟请回罢我还求你带个信儿与舍下叫他们早些关门睡罢我不回家去了倘或

有要緊事儿叫他们女儿明日一早到馬販子王短腿家来找我說着就去了且说賈芸偶然碰了

这件事心下也十分罕異想那倪二到果然有此意思只是还怕他醉中慷慨到明日加倍的要起来

二九二

便怎庅處心内犹疑不决又想道不妨等那件事成了也可加倍还他遂直走到錢鋪裡將那銀子称了称十五两三钱四分二厘賈芸見倪二不撒謊心下越發欢喜收了銀子來至自家门首先到隔壁將倪二的話捎到方回家來見他母親在炕上拈線見他進來便问那里去了一天賈芸恐他母親生氣便不提卜世仁的事只說在西府里等璉二叔來着问他母親吃了飯不曾他母親說吃过了給你留的飯在那里叫小丫頭子拿過來與他吃那天已是掌灯时分賈芸吃了飯收拾安歇次日一早起來洗了臉便出南门大香鋪裡買了冰麝便往荣國府來打听賈璉出了门賈芸便往後面來到賈璉院门前只見几个小廝拿着大高笤帚在那里掃院子呢忽見周瑞家的從门裡出來叫小廝们先別掃奶奶出來了賈芸忙上去笑问道二嬸娘往那裡去周瑞家的道老太太叫想必是裁什庅尺頭正說着只見一群人簇着凤姐出來了賈芸深知凤姐是喜奉承尚排塲的忙把手逼着恭恭敬敬搶上來请安凤姐連正眼也不瞧仍往前走着只问他母親好怎庅不來這裡逛逛賈芸道只是身上不大好倒时常記掛着嬸子要來瞧瞧又不能來凤姐笑道可是你会撒謊不是我提起他來你就不說他想我了賈芸笑道姪兒不怕雷打了就敢在長輩跟前撒謊了昨日晚上还提起嬸娘來說嬸娘身子生得单弱事情又多亏嬸娘好大精神竟料理得周周全全要是差一点兒的早累得不知怎庅樣呢凤姐听了滿面是笑不由的止了步问道怎庅好好的你娘兒又个

在背地里说起我来贾芸道有个缘故只因我有个极好的朋友家里有几个不现闲钱开铺因他身上捐了个通判前儿选了云南不知那一处连家眷一齐去他便收了这铺不开了把账物攒了攒该给人的给人该贱发的贱发了这贵的多分送了亲朋他就送了我些冰片麝香我就和我母亲商量若要转卖不但卖不出原价而谁家拿这些银子买这个做什么便是很有钱的大家一年也不过用几两的倘若说送人也没个人配使倒叫他白扔了因此我就想起婶子来往年间我还见婶子大包的银子买这些东西别说今年贵妃进了宫即以这个端阳节下用说这些料自然比往常加上十几倍的用呢因此想来想去只有孝敬婶娘才合式就把那冰麝举起来凤姐正是要办端阳的节礼采买香料药饵的时节忽见贾芸如此一来听他一篇话心下又是得意又是欢喜便命丰儿接过来送了家去交给平儿又道看着你这样知好歹怪道你叔叔常提你说你说话也明白心里也有识见贾芸听了这话便打进一步来故意问道元来叔叔也曾提我来凤姐见问才要告诉他那要他管事情的话又止住心下想道我如今要告诉他那话倒叫他看着我见不得东西的为得了这点子香料便混许他管事了今日先别提这事又随口说了两句闲话便往贾母那里去了贾芸也不好提的只得回来因昨日见了宝玉叫他到外书房等着他吃了饭便又进来到贾母那边仪门外绮霞斋书房里来只见茗烟锄药两个小

厮下象棋为夺車正拌嘴还有掃花挑雲伴鶴四五个人在房簷上掏小雀兒玩賈芸進入院内把
脚一跺說道小猴兒們淘氣衆小廝看見賈芸進來都才散了賈芸進入房内便坐在椅子上問寶
二爺没下來茗烟道今日總没下來二爺說什麼我替你探探去說着便出去了這里賈芸便
看字画古玩有一頓飯工夫还不見來再看别的小厮都顽去了正煩悶只听门前嬌聲嫩語叫了兩声
哥哥賈芸往外瞧時見是个十六七歲的丫頭生的倒也細巧乾淨那丫頭見了賈芸便抽身
躲了過去恰值茗烟走來見了頭在门前便說道好好正抓不着个信兒賈芸見了茗烟也就趕了
出來问怎麼樣茗烟道等了這一日也没个人兒過來這就是寶二爺屋里的好姑娘你進去帶个
信兒就說廊上住的二爺來了那丫頭听說方知是本家的爺們便不似先前那等迴避了下死眼
把賈芸釘了兩眼賈芸道什麼廊上廊下的你說芸兒就是了半晌那丫頭冷笑了一笑依我說
二爺竟請回去有什麼話明日再來今日晚上得空我回了他茗烟道這是怎麼說那丫頭道
他今日也没睡中覺自然吃的晚飯早晚上又不下來難道只是叫二爺在這里等着挨餓不成不如明日
來是正經便是有人帶信兒那不中用的他不過口里答應着他肯給你帶信呢
見賈芸听這丫頭說話簡便俏麗待要问他名字因是寶玉房裡的又不便问只得說道這話到是
我明日再來說着便往外走茗烟道二爺吃了茶去賈芸一面走一面回說不吃茶我還有事呢賈芸

逕回家至次日來至大门前巧遇見凤姐往那边去请安才上了車見賈芸来便命人喚住隔窗子笑道芸儿你竟有胆子在我跟前弄鬼怪道你送東西給我元来你有事求我昨日你叔々才告訴我说你求他賈芸笑道求叔々的事嬸娘休提我这裡後悔呢早知這樣我竟一起頭兒就求嬸娘这会子也早完了誰承望叔々竟不能的凤姐冷笑道怪道你那裡没成儿昨日又来找我賈芸道嬸娘辜負了我的孝心我並没有这个意思若有这意思昨日还不求嬸娘嗎如今嬸娘既知道了我到要把叔々丢下少不得求嬸娘了好歹疼我一点儿凤姐冷笑道你们要揀远路兒走呢叫我也難说早告訴我一声兒有什麼不成的多大点子事还值得耽悮到这会子那園子裡还要種樹種花兒我正想不出個人来你早说不早完了賈芸道既这樣明日嬸娘就派我罢凤姐半晌说道这个我看着不大好等明年正月里的烟火灯燭那个大宗兒下来再派你罢賈芸道好嬸娘先把这个派了我果然这件办的好再派我那个凤姐笑道你到会拉長線兒罢了要不是你叔々说我不管你的事我不过吃了飯就过来你到午錯的时侯来領銀子後日就進去種樹说着命人駕起香車一逕去了賈芸喜不自禁来至綺霰斋打听宝玉誰知宝玉一早便往北靜王府里去了賈芸便呆々的坐到晌午打听凤姐回来便寫了領票来領对牌至院外命人通報了彩明走出来单要了領票進去批了銀数年月一併將对牌遞与賈芸賈芸接了看那批上銀数批了二百兩心中喜不自禁翻身走到銀庫上交与收牌票的領了銀子回家告訴他母親自是母子俱各歡喜次日

五更賈芸先找了倪二將前銀按數還他那倪二見賈芸有了銀子他便按數收回這賈芸又去賈樹且說宝
王自那日見了賈芸曾说着他明日進來说话这元是富貴公子的口角那里还把这个放在心上因而就忘
懷了这日晚上從北靜王府中回來見过賈母王夫人等回至園内換了衣服正要洗澡襲人因被薛宝
釵煩了打結子去秋紋碧痕双个去催水晴雯又因他母親的生日接了出去了射月又現在家中養
病雖还有几个做粗活的丫頭估諒着叫不着他們多出去頑去了不想这一刻工夫只剩了宝玉在房里
偏生要吃茶一連叫了双三声方見双三个老婆子走進來宝玉見了連忙搖手说罢罢不用你們了
老婆子們只得出來宝玉見没了丫頭們只得自己下來拿了碗向茶壺去倒茶只听背後说道二爺仔細盪了手讓我來倒
一面走上來早接了碗過去宝玉倒唬了一跳問你在那里的忽然來了唬我一跳那丫頭一面遞茶一面
回说我在後院子里才從里间的後门進來难道二爺就没听見腳步响宝玉一面吃茶一面打量那丫頭
穿着几件半新不旧的衣裳到是一頭黑鬒鬒的好頭髮容長臉面細挑身材却十分俏麗宝玉看了便笑問道
你也是我屋里的人庅那丫頭道是宝玉道既是这屋裡的我怎庅不認得那丫頭听说便冷笑一声道
道爺不認得的也多豈止我一个我又不遞茶遞水拿東拿西眼面前的事一点兒不做爺那里認得
呢宝玉道你为什庅不做那眼面前的事那丫頭道这话我也难说只是有一句话回二爺昨日有一个什
庅芸児來找二爺我想二爺不得空便叫茗烟回他叫他今日早起來不想二爺又上北府去了剛说

到这句话只见秋纹碧痕唏唏哈哈笑着进来两个人提着一桶水一手撩着衣裳淋淋撒撒的那丫头忙迎出去接那秋纹碧痕正对抱怨你湿了我的裙子那个又说你踹了我的鞋忽见走出一个人来二人看时元来是小红二人便都诧异将水放下忙进房来东瞧西望并没别人只有宝玉心中俱不自在只得预备下洗澡之物待宝玉脱了衣裳便带上门出来走到那边房内便找着小红问他你方才在屋里说什么小红道我何曾在屋里呢只因我的手帕子不见了往后头找去不想二爷要茶叫姐姐们一个没有我赶着进去倒了茶姐姐们就来了秋纹听了兜脸啐了一口道没脸面的下流东西正经叫你提水去你说有事倒叫我们去你不去等着做这个巧宗儿一里一里的这不上来了难道我们倒跟不上你了你也拿镜子照照配递茶递水不配碧痕道明日我说给他们要茶要水送东拿西的事咱们都别动只叫他去就是了秋纹道这么说还不如我们散了单让他在这屋里呢二人你一句我一句正闹着只见有个老嬷嬷进来传凤姐的话说明日有人带匠人进来种树叫你们严紧着些衣服裙子别混晒混晾那土山一带一溜都拦着帏幙呢可别混跑秋纹便问明日不知是谁带进匠人来监工那婆子道说什么后廊上的芸二爷秋纹碧痕俱不知道只管混问别的话小红心内却明白就知是昨日外书房所见的那人了元来这小红本姓林小名红玉因玉字犯了宝玉黛玉便都叫他小红元是府中世仆他父母现在收管各处房田事务且听下回分解

這小紅年方十六進府當差把他派在怡紅院中倒也清幽雅靜不想後來命姊妹及宝玉等進大覌園居住偏生這一所兒又被宝玉占了這小紅雖然是个不諳事体的丫頭因他有几分容貌心内便想向上攀高每每要在宝玉面前現弄現弄只是身邊一干人都是伶牙俐爪的那裡插的下手去不想今日才有些消息又遭秋紋等一塲惡話心内早灰了一半正没好氣忽然听見老嬷嬷說起賈芸來不覚心中一動便悶悶的回房睡在床上暗暗思量翻來覆去自覚没情没趣的忽听的窗外低低的叫道紅兒你的絹子我拾在這裡呢小紅听了忙走出來看時不是別人正是賈芸小紅不覚粉面含羞問道二爺在那裡拾着的只見那賈芸笑道你過來我告訴你一面說一面就上來拉他的衣裳那小紅臊的轉身一跑却被門檻子絆倒要知端的下回分解

〔右八行，原另紙繕寫附粘於第二十四回第六頁後半頁，接第十二行「他父母現在收管各處房田事務」句〕

第二十五回

魘魔法叔嫂逢五鬼　通靈玉姐弟遇双仙

話說紅玉心神恍惚情思纏綿忽朦朧睡去遇見賈芸要拉他却回身一跑被门檻絆了一跤唬醒方知是夢因此一夜無眠至次日天明方才起來就有几个丫頭來会他去打掃房屋提洗臉水這紅玉也不梳洗向鏡中胡亂挽了挽頭髮洗了洗手腰内束了一条汗巾子便來掃屋誰知宝玉昨日見了紅玉也就留了心若要直指名喚他上來使用一則怕襲人寒心二則又不知紅玉是何等行为若好还罢了若不好起來那時到不好意思退送因此心中納悶早起來也不梳洗只坐着出神一時下了窗子隔着紗屉子向外看的真切只見好几个丫頭在那里掃地獨不見昨日那一个丫頭宝玉便走出了房门只粧着看花這里瞧瞧那里望望一抬頭只見西南角上遊廊底下欄杆上似有一个人倚在那里却恨面前一株海棠花遮着看不真切只得又轉了一步仔细一看却是昨日那丫頭在那里出神宝玉正想迎上去忽見碧痕來催他洗臉只得進去了却說紅玉正自出神忽見襲人招手叫他只得走上前來襲人道我們這里的噴壺壞昨日又拿壞了你到林姑娘那里去借來使使紅玉答应了便往瀟湘館去正走上翠烟桥抬頭一望只見山坡上高处多攔有圍幙方想起今日有匠役在里頭種樹因轉身一望只見那边遠遠的一簇人在那里掘土賈芸正坐在那山子石上紅玉待要过去又不敢过去只得悶悶的向瀟湘館取了噴壺

而回至房内自来人只说他身上不好多不理论次日就是王子腾夫人的寿诞那里打发人来请贾母王夫人王夫人见贾母不去也不去了倒是薛姨妈同凤姐并贾家三个姊妹宝钗宝玉一齐多去了至晚方回那王夫人见贾环下了学命他来抄个金刚咒唪诵那贾环便拿腔做势的坐在炕上抄写一时又叫彩云倒茶一时又叫金钏儿剪蜡花丫鬟素日原厌恶他只有彩云还和他合的来倒了一杯茶递与他因见王夫人和人说话他便悄悄的向贾环说你安分些罢何苦讨这厌那厌的贾环道我也知道了你别哄我如今你和宝玉好把我不大理论我也看出来了彩云咬着牙向他头上戳了一指头道没良心的狗咬吕洞宾不识好人心正说着只见凤姐来了见过王夫人王夫人便一长一短问他今日是那几位客戏文好歹酒席如何等语不多时宝玉也来了见了王夫人也规规矩矩说了几句话便令人除去抹额脱了袍服拉了靴子便一头滚在王夫人怀内王夫人便满身满脸摩娑抚弄宝玉也扳着王夫人脖子说长说短王夫人道我的儿你又吃多了酒脸上滚热的还只是揉搓一会闹上酒来还不在那里静静的倒一会子呢说着便叫人拿个枕头来宝玉听说下来在王夫人身后倒下又叫彩霞来替他拍着宝玉便和彩霞说笑只见彩霞淡淡的不大答理两眼只向贾环处看宝玉便拉他的手笑道好姐姐你也理我理儿一面说一面拉他的手彩霞不肯便说再闹我就嚷了二人正闹着原来贾环听见素日原恨宝玉如今又见他和彩霞闹心中越发按不下这口毒气虽不敢明言却每每暗中算计只是不得下手今见相离甚近便要用热油烫瞎他的

三〇二

眼灯故意装作失手把那一盞油汪汪的蜡灯向宝玉脸上一推只听宝玉嗳哟的一声满屋里众人多唬了一跳连忙将地下的桌灯移过来一照灯来看时只見宝玉满脸满身多是油王夫人又急又氣一面命人来替宝玉擦洗一面又骂贾环凤姐三步双步跑上炕去替宝玉收拾着又说老三还是这么慌脚鸡是的我说你上不得高抬盘赵姨娘时常也该教導他一句话提醒了王夫人那王夫人不骂贾环便叫过赵姨娘来骂道养出这種黑心不知道理下流種子来也不管管几番几次我多不理论你们得了意越發上来了那趙姨娘素日虽然常怀嫉妒之心不忿凤姐宝玉二人也不敢露出来如今贾环又生了禍受这場悪氣不但吞聲承受而且走去替宝玉收拾只見宝玉左脸上起了一溜燎泡幸而眼睛竟没動王夫人看了又是心疼又怕明日贾母问怎樣回答急的又把赵姨娘数落一顿然後又安慰了宝玉一番又命取败毒消腫藥来敷上宝玉道虽然有些疼还不妨事明日老太太问就说是我自己盪的罢了凤姐道便说是自己盪的也要罵人為什麼不小心看着叫你盪了横竖有一場氣生的到明日凭你怎么说去罢王夫人命人好生送了宝玉回房去後襲人等見了多慌的了不得林代玉見宝玉出了一天门就覚闷闷的没个可说话的人至晚正打發人来问了两三遍回来不曾这遍才回来了又偏生盪了臉代玉便赶着来瞧只見宝玉自己拿镜子照呢左边脸上满满的敷了一脸的藥代玉只当盪的十分利害忙上来问怎么盪了要瞧瞧宝玉知他癖性喜潔見不得这些東西故不肯叫他瞧代玉也知宝玉的心内怕他嫌脏因笑道我瞧瞧盪了那裏了

有什庅臜着藏着的一面说一面拉着脖子瞧瞧问他疼的怎庅样宝玉道也不狠疼养一两日就
好了代玉坐了一回闷闷的回房去了一宿无话次日宝玉见了贾母虽然自己承认是自烫的不与别人
相干免不得那贾母又把跟從的人骂了一顿过了一日就有宝玉寄名的乾娘馬道婆進荣国府来请
安見了宝玉唬了一大跳问其缘由说是烫的便点頭嘆息一回向宝玉臉上用指頭画了几画口内嘟嘟囔囔
的又持诵了一回说道管包就好了这不过是一时飛灾又向贾母道老祖宗那里知道佛说的利害大
凡那王公卿相人家的子弟只一生長下来便有许多促狹鬼跟着他得空便拧他一下或掐他一下
或吃飯時打下他的飯碗来或走着推他一跤所以往往的那些大家子孫多有長不大的贾母听
如此说便赶着问这有什庅佛法解釋没有呢馬道婆道这個容易只是替他多做些因果善事也就
罢了那经上还说西方有位大光明普照菩薩專管照耀陰暗邪祟若有善男信女虔心供奉者可以
永佑兒孫康寧安静再無驚恐邪祟撞客之灾贾母道不知怎庅供奉这位菩薩馬道婆道
也不值什庅除香燭供養之外一天多添几斤香油点上大海灯这海灯便是菩薩的現身法像晝夜不
敢息的贾母道一天一夜也得多少油明白告诉我我也好做这件功德馬道婆听说便笑道这也不
拘随施主菩薩们随心像我家里就有好几處的王妃誥命供奉南安郡王府裡的太妃
他许的愿心大一天是四十八斤油一斤灯草那海灯只比缸畧小些錦田侯的诰命次一等一天不过二十斤

也还有几家也有十斤廿斤的，二斤五斤的不等，拘数那小家子穷人家捨不起这些的，就是四两半斤，少不得替他点一点。贾母听了点头思忖。马道婆道：还有一件，若是为父母尊亲长上的，多捨些不妨；若说像老祖宗如今为宝玉，捨多了倒不好，还怕哥儿禁不起，倒折了福。要捨大则七斤，小则五斤，也就是了。贾母道：你既是这么样，就一日五斤合准了，每月打趸来关了去。马道婆念了一声阿弥陀佛慈悲大菩萨。贾母又命人来吩咐：以后大凡宝玉出门的时节，拿几串钱交给他的小厮们带着，遇见僧道穷苦之人好捨。

说毕，那马道婆便往各院问安闲逛去了。一时来至赵姨娘房内，二人见过，赵姨娘命小丫头倒茶与他吃。马道婆见炕上堆着些零碎绸缎湾角，赵姨娘正粘鞋呢。马道婆道：可是我正没了鞋面子了，赵奶奶你有零碎缎子，不拘颜色的，做一双鞋给我。赵姨娘听说叹道：你瞧瞧那里头还有那一块是成样的？成了样的东西也到不了我手里来！有的没的都在这里，你不嫌，就挑两块子去。马道婆见说，果真便挑了两块袖将起来。赵姨娘问道：前日我送了五百钱去，在药王跟前上供，你可收了没有？马道婆说：早已替你上了供了。赵姨娘叹口气道：阿弥陀佛！我手里但凡从容些，也时常的上个供，只是心有余力量不足。马道婆道：你只放心，将来熬的环哥儿大了，得个一官半职，那时你要做多大的功德不能？赵姨娘听说，鼻子里笑道：罢罢，再别说起。如今就是个样儿，我们娘儿们跟的上这屋里那一个儿！也不是有宝玉，竟是得了活龙。他还是小孩子家，长的得人意儿，大人偏疼他些也还罢了；我只不服这个主儿。一面说，一面伸

奶了又个指頭東馬道婆会意問道可是璉二奶ㄟ趙姨娘唬的忙摇手兒走到门前掀簾子向
外看ㄟ無人方回身向馬道婆悄ㄟ說道了不的提起這个主兒這一分家私把个氣殺教人一言難本
我由和你打个賭兒明日這分家私要不叫他搬到娘家去我也不是个人馬道婆見他如此說便
探他的口氣說道我還用你說難道都看不出來的也亏你們心里也不理論只憑他去到也好趙姨娘道我
的娘不憑他去誰還敢把他怎麼樣馬道婆聽說鼻子里一笑半晌說道不是我說句造孽的話你
們沒有本事也难怪別人明不敢怎樣暗里也就算計了還等到如今趙姨娘聽這話里有道理心
里暗ㄟ的欢喜便說道怎麼暗里算計我倒有這个心只是沒有這樣能幹人你若教給我這法
子我大ㄟ的謝你馬道婆聽這話打攏了一處便又故意說道阿彌陀佛你快休問我那里知道
這些ㄟ事罪過ㄟ的趙姨娘道你又來了你是最肯濟困扶危的人难道就眼睁ㄟ的看人家擺佈
死了我們娘兒不成難道還怕我不謝你馬道婆咲道若說我不忍叫你娘兒們受人委曲
還由可若說謝的這个字可是你錯打算盤了就便是我希圖你的謝靠你有什麼東西打動我
見趙姨娘聽這話口氣鬆動了便道你這麼明白人怎麼糊塗起來了你若果然法子灵驗把他兩个絕
了明日這家私不怕不是我環兒的那時你要什麼不得呢馬道婆聽了低了頭半晌說道那时候事情妥當了又無
憑據你還理我呢趙姨娘道這有何難
如今我手里雖然沒什麼也零碎攢了几兩梯己還有几件

三〇六

衣服簪子你先拿些去下剩的我写个欠银子的文契给你你要什么保人也有那时我照数送你马
道婆道果然这样赵姨娘便说道这又何撒谎说说有便有进去（赵姨娘道也罢了我少不得先凑上了赵姨娘不及再问忙将一个小丫头也支开赶着开了箱子将首饰拿了些出来并体己散碎银子又写了五十两欠约递与马道婆）
那婆子出去了一时果然写了个五百两欠契来赵姨娘便印了手模又到厨柜里将梯己拿了出来
马道婆道婆你先拿去做个香烛供养使费可好不好马道婆看了白花花一堆银子又有欠契并（见了这些东西又有欠字遂）
不顾青红皂白满口里应着伸手先去抓了银子掖了然后收了欠契又向裤腰里掏了半晌掏出十个纸（向赵姨娘要了张纸拿剪子铰了两个纸人儿）
铰的青脸红发鬼及个纸人递与赵姨娘悄悄的说道把他二人的年庚八字写在这两个纸人身（向了他二人）（上面）
上一连退五个鬼来投在他们各人的床上就完了我只在家里作法自有效验千万小心不要害怕（又拿了一张蓝纸铰了五个青面鬼叫他并在一处拿针钉了回去我再作法）
正说着只见王夫人的丫头进来找道奶奶可在这里呢太太等着呢二人方散了却说林代玉因见宝
玉近日烫了脸总不出门倒时常在一处说说话儿这日饭后看了两篇书自觉无趣便同紫
鹃雪雁做了一回针线更觉烦闷便倚着房门出了一会神又信步出来看阶下新迸出的稚笋不
觉信步出了院门一望园中四顾无人惟见花光柳影鸟语溪声林代玉便往怡红院中来只见
几个丫头舀水都在回廊上围着看画眉洗澡听见房内有笑声林代玉便入房看时原来是李宫
裁凤姐宝钗都在里面一见他进来都笑道这不又来了一个代玉道今日斉全谁下帖子请来的
凤姐道我前日打发人送了两瓶茶叶你往那里去了代玉道可是呢我到忘了多谢你的茶叶

凤姐儿又道你尝了可还好不好没有说完宝玉道论理可倒罢了只是不大甚好也不知别人尝
着怎么样宝钗道味倒轻只是颜色不很好凤姐道那是暹罗国进贡来的我尝着没什么趣
儿还不如我每日吃的呢黛玉道我吃着好不知你们脾胃怎么样宝玉道你果然爱吃把我
这个也拿了去吃罢凤姐道你要爱吃我那里还有呢代玉道果真的我就打发丫头
取去凤姐道不用取去我打发人送来就是了我明日还有一件事求你一同打发人送来代
玉笑道你们听听这是吃了他们家一点子茶叶就来使唤人了凤姐笑道我到求你你到说
这些闲话吃茶吃水的你既吃了我们家的茶怎么还不给我们家做媳妇众人听了一齐都笑起来
代玉红了脸一声不言语便回过头去了李宫裁笑向宝钗道真真我们二婶子的诙谐是好的代玉道什么
诙谐不过是贫嘴贱舌讨人厌恶罢了说着便啐了一口凤姐笑道你别做梦给我们家做了媳妇
少什么指着宝玉道你瞧人物儿门第配不上根基配不上家私配不上那一点玷辱了谁呢代
玉抬身就走宝钗便叫颦儿急了还不回来坐着走了倒没意思说着便起来拉住刚至房门前
只见赵姨娘和周姨娘两个人进来瞧宝玉李宫裁宝钗宝玉等都让他两个坐独凤姐只和代玉说笑
正眼也不看他们宝钗方欲说话时只见王夫人房内的丫头来说舅太太来了请奶奶姑娘们出去
李宫裁听了连忙叫着凤姐等走了赵周二人也都出去了宝玉道我也不能出去你们好

又别叫旧母进来又让林妹妹，你略站一站我和你说句话。凤姐听了回头向代玉道有人叫你说话呢
回去罢。便把代玉往里一推，和李纨笑着去了。这里宝玉拉住代玉的袖子，只是嘻嘻的笑，心里有话口里说不出，此时代玉心中也有
几分明白，只是由不住的把脸红涨起来，挣着要走。宝玉道嗳哟好头疼，代玉道该，阿弥陀
佛，宝玉大叫一声我要死，将身一跳离地有三四尺高，口内乱嚷，尽是胡话。代玉并丫头
们都唬慌了，忙去报知王夫人贾母，此时王子腾的夫人也在这里，都一齐来看，宝玉越发拿刀弄
杖寻死觅活的闹得天翻地覆，贾母王夫人见了唬的抖衣乱战，儿一声肉一声放声大哭，于
是惊动了众人，连贾赦邢夫人贾珍贾政贾琏贾蓉贾芸贾萍薛姨妈薛蟠並周瑞家的一干上上
下下里里外外众媳妇丫头等都来园内看视，登时乱麻一般，正没个主意，只见凤姐手持一把明晃晃钢刀砍进园来，见鸡
杀鸡，见狗杀狗，见人就要杀人。众人越发慌了。周瑞媳妇带着几个有力量的胆壮的婆娘上去抱住，
夺下刀来，抬回房去。平儿丰儿等哭得哭天叫地。贾政心中也有些烦难，顾了这里，丢不下那里。
别人慌张，更不必讲，惟有赵姨娘心内暗暗欢喜，那薛蟠更比诸人忙到十分，又恐薛姨妈
被人挤倒，又恐薛宝钗被人瞧见，又恐香菱被人臊皮，知道贾珍等是在女人身上做工夫的，
因此忙的不堪，忽一眼瞥见了林代玉风流婉转，早已酥倒在那里。当下众人七言八语，有的说
请端公送祟，有的说请巫婆跳神，有的又荐玉皇阁张真人的，嘈腾不一，也曾百般医治

祈禱問卜求神總無效驗 日落王子騰的夫人告辭去了次日王子騰也來瞧問接着小史侯家邢夫人弟兄各親戚眷屬多來瞧看也有送符水的也有薦僧道的總不見效他叔嫂二人越發糊塗不省人事睡在床上渾身火炭一般口內無般不說到夜間那些婆娘媳婦丫頭們多不敢上前因此把他二人多搬到王夫人的上房內夜間派了賈芸帶着小子們挨次輪班看守賈母邢王二夫人薛姨媽寸步不離只圍着哭此時賈赦賈政又恐哭壞了賈母日夜熬油費火鬧得上下不安也沒了主意賈赦還各處去尋僧覓道賈政見不靈效因阻賈赦道兒女之數皆由天命非人力可強者他二人之病出于不意百般醫治不効想來天意該如此也只好由他們去罷賈赦也不理此話仍是百般忙亂那裡見些効驗看看三日光陰那鳳姐和寶玉躺在床上越發連氣都將沒了合家人口無不驚慌多說沒了指望將他二人的後事衣履都治備下了賈母王夫人賈璉平兒襲人這幾個人更比諸人哭的忘餐廢寢覓死尋活趙姨娘賈環等自是稱願到了第四日早晨賈母等正圍着寶玉哭時只見寶玉睜開眼說道從今已後我可不在你家了快收拾打發我走罷賈母聽了這話如同摘去心肝一般趙姨娘在傍勸道老太太也不必過于悲痛哥兒已是不中用了不如把哥兒的衣裳穿好讓他早些回去也免他些苦只管捨不得他這口氣不斷他在那世裡也受罪不安生這些話沒說完被賈母照臉啐了一口罵道爛了舌頭的混賬老婆怎麼

見得不中用了你要他死了什麽好處你別做夢他死了我只和你們要命素日是你們調唆的逼着他念書
寫字把膽子嚇破了見了他老子不像個避貓鼠兒一樣都不是你們這起小婦調唆的這會子
逼死了他你們遂了心我饒那一個一面罵一面哭賈政在傍聽見這些話越發着急忙喝退了自己上前委婉解勸
一時又有人來回兩口棺槨都做齊了請賈政出去看賈母聽了如火上澆油一般便罵道是誰做的棺材
一疊聲叫把做棺材的人拉來打死正鬧的天翻地覆沒個開交只聽見空中隱隱有木魚聲响念了一句
南無解冤孽菩薩有那人口不利家宅顛傾或逢凶險或中邪祟者我們善能醫治賈母王夫人
聽見這些話那裏還耐得住便命人去快請進來賈政雖不自在奈賈母之言如何違拗
想如此深宅何得聽得這樣真切心中亦希罕命人請了進來眾人舉目看時原來是一個癩頭和尚與一個跛足道人只見那和尚鼻如懸膽兩眉長目似明星蓄
寶光破衲芒鞋無住跡腌臢更有滿頭瘡那道人渾身帶水又拖泥相逢若問家何處
卻在蓬萊弱水西賈政問道你道友二人在那廟焚修那僧道長官不須多話因聞得府上人口不利故
特來醫治賈政道倒有兩個人中邪不知你們有何符水那道人道你家現有希世奇珍如何
還問我們要符水賈政聽這話有意思心中便動了因說道小兒落草時雖帶了一塊寶玉下來上面說能除邪祟誰知
竟不靈驗那僧道長官你那裏知道那物的妙用只因他如今被聲色貨利所迷故不靈驗了你今且取
他出來待我們持頌持頌只怕就好了賈政便向寶玉項上取下那塊寶玉來遞與他二人那和尚接了
過來擎在掌上長嘆一聲道青埂峯一別展眼已過十五載矣人世光陰如此迅速塵緣未斷奈何奈何可羨你當時

天不拘兮地不羈。心頭無喜亦無悲。卻因鍛煉通靈後。便向人間覓是非。可嘆你今日這番經歷。粉漬脂痕污寶光。房櫳晝夜困鴛鴦。沉酣一夢終須醒。冤業償清好散場。念畢又摩弄一回。說了些瘋話。遞與賈政道。此物已靈。不可褻瀆。懸於卧室上檻。將他二人安放一室之內。除自己親人外。不可使陰人沖犯。三十三天之後。包管身安病退。復舊如初。說着便回頭走了。賈政還趕着說話。他二人早已不見了。只得依言而行。將寶玉鳳姐一日好似一日的漸漸醒來。知道餓了。賈母王夫人放了心。衆姊妹都在外間聽消息。當命人來趕。那里有个蹤影。只得依言將他二人安放在王夫人卧室之內。將玉懸在門上。王夫人親自守着。不許別人進來。至晚間他二人方漸漸醒來。說腹中饑餓。賈母王夫人如得了珍寶一般。連忙熬了米湯來與他二人吃了。精神漸長。邪氣稍退。一家子才把心放下來。李宮裁林代玉平兒襲人等在外間打聽消息。聞得吃了米湯。省了人事。別人未開口。林代玉先念了一聲阿彌陀佛。薛寶釵便看了他半日。嗤的一聲笑了。衆人都不會意。惜春道。姐姐。好好的笑什麼。寶釵道。我笑如來佛比人還忙。又要講經說法。又要普度衆生。這如今寶玉鳳姐病了。又燒香還願。賜福消災。今才好些。又管林姑娘的姻緣了。你說忙的可笑不可笑。林代玉不覺紅了臉。啐了一口道。你們這起人都不是好人。再不跟着好人學。只跟着鳳丫頭學的貧嘴爛舌的。一面說一面摔簾子出去了。不知端詳。下回分解。

第二十六回

蘅蕪院設言傳蜜語　瀟湘館春困發幽情

話説宝玉養過了三十三天之後不但身体強壯亦且連臉上瘡痕平服仍回大觀園去不在話下原來近日宝玉病的時節賈芸帶着家下小廝坐更看守晝夜在這里那紅玉同衆丫環也在這里守着宝玉因相見多日彼此漸漸熟了那紅玉見賈芸手里拿的手帕子倒像是自家前日失落的待要問他又不好問的不料那和尚道士來過之後就不用一切男人賈芸仍種樹去了這件事待要放下心又不安待要問去又怕人猜疑正在猶疑不決神魂不定之際忽聽窗外問道紅姐姐在屋里沒有紅玉聽了便知道是小丫頭佳蕙因答説道在家你進來罷佳蕙聽了跑進來就坐在床上笑道我好造化綫剛在院子里洗東西宝二爺叫往林姑娘那里送茶葉花大姐姐交給我送去可巧老太太那里給林姑娘送錢來正分給他們的丫頭們呢見我去了林姑娘就抓了兩把給我也不知多少你給我收着便把手帕子打開把錢倒了出來紅玉就替他一五一十的數了收起佳蕙道你這兩日心里到底覺怎麽樣依我説你竟家去住兩天請个大夫來瞧瞧吃兩劑藥就好了紅玉道那里的話好好的家去做什麽佳蕙道我想起來了林姑娘生的弱時常他吃藥你就和他要些來吃也是一樣紅玉道胡説藥也是混吃得的佳蕙道你這也不是个長法兒又懶吃懶喝的終久怎麽樣呢紅玉道怕什麽還不如早些死了到干淨佳蕙道好

好的怎庅说这些话紅玉道你那里知道我心裡的事佳蕙点頭想了一会道可也怨不得这个地方难站就像昨日老太太因宝玉病了这些日子说跟着伏侍的人多辛苦了如今身上好了各處还完了愿叫把跟的人多按着等儿賞他们我们算年紀小上不去我倒这个不得我也不抱怨像你也不算在裡頭我心里就不服襲人那怕得十分儿也不惱他原该的说良心话谁敢比他呢别说他素日殷勤小心便是不殷勤小心也拚不得可氣晴雯綺霞他们这几个多算在上等裡去仗着老子娘的臉面众人支捧着他们你说可氣不可氣紅玉道也犯不着氣他们俗语说的好千裡搭長蓬没个不散的筵席谁跟一輩子呢不过三年五載各人幹各人的去了谁还認得谁呢这两句话不覚感動了佳蕙由不得眼睛红了又不好意思好端端的哭只得勉強咲道你这话说得却是昨児宝二爺还说明児怎庅樣收拾房子怎庅樣做衣裳到像有几百年的熬頭紅玉听了冷咲两声方要说话只見一个小丫頭走進来手里拿着些花樣子並兩張紙说道这是两个樣子叫你描出来呢说着向紅玉擲下回身就跑了紅玉問道到是谁的也不等说完就跑谁蒸下饅首等着你怕冷了不成那小丫頭在窓外只说得一声是綺大姐的抬起脚来咕咚咚又跑了紅玉便賭氣把那樣子擲在一边向抽屉内找筆找了半天多是秃了的因说道前日一枝新筆放在那里了怎庅想不起来一面说一面出神想了一会方咲道是了前日晚上鶯儿拿了去了便向佳蕙道你替我取了来佳蕙道花大姐還等着我替他抬箱子呢你取去罢紅玉道他等着你你还坐着闲打牙

儿我不叫你取筆去他也不等着你了坏透了的小蹄子说着便自己走出房来出了怡红院一逕往宝釵院内来刚至沁芳亭畔只見宝玉的奶娘李𡟲𡟲从那边走来小红立住问道李奶奶你老人家那去了怎庅从这里来李𡟲𡟲站住将手一拍道你说说好的又看上了那个種樹的什庅芸哥儿雨哥儿的这会子逼着我叫了他来明日叫上房里听見可又是不好小红笑道你老人家当真的就依着他去叫庅李𡟲𡟲道可怎庅樣呢小红笑道那一个要是知好歹的就回来纔是李𡟲𡟲道他又不獃为什庅不進来小红道既是進来你老人家该同着他進来回来叫他一个人亂磞可是不好李𡟲𡟲道我有那庅大工夫和他走不过告诉了他回来打发个小丫頭子或是老婆子领進他来就完了说着拄着拐棍一逕去了小红听说便站着出神且不去取筆不多时只見一个小丫頭子跑来見小红站在那裡便问道林姐姐你在这里做什庅呢小红抬头見是小丫頭墜兒小红道那去墜兒道叫我帶進芸二爺来说着一逕跑了这里小红剛走到蘅蕪院门前只見那边墜儿引着賈芸来了那賈芸一面走一面拿眼把小红一溜那小红只粧着和墜兒说话也把賈芸一溜四目相对小红不覺臉红了一扭身進蘅蕪院去了这里賈芸随着墜儿逶迤来至怡紅院中墜兒先進去回明了然後方令賈芸進去賈芸看时只見院内有几点山石種着芭蕉那边有两隻仙鹤異鳥上面小小五间抱厦一色雕鏤新鲜花樣隔扇上面懸着一个匾額寫的是怡紅快綠四个大字賈芸想道怪道叫怡紅院元来匾上是这四个字正想着只听隔紗窓子裡笑说道快進来罢我怎庅就

候你又三个月賈芸听見是宝玉的声音連忙進入房内抬頭一看只見金碧輝煌文章烱灼却看不見宝
玉在那里一回頭只見左边立着一架大穿衣鏡從鏡後轉出又个一般大的十五六歲的丫頭来说請二爺
里頭屋里坐賈芸連正眼也不敢看連忙答应了又進一道碧紗厨只見小小的一張填漆床上懸着大紅銷
金撒花帳子宝玉穿着家常衣服靸着鞋倚在床上拿着一本書看見他進来把书擲下早帶着笑立起身来賈
芸忙上前請了安宝玉讓坐賈芸便在底下一張椅子上坐了宝玉道自從那个月見了你我叫你往书房裡
来誰知接接連連許多事情就把你忘了賈芸笑道總是我没福偏又遇着叔叔身上欠安叔叔如今可
大安了宝玉道大好了我倒听見說你辛苦了好几天賈芸道辛苦也是該当的叔叔大安了就是
我们一家子的造化說着只見有个丫环端了茶来與他那賈芸嘴裡和宝玉說話眼睛却瞅那丫頭細挑身子容長臉兒
穿着銀红袄兒青緞子坎肩白綾細褶裙子
把有名人口記了一半他也知道這人在宝玉房中比別个不同如今見他端了茶来宝玉又在旁边坐着便連忙站起来
笑道姐姐怎麽替我倒起茶来我到叔叔这里又不是客讓我自己倒罢了宝玉道你只管坐着罢了丫頭们跟前
也是这麽着賈芸笑道雖如此說叔叔房里的姐姐们我怎麽敢放肆呢一面說一面慢慢的吃茶那宝玉和他說些没要緊的散话又說道
誰家的戲子好誰家的花園子好又告訴他誰家的丫頭子標緻誰家的酒席豐盛又是誰家有奇
貨誰家有異物那賈芸口里只得順着他說了一回見宝玉有些懶懶的了便起身告辞宝玉也不甚留只說
你明日閑了只管来仍命小丫頭子墜兒送他出去賈芸出了怡红院見四顧無人便把脚慢慢的

三一六

走口里一長一短和墜兒说话问他几歲了名字𠰥什庅你父母在那一行档上你在宝二爺房内几年了一个月多少錢共揔宝二爺房里有几个女孩子那墜兒見问便一椿椿的告訴他了賈芸又道剛才那个和你说话的他叫小紅庅墜兒道大爺问他做什庅賈芸道方才他问什庅手帕子我到揀了一塊墜兒听了㗅道他到问了我好几遍我没有看見他的手帕子他又问我他说我替他找着了他还谢我呢纔在蘅芜院门口说的二爺也听見了不是我撒谎好二爺你既揀了給我罢我看他拿什庅谢我原来上月賈芸進来種樹之时便揀了一塊罗帕便知是这園内的人失落的但不知是那一个人故不敢造次今听見紅玉向墜兒要便知是他的了心中不勝喜幸又見墜兒追索心中早得了主意便向袖内將自己的一塊取出来向墜兒道我給是給你你要得了他的謝礼可不許瞞着我墜兒滿口里答应接了手帕送出賈芸回来找紅玉不題如今且说宝玉打發了賈芸去後懶懶的歪在床上似有朦朧之態襲人便走上来坐在床沿上推他说道怎庅又要睡覺悶得很出去逛逛宝玉見说便携着他的手㗅道我要去只是捨不得你襲人道快起来罢一面说便拉起来宝玉道可往那里去呢怪膩膩煩煩的襲人道你出去就好了只管这庅葳蕤越發心里煩膩了宝玉無精打彩的只得依他踱出了房门在廻廊上调弄了一回雀兒走出院外順着沁芳溪看了一回金魚只見那边山坡上兩隻小鹿箭也似的跑了来宝玉不解是何意正自納悶只見賈蘭在後面拿着一張小弓追了下来一見宝玉在前面便站住了道二叔叔在家里呢我只当出

门去了宝玉道你又淘气了好〻的射他做什庅贾兰道这会子不念书闲着做什庅所以来演习〻骑射
宝玉道把牙栽了那时不演呢顺着脚一径来到一个院门前凤尾森〻龙吟细〻正是潇湘馆宝玉信步走入只见湘帘垂
地悄无人声走到窗前只见一缕幽香从碧纱窗中暗〻的透出宝玉便将脸贴在纱窗上往里
看时耳内忽听得细〻的长叹了一声说道每日家情思睡昏〻宝玉听了不觉心内痒将起来再〻看时只
见代玉在床上伸懒腰宝玉在窗外笑道为什庅每日家情思睡昏〻一面说一面掀帘子进来了代玉
自觉忘情不觉红了脸拿袖子遮了脸翻身向里装睡着了宝玉才走上来要扳他的身子只见代玉的
奶娘并两个婆子走上前来说道二爷先请回去妹〻睡觉呢刚说着代玉便翻身坐起来了笑道谁睡
觉呢那两三个婆子见代玉起来便笑道我们只当睡着了说着便叫紫鹃说姑娘醒了进来伺
候说着便出去了代玉坐在床上一面抬手整理鬓发一面笑向宝玉道人家睡觉你进来做什庅宝
玉见他星眼微饧香腮带赤不觉的神魂早荡一歪身坐在椅子上笑道你才说什庅代玉道我
没说什庅宝玉笑道给你个榧子吃我都听见了二人正说话只见紫鹃进来宝玉笑道紫鹃把你们的
好茶沏碗我吃紫鹃道我们那里有好的呢要好的只是等袭人来代玉道别理他你先给我舀水去罢
紫鹃笑道二爷到底是客自然先倒了茶来再舀水的是说着倒茶去了宝玉笑道好丫头若共你
多情小姐同鸳帐怎舍得叫你叠被铺床代玉登时撂下脸来说道二哥〻你说什庅宝玉笑道

我何常说什庅代玉便哭道如今新兴的外頭听了忖话来也说給我听看了混賬书也来拿我取笑

我成了替爺们解闷的了哭着往外就走宝玉見他如此不知要怎樣心下慌了忙赶上来笑道好

妹、我一時该死你别告诉去我再要说嘴上就長个疔爛了舌頭正说着只見袭人走来说道快

回去穿衣裳罢老爷叫呢宝玉听了打了个焦雷是的不淂别的急忙回来穿了衣服出园来

只見茗烟在二门前等着宝玉问道叫我是为什庅茗烟道爷快出来罢横竖要去的到那里

就知道了一面说一面催着宝玉轉過大厅心里正自狐疑只听墙角边一陣哈、大笑回頭只見薛蟠

拍着手跳出来笑道要不说姨爹叫你、那里出来这庅快茗烟也笑着跪下了宝玉怔了半天方

解过来是哄他出来的薛蟠連忙打恭作揖陪不是又求不要难为了小子多是我逼他去的宝

玉也無法了只好笑道你哄我也罢了怎庅说我父亲呢我告诉姨娘去评、这个理可使得庅

薛蟠忙道好兄弟我元為求你快些出来就忘了忌讳这句话改日你也哄我说我的父親就

完了宝玉道阿哟越发该死了又向茗烟道反叛肏的还跪着做什庅茗烟連忙叩頭起来薛蟠道

要不是我也不驚動只因明日五月初三日是我的生日谁知古董行的程日興不知那里寻了来的

这庅粗这庅長又段粉脆的鲜藕这庅大这庅長的十个大西瓜这庅長的一尾鲜鱼鲟这庅大的一个

暹罗国進貢的灵柏香熏的暹猪你说他这四樣礼可难得不难得那鱼猪不过貴而难得这藕

和瓜亏他怎么种出来的我连忙孝敬了我母亲赶着给你们老太太姨父姨娘送了些去如今留了

些我要自己吃恐怕折福左思右想除我之外惟有你还配吃所以特请你来可巧唱曲儿的小子又才

来了我同你乐一日何如说着就来至他书房里只见詹光程日兴胡斯来单聘仁等并唱曲

儿的多在这里见他进来请安的问好的多彼此见过了吃茶毕薛蟠即命摆酒来说犹未了众小

厮七手八脚摆了半天方才停当归坐宝玉果见瓜藕新鲜因道我的寿礼还未送来到先扰

了薛蟠道可是呢明日你送我什么宝玉道我可有什么送的若论银子吃穿等类的东西究

竟还不是我的惟有写张字画张画才是我的心薛蟠道你提画儿我才想起来了昨日看见

人家一本春宫画的着实好还有许多字我也没细看只看落的款元来是庚黄的真正

好的了不得宝玉听说心下稍疑道古今字画多见过些那里有个庚黄想了半天不觉笑将起

来命人取过笔来在手心里写了两个字又问薛蟠你看准了是庚黄薛蟠道怎么看的真

宝玉将手一撒与他看道别是这两个字罢其实与庚黄相去不远众人多看时元来是唐寅两个

字多笑道想必是这两个字大爷一时眼花了也未可知薛蟠自觉不好意思笑道谁知他糖银果

银的正说着小厮来回冯大爷来了宝玉便知是神武将军冯唐之子冯紫英来了一路

说笑已经进来了众人忙起席让坐冯紫英道好呀也不出门了在家中高乐宝玉薛蟠道

一向少会老世伯身上康健冯紫英答道家父托庇康健家母偶着了些风寒不好了两天薛蟠見他

面上有些青傷笑道这臉上又和谁揮拳来掛了幌子了馮紫英笑道從那一遭把仇都尉的儿子打傷

了我就記了再不漚氣如何又揮拳这臉上是前日打圍在鉄網山被兎鹘梢了一翅膀宝玉道几时

的話紫英道三月廿八去的前日初六纔回来宝玉道怪道前儿初三四儿我在沈世兄家赴席没見

你呢我要问不知怎么就忘了单你去了还是老世伯也去了紫英道可不是家父去我没法儿去罢了

难道我闲疯了咱们几个人吃酒听唱的不乐寻那个苦恼去这一次大不幸之中又大幸薛蟠見他吃

完茶便道请入席有话慢慢的说紫英听说便立起身来道论礼我该陪饮几盃纔是只是今日

有件大要紧的事回去还要見家父面回实不敢领薛蟠众人那里肯依死拉着不放冯紫英道

这又奇了你我这些年那一回有这个道理的果然不能遵命若必定叫我领拿大盃来我领两杯

就是了众人听说只得罢了薛蟠执壶宝玉把盏斟了两大海那冯紫英站着一气而尽宝玉道你到底把这个不幸之幸

说完了再走冯紫英道今日说的也不尽興我为这个还要特治一東请你们去细谈一谈二则还有所

恳之处说着就走薛蟠道越发说的人热刺刺的丢不下多早晚纔请我们告诉了也免得人犹疑

紫英道多则十日少则八天说着竟上马去了众人回来依席又饮了一回方散宝玉回至园中袭人正记挂

着他去見賈政不知是祸是福只見宝玉醉醺醺回来问其缘故宝玉一一向他说了袭人道人家

牵肠挂肚的等着你且高乐去了也到底打发个人来给个信儿宝玉道我何尝不要送信儿来只因
冯世兄来了就混忘了正说着只见宝钗走进来道偏了我们新鲜东西了宝玉笑道姐姐家的东
西自然先偏我们了宝钗(抿嘴笑)道昨日我哥哥倒特特的请我吃我不吃叫他留着送人请人罢我知道我的
命小福薄不配吃那个说着丫环倒了茶来吃茶说闲话儿(不在话下)却说代玉听见贾政叫了宝玉去一日(不)未回(来)心中
也替他忧虑至晚饭后闻得宝玉来了心中要找他问问是怎么样(了一步步行来)刚到门只见宝钗进宝玉的
院内去了自已也便随后走了来刚到了沁芳桥只见各色水禽尽在池中浴水也认不出名色来
(但见一片文彩炫耀好看异常因而)代玉站住看了一回再往怡红院来只见院门已闭了代玉便以手扣门谁知晴雯碧痕正(拌)了嘴没
好气忽见宝钗来那晴雯(正)便把气移在宝钗身上(偷着)正在院内抱怨说有事没事跑了来坐着叫我
们三更半夜的不得睡觉忽听又有人叫门晴雯越发动了气也并不问是谁便道都睡下了
明儿再来罢代玉素知丫头们的情性他们彼此顽耍惯了的恐怕院内的丫头没听真是他的声音只
当是别的丫头们所以不开门因而又高声(说)道是我还不开么晴雯偏偏又没听出来便使性子
(说)道凭你是谁二爷吩咐的一概不许放人进来呢代玉听了(这话)不觉气怔在门外待要高声(问)他
闹起气来自己又回思一番虽是舅母家(如)同自己家一样到底是客边如今父母双亡无依无靠现在他
家依栖(若)如此认真淘(怄)气也觉没趣想到此间便滚下泪来(真是)回去不是站(着)不是正没主意

三二二

只听里面一阵笑语之声细听竟是宝钗宝玉二人代玉心中越発動了氣左思右想忽然想起早起的事来必定是宝玉恼我告他的原故但只是我何嘗告你也不打听打听竟恼我到这个田地你今日不叫我進去难道明日就不見面了越想越傷感起来也不顾蒼苔露冷花径风寒独立墙角边花陰之下悲悲切切呜咽起来原来这黛玉秉绝代姿容具稀世俊美不期这一哭把那些附近的柳枝花朵上宿鸟栖鸦一闻此声俱忒楞楞飞起远避不忍再听真是 花魂点点无情绪 鸟梦痴痴何处惊因又有一首诗道 颦儿才貌世应希 独抱幽芳出绣闺 呜咽一声犹未了 落花满地鸟惊飞那黛玉正自啼哭忽听吱喽一声院门开处不知是那一个出来要知端的下回分解

第二十七回

滴翠亭楊妃戲彩蝶　埋香塚飛燕泣殘紅

话说林代玉正自悲泣忽听院门响處只見宝玉襲人一群人送了宝钗出来待要上去问、宝玉又恐当着众人问羞了他一时沤起氣来不便因而闪过一傍讓宝钗去了宝玉等進去关了门方轉過来犹望着门洒了几点泪自覺無味方轉身回自己房中来無情無緒的卸了殘粧紫鹃雪雁素日知道代玉的性情無事闷坐不是愁眉便是泪眼且好端、的不知为着什么常、的自己泪道先时还有人解劝或怕他思父母想家鄉受了委曲用话来宽慰解劝谁知後来一年一月的竟常、如此把这个樣儿看惯了也都不理論了所以也没人去问由他闷坐只管睡覺去了那代玉倚着床欄杆双手抱膝眼睛含泪好似木雕泥塑的一般直坐到二更多天方才睡了至次日乃是四月二十六日元来这日未时交芒種節尚古风俗凡交芒種節的这日都要摆设各色礼物祭餞花神言芒種一過便是夏日了众花皆卸花神退位須要餞行然闺中更兴这件风俗所以次日大觀园中之人都早起来了那些女孩子们或用花瓣柳枝编成轎馬的或用綾錦紗羅疊成干旄旌幢的都用彩線繫了每一顆樹每一枝花上都繫了这些物事满园里绣帶飄飖花枝招展更兼这些人打扮的桃羞杏讓燕妒鶯慚一时也道不尽且说宝钗迎春探春惜春李纨凤姐等并巧姐大姐香菱与众丫环们在园内顽耍独不見林代玉迎春说道林妹、怎么不見好个懒丫頭这会

子还睡觉不成宝钗道你们等着我去闹了他来说着便一直往潇湘馆来正走着只见文官等十二个女孩子
也来了上来请了安说了一回闲话宝钗回身指道他们多在那里呢你们去找他们去罢我找林姑娘去就来
说着便逶迤往潇湘馆来忽然抬头见宝玉进去了便站住低头想了想宝玉和代玉是从小儿一处长大的他兄妹间
多有不避嫌疑之处嘲笑喜怒无常况且代玉素性猜忌好弄小性儿的此时自己也跟随进去一则宝玉
不便二则恐代玉嫌疑到是回去的妙想毕抽身回来刚要寻别的姊妹去忽见前面一双玉色的蝴蝶
大如团扇一上一下迎风翩跹十分有趣宝钗意欲扑了来顽耍遂向袖中取出扇子来向草地下来扑
只见那一双蝴蝶忽起忽落来来往往将欲过河去了引得宝钗蹑手蹑脚的一直跟到池中滴翠亭上香汗淋漓娇喘细细
宝钗也无心扑了刚欲回来只听滴翠亭里边嘁嘁喳喳有人说话原来这亭子四面俱是游廊曲栏盖在池中水上四面雕镂槅子糊着纸宝钗在亭外听见说话便煞住脚往里细听只听说道
你瞧瞧这手帕子果然是你丢的那块你就拿着要不是就还芸二爷去又有一个说道可不是我那块拿来
给我罢又听道你拿什么谢我呢难道白找了来不成又答道我既许了谢你自然不哄你又听说道我找
了来你自然谢我但只是拣了的人你就不拿什么谢他又回道你别胡说他是个爷们家拣了我们的东
西自然该还的我拿什么谢他呢又听说道你不谢他我怎么回他话呢况且他再三再四的和我说
了若没谢的不许我给你呢半晌又听说道也罢拿我这个给他算谢他的罢你要告诉别人呢须说个誓
又听说道我要告诉人就长一个疔

日後不得好死又听說道嗳哟偺們說話恐怕有人來見偺們在這裡他們只當我們說頑話兒呢若走到跟前偺們也看的見就別說了寶釵在外面聽見這話心中吃驚想道怪道從古至今那些奸淫狗盜的人心機都不錯這一開了槅子見我在這裏他們豈不燥了况說話的語音像寶玉房裡的紅兒他素昔眼空心大是個頭等刁鑽古怪的東西今兒見我聽了他的短兒一時人急造反狗急跳墻不但生事而且我還没趣如今便趕着躲了料也躲不及少不得要使個金蟬脫殼的法兒正想着只聽咯吱一声寶釵便故意放重了脚步笑着叫道顰兒我看你往那裡藏一面說一面故意往前赶那亭內的紅玉和墜兒剛一推窗只聽寶釵如此說着往前赶兩個人都唬怔了寶釵反向他二人笑道你們把林姑娘藏在那裡去了墜兒道何曾見林姑娘來寶釵道我才在那河边看見林姑娘在這裡蹲着弄水頑呢我要悄悄的唬他一跳還没有走到跟前他倒看見我了便朝東一繞就不見了別是藏在這裡頭了一面說一面故意進去尋了一尋抽身便走口內說道一定又鑽在山子洞裡去了遇見蛇咬一口也罷了一面說一面走心中又好笑這件事算遮過去了不知他二人是怎樣寶釵走了紅玉聽見寶釵的話便信以為真讓寶釵去遠便拉墜兒說道了不得了林姑娘蹲在這里一定聽了話去了墜兒聽說也半日不言語紅玉又道這可怎麽樣呢墜兒道就是聽見了管誰筋疼各人幹各人的就完了紅玉道要是寶姑娘聽見還到罷了那林姑娘嘴里愛刻薄人心里又細他一听見了倘或走漏了可怎麽樣呢二人正說着只見文官香菱司棋侍書等上亭子來了二人只得掩住這話且和他們頑笑只見鳳姐站在山坡上招手叫紅玉便連忙撇了衆人跑到鳳姐跟前堆着笑問奶奶使喚我做什麽事

紅玉連忙棄了眾人跑至鳳姐前堆笑問道奶奶使喚我做什麼事风姐見他生得干净俏麗说话知趣因
咲道我的丫頭今日没跟進来我这会子想起一件事来要使喚个人出去不知你能幹不能幹说得齊全不齊全
小紅玉笑道奶奶有什麼話只管吩咐我説去若说的不齊全悞了奶奶的事憑奶奶責罰奴才就是了风姐咲道你是那
位姑娘房裡的我使你出去他回来找你我好替你说小紅玉道我是宝二爺房裡的风姐听了咲道你竟来是老二
房裡的怪道呢也罷等他來问我替你说你到我们家告訴你平姐姐外頭屋裡棹子上汝窑盤子架兒底下放
首一卷銀子那是一百二十兩給綉匠的工價等張才家的来要当面稱給他瞧了再給他拿去再裡頭床頭
床上有个小荷包拿了来紅玉听了撤身去了回来不見风姐在这山坡上了因見司棋從山洞里出
来站着繫裙子便赶上来问道姐姐不知道二奶奶往那里去了司棋道没理論紅玉听了又往四下里
一看只見那边探春宝釵在池边看魚呢小红玉上来陪咲道姑娘們可知道二奶奶那去了探春道往
你大奶奶院里找去小红玉听了再往稻香村来頂頭撞見晴雯等一群人来了晴雯一見了小紅玉便说道
你只是痴罷院子里花兒也不澆雀兒也不喂茶炉子也不寵就在外頭闲曠罷小红玉道昨日二爺説了
今日不用澆花隔一日澆一回罷我喂雀兒的時候姐姐还睡覺呢碧痕道茶炉子呢紅玉道今日不該我
籠的班兒有茶没茶别问我綺霞道你听听他的嘴你們别说了讓他曠去罷紅玉道你們再问问我
曠了没曠二奶奶使喚我说话取東西東说着將荷包舉給他们看方没言語了大家分路走开晴雯冷

咲道怪不得 元来爬上高枝兒去了 把我們不放在眼里不知說了一句半句話名姓兒知道了[illegible]兒就
把他興的这个様兒 了这一遭半遭兒的算不得什麽过了後兒还得聽呵兒有本事從今兒出了这园子長長远
远的在高枝兒上才算得 这里红玉听說不便分证只得忍着氣兒来找凤姐到了李氏房中果見凤姐
在这里和李氏說話 红玉上来回道平姐姐說奶奶刚出来他就把銀子收起来了 張才家的来取当面稱
了給他拿去了說着將荷包递了上去又道平姐姐叫我回奶奶 旺兒進来討奶奶的示下好往那家子去平
姐姐就把那話按着奶奶的主意打發他去了凤姐道他怎麽按着我的主意打發去了红玉道平姐姐說我
們奶奶问这裡奶奶好 原是我們二爺不在家雖然遲了兩天只管請奶奶放心等五奶奶好些我們奶奶还会了
五奶奶来瞧奶奶呢五奶奶前日打發人来說旧奶奶帶了信兒来了问奶奶好还要和这里的姑奶奶尋几丸
子胎產金丹呢若有了奶奶打發人叫送在我們奶奶这里 明日有人去就顺路給那边旧奶奶帶了去
話未說完李氏道嗳哟这話我就不懂了什麽奶奶爺爺的一大堆凤姐咲道怨不得你不懂这是四五门子
的話呢說着又向红玉咲道好孩子难为你說的齐全 倷他們扭扭捏捏蚊子是的嫂子不知道如今除了我随手
使的这几个丫頭老婆子我就怕和别人說話他們必定把一句話拉長了做双三截兒咬文嚼字拿着腔
兒哼哼唧唧的急的我冒火他們那裡知道先时我們平兒也是这麽着我就问他必定粧蚊子哼哼就是美人
了說了几遭才好些兒了李宫裁咲道多倷你潑辣貨才好 凤姐又道这个丫頭就好 刚才兩遭說話

说话虽不多听那口声就简断又向红玉道你明日伏侍我去罢我认你做干女孩儿我一调理你就出息了红玉听了撲哧一笑凤姐道你怎么笑你说我年轻比你能大几岁就做你的妈了你做春梦呢你打听打听这些人里头比你大的赶着我叫妈我还不理呢今日抬举了你了红玉道我不是笑这个我笑奶奶认错了辈数了我妈是奶奶的女儿这会子又认我做女儿凤姐道谁是你妈李宫裁道你元来不认得他他是林之孝的女儿凤姐听了说道哦是他的了头林之孝两口子都是一錐子扎不出声儿来的我成日家说他们到是配就了的一对夫妻一个天聋一个地哑那里承望养出这么个伶俐了头来你十几了红玉道十七岁了又问叫什么名字红玉道原叫红玉来因为重了宝二爷如今只叫红儿了凤姐听说将眉一皱把头一回说讨人嫌得狠日你也玉我也玉因说道既这么着上月我和他妈说如今事多也不知这府里谁是谁的你替我好好的挑两个了头我使他一般答应着他饶不挑倒把他的女孩儿送给别处去难道跟我必定不好李氏道可是你又多心了他进来在先你说在后怎么怨得他妈凤姐道既这么着明日我和宝玉说叫他再要人叫这个了头跟我去可不知本人愿意不愿意红玉道愿不愿意我们也不敢说只是跟着奶奶我们也学些眉眼高低出入上下大小的事也得見識見識刚说着只見王夫人的了头来请凤姐便辞了李宫裁去了红玉回怡红院去且说林代玉因夜间失寐次日起来遲了闻得众姊妹多在园中作餞花会恐人笑他痴懒连忙梳洗了出来刚到了院中只見宝玉来了道好妹妹你昨日可告了我不曾教我悬了一夜心林代玉便回

頭叫紫鵑道把屋子收拾了看那大燕子回來把簾子放下來拿獅子倚住門燒了香就把爐罩上說着就往外走寶玉見他這樣還認昨日中晌的事那知道晚間的這件公案還打恭作揖的代玉正眼也不看各自出了院門找別的姊妹去了寶玉心中納悶自己猜疑看起這樣光景來不像為昨日的事但只昨日我回來的晚了又沒有見他再沒有沖撞了他的去處一面想着就由不得隨後追了來只見寶釵探春正在那邊看鶴舞見代玉去了三个一同站着說話又見寶玉來了探春笑道二哥、身上好我整、的三天沒見你了寶玉道妹、身上好我前日還在大嫂跟前問你呢探春道二哥、你這里來我和你說句話寶玉聽了便跟了釵玉兩个到了一棵石榴樹下探春因說道這几天老爺可叫你沒有寶玉道沒有叫探春道昨日我恍惚聽見說老爺叫你出去寶玉道那想是別人聽錯了並沒叫探春又笑道這几个月我又攢下有十來吊錢了你還拿了去明兒出門逛去的時候或是好字畫好輕巧頑意兒替我帶几樣來寶玉道我這麼城里城外大廊小廟的逛也沒見个新奇精緻東西總不過是那些金玉銅磁沒處撂的古董再就是綢緞吃食衣服了探春道誰要這些怎麼像你上回買的那柳枝兒編的小籃子整竹子根摳的香盒兒膠泥垛的風爐兒這就好寶玉道元來要這个不值什麼拿幾吊錢出去給小子們管拉兩車來探春道小子們知道什麼你揀那朴而不俗直而不拙的這些東西你多多的帶些來我還像上回的鞋做一雙你穿比那雙還加工夫如何呢寶玉道你提起鞋來我想起故事來了一回我穿着可巧遇見老爺就問是

三三二

誰做的我那里敢提三妹〻三个字我就說是前日我生日是旧母給的不好怎庅的半日还說何苦来虛
耗人力作践綾罗做这樣東西我回来告訴了襲人〻說道这还罢了趙姨娘氣的了不得正經环兄弟鞋塌
拉襪塌拉的没人看的見且做这些東西探春听說登時沉下臉来道这話糊塗到什庅田地上怎庅我是該
做鞋的人庅环兄难道没有分例的衣裳是衣裳鞋襪是鞋襪丫頭老婆一屋子怎庅抱怨这些話給誰听呢我不过閑
着没事作一双半双給那个哥〻兄弟随我的心誰管着我不成宝玉道你不知道他心里自然又有个想頭了
探春听說越發動了氣道連你也糊塗了他那想頭自然是有的不过是那陰微鄙賤的見識他只管
这庅想我只管認得老爷太〻两个人別人我一槩不管就是姊妹弟兄跟前谁和我好我就和谁好什
庅偏的庶的我也一槩不知道論理我不該說他但是他忒昏瞶的不像了还有笑話呢就是我上回給你那錢
替我带那頑的東西过了两天他見了我就說没錢使怎庅难我也不理誰知後来丫頭們出去
了他就抱怨起来了說我攢的錢为什庅給你使倒不給环兄弟使我听見这話又好笑又好氣我就出来往
太〻跟前去了正說着只見宝釵那边笑道說完了来罢显見是哥〻妹〻了丢下別人說梯己去我們听一句
兒就使不得了說着探春宝玉二人方笑着来了宝玉因不見林代玉便知他躲了別處去了想要找他
索又想一想索性遲两天等他氣息一息再去也罢了低頭看見許多鳳仙石榴各色落花錦重〻的落了一地因嘆道
这是他心里生了氣也不收拾这花兒来了我送了去明日再問他說着只見宝釵約他們到外頭去宝玉

道我就来说畢葬他二人去远了便把花兜了起来一直奔了那日林代玉葬花的去處来将已到了花塚只听山坡那边嗚咽之声一面数落着哭的好不傷感宝玉想道不知那房的了頭受了委曲跑到这里来哭便盤住脚听他哭道

花谢花飛花满天　紅消香断有谁怜　遊丝軟繫飄春榭　落絮輕沾撲繡簾
閨中女儿惜春暮　愁緒满怀無處訴　手把花鋤出繡閨　忍踏落花来復去
柳丝榆莢自芳菲　不管桃飄與李飛　桃李明年能再發　明歲閨中知有誰
三月香巢初壘成　梁间燕子太無情　明年花發雖可啄　却不道人去梁空巣也傾
一年三百六十日　風刀霜劍嚴相逼　明媚鮮妍能几時　一朝飄泊难尋覓
花间易見落难尋　堦前悶殺葬花人　独把花鋤偷灑淚　洒上空枝見血痕
杜鵑無語正黄昏　荷鋤歸去掩重门　青灯照壁人初睡　冷雨敲窗被未温
怪儂底事倍傷神　半為憐春半惱春　怜春忽至惱忽去　至又無言去不闻
昨宵庭外悲歌發　知是花魂與鳥魂　花魂鳥魂揔难留　鳥自無言花自羞
愿奴脅下生双翼　随花飛到天尽頭　天尽頭何處有香坵　未若錦囊收艷骨
一杯净土掩风流　質本潔来还潔去　强於污淖陷渠溝　尔今死去儂收葬

未卜儂身何日喪　儂今葬花人笑痴　他年葬儂知是誰　試看春殘花漸落

便是紅顏老死時　一朝春盡紅顏老　花落人亡兩不知

背之面低吟一面哽咽那边哭的自己傷心卻不道這边

宝玉听了（早已）覺痴倒　要知端的下回分解

第二十八回

蔣玉菡情贈茜香羅　薛宝釵羞籠紅麝串

話說林代玉只因昨夜晴雯不開门一事錯疑在宝玉身上至次日又可巧遇着餞花之期正是一腔無明正未發洩又勾起傷春愁思因把些残花落瓣去掩埋由不得感花傷己哭了几声隨口念了几句不想宝玉在山坡上听見先不过点頭感嘆次後听到儂今葬花人笑痴他年葬儂知是誰一朝春尽紅顏老花落人亡兩不知等句不覺痛倒山坡之上怀里兜的落花撒了一地試想林代玉的花顏月貌將来亦到無可尋覓之時寧不心碎腸断既代玉終歸于無可尋覓之时推之于他人如宝釵香菱襲人等亦可以到無可尋覓之時矣宝釵等終歸無可尋覓之時則自己又安在哉且自身尚不知何往則將来斯處斯園斯花斯柳又不知当屬誰姓矣因此一而二二而三反復推求了去真不知此时此際如何解釋這段悲傷正是花影不離身左右鳥声只在耳東西那代玉正自傷感忽听山坡上也有悲声心下想道人人都笑我有些痴病难道还有一个痴子不成抬頭一看見是宝玉代玉看見便道啐我打諒是誰元来是这个狠心短命的剛說到短命二字上又把口掩住長嘆了一声自己抽身便走了这里宝玉痛哭了一回忽抬頭不見了代玉便知她躲開了自己也覺無味抖抖土起来下山尋归旧路往怡紅院来可巧看見林代玉在前頭走連忙赶上去說道你且站着我知道你不理我我只說一句话從今已後撂開手代玉回頭見是宝玉待要不理他听他說只說一句話從此撂開手这话里有文章少不得站住說道有一句话請說来宝玉笑道兩句话說了你

听不听呢代玉听说回頭就走宝玉在後面嘆道既有今日何必当初代玉听見这话由不得站住回頭道
当初怎么樣今日怎么樣宝玉道当初姑娘来了那不是我陪着頑笑凭我心爱的姑娘要就拿了去我
爱吃的听見姑娘也爱吃連忙干干淨淨的收着等着姑娘回来一桌子吃飯一床上睡覺丫頭们想不到的
我怕姑娘生氣我替丫頭们想到了我心里想着姉妹们從小兒長大的亲也罢熱也罢和氣到頭兒纔
見得比人好誰承望姑娘人大心大不把我放在眼里倒把外四路的什么宝姐姐鳳姐姐的放在心坎上倒
把我三日不理四日不見的我又没个亲兄弟亲姉妹雖然有兩个你難道不知道是和我隔母的我
也和你是独出只怕同我的心一樣誰知我是白操了这心有冤無處訴説着不覺滴下眼淚来
代玉听了这话見了这形景心内不覺灰了大半也不覺滴下淚来低頭不語宝玉見这般形景遂又説道我也知道
我如今不好了但只憑我怎么不好萬不敢在妹妹跟前有錯處便有一二分錯處你或是教導我戒我
下次或罵我兩句打我兩下我都不灰心誰知你總不理我叫我摸不着頭腦少魂失魄不知怎么樣
纔好就便死了也是个屈死鬼任憑高僧高道懺悔也不能超生還得你申明了原故我纔得托生呢
代玉听了这话不覺將昨晚的事都忘在九霄雲外了便説道你既这么説昨日为什么我去了你不叫丫頭開門宝玉詫異道这话從那里説起我要是这么
樣立刻就死了代玉啐道大清早起死呀活的也不忌諱你説有呢就有没有就没有起什么誓呢
宝玉道实在没有見你去就是宝姐姐坐了一坐就出来了代玉想了一想笑道是了想必是你的丫頭

三三八

们懒待动丧声歪气的也是有的宝玉道想必是这个原故等我回去问是谁教训〻他们就是了代玉道
你的那些姑娘们也该教训〻只是论理不该我说今日得罪了我的事小倘或明日宝姑娘来什么贝姑娘
来也得罪了事情岂不大了说着便抿嘴咲宝玉听了又是咬牙又是咲二人正说话只见丫头来请吃饭遂
多往前头去了王夫人见了代玉问道大姑娘你吃鲍太医的药可好些代玉道也不过这么着老太〻还叫我吃
王大夫的药呢宝玉道太〻不知道林妹〻是内症先天生的弱所以禁不住一点风寒不过吃两剂煎药疏散
了风寒还是吃丸药的好王夫人道前日大夫说了个丸药的名字我也忘了宝玉道我知道那些丸药不过叫
他吃什么人参养荣丸王夫人道不是宝玉又道八珍益母丸左归右归再不就是麦味地黄丸王夫人道
多不是我只记得有个金刚两个字宝玉拍手咲道从来没听见有个什么金刚丸若有了金刚丸就有了
菩萨散了说的满屋里人多咲了宝钗抿嘴道想是天王补心丹王夫人咲道是这个名儿如今我
也糊涂了宝玉道太〻到不糊涂是叫金刚菩萨支使糊涂了王夫人道扯你娘的臊又欠你老子捶
你了宝玉道我老子再不为这个捶我的王夫人又道既有这个名明日就叫人买些来吃宝玉道这
些药是不中用的太〻给我三百六十两银子我替妹〻配一料丸药包管一料不完就好了王夫人道放屁
什么药这么贵宝玉道当真的呢我这个方子比别的不同那个药名儿也古怪一时也说不清只讲那
头胎紫河车人形带叶参龟大的何首乌千年松根的茯苓胆如此的药[illegible]那为君的药说

起来唬人一跳前年薛大哥求了我一二年我才给了他这方子他拿了方子去又寻了二三年花了有上千的银子才配成了太太不信只问宝姐姐宝钗听说笑着摇手儿说道我不知道也没听见你别叫姨娘问我王夫人道到底是宝丫头好孩子不撒谎宝玉站在当地听见如此说一回身把手一拍说道我说的倒是真话呢倒说我撒谎口里说着忽一回身只见代玉坐在宝钗背后抿着嘴笑用手指头在脸上画着羞他凤姐因在里间屋里看着人放桌子听如此说便走来道宝兄弟不是撒谎这到是有的上月薛大哥亲自来和我寻珍珠我问他做什么他说配药他还抱怨说不配也罢了如今那里知道这么费事我问他什么药他说是宝兄弟的方子说了多少药我也没工夫听他说要不是我也买几颗只是定要头上带过的所以来寻说妹妹就没散的花儿也得掐下来过后儿我拣好的再给妹妹穿了来我没法儿把那两支珠子现拆了给他还要一块三尺上用大红纱去凤姐说一句那宝玉念一句佛说太阳照在屋子里呢凤姐说完了宝玉又道太太想这不过是将就呢正经按那方子上这珍珠宝石定要古坟里的有那古时富贵人家妆裹的头面拿了来才好如今那里为这个去抱坟掘墓不成所以只是活人带过的也使得王夫人道阿弥陀佛不当家花拉的就是坟里有人家死了几百年这时候翻尸盗骨的作了药也不灵宝玉向代玉道你听见了没有难道二姐姐也跟着我撒谎不成脸望着代玉却拿眼睛瞅着宝钗代玉拉王夫人道舅母听宝姐姐不替他圆谎他只问着我王夫人也道宝玉很会欺

負你妹〻宝玉道太〻不知道这原故宝姐〻先在家裡住着那薛大哥的事他就不知道何况如今在裡
頭住着呢自然越發不知道了林妹〻纔在背後以為是我撒谎就羞我 正说着只見賈母房里的了頭找
宝玉代玉去吃飯代玉也不叫宝玉便起身拉了那了頭就走那了頭说等着宝二爺一塊兒走代玉道他不吃
飯咱们走罷了頭道吃不吃等他一塊兒去老太〻問讓他说去代玉道你就等着我先走了说着便
出去了宝玉道我今日还跟着太〻吃罷王夫人道罷〻我今日吃斋正經吃你的去罷宝玉道我也跟着
吃斋说着便叫那了頭去罷自己先跑到桌子上坐了王夫人向宝釵道你们只管吃你们的由他去罷
宝釵笑道你正經去罷吃不吃陪林妹〻走一趟他心里正不自在呢宝玉道理他呢过一会子就好了一时吃过
飯宝玉一則怕賈母记掛二則也记掛着代玉忙〻的要茶漱口探惜二人多笑道二哥〻你成日家忙什么吃飯
吃茶也是这么忙碌〻的宝釵笑道你叫他快吃了瞧他林妹〻去罷叫他在这里胡鬧些什么宝玉便吃了
茶出来一直往西院来可巧走到凤姐院門前只見凤姐在门前蹬着门檻子拿着耳挖子剔牙看着
十来個小廝们挪花盆見宝玉来了笑道你来得好進来〻〻替我寫个字兒宝玉只得跟了進来凤姐命
人取过筆硯紙来向宝玉道大紅粧緞四十疋蟒緞四十疋上用紗各色一百疋金項圈四个宝玉道这
算什么又不是賬又不是礼怎么个寫法凤姐道你只管寫上横豎我自己明白就罷了宝玉听说只得
寫了凤姐一面收起来一面笑道还有句话告訴你不知依不依你屋裡有个了頭叫紅玉我要叫了来使唤

你明兒又我再替你挑ケ可使得宝玉道我屋裡的人也多得狠姐〻喜欢誰只管叫了来何必问我凤姐道既这么着我就叫人带他去了宝玉道只管带去説着便要走凤姐道你回来我还有一句话呢宝玉道老太〻叫我呢有话等我回来罢説着便至賈母这边只見都已吃完了飯賈母因问道跟着你娘吃了什么好的宝玉道也没有什么好的我到又吃了一碗飯因问林妹〻在那裡賈母道裡頭屋裡呢宝玉進来只見ケ丫頭吹熨斗炕上兩ケ丫頭打粉線代玉湾着腰拿着剪子裁什么呢宝玉道这是做什么呢吃了飯这么控着頭一会子又頭疼了代玉並不理只管裁他的有一ケ丫頭道那塊紬子角兒还不好呢再熨代玉便把剪子一擱説道理他呢过一会子就好了宝玉听了納悶只見宝釵探春等也来了和賈母説了一回閑话宝釵也進来问林妹〻做什么呢因見代玉裁剪笑道越發能幹了連裁剪都会了代玉道这也不过是撒謊哄人罢了宝釵道我告訴你ケ笑话兒剛為那ケ藥我説了ケ不知道宝兄弟就心里不受用了代玉道理他呢過一会子就好了宝玉向宝釵道老太〻要抹骨牌正没人呢你抹骨牌罢宝釵道我是為抹骨牌纔来説着便走了代玉道你倒是去罢这裡有老虎看吃了你説着又裁宝玉見他不理只得还陪笑説道你也生去瞧〻再裁不遲代玉總不理宝玉便问丫頭們这是誰叫裁的代玉見问丫頭們便説道憑他誰叫我裁也不管二爷事宝玉方欲説话只見有人進来回説外頭有人請宝玉听了忙徹身出去

代玉向外说道阿弥陀佛赶你回来我死了也罢了宝玉来到外面只见茗烟说道冯大爷家请宝玉听了知道是昨日的话便说要衣裳去自己便往书房裡来茗烟一直到了二门前等人只见出来了一个老婆子茗烟上去说道宝二爷在书房裡等出门的衣裳你老人家进去带个信儿那婆子啐道你娘的屁宝玉如今在园子裡住着跟他的人多在园子裡你又跑了这裡来带信儿了茗烟听了笑道骂的是我也糊涂了说着一径往东边二门前来可巧门上的小厮正在甬路底下踢球茗烟将缘故说了有个小厮跑了进去半日才抱了一个包袱出来递与茗烟回到书房裡宝玉换了命人备马只带着茗烟锄药双瑞双寿四个小厮去了一迳到了冯紫英门口有人报与冯紫英出来迎接进去只见薛蟠早已在那裡久候了还有许多唱曲儿的小厮并唱小旦的蒋玉菡锦香院的妓女云儿大家都见过了然后吃茶宝玉擎茶笑道前儿所说的幸与不幸之事我昼悬夜想今日一闻呼唤即至冯紫英道你们令表兄弟到多心实前日不过是我的设辞诚心请你们喝一杯酒恐又推托故说下这句话今日一邀即至谁知都信真了说毕大家一笑然後摆上酒来依次坐定冯紫英先命唱曲儿的小厮过来让酒然後命云儿也来敬那薛蟠三杯下肚不觉忘了情拉着云儿的手笑道你把那体己新样儿的曲儿唱个我听我吃一罈如何云儿听说只得拿起琵琶来唱道

双个冤家多难丢下想着你来又记挂着他双个人形容俊俏多难描画想昨宵幽期私訂在荼

三四三

蔴桀、一个偷情一个寻拿拿住了三曹对案我也无回话

唱毕笑道你唱一𨫼子罢了薛蟠听说笑道不值一𨫼再唱好的来宝玉笑道听我说罢这么滥饮易醉而无味我、先唱

一大海發一新令有不遵者罰十大海逐出席外給人斟酒冯紫英蒋玉等多道有理宝玉拿起海来一

氣飲干说道如今要说悲愁喜乐四个字都要说出女兒来还要注明这四字的原故说完了唱饮门盃酒酒面

要唱一个新鲜時樣曲兒酒底要席上生风一樣東西或古诗旧对四书五经成語給薛蟠不等说完先

站起来、攔道我不来别算我这竟是捉弄我呢云兒也站起来推他坐下笑道怕什么这还亏你天天喝

酒呢难道連我也不如回来我还说呢说是了罢不是了不过罰上几杯那里就醉死了你如今一乱令倒

喝十大海下去斟酒不成众人多拍手道妙、薛蟠听说无法只得坐下听宝玉说道

女兒悲、青春已大守空闺　女兒愁、悔教夫婿覓封侯

女兒喜、对镜晨粧顔色美　女兒樂、鞦韆架上春衫薄

众人听了說道說得好有理、独有薛蟠揚脸摇頭说不好该罚众人问如何该罚薛蟠道他说的我全不

懂怎么不该罚云兒便拧他一把笑道你悄、的想你的罢回来说不出来、又该罚了于是拿琵琶听宝玉唱道

滴不盡相思血淚拋紅豆。開不完春柳春花滿画樓。睡不穩紗窗風雨黄昏後。忘不了新愁与旧愁。嚥

不下玉粒金莼噎满喉。照不見菱花鏡裡形容瘦。展不開的眉頭。捱不明的更漏。呀　恰便是遮

不住的青山隐隐，流不断的绿水悠悠。

唱完大家齐声喝彩，独薛蟠说没板眼。宝玉饮了门盃，拈起一片梨来，道雨打梨花深闭门，完了令，该冯紫英

说道是

女儿悲，儿夫染病在垂危。

女儿喜，头胎养了双生子。

女儿愁，大风吹倒梳粧楼。

女儿乐，私向花园掏蟋蟀。

说毕唱道

你是个可人，你是个多情，你是个刁钻古怪鬼灵精，你是个神仙也不灵，我说的话儿你全不信，

只叫你去背地里细打听，才知道我疼你不疼。

唱完饮了门杯，说道鸡鸣茅店月。令完该云儿了。便说道

女儿悲，将来终身知靠谁。 薛蟠道我的儿有你薛大爷在，你怕什么。众人道别混他。云儿又道

女儿愁，妈妈打骂几时休。 薛蟠道前日我见了你妈，还吩付他不叫他打你呢。众人多道再多

言者罚酒十大海。薛蟠连忙自己打了个嘴巴子，道没耳性，再不许说了。云儿道

女儿喜，情郎不舍还家里。 女儿乐，住了箫管弄弦索。 说完唱道

豆蔻开花三月三，一个虫儿往里钻，钻了半日不得进，爬到花上打鞦韆，肉儿小心肝，我不

开时你怎么钻。

唱毕饮了门杯，说道桃之夭夭。令完下该薛蟠。薛蟠道我可要说了：女儿悲，说了半日不见说底下的

冯紫英道悲什庅快说 薛蟠登時急的 眼睛鈴鐺一般说道 女儿悲嫁了男人是烏龟 众人听了多大咲
起来薛蟠道 咲什庅难道我说的不是一个女儿嫁了漢子要當王八怎庅不傷心呢 众人道 你说的是快
说底下的 薛蟠瞪了瞪眼又说道 女儿愁说了这句又不言語了 众人道 怎庅愁 薛蟠道 綉房攛出个
大馬猴 众人哈哈咲道 该罚该罚 这句更不通 先还可恕 说着便斟酒 宝玉咲道 押韻就好 薛蟠道 令官
都准了你们闹什庅 众人听说方罢了 云兒道 下两句越發难说了 我替你说罢 薛蟠道 胡说 当真我就
没好的了 听我说罢 女儿喜 洞房花烛朝慵起 女儿樂 一根𣬠𣬠往里戳 众人说道 该死该死 快唱了罢 薛
蟠便唱道 一个蚊子哼哼哼 众人道 这是什庅曲子 薛蟠又道 双个蒼蝇嗡嗡嗡 众人多道 罢罢 薛蟠道 愛听不听
这是新鲜曲儿 叫哼哼韻儿 你们要听 連酒底儿免了 我就不唱 众人道 免了罢 于是蒋玉函道

女儿悲 丈夫一去不回歸
女儿愁 無錢去打桂花油
女儿喜 灯花並頭結双蕊
女儿樂 夫唱婦随真和合

说完唱道

可喜你天生成百媚千嬌 恰便似活神仙离碧霄 度青春年正小 配鸾凤真也巧 呀 看天河正高
听譙樓皷敲 剔银灯同入鴛幃悄

唱畢飲了门杯 咲道 这诗词上我到有限 幸而昨日見了一付对子 可巧只记得这句 幸而席上还有这件東
西 说畢 拿起一朵木樨来 念道 花氣襲人知晝暖 薛蟠嚷道 了不得 该罚该罚 这席上並

没有宝貝你怎庅会起宝貝来了蒋玉菡道何曽有宝貝薛蟠道你还赖呢你再念蒋玉菡只得又念了一遍
薛蟠道襲人可不是宝貝你不信只问他便指着宝玉宝玉不好意思的说薛大哥该罚多少薛蟠道该罚该罚
说着拿起酒来一飲而尽冯紫英與蒋玉菡等不知原故云児便告诉了出来蒋玉菡便起身陪罪衆人
道不知者不罪少刻宝玉出席解手蒋玉菡便随着出来二人站在廊簷下蒋玉菡又陪不是宝玉見他妩媚
温柔心中十分留恋便緊緊的攥着他的手说道闲了往我们那里去还有一句话借问你也是你们貴班中有
一个叫琪官的他在那里如今名馳天下我独无緣一見蒋玉菡笑道就是我的小名児宝玉听说不覺欣
然跌足道有幸有幸果然名不虚傳今日初会便怎庅樣呢想了一想向袖子里取出扇子将一个玉玦扇墜
解下来遞與琪官道微物不堪略表今日之誼琪官接了道无功受禄何以克当也罢我这里也得了一件奇物
今日早起方繫上还是簇新的也可表我一点亲热之意说畢撩衣将繫小衣的一条大红汗巾子解了下来
遞與宝玉道这汗巾子是茜香國女國王之物夏天繫着肌膚生香不生汗漬昨日北静王給我的
今日才上身若是别人我断不肯相贈二爺请把自己繫的解下来給我繫着宝玉听说喜不自禁連忙接
了过来将自己一条松花绿的解下来遞與琪官二人方束好只听一声大叫我可拿住了只見薛蟠跳了
出来拉着二人道放着酒不吃双个人逃席出来幹什庅快拿出来我瞧瞧二人多道没有什庅薛蟠那
里肯依还是冯紫英出来才解开了于是復又帰坐飲酒至晚方散宝玉回至園中寬衣吃茶襲人見

扇子上的扇墜兒没了便問道往那里去了宝玉道馬上丟了睡覺時只見腰里血点似的大紅
汗巾子襲人便猜着了八九分因說道你有了好的繫褲子把我那条还我罷宝玉听說方想起那条
汗巾子原是襲人的不該給人才是心里後悔口里說不出來只得笑道我賠你一条罷襲人听了嘆道我就
知道你又幹這些事了也不該拿着我的東西給那起混賬人也難為你心里没个算計兒再要說几
句又恐慪上他的酒來少不得也睡了至次日天明方才醒了只見宝玉笑道夜里失了盜也不曉得
你瞧瞧褲子上襲人低頭一看只見那条紅汗巾子繫在腰里了便知是宝玉夜间换了忙解下了說道我不
希罕這些趁早兒拿了去宝玉見他如此只得委婉解勸了一回襲人無法只得繫上过後宝玉出去終久
解下來擲在个空箱子裡自己又换了一条宝玉並未理論因问起昨日可有什么事情襲人便回說二奶奶
打發人叫了小紅去了他原要等爺來着我想什么要緊我就做了主打發他去了宝玉道何必等我
襲人又道昨日貴妃打發夏太監出來送了一百二十兩銀子叫在清虛觀初一到初三日打三天平安醮唱
戲獻供叫珍大爷領着衆位爷们跪香拜佛呢还有端午兒的節礼也賞了說着命小丫頭將昨日娘娘所賜
之物取了出來只見上等宫扇兩柄紅麝香珠二串凤尾罗二端芙蓉簟一領宝玉見了喜不自勝因问
道别人的也多是一樣嗎襲人道老太太的多着一个香如意一个瑪瑙枕太太老爺姨太太的只多着一个如意
你同宝姑娘的一樣林姑娘同我们三位姑娘只單有扇子同數珠兒每人兩疋紗兩疋罗兩个

香袋儿又个定子裏宝玉听了道这是怎么个原故怎么林姑娘的倒不同我的一樣倒是宝姑娘的同我一樣别是傳錯了罢襲人道昨日拿出来多是一分一分的寫着簽子怎么會錯了你的是在老太太屋裡的我去拿了来的老太太说叫你明日一五更進去謝恩呢宝玉道自然要走一淌说着便叫紫鵑来拿了這東西到林姑娘那里去就說是昨日我得的爱什么留下什么紫鵑答應了拿了去不一时回来说姑娘说了昨日也得了二爺留着罢宝玉听说便命人收了刚洗了脸出来要往賈母那里去請安只见代玉在前面宝玉赶上去笑道我的東西叫你揀你怎么不揀代玉將昨日所惱宝玉的心早又丢開只顾今日的事了因说道我没這麽大福禁受比不得宝姑娘什么金什么玉的我们不过是草木之人宝玉听他提出金玉二字不覺心里動了疑猜便说道除了别人说什么金什么玉的我心里要有這个想頭天誅地滅萬世不得人身代玉听他这話便知他心動疑忙又笑道好没意思白白的起什么誓管你什么金什么玉的宝玉道我心裡的事也难对你说日後自然明白除了老太太老爺太太这三个人弟四个就是妹妹了要有弟五个人我也說个誓代玉道你也不用說誓我狠知道你心裡有妹妹但只是見了姐姐就把妹妹忘了宝玉道那是你多心我再不是這樣的代玉道昨日宝丫頭不替你圓謊為什么你問着我呢那要是我你又不知怎么樣了正說着只見宝釵從那边来了二人便走開了宝釵分明看見只粧看不見低頭过去了到了王夫人那裡坐了一会然後到了賈母這边只見宝玉也在這裡呢宝釵因往日母親對王夫人等曾

提過金鎖日子和和尚給的等日後有玉的方可結婚姻等語所以總遠着宝玉昨日見元春所賜的東西獨他与宝玉一樣心里越發没意思起来

膚可巧宝釵左腕上籠着一串見宝玉问他少不得褪了下来宝釵原生的肌膚豐澤容易

宝玉被一个代玉纏綿住了心心念念只惦記着代玉並不理論這事此刻忽見宝玉笑道宝姐姐我瞧瞧你的那香串子呢

褪不下来宝玉在傍边看着雪白的一段(肌膚)酥臂不覺的動了羡慕之心暗暗想道这个膀子若長在林

妹妹身上或者还得摸一摸偏生長在他身上正(是)恨(我)没福得摸忽然想起金玉一事来再看看宝釵的

形容只見臉若銀盆眼同水杏唇不点而紅(含丹)眉不画而翠(横)比代玉另具一種嫵媚風流不覺就獃了宝釵

褪下串子来遞与(給)他也忘了接宝釵見他獃(呆呆的)自己倒不好意思起来丢下串子回身纔要走只見

代玉蹬着门檻子嘴里咬着手帕(絹子)兒笑(呢)宝釵道你又禁不得风吹怎庅又站在那风口里代玉

笑道何曾不是在屋里来只因听見天上一声叫出来瞧了瞧元来是个獃雁宝釵道獃雁在

那里(呢)我也瞧瞧代玉道我才(纔出)来他就忒兒一声(的)飛了口里说着將手裡的帕子一甩向宝玉臉上甩

来宝玉不防正在(打)眼上噯哟了一声要知端的下回分解

三五〇

第二十九回　享福人福深還禱福　多情女情重愈鍾情

說話寶玉正自發怔不想黛玉將手帕子甩了來正碰在眼睛上倒唬了一跳問是誰黛玉搖着頭兒笑道不敢是我失了手因為寶姐姐要看呆雁我比給他看不想失了手寶玉揉着眼睛待要說什麼又不好說的一時鳳姐兒來了因說起初一日在清虛觀打醮的事來遂約着寶釵寶玉黛玉等看戲去寶釵笑道罷罷怪熱的什麼沒看過的戲我不去鳳姐說他們那里涼快兩邊又有樓咱們要去我頭幾天打發人去把那些道士都趕出去把樓上都打掃了掛起簾子來一個閑人不許放進廟去纔是好呢我已經回了太太了你們不去我自家去這些日子也悶的狠了家里唱動戲我又不得舒舒服服的看賈母聽說笑道既這麼着我和你去鳳姐聽說笑道老祖宗也去敢仔好可就是我又不得受用了賈母道到明兒我在正樓上坐你們在兩邊樓上你也不用到我這邊來立規矩好不好鳳姐笑道這就是老祖宗疼我了賈母因又向寶釵道你也去連你母親也去長天老日的在家里也是睡覺寶釵只得答應着賈母又打發人去請了薛姨媽順路告訴王夫人要帶了他們姊妹去王夫人因一則身上不好二則預備着元春有人出來早已回了不去的聽賈母如此說笑道還是這麼高興因打發人去到園子裡告訴有要逛去的只管初一跟了老太太去這句話一傳開了別人還都可以只是那些丫頭們天天不得出門檻兒的聽了這話誰不要去

便是各人的主子懒怠去他也百般的撺掇着去因此李宫裁等都说去贾母越发欢喜早已吩咐
人去打扫安置都不必细说单表到了初一这一日荣国府门前车轿纷纷人马簇簇那底下执事人等
闻得是贵妃作好事贾母亲去拈香正是初一日乃月之首日况是端阳佳节因此凡动用的什物一色都是
齐全的不同往日少时贾母出来独坐一乘八人大亮轿李氏凤姐薛姨妈每人一乘四人轿宝钗
代玉共坐一辆翠盖珠缨八宝车迎春探春惜春三人共坐一辆朱轮华盖车然后贾母的丫头鸳鸯琥
珀珍珠林代玉的丫头紫鹃雪雁春纤宝钗的丫头莺儿文杏迎春的丫头司棋绣橘探春的丫头侍
书翠墨惜春的丫头入画彩屏薛姨妈的丫头同喜同贵外带着香菱香菱的丫头臻儿李氏
素云碧月凤姐的丫头平儿丰儿小红并王夫人的两个丫头也要跟着凤姐去的是金钏彩云
奶子抱着大姐儿带着巧姐儿另在一车上还有几个粗使的丫头一齐各上各房的老嬷嬷奶娘并跟出门的
家人媳妇子们乌压压的占了一街的车贾母等已经坐轿去了多远这门前尚未坐完这个
那街上的人见是贾府去烧香都站在两边观看那些小门小户的妇女也都开了门在门口站着七言八语指手画脚就像那看过会的一般只见前头的全付执事摆开一位青年公子骑着银鞍白马彩辔朱缨在那八人轿前领着那些车轿人马浩浩荡荡一片锦绣香烟遮天压地而来却是鸦雀无闻只有车轮马蹄之声不多时
西边前头全付执事摆开早已到了清虚观门口宝玉骑着马在贾母轿前行
街上人都站在两边将至观前只听钟鸣鼓响早有张法官执香披衣带领众道士在路傍迎接

宝玉下了马

贾母的轿刚到山门以内贾母在轿内因看見有守门大帥並千里眼順風耳當方土地本境城隍各位泥胎聖像便命住轿賈珍帶領各子侄上来迎接鳳姐知道鴛鴦等在後面赶不上来攙賈母自己下了轿忙要上来攙扶可巧有个十二三岁的小道士兒拿着剪筒照管各處剪燭花正欲得便且藏出去不想一頭撞在鳳姐兒怀内鳳姐兒便一揚手照臉一下把那小孩子打了一个筋斗罵道野牛肏的胡朝那裡跑那小道士也不顧拾燭剪爬起来往外還要跑正值寶釵等下車眾婆娘媳婦正圍隨的風雨不透忽見一个小道士滚了出来都喝声叫拿拿拿打打打賈母聽了忙問道是怎麼了賈珍忙出来問鳳姐兒上去攙住賈母就回說是一个小道士兒剪灯花的没躲出去這会子混鑽呢賈母聽說忙道快帶了那孩子来別唬着他小門小戶的孩子都是嬌生慣養的慣了那裡見的這个勢派可憐見的倘或唬着他老子娘豈不疼的慌說着便叫賈珍去好生帶了来賈珍只得去拉了那孩子来那孩子還一手拿着蠟剪跪在地下亂戰賈母命賈珍拉起他来叫他不要怕問他几歲了那孩子總說不出話来賈母還說可憐見的又向賈珍道珍哥兒帶他去罢給他些錢買菓子吃別叫人難為了他賈珍答應領他去了這裡賈母帶着眾人一層一層的瞻拜觀玩外面小廝們見賈母等進入二層山門忽見賈珍領了一个小道士出来叫人来帶去給他几百錢別難為了他家人聽說忙上来領了去賈珍站在台階上因問管家在那裡只聽底下站

的小厮们都一齐喝声说叫管家登時林之孝一手扣着帽子跑了来到贾珍跟前贾珍说道这
里地方大今儿不承望来这么些人你使的人你就带了你的院子里去使不着的打发到那院里去
把小幺儿们挑几个在这二層门上和两门上伺候着要東西传话你知道不知道今儿姑娘奶奶们都出
来了一个闲人也不许到这里来林之孝忙答应晓得又说了几个是贾珍道去罢又问怎么不見蓉
儿一声未了只見贾蓉扣着钮子从鍾楼里面跑了出来贾珍道你瞧瞧他我这里也没热他到凉
快去了喝命家人啐他那小厮便上来向贾蓉脸上啐了一口贾珍道问着他那小厮便问贾蓉
道爷还不怕热哥儿怎么先凉快去了贾蓉垂着手一声不敢说那贾芸贾萍贾芹等听見了
不但他们慌了亦且连贾璜贾𤨣贾瓊等也都忙了一个一个从墙根下慢慢的溜上来贾珍又
向贾蓉道你站着作什么还不骑了马跑回家去告诉你娘母子去老太太同姑娘们都来了叫他
们快来伺候贾蓉听说忙跑了出来一叠连声要马一面抱怨道早都不知做什么的这会子寻
趁我一面又骂小子们怕没来对出来说不的亲自走一番骑马去了不在话下且说贾珍方要抽身进去
見張道士站在傍边陪笑说道我论礼比不得别人应该在里头伺候只因天氣炎热众位千金
都出来了法官不敢擅入请爷的示下恐老太太问或要随喜那里我只在这里伺候罢了贾珍知道
这張道士虽然是当日荣国公的替身后来又作了道録司的正堂曾经先皇御口亲封为大幻仙

三五四

人如今現掌道録司印又是當今封為終了真人現今王公藩鎮都稱他為神仙所以不敢輕
慢二則他又常往兩个府里去凡夫人小姐都是見的今見他如此說便笑道咱們自己你又說
起这話来我把你这鬍子还撏了呢还不跟我進来那張道士呵々大笑跟了賈珍進来賈
珍到賈母跟前控身陪笑說道張爺進来問候賈母听了忙道請他過来那張道士先呵々笑道
無量壽佛老祖宗一向福壽康寧衆位姐奶々們納福一向没道府裡請安老太々氣色越
發好了賈母笑道老神仙你好張道士笑道托老太々万福萬壽小道还健朗别的倒罷了
記掛哥兒一向身上好前日四月二十六日我这里做遮天大王聖誕人也来的少东西也很干淨我
說請哥兒来瞧々怎庅說不在家賈母笑道果然真不在家一面回頭叫宝玉誰知宝玉解
手去了才来忙上来向張爺々好張道士忙抱住請安又向賈母笑道哥兒越發々福了賈
母道他外頭还好裡頭弱又搭着他老子逼着他念書生々的把一个孩子逼出病来了張道士道我
前日在好几处看見哥兒寫的字作的詩都好的了不得怎庅老爺还抱怨說哥兒不大喜欢
讀書呢依小道看来也就罷了又笑道我見哥兒的这个形容身段言談舉動怎庅就同当日
國公爺一个稿說着兩眼流下淚来賈母听說也由不得滿臉淚痕說道正是呢我養了这
些兒子孫子也沒个像他爺々的就是这玉兒还有些影兒那張道士又笑向賈珍道当

日国公的模樣兒爺們一輩的自然不用説没赶上大約連大老爺二老爺也記不清楚了説畢
又呵く大笑又道前兒在个人家看見一位小姐今年十五歲了生的倒也好个模樣兒我想着
哥兒也該尋親事了若論這小姐的模樣兒聰明智慧根基家當倒也配的過但不知老太
く怎麼樣小道也不敢造次等請了老太く的示下纔敢向人去開口賈母道上回有个和尚説了
這孩子命裏不該早娶等再大一大兒再定罷你可如今打聽着不管他根基富貴只要模
樣兒配得上就來告訴我便是那家子窮不過給他几兩銀子罷了只是模樣
兒性格兒難得好的説畢只見鳳姐兒笑道張爺く我們丫頭的寄名符你也不換去
前兒虧你還有那麼大臉打發人和我要鵝黃緞子去要不給你又恐怕你那老臉上下不來
張道士呵く大笑道你瞧我眼花了也没看見奶く在這里也没道多謝符早已有了
前日原要送去的不指望娘く來作好事就忘了還在佛前鎮着呢待我取來説着跑到大殿
上去一時拿了个茶盤搭着大紅蟒緞經袱子托出符來大姐兒的奶子接了符張道
士方欲抱过大姐兒來只見鳳姐笑道你就手里拿來也罷了又用个盤子托着張道士
道手里不干不淨的怎麼拿用盤子潔淨些鳳姐笑道你只顧拿出盤子來倒唬我一跳呢
我不説你是為送符到像是和我們化佈施來了衆人听説哄然一笑連賈璉也掌不住笑了賈母回頭道猴兒

猴兒你不怕下割舌地獄鳳姐兒笑道我們爺兒們不相干他怎庅常常的說我該積陰騭遲了就短命呢張道士也笑道我拿出盤子來一舉兩用却不爲化布施倒要將哥兒的這玉請了下來托出去給那些遠來的道友並徒子徒孫們見識見識賈母道既這庅着你老天拔地的跑什庅就帶他去瞧了叫他進來豈不省事張道士道老太太不知道看着小道是八十多歲的人托老太太的福倒健朗只是外頭人多氣味難聞況是暑月天哥兒受不慣倘或哥兒受了腌臢氣味倒值多了賈母聽說便命寶玉摘下通靈玉來放在盤內那張道士兢兢業業的用蟒袱子墊着捧了出去這里賈母與衆人各處遊玩一回方去上樓只見賈珍回說張爺送了玉來了剛說着只見張道士捧了盤子走到跟前笑道衆人托小道的福見了哥兒的玉實在稀罕都沒什庅敬賀之物這是他們各人傳道的法器都愿作敬賀之禮哥兒便不希罕只留着在房里頑要賞人罷賈母聽說向盤內看時只見也有金璜也有玉玦或有事事如意或有歲歲平安皆是珠穿寶貫玉琢金鏤共有三五十件因說道你也胡鬧他們出家人都是那里來的何必這樣這斷斷不收的張道士笑道這是他們一點敬意小道也不能阻當老太太要不留下豈不叫他們看着小道平常不像是門下出身了賈母聽如此說方命人接下了寶玉笑道老太太張爺爺既說又推辭不得我要這個也無

用不如咛小子们捧了这个跟我出去散给穷人罢贾母笑说道这到说的是张道士
又忙拦道哥儿虽要行好但这些东西虽说不甚希罕到的也是几件器皿若给了乞丐
一则与他们无益二则反到遭塌了这些东西要舍穷人何不就散钱与他们宝玉听说
便命收了等晚间拿了施舍罢说毕道士方退出这里贾母与众人上了楼贾母在正楼上
坐了凤姐等占了东楼众了环等在西楼轮流伺候贾珍一时来回神前拈了戏头
一本白蛇记贾母问白蛇记是甚么故事贾珍道是汉高祖斩蛇方起首的故事第二
本是满床笏贾母道这倒第二本神佛要这样也只得罢了又问第三本贾珍道是
南柯梦贾母听了便不言语贾珍退了下来至外边预备着申表焚了纸钱开戏不在话
下且说宝玉在楼上坐在贾母傍边因叫个小丫头子捧着那一盘子贺物自己将玉带上用
手翻弄寻拨一件一件的挑与贾母看贾母因看见有个赤金点翠的麒麟便伸手拿了起来
笑道这件东西好像我看见谁家的孩子也带着这么一个的宝钗笑道史大妹妹有一个比这
个小些贾母道原来是湘云他有这个宝玉道他这么往我们家去住着我也没看见探春笑道宝姐
姐有心不管什么他都记得代玉冷笑道他在别的上心还有限惟有这些人带的东西上越发留心宝
钗听说便回头装没听见宝玉听见史湘云有这件东西便将麒麟忙拿起来揣在怀里一面揣

自心里想道怕人看见他听是史湘云有了他就留这件因此手里揣着却拿眼睛飘人
只见众人到不理论惟有代玉瞅着他点头儿似有讃叹之意宝玉不觉心里不好意思起来
又掏了出来向代玉笑道这个东西到好顽我替你留着到了家穿上你带代玉将头一扭说道我
不希罕宝玉笑道你果然不希罕我少不得就拿着说着又揣了起来刚要说话只见贾珍贾蓉
的妻子婆媳两个来了彼此见过贾母道你们又来做什么我不过没事来瞧瞧一句话没说
完只见人报冯将军家有人来了原来冯紫英家听见贾母在庙里打醮连忙预备了猪羊香
供茶食之类的东西送礼来凤姐儿听见了忙赶过正楼来拍手笑道嗳哟我就不防着
只说咱们娘儿们来瞧瞧人家只当咱们大摆斋坛的来送礼都是老太太闹的这又得预备
赏封儿刚说只见冯家的两个管家娘子上楼来了冯家的两个未去接着赵侍郎
家也有礼来了于是接二连三都听见贾府打醮女眷都在庙里凡一应远亲近友
世家相与都来送礼贾母纔后悔起来说又不是什么正经斋事我们不过闲瞧瞧就想
不到这礼上没的惊动了人因此虽看了一天戏至下午便回来了次日便懒怠去凤姐儿又说打墙也
是动土已经惊动了人家乐得还去瞧瞧那贾母因昨日张道士提起宝玉说亲的事来谁
知宝玉一日心中不自在回家来生气嗔着张道士与他说亲口口声声说从今已后再不见张

老道了別人也不知為什庅原故二則代玉昨日回家又中了暑因此二事贾母執意不去了凤姐
見不去了自己帶了人去了也不在話下且說寳玉因見代玉又病了心裡放不下飯也懶待吃不
時來向代玉只怕他有个好歹因說道你只管看你的戲去在家裡做甚庅寳玉因昨日張
道士提親之事心中大不受用今听見代玉如此說心裡因想道別人不知道我的心還可恕他連他也奚
落起我來因此心中煩惱更比往日加了百倍只是別人跟前斷不能動這肝火只是代玉說了這
話又比往日別人說這話不同由不得立刻沉下臉來道我白認得了你罢了代玉听說便冷
笑了兩声道我也知道白認得了我那里有人家有什庅配的上呢寳玉听了便向前直問到
臉上你這庅說是安心咒我天誅地滅代玉一時解不過這話來寳玉又道昨日還為這
个賭了幾回咒今兒你到底准我一句我便天誅地滅你有什庅益處代玉一聞此言方想起
上日的話來原是自己說錯了又是着急又是羞愧便戰戰兢兢的說道我要安心咒你我也
天誅地滅何苦來我知道張道士說親你怕擋了你的好姻緣你心里生氣來拿我煞
性子原來那寳玉自幼生成有一種下流癡病況從幼時和代玉耳鬢斯磨心情相对既知
今稍明時事又看了那些邪書僻傳凡遠親近友之家所見的那些閨英闈秀皆
未有稍及黛玉者所以早存了一段心事只不好說出來故每每或喜或怒變盡法子

三六〇

暗中试探那代玉偏生也是个有些痴病的也每用假情试探因你也将真心真意瞒了、起来我也将真心真意瞒了起来都只用假意试探如此两假相逢终有一真其间琐琐碎碎难保不有口角之事即如此刻宝玉的心内想的是别人不知我的心还有可恕难道你就不想我心里眼里只有你〻不能为我烦恼反来以这话堵噎我可见我心里时〻刻〻有了你〻竟心里没我说我了宝玉是这个意思只是口里说不出来那黛玉心里想着你心里自然有我虽有金玉相对之说你岂是重这邪说不重我的我便时常提这金玉你只管了然无闻的方见是待我重而毫无此心了如何我只一提金玉的事你就着急可知你心里时时有金玉我一提你又怕我多心故意着急安心哄我看来两个人原本是一个心那宝玉心中又想着我不管怎么样都好只要你随意我便立刻因你死了也情愿你知也罢不知也罢只由我的心可见你和我近不和我远那代玉心里又想着你只管你你好我自好你何必为我而自失殊不知你失我自失我自来可见是你不叫我近你有意叫我远你了如此说来他二人素习所存私心也难备述如今只述他们外面的形容那宝玉又听他说好姻缘三个字越发逆了己意心里干噎口里说不出来便赌气向颈上摘下通灵玉来咬牙恨命往地下一摔道什么捞什子我砸了你完事偏生那玉坚硬非常摔了一下竟文风不动宝玉见不碎便回身找东西来砸代玉见他如此早已哭起来说道何苦来你又砸那哑吧东西有砸他的不如

来砸我二人闹着紫鹃雪雁等忙過来劝解後来見宝玉下死力砸玉忙上来夺又夺不下来見比往日
闹的大了少不得去叫袭人袭人忙赶来纔夺了下来宝玉冷笑道我砸我的东西与你们什么相干袭人
見他脸都氣黄了眉眼都变了從来没氣的這樣便拉着他的手笑道你同妹妹辦嘴不犯着砸
他倘或砸坏了叫他心裡脸上怎么过的去代玉一行哭着一行听了這话说到自己心坎兒上来可見宝
玉连袭人不如越發傷心大哭起来心里一煩恼把方纔吃的香薷饮解暑湯便承受不住哇的
一声都吐了出来紫鹃忙上来用手帕子接住登時一口一口的把一块手帕子吐濕了雪雁忙上来捶揉紫
鹃道雖然生氣姑娘到底也該保重着些纔吃了藥好些這会子因合宝二爷拌嘴又吐了出来倘或
犯了病宝二爷心里怎么过的去呢宝玉听了這话说到自己心坎兒上来可見代玉不如紫鹃呢又見代
玉脸红頭脹一行啼哭一行氣湊一行是泪一行是汗不勝怯弱宝玉見了這般又自己後悔方纔
不该和他较证這会子他這样光景我又替不了他心裡想着也由不得滴下泪来袭人見他两
个哭的悲痛也心酸起来又摸着宝玉的手冰冷待要劝宝玉不哭罢一则又恐宝玉
有什么委曲闷在心里二则又恐薄了代玉[不如大家一哭就丢開手闹]流下泪来紫鹃一面收
拾了吐的药一面拿扇子轻轻的替代玉扇着見三个人都鸦雀無聞各自哭各自的也由不
得傷心起来也拿手帕子擦泪四个人都無言对泣袭人勉强笑向宝玉道你不看

别的你看着宝玉上穿的穗子也不该抢着辩嘴代玉听了也不顾病赶来夺过去顺手抓起一把剪
子来就铰袭人紫鹃忙要夺时已经剪了好几段了代玉哭道我也是白効力他也不稀罕自有
别人替他再穿好的去呢袭人忙接了玉道何苦来这是我才多嘴的不是了宝玉向代玉道你
只管铰我横竖不带他也没有什么只顾里头闹谁知那些老婆子们见代玉大哭大吐宝
玉又砸玉不知道要闹到什么田地倘或连累了他们便一齐往前头回贾母王夫人知道好
不干连了他们那贾母王夫人见他们忙忙的作一件正经事来告诉也都不知有了什么大祸便一齐进园来
瞧他兄妹急的袭人抱怨紫鹃为什么惊动了老太太太太紫鹃又只当是袭人去告诉的也
抱怨袭人那贾母王夫人进来见宝玉也无言代玉也无语问起来又没为什么事便将这祸移到
袭人紫鹃两个人身上说为什么你们不小心伏侍这会子闹起来都不管呢因此将他二人连
骂带说教训了一顿二人都没的说只得听着还是贾母带出宝玉去了方才平服过了一日至初三日
乃是薛蟠生日家里摆酒唱戏来请贾府诸人宝玉因得罪了代玉二人总未见面心中正自
后悔无精打彩的那里还有心肠去看戏因而推病不去代玉不过前日中了些暑溽之气本无甚大
病听见他不去心里想他是好吃酒看戏的今日反不去自然是因为昨日气着了
了再不然他见我不去他也没心肠去只是昨日千不该万不该铰了那玉上的穗子管定他再不

带了還闹了他的带因此心中也十分後悔那贾母见他两个都生了氣只說趁今兒那边去看戲他两
个見了也就完了不想又都不去老人家急的抱怨說我这老冤家是那世里的孽障偏生遇見了这
么两个不省事的小冤家没有一天不叫我操心真是俗語說的不是冤家不聚头几時我閉了
这眼断了这口氣凭这两个冤家闹上天去我眼不見心不煩也就罢了偏生不嚥这口氣自
己抱怨着也哭了这話傳入宝林二人耳内原来他二人從那見过不是冤家不聚頭的这句
俗語如今忽然得了这句話好似參禪的一般都低頭細嚼此話的滋味都不覺潸然泪
下雖不會面然一个在潇湘館臨風洒泪一个在怡紅院对月長吁却是人居两地情發一心袭
人因劝宝玉道千万不是都是你的不是往日家裡小厮們和他的姊妹拌嘴或是两口子分
争你听見了还罵小子們蠢不能体貼女孩兒們的心腸今兒你也这么着了明兒初五大節
下你們两个再这么仇人是的老太太越發要生氣一定弄的大家不安生依我劝你正
經下个氣陪个不是大家还是照常一樣这么也好那么也好那宝玉听了不知依他
也不依且听下回分解

第三十四回

宝釵借扇機帶雙敲 椿灵劃薔痴及局外

話說林黛玉自与宝玉口角後也自後悔但又無去就他之理因此日夜悶悶如有所失紫鵑度其意乃劝道論前日之事竟是姑娘太浮躁了些別人不知宝玉那脾氣難道咱們也不知道的為那玉也不是鬧了一遭兩遭了黛玉啐道你倒来替人派我的不是我怎麼浮躁了紫鵑笑道好好的為什麼又剪了那穗子豈不是宝玉只有三分不是姑娘倒有七分不是我看他素日在姑娘身上就好皆因姑娘小性兒常要歪派他才這麼樣黛玉正欲答話只聽院外叫門紫鵑聽了聽笑道這是宝玉的聲音想必是來賠不是了黛玉聽了道不許開門紫鵑道姑娘又不是了這麼熱天毒日頭地下曬壞了他如何使得呢口裏說着便出去開門果然是宝玉一面讓他進來一面笑着說道我當宝二爺再不上我們這門了誰知這會子又來了宝玉笑道你們把極小的事倒說大了好好的為什麼不來我便死了魂也要來一百遭妹妹可大好了紫鵑道身上病好了只是心裏氣不大好宝玉笑道我曉得有什麼氣一面說着一面進來只見黛玉又在床上哭呢那黛玉本不曾哭聽見宝玉來由不得傷心止不住滾下淚來宝玉笑着走近床來道妹妹身上可大好了黛玉只顧拭淚並不答應宝玉因便挨在床沿上坐了一面笑道我知道妹妹不惱我但只是我不來叫旁人看着倒像咱們又拌了嘴的似的若等他們來劝咱們那時節豈不

到竟見生分了如这会子你要打要罵憑你怎么樣千万別不理我説着又把好妹々叫了几万声
代玉心里原是再不理宝玉的这会子听見宝玉説别叫人知道咱們拌了嘴就生分了是的这一句
話又可見得比別人原親近因又掌不住便哭道你也不用来哄我從今已後我也不敢親近二爷
也全当我去了宝玉听了笑道你往那里去呢代玉道我回家去宝玉笑道我跟了去代玉道
我死了宝玉道你死了我作和尚代玉一聞此言登時把臉放下来问道想是你要死了胡説的是什
么你家有几个親姐々妹々呢明兒都死了你有几个身子去作和尚明兒我到把这話告訴人去評々宝玉
自知这話説的造次了後悔不来登時臉上紅脹低々頭不敢作声幸而屋里没人代玉兩眼直瞪
々的瞅了他半天氣的一声也説不出話来宝玉憋的臉上紫脹便咬着牙用指頭狠命在他額
顱上戳了一下哼了一声咬牙説道你这刚説了兩个字便又嘆了一口氣仍拿起手帕子来擦眼
泪宝玉心里原有無限心事又兼説錯了話正自後悔又見代玉戳他一下要説也説不出来自嘆自泣因此
自己也有所感不覺滚下泪来要用帕子拭不想又忘帶来便用衫袖去擦代玉雖然哭着却一眼看見他穿
着簇新藕合紗衫竟去拭泪便一面自己拭着泪一面回身將枕上搭的一方綃帕拿起来向宝玉怀里一摔一
語不發仍掩面而泣宝玉見他摔了帕子来忙接住拭了泪又挨近前伸手拉了代玉一隻手笑道我的五臟都
碎了你还只是哭走罢我同你往老太々跟前去代玉將手一摔道谁和你拉々扯々的一天大似一天的还

这庅涎皮賴臉的連个道理也不知道一句話没说完只听嚷道好了宝林二人不防都唬了一跳回頭看时只見
凤姐跑進来笑道老太〃在那裡報怨天報怨地只叫我来瞧〃你们好了没有我说不用瞧过不上三天他们
自己就好了老太〃罵我说我懶我来了果然应了我的話也没見你们两个有些什庅可拌的三日好了两日惱了
越大越成了孩子有这会子拉着手哭的昨儿為什庅又成了烏眼鷄是的呢还不跟我走到老太〃跟前叫
老人家也放些心说着拉了代玉起来回頭叫了頭们一个也没有凤姐道又叫他们作什庅有我伏侍你呢一
面说一面拉着就走宝玉在後面跟着出了园子到了贾母跟前凤姐笑道我说他们不用人费
心自己就好了会老祖宗不信一定叫我去说和我及至到那裡要说和谁知两个人倒在一处对賠不是呢对
笑倒像黄鷹抓住鷂子的脚两个人都扣了环了那里还要人去说和说的滿屋裡都笑起来此時宝釵
正在那裡那代玉一言不發挨着贾母坐下宝玉没什庅说的便向宝釵笑道大哥〃好日子偏生我又不
好了没有别的礼送連个頭也不得磕去大哥〃不知道我病倒像我推故不去的倘或明日閒了姐〃
替我分辯〃〃宝釵笑道这也多事你就要去也不敢驚動何况身上不好弟兄们常在一处要存这
个心到生分了宝玉又笑道姐〃知道体諒我就好了又道姐〃怎庅不聽戲去宝釵道我怕熱
听了两齣熱的很要走客又不散我少不得推身上不好就躲了宝玉听说由不得臉上没意思只
得又搭訕笑道怪不得他们拿姐〃比楊妃原也体豐怯熱宝釵听说不由的大怒待要怎樣又不好怎样

樣又不好怎樣回思了一回臉紅起来便冷笑了兩声説道我到像楊妃只没个好哥〻好兄弟可以做得楊国忠的又正説着可巧小丫頭靛兒因不見了扇子和宝釵咲道必是宝姑娘藏了我的好姑娘賞我罢宝釵指他道你要仔細我和你頑过你再疑我和你素日嘻皮咲臉的那些姑娘們你该問他們去説的个靛兒跑了宝玉自知又把話説造次了当着許多人更比在代玉跟前更不好意思便急回身又同別人搭訕去了代玉听見宝玉奚落宝釵心中着实得意才要搭言也趣勢取个咲想靛兒找扇子宝釵又發了兩句話他便改口説宝姐〻你听了兩齣什庅戲宝釵因見代玉臉上有得意之態一定听了方才宝玉奚落之言遂了他的心愿忽又見問他这話便咲道我看的是李逵罵了宋江後来又賠不是宝玉便咲道姐〻通古博今色〻都知道怎庅连这一齣戲的名兒都不知道就説了这負荊請罪宝釵咲道这叫負荊請罪庅你們通今博古的才知道負荊請罪我不知道什庅是負荊請罪一句話未説完宝玉代玉二人心里有病听了这話早把臉羞紅了凤姐於这些上雖不通但只看他三人形景便知其意便也咲着問道你們大暑天誰还吃生姜呢众人不解其意便説道没有吃生姜凤姐故意摸着腮咤異道既没人吃生姜怎庅这庅辣〻的宝玉代玉二人听了这話越發不好过了宝釵再要説話見宝玉十分慚愧形景改变也就不好再説只得一咲收住別人總未解得四个人的言語因此付之一咲一時宝釵凤姐去了代玉咲向宝玉道你也試着比我利害的人

了誰都像我心拙口笨的由着人説呢宝玉因宝釵多心自己没趣又見代玉来问着他越發没好氣
起来待要再説两句又怕代玉多心説不得忍着氣無精打彩一直出来誰知目今盛暑之際又当早飯
已过各处主僕人等多半都因日長神倦之時宝玉背着手到一处々々鴉雀無声從賈母这里出
来往西走过了穿堂便是凤姐児的院落到他院门前只見院门掩着知道凤姐素日的規
矩每到天熱午间要歇一个時辰進去不便遂進角门来到了王夫人的上房里只見几个丫頭手里
拿着針線都打盹呢王夫人在裡间凉榻上睡着金釧児坐在傍边搥腿也乜斜着眼乱
恍宝玉軽々的走到跟前把他耳上带的墜子一摘金釧睁开眼見是宝玉々々悄々的笑道就困的这么
着金釧抿嘴一笑擺手令他出去仍合上眼宝玉見了他就有些恋々不捨的悄々的探頭瞧々
王夫人合着眼便自己向荷包里带的香雪潤津丹掏出了一丸来便向金釧児嘴裡一送金釧不
睁眼只管噙了宝玉上来便拉着手悄々的笑道我明日和太々討你咱们在一处罢金釧不答宝玉又道
不然等太々醒了我就討金釧睁开眼将宝玉一推笑道你忙什么金簪子掉在井裡頭有你的只是有你的連这
两句俗語难道也不明白我倒告訴你个巧宗児你往东小院子里拿環哥児和彩
雲去宝玉笑道凭他怎么去罢我只守着你只見王夫人翻身起来照金釧児臉上就打了个
嘴巴子指着罵道下作小娼婦好々的爷们都叫你教坏了宝玉見王夫人起来早一溜烟去了

這里金釧兒臉半邊火熱一声不敢言語登時眾丫頭們聽見王夫人醒了都忙進來王夫人便叫玉釧兒把你媽叫來帶出你姐々去金釧兒聽見忙跪下哭道奴才再不敢了太々要打罵只管發落別叫奴才出去就是天恩了我跟了太々十來年這會子攆出去奴才還見人不見了呢王夫人固然是个寬厚仁慈的人從來不曾打過丫頭們一下忽見金釧兒行此無恥之事生平最恨者故氣忿不過打了一下罵了几句雖金釧兒苦求亦不肯收留到底喚了金釧兒母白老媳婦來領了下去那金釧兒含羞忍辱的出去不在話下且說寶玉見王夫人醒了自己沒趣忙進大觀園來只見赤日当天樹陰合地滿耳蟬声靜無人語剛到了薔薇花架只聽有人哽噎之声寶玉心中疑惑便站住細聽果然架下那邊有人時值五月之際那薔薇正是花葉茂盛之時寶玉便悄々的隔着籬笆洞兒一看只見一个女孩子蹲在花下手裡拿着根綰頭的簪子在地下摳土一面悄々的流淚寶玉心中想道難道這也是個痴丫頭又像顰兒來葬花不成因又自笑道若真也葬花可謂東施效顰了不但不為新奇且更可厭了想畢便要叫那女子說你不用跟着林姑娘學了話未出口幸而再看時這女孩子面生不是个侍兒倒像那十二个學戲的女孩子內的一個却辨不出他是生旦淨丑那一个角色來寶玉忙把舌頭一伸將口掩住自己想道幸而不曾造次上兩回皆因造次了顰兒也生氣寶釵也多心如今再得罪了他們越發沒意思了一面想一面又恨認不得這个是誰

再留神細看只見这女孩子眉蹙春山眼顰秋水面薄腰纖娘〻婷〻大有代玉之態宝玉便早又
不忍棄他而去只管呆看只見他雖然用金簪子劃地並不是掘土埋花竟是向土上画字宝玉用眼
隨着簪子的起落一直一横一点一勾的看了去數一數十八筆自己又在手心里用指頭按着他方才下筆
的規矩寫了猜是个什麼字寫成一想原来就是薔薇花的薔字宝玉想道一定是他也要作
詩填詞这会子見了这花因有所感或者偶成了兩句一時興至恐忘在地下画着推敲也未可知且
看他底下再寫什麼一面想一面又看只見那女孩子還在那里劃呢画来画去還是个薔字再看還是个
薔字裡面的原是早已痴了外面的不覺也看痴了兩个眼睛珠兒只管隨着簪子動心却想这个女
孩子一定有什麼說不出的心事才这么个樣兒外面既是这个樣兒心里不知怎麼熬煎看他的模樣兒
这般單薄心里那里擱得住还熬煎可恨我不能替你分些過来伏中陰晴不定片雲可致雨忽
一陣涼風過了唰唰的落下一陣雨来宝玉看着那女孩子頭上滴下水来紗衣裳登時濕了宝玉
玉想道这不是雨他这个身子如何禁得住驟雨一激因此禁不住便說道不用寫了你看下
大身上都濕了那女孩子听見倒唬了一跳抬頭一看只見花外一个人叫他不要寫下大雨了一則宝
玉臉俊秀二則花葉繁茂上下俱被枝葉隱住剛露着半边臉那女孩子只當是个丫頭再
不想是宝玉因笑道多謝姐〻提醒了我難道姐〻在外頭有什麼遮雨的一句提醒了宝玉

噯喲了一声後竟得渾身冰涼低頭一看自己身上也都濕了說声不好只得一氣跑回怡紅院去了心里却还記掛着那女孩子沒處避雨原來明日是端陽節那文官等十二個女孩子都放了學進園來各處頑耍可巧小生寶官正旦玉官兩個女孩子正在怡紅院和襲人頑笑被大雨阻住大家把溝堵了水積在院內把些綠頭鴨花鸂鶒彩鴛鴦捉的捉赶的赶縫了翅膀放在院內頑耍將院門關了襲人等都在遊廊上嘻笑寶玉見關着門便以手扣門裡面諸人只顧笑那里听見叫了半日拍的門山响里面方听見了估着寶玉这会再不回來的襲人笑道誰这会子叫門沒人開去寶玉道是我麝月道是寶姑娘的声音晴雯道胡說寶姑娘这会子做什麼來襲人道讓我隔着門縫兒瞧瞧可開就開要不可開叫他淋着去說着便順着遊廊往外一瞧只見寶玉淋的雨打雞一般襲人見了又是着忙又是可笑忙開了門笑的彎着腰拍手道這麼大雨裡跑什麼那里知道是回來了寶玉一肚子沒好氣滿心裡要把開門的踢几腳及開了門並不看真是誰还只當是那些小丫頭子們便抬腿踢在肋上襲人噯喲了一声寶玉还罵道下流東西們我素日擔待你們得了意一点兒也不怕越發拿我取笑兒了口里說着抵頭見是襲人哭了方知踢錯了忙笑道噯喲是你來了踢在那里了襲人從來不曾受過一句大話的今忽見寶玉生氣踢他一下又當着許多人又是羞又是氣又是

疼真一時置身無地待要怎麽樣料着宝玉未必是安心踢他少不得忍着說道没有踢着還不換衣裳去宝玉一面進房来解衣一面笑道我長了這麽大今兒是頭一遭生氣打人不想偏生遇見了你襲人一面忍痛換衣裳一面笑道我是起頭兒的人不論大事小事是好是歹自然也該從我起但只是別說打了我明兒順了手也打起別人来宝玉道我才也不是安心襲人道誰說是安心呢素日開門関門都是那起小丫頭子們的事他們是憨皮慣了的早已恨的人牙癢癢他們也没个怕惧兒你當是他們踢一下子唬唬他們也好剛才是我淘氣不叫開門的說着那雨已住了宝官玉官也早去了襲人只覺肋上疼的心里發鬧晚飯也不曾好生吃至晚間洗澡時脱了衣服只見肋上青了碗大一塊自己倒唬了一跳又不好声張一時睡下夢中作痛由不得嗳喲之声從睡夢中哼出宝玉雖說不是安心因見襲人懶懶的也睡不安穩忽夜間聽得嗳喲便知踢重了自己下床悄悄的秉灯来照剛到床前只見襲人嗽了兩声吐出一口痰来嗳喲一声睜眼見了宝玉倒唬了一跳道作什麽宝玉道你夢裏嗳喲必定踢重了我瞧瞧襲人道我頭上發暈嗓子里又腥又甜你倒照一照地下罷宝玉聽說果然持灯向地下一照只見一口鮮血在地宝玉慌了只說了不得了襲人見了也就心冷了半截要知端的且看下回分解

第三十一回　撕扇子公子追欢笑　拾麒麟侍兒論陰陽

話説襲人見了自已吐的鮮血在地也就冷了半截想着往日長聽人説少年吐血年月不保縱然命長終
廢人了想起此言不覺將素日想着後来爭榮誇耀之心盡皆灰了眼中不覺滴下淚来宝玉見他哭了也不覺心酸
来因問道你心里覺的怎麽樣襲人勉強笑道好好的覺怎麽呢宝玉的意思即刻便要叫人燙黄酒要
山羊血黎洞丸来襲人拉着他的手笑道你這一鬧不大緊鬧起多少人来倒抱怨我輕狂分明人不知道倒鬧的人
知道了你也不好我也不好正經明兒你打發小子問問王太醫去弄點藥吃吃就好了人不知鬼不覺的可
不好宝玉聽了有理也只得罷了向案上斟茶来給襲人漱口襲人知道宝玉心内是不安穩的待要不叫
他伏侍他必不依況且定要驚動别人不如由他去罷因此倚在榻上由宝玉去伏侍那天剛亮宝玉也不得梳洗忙
穿衣出来將王濟仁叫来親自確問王濟仁問其原故不過是損傷便説了個丸藥名字怎麽吃怎麽敷宝玉記了回
園依方調治不在話下這日正是端陽佳節蒲艾簪門虎符繫臂午間王夫人治酒席請薛家母女等賞端
宝玉見宝釵淡淡的也不和他説話自知是昨兒的原故王夫人見了宝玉没精打彩也只當是昨晚金釧之事他
不好意思的越發不理他黛玉見宝玉懶懶的只當是他得罪了宝釵的原故心中不自在形容也就懶懶的鳳
姐昨日晚上王夫人就告訴了他宝玉金釧的事知道王夫人不喜歡自己如何敢説笑也就隨着王夫人的
氣色行事更覺淡淡的迎春姊妹見衆人無意思也都無意思了因此大家坐了一坐就散了

喜散不喜聚他想的也有個道理他說人有聚就有散聚時欢喜到散時豈不清冷既清冷則生傷感
所以不如倒是不聚的好比如那花開時令人愛謝時則增惆悵所以倒是不開的好故此人以為喜之
時他反以為悲那寶玉情性只愿常聚生怕一時散了添悲那花只愿常開生怕一時謝了沒趣只到筵散花謝
雖有萬種悲傷也就無可如何了因此今日之筵大家無興散了黛玉倒不覺得倒是寶玉心中悶悶不樂
回至自己房中長吁短嘆偏生晴雯上來換衣服不防又把扇子失了手跌在地下將股子跌折寶玉因嘆
道蠢才蠢才將來怎么樣明日你自己當家立業難道也是這么顧前不顧後的晴雯冷笑道二爺近來氣
大的狠行動就給臉子瞧前兒連襲人都打了今兒又來尋我的不是要踢要打憑爺去就是跌了扇
子也是平常的事先時連那么樣的玻璃缸瑪瑙碗不知弄壞了多少也沒見個大氣兒這會子一把扇
子就這么著何苦來要嫌我們就打發我們再挑好的使好離好散的倒不好寶玉聽了這些話氣
的渾身亂戰因說道你不用忙將來有散的日子襲人在那边早已聽見忙趕過來向寶玉道好好的又怎么
了可是我說的一時我不到就有事故兒晴雯聽了冷笑道姐姐既会說就該早來也省了爺生氣自古以來
就是你一個人伏侍爺的我們原沒伏侍過因為你伏侍的好昨兒才挨窩心腳我們不会伏侍的明兒還不知是
個什么罪呢襲人聽了這話又是惱又是愧待要說几句話又見寶玉已經氣的黃了臉少不得自己忍
了性子推晴雯道好妹妹你出去逛逛原是我們的不是晴雯聽他說我們兩個字自然是他和

三七六

宝玉了不免又添了醋意冷笑几声道我到不知道你们是谁别叫我替你们害臊了便是你们
鬼鬼祟祟干的那些事儿也瞒不过我去那里就称起我们来了明公正道连个姑娘还没挣上去呢也不过和我似的
的那里就称起我们来了袭人羞的脸紫胀起来想一想原是自己把话说错了宝玉一面说道你们气不忿我
明儿偏抬举他袭人忙拉了宝玉的手道他一个糊涂人你和他分证什么况且你素日又是有担待的比这大
的过去了多少今儿是怎么了晴雯冷笑道我原是糊涂人那里配和我说话呢我不过奴才罢咧袭人听说道姑娘到
底是和我拌嘴呢是和二爷拌嘴呢要是心里恼我你只和我说不犯着当着二爷吵要是恼二爷不该
这么吵的万人知道我才也不过是为了事进来劝开了大家保重姑娘倒寻上我的晦气又不像是恼我
又不像是恼二爷夹枪带棒终久是个什么主意我就不多说让你说去说着便往外走宝玉向晴雯
道你也不用生气我也猜着你的心事了我回太太去你也大了打发你出去可好不好晴雯听见了这话
不免又伤起心来含泪说道我为什么出去要嫌我变着法儿打发我去也不能够的宝玉道我何曾经
过这样吵闹一定是你要出去了不如回太太打发你去罢说着站起来就要走袭人忙回身拦住笑道
往那里去宝玉道回太太去袭人笑道好没意思认真的去回你也不怕臊了便是他认真要去也
等把这气下去了等无事中说话儿回了太太也不迟这会子急急的当一件正经事去回岂不叫太太犯
疑宝玉道太太必不犯疑我只明说是他闹着要去的晴雯哭道我多早晚闹着要去了饶生

了氣还拿话壓派我只管去回我一頭碰死了也不出这门宝玉道这又奇了你又不去你又闹些
什麽我経不起这吵嚷不如去了到也干净说着一定要去回襲人見攔不住只得跪下了碧痕秋紋
麝月等衆丫頭見鬧的利害都鴉雀無聞的在外頭听消息这会子听見襲人跪下央求便一齊進来
都跪下了宝玉忙把襲人拉起来嘆了一声在床上座下叫衆人起去向襲人道叫我怎麽樣纔好
这个心使碎了也没人知道说着不覺滴下淚来襲人見宝玉流下泪来自己也就哭了晴雯在傍
哭着方欲说话只見代玉進来便出去了代玉笑道大節下怎麽好好的哭起来难道是為争
粽子吃争恼了不成宝玉和襲人嗤的一笑代玉道二哥哥不告訴我不问你就知道了一面说一面拍着襲人
的肩膀道好嫂子你告訴我必定是你们两個拌了嘴了告訴妹子替你们和勸和勸襲人推他道林姑娘
你闹什麽我们一个丫頭姑娘只是混说代玉笑道你说你是个丫頭我只拿你当嫂子待宝玉道你
何苦来替他招罵呢饒这麽着还有人说闲话还擱住你来说他襲人笑道林姑娘你不知道
我的心事除非一口氣不来死了到也罷了代玉笑道你死了别人不知怎麽樣我先就哭死了宝玉笑
道你死了我作和尚去襲人笑道你老实些罷何苦还说这些話代玉将两个指頭一伸抿着嘴笑道
做了两次和尚了我從今以後都記着你做和尚的遭数兒宝玉听了知道是他点前日的话自己一笑
也就罷了一時代玉去後就有人来说薛大爷請宝玉只得去了原来是吃酒不能推辞只得尽席而散晚

向回来已带几分酒踉跄来至自己院内只见院中早把乘凉的枕榻设下榻上有人睡着宝玉只当
袭人一面在榻沿上坐下一面推他问道疼的好些了只见那人翻身起来说何苦来又招我宝玉一看原来
不是袭人却是晴雯宝玉将他一拉拉在身傍坐下笑道你的性子越发惯娇了早起就是跌了扇子
我不过说了那两句你就说上那些话你说我也罢了袭人好意来劝你又刮上他你自己想想该不该
晴雯道怪热的拉拉扯扯做什么叫人来看见像什么我这身子也不配坐在这里宝玉笑道你既知道不
配为什么躺着呢晴雯没的说嗤的又笑了说道你不来使得你来了就不配了起来让我洗澡去袭人麝
月都洗了澡我叫了他们来宝玉笑道我才又吃了好些酒还得洗一洗你既没有洗拿了水来咱们两个
洗晴雯摇手笑道罢罢我不敢惹爷还记得碧痕打发你洗澡足有两三个时辰也不知道做什么呢
我们也不好进去的后来洗完了进去瞧瞧地下的水淹着床腿连席子上都汪着水也不知是怎么
洗的笑了几天我也没那工夫收拾水也不用同我洗去今儿也凉快那会子也不用洗了我倒
是舀盆水来你洗洗脸通通头才刚鸳鸯送了好些果子来都湃在那水晶缸里呢叫他们打发你吃宝
玉笑道既这么着你也不许洗去只洗洗手来拿果子来吃罢晴雯笑道我慌张的很连扇
子还跌折了那里还配打发吃果子倘或再砸了盘子还更了不得呢宝玉笑道你爱砸就砸这些东西原
不过借人所用你爱那样我爱这样各自性情不同比如那扇子原是扇的你要撕着顽儿也可以使得只是

別生氣時拿他出氣就如盃盤原是盛東西的你欢听那一声响就故意砸了也可以使得只是別在
生氣時拿他出氣這就是愛物了晴雯听了咲道既這麽說你就拿了扇子来我撕我最喜欢撕的宝
玉听了便咲着遞與他晴雯果然接过来嗤的一声撕了兩半接着又听嗤〻几声宝玉在傍咲着
說撕的好再撕响些〻正說着只見麝月走过来咲道少作些孽罢宝玉赶上来一把将他手裡的扇子
也奪了遞與晴雯〻〻接了也撕作几半了二人都大咲麝月道這是怎麽說拿我的東西開心兒
宝玉咲道打開扇子匣子你揀去什麽好东西麝月道既這麽說就把匣子搬了出来讓他儘力的撕
不好宝玉咲道你就搬去麝月道我可不造這孽他也沒折了手叫他自己搬去晴雯咲着便倚在床上說道我
也乏了明兒再撕罢宝玉咲道古人云千金难買一咲几把扇子能值几何一面說着一面叫襲人〻〻纔換了衣服
走出来小丫頭佳蕙过来拾去破扇大家乘凉不消细說至次日午間王夫人薛宝釵林黛玉衆姊妹正
在賈母房內坐着就有人回史大姑娘来了一時果見史湘云帶領衆多丫環媳婦走進院来宝釵黛玉
等忙迎至階下相見青年姊妹經月不見一旦想逢其親密自不消說一時進入房中請安問好都見
过了賈母因說天熱把外頭的衣服脱〻罢史湘云忙起身寬衣王夫人因咲道也没見穿上這些做什麽
史湘云咲道都是二嬸〻叫穿的誰愿意穿這些〻宝釵一傍咲道姨娘不知道他穿衣裳還更爱穿
别人的衣裳可記得旧年三四月裡他在這里住着把宝兄弟的袍子穿上靴子也穿上額子也勒上猛一

照鏡像是宝兄弟就是多兩个隆子他站在那椅子背後哄的老太々只是叫宝玉你过来仔細那上面
掛的灯穗子招下灰来迷了眼他只是哄也不过去後来大家掌不住哄了老太々哄了还说到扮上男人到、
看了代玉道这筭什么惟有前年正月接了他来住了兩日下起雪来老太々和旧母那日想是才拜了影
回来老太々的一件新大紅猩々毡斗蓬放在那裡誰知眼錯不見他就披了又大又長他就合了
条汗巾子擱腰繫上和了頭們在後院子裡撲雪人兒去一跤跌倒了弄了一身泥水說着大家想着
前情都哄了宝釵向那周奶媽道周媽你們姑娘还那么淘氣不淘氣了周奶娘也哄道了
迎春哄道淘氣也罢了我就嫌他爱說話也没見睡在那裡还是咭々呱々哄一陣說一陣也不知
那里来的那些謊話王夫人道只怕如今好了前日有人家来相看眼前有婆々家了还是那么
有賈母因問今兒还是住着还是家去呢周奶媽哄道老太々没有看見衣服都帶了来可不
住兩天史湘云問道宝玉哥々不在家么宝釵哄道他再不想着别人只想着宝兄弟兩个人好頑的
这可見还没改了淘氣賈母道你們如今大了别提小名兒剛說着只見宝玉来了哄道云妹々来
了前兒打發人接你去怎么不来王夫人道这裡老太々才說这一个他又来提名着道姓的了代玉道
你哥々有好东西等着你呢湘云道什么好的宝玉哄道你信他几日不見越發高了湘云哄
道襲人姐々好宝玉道多謝你記掛湘云道我給他帶了好东西来了說着拿出手帕子来挽着一个疙瘩

宝玉道什么好东西你到不如把前儿送来的那种绛纹石戒指儿带两个给他湘云笑道这是什么说着
便打开众人看時果然就是上次送来的绛纹石戒指一包四个代玉笑道你们瞧瞧他这个人前
儿一般的打发人给我们送了来你就把他的也带了来岂不省事今儿巴巴的自己带了来我打谅又是
什么新奇东西原来还是这个真真你是个糊涂人湘云笑道你才糊涂呢我把这理说出来大家评评谁
糊涂给你们送东西就是使来的人不用说话拿进来一看自然就知道是送姑娘们的要带他们的
东西这须得我先告诉来人这是那一个丫头的那是那一个丫头的使来的人明白还好再糊涂些
他们的名字他也不记得混闹胡说的反连你们的东西都搅糊涂了要是打发个女人来素日知道
的还罢了偏生前儿又打发个小子来可怎么说丫头们的名字呢横竖我来给他们带了来岂不
清白说着把戒指放下说道袭人姐姐一个鸳鸯姐姐一个金钏儿姐姐一个平儿姐姐一个这到是四
个人的难道小子们也记得这么清白众人听了都笑道果然明白宝玉笑道还是这么会说话
不让人代玉听了冷笑道他不会说话他的金麒麟会说话一面说着便起身走了幸而诸人都不曾
听见只有宝钗抿嘴一笑宝玉听见了倒自己后悔又说错了话忽见宝钗一笑由不得也笑了宝钗
见宝玉笑了忙起身走开找了代玉去说话贾母因向湘云道吃了茶歇歇瞧瞧你嫂子们去园里
也凉快同你姐姐们去逛逛湘云答应了因将三个戒指包上歇了一歇便起身要瞧凤姐等人去

乎那娘了頭跟着到了鳳姐那里說話回出來便往大觀園來見過了李宮裁少坐片時便往怡紅院來找襲人因回頭說道你們不必跟着只管瞧你們親戚朋友去留下翠縷服侍就是了衆人聽了自去尋姑覓嫂早剩下湘雲翠縷兩個人翠縷道這荷花怎么還不開湘雲道時候沒到翠縷道這也和咱們家池子裡的一樣也是樓子花湘雲道他們這个還不如咱們的翠縷道他們那边有棵石榴接連四五枝真是樓子上起樓子這也難爲他長湘雲道花草也是和人一樣氣脈充足長的就好翠縷把臉一扭說道我不信這話若說同人一樣我怎么不見頭上又長出一个頭來的人呢湘雲聽了由不得一笑說道我說你不用說話你偏好說這叫人怎么好答言呢天地間都賦陰陽二氣所生或正或邪或奇或怪千变万化都是陰陽順逆多少一生出來人罕見的就奇究竟理還是一樣翠縷道這么說起來從古至今開天闢地也都是些陰陽了湘雲笑道糊塗東西越說越放屁什么都是些陰陽難道還有个陰陽不成陰陽兩个字還只是一字陽盡了就成陰陰盡了就成陽不是陰盡了又有个陽生出來陽盡了又有个陰生出來翠縷道這糊塗死了我什么是个陰陽沒影沒形的我只問姑娘這陰陽是怎么个樣兒湘雲道陰陽可有什么樣兒不過是个氣器物賦了成形比如天是陽地就是陰水是陰火就是陽日是陽月就是陰翠縷聽了笑道是了是了我今兒可明白了怪道人都管着日頭叫太陽呢算命的管着月亮叫什么太陰星就是這个理了湘雲笑道阿彌陀佛剛剛的明白了翠縷道這些大東西有陰陽也罷了難道那些蚊子虼蚤蠓蟲兒

花兒草兒瓦片兒磚頭兒也有陰陽不成湘雲道怎麽没有呢比如那一个樹葉兒还分陰陽呢那边向上
朝陽的就是陽这边背陰覆下的就是陰了翠縷听了点頭笑道原来这樣我可明白了只是咱们这
手里的扇子怎麽是陽怎麽是陰呢湘雲道这边正面就為陽那反面就為陰翠縷又点頭笑了还要拿
几件东西问因想不起个什麽来猛低頭就看見湘雲宫縧上繫的金麒麟便提起来笑道姑娘这个难
道也有陰陽湘雲道走獸飛禽雄為陽雌為陰牝為陰牡為陽怎麽没有呢翠縷道这是公的还是
母的呢湘雲道啐什麽公的母的又胡說了翠縷道这也罷了怎麽东西都有陰陽咱们人到没有陰陽呢湘雲沉了臉
說下流东西好生走罷越问越说出好的来了翠縷笑道这有什麽不告诉我的呢我很知道了不用难
我湘雲笑道你知道什麽翠縷道姑娘是陽我就是陰说着湘雲拿手帕子握着嘴呵的笑起来翠縷
道說是了就笑的这樣湘雲道很是很是翠縷道人規矩主子為陽奴才為陰我連这个大道理也不懂得湘云
道你很懂得正說着只見薔薇架下金晃晃的一件东西湘雲道你瞧那是什麽翠縷听了忙赶去拾起
来看着笑道可分出陰陽来了說着先拿湘雲的麒麟瞧湘雲要把他揀的瞧翠縷只管不放手笑道是件宝貝
姑娘瞧不得这是從那里来的好奇怪我只從来在这里没見人有这个湘雲道拿来我瞧瞧翠縷將手一撒笑道请
看湘雲舉目一看却是文彩輝煌的一个金麒麟比自己佩的又大又有文彩湘雲伸手擎在掌上心裡不知怎麼一動似有所感
自出神忽見宝玉從那边来了笑問道你两个在这日頭底下做什麽呢怎麽不找襲人去湘雲連忙將那麒麟

三八四

掎起道正要去呢咱们一处走说着大家进入怡红院来袭人正在阶下倚槛迎风忽见湘云来了连忙迎下来携手

笑说一向久别情况一面让进来归坐宝玉因笑向道你该早来我得了一件好东西专等你呢说着一面在身上摸掏

了半天嗳呀了一声便问袭人那个东西你收起来了么袭人道什么东西宝玉道前儿得的麒麟袭人

道你天天带在身上的怎么问我宝玉听了将手一拍说道这可丢了往那里找去就要起身自己寻去湘云听

了方知是他遗落的便笑问道你几时又有了麒麟了宝玉道前儿好容易得的呢不知多早晚丢了我也

糊涂了湘云笑道幸而是顽的东西还是这么慌张说着将手一撒笑道你瞧瞧是这个不是宝玉一见由不

得欢喜非常~~因说道不知是不是如何~~要知端详且听下回分解

第三十二回

訴肺腑心迷活寶玉　含耻辱情烈死金釧

話説寶玉見那麒麟心中甚是喜欢便伸手来拿笑道虧你揀着了你是那里揀的史湘云笑道幸而是这个明日倘或把印也丢了难道也就罢了不成寶玉笑道到是丢了印平常若丢了这个我就該死了襲人斟了茶来与湘云吃一面笑道大姑娘我听見前兒大喜呀湘云紅了臉吃茶不答襲人道这会子又害臊了你还記得那年咱們在西边煖閣上住着晚上你同我説的話那会子不害臊这会子怎么又臊了湘云笑道你还説呢那会子咱們那么好後来我們太太没了我家去住了一程子怎么就把你配了他我来了你就不象先待我了襲人笑道你还説呢先姐姐長姐姐短哄着我替你梳頭洗臉做这个弄那个如今大了就拿出小姐的款来你既拿小姐的款我怎敢親近湘云道阿弥陀佛寃枉寃哉我要这樣就立刻死了你瞧瞧这么大热天我来了必定赶来先瞧瞧你不信你问问縷兒我在家時時刻刻那一会子不念你几句話寶玉襲人都笑道頑話你又認真了还是这么性急湘云道你不説你的話咽人到説人性急一面説一面打開手帕子將戒指遞与襲人襲人感謝不尽因笑道你前兒送你姐姐們的我已得了今兒你親自又送来可見是没忘了我只这个就試出你来了戒指能值多少可見你的心真湘云道是誰给你的襲人道是寶姑娘給我的湘云笑道我只当是林姐姐給你的原来是寶姐姐給了你我天天在家裡想着这些姐姐們再没一个比寶姐姐好的可惜我們不是一个娘養的我但凡有这么个親姐姐就是没了父母也是沒妨碍的説着眼睛圈

見就紅了寶玉道罷罷罷不用提這个話湘云道提這个便怎麽我知道你的心病恐怕你的林妹妹聽見又嗔我讚了寶姐姐可是為這个不是襲人在傍嗤的一声笑說道云姑娘你如今大了越發心直嘴快了寶玉笑道我說你們這几个人難說話果然不錯湘云道好哥哥你不必說話叫我惡心只会在我們跟前說話見了你林妹妹又不知怎麽了襲人道且別說頑話正有一件事還要求你呢湘云便問什麽事襲人道有一双鞋摳了墊心子我這兩日身上不好不得做你可有工夫替我做做湘云笑道這又奇了你家放着這些巧人不算還有什麽針線上的裁剪上的怎麽叫我做起來你的活計叫誰做誰好意思不做呢襲人笑道你又糊塗了你難道不知道我們這屋里針線是不要那些針線上的人做的湘云聽了便知是寶玉的鞋因笑道既這麽說我就替你做做罷只是一件你的我才做別人的我可不能襲人笑道又來了我是个什麽就煩你做鞋了實告訴你可不是我的你別管是誰的橫竖我領情就是了湘云道論理你的東西也不知煩我做了多少今兒我倒不做的原故你必定也知道襲人道我倒也不知道湘云冷笑道前兒我听見把我做的扇套子拿着和人家比賭氣又鉸了我早就聽見了你還瞞我這会子又叫我做我成了你們的奴才了寶玉忙笑道前兒的那个本不知是你做的襲人也笑道他本不知是你做的是我哄他的話說是新近外頭有个会做活的女孩子說扎的出奇的花兒我叫他們拿了一个扇套子試試看好不好他就信了拿出去給這个瞧給那个看的不知怎麽又惹惱了林姑娘鉸了兩段回來他還叫趕着做去我才說了是你做的他後悔的什麽似的湘云道這越發奇了林

姑娘他也犯不上生氣他既会鉸就叫他做襲人道他可不做呢饒这庅着老太〻还怕他劳碌着了大夫又
說好生靜養才好誰还煩他做旧年好一年的工夫做了个香袋兒今年半年还沒見拿針線呢正說着有人
来回說興隆街的大爺来了老爺叫二爺出去会宝玉听了便知賈雨村来了心中好不自在襲人忙去拿
衣服宝玉面登着靴子一面抱怨道有老爺会他親坐着罢了回〻定要見我湘云一边摇着扇子咲道自
然你能会賓接客老爺才叫你出去呢宝玉道那里是老爺都是他自己要請我去見的湘云咲道
主雅客来勤自然你有些警他的好处他才只要會你宝玉道罢〻我也不敢稱雅俗中又俗的一个俗
人並不愿同这些人往来湘云咲道还是这个情性改不了如今大了你就不愿讀書去考舉人進士的
也該常会〻这些為官做宰的人們談〻講〻那些仕途經濟的学问也好将来应酬世务日後也有个朋
友讓你成年家只在我們隊裡攪些什庅宝玉听了大覺逆耳便道姑娘請別的姊妹屋里坐〻我这里仔細腌臢了
你这樣知經濟学问的人襲人道云姑娘快別說这話上回也是宝姑娘也說过一回他也不管人臉上过得去过不去他就咳
了一声拿起脚来走了这里宝姑娘的話也沒說完見他走了登時羞的臉通紅說又不是不說又不是幸
而是宝姑娘那要是林姑娘不知又鬧的怎庅樣哭的怎庅樣呢提起这些話来真〻宝姑娘教人敬重自
己訕了一会子去了我到过不去只当他惱了誰知过後还是照旧一樣真〻有涵養心地寬大的誰知这一个反到
和他生分了那林姑娘見他賭氣不理他你得賠多少不是呢宝玉道林妹〻從来說过这些混賬話不曾

若他也說過這些混賬話我早和他生分了襲人和湘云都点頭笑道這原是混賬話原来林代玉知道史湘云在这里宝玉一定要赶来说麒麟的原故因心下忖度着近日宝玉弄来的外传野史多半才子佳人都因小巧玩物上撮合或有鸳鸯或有凤凰或有玉环金珮或鲛帕鸾绦皆因小物而遂终身今忽见宝玉亦有麒麟便恐借此生隙同史湘云也做出那些风流佳事来因而悄悄走来见机行事以察二人之意不想刚走来正听见史湘云说经济一事宝玉又说林妹妹不说这样混账话若说这话我也和他生分了林代玉听了这话不觉又喜又惊又悲又叹所喜者果然自己眼力不错素日认他是个知己果然是个知己所惊者他在人前一片私心称扬于我其亲热厚密竟不避嫌疑所叹者你既为我之知己自然我亦可为你之知己既你我为知己则又何必有金玉之论哉既有金玉之论亦该你我有之则又何必来一宝钗哉所悲者父母早逝虽有铭心刻骨之言无人为我主张况近日每觉神思恍惚病已渐成医者更云气弱血亏恐致劳怯之症你我虽为知己但恐自不能久待你纵为我知己奈我薄命何想到此间不觉滚下泪来待进去相见自觉无味便一面拭泪一面抽身回去了这里宝玉忙忙的穿了衣裳出来忽抬头见林代玉在前面慢慢的走着似有拭泪之状便忙赶上来笑道妹妹往那里去怎么又哭了又是谁得罪了你林代玉回头见是宝玉便勉强笑道好好的我何曾哭了宝玉笑道你瞧瞧眼睛上的泪珠儿未干还撒谎呢一面说一面禁不住抬起手来替他拭泪林代玉忙向后退了几步說

道你又要死了作什么这么動手動脚的宝玉哭道说回话忘了情不觉的動了手也就顾不得死活林代玉道
我死了到不值什么只是丢下什么金又是什么麒麟可怎么样呢一句话又把宝玉说急了赶上来问道你还说这
话到底是咒我还是氣我呢林代玉見问方想起前日的事来遂自悔自己又说造次了忙笑道你别着急
我原说错了这有什么的筋都暴起来急的一臉汗一面说一面禁不住近前伸手替他拭面上的汗宝玉瞅
了半天方说道你放心三个字林代玉听了怔了半天方说道我有什么不放心的我不明白这话你到说说怎么放
心不放心宝玉嘆了一口氣问道你果不明白这话难道我素日在你身上的心都用错了連你的意思若体貼不
着就难怪你天天为我生氣了林代玉道果然我不明白放心不放心的话宝玉点頭嘆道好妹妹你别哄
我果然不明白这话不但我素日之意白用了且連你素日待我之意也都辜負了你皆因總是不放心
的缘故才弄了一身病但凡宽慰些这病也不得一日重似一日林代玉听了这话如轟雷掣電细细思之竟比自
肺腑中掏出来的还觉恳切竟有万句言语满心要说只是半个字也不能吐却怔怔的望着他此時
宝玉心中也有万句言词一時不知從那一句上说起却也怔怔的望着代玉两个人怔了半天林代玉只咳了
一声两眼不觉滚下泪来回身便要走宝玉忙上前拉住说道好妹妹且略站住我说一句话再走林代玉
一面拭泪一面将手推開说道有什么可说的你的话我早知道了口裏说着却頭也不回竟去了宝玉
站着只管發起獃来原来方才出来慌忙不曾带得扇子袭人怕他热忙拿了扇子赶来送与他

袭人抬頭見了林代玉和他站着一時代玉走了他还站着不動因而赶上来説道你也不帶了扇子去虧
我看見赶着送来宝玉出了神見袭人和他説話並未看出何人来便一把拉住説道好妹妹我的这
心事從来也不敢説今兒我大胆説出来死也甘心我為你也弄了一身的病在这里又不敢告訴人只好
掩着只等你的病好了我的病才得好呢睡里夢里也忘不了你袭人听了驚疑不止又是怕又是急
又是臊連忙推他道这是那裡的話敢是中了邪还不快去宝玉一時醒過来方知是
袭人送扇子来羞的滿面紫漲奪了扇子便抽身跑了这里袭人見他去了自思方才
之言一定是因代玉而起如此看来将来难免不才之事令人可驚可畏想到此間也不覺怔怔的滴下泪
来心中暗度如何処治方免此醜禍正裁疑間忽有宝釵從那边走来笑道大毒日頭地下出什么神
呢袭人見問忙笑道那边两个雀兒打架倒也好頑我就看住了宝釵道宝兄弟这会子穿了衣
服忙忙的那去了我才看見走过去倒要叫住問他呢他如今説話越發没了經緯我故此没叫他了由他過去罢
袭人笑道老爺叫他出去宝釵听了忙道嗳喲这么黄天暑熱的叫他做什么別是想
起什么来生了氣叫出去教訓一場袭人笑道不是这个想必有客要会宝釵笑道这个客
也没意思这么热天不在家里凉快还跑什么袭人笑道倒是你説説罢宝釵因而問道
云丫頭在你們家做什么呢袭人笑道才説了一会子閑話你瞧我前兒粘的那双鞋明兒叫他做

去宝钗听見这话便两边回头看無人来往便笑道你这么个明白人怎么一時半刻的就不会体谅人情我近来看着云姑娘的神情再风里言风里语的听起来那在家里竟是一点兒做不得主他们家嫌费用大竟不用那些针线上的人差不多的东西多是他们娘兒们动手為什麽这几次他来了他和我说话兒見没人在跟前他就说家里累的慌我再问他两句家常过日子的话他就连眼圈兒都红了口裡含含糊糊待说不说的看他的形景兒来自然從小兒没了父母是苦的我看着他也不覺的傷起心来袭人見说这话將手一拍道是了怪道上月我求他打十根蝴蝶兒结子过了那些日子才打發人送来还说是这樣粗打的且在别处能着使罢要勻净的等明兒来住着再好生打罢如今听宝姑娘的这话想来我们求他他不好推辞不知他在家裡三更半夜的做呢可是我也糊涂了早知道是这樣我也不该求他了宝钗道上次他就告诉我说在家里做活做到三更天都是替别人做一点半点兒他家的那些奶奶太太们还不受用呢袭人道偏我们那个牛心左性的小爷兒看小的大的活计一概不要家裡这些活计上的人做我又弄不開这些宝钗笑道你理他呢只管叫人做去只说你做的就是了袭人道那里哄的过他他才是认得出来呢说不得我只好慢慢的累去罢了宝钗笑道你不必忙我替你做些就是了袭人笑道当真的这樣就是我的造化了晚上我亲自送过来一句话未了忽見一个老婆子忙忙走来说道这是那里说起金钏兒姑娘好好的投井死了袭人

唬了一跳忙向那个金钏儿那老婆子道那里还有两个金钏儿呢就是太太屋里的前兒不知為
什麽撵他出去在家里哭天抹泪的也都不理会他谁知找他不見了剛打水的人在那东南角上
井里打水見一个尸首赶着叫人打捞起来谁知是他他们家里還只管乱着要救活那里中用了宝钗
道這也奇了袭人听说点頭讃嘆想素日同气之情不覺流下泪来宝钗听見這話忙向王夫人處
来道安慰這里袭人回去了不提却说宝钗来至王夫人處里只見鴉雀無聞独有王夫人在裡
間房内坐着垂泪宝钗便不好提這事只得一傍坐了王夫人便向你從那里来宝钗道從園
裡来王夫人道你從園裡来可見你宝兄弟宝钗道才倒看見了他穿了衣服出去了不知
那里去王夫人点頭哭道你可知道一椿奇事金钏兒忽然投井死了宝钗見说道怎麽好好的
投井這也奇了王夫人道原是前兒他把我一件东西弄坏了我一時生气打了他幾下撵了他
下去我只说气他两天还叫他上来谁知他這麽气性大就投井死了豈不是我的罪过宝钗
嘆道姨娘是慈善人固然是這麽想据我看来他並不是賭气投井多半他下去住着或是
在井跟前憨頑失了脚掉下去的他在上頭拘束慣了這一出去自然要到各处去頑頑逛逛豈有
這樣大氣的理縱然有這樣大气也不过是个糊塗人也不可惜王夫人点頭嘆道這話雖然
如此说到底我心不安宝钗嘆道姨娘也不劳关心十分过不去不过多賞他几两银子發送他

也就尽了主仆之情了王夫人道刚才我赏了他娘五十两银子原要把你妹妹们的新衣裳拿两件给他妆裹谁知凤丫头说可巧都没有什么新做的衣服只有你林妹妹做生日的两套我想你林妹妹那孩子素日是个有心的况且他也三灾八难的既说了给他过生日这会子又给人去妆裹岂不忌讳因为这么样我现叫裁缝赶两套给他要是别的丫头赏他几两银子也就完了只是金钏儿虽然是个丫头素日在我跟前比我的女孩儿也差不多口里说着不觉流下泪来宝钗忙道姨娘这会子又何用叫裁缝赶去我前儿倒做了两套拿来给他岂不省事况且他活着的时候也穿过我的旧衣服身量也相对王夫人道虽然这样难道你不忌讳宝钗笑道姨娘放心我从来不计较这些一面说一面起身就走王夫人忙叫了两个人跟宝姑娘去一时宝钗取了衣服回来只见宝玉在王夫人傍边坐着垂泪王夫人正才说他因见宝钗来了却掩住口不说了宝钗见此景况察言观色早知觉了八分于是将衣服交割明白王夫人将金钏儿的母亲叫来拿了去了未知如何下回分解

第三十三回

手足耽耽小動唇舌　不肖種種大承笞撻

却說王夫人喚上金釧兒的母親來拿了幾件簪環當面賞了又吩咐請幾衆僧人念經超度他母親磕了頭謝了出去
宝玉會過雨村回來聽見金釧兒含羞自盡心中早已五內摧傷進來又被王夫人數說教訓了一番也無可回說見宝釵進來方得便出來茫然不知何往
背着手低着頭一面感嘆一面慢慢的信步走至廳上剛轉過屏門不想對面來了一人正往裡走可巧撞了個滿懷只聽那人喝了一聲站住宝玉唬了一跳抬頭一看不是別人却是他父親
早不覺倒抽了一口氣只得垂手一傍站着賈政道好端端的你垂頭喪氣嗐些什麽方纔雨村來了要見你
叫你那半天纔出來既出來了全無一点慷慨揮洒談吐仍是委委瑣瑣的我看你臉上一團思欲愁悶氣色這会子又唉聲
嘆氣你那些還不足還不自在無故這樣却是什麽緣故宝玉素日雖然口角伶俐此時一心總為金釧兒感傷
恨不得此時也身亡命殞如今見了他父親說這些話究竟不曾聽明白了只是怔怔的站着賈政
見他惶悚應對不似往日原本無氣的這一來倒生了三分氣方欲說話忽有回事人來回忠順親王府里有人來
要見老爺賈政聽了心下疑惑暗暗思忖道素日並不和忠順王府來往為什麽今日打發人來一面想一面命快
請急忙出來看時却是忠順王府長史官一面接進廳上坐了獻茶未及叙談那長史官先就說道下官
此來並非擅造潭府皆因奉王命而來有一件事相求看王爺面上敢煩老先生作主不但王爺知情且連下
官輩亦感謝不盡賈政聽了這話摸不着頭腦忙陪笑起身問道大人既奉王命而來不知有何見諭望
大人宣明學生好遵諭承辦那長史官冷笑道也不必承辦只用老先生一句話就完了我們府里有個做小旦的
琪官一向好好在府如今竟三五日不見回去各處去找又摸不着他的道路因此各處察訪這一城內十停人到有

八个人都说他近日和啣玉的那位令郎相与甚厚下官辈听了尊府不比别家可以擅来索取因此启明王爷〻〻亦云若是别的戏子呢一百个也罢了只是这琪官随机应答谨慎老成甚合我老人家心竟断〻少不得此人故此求老先生转致令郎请将琪官放回一则可慰王爷谆〻奉恳二则下官辈也可免操劳求觅之苦说毕忙打一躬贾政听了这话又惊又气即命唤宝玉来宝玉也不知是何原故忙赶来时贾政便问该死的奴才你在家不读书也罢了怎么又做出这些无法无天的事来那琪官现是忠顺王爷驾前承奉的人你是何等草芥无故引逗他出来如今祸及于我宝玉听了唬了一跳忙回道实在不知此事究竟连琪官两个字不知为何物岂更加以引逗二字说着便哭了贾政未及开口只见那长史官冷笑道公子也不必掩饰或隐藏在家或知其下落早说了出来我们也少受些辛苦岂不念公子之德宝玉连说实在不知恐是讹传也未见得那长史官冷笑道现有证据何必还赖必定当着老大人说了出来公子岂不吃亏既说不知此人那红汗巾子怎么到了公子腰里宝玉听了这话不觉轰去魂魄目瞪口呆心下自思这事他如何得知他既连这样机密事都知道了大约别的也瞒他不过不如打发他去了免的再说出别的事来因说道大人既知他的底细如何连他置买房舍这样大事到不晓得了听得说他如今在东郊离城二十里有个什么紫檀堡他在那里置了几亩田地几间房舍想是在那里也未可知那长府官听了笑道这样说一定是在那里我且去找一回若有了便罢若没有还要来请教说着便忙〻的走了贾政此时气的目瞪口歪一面

送那長史官一面回頭命寶玉不許動回来有話問你一直送那官員去了纔回身忽見賈環帶着几个小厮一陣乱跑賈政喝命小厮快打賈環見了他父親唬的骨軟筋酥連忙低頭站住賈政便問你跑什麽带着你的那些人都不管你不知往那裡逛去由你野馬一般喝叫跟上学的人呢賈環見他父親盛怒便乘机説道方纔原不曾跑只因從那井边一過那井里淹死了一个丫頭我看腦袋這麽大身子這樣粗泡的實在可怕所以纔赶着跑过来賈政听了驚疑問道好端端誰去跳井我家從無這樣事情自祖宗以来皆是寬柔以待下人大約我近年于家務疏懶自然執事人操尅奪之权致使出這暴殄輕生的禍患若外人知道祖宗的顔面何在喝命快叫賈璉頼大来興小厮們答應了方欲去叫賈環忙上前拉住賈政袍襟貼膝跪下道老爺不用生氣此事除太太房裡的人別人一点也不知道我听見我母親説到這句便回頭四顧一看賈政知意將眼色一丢小厮們明白都往两边後面退去賈環便悄悄説道我母親告訴我説寶玉哥哥前日在太太屋裡拉着太太的丫頭金釧兒強姦不遂打了一頓金釧兒便賭氣投井死了話未説完把个賈政氣的面如金紙大喝快拿寶玉来一面説一面便往書房去喝命今日再有人勸我我把这冠帶家私一應就交與他和寶玉過去我免不得做个罪人把这几根煩惱鬂毛剃去尋个干净去处自了也免得上辱先人下生逆子之罪众門客僕從見賈政这个形景便知又是為寶玉了一个个咬指吐舌連忙退出那賈政喘吁吁直挺挺的坐在椅子上滿面泪痕一叠聲拿寶玉来拿大棍拿繩来把門都関上有人傳信往裡頭去立刻打死众小厮們只

得答应着几个来找宝玉那宝玉听见贾政吩咐他不许动早知凶多吉少那里知道贾环又添了许多的
话正在厅上干转怎得个人来往里头稍信偏偏的没个人连茗烟也不知在那里正盼望时只见一个老嬷
出来宝玉如得了珍宝便赶上来拉他说快进去告诉老爷要打我呢快去快去要紧要紧宝玉一则急了
说话不明白二则老婆子偏偏又耳聋竟不曾听见是什么话把要紧二字只听做跳井二字便笑道跳井让他
跳去二爷怕什么宝玉见是个聋子便着急道你出去叫我的小厮来罢那婆子道有什么不了事的
老早的完了太太又赏了衣服又赏了银子怎么不了事呢宝玉急得跺脚正没抓寻处只见贾政的小厮走
来逼着他出去了贾政一见眼都红了紫了也不暇问他在外流荡优伶表赠私物在家荒疏学业淫辱母婢等事只
喝命堵起嘴来着实打死小厮们不敢违拗只得将宝玉按在凳上举起大板打了十来下宝玉自知不能讨饶只是呜呜的哭贾政犹嫌打轻了
一脚踢开掌板的自己夺过来咬着牙狠命盖了三四十下众门客见打的不祥了忙上前夺劝贾政那里肯
听说道你们问问他干的勾当可饶不可饶素日皆是你们这些人把他酿坏了到这步田地还来解劝明日
酿到弑父弑君你们才不劝不成众人听这话不好听知道气急了忙又退出只得觅人进去给信王夫
人听了不敢先回贾母只得忙穿衣出来也不顾有人没人忙忙赶往书房中来慌的众门客小厮等避之不
及王夫人进房来贾政更如火上浇油一般那板子越发下去的又狠又快按宝玉的两个小厮忙松了手走
开宝玉早已动弹不得了贾政还欲打时早被王夫人抱住板子贾政道罢了罢了今日必定要气死我才罢

王夫人哭道宝玉雖然該打老爺也要自重况且炎天暑日的老太〻身上也不大好打死宝玉事小倘或老太〻一

時不自在了豈不事大贾政冷笑道到休提这話我養了这个不肖的孽障我已不孝平昔教訓他一番又有衆

人護持不如趂今日結果了他以絶将来之患說畢着便要繩索来勒死王夫人連忙抱住哭道老爺雖然应當管教兒子也要

看夫妻分上我如今已将五十岁的人只有这个孽障必定苦〻的以他為法我也不敢深劝今日越發要打死他

豈不是有意絶我呢既要勒死他快拿繩子来先勒死我再勒死他我们娘兒们不如同死了敢含怨到底在陰司

裡也得个倚靠說畢抱住宝玉放声大哭起来贾政听了此話不覺長嘆一声向椅上坐了淚如雨下王夫人抱着

宝玉只見他面白氣弱底下穿着一条緑紗小衣皆是血漬禁不住解下汗巾去由腿看至腿或青或紫或整或

破竟無一点好处不覺失声大哭起苦命的兒来因哭出苦命的兒来忽又想起贾珠来便叫着贾珠哭道

若有你活着便死一百个我也不管了此時里面的人聞得王夫人出来那李宫裁王熙凤迎春姊妹早已出来了

来了王夫人哭着贾珠的名字别人还可惟有李宫裁禁不住也放声哭了抽抽搭搭的哭起来贾政听了那泪珠更似滚瓜一般

滚了下来正没開交处忽听丫环来說老太〻来了一句話未了只听窗外顫巍〻的声氣說道先打死我再打死他

豈不干淨了贾政見他母親来了又急又痛連忙迎出来只見贾母扶着丫頭搖頭喘氣的走来贾政上前躬

身陪笑道大暑熱天母親有何生氣親自走来有話只該叫兒子進去吩咐贾母听說了便止住步喘息一回

厲声道你原来是和我说話我到有話吩咐只是可憐我一生没養个好兒子却叫我和谁說去贾政听这

話不像忙跪下含淚說道為兒的教訓兒子也為的是光宗耀祖母親這話我做兒的如何禁得起賈
母听說便啐了一口說道我說了一句話你就禁不起你那樣下死手的板子難道寶玉就禁得起了你說教訓
兒子是光宗耀祖當日你父親是怎麼教訓你來說着也不覺滾下淚來賈政又陪笑道母親也不必傷感
都是作兒子的一時性急從此以後再不打他了賈母冷笑幾聲道你也不必和我賭氣你的兒子我也不該
管你打不打我猜着你也厭煩我們娘兒們不如我們早離了你大家干淨說着便命人去看轎馬
我和你太太寶玉立刻回南京去家下人只得干答應着賈母又叫王夫人道你也不必哭了如今寶玉年紀小你疼
他他將來長大為官作宰的也未必想着你是他母親了你如今倒不要疼他只怕將來還少生一口氣呢賈
政听說忙叩頭哭道母親如此說賈政無立足之地了賈母冷笑道你分明使我無立足之地你反說起你來
只是我們回去了你心里干淨看有誰來許你打一面說一面只命快打點行李車轎回去賈政苦苦叩求認罪賈
母一面說話一面又記挂寶玉忙進來看時只見今日這頓打不比往日又是心疼又是生氣也抱着哭個不了
王夫人與鳳姐等解勸了一會方漸漸的止住早有丫鬟媳婦等上來要攙寶玉鳳姐便罵道糊塗
東西也不睜開眼瞧瞧這個樣兒怎麼攙着走的還不快進去把那藤屉子的春凳抬出來呢
眾人听說連忙進去果然抬出春凳來將寶玉抬放凳上隨着賈母王夫人等進去送至賈母屋
里彼時賈政見賈母氣未全消不敢自便也跟着進來看看寶玉果然打重了再看看王夫人兒一聲

四〇二

因一声何曾說珠兒早死了而有珠兒也兒你父親生氣我也不白操這世的心了這会子你倘或有个好歹丢下我
叫我靠那一个數落一場又哭不爭氣的兒賈政听了也就灰心自悔不該下毒手打到如此地步先劝賈母賈母含
泪說道兒子不好原是要管的不該打到這个分兒你不出去还在这里做什么难道于心不足还要眼看看他死了才罷不成賈政听說方退了出來此
時薛姨媽同寶釵香菱襲人史湘云等也都在这里襲人滿心委曲只不好十分使出來見眾人圍着灌水
的灌水打扇的打扇自己插不下手去便越性走出來到二门前命小廝们找了茗烟來细问方才好端端的為什么
打起來你也不早來透个信兒茗烟急的說偏生我没在跟前打到半中间我才听見了忙打听原故却是為
琪官同金釧姐姐的事襲人道老爺怎么得知道的茗烟道琪官的事多半是薛大爷素日吃醋没
法兒出氣不知在外頭挑唆了誰來在老爺跟前下的火那金釧兒姐姐的事是三爺說的我也是听見老爺
爷的人說襲人听了这两件事都对景心中也就信了八九分然后回來只見眾人都替寶玉療治调停完
备賈母命好生抬到他房内去眾人答应七手八脚忙把寶玉送入怡紅院内自己床上卧好又乱了半日
眾人渐渐散去襲人方進前來經心扶侍细问要知端底究竟如何且听下回分解

第三十四回　情中情因情感妹〻　錯裡錯以錯劝哥〻

話說襲人見賈母王夫人等去後便走来宝玉身边坐下含泪向他怎庅就打到这步田地宝
玉嘆氣說道不过為那些事向他做什庅只是下截疼〻的狠你瞧〻打坏了那里襲人听說便輕〻的
伸手去將中衣褪下宝玉略動一動便咬着牙叫嗳喲襲人連忙停住手如此三四次纔褪下来襲人
看時只見腿上半段青紫都有四指寬的傷痕高了起来襲人咬着牙說道我的娘怎庅下的这般
的狠手你但凡听我一句話也不得到这步地位幸而没動筋骨倘或打出个残疾来可叫人怎庅樣呢正說
着听了鬟们說宝姑娘来了襲人听見知道穿不及中衣便拿了一床夹紗被替宝玉盖了只見宝釵手
裡托着一丸藥走進来向襲人道晚上把这藥用酒研開替他敷上把那淤血的熱毒散開可以就好
了說畢遞與襲人又問这会子可好些宝玉一面道謝說好些了又讓坐宝釵見他睁開眼說話不像先時
心中也寬慰了好些便点頭嘆道早听人一句話也不至今日别說老太〻太〻心疼便是我们看着心里也疼剛說
了半句又忙咽住自悔說的話急了不覚眼圈微紅雙腮帶赤低頭不語了宝玉听見这話如此親切稠密大有深意忽
見他又咽住不往下說紅了臉低頭只管弄衣带那一種嬌羞怯怯非可形容得出者不覚心中大暢將
疼痛早已丢在九霄云外心中自思我不过挨了几下打他们就有这些憐惜悲感之態露出令人可
玩可觀可憐可敬假若我一時竟遭殃横死他们还不知是何等悲感呢既有他们这樣我便一時死了得

他们如此一生事业纵然尽付东流亦无足叹息了正想着只听
宝钗向袭人道怎么好好的动了气就打起来了袭人便把茗烟的话说了出来宝玉原来还不知道
贾环的话听见袭人说出方才知道因又拉上薛蟠惟恐宝钗沉心忙又止住袭人道薛大哥哥从来不是这
样的你们别混猜度宝钗听说便知宝玉是怕他多心用话拦袭人因心下暗想道打到这个形象疼还顾
不过来还是这样细心怕得罪了人你这样用心何不在外头大事上做工夫
老爷也喜欢了也不能吃这样亏但你固然怕我沉心所以拦袭人的话难道我就不知道我哥哥素
日恣情纵欲毫无防范的那种心性当日为一个秦钟还闹的天翻地覆自然如今比先又加利害了想毕
因笑道你们也不必怨这个怨那个据我想到底宝兄弟素日不正肯和那些人来往老爷才生气就
是我哥哥说话不防头一时说出宝兄弟来也不是有心调唆一则是个本来的实话二则原不理论这些防嫌
小事袭姑娘从小儿只见过宝兄弟这样细心的人何曾见过我哥哥天不怕地不怕心里有什
么口里就说什么的人袭人因说出薛蟠来见宝玉拦他的话早已明白自己说造次了恐宝钗没意思
听宝钗如此说更觉羞愧无言宝玉听宝钗这番话一半是堂皇正大一半是去自己的私心更觉比先畅快了方
欲说话时只见宝钗起身说道明日再来看你好生养着罢方才我拿来的药交给袭人了晚上
敷上管就好了说着便走出门去袭人赶着送出院门外说姑娘倒费心了改日二爷好了亲自来谢宝钗

四〇六

回道有什么謝处你只劝他好生静養别胡思乱想的就好了要什么吃的頑的你悄悄的往我那裡取去不必驚動老太太太太們倘或吹到老爺耳躲裡去雖然彼時不怎様将来对景終是要吃虧的说着自去了襲人抽身回来心内着实感激宝钗進来見宝玉沉思默默似睡非睡的因而退出房外自己梳沐宝玉默默的淌在床上無奈臀上作痛如针挑刀挖一般更又熱如火炙畧展轉時禁不住噯喲之声那時天色將晚因見襲人去了却有兩三个丫环伺候此時並無可呼喚之事因说道你们且去梳洗等我叫時再来众人听了也都退去这裡宝玉昏昏默默只見蒋玉菡走了進来訴说忠顺王府拿他之事一時又見金釧児進来哭说為他投井之情宝玉半夢半醒都不在意忽又覚有人推他恍恍忽忽听得悲切之声從夢中驚醒睁眼一看不是别人却是林黛玉宝玉犹恐是夢忙又將身子欠起来向脸上細細一認只見他两个眼睛腫的桃児一般满面泪光不是黛玉却是那个宝玉回頭看時怎奈下半截疼痛难禁支持不住便噯哟一声仍旧倒下嘆了一口氣说道你又做什么来了虽说太陽落下去那地上的餘热未散走来走去倘或又受了暑着我虽然挨了打並不覚疼痛我这个樣児只是装出来哄他们好在外頭佈散與老爺听其实是假的你别信真此時黛玉雖不是嚎啕大哭然越是这等無声之泣氣噎喉堵更覚利害听了宝玉这番话雖有万句言詞只是不能说得半日方抽抽噎噎的说道你從此可都改了罢宝玉听说便長嘆一声道你放心别说这樣話我便為这些人死了也是情愿的一句话未说完

只听院外人說二奶々来了黛玉便知是凤姐来了連忙立起身来說道我打後院子裡去罢回来再来宝玉一把拉住說這又奇了好々的怎么怕起他来黛玉急的跺脚悄々的說道你瞧々我的眼睛又該他們拿你們取笑開心呢宝玉听說這纔放手的黛玉三步两步轉過床後到出了後院凤姐從前頭已進来了向宝玉可好些了想什么吃叫人往我那里取去接着薛姨媽又来了一時賈母又打發了人来至掌灯時分宝玉喝了两口湯便昏々沉々的睡去接着周瑞媳婦吴新登媳婦鄭好時媳婦這几个有年紀常往来的听見宝玉挨了打也都進来請安襲人忙迎出来悄々的笑道嬸々們略遲来了一步二爺睡着了說着一面陪他們到那邊屋裡坐着倒茶給他們吃那几个媳婦子都悄々的坐了一回向襲人說道等二爺醒了你替我們回罢襲人答應了送他們出去剛要回来只見王夫人使了个老婆子来說太々叫一个跟二爺的人呢襲人見說想了一想便回身悄々的告訴晴雯麝月香云秋紋等說太々叫人呢你們好生在屋裡我去了就来說畢同那老婆子一直出了園門来至上房王夫人正坐在凉榻上搖着芭蕉扇子見他来了說道你不管叫誰来也罢了又撂下他来了誰伏侍他呢襲人見說連忙陪笑回道二爺纔睡安穩了那四五个丫頭如今也好了会伏侍了太々請放心恐怕太々有什么話吩咐打發他們来一時听不明白倒耽悞了事王夫人道也沒什么事白問々他這会子疼的怎么樣了襲人道宝姑娘送来的藥我給二爺敷上了比先好些了先疼的躺不穩這会子都睡沉了可見好些了王夫人又問吃了什么東西沒有襲人道老太々給的一碗湯喝了两口只嚷干渴要吃酸梅湯我想着酸梅是个收歛的东西

西才刚捱了打又不許叫喊自然急的那熱毒熱血未免存在心里倘或吃下這个去激在心里再弄出大病来可怎麽
樣呢因此我劝了半天纔没吃只拿那糖腌的玫瑰滷子和了吃了小半碗又嫌吃絮了不香甜王夫人道嗳喲你不該早来和我說
前兒有人送了几瓶子香露来原要給他点子的我怕他胡遭蹋了就没給既是他嫌那玫瑰膏子吃絮了把這个拿兩
瓶子去一碗水里只用挑一茶匙兒就香的了不得呢說着就喚彩云来把前兒的那几瓶子香露拿来袭人道只拿兩
瓶来罢多了也白遭蹋等不彀再来取也是一樣彩云听說去了半日果然拿了兩瓶来付与袭人袭人看時只見
兩个玻璃小瓶都有三寸大小上面螺絲銀盖鹅黄箋上寫着木樨清露那一个上寫着玫瑰清露袭人笑道好
尊貴東西這麽个小瓶兒能有多少王夫人道那是進上的你没看見鹅黄箋子你好生替他收着别遭蹋了袭
人答應着方要走時王夫人又叫站着我想起一句話来問你袭人忙又回来王夫人見房内無人便問道我恍惚听見
今日宝玉挨打是環兒在老爷跟前說了什麽話你可听見這个話没有你要听見告訴我听听我也不吵出来教人知
道是你說的袭人道我倒没听見這話只听見說為二爷霸佔着什麽王府的戲子人家来和老爷要為這个打的王
夫人摇頭道也為這个還有别的原故袭人道别的原故實在不知道了我今日大胆在太太跟前說句冒撞話論
理的話論理說了半截忙又咽住王夫人道你只管說袭人道太太别生氣我就說了王夫人道我有什麽生氣
的你只管說袭人道論理我們二爷也須得老爷教訓教訓纔好要老爷再不管將来不知做出什麽事来呢王夫人
听見了這話便点頭嘆息由不得赶着袭人叫了一声我的兒你說的很明白和我的心里想的一樣我何曾不知道

當先時珠大爺在時我是怎麽管他難道我如今倒不知道管兒子了只是有个原故如今我想我已經五十歲了
通共剩他一个他又長的單弱况今老太〻疼的寶貝是的若管緊了他倘或再有个好歹或是老太〻氣壞了那時
上下不安豈不倒壞了所以就縱壞了我長〻掰着口兒勸一陣說一陣氣的罵一陣哭一陣彼時也好过後還是不相干
端的吃了虧纔罷了若打壞了將来我靠誰呢說着不由的滚下淚来襲人見王夫人這般悲感自己也不覺傷心
了陪着落淚又道二爺是太太養的豈不心疼就是我們作下人的伏侍一場大家落个平安也算是造化了要
這樣起来連平安都不能了那一日那一時不劝二爺只是再劝不醒偏生那些人又肯親近他也怨不他這樣總
是我們劝的倒不好了今兒太〻提到這話我還記掛着一件事每要来回太〻討太〻个主意只是我怕太〻疑
了心不但我的話白說了且連葬身之地都没了王夫人听了這話内有因忙問道我的兒你有話只管說近来我因
听見眾人背前背後都誇你我還信不真只怕你不过在寶玉身上留心或是在人跟前和氣這些小意思
好所以就將你和老姨娘们一体行事誰知你方才和我說的話全是大道理正合我的心你有什么只管
說什麽只别叫别人知道就是了襲人道我也沒什麽別的說我只想着討太〻的一个示下怎麽變个法兒已
後竟還叫二爺搬出園外来住就好了王夫人听了吃一大驚忙拉了襲人的手問道寶玉難道和誰作
怪了不成襲人忙回道太〻别多心並無有這話這不过是我的小見識如今二爺大了里頭姑娘們也大了况
且林姑娘寶姑娘又是兩姨姑表姊妹雖說是姊妹們到底是男女之分日夜一处起坐不方便由不得

叫人懸心便是外人看着也不像大家子的体统俗语说的没事常思有事世上多少无头脑的人多半因无心
中做出来都被有心人看見当作有心弄坏了所以是預先防着断然二爺素日的性格太太是知道的他又
偏好在我们隊裡鬧倘或不防前後錯一点半点不論真假人多口杂那起小人的嘴有什麼避諱心順了说的
比菩薩还好心不順就贬的连畜生也不如了二爺将来倘有人说好不过大家落个直过若叫人哼出一个不是来我
們不用说粉身碎骨罪有萬重都是平常小事但二爺後来一生的声名品行豈不完了二則太太也難見老爺
俗語又说君子防未然不如这会子防避的是太太事情多一時固然想不起来我们想不到則可既想到了若
不回明太太罪越發重了近来我为这事日夜懸心又恐怕太太聽着生氣所以總沒敢言語王夫人聽了这话如雷
轟电掣的一般正觸了金釧兒之事心内越發感愛襲人不盡忙笑道我的兒你竟有这个心胸想的这樣週全我何
嘗不想到这里只是这几次有事就忘了你今兒这话提醒了我难为你成全我娘儿两个声名体面
我就不知道你这樣好罷了你且去罷我自有道理只是还有一句話你今既说了这样的话我就把他交给
你了好歹留心保全了他就是保全了我我自然不辜負你襲人連連答應着去了回来正值宝玉睡醒襲
人回明香露之事宝玉喜不自禁即命調来嚐試果然香妙非常因心下記掛黛玉满心要打發人去
只是怕襲人攔阻便設法先使襲人往宝釵那裡借書去了宝玉便命晴雯来吩
咐道你到林姑娘那裡去看看他做什么呢他要问我只说我好了晴雯道白眉赤眼的作什么去呢

到底說句話兒也像件事。寶玉道：沒有什麼可說的。晴雯道：若不然或是送件東西或取件東西，不然我去了怎麼搭訕呢。寶玉想了一想，便伸手拿了兩條手帕子撂與晴雯，笑道：也罷，就說我叫你送這個給他去了。晴雯道：這又奇了，他要這半新不舊的兩條手帕子作什麼？他又要惱了，說你打趣他。寶玉笑道：你放心，他自然知道。晴雯聽了，只得拿了帕子往瀟湘館來，只見春纖正在欄杆上晾手巾，見他進來忙搖手兒說：睡下了。晴雯走進來，滿屋漆黑，並未點燈。黛玉已睡在床上，問是誰。晴雯忙答道：晴雯。黛玉道：做什麼？晴雯道：二爺叫我給姑娘送帕子來了。黛玉聽了，心中發悶，暗想道：做什麼送帕子給我？因問：這帕子是誰送他的？必定是上好的，叫他留著送別人罷，我這會子不用這個。晴雯笑道：不是新的，就是家常舊的。林黛玉聽了越發悶住，著實細心搜求，一時方大醒悟過來，連忙說：放下去罷。晴雯聽了，只得放下，抽身回去，一路思量，不解何意。這黛玉體貼出手帕子的意思來，不覺神魂馳蕩：寶玉這番苦心，能領會我這番苦意，又令我可喜；我這番苦意，不知將來如何，又令我可悲；忽然好好的送兩塊舊帕子來，若不是領會深意，單看了這帕子，又令我可笑；再想令人私相傳遞與我，又可懼；我自己每每好哭，想來也無味，又令我可愧。如此左思右想，一時情不能禁，五內沸然炙起。黛玉由不得餘意纏綿，便命掌燈，也想不起嫌疑避諱等事，便研墨蘸筆，便向那兩塊舊帕上走筆寫道

眼空蓄淚淚空垂　暗洒閑抛却為誰　尺幅鮫綃勞惠贈　教君焉得不傷悲

抛珠滾玉只偷潸　鎮日無心鎮日閑　枕上袖邊难拂拭　任他点点與斑斑

彩線难收面上珠　湘江旧跡已模糊　窗前亦有千竿竹　不識香痕漬有無

林黛玉还要往下寫時覺得渾身火熱面上作燒走至鏡台前揭起錦袱一照只見腮上通紅自羨壓倒桃花却不知病由此萌一時方上床睡去犹拿着那帕子思索不在話下

却說襲人来見寶釵誰知寶釵不在园内往他母親那里去了襲人便不空手回来等至起更寶釵方回来原来寶釵素知薛蟠情性心中已有一半疑是薛蟠調唆了人来告寶玉的今又听襲人說出来越發信了究竟襲人是听茗烟說的那茗烟也是私心窺度並未据实大家都是一半猜度竟認準是他說的那薛蟠都因素日有这个声名其实这一次却不是他幹的被人生生的一口咬死是他有口难分這日正從外頭吃了酒回来見過母親只見寶釵在這裡說了几句閑話因問聽見寶兄弟吃了虧是為什麼薛姨媽正為這个不自在見他問時便咬着牙道不知好歹的冤家都是你鬧的你还有臉来問薛蟠見說便怔了忙问道我何嘗鬧什麼来薛姨媽道你还裝腔呢人人都知道是你說的薛蟠道人人說我殺了人也就信了罷薛姨媽道連你妹妹都知道是你說的难道他也賴你不成寶釵忙劝道媽媽和哥哥别叫喊消消停停的就有个青紅皂白了因又向薛蟠道是你說的也罷不是你說的也罷事情也过去了

不必較證到把小事弄大了我只劝你從此以後少在外頭胡鬧少管別人的事天〻一处大家胡逛你是个不防
頭的人过後沒事就罷了倘或有事不是你幹的人〻都也疑惑是你幹的不用說別人我就先疑惑你薛
蟠本是个心直口快的人一生見不得这樣藏頭露尾的事又見宝釵劝他不要逛去他母親又說他拉
舌宝玉之打是他治的早已急的乱跳賭身發誓的分辯又罵衆人誰这樣贓派我〻把那囚攮的牙敲了才
罷分明是為打了宝玉沒的獻勤兒拿我來作幌子難道宝玉是天王他父親打他一頓一家子定要鬧几
天那一回為他不好姨爹打了他兩下子過後老太〻不知怎麼知道了說是珍大哥治的好〻的叫了去
罵了一頓今兒越性拉上我了既拉上我我也不怕越性進去把宝玉打死了我替他償了命大家干淨
一面嚷一面抓起一根門閂來就跑慌的薛姨媽一把抓住罵道作死的孽障你打誰去你先來打我薛蟠
急的眼急的銅鈴一般嚷道何苦來又不叫我去又好〻的賴我將來宝玉活一日我耽一日的口舌不如大家死了
清淨宝釵忙也上來劝道你忍耐些兒罷媽急的这个樣兒你不說來劝媽你反鬧的这樣別說是
媽便是个傍人來劝你也為你好到把你的性子劝上來了薛蟠道你这会子又說这話都是你說的
宝釵道你只怨我說再不怨你那顧前不顧後的行景薛蟠道你只会怨我顧前不顧後你怎麼不怨宝玉
外頭招風惹草的那樣子別說多的只拿前兒琪官的事比給你們聽〻那琪官我們見過十來次的他
並沒和我說一句親熱話怎麼前兒他見了連姓名还不知道就把汗巾子給他了難道这也是我說

氣的不成薛姨媽和宝釵忙說道还提这个可不是為这个打他呢可見你說的了薛蟠道真々氣死了人賴我說的我不恼我只恼為一个宝玉闹的这樣天翻地覆的宝釵道誰闹了你先持刀動棍的闹起来到說別人闹薛蟠見宝釵說的句々有理难以駁正比母親反难回答因此便要設法拿話堵他回去就無人敢攔他的話了也因正在氣頭上未曾想話之輕重便說道好妹々你不用和我闹我早知道你的心了從先媽和我說过你这金要揀有玉的才可正配你留了心見宝玉有那劳什子你自然如今行動護着他話未說了把宝釵氣怔了拉着薛姨媽哭道媽々你听哥々說的是什麽話薛蟠見妹々哭了便知自己冒撞了便賭氣走到自己房裡安歇不題这里薛姨媽氣的乱战一面又劝宝釵道你素日知道那業障說話沒道理明兒我叫他給你賠不是宝釵满心委曲氣忿待要怎樣又怕他母親不安少不得含泪別了母親各自回来到房里整哭了一夜次日起来也無心梳洗胡乱整理了便出来瞧母親可巧遇見林代玉独立在花陰之下问他那里去薛宝釵因說道家去口里說着便只管走林代玉見他無精打彩的去了又見眼上似有哭泣之状大非往日可比便在後面笑道姐々也自己保重些兒就是哭出两缸眼泪来也医不好棒瘡不知薛宝釵如何答对且

听下回分解

第三十五回　白玉釧親嚐蓮葉羹　黄金鶯巧結梅花絡

話説宝釵分明听見代玉尅薄他因記掛着母親哥ゝ並不回頭一逕去了這里林代玉還自立于花陰之下遠ゝ的却向怡紅院内望了只見李宫裁迎春探春惜春并各項人等都向怡紅院去过之後一起ゝゝ的散尽了只不見凤姐兒来心里自己盤筭道如何他不来瞧ゝ宝玉便是有事纏住了他也必定也是要来打个花胡哨討老太ゝ和太ゝ的好兒才是今兒这早晚不来必定有原故一面猜疑一面抬頭再看時只見花ゝ簇ゝ的一羣人又向怡紅院内来了定睛看時只見贾母搭着凤姐兒的手後頭邢夫人王夫人跟着周姨娘并丫鬟媳婦人等都進院去了代玉看了不覺点頭想起有父母的人的好处来早又淚珠滿面少頃只見宝釵薛姨媽等也進去了忽見紫鵑從背後走来説道姑娘吃藥去罢開水又冷了代玉道你到底要怎么樣只是催我吃不吃與你什么相干紫鵑笑道咳嗽的才好了些又不吃藥了如今雖然是五月裡天氣熱到底也還該小心些大清早起在这个潮地上站了半日也該回去歇息ゝゝ了一句話提醒了代玉方覺有些腿酸呆了半日方慢ゝ的扶着紫鵑回瀟湘館来一進院門只見滿地下竹影參差苔痕濃淡不覺又想起西廂記中所云幽僻处可有人行点蒼苔白露冷ゝ二句来因暗ゝ的嘆道雙文雙文誠為命薄人矣然你雖命薄尚有孀母弱弟今日林代玉之命薄一併連孀母弱弟俱無古人云佳人命薄然我又非佳人何命薄勝於雙文哉一面想一面只管走不防廊上的鸚哥見代玉來了嘎的一声扑了下来倒嚇了一跳因説道作死的又扇了我一頭灰那鸚哥又飛上架去便叫雪雁快掀簾子姑娘来了代玉便止住步以手扣架道添了食水不曾

那鶯哥兒便長嘆一声竟大似代玉素日吁嗟音韻接着念道儂今葬花人笑痴他年葬儂知是誰試看春殘
花漸落便是紅顏老死時一朝春盡紅顏老花落人亡兩不知代玉紫鵑听了都笑起来紫鵑笑道這都是姑娘
素日念的难為他怎麼記了代玉便命紫鵑將架摘下来另掛在月洞窗外的鈎上于是進了屋子在月洞窗
内坐了吃畢藥只見窗外竹影映入紗窗來滿屋内陰陰翠潤几簟生凉代玉無可釋悶便隔着紗窗調逗鸚哥
作戲又將素日所喜的詩詞也教与他念這且不在話下且說薛宝釵來至家中只見母親正自梳頭呢一見他
進來便說道你大清早起來作什麼宝釵道我瞧瞧媽身上好不好昨兒我去了不知他可又過來鬧了沒有一面說
一面在他母親身傍坐下由不得哭將起来薛姨媽見他一哭自家掌不住也就哭了一面又劝他我的兒你別委屈
了你等我處分那業障你要有个好歹我指望那一个薛蟠在外邊听見連忙跑過来对着宝釵左一
个揖右一个揖只說好妹妹恕我這一次罢原是我昨日吃了酒回来的晚了路上撞客着了来家未醒不知胡說
了些甚麼連我自己也不知道怨不得你生氣宝釵原是掩面哭的听見如此說由不得又笑了遂抬頭向地下
啐了一口你不用做這像生兒教我們离了你你就心净了薛蟠听說連忙笑道妹妹這話從那里說起的
連明我連立足之地都沒了妹妹從来不是這樣多心人說這樣歪話薛姨媽忙又接着道你就只会
听見你妹妹的歪話难道昨兒晚上你說的那話就應該不成當真是你發昏了薛蟠道媽也不必生氣
妹妹也不用煩惱從今以後我再不和他們一處吃酒閑曠如何宝釵道這明白过来了薛姨媽道你要

有這麼个橫勁那龍也下蛋了薛蟠道我若再和他們一處逛妹妹聽見只管啐我再叫我畜生不是人如何何苦來為我一个
人娘兒兩个天天操心媽為我生氣還猶可恕只管叫妹妹為我操心我更不是人了如今父親沒了我不能孝順媽多
疼妹妹反叫媽生氣妹妹煩惱真連个畜生也不如了口里說眼睛裡禁不住流下淚來薛姨媽本不哭了聽他一說
又勾起傷心來寶釵勉強笑道你鬧夠了這會子又招著媽哭起來了薛蟠聽說忙收了淚笑道我何曾招媽哭來
罷罷罷丟下這个別提了叫香菱來倒茶妹妹吃寶釵道我也不吃茶等媽洗了手我們就進去了薛蟠道妹妹
的項圈我瞧瞧只怕該炸一炸去了寶釵道黃澄澄的又炸他作什麼薛蟠又道妹妹如今也該添補些衣裳
了要什麼顏色花樣告訴我寶釵道連那些衣服我還沒穿遍了又做什麼一時薛姨媽換了衣裳拉着寶
釵進去薛蟠方出去了這里薛姨媽和寶釵進園來看寶玉到了怡紅院中只見抱廈裡外迴廊
上許多丫環老婆站着便知賈母等都在這裡母女兩个進來大家見过了只見寶玉躺在榻上薛姨媽
問他可好些寶玉忙欲欠身口裡答應着好些又說只管驚動姨娘姐姐我禁不起薛姨媽忙扶他睡下又
問他想什麼只管告訴我寶玉笑道我想起來自然和姨娘要去王夫人又問你想什麼吃回來
好給你送來寶玉笑道也倒不想什麼吃倒是那一回做的那小荷葉兒小蓮蓬兒的湯還好些鳳姐一旁笑道都聽聽口味不
算高貴只是太磨牙了巴巴的想這个吃賈母便一疊聲的叫做去鳳姐兒笑道老祖宗別急等我想一想這模
子誰收着呢因回頭吩咐个婆子去問管廚房的要去那婆子去了半天來回說管廚房的說四付湯模子都交上

来了凤姐听说想了想道我记得交上来了就不知交给谁了多半在茶房裡面又遣人去向管茶房的也不曾收次後还是管金银器皿的送了来薛姨妈先接过来瞧時原来是个小匣子裡面装着四付银模子都有一尺多長一寸見方上面鑿着有豆子大小也有菊花的也有梅花的也有莲蓬的也有菱角的共有三四十樣的十分精巧因笑向贾母王夫人道你们府上也都想絶了吃碗湯还有这些樣子若不说出来我見了这个也不認得这是做什么用的凤姐兒也等不得人说话便笑道姨妈那裡曉得这是旧年备膳的他们想的法兒不知弄些什么面印出来借着清湯的味道做出来也还罢了究竟没意思谁家常做吃他呢那一回呈樣做了一回他今兒怎么想起来了说着接过来递与个婦人吩咐厨房裡立刻拿几支鸡另外添了东西做出十来碗来王夫人道要这些做什么凤姐兒笑道有个原故这一宗东西家常不大做今兒宝兄弟提起来了单做给他吃老太太姨娘太太都不吃似乎不大好不如借势兒弄些大家吃托赖着連我也上个俊兒贾母听了笑道猴兒把你乖的拿着官中的钱你做人说的大家笑了凤姐也忙笑道这不相干这个小东道我还孝敬的起便回頭吩咐婦人说给厨房裡只管好生添補做了在我的賬上来領银子婦人答应着去了宝钗一旁笑道我来了这几年留神看起来凤丫頭凭他怎么巧也巧不过老太太贾母听说便笑道我的兒我如今老了那里还巧什么当日我像凤姐这么大年纪比他还来得呢他如今虽说不如我们也就算好了比你姨娘可怜見的不大说话和木頭是的在公婆跟前就不显好兒凤姐嘴乖怎么怨得人疼他宝玉笑道要这么说不大说话的

就不如疼了贾母道不大说话的又有不大说话的可疼之处嘴乖的也有一宗可嫌的到不如不说的好宝玉笑
道这就是了我说大嫂子到不大说话呢老太〻也是和凤姐〻的一样看待若是单是会说话的可疼这些姊
妹里头也只是凤姐〻和林妹〻可疼了贾母道提起姊妹来不是我当着姨太〻的面奉承千真万真从我们
家四个女儿算起都不如宝丫头薛姨妈听了忙笑道这话老太〻是偏说了王夫人也忙笑道老太〻
时常背地里和我说宝丫头好这到不是假话宝玉勾着贾母原为要赞林代玉的不想反赞起宝钗来
到也意出望外便看着宝钗一笑宝钗早扭过头去和袭人说话去了忽有人来请吃饭贾母方立起身来命宝
玉好生养着又把丫头们嘱咐了一回方扶着凤姐儿让着薛姨妈大家出房去了因问汤好了不曾又向
薛姨妈等想什么吃只管告诉我〻有本事叫凤丫头弄了来咱们吃薛姨妈笑道老太〻也会怄他时常
他弄了东西孝敬来究竟又吃不了多少凤姐儿笑道姑妈到别这么说我们老祖宗只是嫌
人肉酸若不嫌人肉酸早已把我还吃了呢一句话没说完引的贾母众人都哈〻的笑起来宝玉在
房里也掌不住笑了袭人笑道真〻的二奶〻的这张嘴怕死人宝玉伸手拉着袭人笑道你站了
半日可乏了一面说一面拉他在身边坐下袭人笑道可是又忘了趁宝姑娘在院子里你和他说烦他
的莺儿来打上几根络子宝玉笑道亏你提起来说着便仰头向窗外道宝姐〻吃过饭叫莺
儿来烦他打几根络子可得闲儿宝钗听见回头笑道怎么不得闲一会儿叫他来就是了

贾母尚未听见都止住步问宝钗说明了大家方明白贾母便说道好孩子你叫他来替你兄弟作几根你要使
人我那里闲着的丫头多呢你喜欢谁只管叫了来使唤薛姨妈宝钗等都笑道只管叫他来做就是
了有什么使唤的去处他天天也是闲着淘气大家说着往前正走忽见史湘云平儿香菱等在山石边掐凤仙
花呢见了他们走来都迎上来了少顷出至园外王夫人恐贾母乏了便欲让至上房内坐贾母也觉脚酸便
点头依允王夫人便命丫头子们先去铺设坐位那时赵姨娘推病只有周姨娘合众婆子丫头们忙
着打帘子立靠背铺褥子贾母扶着凤姐儿进来与薛姨妈分宾主坐下宝钗史湘云坐在下面王夫
人亲捧了茶奉与贾母李宫裁捧与薛姨妈贾母向王夫人道让他们小妯娌伏侍你在那边坐下
好说话儿王夫人方向一张小杌子上坐了便吩咐凤姐儿道老太太的饭在这里放添了东西来凤姐
答应了出去便命人去贾母那边告诉那边的婆娘们忙望里传丫头们忙赶过来王夫人便命请
姑娘们去请了半天只有探春惜春两个来了迎春身上不耐烦不吃饭那林代玉自不消说平素十顿
饭只吃五顿众人也不着意了少顷饭至众人调放了桌子凤姐儿在手巾里拿出一把牙筯笑道老祖宗和
姨娘不用让还听我说就是了贾母笑向薛姨妈道我们就是这样薛姨妈笑着是了于是凤姐儿放下西
双上面[illegible]又双是贾母薛姨妈两边是宝钗史湘云的王夫人李宫裁都站在地下看着放菜凤姐儿先忙要
干净碗来替宝玉拣菜少顷荷叶汤来贾母看过了王夫人回头见玉钏儿在傍边便命玉钏儿与宝玉

送去鳳姐兒道他一个人拿不去可巧鶯兒和同喜兒都來了寶釵知道他們已吃了飯便向鶯兒道寶兄弟正叫你去打絡子你們兩个一同去罷鶯兒答應同着玉釧兒出來鶯兒道這麽遠怪熱的怎麽端了去玉釧笑道放心我有道理說着便命一个婆子來將湯飯等類放在一个捧盒裡命他端了跟着他兩个却空着手走一直到怡紅院門口玉釧兒方接了過來同鶯兒進入寶玉房中襲人麝月秋紋三个人正和寶玉頑笑呢見他兩个來了都忙起來笑道你們兩个怎麽碰巧一齊來了一面說一面接了下來玉釧便向一張杌子上坐了鶯兒不敢坐襲人便忙端了个脚踏來鶯兒還不敢坐寶玉見鶯兒來了却倒十分歡喜忽見了玉釧兒便想起他姐姐金釧兒來了又是傷心又是慚愧便把鶯兒丟下且和玉釧兒說話襲人見把鶯兒不理恐鶯兒沒好意思又見鶯兒不肯坐便拉了鶯兒出來到那邊房裡去吃茶說話兒去了這裡麝月等預備了碗箸來伺候吃飯寶玉只是不吃問玉釧兒道你母親身上好玉釧兒滿臉怒色正眼也不看寶玉半日方說了一个好字寶玉便覺沒趣半日只得又陪笑問道誰叫你替我送來的玉釧兒道不過是奶奶太太們寶玉見他還是這樣哭喪便知他是為金釧兒的原故待要虛心下氣哄轉他又見人多不好下氣的因而變盡方法將人都支出去然後又陪笑問長問短那玉釧兒先雖不欲理他只管見寶玉一些性氣也沒有凭他怎麽喪謗還是溫存和氣自己倒不好意思了臉上方有三分喜色寶玉便笑求他好姐姐你把那湯端了來我嚐嚐玉釧兒道我從來不會餵人東西等他們來了再喝寶玉笑道我不是要餵我我因為走不動你遞給我喝了你好趕早回去交代

了你好吃飯去我只管耽悞了你的時候你豈不餓壞了你要懶怠動我少不得忍着疼下去取去說着便要下床扎挣起来禁不住哎喲之聲玉釧兒見他這般也忍不住起身說道躺下罷那世裡造的業這會子現世現報教我那一個眼睛瞧的上一面說一面嗤的一聲又笑了端過湯來宝玉道好姐姐你要生氣只管在這裡生罷見了老太太太太可放和氣些若還這樣你就又挨罵了玉釧兒道吃罷吃罷不用和我甜嘴蜜舌的我都知道啊我可不信這樣話說着催宝玉喝了兩口湯宝玉故意說不好吃不吃了玉釧兒道阿彌陀佛這還不好吃什麼好吃宝玉道一点味兒也沒有你不信嚐一嚐就知道了玉釧兒果真賭氣嚐了嚐宝玉哄道這可好吃了玉釧兒聽說方解過意來原來宝玉哄他喝一口便說道你既說不好喝這會子說好吃也不給你吃了宝玉只管陪笑央求要吃玉釧兒又不給他一面又叫人來打發吃飯丫頭們方進來時忽有人來回話傅二爺家的兩個嬤嬤來請安來見二爺宝玉聽說便知是通判傅試家的嬤嬤來了那傅試原是賈政的門生原來都賴賈家的名聲得意賈政也着實看待故與別的門生不同他那裡常遣人來走動宝玉素昔最厭勇男蠢婦的今日卻如何又命這兩個婆子進來其中原來有個緣故只因那宝玉聞得傅試有個妹子名唤秋芳也是個瓊閨秀玉常聞人傳說才貌俱全雖未親覩然遐思遙愛之心十分誠敬不命他們進來恐薄了秋芳因此連忙命讓進來那傅試原是暴發的因傅秋芳有几分姿色聰明過人那傅試安心仗着妹子要與豪門貴族結姻不肯輕意許人所以耽悞到如今目今傅秋芳已二十三歲尚未許人爭奈那些豪門貴族又嫌他窮酸根基淺薄不肯求配那傅試與賈家親密也自有一段

心事今日遣来的两个婆子偏是極無知識的聞得宝玉要見進来只剛向了好說了没两句話那玉釧兒見
生人来了也就不和宝玉厮鬧了手里端着湯只顧听話宝玉又只顧和婆子説話一面吃飯伸手去要湯两个
人的眼睛都看着人不想伸猛了手便將碗撞翻將湯潑了宝玉手上玉釧兒到不曾燙着唬了一跳忙
咲道這是怎庅了慌的丫頭們忙上来接碗宝玉自己燙了手到不覺的都只管問玉釧兒燙
了那里了疼不疼玉釧兒和众人都咲了玉釧兒道你自己燙了只管問我宝玉听説方覺自己燙
了众人上来連忙收拾宝玉也不吃飯了洗手吃茶又和那两个婆子說了两句話然後两个婆子告辞
出去晴雯等送至橋边方回那两个婆子見沒人了一行走一行談論這一个咲道怪道有人說他們家宝
玉是外相好裡頭糊塗中看不中吃的果然有些呆氣他自己燙了手到問人疼不疼這可不是
个呆子那一个也咲道我前一回来听見他家裡許多人抱怨千真万真有些呆氣大雨淋的水鷄兒
是的他反告訴人下雨了快避雨去罷你說可咲不可咲時常沒人在跟前就自咲自咲的看見燕子
就和燕子說話河裡看見了魚就和魚說話見了星星月亮不是長吁短嘆的就是咕咕噥噥的
且是連一点剛性也沒有連那些毛丫頭的氣都受的到了愛惜東西連个線頭兒都是好的遭塌起来
那怕值千值万的都不管了两个人一面說一面走出園来辞別諸人回去不在話下如今且說襲人見
人去了便携了鶯兒过来問宝玉打什庅絡子宝玉咲道向着玉釧兒姊只顧說話就忘了叫你

了頭你来不為别的煩你替我打几根絡子鶯兒道裝什麽的絡子宝玉見向便笑道不管裝什麽的
你都每樣打几根罢鶯兒拍手笑道这还了得要这樣十年也打不完了宝玉笑道好姐々你閑着也
没事都替我打了罢袭人笑道那里一時都打的完如今先揀要緊的打几个罢鶯兒道什
麽要緊不过是扇子香墜兒汗巾子宝玉道汗巾子就好鶯兒道汗巾子什麽顏色的宝玉道
大紅的鶯兒道大紅的須是黑絡子才好看或是石青的才壓的住顏色宝玉道松花色配什麽顏色鶯兒道松花
配桃紅宝玉笑道這倒嬌艷再要雅淡之中帶些嬌艷
鶯兒道葱綠柳黄是我最愛的宝玉道也罷了也打一条桃紅再打一条葱綠鶯兒道什麽花樣宝玉道共有几樣花樣鶯兒道一炷香朝天凳象眼塊方勝連環梅花柳
葉宝玉道前兒你替三姑娘打的那花樣是什麽鶯兒道那是攢心梅花宝玉道就是那
樣好一面説一面叫袭人剛拿了綫来窗外婆子説姑娘們的飯都有了宝玉道你們吃飯去快吃了来罢袭人
笑道有客在这里我們怎好去的鶯兒一面理綫一面笑道这話又打那里説起正經快吃了来罢袭人
等听説方去了只留下兩个小丫頭听呼喚宝玉一面看鶯兒打絡子一面説閑話因向他十几岁了鶯兒手
里打着一面答話十六岁了宝玉道你本姓什麽鶯兒道姓黄宝玉笑道这个姓名到对了果然是
个黄鶯兒鶯兒笑道我的名字本来是兩个字叫作金鶯姑娘嫌拗口就單叫鶯兒如今
就叫開了宝玉道宝姐姐也算疼你了明兒宝姐姐出閣少不的是你跟去了鶯兒抿嘴一笑宝玉笑道我

四二六

常和襲人説明兒也知那个有福的消受你们主兒兩个呢鶯兒咲道你还不知道我们姑娘有几樣世人都没有的好处呢模樣兒还在次宝玉見鶯兒嬌憨婉轉語笑如痴早不勝其情了那更提起宝釵来便問他道好处在那里好姐姐你細細的告訴我鶯兒咲道我告訴你可不許又告訴他去宝玉咲道这个自然的正説着只听外頭説怎么这樣靜悄悄的二人回頭看時不是别人正是宝釵来了宝玉忙讓坐宝釵坐了因向鶯兒打什么呢一面向他手里去瞧才打了半截宝釵咲道这有什么趣兒到不如打个絡子把玉絡上呢一句話提醒了宝玉便拍手咲道到是姐姐説的是我就忘了只是配个什么顔色才好宝釵道若用雜色断然使不得大紅又犯了色黄的又不起眼黑的又过暗等我想个法兒把那金線拿来配着黑珠兒線一根一根的拈上打成絡子这才好看宝玉听説喜之不尽一叠声便叫襲人来取金線正值襲人端了兩碗菜走進来告訴宝玉道今兒奇怪才剛太太打發人給我送了兩碗菜来宝玉咲道必定是今兒菜多送来給你們大家吃的襲人道不是指名給我送来的还不叫我过去磕頭这可是奇了宝釵道給你的你就吃去有什么猜疑的襲人咲道從来没有的事到叫我不好意思的宝釵抿嘴一咲説道这就不好意思了明兒还有比这个更叫你不好意思的呢襲人听了話内有因素知宝釵不是輕嘴薄舌的奚落人的自己方想起上日王夫人的意思来便不再提将菜与宝玉看了説洗了手来拿線説畢便一直去了吃过飯洗了手進来拿金線

鸳儿打发子此时宝钗早被薛蟠遣人请出去了这里宝玉正看着打发子忽见邢夫人那边遣了两个丫环送了两样菓子来给他吃问他可走得了若走得动叫哥儿明儿过去散散心太太着实惦记呢宝玉忙道要走得了必定请太太安去疼的比先好些请太太放心罢一面叫他两个坐下一面又叫秋纹来把才那菓子拿一半送与林姑娘去秋纹答应了刚欲去时只听黛玉在院内说话宝玉忙叫快请且听下回分解

第三十六回

繍夗央驚梦絳芸軒　悟梨香院識分定情

話説賈母自王夫人處回来見宝玉一日好似一日心中自是欢喜因怕賈政又叫他遂命人將賈政親随小厮頭兒喚来吩咐他以後倘有会人待客诸様的事你老爷要叫宝玉你不用上来傳话就回他说我说的一則打重了得着实將養几个月纔走得二則他的星宿不利祭了星不見外人過了八月纔許出二门那小厮頭兒听了領命而去賈母又令李嬷嬷襲人等来將此话说与宝玉使他放心那宝玉素日本就懶与士大夫諸男人接谈又最厭峩冠礼服賀弔往还等事今日得了这句话越發得了意不但將親戚朋友一概杜絶了而且連家庭中晨昏定省一發都随他的便了日日只在园中遊卧不過每日一早到賈母王夫人處走走就回来了却每日甘心為诸丫鬟充役竟也得十分清闲或如宝釵輩有時見机勸导反生起氣来只说好好的一个清净潔白的女兒也学的釣名沽譽入了国賊禄鬼之流这總是前人無故生事立言豎辭原為引導後世鬚眉濁物不想我生不幸亦且瓊閨綉閣中亦有此風真真有負天地鍾靈毓秀之德了因此禍延古人除四書外竟將别的書焚了众人見他如此瘋顛也多不向他说这正經话了獨有代玉自幼不曾劝他去立身揚名等语所以深敬代玉閑言少述且说凤姐自見金釧兒死後忽見几个家人常来孝敬他些東西又不時的来請安奉承他自己到生了疑惑不知何意这日又見他们人来孝敬他東西因晚间無人時笑问平兒道这几家人不大管我的事為什麼忽然这麼和我贴近平兒冷笑道奶奶连这个都想不起来了我猜他们的女兒多

也是太太屋裡的丫頭如今太太屋裡有四个大的一个月一两艮子的分例下剩的多是一个月几百錢的如今金釧兒死了必定他們要美這一兩銀子的巧宗兒呢凤姐听了笑道是了是了到是你提醒了我這起人也太不知足錢也賺勾了苦事情又攤不着他們美个丫頭搪塞身子也就罷了又要想這丫頭的巧宗兒他們几家的不能遂意也花到我跟前的這是他們自尋的送什庅来我就收什庅横竪我有主意凤姐兒安下這个心所以只管遲延着等那些人把東西送足了然後趁空方回王夫人這日午间薛姨媽母女兩个与林黛玉等正在王夫人屋里大家吃西瓜凤姐兒得便回王夫人道自從玉釧兒的姐姐死了太太跟前少着一个人太太或看準了那个丫頭就吩附了下月好發放月錢王夫人听了想了一想道説什庅是例必定四个五个的殼使的就罷了竟可以免了罷凤姐道論理太太説的也是但這原是旧例别人屋里还有两个呢太太到不按例了况且省下一两艮子也有限的王夫人听了又想一想道也罢這个分例只管関了来不用補人就把這一两銀子給他妹妹玉釧兒罷他姐姐伏侍了我一塲没了好結果剩下他妹妹跟着我吃个双分兒也不為過逆凤姐兒答應着回頭向着玉釧兒道大喜大喜玉釧兒过来磕了頭王夫人又问道正要问你如今趙姨娘周姨娘的月例多少凤姐道那是定例每人二两趙姨娘有环兄弟的二两共是四两另外四串錢王夫人道月月可多按数給他們凤姐兒问的奇怪道怎庅不按数給王夫人道前日我恍惚听見有人抱怨説短了一吊錢什庅原故凤姐道

從旧年他们外頭商量的姨娘们每位的丫頭分例减半每人各五百錢每位双个丫頭所以短了一
吊钱这也抱怨不着我我到樂得給呢他们外頭又扣着难道我添上不成这事我不過接手兒怎么
来怎么去由不得我我到说了双三回仍旧添上这双分为是他们说只有这个項数叫我也难再说了如今
我手裡連日子不錯給他们先時在外頭関那个月不打飢荒何曽順、溜、得过一遭兒王夫人听
说也就罢了半日又问老太、屋里几个双的凤姐道八个如今只有七个那一个是襲人王夫人道這
就是了你宝兄弟也没有一双的丫頭襲人还算是老太、屋里的人凤姐道襲人元是老太、的人
不過給宝兄弟使他这一双艮子还在老太、的丫頭分例上領如今说因为襲人是宝兄弟的人
裁了这一双艮子断乎使不得若说再添一个人給老太、这还可以裁他的須得环兄弟屋里也添
上一个才公道就是晴雯麝月七个大丫頭每月每人各一吊佳蕙等八个小丫頭每月各五百还是
老太、的话别人如何恼得氣得呢薛姨媽笑道你们只听凤丫頭的嘴到像倒了核桃車子
的只听他帳也清楚理也公道凤姐笑道姨媽难道我说錯了不成薛姨媽道说的何當錯只是
你慢些兒说豈不省勁些凤姐才要笑又忍住了听王夫人示下王夫人想了半日道明日挑一个丫
丫頭送去老太、使把襲人的一分裁了把我每月的二十双銀子裡拿出二双艮子一吊來給襲
人以後有趙姨娘周姨娘的也有襲人的这一分都從我这分例匀出來不必動官中的就是了

凤姐儿一一答应了笑推薛姨妈道姨妈听见了我素日说的话如何今日果然应了我的话薛姨妈道早就该如此模样儿不用说只是他那行事儿的大方说话见人和气里头带着刚硬要强实在难得王夫人含泪说道你们那里知道袭人那孩子的好处比我的宝玉强十倍呢宝玉如果有造化的能够得他长长远远伏侍一辈子也就罢了凤姐道既这么样就开了脸明放他在屋里岂不好王夫人道这就不好一则都年轻二则老爷也不许三则宝玉见袭人是个丫头纵有放纵的事倒能听他的劝如今做了跟前人那袭人该劝的也不敢十分的劝了如今且混着等再过二三年再说说毕半日凤姐见无话便转身出来刚至廊檐下只见有几个执事的媳妇子正等他回事呢见他出来便笑道奶奶今儿回什么事说了这半日可别要热着了凤姐把袖子挽了几挽跐着那角门槛子笑道这里过堂风倒凉快吹一吹再走又告诉众人道你们说我回了这半日的话太太把二百年头里的事都想起来问我难道我不说罢又冷笑道从今已后我倒要干几件克薄事了抱怨给太太听我也不怕糊涂油蒙了心烂了舌头不得好死的下作娼妇们别做娘的春梦了明日一裹脑子扣的日子还有呢如今裁了丫头的钱就抱怨了也不想一想是什么东西也配使两三个丫头一面骂一面方走了自去挑人回贾母的话去却说王夫人等这里吃毕西瓜又说了一回闲话各自散去宝钗约黛玉往藕香榭去代玉因说立刻要洗澡便各自散了宝钗独自行来顺便进了怡红院意欲寻宝玉去闲话以解午倦不想一入院来鸦雀无闻宝钗顺着游廊来至房中只见外间床上横三竖四多是丫头们睡觉转过十锦槅子来至宝玉的房内

在床上睡覓襲人坐在身傍手里做針線傍边放首一柄白犀拂塵宝釵走進来悄悄的咲道你也過
於小心了这个屋里那里还有蒼蝇蚊子还拿蝇刷子赶什庅襲人不防猛抬頭見是宝釵忙放下針線
悄悄的道姑娘来了我到不防唬了一跳姑娘不知道虽然没有蒼蝇蚊子谁知有一種小虫子從这紗眼里
鑽進来人也看不見只睡首了咬一口就像螞蟻叮的宝釵道怨不的这屋子後頭近水又是香花兒
这屋子里頭又香这種虫子多是花心裡長的聞香就撲一面说一面又瞧他手里的針線原来是
个白綾紅裡的兜肚上面扎首鸳鸯戲蓮的花樣紅蓮緑葉五色鸳鸯宝釵道嗳哟好鮮亮活计这是
誰的也值的費這庅大工夫襲人向床上掀嘴兒宝釵道这庅大了还帶这个襲人笑道他原不肯帶所以
特特的做的好了叫他看見由不得不帶如今天熱睡覺多不留神哄他帶上了便是夜里縱蓋不嚴些兒也
就不怕了你说这一个就用了工夫了还没看見他身上現帶的那一个呢宝釵道也虧你奈煩襲人
道今日做的工夫大了脖子低的怪酸的又笑道好姑娘你畧坐一坐我出去走走就来说首便走了宝釵
只顧着看首活计便不留心一蹲身剛剛的也坐在剛才襲人所坐的那个所在因又見那活计实在可爱由不的拿
起針来替他做起来不想代玉因遇見湘云约他来與襲人道喜二人来至院中見静悄悄的湘云
便轉身先到廂房裡去找襲人代玉却来至窓外隔首紗窓往裡一看只見宝玉穿首銀紅紗衫
子隨便睡在床上宝釵坐在身傍做針線傍边放首蝇刷子代玉見了这个景况連忙把身子一躲

咲摇着嘴不敢咲出来招手儿叫湘云、、見這般景况只當有什么新聞忙也来看也要咲時忽然想

起宝釵素日待他厚道便忙掩住口知代玉口裡不讓人怕他取咲便忙拉過他来道走罢我想起襲人

来他说午间要到池子裡去洗衣裳想必去了咱们那裡找他去代玉心下明白冷咲了两声只得随他走了

这里宝釵剛做了一双个花瓣兒忽見宝玉在夢里喊罵说和尚道士的话如何信得什么金玉姻缘

我偏说是木石姻缘宝釵听了这话不覺怔了忽見襲人走進来咲道还没有醒呢宝釵摇頭襲人又道

我纔碰見林姑娘同史大姑娘他们可曾進来宝釵道没見他们進来又道他们没告訴你什么话

襲人道左不過是那些顽话有什么正经說的宝釵道今日他们说的可不是顽话我正要告訴你呢

你又忙忙的出去了一句话未完只見凤姐兒打發人来叫襲人宝釵咲道就為那話兒了襲人只得喚起

两个丫頭同侯着同宝釵出怡红院自往凤姐這裡来果然是告訴他这话又叫他與王夫人叩頭且不必見

賈母倒到把他不好意思的了不得及見过王夫人急忙回来宝玉已醒了问起緣故襲人且含糊答

应至夜间人静襲人方告訴了宝玉喜不自禁又向他咲道我可看你回家去不去了那一回往家里走了一遭

回来就说你哥哥要贖你又说在这里没有落终久算什么那些無情無義生分的话说来唬我從今

已後我可看誰敢来叫你去襲人听了便咲道你到别这么说從今以後我是太太的人了我要走

連你也不必告訴只回了太太就走宝玉咲道就便算我不好你回了太太就去了叫别人听見说我不好你

去了你有什么没意思罢袭人咲道你有什么没意思的难道做了强盗贼我也跟自罢再不然还有一个死呢人活百
岁横竖要死这口气没来听不见看不见就罢了宝玉听见这话便忙握他的嘴说罢罢罢不用说这些话
了袭人深知宝玉情性古怪听见奉承吉利话又厭虚而不实听了这些尽情实话又生悲感便悔自己冒撞连
忙笑着用话截开只拣那宝玉素日喜欢的问之先问他春风秋月再谈及粉淡脂莹然后谈到女儿如何好不觉又谈
到女儿死袭人忙掩住口宝玉谈到浓快时见他不说了便咲道人谁不死只要死得好那些个须眉浊
物只知道文死谏武死战这二死是大丈夫死名死节竟何如不死的好必定有昏君他方谏他只
顾邀名猛拚一死将来置君于何地必定有刀兵他方战猛拚一死他只顾汗马之名将来弃国于何地
所以这皆非正死袭人道忠臣良将出于不得已他才死宝玉道那武将不过仗血气之勇疏谋少略他
自己无能送了性命这难道也是不得已那文官更不比武将了他念两句书记在心里若朝廷少有瑕疵
他就胡谈乱劝只顾他邀忠烈之名浊气一涌即时拚死这难道也是不得已还要知道那朝廷是受
命于天他不圣不仁那天地断不把这重任与他了可见那些死的都是沽名并不知大义比如我此时若
果有造化该死于此时的趁你们在我就死了再能够你们哭我的眼泪流成大河把我的尸首漂起来
送到鸦雀不到的幽僻之处随风化了自此再不要托生为人就是我死的得时了袭人忽见他说出这
些疯话来忙说困了不理他那宝玉方合眼睡着至次日也就丢开了一日宝玉因各处游的烦腻了

便想起牡丹亭曲来自己看了两遍犹不惬怀因闻得梨香院的十二个女孩子内有小旦龄官最是唱
的好因着意出角门来找时只见宝官玉官都在院内见宝玉来了都笑嘻嘻让坐宝玉因问龄官在那里众
人说他在房里呢宝玉忙至他房内只见龄官独自倒在枕上见他进来文风不动宝玉素习与别的女
孩子顽惯了的只当龄官也和别人一样因进前来身傍坐下又陪笑央他起来唱袅晴丝一套不想龄官
见他坐下忙抬身起来躲避正色说道嗓子哑了前日娘娘传进我们去我还没有唱呢宝玉见他坐正了再
一细看元来就是那日蔷薇花下画蔷字的那一个又见如此光景从来未经过这种被人厌弃自己
便讪讪的红了脸只得出来了宝官等不解何故因问其所以宝玉便说了出来宝官笑道只略等一等蔷二爷来
了叫他唱是必唱的宝玉听了心下纳闷因问蔷哥儿那里去了宝官说才出去了一定就是龄官要什么
他去变弄去了宝玉听了以为奇少站片时果见贾蔷从外头来了手里提着个雀儿笼子上面托着个小戏
台並一个雀儿兴兴头头往里走着找龄官见了宝玉只得站住宝玉问他是个什么雀儿会衔旗串戏台贾
蔷笑道是个玉顶金豆宝玉道多少钱买的贾蔷道一两八钱银子说着让宝玉坐下自己往龄官房里来
宝玉此时把听曲子的心都没了且要看他和龄官是怎么样只见贾蔷进去笑道你起来瞧这个顽意儿
龄官起身问是什么贾蔷道买了个雀儿给你顽省了你天天闷闷的无个开心我先顽个你看说着便拿
些谷子哄的那个雀儿果然在戏台上乱串衔鬼脸旗帜众女孩子都笑道有趣独龄官冷笑了两声

賭氣瞅著了賈薔還只管陪笑问他好不好齡官道你们家把好好的人弄了來関在這牢坑裡學這劳

什子還不算你這会子又弄个雀兒來也偏生幹這个你分明是弄了他來打趣形容我们還问我好不好賈薔

听了不覺慌起來連忙賭誓又道今兒我那裡的糊塗油蒙了心費了一二兩艮子買他來原說解悶就沒想到這上頭罷罷

放了生免了你的災病說着果然放了把籠子拆了齡官還說那雀兒雖不如人他也有个老雀兒在窩裡你拿了他來弄這个劳什子也忍得今日咳嗽出兩口血來太太打發人來找你

叫你請大夫來細问你且弄這个來取笑偏生我這沒人管沒人理的又偏病說着又哭起來賈薔連忙說道昨日晚上问了大夫他說不相干吃兩剂藥後日再瞧誰知今日又吐

了這会子就請他去說着便要請去齡官又叫站住這会子大毒日頭地下你賭氣請了來我也不瞧賈薔听如此說只得

又站住宝玉見了這般光景不覺痴了這才領会過劃薔的深意自己站不住便抽身走了賈薔一心

都在齡官身上也不顧送倒是別的女孩兒送了出來那宝玉一心裁奪盤筭痴痴的回至怡紅院中正值

代玉和襲人坐着說話兒呢宝玉一進來就和襲人長嘆說道我昨日晚上的話竟說錯了怪道老爷說我

是管窺蠡測昨夜說你们的眼淚单葬我這就錯了我竟不能全得了從此後只是各人各得

的眼淚罷了襲人昨夜不過是些頑話已經忘了不想宝玉又提起來便笑道你可真真有些瘋了宝玉

默默不對自此深悟人生情緣各有分定只是每每暗傷不知將來葬我洒淚者為誰代玉見此形像便知是那里着了魔來也不便多问因道我纔在旧母跟前听說明日

是薛姨媽的生日叫我順便來问你出去不出去你打發人前頭說一声去宝玉道上回連大老爷的生日

我也沒去這会子我又去倘或碰見了人呢我一概都不去這麼怪熱的又要穿衣裳我不去姨媽

也不惱襲人道這是什広話他比不得大老爺這里又住得近又是親戚不去豈不叫他思量你怕熱就清
早起到那里磕个頭吃中茶回來豈不好看宝玉未曾答言代玉嘆道你看人家赶蚊子的分上也該去
走走宝玉不解忙问怎広赶蚊子襲人便將昨日睡覺無人作伴宝姑娘坐了一坐的話說了宝玉听
了忙說不該我怎広就睡着了褻瀆了他明日必去正說着忽見湘云穿的齊齊整整的走來說家裡
打發人來接他宝玉代玉听說忙站起來讓坐湘云也不坐宝林二人只得送他至前面湘云只是眼
泪汪汪的見有他家人在跟前又不敢十分委曲少时宝釵赶來愈覺纏綿难捨还是宝釵心内明
白他家人若回去告訴了他嬸娘们待他家去又恐他受氣因此倒催他走了衆人送至二门前宝玉
还要往外送倒是湘云攔住了一时回身又叫宝玉到跟前悄悄的囑咐道老太太想不起我來你时
常提着些打發人接我去宝玉連連的答應了眼看着他上車去了大家方進來要知端底且看下回分解

第三十七回

秋爽齋偶結海棠社　　此處舊有一條附粘今遺去　蘭墅閱

蘅蕪院夜擬菊花題

却說寶玉每日在园中任意縱性逍遥光陰虛度歲月空添這日甚覺無聊便往賈母王夫人處來混了一混仍回园來了剛換了衣裳只見翠墨進來手裡拿着一副花箋送與寶玉、寶玉因說道可是我忘了纔說要瞧瞧三妹妹去可好些了你偏走來翠墨道姑娘好了今兒也不吃藥了不過是涼着一点兒寶玉听說便展開花箋上面寫道

妹探春謹奉

二兄文几前夕新霽月色如洗因惜清景難逢未忍就臥時漏已三轉猶徘徊於桐檻之下未防風露所欺致獲採薪之患昨蒙親勞撫囑復又數遣侍兒問切兼以鮮荔並真卿墨跡見賜何痌瘝惠愛之深耶今因伏几凭處默忽思歷來古人中處名攻利敵之場猶置些山滴水之區遠招近揖投轄攀轅務結二三同志盤桓其中或豎詞壇或開吟社雖一時之偶興遂成千古之佳談妹雖不才竊同叨棲處於泉石之間而兼慕薛林之技風庭月榭惜未宴集詩人簾杏溪桃或可醉飛吟盞孰謂雄才蓮社獨許鬚眉直以東山之雅會讓余脂粉若蒙棹雪而來娣則掃花以待此謹奉

寶玉看了不覺喜的拍手笑道到是三妹妹高雅我如今就去商議說着就走翠墨跟在後面剛到了沁芳亭只見園中後門上值日的婆子手里拿着一个字帖兒走來見了寶玉便迎上去口內說道芸

哥兒請安在後门口等着呢叫我送来的宝玉打開看时上面写道　　不肖男芸兒恭請
父亲大人万福金安　男思自蒙天恩認于膝下日夜思一孝順竟無可孝順之處前因買办花草
上託大人金福竟認得許多花兒匠並認得許多名园前因忽見有白海棠一種不可多得故变尽方法
只弄得两盆大人若視男是亲男一般便留下賞玩因天氣暑熱恐园中姑娘們不便故不敢面
見奉書恭啟並叩台安　男芸兒跪书

宝玉看了笑问道独他来了还有什么人婆子道还有两盆花兒宝玉道你出去说我知道了难为他想着
你把花兒送到我屋里去就是了说着同翠墨往秋爽斋来只見宝釵代玉迎春惜春已夏在那里了眾
人見他進来多咲道又来了一个探春笑道我不算俗偶然起了个念頭写了几个帖兒試一試誰知一招皆到宝玉笑道
可惜遲了早該起个社的代玉说道你们只管起社可别算我我不敢迎春笑道你不敢誰敢呢宝玉道这是
一件正經大事大家鼓舞起来不要你推我讓的各有主意只管说出来大家評章宝姐姐也出个主意林妹妹也说
句话兒宝釵道你忙什么人还不全呢一语未了李紈也来了進门咲道雅得緊要起詩社我自荐我掌
壇前日春天我原有这个意思的我想了想我又不会做诗瞎乱些什么因而也就忘了没有说得既是三妹
妹高興我就帮你作興起来代玉道既然定要起诗社咱们都是诗友了先把这些姐妹叔嫂的字
樣改了纔不俗李紈道極是何不大家起个别号彼此称呼到雅我是定了稻香老農再无人占的

四四〇

探春笑道我就是秋爽居士罢宝玉道居士主人到底不雅且又瘰赘这里梧桐芭蕉尽有或指桐蕉起个倒好探春道有了我最喜芭蕉就称蕉下客罢众人多道别致有趣代玉笑道你们牵了他去炖了脯吃酒众人不解代玉笑道古人曾云蕉叶覆鹿他自称蕉下客可不是只鹿了快做了鹿脯来众人听了都笑起来探春因笑道你别忙中使巧语来骂人我已替你想了个极当的美号了又向众人道当日娥皇女英洒泪在竹上成斑故今斑竹又名湘妃竹如今他住的是潇湘馆他又爱哭将来他想林姐夫那些竹子也是要变成斑竹的以后都叫他做潇湘妃子就完了大家听说都拍手叫妙林代玉低了头方不言语李纨笑道我替薛大妹妹也早想了个好的也只三个字惜春迎春都问是什么李纨道我是封他为蘅芜君了不知你们如何探春道这个封号极好宝玉道我呢你们也替我想一个宝钗笑道你的号早有了无事忙三字恰当得很李纨道你还是你的旧号绛洞花主就好宝玉笑道小时候干的营生还提他做什么探春道你的号多得很又起什么我们爱叫你什么你就答应着就是了宝钗道还得我送你个号罢有最俗的一个号却与你最当天下难得的是富贵又难得的是闲散这两样再不能兼有不想你兼有了就叫你富贵闲人也罢了宝玉笑道当不起当不起倒是随你们混叫去罢李纨道二姑娘四姑娘起个什么号迎春道我们又不大会诗白起个号做什么探春道虽如此也起个才是宝钗道他住的是紫菱洲就叫他菱洲四丫头在藕香榭就叫他藕榭就完了李纨道就是这样好但序齿我大你们都要依我主意管教说了大家合意我们七个人起社我和二姑娘四姑娘都不会做诗须得让出我们三个人去

我们三个人各分一件事探春道既有了号还只管这样称呼不如没有了已後错了也要立个罚约才好李纨
道立定了社再定罚约我那裡地方大竟在我那裡做社我虽不能诗这些诗人竟不厌俗客我做
个东道主人我自然也清雅起来了还要推我做社长我一个社长自然不够必要再请两位副社长
就请菱洲藕榭二位一位出题限韵一位誊録监场亦不可拘定了我们三个不做若遇见容易些的
题目韵脚我们也随便做一首你们四个却是要限定的若如此便起若不依我我也不敢附骥了迎春惜春
本性懒於诗词又有薛林在前听了这话便深合己意二人皆说是极探春等也知此意见他二人悦服也
不好强只得依了因笑道这话也罢了只是自想好笑好好的我起了个主意反叫你们三个管起我来了
宝玉道既这样咱们就往稻香村去李纨道都是你忙今日不过商议了等我再请宝钗道也要议定
几日一会才好探春道若只管会的多了又没趣了一月之中只可两三次宝钗点
头道一月只要两次就够了拟定日期风雨无阻除这两日外倘有高兴的他情愿加一社或请到
他那里去或附就了来亦可使得岂不活泼有趣众人都道这个主意更好探春道只是原系我起
的意我须得先做个东道主人方不负我这兴李纨道既这样说明日你就先开一社如何探春道
明日不如今日就是此刻好你就出题菱洲限韵藕榭监场迎春道依我说也不必随
一人出题限韵竟是拈阄公道李纨道方才我来时看见他们抬进两盆白海棠来倒是

四四二

好些見你們何不就咏起他來迎春道花還未開先到做詩寶釵道不過是白海棠又何必定要見
了纔做古人的詩賦也不過都是寄興寫情耳若都是等見了纔做如今也沒這些詩了迎春道既如此待我
限韻說着走到書架前抽出一本詩隨手一揭却是一首七言律遞與衆人看了都該做七言律迎
春掩了詩又向一個小丫頭道你隨口說一個字來那丫頭正倚門立着便說了個門字迎春笑
道就是門字韻十三元了頭一個韻定要這門字說着又要了韻牌匣子過來抽出十三元一屜又命那小
丫頭隨手拿四塊那丫頭便拿了盆魂痕昏四塊來寶玉道這盆門兩個字不大好做呢待
書一面預備下四分紙筆便都悄然各自思索起來獨黛玉或撫弄梧桐或看秋色或又和丫環們嘲
笑迎春又命丫環點了一支夢甜香原來這夢甜香只有三寸來長有燈草粗細以其易燼故以此為限如香燼未
成便要罰探春便先有了自己提筆寫出又改抹了一回遞與迎春因問寶釵蘅蕪君你可有了寶
釵道有却有了只是不好寶玉背着手在迴廊上踱來踱去因向黛玉道你聽他們都有了黛玉道你別
管我寶玉又見寶釵已謄寫出來因說道了不得了香只剩了一寸了我才有了四句又向黛玉道香
就完了只管蹲在那潮地下做什麼黛玉也不理寶玉道我可顧不得你了好歹也寫出來罷說着也走
在案前寫了李紈道我們要看詩了若看完了還不交卷是必罰的寶玉道稻香老農雖不善作
却善看又最公道你評閱優劣我們都服的衆人都道自然於是先看探春的稿上寫的是

咏白海棠限门盆魂痕昏

斜陽寒草帶重门苔翠盈鋪雨後盆玉是精神难比潔雪為肌骨易消魂芳心一点嬌無力
倩影三更月有痕莫道縞仙能羽化多情伴我咏黄昏

大家看了稱賞一回又看宝釵的道

珍重芳姿晝掩门自攜手甕灌苔盆胭脂洗出秋堦影氷雪招來露砌魂淡極始知花更
艷愁多焉得玉無痕欲償白帝憑清潔不語婷婷日又昏

李紈道到底是蘅蕪君說着又看宝玉的道

秋容浅淡映重门七節攢成雪滿盆出浴太真氷作影捧心西子玉為魂曉風不散愁千点宿
雨還添泪一痕独倚画攔如有意清砧怨笛送黄昏

大家看了宝玉說探春的好李紈終要推宝釵這首詩有身分因又催代玉代玉道你們都有了
說着提筆一揮而就擲与衆人李紈等看他寫的道

半捲湘簾半掩门碾氷為土玉為盆

看了這句宝玉先喝起彩來只說從何處想來又看下面道

偷來梨蕋三分白借得梅花一縷魂

衆人看了也都不禁叫好說果然比別人又是一樣心腸又看下面道

月窟仙人縫縞袂秋閨怨女拭啼痕嬌羞默默同誰訴倦倚西風夜已昏

衆人看了多道这首為上李紈道若論风流别致自是这首若論含蓄渾厚终讓蘅蕪探春道这評的有理瀟湘妃子當居第二李紈道怡红公子是壓尾你服不服宝玉道我的那首原不好这評的最公又笑道只是蘅瀟二首还要斟酌李紈道原是依我評論不与你们相干再有多说者必罰宝玉听说只得罢了李紈道從此後我定于每月初二十六这两日開社出題限韵都要依我这其间你们有高興的只管另擇日子補開那怕一个月每天都開社我也不管只是到了初二十六这两日是必往我那里去宝玉道到底要起个社名纔是探春道俗了又不好忒新了刁鑽古怪也不好可巧纔是海棠詩開端就叫个海棠社罢雖然俗些因真有此事也就不碍了说畢大家又商议了一回略用些酒菓方各自散去也有回家的也有往賈母王夫人處去的且说襲人因見宝玉看了字帖兒便慌忙同翠墨去了也不知何事後来又見後门上婆子送了两盆白海棠花来襲人问是那裡来的婆子们便將宝玉前一番缘故说了襲人听说便命他们擺好讓他在下房裡坐了自己走到房裡称了六錢銀子封好又拿了三百錢走来都遞與那两个婆子道这银子賞那抬花的小子们这錢你们打酒吃罢那婆子们站起来眉開眼笑千恩万谢的不肯受見襲人執意不收方領了襲人又道後门上外頭可有该班的小子们婆子们忙應道天天有四个原預備裡頭差使的姑娘们有什麽差使我们吩咐去襲人笑道我有什麽差使今日宝二爺要打發人到小侯爷家與史大姑娘送東西去可巧你们来了順便出去叫後门上的小子们

僱輛車來回來你就往這里拿來不用叫他們又往前頭混攛去婆子答應着去了襲人回至房中
拿碟子盛東西與史湘雲送去却見隔子上碟槽空着因回頭見晴雯秋紋麝月等在一處做針黹
襲人問道這一個纏絲瑪瑙碟子那里去了眾人見問都你看我我看你多想不起來半日晴雯笑
道給三姑娘送荔枝去了還沒送來呢襲人道家常送東西的傢伙也多巴巴的拿這个去晴雯道我何嘗
也不是這樣說他說這个碟子配上鮮荔枝纔好看我送去三姑娘見了也說好看叫連碟子放着就沒拿
來你再瞧那槅子上頭的一對聯珠瓶還沒收來呢秋紋道提起這瓶來我又想起笑話來了我們
寶二爺說声孝心一動也孝敬十二分那日因見園裡桂花折了兩枝原是自己要插瓶的忽然想起
來說這是自己園裡的新鮮花兒不敢自己先頑巴巴的把那一對瓶拿下來親自灌水插好了叫
个人拿着親身送一瓶與老太太又送一瓶與太太誰知他孝心一動連跟的人多得了福可巧那日是我
拿去的老太太見了這樣喜的無可不可見人就說到底是宝玉孝順我連一枝花兒也想得到別人還只抱
怨我疼他你們知道老太太素日不大和我說話的有些不入他老人家的眼那日竟叫人拿了几百錢給我
說我可憐見的生的單薄這可是再想不到的福氣几百錢是小事難得這个臉見及至到了太太那裡正和
二奶奶趙姨奶奶好些人翻箱子找太太當日年輕的顏色衣裳不知要給那一个見了連衣裳也不找了
且看花兒二奶奶在傍边湊趣誇宝玉又是怎樣孝敬又是怎麼知好歹有的沒的說了兩車話當着眾

人太〻瞧上又增了光了堵了衆人的嘴太〻越發喜歡了現成的衣裳就賞了我双件衣裳也是小事年〻
横竪也得却不像这个彩頭晴雯笑道呸好没見世面的小蹄子那是把好的給了人挑剩的給你〻还充有臉秋紋道凭他給誰剩的到底是太〻的恩典晴雯道要是我〻就不要若是給別人剩的給我也罷了一様这屋裡的人難
道誰又比誰高貴些把好的給他剩的給我〻寧可不要冲撞了太〻我也不受这口軟氣秋紋忙問道給这
屋里誰的我因為前日病了几天家去了不知給誰的好姐〻你告訴我知道〻晴雯道我告訴了你難道你
这会子退还太〻去不成秋紋笑道胡説我白听了喜歡〻〻那怕給这屋裡的狗剩下的我只領太〻的恩典也不管
別的事衆人听了多笑道罵的巧可不是給了那西洋花点子哈巴兒了襲人笑道你們这起爛了嘴的得了空就
拿我取笑打牙兒一个〻不知怎麼死呢秋紋笑道原來是姐〻得了我實在不知道我陪个不是罷
襲人笑道少輕狂罷你們誰取了碟子來是正經麝月道那瓶也該得空兒收來了老太〻屋裡还罷了太〻
屋裡人多手雜的別人还可以趙姨奶〻那一伙人見是这屋裡的東西又該使黑心弄坏了才罷太〻也不大
管这些不如早些收來是正經晴雯听説便擲下針黹道这一次等我取去罷秋紋道还是我取去罷你
取你的碟子去晴雯道我偏取一遭兒是巧宗兒你們都得了難道不許我得一遭兒麝月笑道
通共秋紋了頭得了一遭兒衣裳那裡今日又有巧你也遇見找衣裳不成晴雯冷笑道雖然碰不見衣裳
或者太〻看見我勤謹一个月也把太〻的公費裡分出二两銀子來給我也定不得説着又笑道你們別和
我装神弄鬼的什麼事我不知道説着往外跑了秋紋也同他出來自去探春那里取了碟子來襲人打

只預備東西叫過本處一个宋老媽来向他道你先好生梳洗了換了出門的衣裳来如今打發你與史大姑娘送東西去那宋媽〻道姑娘只管交給我有話說與我收拾了就好一順去袭人听說便端过兩个小掐絲盒子来先揭開一个裡面裝的是紅菱和雞頭兩樣鮮菓又揭開那一个是一碟子桂花糖蒸新栗粉糕又說道這多是今年咱們這裡園裡新結的菓子宝二爺送来給姑娘嘗〻再前日姑娘說這瑪瑙碟子好姑娘就留下頑罷這絹包兒裡頭是姑娘前日叫我做的活計姑娘別嫌粗糙將就着用罷替我們請安替二爺問好就是了宋媽〻道宝二爺不知还有什麼說的姑娘再問〻去回来又別說忘了袭人因問秋紋方才可見在三姑娘那里麼秋紋道他們都在那里商議起什麼詩社呢又多做詩想来沒話你只管去罷宋媽听了便拿了東西出去另外穿帶了袭人又囑咐他從後门出去有小子和車等着呢宋媽〻去了不在話下

一時宝玉回来先忙着看了一回海棠至房內告訴袭人起詩社的事袭人也把打發宋媽〻與史湘云送東西的話告訴了宝玉〻〻听了拍手道偏忘了他我自覺心裡有件事只是想不起来虧你提起来正要請他去這詩社裡若少了他还有什麼意思袭人劝道什麼要緊不过是頑意兒他比不得你們自在家裡又作不得主兒告訴他〻要来又由不得他不来他又牽腸掛肚的沒的叫他不受用宝玉道不妨事我回老太〻打發人接他去正說着宋媽〻已經回来回覆道生受與花姑娘道乏又說問二爺做什麼呢我說和姑娘們起什麼詩社呢史大姑娘說他們做詩也不告訴他去急的了不得宝玉听了立身便往賈母處来

宝玉道只叫人接去贾母因说今儿天晚了明日一早再去宝玉只得罢了回来闷闷的次日一早便又往贾母处来催逼着叫人接去直到午后湘云才来了宝玉方放了心见面时就把始终原由告诉他又要与他诗看李纨等因说道且别给他看先说给他韵他后来的先罚他和了诗要好便请入社要不好还要罚他一个东道再说湘云笑道你们忘了请我我还要罚你们呢就拿韵来我虽不能只得勉强出丑容我入社扫地焚香我也情愿众人见他这般有趣越发喜欢都埋怨昨日怎么忘了他遂忙告诉他诗韵湘云一心兴头等不得推敲删改一面只管和人说话心内早已和成即用随便的纸笔录出先笑说道我却依韵和了两首好歹我却不知不过应命而已说着递与众人众人道我们四首也算想绝了再一首也不能了你到弄了两首那里有许多话说必要重了我们的说着看诗道只见那两首诗写道

白海棠和韵

神仙昨日降都门　种得蓝田玉一盆　自是霜娥偏爱冷　非关倩女亦离魂　秋阴捧出何方雪　雨渍添来隔宿痕　却喜诗人吟不倦　肯令寂寞度朝昏

蘅芷阶通萝薜门　也宜墙角也宜盆　花因喜洁难寻偶　人为悲秋易断魂　玉烛滴干风里泪　晶帘隔破月中痕　幽情欲向嫦娥诉　无奈虚廊夜色昏

众人看一句惊讶一句看到了赞到了都说这个不枉做了海棠诗真该起海棠社了湘云道明日先罚我个东道就让我先邀一社可使得众人道这更妙了因又将昨日的诗与他评论了一回至晚宝钗

將湘云邀往蘅蕪院去安歇湘云灯下計議如何設東擬題宝钗听他說了半日皆不妥當因向他說道既開社就要做東雖然是个頑意兒也要瞻前顧後又要自己便宜又要不得罪了人然後方大家有趣你家裡你又做不得主一个月統共得那几吊錢你还不彀盤纏這会子又幹這沒要緊的事你嬸娘听見了越發抱怨你了况且你就都拿出来做這个東也不彀難道為這个家去要不成還是和這裡要呢一席話提醒了湘云倒躊躇起来宝钗道這个我已經有个主意了我們当舖裡有个夥计他們地裡出的好肥螃蟹前日送了几斤来現在這里的人從老太太起連上屋裡的人有多一半都是愛吃螃蟹的前日姨娘还說要請老太太在園裡賞桂花吃螃蟹因為有事还沒有請你如今且把詩社別提只普通一請等他們散了咱們有多少詩做不得呢我和我哥哥說要他几簍極肥極大的螃蟹来再往舖子裡取上几坛好酒来再備四五桌菓碟豈不又省事又大家熱鬧呢湘云聽了心中自是感服極讚想的周到宝钗又笑道我是一片真心為你的話你千萬別多心想着我小看了你咱們兩个就白好了你要不多心我就好吩他們辦去湘云忙笑道好姐姐你這樣說到不是真心待我了我憑他怎麼糊塗連个好歹也不知還成个人嗎我若不把姐姐当作親姐姐待上回那些家常煩難事我也不肯尽情告訴你了宝钗听說便喚一个婆子来出去和大爷說照前日的大螃蟹要几簍来明日飯後請老太太姨娘賞桂花你說大爷好歹別忘了我今日已請下人了那婆子出去說明回来無話宝钗又向湘云道詩題也不要過於新巧了你看古人詩中那裡

有那些刁鑽古怪的題目和那極險的韻了若題目過於新巧韻過於險再不得有好詩終是小家
子氣詩固然怕說熟話然也更不可過於求生頭一件只要主意清新措詞自然就不俗了究竟這也算不得什
麽還是紡績針指是你我的本等一時閒了到是把那於身心有益的書看幾章是正經湘云只答應着因笑
道我如今心裏想着昨日做了海棠詩我如今要做個菊花詩如何寶釵道菊花到也合景只是前人做
的太多了湘云道我也是這麽想着恐怕落套寶釵想了一想說道有了如今以菊花為賓以人為主竟擬出
幾個題目來都要兩個字一個虛字一個實字實字就用菊字虛字便用通用門的如此又是咏菊又是賦事
前人也沒做過也不能落套賦景咏物兩關着又新鮮又大方湘云笑道這却很好只是不知用何等虛字
纔好你先想一個我聽聽寶釵想了一想笑道菊夢就好湘云笑道果然好我也有一個菊影可使得寶釵道也
罷了只是也有人做過若題目多這個也措得上我又有了一個湘云道快說出來寶釵道問菊如何
湘云拍案叫妙因接說道我也有了訪菊好不好寶釵也讚有趣因說道索性擬出十來個來寫上再定說着
二人研墨蘸筆湘云便寫寶釵便念一時湊了十個湘云看了一遍又笑道十個還不成幅索性湊成十二個便全
了也和人家的字畫冊頁一樣寶釵聽說又想了兩個一共湊成
十二個便又說道既這樣索性編出他個次序先後來湘云道如此更妙竟弄成個菊譜了寶釵道起首是憶菊憶之不得故訪第二是訪菊訪之既
得便種第三是種菊種既盛開故相對而賞第四是對菊相對而興有餘故折來供瓶為玩

第五是供菊，既供而不吟，也觉菊无彩色。第六便是咏菊，既入词章，不可以不供笔墨。第七便是画菊，既为菊如是碌碌，究竟不知菊有何妙处，不禁有所问，第八便是问菊。菊如解语，使人狂喜不禁，便越要亲近他，第九便是簪菊。如此人事虽尽，犹有菊之可咏者，菊影、菊梦二首续在第十、十一。末卷便以残菊总收前题之盛。这便是三秋的妙景妙事都有了。湘云依言将题目录出，又看了一回，又问该限何韵。宝钗道：“我平生最不喜限韵，分明有好诗，何苦为韵所缚。咱们别学那小家派，只出题不拘韵。原为大家偶得了好句取乐，并不为此而难人。”湘云道：“这话很是。这样自然的诗又进一层。但只是咱们五个人，这十二个题目，难道每人作十二首不成？”宝钗道：“那也太难人了。将这题目录出，都要七言律诗，明日贴在墙上，他们看了，谁作那一个就作那一个。有力量者十二首都作也可，不能的作一首不成也可。高才捷足者为尊，若十二首已全，便不许他后赶着又作，罚他就完了。”湘云道：“这倒也罢了。”二人商议妥贴，方才息灯安寝。要知端的，且听下回分解。

第三十八回

林瀟湘魁奪菊花詩
薛蘅蕪諷和螃蟹咏

话说宝釵湘云二人計議已定一宿無话湘云次日便请賈母等賞桂花賈母等多说道是他有兴頭須要擾他这雅兴至午賈母果然帶了王夫人凤姐兼請薛姨媽等進園來賈母因问那一處好王夫人道憑老太〻愛在那一處凤姐道藕香榭已擺下了那山坡下兩棵桂花開的又好河裡水又碧清坐在河當中亭子上豈不敞亮看看水眼也清亮賈母听了说這話很是说着引了衆人往藕香榭來原來這藕香榭蓋在池中四面有窓左右有廻廊亦是跨水接峯後面又有曲折竹橋暨岸衆人上了竹桥凤姐兒忙上來攙着賈母说老祖宗只管放大步走不相干的这竹子桥規矩是咯吱咯喳的一时進入榭中只見欄杆外另放着兩張竹案一个上面設着盃筯酒具一个上面设着茶筅茶盂各色茶具那边有兩三个丫頭煽風炉煮茶这边另有几个丫頭也搧風爐燙酒呢賈母喜得忙问这茶想得很是且是地方東西都干净湘云笑道这是宝姐〻帮着我預備的賈母道我说這孩子细緻凡事想的妥当说着又看見柱上掛的黑漆嵌蚌的對子命湘云念道

芙蓉影破歸蘭槳
菱藕香深瀉竹桥

賈母听了又抬頭看匾因回頭向薛姨媽道我先小时家裡也有这麽一个亭子叫做什麽枕霞閣我

时也只使他们姊妹们这么大年纪同着姊妹们天天顽去那日谁知我失了脚掉下去几乎没淹死好容易救了上来到底那木钉把头碰破了如今鬓角上那指头顶大一块窝儿就是那残破了众人多怕经了水冒了风又说活不得了谁知竟好了凤姐儿笑道那时要活不得了如今这么大福可叫谁享呢可知老祖宗从小儿的福寿就不小神差鬼使碰出那个窝儿来好盛福寿的寿星老儿头上因为福寿盛满了所以到凸高出些来了贾母听笑道这猴儿惯的了不得了只管拿我取笑起来恨的我撕你那油嘴凤姐道回来吃螃蟹怕积了冷在心里讨老祖宗笑一笑开心多吃两个就无妨了贾母笑道明日叫你日夜跟着我我倒常笑笑觉得开心不许回家去王夫人笑道老太太因喜欢他才惯的他这样还这样说他明日越发无礼了贾母道我喜欢他这样况且他又不是那不知高低的孩子家常没人娘儿们原该这样横竖礼体不错就是了没的倒叫他从神儿的做什么说着一齐进入亭子献过茶凤姐忙着搭桌子要杯箸上面一桌贾母薛姨妈宝钗代玉宝玉东边一桌史湘云王夫人迎探惜西边靠门一小桌李纨和凤姐虚设坐位二人皆不敢坐只在贾母王夫人两桌上伺候凤姐吩咐螃蟹不可多拿来仍旧放在蒸笼里拿十个来吃了再拿一面又要水洗了手站在贾母跟前剥螃蟹肉头次让薛姨妈姨妈道我自己剥着吃香甜不用人让凤姐便奉与贾母二次的便与宝玉又说把酒盪的滚热的拿来又命小丫头们去取了菊花叶儿桂花蕊熏的菉豆面子

来预备洗着手湘云陪着吃了一个就下坐来让人又出至外头命人盛两盘子与赵姨娘周姨娘送去又见凤姐走来道你不惯张罗你吃你的去我先替你张罗等散了我再吃湘云不肯又命人在那边廊上摆了两桌让鸳鸯琥珀彩云彩霞平儿等去坐鸳鸯向凤姐笑道二奶奶在这里伺候我可吃去了凤姐道你们只管去都交给我就是了说着史湘云仍入了席凤姐合李纨也胡乱应个景儿凤姐仍是下来张罗一时出至廊上鸳鸯等正吃得高兴见他来了鸳鸯等站起来道奶奶又出来做什么让我们也受用一会子凤姐笑道鸳鸯小蹄子越发坏了我替你当差到不领情还抱怨我还不快斟一钟酒来我喝呢鸳鸯笑着忙斟了一杯酒送至凤姐唇边那凤姐一挺脖子吃了平儿早剔了一壳子黄子送来凤姐道多着些姜醋一面也吃了笑道你们坐着吃我去了鸳鸯道好没脸吃我们的东西凤姐笑道你少和我作怪你知道你琏二爷爱上了你要和老太太讨了你做小老婆呢鸳鸯红了脸咂着嘴点着头道哎这也是做奶奶的说出来的话我不拿腥手抹你一脸算不得说着站起来就要抹凤姐央道好姐姐饶我这一遭儿罢琥珀笑道鸳丫头要去了平丫头还饶他你们看看他没有吃了两个螃蟹到喝了一碟子醋他也算不会揽酸了平儿手里正剥了个满黄的螃蟹听如此奚落他便拿着螃蟹照琥珀脸上抹来口内笑骂道我把你这嚼舌根的小蹄子琥珀也笑着往旁边一躲平儿便空了往前一撞正恰恰的抹在凤姐脸上凤姐正和鸳鸯嘲笑不防唬了一跳嗳哟了一声众人掌不住都哈哈大笑起来凤姐也禁不住笑骂道死娼妇吃离了眼

了混抹你娘的平儿忙赶过来替他擦了亲自去端水鸳鸯道阿弥陀佛这是报应贾母那边听见
一叠连声问什么这么乐告诉我们也笑笑鸳鸯忙回道二奶奶来抢螃蟹吃平儿恼了抹了他主子一脸
螃蟹黄子主子奴才打架呢贾母和王夫人等听了也笑起来贾母道你们看他可怜见的把那小腿
子脐子给他点子吃就完了鸳鸯等笑着答应了高声说道这满桌子的腿子二奶奶只管吃就是了凤
姐洗了脸走来又伏侍贾母等吃了一回代玉弱不敢多吃只吃了一点黄肉就下来了一时不吃了大家
洗了手也有看花的也有弄水看鱼的游玩一回王夫人因向贾母说道这里风大又吃了螃蟹老太太
还是回去歇歇罢若高兴明日再来贾母道正是呢我怕你们高兴我走了又怕扫了你们的
兴既这么说咱们就去罢回头嘱咐湘云别让你宝哥哥多吃了湘云答应嘱咐宝
钗湘云二人你两个也别多吃那东西虽好吃不是什么好的吃多了肚子疼二人忙应着送出园外
仍旧回来命将残席收什了另摆宝玉道也不用摆咱们且把那大团圆桌子放在当中酒菜
放着也不必拘定坐位有爱吃的去吃大家散坐岂不便宜宝钗道这话极是湘云道虽这么说还有
别人因又摆一桌拣了热螃蟹来袭人紫鹃司棋待书入画莺儿翠墨等一处共坐山坡桂树底下
铺下两条花命的婆子并小丫头等也坐了只管随意吃喝等使唤再来湘云便取了诗题
用针绾在墙上众人看了说新奇只怕做不出来湘云又把不限韵的故说了一番宝玉道这

是正理我也最不喜限韵代玉因不大吃酒又不吃螃蟹自命人掇了一个绣墩倚栏坐着拿着钓竿钓鱼宝钗手里拿着一枝桂花玩了一回俯在窗槛上掐了桂蕊掷向水面引的游鱼浮上来唼喋湘云出一会神又让一回袭人等又招呼山坡下的众人只管放量吃探春和李纨惜春立在垂阴柳中看鸥鹭迎春独在花阴下拿着花针穿茉莉花宝玉又看了一回代玉钓鱼一回又俯在宝钗傍边说笑两句一回又看袭人等吃螃蟹自己也陪他饮两口酒袭人又剥了一壳肉给他吃代玉放下钓竿走至坐间拿起壶来拣了一个小小的海棠冻石蕉叶杯丫环看见知他要吃酒忙走上来要斟代玉道你们只管吃去让我自斟才有趣说着便斟了半盏看时却是黄酒因道我吃了一点子螃蟹觉得心口微微的疼须得热热的吃口烧酒宝玉忙道有烧酒便命将那合欢花浸的酒烫一壶来代玉也只吃了一口便放下了宝钗也走过来另拿了一只杯来也饮了一口放下便蘸笔至墙上把头一个忆菊勾了底下赘一个蘅字宝玉忙道好姐姐第二个我已经有了四句了你让我做罢宝钗道我好容易有了一首你就忙的这样代玉也不说话接过笔来把第八个问菊勾了接着把第十一个菊梦也勾了也赘上一个潇字宝玉也拿起笔来把第二个访菊勾了也赘上一个怡字探春走来看着道竟没人做这簪菊让我做簪菊又指着宝玉道才宣过总不许带出闺阁字样来你可要留神说着只见湘云走来将第四第五对菊供菊一连两个多勾了赘上一个湘字探春道你也该起个号湘云道我们家

如今虽有几處軒館我又不住着借了来也没趣宝钗笑道方才老太太说你们家裡也有一个水亭叫枕霞阁难道不是你的如今虽没了你到底是旧主人众人都道有理宝玉不待湘云动手便代将湘字抹了改了一个霞字又有顿饭工夫十二题已全各自誊出来都交与迎春另拿了一张雪浪笺过来一併誊録出来某人做的底下赘明某人的号李纨等從頭看起道

憶菊　　蘅蕪君

悵望西風抱悶思蓼紅葦白断腸時空篱旧圃秋無迹瘦月清霜夢有知念念心随歸雁远寥寥坐听晚砧痴谁怜我為黄花瘦慰语重陽会有期

訪菊　　怡紅公子

閑趁霜晴试一遊酒盃藥盞莫淹留霜前月下谁家種檻外篱边何處秋蠟屐远来情得得冷吟不尽興悠悠黄花若解怜诗客休负今朝掛杖頭

種菊　　怡紅公子

携锄秋圃自移来篱畔庭前處處栽昨夜不期经雨活今朝犹喜带霜開冷吟秋色诗千首醉酹寒香酒一杯泉溉泥封勤護惜好知井迳绝塵埃

对菊　　枕霞舊友

别圃移来贵比金一丛浅淡一丛深萧疏篱畔科头坐清冷香中抱膝吟数去更无君傲世
看来惟有我知音秋光荏苒休辜负相对原宜惜寸阴

供菊　　枕霞旧友

弹琴酌酒喜堪俦几案婷婷点缀幽隔坐香分三径露抛书人对一枝秋霜清纸帐来新梦圃冷
斜阳忆旧游傲世也因同气味春风桃李未淹留

咏菊　　潇湘妃子

无赖诗魔昏晓侵绕篱欹石自沉音毫端蕴秀临霜写口齿噙香对月吟满纸自怜
题素怨片言谁解诉秋心一从陶令评章后千古高风说到今

画菊　　蘅芜君

诗余戏笔不知狂岂是丹青费较量聚叶泼成千点墨攒花染出几痕霜淡浓神会风前
影跳脱秋生腕底香若认东篱闲采掇粘屏聊以慰重阳

问菊　　潇湘妃子

欲讯秋情众莫知喃喃负手叩东篱孤标傲世偕谁隐一样花开为底迟圃露庭霜何寂
寞雁归蛩病可相思休言举世无谈者解语何妨话片时

簪菊　　蕉下客

瓶供篱栽日日忙　折来休認鏡中粧　長安公子因花癖　彭澤先生是酒狂　短鬢冷沾三徑露　葛巾香染九秋霜　高情不入時人眼　拍手憑他笑路旁

菊影　　枕霞旧友

秋光疊疊復重重　潛度偷移三逕中　窗隔疎灯描遠近　篱篩破月鎖玲瓏　寒芳留照魂應駐　霜印傳神夢也空　珍重暗香休踏碎　憑誰醉眼認朦朧

菊夢　　瀟湘妃子

篱畔秋酣一覺清　和雲伴月不分明　登仙非慕莊生蝶　憶舊还尋陶令盟　睡去依依隨雁影　驚廻故故惱蛩鳴　醒時幽怨同誰訴　衰草寒烟無限情

殘菊　　蕉下客

露凝霜重漸傾欹　宴賞才过小雪时　蒂有餘香金淡泊　枝無全葉翠離披　半床落月蛩聲切　萬里寒雲雁陣遲　明歲秋風知再会　暫时分手莫相思

眾人看一首讚一首彼此稱揚不絕李紈笑道等我從公評来通篇看来各人有各人的警句今日公評詠菊第一問菊第二菊夢第三題目新诗也新立意更新惱不得要推瀟湘妃子

為魁了然後簪菊對菊供菊畫菊憶菊次之宝玉听说喜的拍手叫極是極公道代玉道我那一首也不好到底傷於纖巧些李纨道巧的却好不露堆砌生硬代玉道據我看来頭一句好的是圃冷斜陽憶旧遊这句是背面傅粉抛書人对一枝秋已经妙绝將供菊说完没處再说故翻回来想到未折未供之先意思深遠李纨笑道固如此说你的口齒噙香一句也敵淂过了探春又道到底要笑蘅蕪君的沉首秋無迹夢有知把一个憶字竟烘染出来了宝釵笑道你的短髮冷沾葛巾香染也就把簪菊形容的一个縫兒也没了湘云笑道誰偕隱為底遲真真把个菊花问的無言可对李纨笑道你的科頭坐抱膝吟竟一時也捨不淂离開菊花有知也必膩煩了说的大家都笑了宝玉道我又落第了難道誰家種何處秋蠟屐遠来冷吟不盡都不是访不成昨夜雨今朝霜多不是種不成但恨敵不上口齒噙香对月吟清冷香中抱膝吟短髮葛巾金淡泊翠篱披秋無迹夢有知这几句罢了又道明日闲了我一个人做出十二首来李纨道你的也好只是不及这几句新巧就是了大家评了一回復又要了熱蟹来放在大圓桌上吃了一回宝玉笑道今日持螯賞桂亦不可無诗我已吟成誰還敢作说着便忙洗了手提筆寫出衆人看道持螯更喜桂陰凉潑醋擂姜興欲狂饕餮王孫應有酒横行公子却無腸臍间積冷饞忘忌指上沾腥洗尚香原為世人美口腹坡仙曾笑一生忙衆人看了代玉笑道这樣的诗一时要一百首也有宝玉道你这会子才力已尽了不说不能做了还貶

人家。代玉听了，並不答言，也不思索，提起笔来一挥，已有了一首。众人看道：铁甲长戈死未忘，堆盘色相喜先尝。螯封嫩玉双双满，壳凸红脂块块香。多肉更怜卿八足，助情谁羡我千觞。对斯佳品酬佳节，桂拂清风菊带霜。

宝玉看了正在喝彩，代玉便一把撕了，命人烧去，道：我做的不及你的，我烧了他。你那个诗狠好，比方才的菊花诗还好，你留着他给人看。宝钗接着笑道：我也勉强了一首，未必好，写出来取笑儿罢。说着也写了出来。大家看时，写道：

桂霭桐阴坐举觞，长安涎口盼重阳。眼前道路无经纬，皮里春秋空黑黄。

看到这里，众人不禁叫绝。宝玉道：骂的痛快！我的诗也该烧了。再看底下道：

酒未敌腥还用菊，性防积冷定须姜。于今落釜成何益，月浦空余禾黍香。

众人看毕，都说这是食螃蟹绝唱，这些小题目原要寓大意才算是大才，只是讽刺世人太毒了些。说着只见平儿复进园来，不知做什么，且听下回分解。

第三十九回

村老嫗謊談承色笑　痴情子寔意覓踪跡

話說众人見平兒来了都說你奶奶做什庅呢怎庅不来了平兒笑道他那里得空兒来因為說没好生吃得又不得来所以叫我来问还有没有叫我再要几个拿了家去吃罷湘云道有多着呢忙命人拿盒子装了十个極大的平兒道多拿几個團臍的众人又拉平兒坐平兒不肯李紈瞅着他笑道偏要你坐因拉他在身傍坐下端了一杯酒送到他嘴边平兒忙喝了一口就要走李紈道偏不許你去顯見得你只知有鳳丫頭就不听我的话了說着又命嬤嬤們先送了盒子去就說我留下平兒了那婆子一時拿着盒子去了回来說二奶奶說叫奶奶和姑娘們别笑话要嘴吃這盒子裡是方才旧太太送来的菱粉糕和雞油捲兒給奶奶姑娘們吃的又向平兒道說使喚你来你就貪住嘴不去了叫你少喝一鍾兒罷平兒道多喝了又把我怎庅樣說着只管喝又吃螃蟹李紈攬着他笑道可惜這庅个好體面模樣兒命却平常只落得屋里使喚不知道的人誰不拿你當做奶奶太太看平兒一面和寶釵湘云等吃喝着一面回頭笑道奶奶别這庅摸得我怪癢癢的李氏道噯喲這硬的是什庅平兒道是鑰匙李氏道什庅鑰匙有要緊的東西怕人偷了去帶在身上我成日家和人說笑有了唐僧取经就有个白馬来馱他有个刘智遠打天下就有个瓜精来送盔甲有了个鳳丫頭就有个你你就是你奶奶的一把

總鑰匙还要这鑰匙做什麼平兒道奶奶吃了酒又拿我来打趣着取笑兒了宝釵笑道这到是真话我们没事評論起人来你们这几个都是百个裡挑不出一个来的妙在各人有各人的好處李紈道大小都有个天理比如老太太屋里要没那个鸳鸯如何使得從太太起那一个敢駁老太太的回他現敢駁回偏老太太只听他一个人的话老太太那些穿帶的别人不記得他都記得要不是他经管着不知叫人骗了多少去呢那孩子心也公道雖然这樣到常替人说好话兒到不倚勢欺人的惜春笑道老太太昨日还说他比我们还強呢平兒道那原是个好的我们那里比得上他宝玉道太太屋里的彩霞是个老实人探春道可不是外面老实心里有数兒太太是那庅佛爺似的事情上不留心他都知道凡一应事都是他提着太太行連老爺在家出外的一应大小他都知道太太忘了他背後告诉太太李紈道那也罢了指着宝玉道这个小爺屋裡要不是襲人你们度量到什庅田地鳳丫頭就是楚霸王也得两隻膀子好舉千斤鼎他不是这丫頭他就得这庅周到了平兒道先時陪了我们四个丫頭来死的死去的去如今只剩下我一个孤鬼了李紈道你到是有造化的鳳丫頭也是有造化的想当初你珠大爺在日何曾不是也没两个人你们看我还是那容不下人的天天只見他们不自在所以你珠大爺一没了趁年輕我都打發了要是有一个好的守得住我到底有个膀臂了说着不覺眼圈兒紅了眾人都道这又何必傷心不如散了到好说着便都洗了手大家約着往賈母王夫人處问安眾丫頭婆子打掃亭子收拾盃盤襲人和

和平兒一同往前去襲人因讓平兒到屋裡坐〻再喝碗茶平兒說不喝茶了再來罷說着便要出去襲人又叫住問道這个月的月錢連老太〻和太〻的還沒放是為什麼平兒見問忙轉身至襲人跟前見方近無人悄〻說道你快別問橫豎再遲兩天就放了襲人笑道這是為什麼唬得你這樣平兒悄〻告訴他道這个月的月錢我們奶〻早已支了放給人使呢等別處的利錢收了來湊齊了纔放呢因為是你我纔告訴你可不許告訴一个人襲人道他難道還短錢使還沒个足厭何苦還操這心平兒道何曾不是呢他這几年只拿這一項銀子翻出有几百來了他的公費月例又使不着十兩八兩零碎攢了放出去只他這梯己利錢一年不到上千的銀子呢襲人笑道拿着我們的錢你們主子奴才賺利錢哄得我們獃等平兒道你又說沒良心的話你這少錢使襲人道我雖不少只是我也沒地方使去就只預備我們那一个平兒道你若有要緊事用錢使我那里還有几兩銀子你先拿來使明日我扣下就是了襲人道此時也用不着怕一時要用起來不夠了我打發人取去就是了平兒答應着一逕出了園門來家內只見鳳姐不在屋裡忽見上回來打抽豐的劉姥〻和板兒又來了坐在那邊屋里還有張材家的周瑞家的陪着又有兩三个丫頭在地下倒口袋裡的棗兒倭瓜並些野菜眾人見他進來都忙站起來了劉姥〻因上次來過知道平兒的身分忙跳下地來問姑娘好又說家裡都問好早要來請姑奶〻的安看姑娘來的因為庄家忙好容易今年多打了兩石糧食瓜菓菜蔬也豐盛這是頭一起摘下來的並沒敢賣呢留的尖兒孝敬姑奶〻姑娘們嘗〻姑娘們天〻山珍海味的

也吃膩了吃个野菜兒也算是我們的窮心平兒忙道多謝費心又讓坐自己也坐了又讓張嬸子周大娘坐了又命小丫頭子倒茶去周瑞家的和張材家的因笑道姑娘今日臉上有些春色眼睛圈兒都紅了平兒道可不是我原不喝的大奶奶和姑娘們只是拉着灌不得已喝了兩鍾臉就紅了張材家的笑道我到想着要喝呢又沒人讓我明日再有人請姑娘帶了我去罷說着大家都笑了周瑞家的道早起我就看見那螃蟹了一斤只好秤兩三个這麽兩三大簍想是有七八十斤呢若是上上下下只怕還不彀平兒道那里彀不過有名兒的吃兩个子那些散衆的也有摸得着的也有摸不着的劉姥姥道這樣螃蟹今年就值五分一斤十斤五錢五五二兩五三五一十五再搭上酒菜一共到有二十多兩銀子阿彌陀佛這一頓的錢彀我們庄家人過一年的了平兒因問想是見過奶奶了劉姥姥道見過了叫我們等着呢說着又往窗外看天氣說天好早晚了我們也去罷別出不去城纔是周瑞家的道等着我替你瞧瞧去說着一逕去了半日方來笑道可是你老的福來了竟投了這兩个人的緣了平兒問怎麽樣周瑞家的笑道二奶奶在老太太跟前呢我原是悄悄的告訴二奶奶劉姥姥要家去怕晚了赶不出城去二奶奶說大遠的難為他扛了些東西來晚了就住一夜明日再去這可不是投上二奶奶的緣了這也罷了偏老太太又聽見了問劉姥姥是誰二奶奶便回明白了老太太又說我正想个積古的老人家說話兒請了來我見一見這可不是想不到天上的緣分了說着催劉姥姥下來快去劉姥姥道我這生像兒怎好見的好嫂子你就說我去了罷平兒忙道你快去罷不相干的我們老太太最是惜老憐貧的

比不得狂三詐四的那些人想是你怯讓我同周大娘送你去説着同周瑞家的引了劉姥姥往賈母這边來二門口該班小廝們見了平兒出來都站起來有兩個又跑上來趕着平兒叫姑娘平兒問又説什麽那小廝道這會子也好早晚了我媽病着等我去請大夫姑娘我討半日假可使得平兒道你們到好都商量定了一天一個告假又不回奶奶只和我胡纏前日住兒去了二爺偏偏叫他叫不着我應起來了還説我做了情今日你又來告假周瑞家的道當真他媽病了姑娘也替他應着放他罷平兒道明日一早來聽着我還要使你呢再睡的日頭晒着屁股再來你這去帶個信兒給旺兒就説奶奶的話問他那剩的利錢明日若不交來奶奶也不要了就索性送他使罷那小廝歡天喜地答應着去了平兒等來至賈母房中彼時大觀園中姊妹們多在賈母前承奉劉姥姥進去只見滿屋裡珠圍翠繞花枝招展的並不知都係何人只見一張榻上獨歪着一位老婆婆身後坐着一個紗羅裹的美人一般的個丫環在那里搥腿鳳姐站在底下正説笑劉姥姥便知是賈母了忙上來陪着笑福了幾福口裡説請老壽星安賈母也忙欠身問好又命周瑞家的端過椅子來讓坐那板兒仍是怯人不知問候賈母道老親家你今年多大年紀了劉姥姥忙起身答道我今年七十五了賈母向衆人道這麽大年紀了還這麽健朗比我大好几歲呢我要到這麽大年紀還不知怎麽動不得了呢劉姥姥道我們生來是受苦的人老太太生來是享福的若我們也這樣那些庄家活也没人做了賈母道眼睛牙齒都還好劉姥姥道都還好就是今年左边的糟牙活動了賈母道我老了

多不中用了眼也花了耳也聾了記也沒了你们这些老親戚我都不記得了親戚们来了我怕人笑我、我都不會不过嚼的動的吃兩口困了睡一覺悶了時和这些孫子孫女兒们頑笑一回就完了劉姥姥笑道这正是老太太的福了我们想这麼着也不能兒賈母道什麼福不过是个老廢物罷了說的大家都笑了賈母又笑道我才聽見鳳哥兒說你帶了好些瓜菜来我叫他快收拾去了我正想个地裡現摘的瓜兒菜兒吃外頭買的不像你们地裡的好吃劉姥姥笑道这是野意兒不过吃个新鮮依我们到想魚肉吃只是吃不起賈母又道今日既認着了親別空空的就去不嫌我这裡住一兩天再去我们也有个園子園子裡頭也有果子你明日也嘗嘗帶些家去也算是看親戚一場鳳姐兒見賈母喜欢也忙留道我们这裡雖不比你们的場院大空屋子还有兩间你住兩天把你们那裡的新聞故事兒說些與我们老太太聽聽賈母笑道鳳丫頭別拿他取笑兒他是屯裡的人老實那裡擱得住你打趣他說着又命去抓果子與板兒吃板兒見人多了又不敢吃賈母又命拿些錢給他叫小么兒们帶他外頭頑去劉姥姥吃了茶便把些鄉村中所見所聞的事情說與賈母聽賈母一發得了趣味正說着鳳姐兒便命人来請劉姥姥吃晚飯賈母又將自己的菜揀了几樣命人送过去給劉姥姥吃鳳姐知道合了賈母的心吃了飯便又打發过来鴛鴦忙命老婆子帶了劉姥姥去洗了澡自己挑了兩件隨常的衣服給劉姥姥換上那劉姥姥那裡見过这般行事忙換了衣服出来坐在賈母榻前又搜尋些話出来說彼時寶玉姊妹们也都在这裡坐着他们何曾聽見过这些話自覺比那些瞽目先生說的書还好听那刘姥〻雖是个村野人却生来也有些見識況且年紀老了世情上經歷过的見頭一件賈母高興第二件这些哥兒姐兒們多愛听便沒了話也編出些〻話来講因說道我們村庄上種地種菜每年每日春夏秋冬風裡雨裡那裡有个坐着的空兒天〻多是在那地頭子上做歇馬涼亭什庅奇〻怪〻的事不見呢就像去年冬天接〻連〻下了几天雪地下壓了三四尺深我那日起的早还沒出屋门只听外頭柴草响我想着必是有人偷柴来了我就爬着窗户眼兒一瞧却不是我們村庄上的人賈母道必定是過路的客人們冷了見現成的柴抽些燒火去也是有的刘姥〻道也並不是客人所以說来奇怪老壽星打諒个什庅人元来是一个十七八歲極標緻的小姑娘梳着溜油兒光的頭穿着大紅襖兒白綾子裙兒剛說到这里忽听外面人吵嚷起来又說不相干的别唬着老太〻賈母等听了忙问怎庅了丫頭們回說南院子馬棚裡走了水了不相干已經救下去了賈母最胆小的听了这話忙起身扶了人出至廊上来瞧只見東南角上火光猶亮賈母唬的口内念佛又忙命人去火神跟前燒香王夫人等也忙都过来請安又回說已經救下去了老太〻請進去罢賈母足〻的看着火光熄了方領众人進来宝玉且忙着问刘姥〻那女孩兒大雪地裡做什庅抽柴草倘或凍出病来呢賈母道多是才說抽柴草惹出事来了你还问呢别說这个了再說别的罢宝玉听說心内雖不樂也只得罢了刘姥〻便又想了一篇話說道我們庄子上東边有个老奶〻子今年九

十多歲了他天天吃斋念佛誰知就感動了觀音菩薩夜裡来托夢說你這樣虔心原本你该絕後的
如今奏了玉皇给你个孫子原来這老奶奶只有一个兒子他這兒子也只有一个兒子好容易養
到十七八歲上死了哭的什庅似的落後果然又養了一个兒子今年纔十三四歲長的雪團兒一般聰明
伶俐非常可見這些神佛是有的這一夕话暗合了賈母王夫人的心事連王夫人也听住了宝玉心中只
记掛着抽柴的故事因悶悶的心中籌畫探春因问他昨日擾了史大妹妹咱們回去商議着邀一社又还了
席也請老太太賞菊花何如宝玉笑道老太太說了还要擺酒还史妹妹的席叫咱們做陪呢等吃了
老太太的咱們再請不遲探春道越往前越冷了老太太未必高興宝玉道老太太又喜欢下雨下雪的
不如咱們等下頭場雪請老太太賞雪岂不好咱們雪下吟诗也更有趣了林黛玉笑道咱們雪下吟詩依我
說还不如弄一捆柴火咱們雪下抽柴还更有趣兒呢說着宝釵等都笑了宝玉瞅了他一眼也不答话
一時散了背地裡宝玉到底拉了刘姥姥细问那女孩兒是誰刘姥姥只得編了告訴他道那原是我們
庄北沿兒地埂子上有个小祠堂裡供的不是神佛当先有个什庅老爷说着又想名姓宝玉道不拘什庅
名姓你不必想了只说原故就是了刘姥姥道这老爷没有兒子只有一位小姐名叫若玉小姐知书识字的
老爷太太爱如珍宝可惜这若玉小姐生到十七歲一病死了宝玉听了跌足嘆息又问後来怎庅样
刘姥姥道因为老爷太太思念不尽便盖了这祠堂塑了若玉小姐的像派了人燒香撥火如今日久年深

了人也没了庙也破了那像也成了精。宝玉忙道：不是成精，规矩这样人虽是来不死的。刘姥姥道：阿弥
陀佛，是这么着，不是哥儿说，我们都当他成了精。他时常变了人出来各村庄店道上闲逛。我才说这抽柴
的就是他了。我们村庄上的人还商议着要打了这塑像平了庙呢。宝玉道：快别如此，若平了庙，罪过不小。刘姥姥
道：亏了哥儿告诉我，我明日回去拦住他们就是了。宝玉道：我们老太太、太太都是善人，就是合家大小也都好善
喜舍，最爱修庙塑神的。我明日做一个疏头替你化些布施，你就做个香头，攒了钱把这庙修盖，再装
塑了泥像，每月给你香火钱烧香，岂不好？刘姥姥道：若这样，我托那小姐的福也有几个钱使了。宝玉又
问他地名庄名，来往远近，坐落何方。刘姥姥便顺口胡诌了出来。宝玉信以为真，回至房中盘算了一夜。次日
一早便出来给了茗烟几百钱，按着刘姥姥说的方向地名，着茗烟去先踏看明白，回来再作主意。那茗烟去后，宝玉
左等也不来，右等也不来，急的热锅上的蚂蚁一般。好容易等到日落，方见茗烟兴兴头头的回来。宝玉忙问：可有了庙？茗烟道：爷听的不明白，叫我好
找。那地名坐落不似爷说的一样，所以找了一日，找到东北角田埂子上才有一个破庙。宝玉听说，喜的眉开眼笑，忙说道：
刘姥姥有年纪的人，一时错记了也是有的。你且说你见的。茗烟道：那庙门却倒也朝南，也是稀破
的。我找的正没好气，一见这个我说可好了，连忙进去，一看泥胎，唬的我跑出来了，活似真的一般。宝玉道：他能变化人了，自然有些生气。茗烟拍手道：那里是什么
女孩儿，竟是一位青脸红发的瘟神爷。宝玉啐了一口骂道：真是一个无用的杀材，这点子事也干不来。
茗烟道：二爷又不知看了什么书，或者听了谁的混话，信真了，把这没头脑的事情派我去碰头，怎

庶劉說我沒閑寶玉忙道你別急改日閑了你再找去罷了你也積了陰騭我必重重的賞你正說着 四七二

只見二门上的小厮來說老太太屋裡的姑娘們站在二门口找二爺呢要知端詳下回分解

第四十回　史太君兩宴大觀園　金鴛鴦三宣牙牌令

說話寶玉聽了忙進来看時只見琥珀站在屏風跟前說快去罷立等你說話呢寶玉来至上房只見賈母正和王夫人眾姊妹商議給史湘云還席寶玉因說我有个主意既沒有外客吃的東西也别定了樣數誰素日愛吃的揀樣兒做幾樣也不要按席每人跟前擺一張高几各人愛吃的東西一兩樣再一个什錦攢心盒子一把自斟壺豈不别致賈母聽了說很是忙命人傳与厨房明日就揀我們愛吃的東西作了按着人數再裝了盒子来早飯也擺在園裏吃商議之間早又掌灯一夕無話次日清早起来可喜這日天氣清朗李紈清晨起来看着老婆子丫頭們掃那些落葉並擦抹桌椅預備茶酒器皿只見豐兒帶了劉姥姥板兒進来說大奶奶倒忙的很李紈笑道我說你昨日去不成只忙着要去劉姥姥笑道老太太留下我叫我也熱鬧一天去豐兒拿了幾把鑰匙說道我們奶奶說了外頭的高几恐不彀使不如開了樓把收着的拿下来使一天罷奶奶原該親自来的因和太太說話呢請大奶奶開了帶着人搬罷李氏便命素雲接了鑰匙又命婆子們出去把二門上的小子叫几个来李氏站在大觀樓下往上看命人上去開了綴錦閣一張一張的往下抬小廝老婆子丫頭一齊動手抬了二十多張下来李紈道好生着别慌慌張張鬼趕着似的仔細碰了牙子又回頭向劉姥姥笑道姥姥也上去瞧瞧劉姥姥聽說巴不得一声兒便拉了板兒登梯上去進裏面只見烏壓壓的堆着些圍屏桌椅大小花灯之類雖不大認得只見五彩炫燿各有奇妙念了几声佛便下来了然後鎖上门一齊下来李紈道恐怕老太太高興越性把船上划子篙槳遮陽幔子都搬下来預備着

们传与婆娘们到船坞里撑出两只船来正乱着安排只见贾母带着一群人进来了李纨忙迎上来笑道老太太高兴倒进来了我只当还没梳头呢才撷了菊花要送去一面说一面碧月早捧过一个大荷叶式的翡翠盘子来里面养着各色折枝菊花贾母便拣了一朵大红的簪于鬓上因回头看见刘姥姥笑道过来带花儿一语未完凤姐儿便拉过刘姥姥笑道让我打扮你说着将一盘子花横三竖四的插了一头贾母和众人笑的了不得刘姥姥笑道我这头也不知修了什么福今儿这样体面起来众人笑道你还不拔下来摔到他脸上呢把你打扮的成了老妖精了刘姥姥笑道我虽老了年轻时也风流爱个花儿粉儿的今儿老风流才好说笑间已到沁芳亭上丫环们抱了个大锦褥子来铺在栏杆榻板上贾母倚柱坐下命刘姥姥也坐在旁边因问他这园子好不好刘姥姥念佛说道我们乡下人到了年下都上城来买画儿贴时常闲了大家都说怎么得也到画儿上去逛逛想着那画儿也不过是假的那里有这个真地方呢谁知我今儿进这园里一瞧竟比那画儿还强十倍怎么得有人也照着这园子画一张我带了家去给他们见见死了也得好处贾母听说便指着惜春笑道你瞧我这小孙女儿他就会画等明儿叫他画一张如何刘姥姥听了喜的忙跑过来拉着惜春说道我的姑娘你这么大年纪儿又这么个好模样还有这个能干别是个神仙托生的罢贾母少歇一回自然领着刘姥姥都见识见识先到了潇湘馆一进门只见两边翠竹夹路土地下苍苔布满中间羊肠一条石子漫的路刘姥姥让出路来与贾母众人走自己却走土地琥珀拉他说道姥姥你上来走仔细苍苔滑了刘姥姥道不相干我们走熟了的姑娘们只管走罢可惜你们的那绣鞋别沾脏了他只顾上头和人说话不防底下果踩滑了咕咚一跤跌倒众人都拍手呵呵的大笑贾母笑骂道小蹄子们还

不挽起来只踮着笑说话時刘姥姥已爬了起来自己也笑了说道才说嘴就打了嘴贾母问他可扭了腰没有叫了頭們搥搥刘姥姥道那里说的我这麽娇嫩了那一天不跌两下子都要搥起来还了得呢紫鹃早打起湘簾贾母等进来坐下代玉亲自用小茶盘捧了一盖碗茶来奉与贾母王夫人道我们不吃茶姑娘不用到了代玉听说便命丫頭把自己窗下常坐的一张椅子挪到下首请王夫人坐了刘姥姥因見窗下案上設着笔砚又見书架上放着满满的书刘姥姥道这必是那个哥儿的书房了贾母笑指代玉道这是我外孙女儿的屋子刘姥姥留神打量了代玉一番方笑道这那里像个小姐的绣房竟比那上等的书房还好呢贾母因问宝玉怎麽不見众丫頭們答说在池子里船上呢贾母道谁又预备下船了李纨忙回说才开楼拿高几我想着老太太高兴就预备下了贾母听了方欲说话时人回姨太太来了贾母等刚站起来只見薛姨妈早进来了一面归坐笑道今儿老太太高兴这麽早就来了贾母笑道我才说来遲了的要罚他不想姨太太就来遲了说笑一回贾母因見窗上纱的颜色旧了便和王夫人说道这个纱新糊上好看过了後兒就不翠了这院子里頭又没有个桃杏树这竹子已是绿的再拿这绿纱糊上反不配我记得咱们先有四五样颜色糊窗的纱呢明儿给他把这窗上的换了凤姐忙道昨儿我开庫房看見大板箱里还有好些匹银红蝉翼纱也有各色折枝的花样也有流云百福花样的也有百蝶穿花花样的颜色又鲜纱又轻软我竟没見过这样的拿了两疋出来做两床棉纱被想来一定是好的贾母听了笑道呸人人都说你没有不经过没見过的连这个纱还不认得呢明儿还说嘴薛姨妈等都笑说憑他怎麽经过見过如何敢比老太太呢老太太何不教导了他我们也听听凤姐儿也笑说好祖宗教给我罢贾母笑向薛姨妈众人道那个纱比你们的年纪

还大呢怪不得他认作蝉翼纱原也有些像不知道的都认作蝉翼纱正经名子叫作软烟罗凤姐儿道这个名色也好听只是我这么大了纱罗也见过几百样从没听见过这个名儿贾母笑道你能够活了多大见过几样没处放的东西就说嘴来了那个软烟罗只有四样颜色一样雨过天晴的一样秋香色的一样松绿的一样就是银红的若是做了帐子糊了窗屉远远的看着就和烟雾一样所以叫作软烟罗那银红的又叫作霞影纱如今上用的府纱也没有这样软厚轻密的了薛姨妈笑道别说凤丫头没见过连我也没听见过凤姐儿一面说话早命人去取了一疋来了贾母说可不是这个先原不过是糊窗屉后来我们拿这个做被做帐子试试也竟好明儿就找出几疋来拿银红的替他糊窗屉凤姐儿答应着众人看了都称赞不已刘姥姥也觑着眼看个不了念佛说道我们想他做衣裳也不能拿着糊窗子岂不可惜贾母道到是做衣裳不好看凤姐忙把自己身上穿的一件大红绵纱袄子襟儿拉了出来向贾母薛姨妈道看看我的这袄儿贾母薛姨妈都说道这也是上好的了如今上用内造的也比不上这个凤姐儿道这个薄片子还说是上用内造的呢竟连官用的也比不上了贾母道再找一找只怕还有青的若有时都拿出来送这刘亲家两疋有雨过天青的我做一个帐子挂上下剩的配上里子做些夹背心子给丫头们穿白收着霉坏了可惜了的凤姐忙答应了仍令人送去贾母起身笑道这屋里窄再往别处逛去刘姥姥念佛道人人都说大家子住大房昨日见了老太太的正房配上大箱大柜大桌子大床果然威武那柜子比我们一间房子还大还高怪道后院子里有个梯子我想又不上房晒东西要梯子作什么后来我想起来定是为开顶柜拿东西非离了那梯子怎么得上去呢如今又见了这小屋子更比大的

越發齊整了滿屋裡東西只好看都不知叫什麼我越看越捨不得離了這裡鳳姐道還有好的呢我都帶你去瞧瞧
說着離了瀟湘館遠遠望見池中一群人在那裡撐船賈母道他們既預備下船咱們就坐一回說着便向紫菱洲蓼漵一帶走來未至
池前只見幾個婆子手裡都捧着一色捏絲戧金五彩大盒子走來鳳姐忙問王夫人早飯在那裡擺王夫人道問老太
太要在那裡就在那裡罷了賈母聽說便回頭說你三妹妹那裡好你就帶了人擺去我們從這裡坐了船去鳳姐聽說
便回身同了李紈探春鴛鴦琥珀帶着端飯的人等抄着近路到了秋爽齋就在曉翠堂上調開桌案鴛鴦笑道天天咱
們說外頭老爺們吃酒吃飯都有個湊趣兒的篾片相公拿他取笑兒咱們今兒也得了個女篾片了李紈是個厚道人倒不理會鳳姐
兒卻聽着是說的是劉姥姥便笑道咱們今兒就拿他取個笑兒二人便如此這般商議李紈笑勸道你們一點兒好事也不
做又不是小孩子還這麼淘氣仔細老太太說鴛鴦笑道很不與你相干有我呢正說着只見賈母等來了各自隨便坐下先着
丫頭端過兩盤茶來大家吃畢鳳姐手裡拿着西洋布手巾裹着一把烏木三鑲銀箸按席擺下賈母因說
把那一張小楠木桌子抬過來讓劉親家近我這邊坐着眾人聽說忙抬了過來鳳姐一面遞眼色與鴛鴦鴛鴦便拉了
劉姥姥出去悄悄的囑咐了劉姥姥一席話又說這是我們家的規矩若錯了我們就笑話呢調停已畢然後歸坐薛姨媽是
吃過飯來的不吃了只坐在一邊吃茶賈母帶着寶玉湘雲黛玉寶釵一桌王夫人帶着迎春姊妹三個人一桌劉姥姥挨着
賈母一桌賈母素日吃飯皆有小丫頭在旁邊拿着漱盂麈尾巾帕之物如今鴛鴦是不當這差的了今日鴛鴦偏接過
麈尾來拂着丫鬟們知道他要撮弄劉姥姥便躲開讓他鴛鴦一面侍立一面悄向劉姥姥說道別忘了

狠放心那刘姥姥入了坐拿起箸来沉甸甸的不伏手原是凤姐儿和鸳鸯商议定了单拿了一双老年四楞象牙镶金的
筷子与刘姥姥刘姥姥见了说道这个叉爬子比俺那里铁锨还沉那里犟的过他说的众人笑起来只见一个媳妇端了一个盒子
来站在当地一个丫头上来揭去盒盖里面盛着两碗菜李纨端了一碗放在贾母桌上凤姐儿偏拣了一碗鸽子蛋放
在刘姥姥桌上贾母这边说声请刘姥姥便站起来高声说道老刘老刘食量大似牛吃个老母猪不抬头自己却鼓着
腮不语众人先是发怔后来一听上上下下都哈哈大笑起来史湘云撑不住一口饭都喷出来林黛玉笑岔了气
伏着桌子叫嗳哟宝玉早滚到贾母怀里贾母笑的搂着宝玉叫心肝王夫人笑的用手指着凤姐儿只说不出话来
薛姨妈也撑不住口里的茶喷了探春一裙子探春手里的饭碗都合在迎春身上惜春离了坐位拉着他奶母叫揉一揉
肠子地下无一个不弯腰屈背也有躲出去蹲着笑去的也有忍着笑上来替他姊妹们换衣裳的独有凤姐儿
鸳鸯二人掌着还只管让刘姥姥刘姥姥拿起箸来只觉不听使又说道这里的鸡儿也俊下的这蛋也小巧怪俊的我且
肏攮一个众人方住了笑听见这话又笑起来贾母笑的眼泪出来琥珀在后捶着贾母笑道这定是凤丫头促狭
鬼儿闹的快别信他的话了那刘姥姥正夸鸡蛋小巧要肏攮一个凤姐儿笑道一两银子一个呢你快尝尝罢冷了就不好
吃了刘姥姥便伸筷子要夹那里夹的起来满碗里闹了一阵好容易撮起一个来才伸着脖子要吃偏又滑下来滚在
地下忙放下筷子要亲自去拣早有地下人拣出去了刘姥姥叹道一两银子也没听见个响声儿就没了众人已没心吃饭
都看着他取笑贾母又说谁这会子又把那个筷子拿出来了又不请客摆大筵席都是凤丫头支使的还不换了呢

地下的人原不曾預備这牙箸，本是凤姐合鸳鸯拿了来的，听如此说，忙收了去，也照様换上一双乌木镶银的。刘姥姥道：去了金的，又是银的，到底不及俺那个伏手。凤姐儿笑道：菜裡若有毒，这银子下去了就試的出来。刘姥姥道：这个菜裡有毒，俺们那些菜都成了砒霜了！那怕毒死了也要吃尽了。贾母见他如此有趣，吃的又香甜，把自己的菜也都端过来与他吃，又命一个老嬷嬷来将各様的菜给板儿夹在碗上。一时吃毕，贾母等都往探春卧室中去闲话。这里收过残桌，又放了一桌。刘姥姥看着李纨与凤姐儿对坐着吃饭，叹道：别的罢了，我只爱你们家这行事，怪道说礼出大家。凤姐儿忙笑道：你可别多心，才刚不过大家取笑。一言未了，鸳鸯也进来笑道：姥姥别恼，我给你老人家赔个不是。刘姥姥笑道：姑娘说那里话，咱们哄着老太太开个心儿，可有什么恼的！你先嘱咐我，我就明白了，不过大家取个笑儿。我要恼，也就不说了。鸳鸯便骂人：为什么不倒茶给姥姥吃。刘姥姥忙道：才刚那个嫂子倒了茶来，我吃过了，姑娘也该吃饭了。凤姐儿便拉鸳鸯坐下道：你和我们吃了罢，省的回来又闹。鸳鸯便坐下了。婆子们添上碗箸来，三人吃毕。刘姥姥笑道：我看你们这些人都只吃这一点儿就完了，亏你们也不饿，怪道风儿都吹的倒。鸳鸯便问：今儿剩的菜不少，都那去了？婆子们道：都还没散呢，在这裡等着一齐散与他们吃。鸳鸯道：他们吃不了这些，挑两碗给二奶奶屋裡平丫头送去。凤姐儿道：他早吃了饭了，不用给他。鸳鸯道：他不吃了，喂你们的猫。婆子听了，忙拣了两样，拿盒子送去。鸳鸯道：素云那去了？李纨道：他们都在这裡一处吃，又找他作什么。鸳鸯道：这就罢了。凤姐儿道：袭人不在这里，你倒是叫人送两样给他去。鸳鸯听说，便命人也送两样去。鸳鸯又问婆子们：回来吃酒的攒盒可装上了？婆子们道：想必还得一会子。鸳鸯道：催着些。婆子们答应了。凤姐儿等来至探春房中，只见他娘儿们正说笑。探春素喜阔朗，这三间屋子并不曾隔断。当地放着一张花梨大理石大案，案上磊着各种

名人法帖并十数方宝砚各色笔筒笔海内插的笔如树林一般边设有斗大的一个汝窑花囊插有满满的水晶球的白菊花

西墙上当中挂有一大幅米襄阳 烟雨图左右挂有一幅对联乃是颜鲁公墨迹其联云 烟霞闲骨格 泉石野生涯

案上设有大鼎左边紫檀架上放有一个大官窑的大盘盘内盛着数十个娇黄玲珑大佛手右边洋漆架上悬有个白玉比目磬傍边

挂有小锤那板儿略熟了些便要摘那锤子去击丫嬛们忙拦住他他又要那佛手吃探春拣了一个给他说顽罢

吃不得的东边便设有卧榻拔步床上悬有葱绿双绣花卉草虫的纱帐板儿又跑过来看说这是蝈蝈这是蚂蚱刘姥姥忙打他一巴掌

骂道下作黄子没干没净的乱闹倒叫你进来瞧瞧就上脸了打的板儿哭起来众人忙劝解方罢贾母因隔有纱窗往后院看了

一回因说道后廊檐下的梧桐也好了就只细些正说话忽一阵风过隐隐听得鼓乐之声贾母问道是谁家娶亲呢这里临

街倒近王夫人等笑回道街上的那里听得见这是咱们的那十来个女孩子演习吹打呢贾母便笑道既他们演习何不叫他们

进来演习他们也逛一逛咱们可又乐了凤姐听说忙命人出去叫来又一面吩咐摆下条桌铺上红毡子贾母道就铺排在藕香榭的水亭

子上借有水音更好听回来咱们就在缀锦阁底下吃酒又宽阔又听的近众人都说那里好贾母向薛姨妈笑道咱

们走罢他们姊妹们都不大喜欢人来坐怕脏了屋子咱们别没眼色正经坐一会子船喝酒去罢说有大家起身便走

探春笑道这是那里的话求有老太太姨太太太太来坐坐还不能呢贾母笑道我的这个三丫头倒好只有两个玉儿可恶回

来吃醉了咱们偏往他们屋里闹去说有众人都笑了一齐出来走不多远已到了荇叶渚那姑苏选来的几个驾娘早已把两

只棠木舫撑来众人扶了贾母王夫人薛姨妈刘姥姥鸳鸯玉钏儿上了这一只落后李纨也跟上去凤姐儿也上去立在船头上也要

撑船贾母在舱内道这不是顽的虽不是河裡也好深的你快给我進来凤姐兒笑道怕什么老祖宗只管放心說着便一篙点開到了
池当中船小人多凤姐只覺乱晃忙把篙子递与駕娘方蹲下去然後迎春姊妹等并宝玉上了那隻随後跟来其餘老嬷嬷散众丫頭俱沿
河随行宝玉道这些破荷葉可恨怎么还不叫人来拔去宝钗笑道今年这几日何曾饶了这园子闲了一闲天天逛那里还有叫人来收拾的工
夫林黛玉道我最不喜欢李義山的诗只喜他这一句留得残荷听雨声偏你们又不留着残荷了宝玉道果然好句已後咱们别叫人
拔去了說着已到了花溆的萝港之下覺得陰森透骨两滩上衰草残菱更助秋情贾母因見岸上的清厦曠朗便问
这是你薛姑娘的屋子不是众人道是贾母忙命攏岸順着云步石梯上去一同进了蘅蕪苑只覺異香扑鼻那些奇草
仙藤愈冷愈苍翠都结了实似珊瑚豆子一般累垂可爱及進了房屋雪洞一般一色玩器全無案上只有一个土定瓶
中供着数枝菊花并两部书茶奁茶杯而已床上只吊着青纱帐幔衾褥也十分朴素贾母叹道这孩子太老
实了你没有陈設何妨和你姨娘要些我也没理論也没想到你们的东西自然在家里没带了来說着命鸳鸯去
取些古董来又嗔着凤姐兒不送些玩器来与你妹妹这樣小器王夫人凤姐兒等都笑回說他自己不要的我们原
送了来都退回去了薛姨妈也笑說他在家里也不大弄这些东西的贾母摇頭道使不得虽然他省事倘或来一个
親戚看着不像二則年轻的姑娘们房里这樣素净也忌讳我们这老婆子越發该住馬圈去了你们听那些书上戏上
說的小姐们的绣房精致的还了得呢他们姊妹们虽不敢比那些小姐们也不要很離了格兒有現成的东西為什么
不摆呢若很愛素净少摆几樣倒使得我最会收拾屋子的如今老了没这些闲心了他们姊妹们也还学着收

拾的好只怕俗氣有好东西也擺坏了我看他們还不俗如今讓我替你收拾包管又大方又素净我的两件梯己收到如今没給宝玉看見过若經了他的眼也没了說有畔过鸳鸯来親自吩咐道你把那石頭盆景兒和那架紗桌屏墨烟凍石鼎这三樣拿来擺在这案上就句了再把那水墨字画白綾帳子拿来把这帳子也换了鸳鸯答應着笑道这些东西都擱在东樓上不知那个箱子裡还得慢慢找去明日再拿去也罢了賈母道明日後日都别忘了說着坐了一会方出来一逕来至綴錦閣下文官等上来請过安因問演習何曲賈母道只揀你們熟的演習几套罢了文官等下来往藕香榭去不提这里凤姐已带着人擺設整齊上面左右两張榻榻上都鋪着錦裀蓉簟每一榻前两張雕漆几也有海棠式的也有梅花式的也有荷葉式的也有葵花式的也有方的也有圓的其式不一一个上面放着攢盒一个上面设有炉瓶一分攢盒盒内放着什錦食物上面兩榻四几是賈母薛姨媽下面一椅兩几是王夫人的餘者都是一椅一几东边是刘姥姥姥姥下边是王夫人西边便是史湘云第二是宝釵第三是代玉第四是迎春探春惜春挨次下去宝玉在末李紈凤姐之几设于三層檻内二層紗橱之外攢盒式樣亦如几式每人一把烏銀洋鏨自斟壺一个十錦琺瑯杯大家坐定賈母先笑道咱們先吃兩杯今日也行一令才有意思薛姨媽笑道老太太自然有好酒令我們如何会呢安心要我們醉了我們多吃兩杯就有了賈母笑道姨太太今日過謙起来想是厭我老了薛姨媽笑道不是謙只怕行不上来倒是笑話了王夫人忙笑道便說不上来只多吃一杯酒醉了睡覺去还有誰笑話咱們不成薛姨媽点頭笑道依令老太太到底吃一杯令酒才是賈母笑道这个自然說着便吃

了一杯凤姐儿忙走至当地笑道既行令还叫鸳鸯姐〻来行更好众人都知贾母所
行之令必得鸳鸯提着故听了这话都说很是凤姐便拉了鸳鸯过来王夫人笑道既在
令内没有站着的理回头命小丫头端一张椅子放在你二位奶〻的席上鸳鸯也半推半就
谢了坐便坐下也吃了一钟酒笑道酒令大如军令不论尊卑惟我是主违了我的话是
要受罚的王夫人等都笑道一定如此快些说鸳鸯未开口刘老〻便下席摆手道别
这样捉弄人我家去了众人都笑道这却使不得鸳鸯喝令小丫头子们拉上席去小丫
头子们也笑着果然拉入席中刘老〻口叫饶了我罢鸳鸯道再多言的罚一壶刘老〻
方住了鸳鸯道如今我说骨牌副儿从老太〻起顺领下去至刘老〻止比如我说一副
儿将这三张牌拆开先说头一张次说第二张说完了合成这一副儿的名字无论
诗词歌赋成语俗话比上一句都要叶韵错了的罚一杯众人笑道这个令好就说出
来鸳鸯道有了一副了左边是　天贾母道头上有青天众人道好鸳鸯道当中是个
五合六贾母道六桥梅花香彻骨鸳鸯道剩了一张六合么贾母道一轮红日出云霄
鸳鸯道凑成便是个蓬头鬼贾母道这鬼抱住钟馗腿说完大家笑着喝彩贾母
饮了一杯鸳鸯又道又有一副了左边是个大长五薛姨妈道梅花朵〻风前舞鸳

鸯道右边是个大五长薛姨妈道十月梅花岭上香鸳鸯道当中二五是杂七薛姨妈道织女牛郎会七夕鸳鸯道凑成二郎游五岳薛姨妈道世人不及神仙乐说完大家称赏饮了酒鸳鸯又道有了一副了左边长幺两点明湘云道双悬日月照乾坤鸳鸯道右边长幺两点明湘云道闲花落地听无声鸳鸯道中间还得幺四来湘云道日边红杏倚云栽鸳鸯道凑成一个樱桃九熟湘云道御园却被鸟衔出说完饮了一杯鸳鸯道有了一副了左边是长三宝钗道双双燕子语梁间鸳鸯道右边是三长宝钗道水荇牵风翠带长鸳鸯道当中三六九点在宝钗道三山半落青天外鸳鸯道凑成铁锁练孤舟宝钗道处处风波处处愁说完饮毕鸳鸯又道左边一个天黛玉道良辰美景奈何天宝钗听了回头看着他黛玉只顾怕罚也不理论鸳鸯道中间锦屏颜色俏黛玉道纱窗也没有红娘报鸳鸯道剩了二六八点齐黛玉道双瞻玉座引朝仪鸳鸯道凑成篮子好采花黛玉道仙杖香挑芍药花说完饮了一口鸳鸯道左边四五成花九迎春道桃花带雨浓众人道该罚错了韵而且又不像迎春笑着饮了一口原是凤姐和鸳鸯都要听刘姥姥的笑话故意都令说错都罚了至王夫人鸳鸯代说了一个便该刘姥姥刘姥姥道我们庄家闲了也常会几

个人寻这个但不知这么说的好听少不得我也试一试众人都笑道容易说的你只管说不相干鸳鸯笑道左边大四是个人刘老老听了想了半日说道是个庄家人罢众人鬨堂笑了贾母笑道说的好就是这样说刘老老也笑道我们庄家人不过是现成的本色众位姐姐别笑鸳鸯道中间三四绿配红刘老老道大火烧了毛毛虫众人笑道这是有的还说你的本色鸳鸯笑道右边么四真好看刘老老道一个萝蔔一头蒜众人又笑了鸳鸯笑道凑成便是一枝花刘老老两只手比着说道花兒落了结个大倭瓜众人又大笑起来要知以後下回分解

紅樓夢第四十一回

賈寶玉品茶櫳翠菴　劉老〻醉臥怡紅院

話說刘老〻兩隻手比着說道花兒落了結个大倭瓜衆人听了閧堂大笑起来于是吃過門杯因又逗趣笑道今兒实說罷我的手脚子粗又喝了酒仔細失手打了這磁杯有木頭的杯取个来我便失了手掉了地下也無碍衆人听了又笑起来凤姐兒听如此說便忙笑道果真要木頭的我就取了来可有一句話先說下這木頭的可比不得磁的他都是一套定要吃遍一套方使得刘老〻听了心下敁敠道我方才不過是趣話取笑兒誰知他果真竟有我时常在鄉紳大家也赴過席金杯銀杯倒都也見過從沒見有木頭杯的哦是了想必是小孩子們使的木碗兒不過誆我多喝兩碗別管他横竖這酒蜜水兒似的多喝點子也無妨想畢便說取来再商量凤姐乃命豐兒到前面裡間書架子上有十个竹根套杯取来豐兒听了纔要去取鴛鴦笑道我知道你那十个杯还小况且你纔說木頭的這會子又拿了竹根的来倒不好看不如把我們那裡的黃楊根子整刓的十个大套杯拿来灌他十下子凤姐兒笑道更好了鴛鴦果命人取来刘老〻一看又驚又喜驚的是一連十个挨次大小分下来那大的足〻的似个小盆子極小的还有手裡的杯子兩个大喜的是雕鏤奇絕一色山水樹木人物并有草字以及圖印因忙說道拿了那小的来就是了凤姐兒笑道這个杯沒有這大量的所以沒人敢使他老〻既要好容易找出来必定要挨次吃一遍纔使得刘老〻唬的忙道這个不敢好姑奶〻饒了我

罢贾母薛姨妈王夫人知道他是年纪的人禁不起忙笑道说是说笑是笑不可多吃了只吃这头一杯罢刘老〻道阿弥陀佛我还是小杯吃罢把这大杯收着我带了家去慢〻的吃罢说的众人又笑起来鸳鸯无法只得命人满斟了一大杯刘老〻两手捧着喝贾母薛姨妈都道慢些不要呛了薛姨妈又命凤姐儿布个菜凤姐笑道老〻要吃什么说出名儿来我夹了喂你刘老〻道我知道什么名儿样〻都是好的贾母笑道把茄鲞夹些喂他凤姐儿听说依言夹些茄鲞送入刘老〻口中因笑道你们天〻吃茄子也尝〻我们这茄子弄的来可口不可口刘老〻笑道别哄我了茄子跑出这个味儿来了我们也不用种粮食只种茄子了众人笑道真是茄子我们再不哄你刘老〻诧异道真是茄子我白吃了半日姑奶〻再喂我些这一口细嚼〻凤姐果又夹了些放入他口内刘老〻细嚼了半日笑道虽有一点茄子香只是还不像是茄子告诉我是什么法子弄的我也弄着吃去凤姐儿笑道这也不难你把才下来的茄子把皮签了只要净肉切成碎钉子用鸡油炸了再用鸡肉脯子合着香菌新笋蘑菇五香腐干各色干果子都切成钉子用鸡汤煨干将香油一收外加糟油一拌盛在磁罐子里封严要吃时拿出来用炒的鸡瓜子一拌就是了刘老〻听了摇头吐舌说我的佛祖倒得十来只鸡来配他怪道这个味儿一面笑一面慢〻的吃完了酒还只管细玩那杯凤姐儿笑道还是不足兴再吃一杯罢刘老〻忙道了不得那就醉死了我因为爱这样好看亏他怎么做来鸳鸯笑道酒吃完了到底这杯子是什么木头的刘老〻笑道怨不得姑娘不认得你们在这金门绣户的如何认得木头我们

成日家和樹林子作街坊困了枕着他睡乏了靠着他坐荒年間餓了還吃他眼睛裡天天見他耳朵裡天天听他嘴兒裡天天說他所以好歹真假我是認得的讓我認一認一面說一面細細端詳了半日道你們這樣人家斷沒有那賤東西那容易得的木頭你們也不收着了我掂着這麼體沉斷不是楊木一定是黃松做的眾人听了鬨堂笑起來只見一個婆子走來請問賈母說姑娘們都到了藕香榭請示下就演罷還是再等一回子賈母忙笑道可是倒忘了他們就叫他們演罷那個婆子答應去了不一時只听得簫管悠揚笙笛並發正值風清氣爽之時那樂聲穿林度水而來自然使人神怡心曠寶玉先禁不住拿起壺來斟了一杯一口飲盡復又斟上纔要飲只見王夫人也要飲命人換暖酒寶玉連忙將自己的杯捧了過來送到王夫人口邊王夫人便就他手內吃了兩口一時暖酒來了寶玉仍歸舊坐王夫人提了暖壺下席來眾人都出了席薛姨媽也站起來賈母忙命李鳳二人接過壺來讓你姨媽坐了大家纔便王夫人見如此說方將壺遞與鳳姐自己歸坐賈母笑道大家吃上兩杯今日着實有趣說着擎杯讓薛姨媽又向湘雲寶釵道你姐妹兩個也吃一杯你林妹妹不大會吃也別饒他說着自己也乾了湘雲寶釵黛玉也都乾了當下劉姥姥听見這般音樂且又有了酒越發喜的手舞足蹈起來寶玉因下席過來向黛玉笑道你瞧劉姥姥的樣子黛玉笑道當日聖樂一奏百獸率舞如今纔一牛耳眾姐妹都笑了須臾樂止薛姨媽笑道大家的酒也都有了且出去散散再坐罷賈母也正要散散于是大家出席都隨着

賈母游玩賈母因又要帶着劉老老散悶遂携了劉老老至山前樹下盤桓了半晌又說與他這是什麼樹這是什麼石這是什麼花劉老老一一的領會又向賈母道誰知城裡不但人尊貴連雀兒也是尊貴的偏這雀兒到了你們這裡他也變俊了也會說話了眾人不解因問什麼雀兒變俊了會說話劉老老道那廊上金架子上站的綠毛紅嘴是鸚哥兒我是認得的那籠子裡的黑老鴰子又長出鳳頭來也會說話呢眾人聽了又都笑將起來一時只見丫頭們來請用點心賈母道吃了兩杯酒倒也不餓也罷就拿了這裡來大家隨便吃些罷了頭聽說便去抬了兩張几來又端了兩個小捧盒揭開看時每個盒內兩樣這盒內是兩樣蒸食一樣是藕粉桂花糖糕一樣是松瓤鵝油捲那盒內是兩樣炸的一樣是只有一寸來大的小餃兒賈母因問什麼餡子婆子們忙回是螃蟹的賈母聽了皺眉說道這油膩膩的誰吃這個又看那一樣是奶油炸的各色小麵菓子也不喜歡因讓薛姨媽吃薛姨媽只揀了一塊糕賈母揀了一個捲子只嚐了一嚐剩的半個遞與了丫頭了劉老老因見那小麵菓子都玲瓏剔透各式各樣又揀了一朵牡丹花樣的笑道我們鄉裡最巧的姐兒們剪子也不能鉸出這麼個紙的來我又愛吃又捨不得吃包些家去給他們做花樣子去倒好眾人都笑了賈母笑道家去我送你一磁罐子你先趁熱吃這個罷別人不過揀各人愛吃的揀了一兩樣就算了劉老老原不曾吃過這些東西且都做得小巧不顯堆垛的他和板兒每樣吃了些就去了半盤子剩的鳳姐又命攢了兩盤並一個攢盒與文官等吃去忽見奶子抱了大姐兒來大家哄他頑了一回那大姐兒因抱

茬一个大柚子顽忽见板儿抱着一个佛手大姐便要了环哄他取去大姐儿等不得便哭了众人忙把柚子给了板儿将板儿的佛手哄过来与他才罢那板儿因顽了半日佛手此刻又两手抓着些菓子吃又忽见这个柚子又香又圆更觉好顽且当球踢着顽去也就不要佛手了当下贾母等吃过了茶又带了刘老老至栊翠庵来妙玉忙接了进去众人至院中见花木繁盛贾母笑道到底是他们修行人没事常常修理比别处越发好看一面说一面便往东禅堂来妙玉笑往里让贾母道我们才都吃了酒肉你这里头有菩萨冲了罪过我们这里坐坐把你的好茶拿来我们吃一杯就去了宝玉留神看他是怎么行事只见妙玉亲自捧了一个海棠花式雕漆填金云龙献寿的小茶盘里面放一个成窑五彩小盖钟捧与贾母贾母道我不吃六安茶妙玉笑说知道这是老君眉贾母接了又问是什么水妙玉道是旧年蠲的雨水贾母便吃了半盏笑着递与刘老老说你尝尝这个茶刘老老便一口吃尽笑道好是好就是淡些再熬浓些更好了贾母众人都笑起来然后众人都是一色的官窑脱胎填白盖碗那妙玉便把宝钗黛玉的衣襟一拉二人随他出去宝玉悄悄的随后跟了来只见妙玉让他二人在耳房内宝钗便坐在榻上黛玉便坐在妙玉的蒲团上妙玉自向风炉上煽滚了水另泡了一壶茶宝玉便走了进来笑道偏你们吃体己茶呢二人都笑道你又赶了来撒茶吃这里并没你吃的妙玉刚要去取杯只见道婆收了上面茶盏来妙玉忙命将那成窑的茶杯别收了搁在外头去罢宝玉会意知为刘老老吃了他嫌腌臜不要了又见妙

玉另拿出两隻杯来一个傍边有一耳杯上镌着𤅁瓟斝三个隶字後有一行小真字是王恺珍玩又有宋元丰五年四月眉山苏轼见于秘府一行小字妙玉斟了一斝递与宝钗那一隻形似钵而小也有三个垂珠篆字镌着点犀䀉妙玉斟了一䀉与黛玉仍将前番自己常日吃茶的那隻绿玉斗来斟与宝玉宝玉笑道常言世法平等他两个就用那样古玩奇珍我就是个俗器了妙玉道这是俗器不是我说狂话只怕你家里未必找得出这么一个俗器来呢宝玉笑道俗语说随乡入乡到了你这里自然把这金珠玉宝一概贬为俗器了妙玉听如此说十分欢喜遂又寻出一隻九曲十环一百二十节蟠虬整雕竹根的一个大盒出来笑道就剩了这一个你可吃的了这一海宝玉喜的忙道吃的了妙玉笑道你虽吃的了也没这些茶你遭塌岂不闻一杯为品二杯即是解渴的蠢物三杯便是饮驴了你吃这一海更成什么说的宝钗黛玉宝玉都笑了妙玉执壶只向海内斟了约有一杯宝玉细细吃了果觉轻浮无比赏赞不绝妙玉正色道你这遭吃茶是托他两个的福独你来了我是不能给你吃的宝玉笑道我深知道我也不领你的情只谢他二人便了妙玉听了方说这话明白黛玉因问这也是旧年的雨水妙玉冷笑道你这么个人竟是大俗人连水也尝不出来这是五年前我在玄墓蟠香寺住着收的梅花上的雪统共得了那一鬼脸青的花瓮一瓮总舍不得吃埋在地下今年夏天才开了我只吃过一回这是第二回了你怎么尝不出来隔年蠲的雨水那有这样清淳如何吃得黛玉知他天性怪僻不好多话亦不好多坐吃过茶便约着宝钗

走了出来宝玉和妙玉陪笑道那茶杯虽然腌臜了白撂了岂不可惜依我说不如就给了那贫婆子罢他卖了也可以度日你道使得么妙玉听了想了一想点头说道这也罢了幸而那杯子是我没吃过的若是我吃过的我就砸碎了也不能给他你要给他我也不管你只交给他快拿了去罢宝玉道自然如此你那里和他说话去越发连你都腌臜了只交与我就是了妙玉便命人拿来递与宝玉宝玉接了又道等我们出去了我叫几个小幺儿来河里打几桶水来洗地如何妙玉笑道这更好了只是你嘱咐他们抬了水只搁在山门外头墙根下别进门来宝玉道这是自然的说着便袖着那杯递与贾母房中的小丫头子拿着说明日刘老老家去给他带去罢交代明白贾母已经出来要回去妙玉亦不甚留送出山门回身便将门闭了不在话下且说贾母因觉身上乏倦便命王夫人和迎春姊妹陪了薛姨妈去吃酒自己便往稻香村来歇息凤姐忙命人将小竹椅抬来贾母坐上两个婆子抬起凤姐李纨和众丫头婆子围随去了不在话下这里薛姨妈也就辞出王夫人打发文官等出去将攒盒散与众丫头们吃去自己便也乘空歇着随便歪在方才贾母坐的榻上命一个小丫头放下帘子来又命捶着腿吩咐他老太太那里有信你就叫我说着也歪着睡着了宝玉湘云等看着丫头们将攒盒搁在山石上也有坐在山石上的也有坐在草地下的也有靠着树的也有傍着水的倒也十分热闹一时又见鸳鸯来了要带着刘老老逛众人都跟着取笑一时来至省亲别墅的牌坊底下刘老老道嗳呀这里还有大庙呢说着便爬下磕头众人笑湾

了聽刘老老道笑什麽這牌樓上字我都認得我們那裡這樣的廟宇最多都是這樣的牌坊那字就
是廟的名字衆人笑道你認得這是什麽廟刘老老便抬頭指那字道這不是玉皇寶殿四字衆人笑的拍
手打掌還要拿他取笑刘老老覺得腹内一陣乱响忙的拉着一个丫頭要了兩張紙就解衣衆人又是笑又忙
喝他這裡使不得忙命一个婆子帶了东北角上去了那婆子指与他地方便樂得走開去歇息那刘老老因喝
了些酒他脾氣不与黄酒相宜且吃了許多油膩飲食發渴多喝了几碗茶不免通瀉起来蹲了半日方
完及出厠来酒被風吹且年邁之人蹲了半天忽一起身只覺得眼花頭暈辨不出路徑四顧一望皆是
樹木山石樓臺房舍却不知那一處是往那一路去的只得順着一條石子路慢慢的走来及至到了房舍跟
前又找不着門再找了半日忽見一帶竹籬刘老老心中自忖道這裡也有扁豆架子一面想一面順着花障走
了来得了一个月洞門進去只見迎面一帶水池只有七八尺寬石頭砌岸裡邊碧瀅清水流往那邊去了上面
有一塊白石横架在上面刘老老便渡过石去順着石子甬路走去轉了兩个灣子只見有个房門于是進了房
門便見迎面一个女孩兒滿面含笑迎了出来刘老老忙笑道姑娘們把我丟下了叫我碰頭碰到這裡来說了
只覺那女孩兒不答刘老老便趕来拉他的手咕咚一声便撞到板壁上把頭碰的生疼细瞧了一瞧原来是一幅
画兒刘老老自忖道原来画兒有這樣凸出来的一面想一面看一面又用手摸去却是一色平的点頭嘆了兩
声一轉身方得了一个小門門上掛着葱緑撒花軟簾刘老老掀簾進去抬頭一看只見四面墻壁玲瓏剔透琴

剑瓶炉皆贴在墙上锦笼纱罩金彩珠光连地下踩的砖皆是碧绿凿花竟越发把眼花了找门出去那里有门左一架书右一架屏刚从屏后得了一门只见一个老婆子也从外面迎了进来刘老老诧异心中恍惚莫非是他亲家母因问道你想是见我这几日没家去亏你找我来那位姑娘带你进来的又见他戴着满头花刘老老笑道你好没见世面见这园里的花好你就没死活戴了一头说着那老婆子只是笑也不答言便心中忽然想起常听富贵人家有一种穿衣镜这别是我在镜子里头呢说毕伸手一抹再细一看可不是四面雕空紫檀板壁将这镜子嵌在中间因说这已经拦住如何走出去呢一面说一面只管用手摸这镜子原是西洋机括可以开合不意刘老老乱摸之间其力巧合便撞开消息掩过镜子露出门来刘老老又惊又喜迈步出来忽见有一副最精致的床帐他此时又带了七八分的醉又走乏了便一屁股坐在床上只说歇歇不承望身不由己便前仰后合的朦胧两眼一歪身就睡熟在床上且说众人等他不见板儿见没了他老老急的哭了众人都笑道别是掉在茅厕里了快叫人去瞧瞧因命两个婆子去找回来说没有众人各处搜寻不见袭人敁敠道一定他醉了迷了路顺着这一条路往我们后院子里去了若进了花障子再找房门进去虽然碰头还有小丫头子们知道若不进花障子再往西南上去若绕出去还好若绕不出去可够他绕一会子好的我且瞧瞧去一面说着一面回来进了怡红院便叫人谁知那几个在房里的小丫头已偷空顽去了袭人一直进了房门转过集锦槅子就听的鼾齁如雷忙进来只闻见酒屁臭气满屋一瞧只见刘老老

扎手舞脚的仰卧在床上。袭人这一惊不小，慌忙的赶上来，将他没死活的推醒。那刘老老惊醒，睁眼见袭人，连忙爬起来道：“姑娘，我该死了，我失错，并没弄脏了床。”一面说，一面用手去掸。袭人恐惊动了人，被宝玉知道了，只向他摇手，不叫他说话。忙将当地大鼎内贮了三四把百合香，仍用罩子罩上。所喜不曾呕吐，忙悄悄的笑道：“不相干，有我呢。你随我出来。”刘老老跟了袭人，出至小丫头们房中，命他坐下，向他道：“你说醉倒在山子石上打了个盹儿。”刘老老答应“是”。又与他两碗茶吃，方觉酒醒了，因问道：“这是那个小姐的绣房，这样精致？我就象到了天宫里的一样。”袭人微微笑道：“这个么，是宝二爷的卧室。”那刘老老吓的不敢作声。袭人带他从前面出去，见了众人，只说他在草地下睡着了，带了他来的。众人都不理会，也就罢了。时贾母醒了，就在稻香村摆饭。贾母因觉懒懒的，也没吃饭，便坐了竹椅小敞轿，回至房中歇息，命凤姐儿等去吃饭。他姊妹方复进园来。未知如何，且看下回分解。

红楼梦第四十二回

蘅芜君兰言解疑癖　潇湘子雅谑补馀音

话说他姊妹复进园来吃过饭大家散出都无别话且说刘老老带着板儿先来见凤姐儿说明日一早定
要家去了虽然住了两三天日子却不多把古往今来没见过的没吃过的没听见的都经验了难得老太太和
姑奶奶并那些小姐们连各房里的姑娘们都这样怜贫惜老照看我我这一回去没别的报答惟有请些高香
天天给你们念佛保佑你们长命百岁的就算我的心了凤姐儿笑道你别喜欢都是为你老太太也被风吹病
了睡着不舒服我们大姐儿也着了凉在那里发热呢刘老老听了忙叹道老太太有年纪的不惯十分劳乏的
凤姐儿笑道从来没像昨儿高兴往常也进园子逛去不过到一两处坐坐就来了昨儿因为你在这里要叫你都
逛逛一个园子倒走了多半个大姐儿因为找我去太太递了一块糕给他谁知风地里吃了就发起来刘老
老道大姐儿只怕不大进园子生地方儿小人儿家原不该去比不得我们的孩子会走了那个坟圈子里不跑去一
则风扑了也是有的二则只怕他身上干净眼睛又净或是遇见什么神了依我说给他瞧瞧祟书本子仔细
撞客着了一语提醒了凤姐儿便叫平儿拿出玉匣记来着彩明来念彩明翻了一回念道八月二十五日病者
东南方得遇花神用五色纸钱四十张向东南方四十步送之大吉凤姐儿笑道果然不错园子里头可不是花
神只怕老太太也是遇见了一面命人请两分纸钱来着两个人来一个与贾母送祟一个与大姐儿送祟果见

大姐儿安稳睡了凤姐儿笑道到底是你们有年纪的经历的多我这大姐儿时常肯病也不知是什么
原故刘老老道这也有的富贵人家养的孩子都娇嫩自然禁不得一些儿委屈再他小人儿家过于尊贵了也禁不
起以后奶奶少疼他些就好了凤姐儿道这也有理我想起来他还没个名字你就给他起个名字借借你
的寿二则你们是庄家人不怕你恼到底贫苦些你贫苦人起个名字只怕压的住他刘老老听说便想了一想
笑道不知他是几时生的凤姐儿道正是生的日子不好呢可巧是七月初七日刘老老忙笑道这个正好就叫
作巧姐儿这个叫作以毒攻毒以火攻火的法子姑奶奶定依我这名字必然长命百岁日后大了各人成家
立业或一时有不遂心的事必然遇难成祥逢凶化吉都从这巧字儿来凤姐儿听了自是欢喜忙谢道只
保佑他应了你的话就好了说着叫平儿来吩咐道明儿咱们有事恐怕不得闲儿你这空儿闲着把送老老
的东西打点了他明儿一早就好走得便宜了刘老老道不敢多破费了已经遭扰了几日又拿着走越发
心里不安起来凤姐儿道也没有什么不过随常的东西好也罢歹也罢带了去你们街坊邻舍看着也热闹
些也是上城一次说着只见平儿走来说老老过这边瞧瞧刘老老忙跟了平儿到那边屋里只见堆着半炕东
西平儿一一的拿与他瞧着又说道这是昨日你要的青纱一匹奶奶另外送你一个实地月白纱作里子这是
两个茧绸作袄儿裙子都好这包袱里是两匹绸子年下做件衣裳穿这是一盒各样内造点心也有你吃
过的也有没吃过的拿去摆碟子请客比你们买的强些这两条口袋是你昨日装瓜果子的如今这一个里

头装了两斗御田粳米熬粥是难得的这一条里是园子里的果子和各样干果子这一包是八两银子这都是我们奶奶的这两包每包五十两共是一百两是太太给的叫你拿去或者做个小本买卖或者置几亩地以后再别求亲靠友的说着又悄悄笑道这两件袄儿和两条裙子还有四块包头一包绒线可是我送姥姥的那衣裳虽是旧的我也没大狠穿你要弃嫌我就不敢说了平儿说一样刘姥姥就念一句佛已经念了几千佛了又见平儿也送他这些东西又如此谦逊忙笑道姑娘说那里话这样好东西我还弃嫌我便有银子没处买这样的去呢只是我怪臊的收了又不好不收又辜负了姑娘的心平儿笑道休说外话咱们都是自己我才这样你放心收了罢我还和你要东西呢到年下你只把你们晒的那个灰条菜干子和豇豆扁豆茄子葫芦条儿各样干菜带些来我们这里上上下下都爱吃这个就算了别的一概不要别罔费了心刘姥姥千恩万谢的答应了平儿道你只管睡你的去我替你收拾妥当了就放在这里明儿一早打发小厮们雇辆车装上不用你费一点心的刘姥姥越发感激不尽过来又千恩万谢的辞了凤姐儿过贾母这边睡了一夜次早梳洗了就要告辞因贾母欠安众人都过来请安出去传请大夫一时婆子回大夫来了老嬷嬷请贾母进幔子去坐贾母道我也老了那里养不出那阿物儿来还怕他不成不要放幔子就这样瞧罢众婆子听了便拿过一张小桌子来放下一个小枕头便命人请一时只见贾珍贾琏贾蓉三个人将王太医领来王太医不敢走甬路只走旁阶跟着贾珍到了台阶上早有两个婆子在两边打起帘子两个婆

子在前引導進去又見宝玉迎了出来只見賈母穿着青绉紬一斗珠的羊皮褂子端坐在榻上兩边四个未留頭的小丫環都拿着蠅帚漱盂等物又有五六个老嬷〻雁翅擺在兩傍碧紗厨後隐〻約〻有許多穿紅着緑戴宝插金的人王太醫便不敢抬頭忙上来請了安賈母見他穿着六品服色便知是御医了含笑問供奉好因問賈珍這位供奉貴姓賈珍等忙回姓王賈母笑道当日太醫院正堂王君效好脉息王太醫忙躬身低頭含笑因説那是晚生家叔祖賈母听了笑道原来這樣也算是世交了一面説一面慢〻的伸手放在小枕頭上嬷〻端着一張小杌子放在小桌前面略偏些王太醫便屈一膝坐下歪着頭胗了半日又診了那隻手忙欠身低頭退出賈母笑説劳動了珍兒讓出去好生看茶賈珍賈璉等忙答应了几个是復領王太醫出到外書房中王太醫説太夫人並無別症偶感一點風凉究竟不用吃藥不過略清淡些常煖着一点兒就好了如今寫个方子在這裡若老人家愛吃便按方煎一劑吃若懶待吃也就罷了説着吃茶寫了方子剛要告辞只見奶子抱了大姐兒出来笑説王老爺也瞧〻我們姐兒王太醫听説忙起身就奶子懷中左手托着大姐兒的手右手胗了一胗又摸了一摸頭又叫伸出舌頭来瞧了笑道我説姐兒又罵我了只是要清〻淨〻的餓兩頓就好了不必吃煎藥我送丸藥来臨睡時用薑湯研開吃下去就是了。説畢告辞而去賈珍等拿了藥方来回明賈母原故將藥方放在桌上出去不在話下這裡王夫人和李紈鳳姐兒宝釵姊妹等見大夫出去方從厨後出来王夫人略坐一坐儿回房去了刘老〻见无事方上来和贾母告辞贾母说闲了再来又命鸳鸯来好生打发刘老〻出去我身上不好不能送你刘老〻道了谢又作辞方同鸳鸯出来到了下房鸳鸯指炕上一个包袱说道这是老太〻的几件衣裳都是往年间生日节下众人孝敬的老太〻从不穿人家做的收着也可惜却是一次也没穿过的昨日叫我拿出两套儿送你带去或送人或自己家里穿罢别见笑这盒子里是你要的麵菓子这包儿里是你前儿说的药梅花点舌丹也有紫金锭也有活络丹也有催生保命丹也有每一样是一张方子包着总包在里头了这是两个荷包带着顽罢说着便抽开系子掏出两个笔锭如意的锞子来与他瞧又笑道荷包拿去这个留下给我罢刘老〻已喜出望外早又念了几千佛听鸳鸯如此说便说道姑娘只管留下罢了鸳鸯见他信以为真笑着仍与他装上说道哄你顽呢我有好些呢留着年下给小孩子们罢说着只见一个小丫头拿了几个成窑钟子来递与刘老〻这是宝二爷给你的刘老〻道这是那里说起我那一世修来的今儿这样说着便接了过来鸳鸯道前儿我叫你洗澡换的衣裳是我的你不弃腌我还有几件也送你罢刘老〻又忙道谢鸳鸯果然又拿出几件来与他包好刘老〻又要到园中辞谢宝玉和众姊妹王夫人等去鸳鸯道不用去了他们这会子也不见人回来我替你说罢闲了再来又命了一个老婆子吩咐他二门上叫两个小厮来帮着老〻拿了东西送出去婆子答应了又和刘老〻到了凤姐儿那边一并拿了东西在角门上命小厮们搬了出去直送刘老〻上车去了

不在話下且說宝釵等吃過早飯又往賈母處問安回園至分路〻處宝釵便叫黛玉道顰兒跟我來有一句話問你黛玉便同了宝釵來至蘅蕪苑中進了房宝釵便坐了笑道你跪下我要審你黛玉不解何故因笑道你瞧宝丫頭瘋了審問我什麼宝釵冷笑道好个千金小姐好个不出閨門的女孩兒滿嘴裡說的是什麼你只實說便罷黛玉不解只管發笑心裡也不免疑惑起來口裡只說我何曾說什麼你不過要捏我的錯兒罷了你倒說出來我听〻宝釵笑道你還裝憨兒昨兒行酒令你說的是什麼我竟不知是那裡來的黛玉一想方想起來昨兒失于檢點那牡丹亭西廂記說了兩句不覺紅了臉便上來摟着宝釵笑道好姐〻原是我不知道隨口說的你教給我再不說了宝釵笑道我也不知道听你說的怪生的所以請教你黛玉道好姐〻你別說與別人我以後再不說了宝釵見他羞的滿臉飛紅滿口央告便不肯再往下追問因拉他坐下吃茶款〻的告訴他道你当我是誰我也是个淘氣的從小兒七八歲上也够个人纏的我們家也算是个讀書人家祖父手裡也極愛藏書先時人口多姊妹弟兄也在一處都怕看正經書弟兄們也有愛詩的也有愛詞的諸如這些西廂琵琶以及元人百種無所不有他們背着我們偷看我們也背着他們偷看後來大人知道了打的打罵的罵燒的燒丟開了所以咱們女孩兒家不認字的倒好男人們讀書不明理尚且不如不讀書的好何况你我連作詩寫字等事這也不是你我分內〻事究竟也不是男人分內〻事男人們讀書明理輔國治民這更好了只是如今並听不見有

這樣的人讀了書倒更壞了這並不是書誤了他可惜他把書遭塌了所以竟不如耕種買賣倒沒什麼大害至于你我只該做些針黹紡績的事纔是偏又認得几个字既認得了字不過揀那正經書看也罷了最怕見些雜書移了性情就不可救了一夕話說得黛玉垂頭吃茶心下暗服只有答應是的一字忽見素雲進來說我們奶奶請二位姑娘商議要緊的事呢二姑娘三姑娘四姑娘史姑娘寶二爺都等着呢寶釵道又是什麼事黛玉道咱們到了那裡就知道了說着便和寶釵往稻香村來果見眾人都在那裡李紈見了他兩个笑道社還沒起就有脫滑兒的了四丫頭要告一年的假呢黛玉笑道都是老太太昨兒一句話又叫他畫什麼園子圖兒惹得他樂得告假了探春笑道也別怪老太太都是劉老老一句話黛玉也笑接道可是呢都是他的一句話他是那一門子的老老直叫他是个母蝗虫就是了說着大家都笑起來寶釵笑道世上的話到了鳳丫頭嘴裡也就盡了幸而鳳丫頭不認得字不大通不過一槩是市俗取笑更有顰兒這促狹嘴他用春秋的法子將市俗的粗話撮其要刪其繁再加潤色比方出來一句是一句這母蝗虫三字把昨兒那些形景都現出來了虧他想的倒也快眾人聽了都笑道你這一注解也就不在他兩个以下了李紈道我請你們大家商議給他多少日子的假我給了他一个月的假他嫌少你們怎麼說黛玉道論理一年也不多這園子蓋纔蓋了一年如今要畫自然得二年的工夫呢又要研墨又要蘸筆又要鋪紙又要着顏色又要剛說到這裡黛玉也自掌不住笑道又要照着這樣兒慢慢的畫可不得二年的工夫眾人

听了都拍手笑个不住宝钗笑道最妙落后一句是慢慢的画他可不画去怎么就有了呢所以昨儿那些笑话儿虽然可笑回想是没味的你们细想颦儿这几句话虽没什么回想却都有滋味我倒笑的动不得了惜春道都是宝姐姐赞的他越发逞强这会子拿我又取笑儿黛玉忙拉他笑道我且问你还是单画这园子呢还是连我们众人都画在上头呢惜春道原是只画这园子的昨儿老太太又说单画园子成个房样子了叫连人都画上就像行乐似的才好我又不会这工细楼台又不会画人物又不好驳回正为这个为难呢黛玉道人物还容易你草虫上不能李纨道你又说不通的话了这个上头那里又用的着草虫或者翎毛倒要点缀一两样黛玉笑道别的草虫不画罢了昨儿母蝗虫不画上岂不缺了典众人听了又都笑起来黛玉一面笑的两手捧着胸口一面说道你快画罢我连题跋都有了起了名字就叫做携蝗大嚼图众人听了越发哄然大笑的前仰后合只听咕咚一声响不知什么倒了急忙看时原来是史湘云伏在椅子背儿上那椅子原不曾放稳被他全身伏着背子大笑他又不防两下里错了笋向东一歪连人带椅子都歪倒了幸有板壁挡住不曾落地众人一见越发笑个不住宝玉忙赶上去扶住了起来方渐渐止了笑宝玉和黛玉使个眼色儿黛玉会意便走至里间将镜袱揭起照了照只见两鬓略松了些忙开了李纨的妆奁拿出抿子来对镜抿了两抿仍旧收拾好了方出来指着李纨道这是叫你带着我们作针线教道理呢你反招了我们来大顽大笑的李纨笑道你们听他这刁话他领着头儿闹引着人笑了倒赖我的不是真真恨的我只保佑你明儿得个

利害些々有得几乎刁笑恶的大姑子小姑子试々你那会子还这么刁不刁了黛玉早红了脸拉着宝钗说咱们放他一年假罢宝钗道我有句公道话你们听々肚子里头有些邱壑的如何成画这园子却是像画儿一般山石树木楼阁房屋远近疏密也不多也不少恰々的是这样你若照样儿往纸上一画是必不能讨好的这要看纸的地步远近该多该少分主分宾该添的要添该藏该减的要藏要减该露的要露这一起了稿々再端详斟酌方成一幅图样第二件这些楼台房舍是必要用界划的一点儿不留神栏杆也歪了柱子也塌了门窗也倒竖过来阶砌也离了缝甚至桌子挤到墙里头去花盆放在帘子上来岂不倒成了一张笑话儿了第三要安插人物也要有疏密有高低衣褶裙带指手足步最是要紧一笔不细不是肿了手就是瘸了脚染脸撕发倒是小事依我看来竟难的很如今一年的假也太多一月的假也太少竟给他半年的假再派了宝兄弟帮着他并不是为宝兄弟知道教着他画那就更误了事为的是有不知道的或难安插的宝兄弟好拿出去问々那会画的相公就容易了宝玉听了先喜的说这话极是詹子亮的工细楼台就极好程日兴的美人是绝技如今就问他们去宝钗道我说你是无事忙说了一声你就问他去也等着商议定了再去如今且说拿什么画宝玉道家里有雪浪纸又大又托墨宝钗冷笑道我说你不中用那雪浪纸写字画写意画儿或是会山水的画南宗山水托墨禁得皴搜拿了画这又不托色又难烘画也不好纸也可惜我教给你一个法子原先盖这园子就有一张细致图样虽是画工描的那地步方向是不错的你和太々要了出来也比着那纸大小和凤丫头要一块重绢交给外边相公们叫他照着这图样

删補着立了稿子添了人物就是了就是配這些青緑顔色並泥金泥銀也得他們配去你們也得另攏上風炉子預備化膠出膠洗筆還得一个粉油大案鋪上氊子你們那些碟子也不全筆也不全都得從新再弄一分兒纔好惜春道我何曾有這些畫器不過隨手的筆畫畫罷了就是顔色只有赭石廣花藤黄胭脂這四樣再有不過是兩枝着色的筆就完了寶釵道你何不早說這些東西我却還有只是你用不着給你也白放着如今我且替你收着等你用着這个的時候我送你些也只可留着畫扇子若畫這大幅的也就可惜了今兒替你開个單子照着單子和老太太要去你們也未必知道的全我說着寶兄弟寫寶玉早已預備下筆硯了原怕記不清白要寫了記着聽寶釵如此說喜的提筆起来静聽寶釵說道頭号排筆四支二号排筆四支三号排筆四支大染四支中染四支小染四支大南蟹爪十支小蟹爪十支鬚眉十支大著色二十支小著色二十支開面十支柳條二十支箭頭珠四兩南赭四兩石黄四兩石青四兩石緑四兩管黄四兩廣花八兩鉛粉十四匣胭脂十帖大赤飛金二百帖青金二百帖廣勻膠四兩淨礬四兩礬絹的膠礬在外别管他們只把絹交出去叫他們礬去這些顔色偺們淘澄飛跌着又頑了又使了包你一輩子都彀使了再要頂細絹籮四个粗籮二个担筆四支大小乳鉢四个大粗碗二十个五寸碟子十个三寸粗白碟子二十个風炉兩个沙鍋大小四个新磁缸二口新水桶四只一尺長白布口袋四个浮炭二十斤柳木炭一二斤三屉木箱一个實地紗一丈生薑二兩醬半斤黛玉忙道鐵鍋一口鐵鏟一个寶釵道這做什麽黛玉笑道你要生薑和醬這些作料我替你要鐵鍋来好炒顔色吃啊衆人都

起来宝钗笑道颦儿你知道什么那粗色碟子保不住不上火烤不拿姜汁子和酱预先抹在底子上烤过一经了火是要炸的众人听说都道原来如此黛玉又看了一会单子笑着拉探春悄悄的道你瞧瞧画个画儿又要起这些水缸箱子来想必糊涂了把他的嫁妆单子也写上了探春听了笑个不住说道宝姐姐你还不拧他的嘴你问问他编排你的话宝钗笑道不用问狗嘴里还有象牙不成一面说一面走上来把黛玉按在炕上便要拧他的脸黛玉笑着忙央告道好姐姐饶了我罢颦儿年纪小只知说不知道轻重做姐姐的教导我姐姐不饶我还求谁去呢众人不知话内有因都笑说的好可怜见的连我们也软了饶了他罢宝钗原是和他顽的忽听他又拉扯上前番说他胡看杂书的话便不好再和他厮闹了放起他来黛玉笑道到底是姐姐要是我再不饶人的宝钗笑指他道怪不得老太太疼你众人爱你今儿我也怪疼你的了过来我替你把头发拢拢黛玉果然转过身来宝钗用手拢上去宝玉在旁看着只觉更好不觉后悔不该令他抿上鬓去也该留着此时叫他替他抿上去正自胡思只见宝钗说道写完了明儿回老太太去若家里有的就罢若没有的就拿些钱去买了来我帮着你们配宝玉忙收了单子大家又说了一回闲话至晚饭后又往贾母处来请安贾母原没有大病不过是劳乏了兼着了些凉温存了一日又吃了一剂药疏散了疏散至晚也就好了不知次日又有何话下回分解

红楼梦第四十三回

闲取乐偶攒金庆寿　不了情暂撮土为香

话说王夫人因见贾母那日在大观园不过着了些风寒，不是什么大病，请医生吃了两剂药也就好了，便命凤姐来吩咐他预备给贾政带送东西。正商议着，只见贾母打发人来叫，王夫人忙引着凤姐儿过来。王夫人又请问这会子可觉大安些，贾母道：“今日可大好了。方才你们送来野鸡崽子汤，我尝了一尝，倒有味儿，又吃了两块肉，心里很受用。”王夫人笑道：“这是凤丫头孝敬老太太的，算他的孝心虚不枉了素日老太太疼他。”贾母点头笑道：“难为他想着。若是还有生的，再炸上两块，咸浸浸的，吃粥有味儿。那汤虽好，就只不对稀饭。”凤姐听了，连忙答应，命人去厨房传话。这里贾母又向王夫人笑道：“我打发人找你来，不为别的。初二日是凤丫头的生日，上两年我原早想着替他做生日，偏到跟前有大事，就混过去了。今年人又齐全，料着又没事，咱们大家好生乐一日。”王夫人笑道：“我也想着呢。既是老太太高兴，何不就商议定了。”贾母笑道：“我想着，往年不拘谁做生日，都是各自送各自的礼，这个也俗了，也觉着生分似的。今儿我出个新法子，又不生分，又可取笑。”王夫人忙道：“老太太怎么想着好，就是怎么样行。”贾母笑道：“我想着，咱们也学那小家子大家凑分子，多少尽着这钱去办，你道好不好？”王夫人道：“这个很好，但不知怎么凑法？”贾母听说，一发高兴起来，忙遣人去请薛姨妈、邢夫人等，又叫请姑娘们并宝玉，那府里贾珍的媳妇并赖大家的及有些头脸管事的媳妇也都叫了来。众丫头婆子见贾母十分高兴〻都高兴忙〻的各自分头去请的请传的传没顿饭的工夫老的少的上的下的乌压〻挤了一屋子只薛姨妈和贾母对坐邢夫人王夫人只坐在房门前两张椅子上宝钗姊妹等五六个人坐在炕上宝玉坐在贾母怀前底下满〻的站了一地贾母忙命拿几张小杌子来给赖大母亲等几个高年有体面的嬷〻坐了贾府风俗年高伏侍过父母的家人比年轻的主子还有体面所以尤氏凤姐儿等只管地下站着那赖大的母亲等三四个老妈〻告了罪都坐在小杌子上了贾母笑着把方才一夕话说与众人听了众人谁不凑这趣儿再也有和凤姐儿好的有情愿这样的也有畏惧凤姐儿巴不得来奉承的况且都是拿得出来的所以一闻此言都欣然应诺贾母先道我出二十两薛姨妈笑道我随着老太〻也是二十两邢夫人王夫人笑道我们不敢和老太〻并肩自然矮一等每人十六两罢了尤氏李纨也笑道我们自然又矮一等每人十二两罢贾母忙和李纨道你寡妇失业的那里还拉你出这个钱我替你出了罢凤姐忙笑道老太〻别高兴且算一算账再揽事老太〻身上已有两分呢这会子又替大嫂子出十二两说着高兴一会子回想又心疼了过后儿又说都是为凤丫头花了钱使个巧法子哄着我拿出三四倍子来暗里补上我还做梦呢说的众人都笑了贾母笑道依你怎么样呢凤姐笑道生日没到我这会子已经折受的不受用了我一个钱不出惊动这些人实在不安不如大嫂子这分我替他出了罢我到那日多吃些东西就享了福了邢夫人等听了都说很是贾母方允了凤姐又笑道我还有一句话呢我想老祖宗自己二十两又有林妹〻宝兄弟的两分子姨妈自己

二千两又是宝妹妹的一分子这倒也不公道只是二位太太每位占两分自己又少又不替人出这些不公道老祖宗吃
了亏了贾母听了呵呵大笑道倒底是我的凤丫头向着我这说的很是要不是你我叫他们又哄了去了凤姐笑
道老祖宗只把他哥儿两个交给两位太太一位占一个罢派每位替出一分就是了贾母忙说这很公道就是这
样赖大的母亲忙站起来笑道这可反了我替二位太太生气在那边是儿子媳妇在这边是内侄女儿倒不
向着婆婆姑姑倒向着别人这儿媳妇成了陌路人内侄女儿竟成了外侄女儿了说的贾母与众人都
大笑起来了赖大之母因又问道少奶奶们十二两我们自然也该矮一等了贾母听说道这使不得你们
虽该矮一等我知道你们这几个都是财主分位虽低些钱却比他们多的你们和他们一例才使得众妈妈
听了连忙答应贾母又道姑娘们不过应个景儿每人照一个月的月例就是了又回头叫鸳鸯来
你们也凑几个人商议凑了来鸳鸯答应着去不多时带了平儿袭人彩霞等还有几个小丫头来也
有二两的也有一两的贾母因问平儿你难道不替你主子做生日还入在这里头平儿笑道我那个私自
另外的有了这是官中的也该出一分贾母笑道这才是好孩子凤姐又笑道上下都全了还有二位姨奶奶
他出不出也问一声儿尽到他们是理不然他们只当小看了他们了贾母听说忙说可是呢怎么倒忘了
他们只怕他们不得闲儿叫一个丫头问问去说着早有丫头去了半日回来说道每位也出二两贾母喜
道拿笔砚来算明共计多少尤氏因悄骂凤姐道我把你这没足厌的小蹄子这么些婆婆婶子来

凑银子给你做生日你还不足又拉上两个苦瓠子做什麽凤姐也笑道你少胡说一会子离了这里我才和你算账他们两个为什麽苦呢有了钱也是白填还别人不如拘了来咱们乐说着早已合算了共凑了一百五十两有余贾母道一日戏酒用不了尤氏道既不请客酒席又不多两三日的用度都够了头等戏不用钱省在这上头贾母道凤丫头说那一班好就传那一班凤姐道咱们家的班子都听熟了倒是花几个钱叫一班来听听罢贾母道这件事我交给珍哥媳妇了越性叫凤丫头别操一点心受用一日才算尤氏答应着又说了一回话都知贾母乏了才渐渐的散出来尤氏等送出邢夫人王夫人二人散去便往凤姐房里来商议怎麽办生日的话凤姐儿道你不用问我你只看老太太的眼色行事就完了尤氏笑道你这阿物儿也忒行了大运了我当有什麽事叫我们去原来单为这个出了钱不算还要我操心你怎麽谢我凤姐笑道别扯臊我又没叫你来谢你什麽你怕操心你这会子就回老太太去再派一个就是了尤氏笑道你瞧他兴的这个样儿我劝你收着些儿好太满了就泼出来了二人又说了一回方散次日将银子送到宁国府来尤氏方才起来梳洗因问是谁送过来的丫头们回说林妈尤氏便命叫了他来丫头们走来下房叫了林之孝家的过来尤氏命他脚踏上坐了一面忙着梳洗一面问他这一包银子共多少林之孝家的回说这是我们底下人的银子凑了先送过来老太太和太太们的还没有呢正说着丫头们回说那府里太太和姨太太打发人送分子来了尤氏笑骂道小蹄子们专会记得这些没

平安的话昨儿不过老太太一时高兴故意的要学那小家子凑分子你们就记得到了你们嘴里当正经的说还不快拿了进来好生待茶再打发他们去了丫头们笑着忙拿银了进来一共两封连宝钗黛玉的都有了尤氏问还少谁的林之孝家的道还少老太太太太姑娘们的我们底下姑娘们的尤氏道还有你们大奶奶的呢林之孝家的道奶奶过去这银子都从二奶奶手里发一共都有了说着尤氏梳洗了命人伺候车辆一时来至荣府先来见凤姐只见凤姐已将银子封好正要送去尤氏问都齐了么凤姐笑道都有了快拿去罢丢了我不管尤氏笑道我有些信不及倒要当面点一点说着果然按数一点只没有李纨的一分尤氏笑道我说你搗鬼呢怎么你大嫂子的没有凤姐笑道那么些还不够使短一分儿也罢了等不够了我再找给你尤氏道昨儿你在人跟前做人今儿又来和我赖这个断不依你我只和老太太要去凤姐笑道我看你利害明儿有了事我也丁是丁卯是卯的你也别抱怨尤氏笑道你一般的不给也罢不看你素日孝敬我我本来依你么说着把平儿的分子拿了出来说道平儿来把你的收了去等不够了我替你添上平儿会意笑说道奶奶先使着若剩了下来再赏我一样尤氏笑道只许你主子作弊就不许我做情儿平儿只得收了尤氏又道我看着你主子这么细致弄这些钱那里使去使不了明儿带了棺材里使去一面说着一面又往贾母处来先请了安大概说了两句话便走到鸳鸯房中和鸳鸯商议只听鸳鸯的主意行事何以讨贾母喜欢二人计议妥当尤氏临走时把鸳鸯的二两银子还他说这还使不了呢说着一径出来又至王夫人跟前说了一回话因王夫人进

了佛香把彩雲的一分也還了他鳳姐見不在跟前一時把周趙二人的也還了他兩個還不敢收尤氏道你們
可憐見的那裏有這些閒錢鳳了頭便知道了有我應着呢二人聽說千恩萬謝的收了轉眼已是九月初二
日園中人都打聽得尤氏辦得十分熱鬧不但有戲連耍百戲並說書的女先兒全有都打點着取樂頑耍李
紈又向衆姊妹道今兒是正經社日可別忘了寶玉也不來想必他只圖熱鬧把清雅就丟了說着便命了
頭瞧作什麼呢快請了來了頭去了半日回說花大姐姐說今兒一早就出門去了衆人聽了都詫異說再沒
有出門之理這了頭糊塗不知說話又命翠墨去一時翠墨回來說可不真出了門了說有個朋友死了出去
探喪去了探春道斷然沒有的事憑他什麼再沒今日出門之理你叫襲人來我問他剛說着只見襲人走
來李紈等都說道今兒憑他什麼也不該出門頭一件你二奶奶的生日老太太都這麼高興兩府上下衆
人來湊熱鬧他倒走了第二件又是頭一社的正日子他也不告假就私自去了襲人嘆道昨兒晚上就說了今
兒一早起有要緊的事到北靜王府裏去就趕回來的勸他不要去他必不依今兒一早起來又要素衣裳穿
想必是北靜王府裏的要緊姬妾沒了也未可知李紈等道若果如此也該去走走只是也該回來了說着大家
又商議咱們只管作詩等他來罰他剛說着只見賈母已打發人來請便都往前頭去了襲人回明寶玉
的事賈母不樂便命人接去原來寶玉心裏有件心事於頭一日就吩咐茗烟明日一早出門備下兩匹馬在後門口等
着不要別一個跟着說給李貴我往北府裏去了倘或要有人找我叫他攔住不用找只說北府裏留下了橫豎就

来的焙茗也摸不着头脑只得依言说了今儿一早果然备了两匹马在园后门等着天亮了只见宝玉遍
体纯素从角门出来一语不发跨上马一湾腰顺着街就趱下去了焙茗也只得跨上马加鞭赶上在后面忙
问往那里去宝玉道这条路是往那里去的焙茗道这是出北门的大道出去了冷清清没有可顽的宝玉
听说点头道正要冷清清的地方好说着越发加了两鞭那马早已转了两个湾子出了城门焙茗越发没得
主意只得紧紧的跟着一气跑了七八里路出来人烟渐渐稀少宝玉方勒住马回头问焙茗道这里
可有卖香的焙茗道香倒有不知是那一样宝玉想道别的香不好须得檀芸降三样焙茗笑道这三样
可难得宝玉为难焙茗见他为难因问道要香作什么使我见二爷时常带的小荷包有散香何不找一找
一句提醒了宝玉便回手向衣襟上拉出一个荷包来摸了一摸竟有两星沉速心内欢喜只是不恭些再想
自己亲身带的倒比买的又好些于是又问炉炭焙茗道这可罢了荒郊野外那里有用这些何不早说带
了来岂不便宜宝玉道糊涂东西若可带了来又不这样没命的跑了焙茗想了半日笑道我得了个主意
不知二爷心下如何我想二爷不止用这个呢只怕还要用别的这也不是事如今我们往前再走二里地就是水仙庵
了宝玉听了忙问水仙庵就在这里更好了我们就去说着就加鞭前行一面回头向焙茗道这水仙庵的姑子
长往咱们家去这一去到那里和他借香炉使使他自然是肯的焙茗道别说是咱们家的香火就是平日不
认识的庙里和他借他也不敢驳回只是一件我常见二爷最厌这水仙庵的如何今儿又这样喜欢了宝玉道

我素日最恨俗人不知原故混供神混盖庙这都是当日有钱的老公们和那些有钱的愚妇们听见有个神就盖起庙来供着也不知那神是何人因听些野史小说便信真了比如这水仙庵里面因供的是洛神故名水仙庵殊不知古来并没有个洛神那原是曹子建的谎话谁知这起愚人就塑了像供着今儿却合我的心事故借他一用说着早已来至门前那老姑子见宝玉来了事出意外竟像天上掉下个活龙来的一般忙上来问好命老道来接马宝玉进去也不拜洛神之像却只管赏鉴虽是泥塑的却真有翩若惊鸿婉若游龙之态荷出绿波日映朝霞之姿宝玉不觉滴下泪来老姑子献了茶宝玉因和他借香炉那姑子去了半日连香供纸马都预备了来宝玉一概不用说道命茗烟捧香炉出至后园中拣一块干净地方儿竟拣不出茗烟道那井台上如何宝玉点头一齐来至井台上将炉放下茗烟站过一旁宝玉掏出香来焚上含泪施了半礼回身命收了去茗烟答应且不收忙爬下磕了几个头口内祝道我茗烟跟二爷这几年二爷的心事我没有不知道的只有今儿这一祭祀没有告诉我我也不敢问只是受祭的阴魂虽不知名姓想来自然是那人间有一天上无双的极聪明极清雅的一位姐姐妹妹了二爷心事不能出口让我代祝你若有灵有圣我们二爷这样想着你你也时常来望候望候二爷未尝不可你在阴间保佑二爷来生也变个女孩儿和你们一处顽要岂不两下裡都有趣了说毕又磕了几个头才爬起来宝玉听他没说完便撑不住笑了因踢他道休胡说看人听见笑话茗烟起来收过香炉和宝玉走着因道我已经合姑子说了二爷还没用饭叫他收拾了些东西二爷勉强吃些我知道今儿个裡头大排筵宴热闹非常二爷为此才躲

了素的楼坐在这里清净一天也就尽礼了若不吃东西断使不得宝玉道戏酒既不吃这随便的吃些何妨茗烟道这倒是还有一说咱们来了必有人不放心若没有人不放心便晚些进城何妨若有人不放心二爷须得进城回家去才是第一老太太太太也放了心第二礼也尽了不过如此就是家去了看戏吃酒也并不是爷有意原不过陪着父母尽孝道若单为了这个不顾老太太太太悬心就是方才受祭的阴魂也不安生二爷想我这话如何宝玉笑道你的意思我猜着了你想着只你一个跟了我出来回来你怕担不是所以拿这大题目来劝我我才来了不过为尽个礼再去吃酒看戏并没说一日不进城这已完了心愿赶着进城大家放心岂不两尽其道茗烟道这更好说着二人来至禅堂果然那姑子收拾了一桌素菜宝玉胡乱吃些茗烟也吃了二人便上马仍回旧路茗烟在后面只嘱咐二爷好生骑着这马总没大骑手里提紧着些一面说着早已进了城仍从后门进去忙忙来至怡红院中袭人等都不在房中只有几个老婆子看屋子见他来了都喜的眉开眼笑道阿弥陀佛可来了没把花姑娘急疯了上头正坐席呢二爷快去罢宝玉听说忙将素衣脱了自己找了件华服换上问道都在什么地方坐席呢老婆子们回道在新盖的大花厅上呢宝玉听了一径往花厅上来耳内早隐隐闻得箫管歌吹之声刚到穿堂那边只见玉钏儿独坐在廊檐下垂泪一见宝玉来了便长出了一口气咂着嘴儿说道嗳凤凰来了快进去罢再一会子不来都反了宝玉陪笑道你猜我往那里去了玉钏儿把身一扭也不理他只管拭泪宝玉只得快快的进去了到了花厅上见了贾母王夫人等众人真如得了凤凰一般贾母先问道你往那里去了这早晚才来还不给你姐姐行礼去呢因笑着又向凤姐儿道

你也弟不知好歹就是要紧的事怎么也不说一声儿就私自跑了这还了得明儿再这样等你老子回家必

告诉他打你凤姐儿笑着道小礼数是小宝兄弟明儿断不可不言语一声儿也不带人跟着就出去街上车

马多头一件叫人不放心再也不像咱们这样人家出门的规矩这里贾母又骂跟的人为什么都听他的话说往

那里去就去了也不回一声儿一面又问他到底是往那里去了可吃了些什么没有唬着了没有宝玉只回说北

静王的一个爱妾没了今日给他道恼去我见他哭的那样不好撇下他就回来所以多等了一会子贾母道已

后再私自出门不先告诉我一定叫你老子打你宝玉连忙答应着贾母又要打跟的人众人又劝道老太太也

不必过虑了他已经答应不敢了况且回来又没事大家该放心乐一会子了贾母先不放心自然发恨

很今见宝玉回来喜且不尽那里还恨也就不提了还怕他不受用或者别处没吃饭路上着了惊恐

反又百般的哄他袭人早已过来伏侍大家仍旧看戏当日演的是荆钗记贾母薛姨妈等都看的

心酸落泪也有笑的也有恨的也有骂的要知端的下回分解

紅樓夢第四十四回

變生不測风姐潑醋　喜出望外平兒理粧

話說眾人看演荊釵記寶玉和姊妹一處坐着林黛玉因看到男祭這齣上便和寶釵說道這王十朋也不通的很不管在那裡祭一祭罷了必定跑到江边上來作什麼俗語說覩物思人天下的水總归一源不拘那裡的水舀一碗看着哭去也就盡情了寶釵不答寶玉回頭要熱酒敬风姐原來賈母說今日不比往日定要叫风姐痛樂一日本來自己懶待坐席只在裡間屋裡榻上歪着和薛姨媽看戲隨心愛吃的揀几樣放在小几上隨意吃着說話見將自己兩桌席面賞那沒有席面的大小丫頭並那應差聽差的婦人等命他們在窗外廊簷下也只管坐着隨意吃喝不必拘禮王夫人和邢夫人在地下高桌上坐着外面几席是他們姊妹們坐賈母不時吩咐尤氏等讓风丫頭坐上面你們好生替我待東難為他一年到頭辛苦尤氏答應了又笑回道說他坐不慣首席坐在上頭橫不是豎不是的酒也不肯吃賈母听了笑道你不會等我親自讓他去风姐兒忙也進來笑說老祖宗別信他們的話我吃了好几鍾了賈母笑着命尤氏快拉他出去按在椅子上你們都輪流敬他他再不吃我當真的親自去了尤氏听說忙笑着又拉他出來坐下命人拿了台盞斟了酒笑道一年到頭難為你孝順老太太太太和我我今兒沒什麼疼你的親自斟杯酒乖乖兒的在我手裡喝一口风姐兒笑道你要安心孝敬我跪下我就喝尤氏笑道說的你不知是誰我告訴說罷好容易今兒這一遭過了後兒知道還得

像今儿这样的不了越去侭力灌两锺子罢凤姐儿见推不过只得喝了两锺接着众姊妹也来凤姐也只得
每人的喝一口赖大妈妈见贾母尚这等高兴也少不得来凑趣儿领着些嬷嬷们也来敬凤姐儿也难推脱只
得喝了两口鸳鸯等也都来敬凤姐儿真不能了忙央告道好姐姐们饶了我罢我明儿再喝罢鸳鸯笑道真个
的我们是没脸的了就是我们在太太跟前太太还赏个脸儿呢往常倒有些体面今儿当着这些人倒做起
主子的款儿来了我原不该来不喝我们就走说着真个回去了凤姐儿忙忙拉住笑道好姐姐我喝就是了说
着拿过酒来满满的斟了一杯喝干鸳鸯方笑了散去然后又入席凤姐儿自觉酒沉了心里突突的往上撞要往
家去歇歇只见那耍百戏的上来便和尤氏说预备赏钱我要洗洗脸尤氏点头凤姐儿瞅人不防便出
了席往房门后檐下走来平儿留心也忙跟了来凤姐儿便扶着他才至穿廊下只见他房里的一个小丫头子正
在那里站着看见他两个来了回身就跑凤姐儿便疑心忙叫那丫头先只装听不见无奈后面连声儿叫也
只得回来凤姐儿越发起了疑心忙和平儿进了穿廊叫那小丫头子也进来把槅扇关了凤姐儿坐在小院子
的台阶上命那丫头子跪下喝命平儿叫两个二门上的小厮来拿绳子鞭子把眼睛里没主子的小蹄子打烂
了那小丫头子已经唬得魂飞魄散哭着只管碰头求饶凤姐儿问道我又不是鬼你见了我不识规矩站住
怎么倒往前跑小丫头子哭道我原没看见奶奶来我又记挂着房里无人所以跑了凤姐儿道房里既没
人谁叫你又来的你便没看见我我和平儿在后头扯着脖子叫了你十来声越叫越跑离的又不远你聋了

不成你還和我強嘴說着便揚手一掌打在臉上那小丫頭子一栽往這邊臉上又一下登时小丫頭子兩腮紫脹起來平兒忙勸奶奶仔細手疼凤姐便說你再打着問他跑什麼他再不說把嘴撕爛了他的那小丫頭子先還強嘴後來聽見凤姐要燒了紅烙鐵來烙嘴方哭道二爺在家裡打發我來這裡瞧着奶奶的若見奶奶散了先叫我送信去的不承望奶奶這會子就來凤姐見話中有文章便又問叫你瞧着我作什麼難道怕我家去不成必有别的緣故快告訴我我從此以後疼你你若不細說立刻拿刀子來割你的肉說着回頭向頭上拔下一根簪子來向那丫頭嘴上亂戳唬的那小丫頭一行躲一行哭求道我告訴奶奶可别說我說的平兒一傍勸一面催他叫他快說丫頭便說道二爺也是纔來了就開箱子拿了兩塊銀子還有兩支簪子兩疋緞子叫我悄悄的送與鮑二的老婆去叫他進來他收了東西就往咱們家裡來了二爺叫我瞧着奶奶底下的事我就不知道了凤姐聽了已氣的渾身發軟忙起身來一徑來家剛至院門只見有一个小丫頭在門前探頭兒一見了凤姐也縮頭就跑凤姐提着名字喝住那丫頭本來伶俐見躲不过了越發跑了出來笑道我正要告訴奶奶去呢可巧奶奶來了凤姐道告訴我什麼那丫頭便說二爺在家這般如此將方纔的話也說了一遍凤姐啐道你早作什麼了這會子我看見你了你來推乾淨兒說着揚手一下打的那丫頭一个趔趄便攝脚兒走了凤姐來至窗前往裡聽时只聽裡頭說笑道多早晚你那閻王老婆死了就好了賈璉道他死了再娶一个也是這樣又怎麼樣呢那婦人道他死了你倒是把平兒扶了正只怕還好些賈璉道如

今连平儿他也不叫我沾一沾了平儿也是一肚子委屈不敢说我命里怎么就该犯了夜叉星凤姐听了气的浑身乱战又听他们都赞平儿便疑平儿素日背地里自然也有怨语了那酒越发涌上来了也并不忖夺回来把平儿先打两下一脚踢开了门进去也不容分说抓着鲍二家的撕打一顿又怕贾琏走出去便堵着门站着骂道好娼妇你偷主子汉子还要治死主子老婆平儿过来你们娼妇们一条藤儿多嫌着我外面儿你哄我说着又把平儿打了几下打的平儿有冤无处诉只气得干哭骂道你们做这些没脸的事好好的又拉上我做什么说着也把鲍二家的撕打起来贾琏也因吃多了酒进来高兴未曾作得机密一见凤姐来了已没了主意又见平儿也闹起来把酒也气上来了凤姐打鲍二家的他已又气又愧只不好说的今见平儿也打便上来踢骂道好娼妇你也动手打人平儿气怯忙住了手哭道你们背地里说话为什么拉我呢凤姐见平儿怕贾琏越发气了又赶上来打着平儿偏叫打鲍二家的平儿急了便跑出来找刀子要寻死外面众婆子丫头忙拦住解劝这里凤姐见平儿寻死去便一头撞在贾琏怀里叫道你们一条藤儿害我被我听见倒都唬起我来你也勒死我罢贾琏气的墙上拔出剑来说道不用寻死我也急了一齐杀了我偿了命大家干净正闹的不开交只见尤氏等一群人来了说这是怎么说才好好的就闹起来贾琏见了人越发倚酒三分醉逞起威风来故意要杀凤姐儿凤姐儿见人来了便不似先前那般泼了丢下众人便哭着往贾母那边跑此时戏已

救了鳳姐跑到賈母跟前爬在賈母懷裏只說老祖宗救我璉二爺要殺我呢賈母邢夫人王夫人等忙問怎麼了鳳姐哭道我纔家去換衣裳不防璉二爺在家和人說話我只當是有客來了唬得我不敢進去在窗戶外頭聽了一聽原來是鮑二家的媳婦商議說我利害要拿毒藥給我吃了治死我把平兒扶了正我原生了氣又不敢和他吵原打了平兒兩下問他為什麼害我他臊了就要殺我賈母聽了都信以為真說這還了得快拿了那下流種子來一語未完只見賈璉拿着劍趕來後面許多人跟着賈璉明仗着賈母素昔疼他們連母親嬸母也無礙故逞強鬧了來邢夫人王夫人見了氣的忙攔住罵道這下流東西你越發反了老太太在這裏呢賈璉乜斜着眼道都是老太太慣的他他纔這樣連我也罵起來了邢夫人氣的奪下劍來只管喝他快出去那賈璉撒嬌撒痴涎言涎語的還只亂說賈母氣的說道我知道你也不把我們放在眼裏叫人把他老子叫來賈璉聽見這話方趔趄着腳兒出去了賭氣也不往家去便往外書房來這裏邢夫人王夫人也說鳳姐賈母笑道什麼要緊的事小孩子們年輕饞嘴猫兒似的那裏保的住不這麼着從小兒世人都打這麼過的都是我的不是叫你多吃了兩口酒又吃起醋來了說的眾人都笑了賈母又道你放心等明兒我叫他來替你賠不是你今兒別過去臊着他因又罵平兒那蹄子素日我倒看他好怎麼暗地裏這麼壞尤氏等笑道平兒沒有不是是鳳姐拿着人家出氣兩口子不

好对打都拿着平儿煞性子平儿委屈的什么是的老太太还骂人家贾母道原来这样我说那
孩子倒不像那狐媚魇道的既这么着可怜见的白受他的气因叫琥珀来你出去告诉平儿就说我的
话我知道他受了委曲明儿我叫他主子来替他赔不是今儿是他的主子的好日子不许他胡闹原来平儿
早被李纨拉入大观园去了平儿哭得哽咽难言宝钗劝道你是个明白人你们奶奶素日何等待你今
儿不过他多吃了一口酒他可不拿你出气难道拿别人出气不成别人又笑话他是假的了正说着只见琥珀
走来说了贾母的话平儿自觉面上有了光辉方渐渐的好了也不往前头来宝钗等歇息了一回方
来看贾母凤姐宝玉便让了平儿到怡红院中来袭人忙接着笑道我先原要让你的只因大奶奶
和姑娘们都让你我就不好让的了平儿也陪笑说多谢因又说道好好儿的从那里说起无缘无故白
受了一场气袭人笑道二奶奶素日待你好这不过是一时气急了平儿道二奶奶倒没说的只是那娼妇治
的我他又偏拿我凑趣况且还有我们那糊涂爷倒打我说着便又委屈禁不住泪流下来宝玉忙劝道
好姐姐别伤心我替他两个赔个不是罢平儿笑道与你什么相干宝玉笑道我们弟兄姊妹都一样他们
得罪了人我替他赔个不是也是应该的又道可惜这新衣裳也沾了这里有你花妹妹的衣裳何不换
下来拿些烧酒喷了熨一熨把头也另梳一梳一面说一面吩咐小丫头们打洗脸水烧熨斗来平儿
素昔只闻人说宝玉专能和女孩们接交宝玉素日因平儿是贾琏的爱妾又是凤姐的心腹故

不肯和他相近，因不能尽心，也常为恨。平儿如今见他这般，心中也暗暗的敁敠，果然话不虚传，色色想的周到。又见袭人特特的开了箱子，拿出两件不大穿的衣服，忙来洗了脸。宝玉一傍笑劝道：姐姐还该搽上些脂粉，不然倒像是和凤姐姐赌气了似的。况且又是他的好日子，而且老太太又打发了人来安慰你。平儿听了有理，便去找粉，只不见粉。宝玉忙走至妆台前，将一个宣窑磁盒揭开，里面盛着一排十根玉簪花棒儿，拈了一根递与平儿，又笑说道：这不是铅粉，这是紫茉莉花种研碎了对上料制的。平儿倒在掌上看时，果见轻白红香，四样俱美，扑在面上也容易匀净，且能润泽，不像别的粉涩滞。然后看见胭脂也不是一张，却是一个小小的白玉盒子，里面盛着一盒，如玫瑰膏子一样。宝玉笑道：那市卖的胭脂不干净，颜色也薄，这是上好的胭脂拧出汁子来，淘澄净了，配了花露蒸成的，只用那簪子挑一点儿，抹在唇上就彀了，用一点水化开，抹在手心里，就彀拍脸了。平儿依言装扮，果见鲜艳异常，且又甜香满颊。宝玉又将盆内开的一支并蒂秋蕙用竹剪刀撷了下来，与他簪在鬓上。忽见李纨打发了头来唤他，方忙忙的去了。宝玉因自来从未在平儿前尽过心，且平儿又是个极聪明极清俊的上等女孩儿，比不得那起俗拙蠢物，深为恨怨。今日是金钏儿生日，故一日不乐，不想落后闹出这件事来，竟得在平儿前稍尽片心，亦今生意中不想之乐。因歪在床上，心内怡然自得。又思及贾琏惟知以淫乐悦己，并不知作养脂粉。又思平儿并无父母兄弟姊妹，独自一人，供应贾琏夫妇二人，贾琏之俗，凤姐之威，他竟能周全妥贴，今儿还遭荼毒，也就薄命的很了。想到此间便又伤感起来复又趁身见方才的衣裳上喷的酒已半干便拿熨斗熨了摺好见他的手帕子忘带去上面犹有泪痕又搁在盆中洗了晾上又喜又悲闷了一会也往稻香村来说一回闲话掌灯后方散平儿就在李纨处歇了一夜凤姐只跟着贾母睡贾琏晚间归房冷清清的又不好去叫只得胡乱睡了一夜次日醒了想昨日之事大没意思后悔不及邢夫人记挂着昨日贾琏醉了忙一早过来叫了贾琏过贾母这边来贾琏只得忍愧前来在贾母面前跪下贾母问他怎么了贾琏忙陪笑说昨儿原是吃了酒惊了老太太的驾今儿来领罪贾母啐道下流东西灌了黄汤不说安分守己的挺尸去倒打起老婆来了凤丫头成日家说嘴霸王似的一个人昨儿唬的可怜若不是我你要伤了他的命这会子怎么样贾琏一肚子的委曲不敢分辩只认不是贾母又道凤丫头和平儿还不是个美人胎子你还不足成日家偷鸡摸狗腥的臭的都拉了你屋里去为这起娼妇打老婆又打屋里的人你还亏是大家子的公子出身活打了嘴了你若眼睛里有我你起来我饶了你乖乖的替你媳妇赔个不是儿拉了他家去我就喜欢了要不然你只管出去我也不敢受你的跪贾琏听如此说又见凤姐站在那边也不盛妆哭的眼睛肿着也不施脂粉黄黄脸儿比往常更觉可怜可爱想着不如赔了不是彼此也好了又讨老太太的喜欢想毕便笑道老太太的话我不敢不依只是越发纵了他了贾母笑道胡说我知道他最有礼的再不会冲撞人他日后得罪了你我自然也作主叫你降伏就是了贾琏听说爬起来便与凤姐作了一个揖笑道原是我的不是二奶奶别生气了满屋里的人都

笑了贾母笑道凤丫头不许恼了再恼我就恼了说着又命人去叫了平儿来命凤姐和贾琏两个安慰平儿贾琏见了平儿越发顾不得了所谓妻不如妾听贾母一说便赶上来说道姑娘昨日受了屈了都是我的不是奶奶得罪了你也是因我而起我赔了不是不算外还替我奶奶赔个不是说着作了一个揖引的贾母笑了凤姐儿也笑了贾母又命凤姐来安慰平儿平儿忙走上来给凤姐磕头说奶奶的千秋我惹了奶奶生气是我该死凤姐儿正自愧悔昨日酒吃多了不念素日之情浮躁起来听了旁人的话无故给平儿没脸今反见他如此又是惭愧又是心酸忙一把拉起来落下泪来平儿道我伏侍了奶奶这么几年也没弹我一指甲就是昨儿打我我也不怨奶奶都是那娼妇治的怨不得奶奶生气说着也滴下泪来了贾母便命人将他三人送回房去有一个再提此话即刻来回我我不管是谁拿拐棍子给他一顿三人从新给贾母邢王二位夫人磕了头老嬷嬷答应了送他三人回去至房中凤姐见无人方说道我怎么像个阎王又像夜叉那娼妇咒我死你也帮着咒我千日不好也有一日好可怜我熬的连个混帐女人也不如了我还有什么脸来过这日子说着又哭了贾琏道你还不足你细想想昨儿谁的不是多今儿当着人还是我跪了一跪又赔不是你也争足了光了这会子还唠叨难道你还要我替你跪下才罢太要足了强也不是好事说的凤姐儿无言可对平儿嗤的一声又笑了贾琏也笑道又好了真真的我也没法了正说着只见一个媳妇来回说鲍二媳妇吊死了贾琏凤姐儿都吃了一惊凤姐忙收了怯色反喝道死了罢了有什么大惊小怪的一时只见林之孝家的进来悄回凤姐道鲍

二媳妇吊死了他娘家的亲戚也要告呢凤姐冷笑道这倒好了我正想要打官司呢林之孝家的道我纔和众人劝了他们又威吓了一阵又许了他几个钱也就依了凤姐道我没一个钱有钱也不给只管叫他告去也不许劝他也不用镇吓他只管让他告去他告不成我还问他个以尸讹诈呢林之孝家的正在为难见贾琏和他使眼色儿心下明白便出来等着贾琏道我出去瞧瞧看是怎么样凤姐道不许给他钱贾琏一径出来和林之孝来商议着人去作好作歹许了二百两发送才罢贾琏生恐有变又命人去和王子腾说了将番役仵作人等叫几名来帮着办丧事那些人见了如此纵要复辨亦不敢辨只得忍气吞声罢了贾琏又命林之孝将那二百银子入在流年账上分别添补开消过去又梯己给鲍二些银两安慰他说另日再挑个好媳妇给你鲍二又有体面又有银子有何不依便仍然奉承贾琏不在话下里面凤姐心中虽不安面上只管佯不理论因房中无人便拉平儿笑道我昨儿多喝了一口酒你别埋怨打了那里让我瞧瞧平儿道也没打重只听得说奶奶姑娘都进来了要知端详下回分解

红楼梦第四十五回

金兰契互剖金兰语

风雨夕闷制风雨词

话说凤姐儿正抚恤平儿忽见众姊妹进来忙让坐了平儿斟上茶来凤姐笑道今儿来的这些人倒像下帖子请了来的探春先笑道我们有两件事一件是我的一件是四妹妹的还夹着老太太的话凤姐笑道有什么事这么要紧探春笑道我们起了个诗社头一社就不齐全众人脸软所以就乱了例了我想必得你去做个监社御史铁面无私才好再四妹妹为画园子用的东西这般那般不全回了老太太老太太说只怕后头楼底下还有当年剩下的找一找若有呢拿出来若没有叫人买去凤姐笑道我又不会作什么湿的干的要我吃东西去不成探春道你虽不会做也不要你做你只监察着我们里头有偷安怠惰的该怎么样罚他就是了凤姐笑道你们别哄我我猜着了那里是请我作监察御史分明是叫我做个进钱的铜商你们弄什么社必是要轮流作东道的你们的月钱不够花想出这个法子来拗了我去好和我要钱可是这个主意说的众人都笑道你都猜着了李纨笑道真真你是个水晶心肝玻璃人凤姐笑道亏你是个大嫂子呢姑娘们原叫你带着念书学规矩针线俱不好教导他们的这会子起诗社能用几个钱你就不管了老太太太太罢了原是老封君你一个月十两银子的月钱比我们多两倍子老太太太太还说你寡妇失业可怜不够用又有个小子足足的又添了十两银子和老太太太太平等又给你园子里的地各人取租

了年终分年例他又是上上分儿你娘儿们主子奴才共总没有十个人吃的穿的仍旧是大官中的通共算起来也不过四五百银子这会子你就每年拿出一二百两来陪他们顽顽能有几年呢他们明儿出了阁难道还要你赔不成这会子你怕花钱挑唆他们来闹我我乐得去吃一个河涸海干我还不知道呢李纨笑道你们听听我说了一句他就说了两车无赖的话真真泥腿市俗专会打细算盘分斤拨两的你这个东西亏了还托生在诗书大宦名门之家做小姐又是这么出了嫁还是这么着若生在贫寒小门小户人家作了小子丫头还不知怎么下作呢天下人都被你算计了去昨儿还打平儿呢亏你伸的出手来那黄汤难道灌丧了狗肚子里去了气的我只要替平儿打抱不平儿忖夺了半日好容易狗长尾巴尖儿的好日子又怕老太太心里不受用因此没来究竟气还不平你今儿倒招我来了给平儿拾鞋还不要呢你们两个很该换一个过儿才是说的众人都笑了凤姐忙笑道哦我知道了竟不是为诗为画来找我竟是为平儿报仇来了我竟不知道平儿有你这一位仗腰子的人可知就有鬼拉着我的手我也不敢打他了平姑娘过来我当着你大奶奶姑娘们替你陪个不是担待我酒後无德罢说着众人都笑了李纨笑问平儿道如何我说必要给你争争气才罢平儿笑道虽如此奶奶们取笑我可禁不起呢李纨道什么禁的起禁不起有我呢快拿钥匙叫你主子开门找东西去罢凤姐笑道好嫂子你且同他们回园子里去才要把这米账合他们算一算那边大太太又打发人来叫又不知有什么话说须得过去走一走还有你们年下添补的

衣服打点给人做去罢李纨笑道这些事情我都不管你只把我的事完了我好歇着去省得这些姑娘小姐闹我凤姐忙笑道好嫂子赏我一点空儿你是最疼我的怎么今儿为平儿就不疼我了往常你还劝我说事情虽多也该保全身子检点着偷空儿歇歇你今儿倒反逼起我的命来了况且误了别人年下的衣裳无碍他姐儿们的若误了却是你的责任老太太岂不怪你不管闲事连一句现成的话也不说我宁可自己落不是岂敢带累你呢李纨笑道你们听听说的好不好把他会说话的我且问你这诗社到底管不管凤姐笑道这是什么话我不入社花几个钱我不成了大观园的反叛了么还想在这里吃饭不成明儿一早就到任下马拜了印先放下五十两银子给你们慢慢的做会社东道过后几天我又不作诗作文只不过是个俗人罢了监察也罢不监察也罢有了钱了愁着你们还不撵出我来说的众人又都笑起来凤姐道过会子我开了楼房凡有这些东西叫人搬出来你们看若使得留着使若少什么照你们单子我叫人替你们买去就是了画绢我就裁出来那图样没有在太太跟前还在那边珍大爷那里说给你们省了碰钉子去我打发人取了来一并叫人连绢交给相公们矾去如何李纨点头笑道这难为你果然这样还罢了既如此咱们家去罢等着他不送了去再来闹他说着便带了他姊妹们就走凤姐儿道这些事再没别人都是宝玉生出来的李纨听了忙回身笑道正是为宝玉来反忘了他头一社是他误了我们脸软你说该怎么罚他凤姐想了一想说道没有别的法子只叫他把你们各人屋子里的地罚他扫一遍才

好众人都笑道这话不差说着就要回去只见一个小丫头扶了赖嬷嬷进来凤姐等忙站起来笑道大娘坐又都向他道喜赖嬷嬷向炕沿上坐了笑道我也喜主子们也喜若不是主子们的恩典我这喜从何来昨儿奶奶又打发彩哥赏东西我孙子在门上朝上磕了头了李纨笑道多早晚上任去赖嬷嬷叹道我那里管他们由他们去罢前儿在家里给我磕头我没好话我说哥儿别说你是官了横行霸道的你今年活了三十岁虽然是人家奴才一落娘胎胞主子恩典放你出来上托着主子的洪福下托着你老子娘也是公子哥儿似的读书写字也是丫头老婆奶子捧凤凰似的长了这么大你那里知道那奴才两字是怎么写只知道享福也不知你爷爷和你老子受的那苦恼熬了两三辈子好容易挣出你这个东西从小儿三灾八难花的银子也照样打出你这个银人儿来了到二十岁上又蒙主子的恩典许你捐了前程在身上你看那正根正苗忍饥挨饿的要多少你一个奴才秧子仔细折了福如今乐了十年不知怎么弄神弄鬼求了主子又选了出来县官虽小事情却大为那一州的州官就是那一方的父母你不安分守己尽忠报国孝敬主子只怕天也不容你李纨凤姐都笑道你也多虑我们看他也就好先那几年还进来了两次这有好几年没来了年下生日只见他的名字就罢了前儿给老太太太太磕头来在老太太那院里见他又穿着新官的服色倒发威武了比先时也胖了他这一得了官正该你乐呢反倒愁起这些来他不好还有他的父母呢你只受用你的就完了闲时坐个轿子进来和老太太斗斗牌说说话儿谁好意思的委屈了你家去一般也

是様兵厦所誰不敬你自然也是老封君似的了平児斟上茶來賴嬤嬤忙站起來道姑娘不管叫那孩子倒來罷了又生受你說着一面吃茶一面又道奶奶不知道这小孩子們全要管的嚴饒这么嚴他們还偷空児鬧個亂子來叫大人操心知道的說小孩子們淘氣不知道的人家就說仗着財勢欺人連主子名聲也不好恨的我没法児常把他老子叫了來罵一頓纔好些因又指宝玉道不怕你嫌我如今老爺不過这么管你一管老太太就護在裡頭當日老爺小時挨你爺爺打誰没看見的老爺小時何曾像你这么天不怕地不怕呢还有那边大老爺雖然淘氣也没像你这扎窩子的樣児也是天天打还有東府裡你珍大哥哥的爺爺那纔是火上澆油的性子說聲惱了什么児子竟是審賊如今我眼裡看着耳朵裡聽着那珍大爺管児子倒也像當日老祖宗的規矩只是着三不着兩的他自己也不管一管自己这些兄弟侄児怎么怨的不怕他你心裡明白喜歡我說不明白嘴裡不好意思心裡不知怎么罵我呢說着只見賴大家的來了接着周瑞家的張材家的都進來回事情鳳姐笑道媳婦來接婆婆來了賴大家的笑道不是接他老人家來的倒是打聽打聽奶奶姑娘們賞臉不賞臉賴嬤嬤聽了笑道可是我糊塗了正經說的話且不說且說陳穀子爛芝麻的因為我們小子選了出來衆親友要給他賀喜少不得家裡擺個酒我想擺一日酒請这個也不是請那個也不是又想了一想托主子的洪福想不到的这么榮耀就傾了家我也是願意的因此吩咐了他老子連擺三日酒頭一日在我們破花園子裡擺几席酒一臺戲請老太太太太們奶奶姑娘們去散一日悶外頭大廳上一臺戲擺几席

除请老爷们爷们增增光第二日再请亲友第三日再把我们两府里的伴儿请一请热闹三天也是托着主子的洪福一场光辉光辉李纨凤姐都笑道多早晚的日子我们必去只怕老太太高兴要去也定不得赖大家的忙道择的日子是十四只看我们奶奶的老脸罢了凤姐笑道别人我不知道我是一定去的先说下我可没有贺礼也不知道放赏的吃了一走可别笑话赖大家的笑道奶奶说那里话奶奶一喜欢赏我们三二万银子就有了赖嬷嬷笑道我才去请老太太太太也去算我这脸还好说毕丁宁了一回方起身要走因看见周瑞家的便想起一事来因说道可是还有一句话问奶奶这周嫂子的儿子犯了什么不是撵了他不用凤姐听了笑道正是我要告诉你媳妇事情多也忘了赖嫂子回去说给你老头子两府里不许收留他儿子叫他各人去罢赖大家的只得答应着周瑞家的忙跪下央求赖嬷嬷忙道什么事说给我评评凤姐道前日我的生日里头还没吃酒他小子先醉了老娘那边送了礼来他不在外头张罗倒坐着骂人礼也不送进来两个女人进来了他才带着小幺儿们往里抬小幺儿们倒好好的他拿的一盒子倒失了手撒了一院子馒头人去了打发彩明去说他他倒骂了彩明一顿这样无法无天的忘八羔子还不撵了作什么赖嬷嬷笑道我当什么事情原来为这个奶奶听我说他有不是打他骂他使他改过就是了撵了出去断乎使不得他又比不得是咱们家的家生子儿他现是太太的陪房奶奶只顾撵了他太太脸上不好看依我说奶奶教导他几板子以戒下次仍旧留着才是不看他娘也看太太凤姐听了便向赖大家的说道既这样的

况呼了他来打他四十棍以后不许他吃酒赖大家的答应了周瑞家的便磕头起来又要与赖嬷嬷磕头赖大家的拉着方罢然后他三人去了李纨等也就回园中来至晚果然凤姐命人找了许多旧收的画具出来送至园中宝钗等选了一回各色东西可用的只有一半将那一半开了单子与凤姐儿去照样置买不得细说一日外面矾了绢起了稿子进来宝玉每日在惜春那边帮忙探春李纨迎春宝钗等也都往那里来闲坐一则观画二则便于会面宝钗因见天气凉爽夜复渐长遂至母亲房中商议打点些针线来日间至贾母处王夫人处两次省候不免又承色陪坐闲话园中姐妹处也要不时闲话一回故日间不大得闲每夜灯下女工必至三更方寝黛玉每岁至春分秋分之后必犯旧疾今秋又遇贾母高兴多游玩了两次未免过劳了神近日又复嗽起来觉得比往常又重所以总不出门只在自己房中将养有时闷了又盼个姐妹来说些闲话排遣及至宝钗等来望候他说不得三五句话又厌烦了众人都体谅他病中且素日形体娇弱禁不得一些委曲所以他接待不周礼数疏忽也都不责他这日宝钗来望他因说起这病症来宝钗道这里走的几个太医虽都还好只是你吃他们的药总不见效不如再请一个高手的人来瞧一瞧治好了岂不好每年间闹一春一夏又不老又不小成什么也不是个常法黛玉道不中用我知道我的病是不能好的了且别说病只论好的时候我是怎么个形景就可知了宝钗点头道可正是这话古人说食谷者生你素日吃的竟不能添养精神气血也不是好事黛玉叹道死生有命富贵在天也不是人力可强求的今年比往年反觉又重了些〻说话

了间又咳嗽了两三次宝钗道昨儿我看你那药方上人参肉桂觉得太多了虽说益气补神也不宜太热依我说先以平肝养胃为要肝火一平不能克土胃气无病饮食就可以养人了每日早起拿上等的燕窝一两冰糖五钱用银吊子熬出粥来若吃惯了比药还强最是滋阴补气的黛玉叹道你素日待人固然是极好的然我最是个多心的人只当你心里藏奸从前日你说看杂书不好又劝我那些好话竟大感激你往日竟是我错了实在误到如今细细算来我母亲去世的时候又无姐妹兄弟我长了今年十五岁竟没一个人像你前日的话教导我怪不得云丫头说你好我往日见他赞你我还不受用昨儿我亲自经过才知道了比如你说了那个我再不轻放过你的你竟不介意反劝我那些话可知我竟自误了若不是前日看出来今日这话再不对你说你方说叫我吃燕窝粥的话虽然燕窝易得但只我因身子不好了每年犯了这病也没什么要紧的去处请大夫熬药人参肉桂已经闹了个天翻地覆了这会子我又兴出新文来熬什么燕窝粥老太太太太凤姐姐这三个人便没话说那些底下老婆子丫头们未免嫌我太多了你看这里这些人因见老太太多疼了宝玉和凤姐姐两个他们尚虎视眈眈背地里言三语四的何况于我况我又不是正经主子原是无依无靠投奔了来的他们已经多嫌着我呢如今我还不知进退何苦叫他们咒我宝钗道这样说我也是和你一样黛玉道你如何比我你又有母亲又有哥哥这里又有买卖地土家里又仍旧有房有地你不过是亲戚的情分白住在这里一应大小事情又不沾他们一文半个要走

来就是了我是一无所有吃穿用度一草一木皆是和他们家的姑娘一样那起小人岂有不多嫌的宝钗笑道将来不过多费得一付嫁妆罢了如今也愁不到那里黛玉听了不觉红了脸笑道人家才拿你当个正经人把心里烦难告诉你听你反拿我取笑宝钗笑道虽是取笑却也是真话你放心我在这里一日我与你消遣一日你有什么委屈烦难只管告诉我我能解的自然替你解一日我虽有个哥哥你也是知道的只有个母亲比我略强些咱们也算同病相怜你也是个明白人何必作司马牛之叹你才说的也是多一事不如省一事我明日家去和妈妈说了只怕燕窝我们家里还有与你送几两每日叫了丫头们就熬了又便宜又不惊师动众的黛玉忙笑道东西事小难得你多情如此宝钗道这有什么放在嘴里的只愁我在人跟前失于应候罢了这会子只怕你烦了我且去了黛玉道晚上再来和我说句话儿宝钗答应着便去了不在话下这里黛玉喝了两口稀粥仍歪在床上不想日未落时天就变了淅淅沥沥下起雨来秋霖脉脉阴晴不定那天渐渐的黄昏且阴的沉黑兼着那雨滴竹梢更觉凄凉知宝钗不能来便在灯下随便拿了一本书却是乐府杂稿有秋闺怨别离怨等词黛玉不觉心有所感不禁发于章句遂成代别离一首拟春江花月夜之格乃名其词曰秋窗风雨夕词曰

秋花惨淡秋草黄　耿耿秋灯秋夜长
已觉秋窗秋不尽　那堪风雨助凄凉
助秋风雨来何速　惊破秋窗秋梦续
抱得秋情不忍眠　自向秋屏挑泪烛
泪烛摇摇爇短檠　牵愁照恨动离情

谁家秋院无风入　何处秋窗无雨声　罗衾不奈秋风力　残漏声催秋雨急
连宵脉脉复飕飕　灯前似伴离人泣　寒烟小院转萧条　疏竹虚窗时滴沥
不知风雨几时休　已教泪洒纱窗湿　吟罢搁笔方要安寝了环报说宝二爷来了一语未
尽只见宝玉头上戴着大箬笠身上披着蓑衣黛玉不觉笑道那里来的这么个渔翁宝玉忙问今
儿好些吃了药没有今儿一日吃了多少饭一面说一面摘了笠脱了蓑衣一手举起灯来一手遮着灯儿向
黛玉脸上照了一照觑着瞧了一瞧笑道今儿气色好了些黛玉看他脱了蓑衣里面只穿半旧红
绫短袄系着绿汗巾子膝上露出绿绸撒花裤子底下是掐金满绣的绵纱袜子靸着蝴蝶落花
鞋黛玉问道上头怕雨底下这鞋袜子是不怕雨的也倒干净宝玉笑道我这一套是全的有一双棠木
屐才穿了来脱在廊檐下了黛玉又看那蓑衣斗笠不是寻常市卖的十分细致轻巧因说道是
什么草编的怪道穿上不像那刺猬似的宝玉道这三样都是北静王送的他闲常下雨时在家里也是
这样你喜欢这个我也弄一套来送你别的都罢了惟有这斗笠有趣上头这顶儿是活的冬天下雪戴
上帽子就把竹信子抽了去下顶子来只剩了这个圈子下雪时男女都带得我送你一顶冬天下雪
戴黛玉笑道我不要他戴上那个成个画儿上画的和戏上扮的渔婆儿了及说了出来方想起来
这话忒与方才说宝玉的话相连了后悔不迭羞的脸飞红伏在桌上嗽个不住宝玉却不留心因

見案上有詩遂拿起来看了一遍又不覺叫好黛玉听了忙起来奪在手内灯上燒了宝玉笑道我已記熟了黛玉道我也好歇了你請去罷明日再来宝玉听了回手向懷内掏出一个核桃大的金表来瞧了瞧那針已指到戌末亥初之間忙又揣了說道原該歇了又攪得你勞了半日神說着披蓑戴笠出去了又翻身進来問道你想什么吃你告訴我我明兒一早回老太太豈不比老婆子們說的明白黛玉笑道等我夜裡想着了明日一早告訴你你听雨越發緊了快去罷可有人跟没有兩个婆子答應有外面拿着傘點着灯籠呢黛玉笑道這个天點灯籠宝玉道不相干是羊角的不怕雨黛玉听了回手向書架上把个玻璃綉球灯拿了下来命點一支小蜡来遞與宝玉道這个又比那个亮正是雨裡點的宝玉道我也有這么一个怕他們失脚滑倒了打破了所以没點来黛玉道跌了灯值錢呢还是跌了人值錢你又穿不慣木屐子那灯籠命他們前頭點着這个又輕巧又亮原是雨裡自己拿着的這个豈不好明兒再送来就失了手也有限的怎么忽然又变出這剖腹藏珠的脾氣来宝玉听了隨過来接了前頭兩个婆子打着傘拿着羊角灯後頭还有兩个小丫環打着傘宝玉便將這个灯遞與一个小丫頭捧着宝玉扶着他的肩一徑去了就有蘅蕪苑一个婆子也打着傘提着灯送了一大包燕窩来还有一包子潔粉梅片雪花洋糖說這比買的强我們姑娘說姑娘先吃完了再送来代黛玉回說費心命他外頭坐了吃茶婆子笑道不吃茶了我还有事呢

黛玉笑道我也知道你个忙如今天又凉夜又长越发该会个夜局痛赌两场了婆子笑道不瞒姑娘说今年我大沾光儿了横竖每夜各处几个上夜的人误了更也不好不如会个夜局又坐了更又解个闷今儿又是我的头家如今园门关了就该上场儿了黛玉听了笑道难为你误了你的发财冒雨送来了命人给他几百钱打些酒吃避々雨气那婆子笑道又破费姑娘赏酒吃说着磕了一个头外面接了钱打伞去了紫鹃收起燕窝移灯下帘伏侍黛玉睡下黛玉自在枕上感念宝钗又羡他有母兄一回又想宝玉素昔和睦终有嫌疑又听见窗外竹竹梢蕉叶之上雨声淅沥清寒透幕不觉又滴下泪来直到四更方渐々的睡熟了下回分解

红楼梦第四十六回

尴尬人难免尴尬事　鸳鸯女誓绝鸳鸯偶

话说黛玉直到四更时阑方渐渐的睡去暂且无话如今且说凤姐儿因见邢夫人叫他不知何事忙另穿戴了一番坐车过来邢夫人将房内人遣出悄向凤姐儿道叫你来不为别的有一件为难的事老爷托我我不得主意先和你商议老爷因看上了老太太屋里的鸳鸯要他在房里叫我和老太太讨去我想这倒是平常有的事就是怕老太太不给你可有法子办这件事么凤姐听了忙道依我说竟别碰这个钉子去老太太离了鸳鸯饭也吃不下去的那里就舍得了况且平日说起闲话来老太太常说老爷如今上了年纪作什么左一个小老婆右一个小老婆放在屋里没的耽误了人家放着身子不保养官儿也不好生作去成日和小老婆喝酒太太听听很喜欢咱们老爷么这会子回避还怕回避不及反倒拿草棍儿戳老虎的鼻子眼儿去了太太别恼我是不敢去的明放着不中用而且反招出没意思来老爷如今上了年纪行事不免有点儿背晦太太劝劝才是比不得年轻作这些事无碍如今兄弟侄儿儿子孙子一大群还这么闹起来怎么见人呢邢夫人冷笑道大家子三房四妾也多偏咱们就使不得我劝了也未必依就是老太太心爱的丫头这么胡子苍白了又作了官的一个大儿子要了作房里人也未必好驳回的我叫了你来不过商议商议你先派上了一篇不是也有叫你去的理自然是我说去你倒说我不劝你还不知道那

性子的劝不成先和我恼了凤姐知道邢夫人禀性愚弱只知承顺贾赦以自保次则婪取财货为自得
家下一应大小事务俱由贾赦摆布凡出入银钱事务一经他手便克啬异常以贾赦浪费为名须得我就中俭
省方可偿补儿女奴仆一人不靠一言不听的如今又听邢夫人如此的话便知他又弄左性劝了不中用连忙陪
笑说道太太这话说的极是我能活了多大知道什么轻重想来父母跟前别说一个丫头就是那么大
的一个活宝贝不给老爷给谁背地里的话那里信得我竟是个呆子琏二爷或有日得了不
是老爷太太恨的那样恨不得立刻拿来一下子打死及至见了面也罢了依旧拿着老爷太太心爱的东
西赏他如今老太太待老爷自然也是那样了依我说老太太今儿喜欢要讨今儿就讨去我先过去
哄着老太太等太太过去了我搭讪着走开把屋里的人我也带开太太好和老太太说给了更好不给也
没妨碍众人也不得知道邢夫人见他这般说便又喜欢起来又告诉他道我的主意先不和老太太说老
太太说不给这事便死了我心里想着先悄悄的和鸳鸯说他虽害臊我细细的告诉了他他自然不言语
就妥了那时再和老太太说老太太虽不依搁不住他愿意常言人去不中留自然这就妥了凤姐笑道到
底是太太有智谋这是千妥万妥的别说是鸳鸯凭他是谁那一个不想巴高望上不想出头的放着半个主
子不做倒愿意做丫头将来配个小子就完了呢邢夫人笑道正是这个话了别说鸳鸯就是那些执事的
大丫头谁不愿意这样你先过去别露一点风声我吃了晚饭就过来凤姐暗想鸳鸯素昔是个

極有心胸氣性的丫頭虽如此说保不得他愿意不愿意我先过去了太太后过去若他依了便没得话说
倘或不依太太是多疑的人只怕疑我走了风声使他拿腔作势的那时太太又见应了我的话羞恼变成
怒拿我出起气来倒没意思不如同着一齐过去了他依也罢不依也罢就疑不到我身上了想毕
因笑道纔我临来舅母那边送了两笼子鹌鹑我吩咐他们炸了原要赶太太晚饭上送过来的我纔
进大门时见小子们抬车说太太的车拔了缝拿去收拾去了不如这会子坐了我的车一齐过去倒好
邢夫人听了便命人来换衣服凤姐忙着伏侍了一回娘儿两个坐车过来凤姐又说道太太过老太太
那里去我若跟了去老太太若问起我过来做什么的倒不好不如太太先去我脱了衣裳再来邢夫人
听了有理便自往贾母处来和贾母说了一回闲话便出来假托往王夫人房里去从后房门出去打鸳
鸯的卧房门前过只见鸳鸯正坐在那里做针线见了邢夫人站起来邢夫人笑道做什么呢我看看你
扎的花儿越发好了一面说一面便进来接他手内的针线看了一看只管赞好放下针线又浑身
打量只见他穿着半新的藕色绫袄青缎掐牙背心下面水绿裙子蜂腰削背鸭蛋脸乌油头
发高高的鼻子两边腮上微微的几点雀瘢鸳鸯见这般看他自己倒不好意思起来心里便觉诧
异因笑问道太太这会子不早不晚的过来做什么邢夫人使个眼色儿跟的人退出邢夫人便坐下拉
着鸳鸯的手笑道我特来给你道喜来的鸳鸯听了心中已猜着三分不觉红了脸低了头不发一

言听邢夫人道你知道老爷跟前竟没有个可靠的人心里再要买一个又怕那些牙子家出来的不干不净也不知道毛病儿买了来家三日两日又弄鬼掉猴的因满府里要挑一个家生女儿又没个好的不是模样儿不好就是性子不好有了这个好处没了那个好处因此冷眼选了半年这些女孩子里头就只你是个尖儿模样儿行为做人温柔可靠一概是齐全的意思要和老太太讨了你去收在屋里你不比外头新买新讨的你这一进去了就开了脸就封你作姨娘又体面又尊贵你又是个要强的人俗语说的金子还是金子换谁知竟被老爷看中了你如今这一来可遂了素日心高志大的愿了又堵一堵这些嫌你的人的嘴跟了我回老太太去说着拉了他的手就要走鸳鸯红了脸夺手不行邢夫人知他害臊便又说道这有什么臊处你又不用说话只跟着我就是了鸳鸯只低头不动身邢夫人见他这般便又说道难道你还不愿意不成若果真不愿意可真是个傻丫头了放着主子奶奶不做倒愿意做丫头三年两年不过配上个小子还是奴才你跟我们去你知道我的性子又好又不是那不容人的人老爷待你们又好过一年半载生下个一男半女你就和我并肩了家里的人你要使唤谁谁还不动现成主子不做去错过了机会后悔就迟了鸳鸯只管低头仍是不语邢夫人又道你这么个响快人怎么又这样积粘起来有什么不称心之处只管说与我我保管你遂心如意就是了鸳鸯仍不语邢夫人笑道想必你有老子娘你自己不肯说话怕臊你等他们问你这也是理让我问他们去叫他们来问你有话只管告诉他们说毕便往

凤姐房中来凤姐早换了衣服因房内无人便将此话告诉了平儿平儿也摇头笑道据我看来未必妥当
平常我们背着人说起话来听他的主意未必是肯的也只说着看罢了凤姐道太太必来这屋里商议依
了还可若是不依白讨个没趣儿当着你们岂不脸上不好看你说给他们炸些鹌鹑再有什么配几样预备吃
饭你且别处逛逛去估量着去了你再来平儿听说照样传与婆子们便逍遥自在的园子里来这里鸳鸯见邢
夫人去了必在凤姐房中商议去了必定有人来寻他的不如躲了因找了琥珀道老太太要问我只说我病了没
吃早饭往园子里逛逛就来琥珀答应了鸳鸯也往园子里来各处游玩不想正遇见平儿平儿见无人便笑道新
姨娘来了鸳鸯听了便红了脸说道怪道你们串通一气来算计我等着我和你主子闹去就是了平儿
见鸳鸯满脸恼意自悔失言便拉他到枫树底下坐在一块石上把方才凤姐过去回来所有的形景言词始
末原由告诉与他鸳鸯红了脸向平儿冷笑道只是咱们好比如袭人琥珀素云紫鹃彩霞玉钏麝月翠墨
跟了史姑娘去的翠缕死了的可人和金钏去了的茜雪连上你我这十来个人从小儿什么话儿不说什么事儿不做
这如今因都大了各自干各自的去了然我心里仍是照旧有话有事并不瞒你们这话我先放在你心里且别和二奶奶
说别说大老爷要我做小老婆就是太太这会子死了他三媒六聘的娶我去做大老婆我也不能去平儿方欲
说话只听山石背后哈哈的笑道好个没脸的丫头亏你不怕牙碜二人听了不觉吃了一惊忙起身向山后
找寻不是别个却是袭人笑着走了出来问什么事情告诉我说着三人坐在石上平儿又把方才的话说与

袭人〻听了说道这话论理不该我们说这个大老爷真〻太好色了略平头整脸的他就不能放手了
平儿道你既不愿意我教你个法儿鸳鸯道什么法儿平儿笑道你只和老太〻说就说已经给了琏二爷了大
老爷就不好要了鸳鸯啐道什么东西你还说呢前儿你主子不是这么混说谁知应到今儿了袭人笑道他两个
都不愿意依我说就和老太〻说叫老太〻就说把你已经许了宝二爷了大老爷也就死了心了鸳鸯又是气又是臊又
是急骂道两个坏蹄子再不得好死的人家有为难的事拿着你们当做正经人告诉你们与我排解〻〻饶不管你
们倒替换着取笑儿你们自以为都有结果了将来都是作姨娘的据我看来天底下的事未必都那么遂心如
意的你们且收着些儿罢别忒乐过了头儿二人见他急了忙陪笑道好姐姐别多心咱们从小儿都是亲姐
妹一般不过无人处偶然取个笑儿你的主意告诉我们知道也好放心鸳鸯道什么主意我只不去就完了平儿
摇头道你不去未必得干休大老爷的性子你是知道的虽然你是老太〻房里的人此刻不敢把你怎么样难道
你跟老太〻一辈子不成也要出去的那时落了他的手倒不好了鸳鸯冷笑道老太〻在一日我一日不离这
里若是老太〻归西去了他横竖还有三年的孝呢没个娘才死了他先弄小老婆的等过了三年知道
又是怎么个光景儿呢那时再说纵到了至急为难我剪了头发做姑子去不然还有一死一辈子不
嫁男人又怎么样乐得干净呢平儿袭人笑道真个这蹄子没了脸越发信口儿都说出来了鸳鸯
道事到如此臊一回子怎么样你们不信慢〻的看着就是了太〻才说找我老子娘去我看他南

京我来平儿道你的父母都在南京看房子没上来终久也寻着的现在还有你哥哥嫂嫂在这里可
惜你是这里的家生女儿不如我们两个只单在这里鸳鸯道家生女儿怎么样牛不喝水强按头
我不愿意难道杀我的老子娘不成正说着只见他嫂子从那边走来袭人道当时找不着
你的爹娘一定和你嫂子说了鸳鸯道这个娼妇专是个六国贩骆驼的听了这话他有个不奉承
去的说话之间已来到跟前他嫂子笑道那里没有找到姑娘跑了这里来你跟了我来我和
你说话平儿袭人都忙让坐他嫂子只说姑娘们请坐找我们姑娘说句话袭人平儿都装不知道
笑说什么话这么忙我们这里猜谜儿呢等猜了这个再去鸳鸯道什么话你说罢他嫂子笑道你跟
我来到那里告诉你横竖有好话儿鸳鸯道可是太太和你说的那话他嫂子笑道姑娘既知道
还奈何我快来我细细的告诉你可是天大的喜事鸳鸯听说立起身来照他嫂子脸上死劲啐
了一口指着骂道你快夹着你那毯嘴离了这里好多着呢什么好话又是什么喜事怪道成日家
羡慕人家的女儿做了小老婆一家子都仗着他横行霸道的一家子都成了小老婆了看的眼热了
也把我送在火坑里去我若得脸呢你们外头横行霸道自己就封了自己是舅爷我若不得脸败了
时你们把忘八脖子一缩生死由我去一面骂一面哭平儿袭人拦着劝他他嫂子脸上下不来因说道愿意不
愿意你也好说不犯着拉三扯四的俗语说得好当着矮人别说矮话姑娘骂我我不敢还言这二

住姑娘并没惹着你小老婆长小老婆短大家脸上怎么过得去袭人平儿忙道你倒别说这话他也
并不是说我们你倒别拉三扯四的你听见那位太太太爷们封了我们做小老婆况且我们两个也没有爹
娘哥哥兄弟在这门子里仗着我们横行霸道的他骂的人自由他骂去我们犯不着多心鸳鸯道他见
我骂了他他臊了没的盖脸又拿话调唆你们两个幸亏你们两个明白原是我急了也没分别出来
他就拣出这个空儿来他嫂子自觉没趣赌气去了鸳鸯气的还骂平儿劝他一回方罢了平儿因
问袭人道你在那里藏着做什么我们竟没看见你袭人道我因为往四姑娘房里看我们宝二爷
去的谁知迟了一步说是家去了我疑惑怎么没遇见呢想要往林姑娘家找去又遇见他的人说也
没去我这里正疑惑是出园子去了可巧你从那里来了我一闪你也没看见后来他又来了我从这树后头
走到山子石后我却见你两个说话来了谁知你们四个眼睛没见我一语未了又听身后笑道四个眼睛
没见你你们六个眼睛还没见我呢三人吓了一跳回身一看不是别人正是宝玉袭人先笑道叫我好找
你在那里来着宝玉笑道我从四妹妹那里出来迎头看见你来了我就知道是找我去的我就藏
了起来哄你看你扬着头过去了进了院子又出来了逢人就问我在那里好笑只等你到了跟前吓
你一跳的后来见你也藏藏躲躲的我就知道也是要哄人了我探头往前看了一看却是他两个所以我就
绕到你身后你出去我就躲在你躲的那里了平儿笑道咱们再往后找找去罢只怕还找出两个人来

些来的知宝玉道这个真没有了鸳鸯已知这话俱被宝玉听了只伏在石头上装睡宝玉推他笑道这石
头上冷咱们回房里去睡岂不好说着拉起鸳鸯来又忙让平儿来家吃茶和袭人都劝鸳鸯走鸳鸯
方立起身来四人竟往怡红院来宝玉将方才的话俱已听见心中着实替鸳鸯不快只默〻的歪在床上
任他三人在外间说笑那邢夫人因问凤姐儿鸳鸯的父亲凤姐因说他爹的名字叫金彩两口子都在南京
看房子不大上来他哥〻文翔现在是老太〻的买办他嫂子也是老太〻那边浆洗上的头儿邢夫人便命人叫
了他嫂子金文翔媳妇来细〻说与他金家媳妇自是喜欢兴〻头〻去找鸳鸯指望一说必妥不想被鸳鸯抢白
了一顿又被袭人平儿说了几句羞恼回来便对邢夫人说不中用他倒骂了我一场因凤姐儿在旁不敢提平儿
说袭人也帮着抢白我说了我许多不知好歹的话回不得主子的太〻和老爷商议再买罢谅那小蹄子
也没有这么大福我们也没有这么大造化邢夫人听了说道又与袭人什么相干他们如何知道的又问还
有谁在跟前金家的道还有平姑娘凤姐儿道你不该嘴巴子打他回来我一出了门他就逛去了回家
来连一个影儿也摸不着他必定也帮说什么来金家的道平姑娘没在跟前远〻的看着倒像是他
可也不真切不过是我自忖度凤姐便命人去快找了他来告诉我家来了太〻也在这里叫他来帮个忙
儿丰儿忙上来回道林姑娘打发了人下请字请了三四次他才去了奶〻一进门我就叫他去的林姑
娘说告诉奶〻我烦他有事呢凤姐儿听了方罢故意的还说天〻烦他有些什么事邢夫人无计吃了饭

回家晚间告诉了贾赦贾赦想了一想即刻叫贾琏来说南京的房子还有人看着不止一宗即刻叫上金彩来贾琏回道上次南京信来金彩已经得了痰迷心窍那边连棺材银子都赏了不知如今是死是活便是活着人事不知叫来无用他老婆子又是个聋子贾赦听了喝了一声又骂混帐没天理的囚攮偏你这么知道还不离了我这里唬的贾琏退出一时又叫传金文翔贾琏在外书房伺候着又不敢家去又不敢见他父亲只得听着一时金文翔来了小幺儿们直带入二门里去隔了四五顿饭的工夫才出来去了贾琏暂且不敢打听隔了一会又打听贾赦睡了方才过来至晚间凤姐告诉他方才明白且说鸳鸯一夜没睡至次日他哥哥回贾母接他家去逛逛贾母允了叫他家去鸳鸯意欲不去只怕贾母疑心只得勉强出来他哥哥只得将贾赦的话说与他又许他怎么体面怎么当家做姨娘鸳鸯只咬定牙不愿意他哥哥无法少不得回去回复了贾赦贾赦怒起来因说道我说与你叫你女人向他说去就说我的话自古嫦娥爱少年他必定嫌我老了大约他恋着少爷们多半是看上了宝玉只怕也有贾琏若有此心叫他早早歇了心我要他不来已后谁敢收他这是一件第二件想着老太太疼他将来外边聘个正头夫妻去叫他细想凭他嫁到谁家也难出我的手心除非他死了或是终身不嫁男人我就伏了他若不然时叫他趁早回心转意有多少好处贾赦说一句金文翔应一声是贾赦道你别哄我明儿我还打发你太太过去问鸳鸯你们说了他不依便没你们的不是若问他他再依了仔细你们的脑袋金文翔忙应了又应退出回家也等不得告诉他女人转说

竟自己对面说了这话把个鸳鸯气得无话可回想了一想便说道我便愿意去也须得你们带了我回声老太太去他哥嫂只当回想过来都喜之不尽他嫂子即刻带了他上来见贾母可巧王夫人薛姨妈李纨凤姐宝钗等姊妹并外头的几个执事有头脸的媳妇都在贾母跟前凑趣儿鸳鸯看见忙拉了他嫂子到贾母跟前跪下一面哭一面说把邢夫人怎么来说园子里嫂子又如何说今儿他哥哥又如何说因为不依方才大老爷越发说我恋着宝玉不然要等着往外聘凭我到天上这一辈子也跳不出他的手心去终究要报仇我是横了心的当着众人在这里我这一辈子别说是宝玉便是宝金宝银宝天王宝皇帝横竖不嫁人就完了就是老太太逼着我一刀子抹死了也不能从命伏侍老太太归了西我也不跟着我老子娘哥哥去或是寻死或是剪了头发当姑子去若说我不是真心暂且拿话支吾这不是天地鬼神日头月亮照着嗓子里头长疔原来这鸳鸯一进来时便袖内带了一把剪子一面说着一面回手打开头发就铰众婆子丫环看见忙来拉住已剪下半绺来了众人看时幸而他的头发极多铰的不透连忙替他挽上贾母听了气的浑打战口内只说我通共剩了这么一个可靠的人他们还要来算计因见王夫人在旁便向王夫人道你们原来都是哄我的外头孝顺暗地里盘算我有好东西也来要有好人也来要剩了这个毛丫头见我待他好了你们自然气不过弄开了他好摆弄我王夫人忙站起来不敢还一言薛姨妈见连王夫人怪上反不好劝的了李纨一听鸳鸯这话早带了姊妹们出去了探春有心的人想王夫人虽有委屈如何敢辩薛姨妈现是亲姊妹自然也不好辩宝钗也不便为姨母辩李纨凤

姐宝玉一发不敢辩这会用着女孩儿之时迎春老实惜春小因此窗外听了一听便走进来陪笑向贾母道这事与太太什么相干老太太想一想也有大伯子的事小婶子如何知道话未说完贾母笑道可是我老糊涂了姨太太别笑话我你这个姐姐他极孝顺我不像我那大太太一味怕老爷婆婆跟前不过应景儿可是我委屈了他薛姨妈只答应是又说老太太偏心多疼小儿子媳妇也是有的贾母道不偏心因又说宝玉我错怪了你娘你怎么也不提我看着你娘受委屈宝玉笑道我偏着母亲说大爷大娘不成通共一个不是我母亲要不认却推谁去我倒要认是我的不是老太太又不信贾母笑道这也有理你快给你娘跪下你说太太别委屈了老太太有年纪了看着宝玉罢宝玉听了忙走过来便跪下要说王夫人忙笑着拉他起来说快起来断乎使不得难道替老太太给我陪不是不成宝玉听说忙站起来贾母又笑道凤姐儿也不提我凤姐笑道我倒不派老太太的不是老太太倒寻上我了贾母听了与众人都笑道这可奇了倒要听听这不是凤姐笑道谁叫老太太会调理人调理的水葱儿似的怎么怨得人要我幸亏是孙子媳妇若是孙子我早要了还等到这会子呢贾母笑道这倒是我的不是了凤姐笑道自然是老太太的不是了贾母笑道这样我也不要了你带了去罢凤姐道等着修了这辈子来生托生男人我再要罢贾母笑道你带了去给琏儿放在屋里看你那没脸的公公还要不要了凤姐儿道琏儿不配就只配我和平儿这一对烧糊了的卷子和他混罢说的众人都笑起来了丫头回说大太太来了王夫人忙迎了出去要知端的下回分说

红楼梦第四十七回

呆霸王调情遭苦打　冷郎君惧祸走他乡

话说王夫人听见邢夫人来了连忙迎了出去邢夫人犹不知贾母已知鸳鸯之事正还又来打听信息进了院门早有几个婆子悄悄的回了他他才知道待要回去里面已知又见王夫人接了出来少不得进来先与贾母请安贾母一声儿不言语自己也觉得愧悔凤姐儿早指一事回避了鸳鸯也自回房去生气薛姨妈王夫人等恐碍着邢夫人的脸面也都渐渐退了邢夫人且不敢出去贾母见无人方说道我听见你替你老爷来了说媒你倒也三从四德的只是这贤惠也太过了你们如今也是孙子儿子满眼了你还怕他使性子我闻得你还由着你老爷的那性儿闹邢夫人满面通红回道我劝过几次不依老太太还有什么不知道的呢我也是不得已贾母道他逼着你杀人你也杀去如今你也想想你兄弟媳妇本来老实又生的多病多痛上上下下那不是他操心你一个媳妇虽然帮着也是天天丢下爬儿弄扫帚凡百事情我如今自己减了他们两个就有些不到的去处有鸳鸯那孩子还心细些我的事情他还想着一点子该要的他就要了来该添什么他就趁空儿告诉他们添了鸳鸯再不这样他娘儿两个里头外头大的小的那里不忽略一件半件我如今反倒自己操心去不成还是天天盘算和他们要东要西去我这屋里有的没有的剩

了他一个年纪大些我凡作的脾气性格儿他还知道些他二则也还投主子的缘法他也并
不指着我和那位太太要衣裳去又和那位奶奶要银子去所以这几年一应事情他说什么
从你小婶和你媳妇起至家下大大小小没有不信的所以不单我得靠连你小婶媳妇也都
省心我有了这么个人便是媳妇和孙子媳妇有想不到的我也不得缺了也没气可生了这会子
他去了你们又弄个什么人来我使你们就弄他那么一个真珠的人来不会说话也无用我正要
打发人和你老爷说去他要什么人我这里有钱叫他只管一万八千的买去就是要这个丫
头不能留下他伏侍我几年就比他日夜伏侍我尽了孝的一般你来的也巧就去说更妥当了说
毕命人来请了姨太太你姊妹们来才高兴说个话儿怎么又都散了丫头忙答应着去了
众人忙赶的又来只有薛姨妈向那丫环道我才来了又作什么去你就说我睡了那丫头
道好亲亲的姨太太姨祖宗我们老太太生气呢你老人家不去没个开交了只当疼我们
罢你老人家怕走我背了你老人家去薛姨妈笑道小鬼头儿你怕些什么不过骂几句
就完了说着只得和这小丫头走来贾母忙让坐又笑道咱们斗牌罢姨太太的牌也生
咱们一处坐着别叫凤丫头混了我们去薛姨妈笑道正是呢老太太替我看着些儿
就是咱们娘儿四个斗呢还是再添一个人呢王夫人笑道可不只四个人凤姐儿道再添

一个人热闹些贾母道叫鸳鸯来叫他在这下手里坐着姨太太的眼花了咱们两个的牌
都叫他看着些儿凤姐儿叹了一声向探春道你们知书识字的倒不学算命探春道这又
奇了这会子你不打点精神赢老太太几个钱又想算命凤姐儿道我正要算算今儿该
输多少我还想赢呢你瞧瞧场儿上没左右都埋伏了下说的贾母薛姨妈都笑起来
一时鸳鸯来了便坐在贾母下首鸳鸯之下便是凤姐儿铺下红毡洗牌告么五人起牌斗
了一回鸳鸯见贾母的牌已十成只等一张二饼便递了暗号儿与凤姐儿凤姐儿正该发牌便
故意踌躇了半晌笑道我这一张牌定在姨妈手里扣着呢我若不发这一张牌再
顶不下来的薛姨妈道我手里并没有你的牌凤姐道我回来是要查的薛姨妈道
你只管查你且发下来我瞧瞧是张什么凤姐儿便送在薛姨妈跟前薛姨妈一看
是个二饼便笑道我倒不稀罕他只怕老太太满了凤姐听了忙笑道我发错了贾母
笑的已掷下牌来说你敢拿回去谁叫你错的不成凤姐道可是我要算一算命呢这
是自己发的也怨不得人了贾母笑道可是你自己打着你那嘴问着你自己才是又
向薛姨妈笑道我不是小气爱赢钱原是个彩头儿薛姨妈笑道我们可不是这样
想那里有那样糊涂人说老太太爱钱呢凤姐儿正数着钱听了这话忙又把钱穿上

了向众人笑道彀了我的了竟不为赢钱单为赢彩头儿我到底小器输了就数钱快收起来罢贾母素日规矩每夜必代凤姐儿的因和薛姨妈说笑不见鸳鸯动手贾母道你怎么恼了连牌也不替我洗鸳鸯拿着牌笑道奶奶不给钱贾母道他不给钱那是他交运了便命小丫头子把他那一吊钱都拿过来小丫头子真就拿了搁在贾母傍边凤姐儿忙笑道赏我罢照数儿给就是了薛姨妈笑道果然凤姐儿小器不过顽儿罢了凤姐听说便站起来拉住薛姨妈回头指着贾母素日放钱的一个木箱子笑道姨妈瞧瞧那个里头不知顽了我多少去了这一吊钱顽不了半个时辰那里头的钱就招手儿叫他了只等把这一吊也叫进去了牌也不用斗了老祖宗气也平了又有正经事差我办去了话未说完引的贾母众人笑个不住正说着偏平儿怕钱不彀又送了一吊来凤姐儿道不用放在我跟前也放在老太太的那一处罢一齐叫进去倒省事不用做两次叫箱子里的钱费事贾母笑的手里的牌撒了一桌子推着鸳鸯叫快撕他的嘴平儿依言放下钱也笑了一回方回来至院门前遇见贾琏问他太太在那里呢老爷叫我请过去呢平儿忙笑道在老太太跟前站了这半日还没动呢趁早儿丢开手罢老太太生了半日气这会子亏二奶奶凑了半日的趣儿才略好了些贾琏道我过去只说讨老太太的示下十四往赖大家去不去好预备轿

子的又请了太〻又凑了趣儿生不好平儿笑道依我说你竟斟过去罢合家子连太〻宝玉都忍了不是这会子你又填限去了贾琏道已经完了难道还我补不成况且与我又干涉老爷亲自吩咐我请太〻的这会子我打发人去倘或知道了正没好气呢指着这个拿我出气罢说着就走平儿见他说得有理也便跟了过来贾琏到了堂屋里便把脚步放轻了往里间探头只见邢夫人站在那里凤姐儿眼尖先瞧见了便使眼色不命他进来又使眼色与邢夫人〻〻不便就走只得倒了一碗茶来放在贾母跟前贾母一回身贾琏不防便没躲过贾母便问外头是谁倒像个小子一伸头的凤姐儿忙起身说我也恍惚看见一个人影儿一面说一面起身出来贾琏忙进去陪笑道打听老太〻十四可出门好预备轿子贾母道既这么样怎么不进来又做鬼做神的贾琏陪笑道见老太〻顽牌不敢惊动不过叫媳妇出来问〻贾母道就忙到这一时等他家去你问他多少问不得那一遭儿你这么小心来着又不知是来作耳报神的也不知是来作探子的鬼〻祟〻倒唬我一跳什么好下流种子你媳妇和我顽牌呢还有半日的空儿你家去再和那赵二家的商量治你媳妇去罢说着众人都笑了鸳鸯笑道鲍二家的老祖宗又拉上赵二家的去贾母也笑道可是我那里记得什么抱着背着的提起这些事来不由我不生气我

进了这门子做重孙媳妇起到如今我也有个重孙子媳妇了连头带尾五十四年凭着大惊大险千奇百怪的事也经了些从没经过这些事还不离了我这里呢贾琏一声儿不敢说忙退了出来平儿在窗外站着悄悄笑道我说你不听到底碰在网里了正说着只见邢夫人也出来贾琏道都是老爷闹的如今都搁在我和太太身上邢夫人道我把你这没孝心的种子人家还替老子死呢白说了几句你就抱怨天抱怨地了你还不好好的呢这几日生气仔细他瞧你贾琏道太太快过去罢叫我来请了好半日了说着送他母亲出来过那边去邢夫人将方才的话只略说了几句贾赦无法又且含愧自此便告了病且不敢见贾母只打发邢夫人及贾琏每日过去请安只得又各处遣人购求寻觅终究费了八百两良子买了一个十七岁的女孩子来名唤嫣红收在屋里不在话下这里斗了半日牌吃晚饭才罢此一二日间无话展眼到了十四黑早赖大的媳妇又进来请贾母高兴便带了王夫人薛姨妈及宝玉姊妹等至赖大花园中坐了半日那花园虽不及大观园却也十分齐整宽阔泉石林木楼台亭轩也有好几处动人的外面大厅上薛蟠贾珍贾琏贾蓉并几个近族的都来了那赖大家内也请了几个现任的官长并几个大家子弟作陪因其中有个柳湘莲薛蟠自上次会过一次已念念不忘又打听他最喜串戏且都串的是生旦风月戏文不免错会了意误

想他做了風月子弟正與他相交恨沒有个引進这日可巧遇見樂得無可不可且賈珍等也慕他的名酒蓋住了臉就求他串了兩齣戲下來移席和他一處坐着問長問短說東話西那柳湘蓮原係世家子弟讀書不成父母早喪素性爽俠不拘細事酷好耍鎗舞劍賭博吃酒以至眠花臥柳吹笛彈箏無所不為因他年紀又輕生得又美不知他身分的人却悞認作優伶一類那賴大之子賴尚榮與他素昔交好故今日請來作陪不想酒後別人猶可獨薛蟠又犯了舊病心中早已不快得便竟欲走開完事無奈賴尚榮又說方纔寶二爺又囑咐我纔一進門雖見了只是人多不好說話叫我囑咐你散的時候別走他還有話說呢你既一定要去等我叫出他來你兩个見了再走與我無干說着便命小廝們到裡頭找一个老婆子悄悄告訴請出寶二爺來那小廝去了沒一杯茶時果見寶玉出來了賴尚榮向寶玉笑道好叔叔把他交給你我張羅人去了說着已經去了寶玉便拉了柳湘蓮到廳側小書房中坐下問他這幾日可到秦鐘的墳上去了湘蓮道怎麼不去前日我們幾个放鷹去離他墳上還有二里我想今年夏天雨水勤恐怕他的墳站不住我背着眾人走到那裡去瞧了一瞧略又動了一點子回家來就便弄了幾百錢第三日一早出去僱了兩个人收什好了寶玉說怪道呢上月我們大觀園的池子裡頭結了蓮蓬我摘了十个叫焙茗出去到墳上供他去回來

我也问他可冲坏了没有他说不但没冲且比上回新了些我想着要是这几个朋友新收拾了我只恨我天天圈在家里一点儿做不得主行动就有人知道不是这个拦就是那个劝的能说不能行虽然有钱又不由我使柳湘莲道这个事也用不着你操心外头有我你只心里有了就是了眼前十月初一日我已经打点下上坟的花消你知道我一贫如洗家里是没个积聚的纵有几个钱来随手就光的不如趁空儿留下这一分省得到了跟前扎煞手宝玉道我也正为这个要打发焙茗找你你又不大在家知道你天天萍踪浪迹没个一定的去处湘莲道这也不用找我这个事也不过各尽其道眼前我还要出门去走走外头逛个三年五载再回来宝玉听了忙问这是为何湘莲冷笑道你不知道我的心事等到跟前你自然知道我如今要别过了宝玉道好容易会着晚上同散岂不好湘莲道你那令姨表兄还是那样再坐着未免有事不如我回避了倒好宝玉想了一想说道既是这么样倒是回避他为是只是你要果真远行必须先告诉我一声千万别悄悄的去了说着便滴下泪来湘莲说道自然要辞你去你只别人说就是了说着就站起来要走又道你们进去罢不必送我一面说一面出了书房刚至大门前早遇见薛蟠在那里乱叫谁放了小柳儿走了柳湘莲听了火星乱迸恨不得一拳打死复思酒后挥拳又碍着赖尚荣的脸面只得忍了又忍薛蟠忽见他走出来

出得了门，宝玉忙赶着走上去一把拉住，笑道：我的兄弟，你往那里去了？湘莲道：走走就来。薛蟠笑道：你一去都没了兴头了，好歹坐一坐，就算疼我了。凭你什么正要紧的事，交给哥哥，只别忙。你有这个哥哥，你要做官发财都容易。湘莲见他如此不堪，心中又恨又愧，早生一计，拉他到僻净处，笑道：你真心和我好呢，还是假心和我好？薛蟠听见这话，喜得心痒难熬，乜斜着眼笑道：好兄弟，你怎么问起我这样话来？我要是假心，立刻死在眼前。湘莲道：既如此，这里不便。等坐一坐，我先走，你随后出来，跟到我下处，咱们索性喝一夜酒。我那里还有两个绝好的孩子，从没出门的。你可连一个跟的人也不用带，到了那里，伏侍人都是现成的。薛蟠听如此说，喜的酒醒了一半，说：果然如此？湘莲笑道：如何人拿真心待你，你倒不信了。薛蟠忙笑道：我又不是呆子，怎么有个不信的呢？既如此，我又不认得，你先去了，我在那里找你？湘莲道：我这下处在北门外头，你可舍得家，城外住一夜去？薛蟠道：有了你，我还要家做什么！湘莲道：既如此，我在北门外头桥上等你。咱们席上且吃酒去，你看我走了〻以你再走，他们就不留神了。薛蟠听了，连忙答应。于是二人复又入席，饮了一回。那薛蟠难熬，只拿眼看湘莲，心内越想越乐，左一壶右一壶，并不用人让，自己便吃了又吃，不觉酒已八九分了。湘莲便起身出来，瞅人不防，出至门外，命小厮杏奴先家去罢我出城外就来说毕已跨马直出北门桥上等候薛蟠一顿饭的工夫只见薛蟠骑着一匹大马远远的赶了来张着嘴瞪着眼头似拨浪鼓一般不住左右乱瞧及至从湘莲马前过去只顾往远处瞧不曾留心近处湘莲又笑又恨他便也撒马随后跟来薛蟠往前看时渐渐人烟稀少便又圈马回来再不想一回头见了湘莲如获奇珍忙笑道我说你是个再不失信的湘莲笑道快往前走仔细人看见跟了来就不好了说着先就撒马前去薛蟠也紧紧的跟来湘莲见前面人烟已稀且有一带苇塘便下马将马拴在树上向薛蟠笑道你下来咱们先设个誓日后要变了心告诉人去的便应了誓薛蟠笑道这话有理连忙下了马也拴在树上便跪下说道我要日久变心告诉人去的天诛地灭一言未了只听镗的一声背后似铁锤砸下来只觉得一阵黑满眼金星乱迸身不由己便倒下了湘莲走上来瞧瞧知道他是个不惯捱打的只使了三分气力向他脸上拍了几下登时便开了果子铺薛蟠先还要扎挣起来又被湘莲用脚尖点了一点仍旧跌倒口内说道原是两家情愿你不依只好好说什么哄我出来打我一面说一面乱骂湘莲道我把你瞎了眼的你认认柳大爷是谁你不说哀求你还伤我我打死你也无益只给你个利害罢说着便取了马鞭过来从背至胫打了三四十下薛蟠的酒早已醒了大半不觉得疼痛难禁不禁嗳哟了一声湘莲冷笑

道也只如此我只当你是不怕打的一面说一面又把薛蟠的左腿拉起来向苇中泞泥处拉了几步滚的满身泥水又问道你可认得我了薛蟠不应只伏着哼哼湘莲又掷下鞭子用拳头向他身上擂了几下薛蟠便乱滚乱叫说肋条折了我知道你是正经人因为我错听了旁人的话了湘莲道不用拉别人你只说现在的薛蟠道现在也没什么说的不过你是个正经人我错了湘莲道还要说软些才饶你薛蟠哼哼的道好兄弟湘莲便又一拳薛蟠嗳了一声道好哥哥湘莲又连两拳薛蟠忙嗳哟叫道好老爷饶了我这没眼睛的瞎子罢从今以后我敬你怕你了湘莲道你把那水喝两口薛蟠一面听了一面皱眉道这水实在腌臜怎么喝得下去湘莲举拳就打薛蟠忙道我喝喝说着只得俯头向苇根下喝了一口犹未咽下去只听哇的一声把方才吃的东西都吐了出来湘莲道好腌臜东西你快吃完了饶你薛蟠听了叩头不迭说好歹积阴功饶我罢这至死不能吃的湘莲道这样气息倒熏坏了我说着丢了薛蟠便牵马认镫去了这里薛蟠见他已去方放下心来后悔自己不该误认了人待要挣扎起来无奈遍体疼痛难禁谁知贾珍等席上忽然不见了他两个各处寻找不见有人说恍惚出北门去了薛蟠的小厮素日是惧他的他吩咐了不许跟去谁敢去找后来还是贾珍不放心命贾蓉带着小厮们寻踪问迹的直找出北门下桥二里

每路也是苇坑傍边薛蟠的馬拴在那裡衆人都道好了有馬必有人一齊来至馬前只听

苇中有人呻吟大家忙走来一看只見薛蟠的衣衫零碎面目腫破没頭没臉遍身内外

滚的似个泥母猪一般贾蓉心内已猜着八九了忙下馬命人攙了出来笑道薛大叔天天调

情今日调到苇子坑裡必定是龍王爷也爱上你風流要你招駙馬去你就碰到龍犄角上

了薛蟠羞的没地縫兒鑽進去那裡能爬得上馬去贾蓉只得命人赶到関廂裡僱了一乘小轎

子薛蟠坐了一齊進城贾蓉還要抬往賴家去赴席薛蟠百般苦告央及他不用告訴人

贾蓉方依允了讓他各自回家贾蓉仍往賴家回復贾珍並方才形景贾珍也知為湘蓮

所打也笑道他須得吃个虧纔好至晚散了便来問候薛蟠自在卧房將養推病不見贾

母等回来各自归家時薛姨媽與宝釵見香菱哭的眼睛腫了問起原故忙来瞧薛蟠

時臉上身上雖見傷痕並未傷筋動骨薛姨媽又是心疼又是發恨罵一回薛蟠又罵一回

柳湘蓮意欲告訴王夫人遣人尋拿柳湘蓮宝釵忙劝道這不是什么大事不過他們一處吃酒

酒後反臉常情誰醉了多挨幾下子打也是有的況且咱們家的無法無天人所共知媽媽不過

是心疼的原故要出氣也容易等三五天哥哥好了出得去的時候那边珍大爷璉二爷

這干人也未必白丢開了自然備个東道叫了那人来當着衆人替哥哥賠不是認罪就是了

如今媽々先當件大事告訴衆人倒顯得媽々偏心溺愛縱容他生事招人今兒偶然吃了一次虧媽々就這樣興師動衆倚著親戚々勢欺壓常人薛姨媽聽了道是我的兒倒底是你想得到我一時氣糊塗了寶釵笑道這纔好呢他又不怕媽々又不聽人勸一天縱似一天吃過兩三次虧他也罷了薛蟠睡在炕上痛罵湘蓮又命小廝去拆他的房子打死他和他打官司薛姨媽喝住小廝只說柳湘蓮一時酒後放肆如今酒醒後悔不及懼罪逃走了薛蟠聽見如此說了　要知端的下回分解

红楼梦第四十八回

滥情人情误思游艺　　慕雅女雅集苦吟诗

话说薛蟠听见如此说了气方渐平三五日后疼痛虽愈伤痕未平只装病在家愧见亲友展眼已到十月因有各铺面伙计内有算年帐要回家的少不得家内治酒饯行内有一个张德辉自幼在薛蟠当铺内揽总家内也有二三千金的过活今岁也要回家明春方来因说起今年纸札香料短少明年必是贵的明年先打发大小儿上来当铺里照管赶端阳前我顺路贩些纸札香扇来卖除去关税花消亦可以剩得几倍利息薛蟠听了心下忖度如今我挨了打正难见人想着要躲避一年半载又没处去躲天天装病也不是事况且我长了这么大文不文武不武虽说做买卖究竟戥子算盘从没拿过地土风俗远近道路又不知道不如也打点几个本钱和张德辉逛一年来赚钱也罢不赚钱也罢且躲躲羞去二则逛逛山水也是好的心内主意已定至酒席散后便和气和张德辉说知命他等一二日一同前往晚间薛蟠告诉他母亲薛姨妈听了虽是欢喜但又恐他在外生事花了本钱倒是末事因此不命他去只说你好歹守着我我还能放心些况且也不用这买卖等着这几百银子用薛蟠主意已定那里肯依只说天天又说我不知世务这个也不知那个也不学如今

我发狠把那些没要紧的都断了如今要成人立事学习买卖又不准我了叫我怎么样呢我又不是个丫头把我关在家里何日是了况且那张德辉又是个有年纪的咱们和他是世交我同他怎么得有错我就有一时半刻不好的去处他自然说我劝我就是东西贵贱行情他是知道的自然色色问他何等顺利倒不叫我去过两日我不告诉家里私自打点了走明年发了财回来那时才知道我呢说毕赌气睡觉去了薛姨妈听他如此说因和宝钗商议宝钗笑道哥哥果然要经历正事倒也罢了只是他在家里说着好听到了外头旧病复发难拘束他了但也愁不得许多他若是真改了是他一生的福若不改妈妈也不能又有别的法子一半尽人力一半听天罢了这么大人了若只管怕他不知世路出不得门干不得事今年关在家里明年还是这个样儿他既说的名正言顺妈妈就打量丢了一千八百银子竟交与他试一试横竖有伙计帮着他也未必好意思哄骗他的二则他出去了左右没了助兴的人又没有倚仗的人到了外头谁还怕谁有了的吃没了的饿着举眼无靠他见了这样只怕比在家里省了事也未可知薛姨妈听了思忖半晌道倒是你说的是花两个钱叫他学些乖来也值商议已定一宿无话至次日薛姨妈命人请了张德辉来在书房中命薛蟠款待酒饭自己在后廊下隔着窗子千言万语嘱托张德辉照管薛蟠张德辉满口应

来保过饭告辞又因说十四日是上好出行日期大世兄即刻打点行李雇下骡子十四日一
早就长行了薛蟠喜之不尽将此话告诉薛姨妈〻〻便和宝钗香菱并两个年
老的嬷〻连日打点行装派下薛蟠之奶公老苍头一名当年谙事旧仆二名外有薛
蟠随身常使小厮二名主仆一共六人雇了三辆大车单拉行李使物又雇了四个长行骡
子薛蟠自骑一匹家内养的铁青大走骡外备一匹坐马诸事完毕薛姨妈宝钗等
连夜劝戒之言自不必备说至十三日薛蟠先去辞了他舅舅然后过来辞了贾宅诸
人贾珍等未免又有饯行之说也不必细述至十四日一早薛姨妈宝钗等同薛蟠出了
仪门母女两个四只眼看他去了方回来薛姨妈上京带来的家人不过四五房并两
三个老嬷〻小丫头今跟了薛蟠一去外面只剩了一两个男子因此薛姨妈即日到书房
将一应陈设玩器并帘幔等物尽行搬了进来收贮命两个跟去男子之妻一并也进来
睡觉又命香菱将他屋里也收拾严紧将门锁了晚间和我去睡宝钗道妈〻既有这
些人作伴不如叫菱姐〻和我作伴去我们园里又空夜长了我每夜作活越多一个人
不越好薛姨妈笑道正是我忘了原该叫他同你去才是我前日还对你哥〻说文
杏又小道三〻不着两的莺儿一个人不够伏侍的还要买一个丫头来你使宝钗道买的

不知底细倚或走了眼，花了钱事小，没的淘气，倒是慢慢打听着，有知道来历的买个还罢了。一面说，一面命香菱收拾了衾褥妆奁，命一个老嬷嬷并臻儿送至蘅芜苑去，然后宝钗和香菱才同回园中来。香菱因宝钗道：我原要和奶奶说的，大爷去了，我和姑娘作伴去，我又恐怕太太多心，说我贪着园里来顽，谁知你竟说了。宝钗笑道：我知道你心里羡慕这园子不是一日两日了，只是没个空儿，就每日来一次，慌慌张张的，也没趣儿，所以趁这机会，越发住上一年，我也多个作伴的，你也遂了你的心。香菱笑道：好姑娘，趁着这个功夫，你教给我作诗罢。宝钗笑道：我说你得陇望蜀呢。我劝你且缓一缓，今儿头一日进来，先出园东角门，从老太太起，各处各人你都瞧瞧，问候一声儿，也不必特意告诉他们搬进园来。若有提起因由儿的，你只带口说我带你进来作伴儿就完了。回来进了园，再到各姑娘房里走走。香菱应着才要走时，只见平儿忙忙的走来。香菱忙问了好，平儿只得陪笑相问。宝钗因向平儿笑道：我今儿把他带了来作伴儿，正要回你奶奶一声儿。平儿笑道：姑娘说的是那里的话，我竟没话答言了。宝钗道：这才是正理。店房里也有个主人，庙里也有个住持，虽不是大事，到底告诉一声，便是园里坐更上夜的人知道添了他两个，也好关门候户的了。你回去就告許一声罷我不打發人去說了平兒答應着因又向香菱道你既来了也不拜一拜街房隣舍去寶釵笑道我正叫他去呢平兒道你且不必往我們家去二爷病了在家裡呢香菱答應着去了先從賈母處来不在話下且說平兒見香菱去了便拉寶釵悄說道姑娘可聽見我們的新文了寶釵道我没聽見新文因連日打發我哥〻出門所以你們這裡的事一概不知道連姊妹們這兩日没見平兒笑道老爷把二爷打了个動不得難道姑娘就没聽見寶釵道早起恍惚聽見了一句也信不真我也正要瞧〻你奶〻去呢不想你来又是為了什么打他平兒咬牙罵道都是那什么賈雨村半路途中那裡来的餓不死的野雜種認了不到十年生了多少事出来今年春天老爷不知在那个地方看見几把旧扇子回家看家裡所有收着的這些好扇子都不中用了立刻叫人各處搜求誰知就有一个不知死的冤家混號兒世人都叫他作石獃子窮的連飯也没得吃偏他家就有二十把旧扇子死也不肯拿出大門来二爷好容易煩了多少情見了這个人說了再三他把二爷請了到他家裡坐着拿出這扇子来略瞧了一瞧據二爷說原是不能再得的全是湘妃棕竹麋鹿玉竹的皆是古人寫画真跡回来告訴了老爷便叫買他的要多少銀子給他多少偏那石獃子說我餓死凍死一千銀子一把我也不賣老爷没法了天〻罵二爷没

能为已经许他五百两子先兑银子后拿扇子他只是不卖只说要扇子先要我的命姑娘想〻这有什么法子谁知那雨村没天理的听见了便设了法子讹他拖欠官银拿了他到衙门里去说所欠官银变卖家产赔补把这扇子抄了来做了官价送了来那石呆子如今不知是死是活老爷问着二爷说人家怎么弄了来了二爷只说了一句为这点子小事弄得人家倾家败产也不算什么能为老爷听了就生了气说二爷拿话堵老爷因此这是第一件大的这几日还有几件小的我也记不清所以都凑在一处就打起来了也没拉倒用板子棍子就站着不知拿了什么混打了一顿脸上打破了两处我们听见姨太太这里有一种药上棒疮的姑娘寻一丸给我呢宝钗听见了忙命莺儿去找了两丸来与平儿宝钗道既这样你去替我问候罢我就不去了平儿向宝钗去了不在话下且说香菱见了众人之后吃过晚饭宝钗等都往贾母处去了自己便往潇湘馆中来此时黛玉已好了大半了见香菱也进园来住自是欢喜香菱因笑道我这一进来了你得空儿好歹教给我做诗就是我的造化了黛玉笑道既要学做诗你就拜我为师我虽不通大略也还教的起你香菱笑道果然这样我就拜你为师你可不许腻烦的黛玉道什么难事也值得去学不过是起承转合当中承转是两付对子平声的对仄声虚的对实的〻〻对虚的若

是果有了奇句連平仄虚寔不对都使得的香菱笑道怪道我常弄本旧诗偷空儿看一两首又有对得极工的又有不对的又听见说一三五不论二四六分明看古人的诗上亦有顺的亦有二四六上错了的所以天天疑惑如今听你一说原来这些规矩竟是没事的只要词句新奇为上黛玉道正是这个道理词句究竟还是末事第一是立意要紧若意趣真了连词句不用修饰自是好的这叫做不以词害意香菱笑道我只爱陆放翁的诗重帘不卷留香久古砚微凹聚墨多说的真切有趣黛玉道断不可看这样的诗你们因不知诗所以见了这浅近的就爱一入了这个格局再学不出来的你只听我说你若真心要学我这里有王摩诘全集你且把他的五言律一百首细心揣摩透熟了然后再读一百二十首老杜的七言律次再李青莲的七言绝句读一二百首肚子里先有了这三个人作了底子然后再把陶渊明应刘谢阮庾鲍等人的一看你又是这样一个极聪明伶俐的人不用一年工夫不愁不是诗翁了香菱听了笑道既这样好姑娘你就把这书给我拿出来我带回去夜里念几首也是好的黛玉听说便命紫鹃将王右丞的五言律拿来递与香菱道你只看有红圈的都是我选的有一首念一首不明白的问你姑娘或者遇见我我讲与你就是了香菱拿了诗回至蘅芜苑中诸事不顾只向灯下一首一首的读起来宝钗连催他数次睡觉

他不必睡宝钗见他这般苦心只得随他去了一日黛玉方梳洗完了只见香菱笑吟吟的
送了书来又要换杜律黛玉笑道共记得多少首香菱笑道凡红圈选的我尽读了黛玉
道可领略了些没有香菱笑道领略了些只不知可是不是说与你听听黛玉笑道正要
讲究讨论方能长进你且说来我听听香菱笑道据我看来诗的好处有口里说不出来的
意思想去却是逼真的有似乎无理的想去竟是有理有情的黛玉笑道这话有了些
意思但不知你从何处见得香菱笑道我看他塞上一首内一联云大漠孤烟直长河落日
圆想来烟如何直日自然是圆的这直字似无理圆字似太俗合上书一想倒像是见了
这景的若说再找两个字换这两个竟再找不出两个字来再还有日落江湖白潮来天
地青这白青两个字也似无理想来必得这两个字才形容得尽念在嘴里倒像有几
千斤重的一个橄榄还有渡头余落日墟里上孤烟这余字合上字难为他怎么想
来我们那年上京来那日下晚便挽住船岸上又没有人只有几棵树远远的几家人家作
晚饭那个烟竟是青碧连云谁知我昨儿晚上看了这两句倒像我又到了那个地方
去了正说着宝玉和探春也来了都入座听他讲诗宝玉笑道既是这样也不用看诗
会心处不在远听你说了这两句可知三昧你已得了黛玉笑道你说他这上孤烟好你还

不知他这一句还是套了前人的来，我给你这一句瞧瞧，更比这个淡而现成。说着便把陶渊明的
暖暖远人村，依依墟里烟翻了出来，递与香菱。香菱瞧了点头叹赏，笑道：原来上字是从
依依两个字上化出来的。宝玉大笑道：你已得了，不用再讲，越倒学杂了。你就作
起来，必是好的。探春笑道：明儿我补一个柬来，请你入社。香菱笑道：姑娘何苦打趣
我，我不过是心里羡慕，才学这个顽罢了。探春黛玉都笑道：谁不是顽？难道我们
是认真作诗呢？若说我们真成了诗，出了这园子，把人的牙还笑掉了呢。宝玉道：
这也算自暴自弃了。前日我在外头和相公们商议画儿，他们听见咱们起诗社，求我把稿
子给他们瞧瞧，我就写了几首给他们看看，谁不是真心叹服？他们都抄了刻去了。探
春黛玉忙问道：这是真话么？宝玉笑道：说谎的是那架上鹦哥。黛玉探春听说，都
道：你真真胡闹！且别说那不成诗，便成诗，我们的笔墨也不该传到外头去。宝玉道：这
怕什么！古来闺阁中笔墨不要传出去，如今也没人知道了。说着，只见惜春打发了
入画来请宝玉，宝玉方去了。香菱又逼着换出杜律，又央黛玉探春二人出个题目，让
我诌去，诌了来，替我改正。黛玉道：昨夜的月最好，我正要诌一首，竟未诌成，你就作一首来，
四寒的韵，由你爱用那几个字去。香菱听了，喜的拿着诗回来，又苦思一回，做两句诗，又

拾不得杜诗又读两首如此茶饭无心坐卧不定宝钗道何苦自寻烦恼都是颦儿引的你我和他算账去你本来呆头呆脑的再添上这个越发弄成个呆子了香菱笑道好姐姐别混我一面说一面做了一首先与宝钗叹道看了这个不好不是这个做法你别怕臊只管拿了给他瞧去看他是怎么说香菱听了便拿了诗找黛玉黛玉看时只见写道

月到中天夜色寒　清光皎皎影团团

诗人助兴常思玩　野客添愁不忍观

翡翠楼边悬玉镜　珍珠帘外挂冰盘

良宵何用烧银烛　晴彩辉煌映画栏

黛玉笑道意思却有只是措词不雅皆因你看的诗少被他缚住了把这首诗丢开再做一首只管放开胆子去做香菱听了默默的回来越发连房也不进去只在池边树下或坐在山石上出神或蹲在地下抠地来往的人都诧异李纨宝钗探春宝玉等听得此言都远远的站在山坡上瞧着他只见他皱一回眉又自己含笑一回宝钗笑道这个人定是疯了昨夜嘟嘟哝哝直闹到五更天才睡下没一顿饭的工夫天就亮了我就听见他起来了忙忙碌碌梳了头就找颦儿去一回来了呆了一日做了一首又不好这会子自然另做呢宝玉笑道这正是地灵人杰老天生人再不虚赋情性的我们成日叹说可惜他这么个人竟俗了谁知到底有今日可见天地至公宝钗听了笑道你能够像

他这苦心就好了学什么有个不成的宝玉不答只见香菱兴兴头头的又往黛玉那边来了
探春笑道咱们跟了去看看他有些意思没有说着一齐都往潇湘馆来只见黛玉
正拿着诗和他讲究众人因问黛玉做的如何黛玉道自然算难为他了只是还不好这一
首过于穿凿了还得另做众人因要诗看时只见做的是　　非银非水映窗寒
试看晴空护玉盘　　淡淡梅花香欲染　　丝丝柳带露初干　　只疑残粉涂金砌
恍若轻霜抹玉栏　　梦醒西楼人迹绝　　余容犹可隔帘看　　宝钗笑道不像吟月
了月字底下添个色字倒还使得你看句句倒是月色这也罢了原来诗从胡说来再迟
几天就好了香菱自为这首妙绝听如此说自己又扫了兴不肯丢开手便要思索
起来因见他姊妹们说笑便自己走至阶下竹前挖心搜胆的耳不旁听目不别视一时探
春隔窗笑说道菱姑娘你闲闲罢香菱怔怔答道闲字是十五删的错了韵了众人听了
不觉大笑起来宝钗道可真是诗魔了都是颦儿引的他黛玉道圣人说诲人不倦
他又来问我我岂有不说的理李纨笑道咱们拉了他往四姑娘房里去引他瞧瞧画儿叫
他醒一醒才好说着真个出来拉他过藕香榭至暖香坞中惜春正乏倦在床上歪着
睡午觉画缯立在壁间用纱罩着众人唤醒了惜春揭纱看时十停方有了三停见画上

只见几个美人因指香菱道凡会做诗的都画在上头你快学罢说着顽笑了一回各自散
去香菱满心中还是想诗至晚间对灯出了一回神至三更以后上床躺下两眼睁睁直到五
更方才朦胧睡去了一时天亮宝钗醒了听了一听他安稳睡了心下想他翻腾了一夜不
知可做成了这会子乏了且别叫他正想着只听香菱从梦中笑道可是有了难道这一
首还不好宝钗听了又是可叹又是可笑连忙唤醒了他问他得了什么你这诚心都通了
仙了学不成诗弄出病来呢一面说一面梳洗了会同姊妹往贾母处来原来香菱苦志
学诗精血诚聚日间不能做出忽于梦中得了八句梳洗已毕忙便录出来到沁芳亭
只见李纨与众姊妹方从王夫人处回来宝钗正告诉他们说他梦中做诗说梦话
众人正笑抬头见他来了便都争着要诗看要知端的下回分解

红楼梦第四九回

瑠璃世界白雪红梅　脂粉香娃割腥啖膻

话说香菱见众人正说笑他便迎上去笑道你们看这首诗若使得我便还学若还不好我就死了这做诗的心了说着把诗递与黛玉及众人看时只见写道是

精华欲掩料应难　影自娟娟魄自寒
一片砧敲千里白　半轮鸡唱五更残
绿蓑江上秋闻笛　红袖楼头夜倚栏
博得嫦娥应自问　何缘不使永团圆

众人看了笑道这首不但好而且新巧有意趣可知俗语说天下无难事只怕有心人社里一定请你了香菱听了心下不信料着他们哄自己的话还只管问黛玉宝钗等正说之间只见几个小丫头并老婆子忙忙的走来都笑道来了好些姑娘奶奶们我们都不认得奶奶姑娘们快认亲去李纨笑道这是那里的话你倒底说明白了是谁的亲戚那婆子丫头都笑道奶奶的两位妹子都来了还有一位姑娘说是薛大姑娘的妹子还有一位爷说是薛大爷的兄弟我这会子请姨太太去呢奶奶和姑娘们先上去罢说着一径去了宝钗笑道我们薛蝌和他妹子来了不成李纨笑道我婶娘又上京来了不成他们都凑在一处可是奇事大家来至王夫人上房只见乌压压的一地又见邢夫人的嫂子带了女儿岫烟进京来投邢夫人的可巧凤姐之兄王仁也正进京两亲家一处

搭幫來了，走至半路泊船時遇見李紈寡嬸帶着兩個女兒，長名李紋，次名李綺，也上京。大家叙起來又是親戚，因此三家一路同行。後有薛蟠之從弟薛蝌，因當年父親在京時已將胞妹薛宝琴許配都中梅翰林之子為婚，正欲進京發嫁，聞得王仁進京，他也帶了妹子趕來。所以今日會齊了來訪投各人親戚。於是大家見禮叙過，賈母王夫人都歡喜非常。賈母因笑道：“怪道昨日晚上灯花爆了又爆，結了又結，原來應到今日。”一面叙些家常，收了帶來的禮物，一面命留酒飯。鳳姐兒自不必説，忙上加忙。李紈宝釵自然和嬸母姊妹叙離别之情。黛玉見了，先是歡喜，次後想起衆人皆有親眷，獨自己孤单無倚，不免又去垂泪。宝玉深知其情，十分勸慰了一番方罷。然後宝玉忙忙來至怡紅院中，向襲人、麝月、晴雯笑道：“你們還不快看去！誰知宝姐姐的親哥哥是那个樣子，他這叔伯兄弟形容舉止另是个樣子，倒像是宝姐姐同胞的兄弟似的。更奇在你們成日家只説宝姐姐是絶色的人物，你們如今瞧見他這妹子，還有大嫂子的兩個妹子，我竟形容不出來了。老天，老天，你有多少精華靈秀，生出這些人上之人來！可知我井底之蛙，成日家只説現在的這幾个人是有一無二的，誰知不必遠尋，就是本地風光，一个賽似一个，如今我又長了一層學問了。除了這幾个，難道還有几个不成一面說一面自笑袭人見他又有些魔意便不肯去瞧晴雯等早去瞧了一遍回来帶笑向袭人說道你快瞧瞧去大太太一个姪女兒宝姑娘一个妹妹大奶奶两个妹妹倒像一把子四根水葱兒一語未了只見探春也笑着進来找宝玉因說僧們詩社可興旺了宝玉笑道正是呢這是一高興起詩社鬼使神差来了這些人但只一件不知他们可学过做詩不曾探春笑道我纔都问了问虽是他们自謙看其光景没有不会的便是不会也没難处你看香菱就知道了晴雯笑道他们裡頭薛大姑娘的妹妹更好三姑娘看着怎么樣探春道果然的話據我看来連他姐姐並這些人總不及他袭人听了又是咤異又笑道這也奇了還從那裡再尋好的去呢我倒要瞧瞧去探春道老太太一見了喜歡的無可不可的已經逼着僧們的太太認了乾女孩兒了老太太要養活纔剛已經定了宝玉喜的忙问這話果然么探春道我几时說过謊又笑道老太太有了這个好孙女兒就忘了你這孫子了宝玉笑道這倒不妨原該多疼女孩兒些是正理明兒十六僧們可該起社了探春道林丫頭剛起来了二姐姐又病了終是七上八下的宝玉道二姐姐如今不大做詩没有他又何妨探春道索性等几天等他们新来的混熟了僧们邀上他们豈不好這会子大嫂子宝

姐〻心裡自然没有话與的况且湘雲没来颦兒纔好了人都不合式不如等着雲
丫头来了这几个新媳妇也熟了颦兒也大好了大嫂子和宝姐〻心也闲了香菱诗也
长進了然后再邀一满社豈不是好咱们两个如今且往老太〻那裡去听〻宝姐〻的
妹〻不算外他一定是在咱们家住定了的倘或那三个要不在咱们这裡住咱们央
告着老太〻留下他们也在園子裡住了咱们豈不多添几个人越发有趣了宝玉听了喜
的眉開眼笑忙说道倒是你明白我终久是个糊塗心腸空喜欢了一会子却想不到
这上头说着二人俱往贾母處来果然王夫人已認了薛宝琴做乾女兒贾母
欢喜非常不命往園中住晚上跟着贾母一處安寝薛蝌自向薛蟠書房中住下了
贾母和邢夫人说你姪女兒也不必家去了園裡住几天逛〻再去邢夫人兄嫂家中
原艰难这一上京原仗的是邢夫人與他们治房舍幇盤纏听如此说豈不願意邢
夫人便將邢岫烟交與凤姐兒〻〻筭着園中姊妹多性情不一且又不便另设一
處莫若送他到迎春一處去倘日后邢岫烟有些不遂意的事縱然邢夫人知道了
與自己無干從此后除邢岫烟家去住的日期不算若在大观園住到一个月上凤
姐兒亦照迎春的分例送一分與岫烟凤姐兒冷眼敁敠岫烟心性行为竟不像邢夫人及

五八二

他的父母一样亦是个极忠厚可疼的人因此凤姐反怜他家贫命苦比别的姊妹多疼他些邢夫人倒不大理论了贾母王夫人等因素喜李纨贤惠且年轻守节令人敬服今见他寡婶来了便不肯叫他外头去住那婶母虽十分不肯无奈贾母执意不从只得带着李纹李绮在稻香村住下了当下安插既定谁知忠靖侯史鼎又迁委了外省大员不日要带家眷去上任贾母因舍不得湘云便留下他了接到家中原要命凤姐另设一处与他住史湘云执意不肯只要与宝钗一处住因此也就罢了此时大观园中比先又热闹了多少李纨为首余者迎春探春惜春宝钗黛玉湘云李纹李绮宝琴邢岫烟再添上凤姐儿和宝玉一共十三人叙起年庚除李纨年纪最长凤姐次之余皆不过十五六七岁大半同年异月连他们自己也不能记清谁长谁幼并贾母王夫人及家中婆子丫头也不能细细分清不过是姊妹兄弟四个字随便乱叫如今香菱正满心满意只想做诗又不敢十分啰唣宝钗可巧来了个史湘云那史湘云极爱说话的那里禁得香菱又请教他谈诗越发高了兴没昼没夜高谈阔论起来宝钗因笑道我实在聒噪的受不得了一个女孩儿家只管拿着诗做正经事讲起来叫有学问的听了反笑话说不守本分一个香菱没闹清又添上你这个话

口袋子满口子里说的是什么怎么是杜工部之沉郁韦苏州之淡雅又怎么是温八叉之绮靡李义山之隐僻痴痴颠颠那里还像个女儿家呢说得个香菱湘云二人都笑起来正说着只见宝琴来了披着一领斗篷金翠辉煌不知何物宝钗忙问这是那里的宝琴笑道因下雪珠儿老太太找了这件给我的香菱瞧道怪道这么好看原来是孔雀毛织的湘云笑道那里是孔雀毛就是野鸭子头上的毛做的可见老太太疼你了这么疼宝玉也没给他穿宝钗笑道真真俗语说的各人有各人缘法我也再想不到他这会子来既来了又有老太太这么疼他湘云道你除了在老太太跟前就在园里来这两处只管顽笑吃喝到了太太屋里若太太在屋里只管和太太说笑多坐一回无妨若太太不在屋里你别进去那屋里人多心坏都是要害咱们的说的宝钗宝琴香菱莺儿等都笑了宝钗笑道说你没心却又有心虽然有心到底嘴太直了我们这琴儿今儿你竟认他做亲妹妹罢湘云又瞅了宝琴笑道这一件衣裳也只配他穿别人穿了实在不配正说着只见琥珀走来笑道老太太说了叫宝姑娘别管紧了琴姑娘他还小呢让他爱怎么样就由他怎么样他要什么东西只管要不要多心宝钗忙起身答应了又推宝琴笑道你

也不知是那裡來的這段福氣你倒去罷仔細我們委屈了你我就不信我那些兒不如你說話之間寶玉黛玉進來了寶釵猶自嘲笑湘雲因笑道寶姐姐你這話雖是頑話却有人真心是這樣想呢琥珀笑道真心惱的再沒别人就只是他口裡說手指著寶玉寶釵湘雲都笑道他倒不是這樣人琥珀又笑道不是他就是他說着又指黛玉湘雲便不作聲寶釵笑道更不是了我的妹妹和他的妹妹一樣他喜歡的比我還甚呢那裡還惱你信雲兒混說他的那嘴有什么正經寶玉平素深知黛玉有些小性兒尚不知近日黛玉和寶釵之事正恐賈母疼寶琴他心中不自在今見湘雲如此說了寶釵又如此答再審度黛玉聲色亦不似往日果然與寶釵之說相符心中甚是不解因想他兩個目下素日不是這樣的如今看來竟更比他人好了十倍一時又見林黛玉趕着寶琴叫妹妹並不提名道姓直似親姊妹一般那寶琴年輕心熱且本性聰敏自幼讀書識字今在賈府住了兩日大概人物已知又見衆姊妹都不是那輕薄脂粉且又和姐姐皆和氣故也不肯怠慢其中又見林黛玉是其中出類拔萃的便更與黛玉親敬異常寶玉看着只是暗暗的納罕一時寶釵姊妹往薛姨媽房內去後湘雲往賈母處來黛玉回房歇着寶玉便找了黛玉來笑道我雖看

了西厢记也曾有明白的几句说了取笑你还曾恼过如今想来竟有一句不解我念出来你讲讲我听黛玉听了便知有文章因笑道你念出来我听听宝玉笑道那闹简上有一句说的最好是几时孟光接了梁鸿案这五个字不过是现成的典难为他是几时三个虚字问的有趣是几时接了你说说我听听黛玉听了禁不住也笑起来道这原问的好他也问的好你也问的好宝玉道先时你只疑我如今你也没得说了黛玉笑道谁知他竟真是个好人我素日只当他藏奸因把说错了酒令宝钗怎样说他连送燕窝病中所谈之事细细的告诉宝玉宝玉方知原故因笑道我说呢正纳闷是几时孟光接了梁鸿案原来是从小孩儿家口没遮拦就接了案了黛玉因又说起宝琴来想起自己没有姊妹不免又哭了宝玉忙劝道这又自寻烦恼了你瞧瞧今年比旧年越发瘦了你还不保养每天好好的你必是自寻烦恼哭一会子才算完了这一天的事黛玉拭泪道近来我只觉心酸眼泪却像比旧年少了些的心里只管酸痛眼泪却不多宝玉道这是你哭惯了心里疑的岂有眼泪会少的正说着只见他屋里的小丫头送了猩猩毡斗篷来又说大奶奶才打发人来说下了雪要商议明日请人做诗呢一语未了只见李纨的丫头走来请黛玉宝玉便邀着黛玉同往稻香村来黛

玉换上掐金挖云红香羊皮小靴罩了一件大红羽纱面白狐狸皮的鹤氅系一条青金闪绿双环四合如意绦上罩了雪帽二人一齐踏雪行来只见众姊妹都在那里都是一色大红猩猩毡与羽毛缎斗篷独李纨穿一件青哆罗呢对襟褂子薛宝钗穿一件莲青斗纹锦上添花洋线番羓丝的鹤氅邢岫烟仍是家常旧衣并没避雨之衣一时史湘云来了穿着贾母与他的一件貂鼠脑袋面子大毛黑灰鼠里子里外发烧大褂子头上带着一顶挖云鹅黄片金里大红猩猩毡昭君套又围着大貂鼠风领黛玉先笑道你们瞧瞧孙行者来了他一般的拿着雪褂子故意妆出个小骚达子样儿来湘云笑道你们瞧我里头打扮的一面说一面脱了褂子只见他里头穿着一件半新的靠色三镶领袖秋香色盘金五色绣龙窄褃小袖掩衿银鼠短袄里面短短的一件水红妆缎狐肷褶子腰里紧紧束着一条蝴蝶结子长穗五色宫绦脚下也穿着麀皮小靴越显得蜂腰猿背鹤势螂形众人都笑道偏他只爱打扮成个小子的样儿原比他打扮女儿更俏丽了些湘云笑道快商议作诗我听听是谁的东家李纨道我的主意想来昨日的正日已过了再等正日又太远可巧又下雪不如咱们大家凑个社又给他们接风又可以作诗你们意思怎么样宝玉先道这话很是只是今日晚了若到明

日晴了又无趣众人都道这雪未必晴纵晴了这一夜下的也彀赏了李纨道我这里虽好又不如芦雪庭好我已经打发人笼地炕去了咱们大家拥炉作诗老太太想来未必高兴况且咱们小玩意儿单给凤丫头个信儿就是了你们每人一两银子就够了送到我这里来指着香菱宝琴李纹李绮岫烟五个不算外咱们里头二丫头病了不算四丫头告了假也不算你们四分子送了来我包总五六两银子也彀了宝钗等一齐应诺因又拟题限韵李纨笑道我心里早已定了等到了明日临期横竖知道说毕大家又闲话了一回方往贾母处来本日无话到了次日一早宝玉因心里记挂着这事一夜没好生得睡天亮了就爬起来掀起帐子一看虽然门窗尚掩只见窗上光辉夺目心内早踌躇起来埋怨定是晴了日光已出一面忙起来揭起窗屉从玻璃窗内往外一看原来不是日光竟是一夜大雪下将有一尺多厚天上仍是搓绵扯絮一般宝玉此时欢喜非常忙唤起人来盥漱已毕只穿一件茄色哆罗呢狐皮袄子罩一件海龙小鹰膀褂束了腰披上玉针蓑戴上金藤笠登上沙棠屐忙忙的往芦雪庭来出了院门四顾一望并无二色远远的是青松翠竹自己却似装在玻璃盒内一般于是走至山坡之下顺着山脚刚转过去已闻

得了股冷香，摸鼻回头一看，却是妙玉那边栊翠庵中有十数枝红梅如胭脂一般，映着雪色，分外显得精神，好不有趣。宝玉便立住，细细的赏玩了一回方走。只见蜂腰板桥上一个人打着伞走来，是李纨打发了请凤姐儿去的人。宝玉来至芦雪庭，只见丫鬟婆子正在那里扫雪开径。原来这芦雪庭盖在一个傍山临水河滩之上，一带几间茅檐土壁，槿篱竹牖，推窗便可垂钓，四面皆是芦苇掩覆，一条去径，逶迤穿芦度苇过去，便是藕香榭的竹桥了。众丫鬟婆子见他披蓑戴笠而来，却笑道：“我们才说正少一个渔翁，如今果然全了。姑娘们吃了饭才来呢，你也太性急了。”宝玉听了，只得回来。刚至沁芳亭，见探春正从秋爽斋出来，围着大红猩猩毡的斗篷，带着观音兜，扶着个小丫头，后面一个妇人打着青绸油伞。宝玉知道他往贾母处去，便立在亭边，等他来到，二人一同出园前去。宝琴正在里间房内梳洗更衣。一时众姊妹来齐，宝玉只嚷饿了，连连催饭。好容易等摆上饭时，头一样菜是牛乳蒸羊羔。贾母便说：“这是我们有年纪人的药，没见天日的东西，可惜你们小孩子吃不得。今儿另外有新鲜鹿肉，你们等着吃。”众人答应了。宝玉却等不得，只拿茶泡了一碗饭，就着野鸡瓜子忙忙的爬拉完了。贾母道：“我知道你们今儿又召马惜连饭也顾吃任料留着鹿肉与他晚上吃罢凤姐忙说还有呢咬残了的倒罢了史湘云便和宝玉计较道有新鲜鹿肉不如咱们要一块自己拿了园里弄着又吃又顽宝玉听了真和凤姐要了一块命婆子送入园去一时大家散后进园齐往芦雪庭来听李纨出题限韵独不见湘云宝玉二人黛玉道他两个再到不得一处若到了一处生出多少故事来这会子一定算计那块鹿肉去了正说着只见李婶娘也走来看热闹因问李纨道怎么一个带玉的哥儿和那一个挂金麒麟的姐儿那样干净清秀又不少吃的他两个在那里商议着要吃生肉呢说的有来有去的我只不信肉也生吃得的众人听了都笑道了不得快拿了他两个来黛玉笑道这可是云丫头闹的我的卦再不错李纨即忙出来找着他两个说道你们两个要吃生的我送你们到老太太那里吃去那怕一只生鹿撑病了不与我相干这么大雪怪冷的快替我做祸去罢宝玉忙笑道没有的事我们烧着吃呢李纨道这还罢了只见老婆子们拿了铁炉铁叉铁丝蒙来李纨道仔细割了手不许哭说着方进去了那边凤姐打发了平儿回复不能来为发放年例正忙湘云见了平儿那里肯放平儿也是个好顽的素日跟着凤姐儿无所不至见如此有趣乐得

預備因而退去手上的鐲子三個人圍着火平兒便要先燒三塊吃那邊寶釵
黛玉平素看慣了不以為異寶琴等及李嬸娘深為罕事探春與李紈等已議
定了題韻探春笑道你們聞聞香氣這裏都聞見了我也吃去說着也找了他們來李
紈也隨來說客已齊了你們還吃不夠湘雲一面吃一面說道我吃這個方愛吃酒吃了
酒纔有詩若不是這鹿肉今兒斷不能作詩說着只見寶琴披着鳧靨裘站
在那裏笑湘雲笑道傻子你來嘗嘗寶琴笑說怪髒的寶釵笑道你嘗嘗去
好吃的很呢你林姐姐弱吃了不消化不然他也愛吃寶琴聽了便過去吃了一塊果然
好吃便也吃起來一時鳳姐兒打發小丫頭來叫平兒平兒說史姑娘拉着我呢你先走罷小丫
頭去了一時只見鳳姐也披了斗篷走來笑道吃這樣好東西也不告訴我說着也湊着
一處吃起來黛玉笑道那裏找這一群花子去罷了罷了今日蘆雪庭遭劫生生被雲丫
頭作踐了我為蘆雪庭一大哭湘雲冷笑道你知道什麼是真名士自風流你們都
是假清高最可厭的我們這會子腥的羶的大吃大嚼回來卻是錦心繡口寶釵笑
道你回來若做的不好了把那肉掏出來就把這雪壓的蘆葦子揌上些以完
此劫吃畢洗了一回手平兒帶鐲子時卻少了一個左右前後亂找了一番蹤跡全無

众人都诧异凤姐便道我知道这镯子的去向你们只管作诗去我们也不用找只管前头去不出三日包管就有了说着又问你们今儿作什么诗老太太说了离年又近了正月里还该作些灯谜儿大家顽笑众人听了都笑道可是呢倒忘了如今赶着作几个好的预备着正月里顽说着一齐来至地炕屋内只见杯盘果菜俱已摆齐了墙上已贴出诗题韵脚格式来了宝玉湘云二人忙看时只见题目是即景联句五言排律一首限二萧韵后面尚未列次序李纨道我不大会作诗我只起三句罢然后谁先得了谁先联宝钗道到底分个次序要知端的下回分解

五九二

红楼梦第五十回

芦雪庭争联即景诗　暖香坞雅制春灯谜

话说薛宝钗道到底分个次序让我写出来说着便令众人拈阄为序起首恰是李氏然后按次各各开出凤姐道既这样说我也说一句在上头众人都笑起来说这样更妙了宝钗将稻香老农之上补了一个凤字李纨又将题目讲与他听凤姐想了半日笑道你们别笑话我只有一句粗话下剩的我就不知道了众人都笑道越是粗话越好你说了就只管干正事去罢凤姐笑道我想下雪必刮北风昨夜听见一夜的北风我有了一句就是一夜北风紧使得使不得我就不管了众人听说都相视笑道这句虽粗不见底下的这正是会作诗的起法不但好而且留了写不尽的多少地步与后人就是这句为首稻香老农快写上续下去凤姐和李婶娘平儿又吃了两杯酒自去了这里李纨便写了　一夜北风紧

自己联下去道　开门雪尚飘　入泥怜洁白

香菱道　匝地惜琼瑶　有意荣枯草

探春道　无心饰萎苗　价高村酿熟

李綺道　年稔府粱饒　葭動灰飛管
李紋道　陽回斗轉杓　寒山已失翠
岫烟道　凍浦不生潮　易掛疏枝柳
湘雲道　難堆破葉蕉　麝煤融寶鼎
寶琴道　綺袖籠金貂　光奪窗前鏡
黛玉道　香粘壁上椒　斜風仍故故
寶玉道　清夢轉聊聊　何處梅花笛
寶釵道　誰家碧玉簫　鰲愁坤軸陷
李紈笑道我替你們看熱酒去罷寶釵命寶琴續聯只見
湘雲起來道　龍鬥陣雲銷　野岸迴孤棹
寶琴也聯道　吟鞭指灞橋　賜裘憐撫戍
湘雲那裡肯讓人且別人也不如他敏捷都看他揚眉
挺身的道　加絮念征徭　坳垤審夷險
寶釵連声贊好也便聯道　枝柯怕動搖　皚皚輕趁步

黛玉忙聯道　勻勻舞隨腰　苦茗成新賞
一面說一面推宝玉命他聯宝玉正看宝釵宝琴黛玉三人共戰湘雲十分有趣那裡還顧詩
聯詩今見黛玉推他方聯道　孤松訂久要　泥鴻從印跡
宝琴接着聯道　林斧或閑樵　伏象千峰凸
湘雲忙聯道　盤蛇一徑遙　花緣經冷結
宝釵與众人又都贊好探春聯道　色豈畏霜凋　深院驚寒雀
湘雲正渴了忙忙的吃茶已被岫烟搶着聯道　空山泣老鴞　階墀隨上下
湘雲忙丢了茶杯聯道　池水任浮漂　照耀臨清曉
黛玉忙聯道　繽紛入永宵　誠忘三尺冷
湘雲忙笑聯道　瑞釋九重焦　僵卧誰相問
宝琴也忙笑聯道　狂游客喜招　天機斷縞帶
湘雲又忙道　海市失鮫綃
黛玉不容他道出接着便道　寂寞封台榭
湘雲忙聯道　清貧懷箪瓢

宝琴也不容情忙道　烹茶冰渐沸

湘云见这般自为得趣又是笑又忙联道　煮酒叶难烧

黛玉也笑道　没帚山僧扫

宝琴也笑道　埋琴稚子挑

湘云笑湾了腰忙念了一句众人问道到底说的是什么湘云道　石楼闲睡鹤

黛玉笑得握着胸口高声嚷道　锦罽暖亲猫

宝琴也忙笑道　月窟翻银浪

湘云忙联道　霞城隐赤标

黛玉忙笑道　沁梅香可嚼

宝钗笑称好也忙联道　淋竹醉堪调

宝琴也忙道　或湿鸳鸯带

湘云忙联道　时凝翡翠翘

黛玉又忙道　无风仍脉脉

宝琴又忙笑联道　不雨亦潇潇

湘云伏着已笑软了众人看他三人对抢也都不顾作诗看着也只是笑黛玉还推他往下联又道你也有才尽力穷之时我听听还有什么舌头嚼了湘云只伏着在宝钗怀里笑个不住宝钗推他起来道你有本事把二萧的韵全用完了我才服你湘云起身笑道我也不是作诗竟是抢命呢众人笑道倒是你自己说罢探春早已料定没有自己联的了便早写出来因说还没收住呢李纹听了接过来便联了一句道

欲志今朝乐

李绮收了一句道

凭诗祝舜尧

李纨道够了够了虽没作完了韵腾挪的字若生扭了倒不好了说着大家来细细评论一回独湘云的多都笑道这都是那块鹿肉的功劳李纨笑道逐句评去都还一气只是宝玉又落了第了宝玉笑道我原不会联句只好担待我罢李纨笑道也没有社社担待的又说韵险了又整误了又不会联句今日必罚你我才看见栊翠庵的红梅有趣我要折一枝来插瓶可厌妙玉为人我不理他如今罚你取一枝来插着顽儿众人都道这罚的又雅又有趣宝玉也乐为答应着就要走湘云黛玉一齐说道外头冷得很你且吃杯热酒再去湘云早执起壶来黛玉递了一个大杯满斟了一杯湘云笑道你吃了我们这酒要取不来加倍罚你宝玉忙吃了一杯冒雪而去李纨命人好好跟着黛玉忙拦说不必有了人

反不讓了李紈些明道是一面命丫環將一个美女聳肩瓶拿來貯了水準備插梅因又笑道回來該吟紅梅了湘雲忙道我先作寶釵笑道今日斷不容你再作了你都搶了去別人都閒着也沒趣回來還罰寶玉他說不会聯句如今就叫他自己作去黛玉笑道這話很是我還有主意方纔聯句不夠莫若揀那聯得少的人作紅梅詩寶釵笑道這話極是方纔邢李三位屈才且又是客琴兒和顰兒雲兒他們搶了許多我們一概都別作只他們三人作纔是李紈因說綺兒也不大会作還是讓琴妹妹罷寶釵只得依允又道就用紅梅花三字作韻每人一首七言律邢大妹妹作紅字你們李大妹妹作梅字琴兒作花字李紈道饒過寶玉去我不服湘雲忙道有个好題目命他作眾人問何題目湘雲道命他就作訪妙玉乞紅梅豈不有趣眾人聽了都說有趣一語未了只見寶玉笑嘻嘻擎了一枝紅梅進來丫環忙已接過插入瓶內眾人都過來賞玩寶玉笑道你們如今賞罷也不知費了我多少精神呢說着探春早又遞過一鍾暖酒來丫環接了斗篷撣雪各人房中丫環都添送衣服來襲人也遣人送了半舊的狐腋褂來李紈命人將那蒸的大芋頭盛了一盤又將硃橘黃橙橄欖等物盛了兩盤命人帶與襲人去湘雲且告訴寶玉方纔的詩題又催寶玉快作寶玉道好姐姐好妹妹們讓我自

已罷別限韻了眾人都說得你做去罷一面說一面大家看梅花原來這一枝梅花只有二尺來高傍有一枝縱橫而出約有二三尺長其間小枝分岐或如蟠螭或如僵蚓或孤削如筆或密聚如林真乃花吐胭脂香欺蘭蕙各各稱賞誰知岫烟李紋寶琴三人都已吟成各自寫了出來眾人便依紅梅花三字之序看去寫道

賦得紅梅花

桃未芳菲杏未紅　冲寒先喜笑東風　魂飛庾嶺春難辨
霞隔羅浮夢未通　綠萼添妝融寶炬　縞仙扶醉跨殘虹
看來豈是尋常色　濃淡由他冰雪中　邢岫烟

又

白梅懶賦賦紅梅　逞豔先迎醉眼開　凍臉有痕皆是血
酸心無恨亦成灰　誤吞丹藥移真骨　偷下瑤池脫舊胎
江北江南春燦爛　寄言蜂蝶漫疑猜　李紋

又

疏是枝條豔是花　春妝兒女競奢華　閑庭曲檻無餘雪
流水空山有落霞　幽夢冷隨紅袖笛　遊仙香泛絳河槎
前身定是瑤臺種　無復相疑色相差　寶琴

眾人看了都笑著稱贊了一回又指末一首更好寶玉見寶琴年紀最小才又敏捷

黛玉湘雲二人斟了一小杯酒齊賀寶琴寶釵笑道三首各有好處你們兩个天天捉弄厭了我如今又捉弄他來了李紈又問寶玉你可服了寶玉忙道我倒有了纔一看見這三首又嚇忘了等我再想湘雲聽說便拿了一枝銅火箸擊著手炉笑道我擊了若鼓絕不成又要罰的寶玉笑道我已有了黛玉提起筆來笑道你念我寫湘雲便擊了一下笑道一鼓絕寶玉笑道有了你寫罷眾人聽他念道

酒未開樽句未裁

黛玉寫了搖頭笑道起得平平湘雲又道快著寶玉笑道

尋春問臘到蓬萊

黛玉湘雲都點頭笑道有些意思了寶玉又道

不求大士瓶中露

為乞孀娥檻外梅

黛玉寫了搖頭說小巧而已湘雲將手又敲了一下寶玉笑道

入世冷挑紅雪去

離塵香割紫雲來

槎枒誰惜詩肩瘦

衣上猶沾佛院苔

黛玉寫畢湘雲大家纔評論時又見几个丫環跑進來道老太太來了眾人忙迎出來大家又笑道怎麼這等高興說著遠遠見賈母圍了大斗篷帶著灰鼠暖兜坐著小竹轎打著青紬油傘鴛鴦琥珀等五六个丫環每人都是打著傘擁轎而來李紈等忙往上迎賈母命人止住說只站在那裡就是了來至跟前賈母笑道我瞞著你太太和鳳丫頭來了大雪地下我坐著這个無妨沒的叫他娘兒們踏雪眾人忙一面上前接斗篷攙扶著一面

荅应着贾母来至室中先笑道好俊梅花你们也会乐我也不饶你们说着李纨早命人拿了一个大狼皮褥子来铺在当中贾母坐了因笑道你们只管照旧顽笑吃喝我因为天短了不敢睡中觉抹了一会牌想起你们来了我也来凑个趣儿李纨早又捧过手炉来探春另拿了一付杯箸来亲自斟了暖酒奉与贾母贾母便饮了一口问那个盘子里是什么东西众人忙捧了过来回说是糟鹌鹑贾母道这倒罢了撕一点子腿儿来李纨忙荅应了要水洗手亲自来撕贾母道你们仍旧坐下说笑我听着才欢喜又命李纨你也只管坐下就如同我没来的一样才好不然我就去了众人听了方才依次坐下只李纨挪到尽下边贾母因问你们作什么顽呢众人便说作诗呢贾母道有作诗的不如作些灯谜儿大家正月里好顽的众人荅应了说笑了一回贾母便说这里潮湿你们别久坐仔细着了凉倒是你四妹妹那里暖和我们到那里瞧瞧他的画儿赶年下能了不能众人笑道那里能年下就有了只怕明年端阳才有呢贾母道这还了得他竟比盖这园子还费工夫了说着仍坐了竹轿大家围随过了藕香榭穿入一条夹道东西两边皆有过街门门楼上里外都嵌着石头匾如今进的是西门向外的匾上凿着穿云二字向里的凿着度月二字来至当中进了门

南的正门贾母下了轿惜春已接了出来从游廊过去便是惜春卧房
门斗上有暖香坞三字早有几个人打起猩红毡帘已觉温香拂脸大家进入房
中贾母并不归坐只问画在那里惜春因笑回天气寒冷了胶性皆凝涩
不润画了恐不好看故此收起来了贾母笑道我年下就要的你别托懒儿快拿
出来给我快画一语未了忽见凤姐儿披着紫羯绒褂笑嘻嘻的来了口内说道老
祖宗今儿也不告诉人私自就来了要我好找贾母见他来了心中喜欢道我怕
你们冷着了所以不许人告诉你们去你真是个鬼精灵儿到底找了我来论礼孝
敬也不在这上头凤姐笑道我那里是孝敬的心找了来我因为到了老祖宗那里
鸦没雀静的问小丫头子们他又不肯说叫我找到园里来我正疑惑忽然来了两
三个姑子我心里才明白了那姑子必是来送年疏或要年例香例银子老祖宗年
下的事也多一定是躲债来了我赶忙问了那姑子果然不错我连忙把年例给了
他们去了如今来回老祖宗债主已去不用躲着了已预备下稀嫩的野鸡
请用晚饭去罢再迟一回就老了他一行说众人一行笑凤姐儿也不等贾母说话便
命人抬过轿来贾母笑着挽了凤姐儿的手仍上了轿带着众人说笑出了夹

道东门一看四面粉妆银砌忽见宝琴披着凫靥裘站在山坡后遥等身后一个丫环抱着一瓶红梅众人都笑道怪道少了两个他却在那里等着也弄梅花去了贾母喜的忙笑道你们瞧这雪坡儿上配上他这个人物又是这件衣裳后头又是这梅花像个什么众人都笑道就像老太太屋里挂的仇十洲画的艳雪图贾母摇头笑道那画的那里有这件衣裳人也不能这样好一语未了只见宝琴身后又转出一个穿大红猩猩毡的人来贾母道那又是那个女孩儿众人笑道我们都在这里那是宝玉贾母笑道我的眼越发花了说话之间来至跟前可不是宝玉和宝琴两个宝玉笑向宝钗黛玉等道我纔又到了栊翠庵妙玉竟每人送你们一枝梅花我已经打发人送去了众人都笑说多谢你费心说话之间已出了园门来至贾母房中吃毕饭大家又说笑了一回忽见薛姨妈也来了说好大雪一日也没过来望候老太太今日老太太倒不高兴正该赏雪纔是贾母笑道何曾不高兴了我找了他们姊妹去顽了一会子薛姨妈笑道昨日晚上我原想着今日要和我们姨太太借一日园子摆两桌粗酒请老太太赏雪的又见老太太安息的早我闻得宝儿说老太太心上不大爽因此今日也不敢惊动早知如此我竟该请了纔是呢贾母笑道这纔是十月是

六〇三

野場裏往後下雪的日子多着呢再破費姨太太不遲薛姨媽笑道早想如此算我的孝心虔了鳳姐笑道姨媽仔細忘了如今現秤五十兩銀子來交給我收着一下雪我就預備下酒姨媽也不用操心也省得忘了賈母笑道既這麼說姨太太給他五十兩銀子收着我和他每人分二十五兩到下雪的日子我裝心裏不快混過去了姨太太更不用操心我和鳳姐倒得實惠鳳姐將手一拍笑道好極了這和我的主意一樣眾人都笑了賈母笑道呸沒臉的就順着竿子爬上來了你不說姨太太是客在偺們家受屈我們該請姨太太纔是那裡有破費姨太太的理不這樣說呢還有臉先要五十兩銀子真不害臊鳳姐笑道我們老祖宗最是眼尖的試一試姨媽若鬆呢拿出五十兩來就和我分這會子估量着不中用了翻過來拿我做法子說出這些大方話來如今我也不和姨媽要銀子了我竟替姨媽出銀子治了酒請老祖宗吃了我另外再封五十兩銀子孝敬老祖宗算是罰我個包攬閑事這可好不好話未說完眾人已笑倒在炕上賈母因又說及寶琴雪下折梅比畫兒上還好又細問他的年庚八字並家內景況薛姨媽度其意思大約是要與寶玉求配薛姨媽心中因也遂意只是已許過梅家了因賈母尚未明說自己也不好擬定遂半吐半露告訴賈母

道可喜了這孩子沒福前年他父親就沒了他從小見的世面倒多跟他父親四山五岳都走遍了他父親好樂的各處因有買賣帶了家眷這一省逛一年明年又往那一省逛半年所以天下十停走了有五六停了那年在這裡把他許了梅翰林的兒子偏偏第二年他父親就辭世了如今他母親又是痰症鳳姐兒也不等說完便嗐聲跺腳的說偏不巧我正要作個媒呢又已經許了人家賈母笑道你要給誰說媒鳳姐笑道老祖宗別管我心裡看準了他們兩個是一對如今已許了人說也無益不如不說罷了賈母也知鳳姐之意聽見已有人家也就不提了大家又閑話了一回方散一宿無話次日雪晴飯後賈母又囑付惜春不管冷暖你只畫去趕到年下十分不能便罷了第一要緊把昨日琴兒和丫頭梅花照模樣一筆別錯快快添上惜春聽了雖是為難的事只得應了一時眾人都來看他如何畫惜春只是出神李紈因笑向眾人道讓他自己想去咱們且說話兒昨兒老太太只叫作燈謎回家和綺兒紋兒睡不著我就編了兩個四書的他兩個每人也編了兩個眾人聽了都笑道這倒該作的先說了我們猜猜李紈笑道觀音未有世家傳打四書一句湘雲接著就說在止於至善寶釵笑道你也想想世家傳三個字的意思再猜李紈笑道再想黛玉笑道哦是了是雖

善无徵众人都笑道这句是了李纨又说一池青草草何名湘云又忙道这一定是蒲芦也再不是不成李纨笑道这难为你猜纹儿的是水向石边流出冷打一古人名探春笑问道可是山涛李纹笑道是李纨又道绮儿是一个萤字打一个字众人猜了半日宝琴笑道这个意思却深不知可是花草的花字李绮笑道恰是了众人道萤与花何干黛玉笑道妙的很萤可不是草化的众人会意都笑了说好宝钗道这些虽好不合老太太的意不如做些浅近的物儿大家雅俗共赏才好众人都道也要做些浅近的俗物才是湘云想了一想笑道我编了一支点绛唇却真个是俗物你们猜猜说着便念道

溪壑分离红尘游戏真何趣名利犹虚后事终难继众人都不解想了半日也有猜是和尚的也有猜是道士的也有猜是偶戏人的宝玉笑了半日道都不是我猜着了必定是耍的猴儿湘云笑道正是这个了众人道前头都好末后一句怎么样解湘云道那一个耍的猴儿不是剁了尾巴去的众人听了都笑起来说道偏他编个谜儿也是刁钻古怪的李纨道昨日姨妈说琴妹妹见的世面多走的道路也多你正该编谜儿况且你的诗又好为什么不编几个儿我们猜一猜宝琴听了点头含笑自去寻思宝钗也有了一个念道

镂檀镌梓一层层

岂係良工堆砌成　　虽是半天风雨过　　何曾闻得梵铃声

众人猜时宝玉也有一个念道

天上人间两渺茫

琅玕节过谨隄防　　鸾音鹤信须凝睇　　好把唏嘘答上苍

黛玉也有了一个念道

騄駬何劳缚紫绳　　驰城逐堑势狰狞

主人指示风云动　　鳌背三山独立名

探春也有了一个方欲念时宝琴走来笑道从小儿所走的地方的古迹不少我如今拣了十个地方古迹做了十首怀古诗诗虽粗鄙却怀往事又暗隐俗物十件姐姐们请猜一猜众人听了都说这倒巧何不写出来大家一看要知端的下回分解

红楼梦第五十一回

薛小妹新编怀古诗　胡庸医乱用虎狼药

话说众人闻得宝琴将素昔所经过各省内古迹为题作了十首怀古绝句内隐十物皆说这自然新巧都争着看时只见写道是

赤壁怀古

赤壁沉埋水不流　徒留名姓载空舟
喧阗一炬悲风冷　无限英魂在内游

交趾怀古

铜柱金城振纪纲　声传海外播戎羌
马援自是功劳大　铁笛无烦说子房

钟山怀古

名利何曾伴女身　无端被诏出凡尘
牵连大抵难休绝　莫怨他人嘲笑频

淮阴怀古

壮士须防恶犬欺　三齐位定盖棺时
寄言世俗休轻鄙　一饭之恩死也知

广陵怀古

蝉噪鸦栖转眼过　隋堤风景近如何
只缘占尽风流号　惹得纷纷口舌多

桃叶渡怀古

衰草闲花映浅池　桃枝桃叶总分离
六朝梁栋多如许　小照空悬壁上题

青冢怀古

黑水茫茫咽不流　冰弦拨尽曲中愁
汉家制度诚堪叹　樗栎应惭万古羞

马嵬怀古

寂寞脂痕积汗光　温柔一旦付东洋
只因遗得风流迹　此日衣衾尚有香

蒲东寺怀古

小红骨贱一身轻　私掖偷携强撮成
虽被夫人时吊起　已经勾引彼同行

梅花观怀古

不在梅边在柳边　个中谁拾画婵娟
团圆莫忆春香到　一别西风又一年

众人看了都称奇道妙宝钗先说道前八首都是史鉴上有据的后二首却无考我们也不大懂得不如另作两首为是黛玉忙拦道这宝姐姐也忒胶柱鼓瑟矫揉造作了两首虽于史鉴上无考咱们虽不曾看这些外传不知底里难道咱们连两本戏文也没见过不成那三岁的孩子也知道何况咱们探春便道这话正是了李纨又

道况且他原是到过这个地方的这两件事虽无考古往今来以讹传讹好事者竟故意的弄出这古迹来以愚人比如那年上京的时节便是关夫子的坟倒见了三四处关夫子一身事业皆是有据的如何又有许多的坟自然是后来人敬爱他生前为人只怕从这敬爱上穿凿出来也是有的及至看广舆记上不止关夫子的坟多自古来有名望的人那坟就不少无考的古迹更多如今这两首虽无考凡说书唱戏甚至于求的签上都有老小男女俗语口头人人皆知皆说的况且又并不是看了西厢记牡丹亭的词曲怕看了邪书了这竟无妨只管留着宝钗听说方罢了大家猜了一回皆不是的冬日天短不觉又是吃晚饭时候一齐往前头来吃晚饭因有人回王夫人说袭人的哥哥花自芳在外头回进来说他母亲病重了想他女儿他来求恩典接袭人家去走走王夫人听了便说人家母女一场岂有不许他去的一面就叫了凤姐来告诉了命他酌量办理凤姐儿答应了回至房中便命周瑞家的去告诉袭人原故又吩咐周瑞家的再将跟出门的媳妇传一个你们两个人再带两个小丫头子跟了袭人去分头派四个有年纪跟车的要一辆大车你们带着坐一辆小车给丫头们坐周瑞家的答应了才要去凤姐又道那袭人是个省事的你告诉说我的话吩

他穿几件颜色好衣裳大大的包一包袱衣裳拿着包袱也要好好的手炉也拿
好的临走时叫他先来这里我瞧周瑞家的答应去了半日果见袭人穿戴了两
个丫头与周瑞家的拿着手炉与衣包凤姐看袭人头上戴着几枝金钗珠钏倒也华
丽又看身上穿着桃红百花刻丝银鼠袄葱绿盘金彩绣绵裙外面穿着青缎灰鼠
褂凤姐笑道这三件衣裳都是太太的赏了你倒是好的但这褂子太素了些如今穿
着也冷你该穿件大毛的袭人笑道太太就给了这灰鼠的还有一件银鼠的说赶年
下再给大毛的呢凤姐笑道我倒有一件大毛的我嫌风毛儿出不好了正要改去也罢先给
你穿去罢等年下太太给你作的时节我再作罢只当你还我的一样众人都笑道奶奶惯
会说这话成年家大手大脚的替太太不知背地里赔垫了多少东西真真赔的是说不出
来的那里又和太太算去偏这会子又说这小气话取笑儿来了凤姐笑道太太那里想得
到这些究竟这又不是正经事再不照管也是大家的体面说不得我自己吃些亏把
众人打扮体统了宁可我得个好名儿也罢了一个个烧煳了的馒子似的人先笑话我说
我当家倒把人弄出个花子来了众人听了都叹说谁似奶奶这样圣明的在上体贴太太在下
又疼顾下人一面说一面只见凤姐命平儿将昨日那件石青刻丝八团天马皮褂子拿

六一二

出来与了袭人又将包袱只得一个弹墨花绫水红绸里的夹包袱里面只见包着两件半旧绵袄与皮褂子凤姐又命平儿把一个玉色绸里的哆罗呢包袱拿出来又命包上一件雪褂子平儿走去拿了出来一件是半旧大红猩猩毡的一件是半旧大红羽缎的袭人道一件就当不起了平儿笑道你拿这猩猩毡的把这件顺手带出来叫人给邢大姑娘送去昨儿这么大雪人人都穿着不是猩猩毡就是羽缎的十来件大红衣裳映着大雪好不齐整只他穿着那几件旧衣服越发显的拱肩缩背好不可怜见的如今把这件给他罢凤姐笑道我的东西他私自就要给人我一个还花不够再添上你提着更好了众人笑道这都是奶奶素日孝敬太太疼爱下人若是奶奶素日是小气的只以东西为事不顾下人的姑娘那里敢这样凤姐笑道所以知道我的心的也就是他还知三分罢了说着又嘱咐袭人道你妈若好了就罢若不中用了只管住下打发人来回我我再另打发人给你送铺盖去可别使他们的铺盖和梳头的家伙又吩咐周瑞家的道你们自然是知道这里的规矩的也不用我吩咐了周瑞家的答应都知道我们这去到那里总叫他们的人回避若住下必是另要一两间内房的说着跟了袭人出去又吩咐小厮预备灯笼就遂坐车往花自芳家来不在话下这里凤姐又将怡红院的嬷嬷唤了两个来吩咐道袭人

只怕不来家了你们素日知道那个大了头知好歹派出来在宝玉屋里上夜你们也好生照管着别由着宝玉胡闹两个嬷嬷答应了一时来回说派了晴雯和麝月在屋里我们四个人原是轮流着带管上夜的凤姐听了点头又说道晚上催他早睡早晨催他早起老嬷嬷们答应了自回园去一时果见周瑞家的带了信回凤姐说袭人之母业已停床不能回来凤姐回明了王夫人一面着人往大观园去取他的铺盖妆奁宝玉看着晴雯麝月二人打点妥当送去之后晴雯麝月皆卸罢残妆脱换过裙袄晴雯只在熏笼上围坐麝月笑道你今儿别装小姐了我劝你也动一动儿晴雯道等你们都去净了我再动不迟有你们一日我且受用一日麝月笑道好姐姐我铺床你把那穿衣镜的套子放下来上头的划子划上你的身量比我高些说着便去与宝玉铺床晴雯嗐了一声笑道人家才坐暖和了你就来闹此时宝玉正坐着纳闷想袭人之母不知是死是活忽听见晴雯如此说便自己起身出去放下镜套划上消息进来笑道你们暖和罢我都弄完了晴雯笑道终久暖和不成的我又想起来汤婆子还没拿来呢麝月道这难为你想着他素日又不要汤壶咱们那熏笼上又暖和比不得那屋里炕冷今儿可以不用宝玉笑道你们两个都在那上头睡了

我这外边没个人怪怕的一夜也睡不着晴雯道我是在这里睡的麝月你叫
他往外边睡去说话之间天已二更麝月早已放下帘幔移灯炷香伏侍宝玉
卧下二人方睡晴雯自在薰笼上麝月便在暖阁外边至三更以后宝玉睡梦之
中便叫袭人叫了两声无人答应自己醒了方想起袭人不在家自己
也好笑起来晴雯已醒因唤麝月道连我都醒了他守在旁边还不知
道真是挺死尸呢麝月翻身打个哈哈笑道他叫袭人与我什么相干因
问作什么宝玉说要吃茶麝月忙起来单穿着红绸小绵袄儿宝玉
道披了我的皮袄再去仔细

冷有麝月听说回手便把宝玉自起夜的一件貂頦满襟煖袄披上下去向盆内洗了手先倒了一鍾温水拿了大漱盂宝玉漱了一口然后才向茶槅上取了茶碗先用温水涮了一涮向暖壶中倒了半碗茶递与宝玉吃了自己也漱了一漱吃了半碗晴雯笑道好妹妹也赏我一口儿麝月笑道越发上脸儿了晴雯道好妹妹明儿晚上你别动我伏侍你一夜何如麝月听说只得也伏侍他漱了口倒了半碗茶与他吃过了麝月笑道你们两个别睡说着话儿我出去走走回来晴雯笑道外头有个鬼等着你呢宝玉道外头自然有月亮的我们说话你只管去一面说一面便嗽了两声麝月便开了后房门揭起毡帘一看果然好月色晴雯等他出去便欲唬他玩耍仗着素日比别人气壮不畏寒冷也不披衣只穿着小袄便蹑手蹑脚的下了熏笼随后出来宝玉笑劝道罢冻着不是顽的晴雯只摆手随后出了房门只见月光如水忽然一阵微风只觉侵肌透骨不禁毛骨森然心下自思道怪道人说热身子不可被风吹这一冷果然利害一面正要唬麝月只听宝玉高声在内道晴雯出去了晴雯忙回身进来笑道那里就唬死了他偏你惯会这蝎蝎螫螫老婆子样的宝玉笑道倒不为唬坏了他头一件你冻着也不好二则他不防不免一喊倘或唬醒了别人不说咱们是顽意倒反说袭人才去了一夜你们就见神见鬼的你来把我这边被掖一掖晴雯听说便上来掖了一掖伸手进去渥一渥时宝玉笑道好冷手我说看冻着一面又见晴雯两腮如胭脂一般用手摸了一摸也觉冰冷宝玉道快进被来渥渥罢一语未了只听咯噔一声门响麝月慌慌张张的笑了进来说道唬了我一跳好的黑影子里山子石后头只见一个人蹲着我才要叫喊原来是那

个大锦鸡见了人一飞々到亮处来我才看真了若冒々失々一嚷倒闹起人来一面说一面洗手又笑道晴雯出去我
怎么不见一定是要唬我去了宝玉笑道这不是他在这里渥着呢我若不叫的快可是倒唬一跳的晴雯笑道也不用我唬去
这小蹄子已经自怪自惊的了一面说一面仍回自己被中去了麝月道你就这么跑解马的打扮的伶々俐々的出去了不成宝玉
笑道可不就这么去了麝月道你死不拣好日子你出去站一站把皮不冻破了你的说着又将火盆上的铜罩揭起拿灰
锹重将熟炭埋了一埋拈了两块素香放上仍旧罩了至屏后剔了灯方才睡下晴雯因方才一冷如今又一暖不觉打了两个喷
嚏宝玉叹道如何到底伤了风了麝月笑道他早起就嚷不受用一日也没吃饭他这会子不说保养着些还要捉弄人明儿病
了叫他自作自受宝玉问道头上可热晴雯嗽了两声说道不相干那里这么娇嫩起来说着只听外间房中十锦格
上的自鸣钟当々的两声外间值宿的老嬷々嗽了两声因说道姑娘们睡罢明儿再说罢宝玉方悄々的笑道咱们别说话
又惹他们说话说着方大家睡了至次日起来晴雯果觉有些鼻塞声重懒待动弹宝玉道快不要声张太々知
道了又叫你搬了家去养息家里纵好到底冷些不如在这里你就在里间屋里躺着我叫人请了大夫悄々的从后
门进来瞧々就是了晴雯道虽如此说你到底要告诉大奶々一声儿不然一时大夫来了人问起来怎么说呢宝玉听
了有理便唤了一个老嬷々来吩咐道你回大奶々去就说晴雯白冷着了些不是什么大病袭人又不在家他
若家去养病这里更没有人了传一个大夫悄々的从后门进来瞧々别回太々罢了老嬷々去了半日来回说大奶々知
道了说两剂药好了便罢若不好时还是出去为是如今时气不好恐沾带了别人事小姑娘们的身子要紧

的情雯聽在煖閣裡只管咳嗽听了這話氣的喊道我那裡就害瘟疫了生怕過了人我离了這裡看你們這一輩子都别要頭疼腦熱的說着便真个要起来宝玉忙按他唑道别生氣這原是他的責任生恐太太知道了說他不过白說一句你素習好生氣如今肝火自然又盛了正說时人回大夫来了宝玉便走过来避在書架之後只見兩三个後門口的老嬤嬤帶了一个太医進来這裡的丫鬟都迴避了有三四个老嬤嬤放下煖閣上的大红綉幔晴雯從幔中单伸出手来那太医見這隻手上有兩根指甲足有二三寸長尚有金鳳花染的通红的痕跡便忙回过頭来有一个老嬤嬤忙拿了一塊手帕掩了那太医方胗了一会起身到外间向嬤嬤們說道小姐的症是外感内滯近日时氣不好竟算个小傷寒幸虧是小姐素日飲食有限風寒也不大不过是氣血原弱偶然沾染了些吃兩劑藥疎散疎散就好了說着便又隨婆子們出去彼时李紈已遣人知会过後门上的人及各处丫鬟迴避那太医只見了園中的景致並不曾見一女子一时出了園门就在守園门的小厮們的班房内坐了开了藥方老嬤嬤道老爷且别去我們小爺囉唆恐怕还有話問太医忙道方才不是小姐是位爷不成那屋子竟是綉房又是放下幔子来的如何是位爺呢老嬤嬤悄悄笑道我的老爷怪道小厮們才說今兒請了一位新太医来了真不知我們家的事那屋子是我們小哥兒的那人是他屋裡的丫頭倒是个大姐那裡的小姐若是小姐的綉房小姐病了你那麼容易就進去了說着拿了藥方進去宝玉看时上面有紫蘇桔梗防風荊芥等藥後面又有枳实麻黄宝玉道該死該死他拿着女孩兒們也像我們一樣的治如何使得憑他有什麼内滯這枳实麻黄如何禁得誰請了来的快打發他去罷再請一个熟的来老婆子道用藥好不好我們不知道如今再叫小厮去請王太医去倒容易只是

是这大夫又不是告诉总管房请来的这轿马钱是要给他的宝玉道给他多少婆子道少了不好看也得一两银子才是我们这样门户的礼宝玉道王太医来了给他多少婆子笑道王太医和张太医每常来了也没给钱不过每年四节一大趸送礼那是一定的年例这个人新来了一次须得给他一两银子去宝玉听说便命麝月去取银子麝月道花大姐姐还不知搁在那里呢宝玉道我常见他在那小螺甸柜子里取钱我和你找去说着二人来至袭人堆东西的房内开了螺甸柜子上一格子都是些笔墨扇子香饼各色荷包汗巾等类的东西下一格却有几串钱于是开了抽屉才看见一个小簸箩内放着几块银子倒也有戥子麝月便拿了一块银子提起戥子来问宝玉那是一两的星儿宝玉笑道你问我有趣儿你倒成了是才来的了麝月也笑了又要去问人宝玉道拣那大的给他一块就是了又不做买卖算这些做什么麝月听了便放下戥子拣了一块掂了一掂笑道这一块只怕是一两了宁可多些好别少了叫那穷小子笑话不说咱们不识戥子倒说咱们有心小器似的那婆子站在外头台矶上笑道那是五两的锭子夹了半个这一块至少还有二两呢这会子又没夹剪姑娘收了这块再拣一块小些的罢麝月早掩了柜子出来笑道谁又找去多少你拿了去罢宝玉道你快叫茗烟再请王大夫来就是了婆子接了银子自去料理一时茗烟果请了王太医来先诊了脉后说病症也与前相仿只是方子上果没有枳实麻黄等药倒有当归陈皮白芍等药那分两较先也减了些宝玉喜道这才是女孩子们的药虽疏散也不可太过旧年我病了却是伤寒内里饮食停滞他瞧了还说我禁不起麻黄石膏枳实等狼虎药我和你们一比我就如那野坟圈子里长的几十年的一棵老杨树你们就如秋天芸儿进我的那才开的白海棠连我禁不起的药你们如何禁得起麝月等笑道野坟里只有杨树不成难道就没有

松柏不敢比我最嫌的是杨树那么大笑树叶子只一点子没一丝风他也是乱响你偏比他也太下流了宝玉笑道松柏不敢比连孔子都说
岁寒然后知松柏之后凋也可知这两件东西高雅不怕燥的才拿他混比呢说着只见老婆子取了药来宝玉命把药煎的
银吊子找来就命在火盆上煎晴雯因说正经给他们茶房里煎去弄的这屋里药气如何使得宝玉道药气比一切的花
香果子香都雅神仙采药烧药再者高人逸士采药治药最妙的一件东西这屋里我正想各色都齐了就只少药香如今恰
好全了一面说一面早命人煨上又嘱咐麝月打点些东西遣老嬷嬷去看袭人劝他少哭一一妥当方过前边来贾母王夫人处问
安吃饭正值凤姐儿和贾母王夫人商议说天又短又冷不如以后大嫂子带姑娘们在园子里吃饭等天暖和了再来
回的跑也不妨王夫人笑道这也好主意刮风下雪倒便宜吃些东西受了冷气也不好空心走来一肚子冷气压上些东西
也不好不如园后门里头的五间大房子横竖有女人们上夜的挑两个厨子女人在那里单给他姊妹们弄饭新鲜菜
蔬是有分例的在总管房里支了去或要东西那些野鸡獐麅各样野味分些给他们就是了贾母道我也正想着呢
就怕又添一个厨房多事些凤姐道并不多事一样的分例这里添了那里减了就便多费些事小姑娘们冷气
冷风的别人还可第一林妹妹如何禁得住就连宝兄弟也禁不住何况众位姑娘贾母道正是这话上次我要说这话
贾母如何善言且听
这话我见你们大事多了如今又添出这些事来要知端的下回分解

第五十二回　俏平兒情掩蝦鬚鐲　勇晴雯病補雀金裘

話說賈母道正是這話上次我要說我見你們的大事多如今添出這些事來你們固然不敢抱怨未免想着我只顧疼這些小孫子孫女兒們就不體貼你們這當家人了你既這麼說出來更好了因此時薛姨媽李嬸都在坐邢夫人及尤氏婆媳也都過來請安還未過去賈母向王夫人等說道今兒我才說這話素日我不說一則怕逞了鳳丫頭的臉二則眾人不伏今日你們都在這裡都是經過妯娌姑嫂的還有他這樣想的到的沒有薛姨媽李嬸尤氏等齊笑說真个少有別人不過是理上面子情兒實在他是真疼小叔子小姑子就是老太太跟前也是真孝順賈母點頭嘆道我雖疼他我又怕他太伶俐了也不是好事鳳姐兒忙笑道這話老祖宗說差了是人都說太伶俐聰明怕活不長是人都說是人都信獨老祖宗不當說不當信老祖宗只有伶俐聰明過我十倍的怎麼如今這樣福壽雙全的只怕我明兒還勝老祖宗一倍呢我活一千歲後等老祖宗歸了西我才死呢賈母笑道眾人都死了單剩下咱們兩個老妖精有什麼意思說的眾人都笑了寶玉因記掛着晴雯襲人等事便先回園裡來到了房中藥香滿室一人不見只見晴雯獨臥于炕上臉面燒的飛紅又摸了一摸只覺燙手忙又向爐上將手烘暖伸進被去摸了一摸身上也是火燒因說道別人去了也罷麝月秋紋也這樣無情各自去了晴雯道秋紋是我攆他去吃飯的麝月是方才平兒來找他出去了兩人鬼鬼祟祟的不知說什麼必是說我病了不出去寶玉道平兒不是那樣人況且他並不知你病特來瞧你想來一定是找麝月來說話偶然見你病了隨口說特瞧你病這也是人情乖覺取和的常事便不出去有不是與他何干你們素日又好斷不肯為這無干的事傷和氣晴雯道這話也是只是疑他為什麼

忽然又睛起我来宝玉咲道让我从后门出去到那窗（户根）听听说些什么来告诉你说着果然从后门出去至窗下潜听麝月悄悄问道
你怎么就得了的平儿道那日盥洗手时不见了二奶奶就不许吵嚷出了园子即刻就传给园裡各处的妈妈们小心访查我们只
疑惑邢姑娘的丫头本来又穷只怕小孩子家没见过拿了起来有的再不料定是你们这裡的幸而二奶奶没有在屋裡你们
这里的宋妈去了拿（着）这支（独）镯子说是小丫头坠儿偷起来的被他看见来回二奶奶的我赶忙接（了）镯子想了一想宝玉是偏
在你们身上留心用意争胜要强的那一年有个良儿偷玉刚冷了这一二年间时还有人提起来趁愿这会子又跑出个偷
金子的来了而且更偷到街坊家去了偏是他这样（着）偏是他的人打嘴所以我倒忙叮咛宋妈千万别告诉宝玉只当没有这、
事（携）别和一个人提起第二件老太太太太听了也生气三则袭人和你们也不好看所以我回二奶奶只说我往大奶奶那裡去谁知镯子褪
了口丢在草根底下雪深了没看见今儿雪化尽了黄澄澄的映着日头还在那裡呢我就拣了起来二奶奶也就信了所以我来告诉
你们你们以后防着他些别使唤他到别处去等袭人回来你们商议着变个法子打发出去就完了麝月道这小蹄子也见过些东西怎么
这么眼皮子浅平儿道究竟这镯子能多重原是二奶奶的说这叫做虾须镯到是这颗珠子要（重）了晴雯那蹄子是块爆炭
要告诉了他（他是）忍不住的一时氣上（来）或打或骂依旧嚷出来不好所以单告诉你留心就是了说着便作辞而去宝玉听了又是喜
又氣又叹喜的是平儿（竟）能体贴自己（的心）氣的是坠儿小窃叹的是坠儿那样一个伶俐人做出这样丑事来因而回至房
中把平儿之话一长一短告诉了晴雯又说他说你是个要强的如今病着听了这话越发要添病的等好了再告诉你晴雯
听了果然氣的蛾眉倒蹙凤眼圆睁即时（就）叫坠儿宝玉忙劝道你这一喊出来岂不辜负了平儿（待）你我（的）之心呢不如领他这

个情道没打发他就完了晴雯道虽如此说只是这氣如何忍得宝玉道这有什么氣的你只養病就是了晴雯服了藥
至晚间又服二和夜间虽有些汗不見效仍是發燒頭疼鼻塞声重次日王太医又来診視另加减湯劑虽然少减了燒仍
是頭疼宝玉便命麝月取鼻烟来給他嗅些痛打几个嚏噴就通快了麝月果真去取了一个金鑲双扣金星玻
璃的小扁盒兒来遞与宝玉宝玉便揭開盒盖裡面有西洋琺瑯的黄髮赤身女子两肋又有肉翅裡面盛着些真正的汪恰
洋烟晴雯只顧看画兒宝玉道嗅些走了氣就不好了晴雯听说忙用指甲挑了些嗅入鼻中不見怎樣便又多多
挑了些嗅入忽覺鼻中一股酸辣透入顖门接連打了五六个嚏噴眼淚鼻涕登时齊流晴雯忙收了盒子笑道
了不得好爽快拿紙来早有小丫頭子遞过一搭子細紙晴雯便一張張的拿来醒鼻子宝玉笑问如何晴雯笑道果
覺通快些只是太陽还疼宝玉笑道越性尽用西洋藥治治只怕就好了说着便命麝月往二奶奶要去就说我说了姐姐那裡常有那
西洋貼頭疼的膏子藥叫作依弗哪找寻一点兒麝月答应了去了半日果拿了半節来便去找了一塊紅緞子角兒鉸了兩塊指頂
大的圓式將那藥烤和了用簪挺攤上晴雯自拿着一面靶鏡貼在兩太陽上麝月笑道病的蓬頭鬼一樣如今貼上这个倒俏皮了二奶
奶貼慣了倒不大顯说畢又向宝玉道二奶奶说了明日是舅老爷的生日太太说了叫你去呢明兒穿什么衣裳今兒晚上好打点齊备
了省得明兒早起費手宝玉道什么順手就是什么罢了一年闹生日也闹不清说着便起身出房往惜春房裡去看画刚到
了院门外边忽見宝琴的小丫鬟名小螺者從那边过去宝玉忙赶上问那去小螺笑道我们二位姑娘都在林姑娘房裡呢我如今也往
那裡去宝玉听了轉步也便同他往瀟湘館来不但宝釵姊妹在此且連邢岫烟也在那裡四人圍坐在熏籠上叙家常紫鵑

到坐在暖閣裡臨窗做針活一見他来都笑道說又来了一个可沒你的坐处了宝玉笑道好一付冬閨集艷圖可惜我遲来了横

豎這屋子比各屋子暖這椅子上坐着並不冷說着便坐在代玉常坐的搭着灰鼠椅搭一張椅上因見暖閣之中有玉石條盆

裡面攢三聚五栽着一盆單瓣水仙点着宣石便極口讚好花這屋子越暖這花香的越清昨見代玉因說道這是你家大

總管賴大婶子送薛二姑娘的兩盆他送了我一盆水仙他送了頭一盆臘梅我原不要的又恐辜負了他的心你若要我

轉送你如何宝玉道我屋裡却有兩盆只是不及這个琴妹妹送你的如何又轉送人這个斷使不得代玉道我一日藥

吊子不離火我竟是藥培着呢那裡還擱的住花香来燻越發弱了况且這屋子裡一股藥香反把這花香攪壞了不

如你抬了去這花也清淨了沒味来攪他宝玉笑道我屋裡今兒也有病人藥呢你怎么知道的代玉笑道這

話奇了我原是無心的話誰知你屋裡的事你不早来听說古記這會子来了自驚自怪的宝玉笑道偺们明兒下一社

又有了題目了就咏水仙臘梅代玉听了笑道罷罷我再不敢做詩了做一回罰一回沒的怪羞的說着便双手握起臉来宝玉

笑道何苦来又奚落我作什么我还不怕燥呢你倒握起臉来了宝釵因笑道下次我邀一社四个詩題四个詞題每人

四首詩四闋詞頭一个詩題咏太極圖限一先的韵五言律要把一先的韵都用尽了一个不許剩宝琴笑道這一說可知

是姐姐不是真心起社了這分明是難人若論起来也強扭的出来不過顛来倒去弄些易經上的話生填究

竟有何趣味我八歲的时節跟我父親到西海沿子上買洋貨誰知有个真真国的女孩子才十五歲那臉面就和

那西洋画上的美人一樣也披着黃頭髮打着聯垂滿頭帶着都是珊瑚猫兒眼祖母綠這些宝石身上穿

有金丝织的锁子甲洋锦袄袖带着倭刀也是镶金嵌宝的实在画兒上的也没他好看有人说他通中国的诗书会讲五经能做诗填词因此我父亲央烦了一位通事官烦他写了一张字就写的是他做的诗众人都称奇道异宝玉忙笑道好妹妹你拿出来我瞧瞧宝琴笑道在南京收着呢此时那里去取宝玉听了大失所望便说没福得见这世面黛玉笑拉宝琴道你别哄我们我知道你这一来你的这些东西未必放在家里自然都是要带了来的这会子又扯谎说没带来他们虽信我是不信的宝琴便红了脸低头微笑不语宝钗笑道偏这个颦兒惯说这些白话把你就伶俐的黛玉笑道若带了来就给我们见识见识也罢了宝钗笑道箱子笼子一大堆还没理清知道在那个里头呢等过日收拾清了找出来大家再看就是了又向宝琴道你若记得何不念念我们听听宝琴方答道记得是首五言律外国的女子也就难为他了宝钗道你且别念等把云兒叫了来也叫他听听说着便叫小螺来吩咐道你到我那里去就说我们这里有一个外国的美人来了做的好诗请你这诗疯子来瞧瞧再把我们的诗呆子也带来小螺笑着去了半日只听湘云笑问那个外国的美人来了一头说一头果和香菱来了众人笑道人未见形先已闻声宝琴等忙让坐遂把方才的话重告诉了一遍湘云笑道快念来听听宝琴因念道

昨夜朱楼梦　今宵水国吟　岛云蒸大海　岚气接丛林

月本无今古　情缘自浅深　汉南春历历　焉得不关心

众人听了都道难为他竟比我们中国人还强一语未了只见麝月走来说太太打发人来告诉二爷明儿一早往舅舅那里去就说太太身上不大好不得亲自来宝玉忙站起来答应道是因向宝钗宝琴可去宝钗道我们不去昨儿单送了礼去了大家说了一会方散宝玉因让诸姊妹先行自己落后代玉便又叫住他问道袭人到底多早晚回来宝玉道自然等送了殡才来呢代玉还有话说又不曾出口出了一回神便说道你去罢宝玉心里也觉有许多话只是口里不知要说什么想了一想也笑道明日再说罢一面下了台阶低头正欲迈步复又忙回身问道如今的夜越发长了你一夜咳嗽几遍醒几次代玉道昨儿夜里好了只咳嗽两遍却只睡了四更一个更次就再不能睡了宝玉又笑道正是有句要紧的话这会子才想起来一面说一面便挨近身来悄悄道我想宝姐姐送你的燕窝一语未了只见赵姨娘走了进来瞧代玉问姑娘这两天好代玉便知他是从探春处来从门前过顺路的人情代玉忙陪笑让坐说难得姨娘想着怪冷的亲自走来又忙命倒茶一面又使眼色与宝玉宝玉会意便走了出来正值吃晚饭时见了王夫人王夫人又嘱咐去宝玉回来看晴雯吃了药此夕宝玉便不命晴雯挪出暖阁来自己便在晴雯外边又命将薰笼抬至暖阁前麝月便在薰笼上一宿无话至次日天未明时晴雯便叫醒麝月道你也该醒了只是睡不够你出去叫人给他预备茶水我叫醒他就是了麝月忙披衣起来道咱们叫起他来穿好衣裳抬过这火箱去再叫他们进来老嬷嬷们已经说过不叫他在这屋里怕过了病气如今他们见咱们挤在一处又该唠叨了晴雯道我也是这么说呢二人才叫时宝玉已醒了忙起身披衣麝月先叫进小丫头子来收拾妥了才命秋纹檀云等进来一同伏侍宝玉梳洗毕麝月道天又阴阴的只怕下雪

穿那一套毡的罢宝玉点头即时换了衣裳小丫头便用小茶盘捧了一盖碗建莲红枣汤来宝玉喝了两口麝月又捧
过一小碟法制紫姜来宝玉噙了一块又嘱咐了晴雯一回便往贾母处来贾母犹未起来知道宝玉出门便开了房门
命宝玉进去宝玉见贾母身后宝琴面向里也睡着未醒贾母见宝玉身上穿着荔色哆啰呢的天马箭袖大红
猩猩毡盘金彩绣石青妆缎沿边的排穗褂子贾母道下雪呢么宝玉道天阴着还没下呢贾母便命鸳鸯来把
昨儿那一件乌云豹的氅衣给他罢鸳鸯答应了走去果取了一件来宝玉看时金翠辉煌碧彩闪灼又不似宝琴
所披之凫靥裘只听贾母笑道这叫作雀金泥是哦啰斯国拿孔雀毛拈了线织的前儿把那野鸭子的给
了你小妹妹这件给你罢宝玉磕了一个头便披在身上贾母笑道你先给你娘瞧瞧去再去宝玉答应了便出
来只见鸳鸯站在地下揉眼睛因自那日鸳鸯发誓决绝之后他总不和宝玉说话宝玉正自日夜不安此时见他
又要回避宝玉便上来笑道好姐姐你瞧瞧我穿着这个好不好鸳鸯一摔手便进贾母房中来了宝玉只得
到了王夫人房中与王夫人看了然后又回至园中与晴雯麝月看过后回至贾母房中回说太太看了只说
可惜了的叫我仔细穿别遭塌了他贾母道就剩了这一件你遭塌了也再没了这会子特给你做这个也是
没有的事说着又嘱咐他不许多吃酒早些回来宝玉应了几个是老嬷嬷跟至厅上只见宝玉的奶兄李
贵和王荣张若锦赵亦华钱启周瑞六个人带着茗烟伴鹤锄药扫红四个小厮背着衣包抱着坐褥笼
着一匹雕鞍彩辔的白马早已伺候多时了老嬷嬷又吩咐他六人些话六个人忙答应了几个是忙捧鞭坠镫宝玉慢

〻的上了马李贵和王荣笼嚼环钱啟周瑞在前引导张若锦赵亦华在双边紧贴宝玉後身宝玉在马上笑道周哥钱哥咱们打这角门走罢省得到了老爷书房门口又下来周瑞侧身笑道老爷在家书房天〻锁着的爷可以不用下来罢了宝玉笑道虽锁着也要下来的钱啟李贵等都笑道爷说的是便托懒不下来倘或遇见赖大爷林二爷虽不好说爷也劝两句有的不是都派在我的身上又说我不教爷的礼了周瑞钱啟便一直出角门来正说话时顶头果见赖大进来宝玉忙笼住马意欲下来赖大忙上来抱住腿宝玉便在镫上站起来笑携他的手说了几句话接着又见一个小厮带有二三十个拏扫箒簸箕进来见宝玉都顺墙垂手立住独那为首的小厮打千儿请安宝玉不识名姓只微笑点点头马已过去那人方带人去了于是出了角门外有李贵等六人的小厮并几个马夫早预备下十来匹马专候一出角门李贵等都上了马前引傍围的一阵烟去了不在话下这里晴雯吃了药仍不见病退急的乱骂大夫说只会骗人的钱一剂好药也不给人吃麝月笑劝道你太性急了俗语说病来如山倒去如抽丝又不是老君的仙丹那有这灵药你只静养几天自然好了你越急越着手晴雯又骂小丫头子们那里钻沙去了瞅我病了都大胆子走了明儿我好了一个〻的揭你们的皮呢唬的小丫头子篆儿忙进来问姑娘做什么晴雯道别人都死绝了就剩了你不成说着只见坠儿也跑了进来晴雯道你瞧〻这小蹄子不问他还不来呢这里又放月钱了又散果子了你该跑在头里了你往前些〻我不是老虎吃了你坠儿只得前凑晴雯便冷不防欠身一把将他的手抓住向枕边取了一个针向他手上乱戳口内骂道要这

抓子做什么拈不得针拿不动线只会偷嘴吃眼皮子又浅打嘴现世的不如戳烂了坠儿疼的乱哭乱喊麝月忙拉开坠儿按着晴雯躺下笑道你纔出了汗又作死等你好了要打多少打不得这会子闹什么晴雯便命人叫宋嬷嬷进来说道宝二爷才告诉了我叫我告诉你们坠儿很懒宝二爷当面使他他拨嘴儿不动连袭人使他他也背地里骂他今儿务必打发他出去明儿宝二爷亲自回太太就是了宋嬷嬷听了心下便知镯子事发因笑道虽如此说也等花姑娘回来知道了再打发他晴雯道宝二爷今儿千叮咛万嘱咐的什么花姑娘草姑娘我们自然有道理你只依我的话快叫他家的人来领他出去麝月道这也罢了早也是去晚也是去带了去早清净一日宋嬷嬷听了只得出去唤了他母亲来打点了他的东西又来见了晴雯等说道姑娘们怎么了你侄女儿不好你们教道他怎么撵出去也到底给我们留个脸儿晴雯道你这话只等宝二爷来问他与我们无干那媳妇冷笑道我有胆子问他去他那一件事不是听姑娘们的调停他纵依了姑娘们不依也未必中用比如方才说话虽是背地里姑娘就直叫他的名字在姑娘们就使得在我们就成了野人了晴雯听说一发急红了脸说道我叫了他的名字了你在老太太跟前告我去说我撒野也撵出我去麝月忙道嫂子你只管带了人出去有话再说这个地方岂有你叫喊讲礼的你见谁和我们讲过礼别说嫂子你就是赖大奶奶林大娘也得担待我们三分就是叫名字从小儿直到如今都是老太太吩咐过的你们也知道的恐怕难养活巴巴的写了他的小名儿各处贴着叫万人叫去为的是好养活连挑水挑粪花子都叫得何况我们连昨儿林大娘叫了一声爷老太太还说他呢此是一件二则我

們這些人常回老太〻太〻的話去可不叫(回話難道也稱爺)有名那一日不把宝玉又字念二百遍偏嫂子又來挑這个了过
一日嫂子閒了在老太〻太〻跟前听〻我們当着面兒叫他就知道了嫂子原來也不得在老太〻太〻跟前当些
体統差使成年家只在三門外頭混怪不得不知(道)我們裡頭(的規矩)這里不是嫂子久站的再一会不用我們說話
(就有人來問)你了有什麼(分証的)話且帶了他去你回了林大娘叫他來(找二爺)說話家裡上千的人你也跑來我也跑來我們認人問姓還
認不清呢說着便叫小丫頭子拿了擦地(的)布來擦地那媳婦听了無言可對亦不敢久立賭氣帶了墜兒
就走宋媽〻忙道(怪道)你這嫂子不知規矩你女兒在這屋裡一場臨去時也給姑娘們磕个頭沒有別的謝礼
他們也不希罕不过磕个頭尽个心(罷)怎麼說走就走墜兒听說只得翻身進來給他兩个磕了兩个頭又
找秋紋等他們也不睬他那媳婦嗐声嘆氣口不敢言抱恨而去晴雯方才又閃了風着了氣反覺
更不好了翻騰至掌灯剛安靜了些只見宝玉回來進門就嗐声(跺)脚麝月忙問原故宝玉道今兒
老太〻喜〻欢〻的給了這个褂子誰知不防後襟子上燒了一塊幸而天晚了老太〻太〻都不理論一
面說一面脫下來麝月瞧時果然有指頂大的燒眼說(道)這必定是手爐裡的火(迸)上了這不值什麼赶
着叫人悄〻的拿出去叫个能幹織補匠人織上就是了說着便用包袱包了(叫)交与一个媽〻送出去
說赶天亮就有(纔)好千万別給老太〻太〻知道婆子去了半日仍旧拿回來說不但織補匠(那)能幹
裁縫繡匠(并)作女工的問了都不認得這是什麼都不敢攬麝月道這怎麼(好)呢明兒不穿也

罢了宝玉道明儿是正日子老太太说了还叫穿这件去呢偏头一日就烧了岂不扫兴晴雯听了半日忍不住翻身说道拿来我瞧瞧罢没个福气穿就罢了这会子又着急宝玉笑道这话倒说的是说着便递与晴雯又移过灯来细瞧了一瞧晴雯道这是孔雀金线织的如今咱们也拿孔雀金线就像界线似的界密了只怕还可混得过去麝月笑道孔雀线现成的但这里除了你还有谁会界线晴雯道说不得我挣命罢了宝玉忙道这如何使得才好了些如何做得活晴雯道不用你蝎蝎螫螫的我自知道一面说一面坐起来挽了一挽头发披了衣裳只觉头重身轻满眼金星乱迸实实撑不住待不做又怕宝玉着急少不得狠命咬牙捱着便命麝月只帮着拈线晴雯先拿了一根比一比笑道这虽不很像若补上也不很显宝玉道这就很好那里又找哦啰斯国的裁缝去晴雯先将里子拆开用茶盅口大小一个竹弓钉绷在背面再将破口四边用金刀刮的散松松的然后用针纫了两条分出经纬亦如界线之法先界出地子后依本纹来回织补补两针又看看织补两针又端详端详无奈头晕眼黑气喘神虚补不上三五针便伏在枕上歇一会宝玉在旁一时又问吃些滚水不吃一时又命歇一歇一时又拿一件灰鼠斗篷替他披在背上一时又命拿个拐枕给他靠着急的晴雯央道小祖宗你只管睡罢明儿把眼睛抠搂了怎么处宝玉见他着急只得胡乱睡下仍睡不着一时只听自鸣钟已敲了四下刚刚补完又用小牙刷慢慢的剔出绒毛来麝月道这就很好若不留心再看不出的宝玉忙要了瞧瞧笑说真真一样了晴雯已嗽了几阵好容易补完了说了一声补虽补了到底不像我也再不能了嗳哟了一声便身不由主倒下了要知端的下回分解

第五十三回　寧國府除夕祭宗祠　榮國府元宵開夜宴

話說寶玉見晴雯將雀裘補完已使得力盡神危忙命小丫頭子來替他捶着彼此捶打了一会歇下沒一頓飯的工夫天已大亮且不出门只叫快請大夫一時王大夫來了胗了脉疑惑說道昨日已好了些今日如何反虛浮微縮起來敢是吃多了飲食不然就是勞了神思外感却到輕了这汗後失調養非同小可一面說一面出去開了藥方進來寶玉看時已將疎散駆邪諸藥減去倒添了茯苓地黄當帰等益神養血之劑寶玉一面忙命人煎去一面嘆說这怎麼处倘或有个好歹都是我的罪孽晴雯睡在枕上嗐道好二爺你幹你的去罷那裡就得了勞病呢寶玉無奈只得去了至下半天說身上不好就回來了晴雯此症雖重幸虧他素昔是個使力不使心的人再者素昔飲食清淡飢飽無傷的这賈宅的秘法無論上下只略有些傷風咳嗽總以淨餓為主次則服藥調養故於前一日病時就餓了兩三天又謹慎服藥調養如今雖勞碌了些又加倍培養了几日便漸漸的好了近日園中姐妹皆各在房中吃飯炊爨飲食甚便寶玉自能要湯要羹調停不必細說襲人送母殯後業已回來麝月便將墜兒一事並晴雯攆逐出去也曾回过寶玉等語一一告訴襲人襲人也沒說別的只說太性急了只因李紈亦因時氣感冒邢夫人正害火眼迎春岫烟皆过去朝夕侍藥李紈之病又接了李嬸娘李紋李綺家去住几天寶玉又見襲人常常思母含悲晴雯又未大愈因此詩社一事皆未有人作興便空了几社当下已是臘月離年日近王夫人和凤姐兒治办年事王子騰陞了

九省都檢點賈雨村補授了大司馬協理軍機參贊朝政不題且說賈珍那邊開了宗祠着人打掃收拾
供器請神主又打掃上屋以備懸供遺真影像此時榮寧二府内外上下皆是忙忙碌碌這日寧府中尤
氏正起來同賈蓉之妻打點送賈母這邊的針線礼物正値了頭捧了一茶盤押歲錁子進來回說興兒回
奶奶前兒那一包碎金子共是一百五十三兩六錢七分裡頭成色不等總傾了二百二十个錁子說着遞上去尤
氏看了一看只見也有梅花式的也有海棠式的也有筆定如意的也有八寶聯春的尤氏命收拾起來叫興
兒將銀錁子快快交了進來了鬟答應去了一時賈珍進來吃飯賈蓉之妻迴避了賈珍因問尤
氏咱們春祭的恩賞可領了不曾尤氏道今兒我打發蓉兒關去了賈珍道咱們家雖不等這
几兩銀子使多少是皇上天恩早關了來給那邊老太太送過去置办祖宗的供上領皇上的恩下則
是托祖宗的福咱們那怕用一萬銀子供祖宗到底不如這个有体面又是沾恩錫福除咱們二家
之外那些世襲窮官兒家要不仗着這銀子拿什麼上供過年真正皇恩浩蕩想得周到尤氏道
正是這話二人正說着只見人回哥兒來了賈珍便命叫他進來只見賈蓉捧了一个小黃布口袋進來賈
珍道怎麼去了這一日賈蓉陪笑回說今兒不在禮部關領了又在光祿寺庫上因又到了光祿寺才
領下來了光祿寺老爺們都說問父親好多日不見都着實想念賈珍笑道他們那裡是想我這
又到了年下了不是想我的東西就是想我的戲酒了一面說一面瞧那黃布口袋上有封條就是皇恩永

錫四个大字旁一边又有礼部祠祭司的印記一行小字道是寧国公賈演榮国公賈法恩賜永遠春祭賞共二分淨折銀若干两某年月日龍禁尉候補侍衛賈蓉当堂領訖值年寺丞某人下面一个硃筆花押賈珍看了吃过飯盥漱畢換了靴帽命賈蓉捧着銀子跟了來回过賈母王夫人又至这边回过賈赦邢夫人方回家去取出銀子命將口袋向宗祠内大炉内焚了又命賈蓉道你去问〻你那边二嬸娘正月裡請吃年酒的日子擬定了沒有若擬定了叫書房裡明白開了單子來偺们再請時就不能重複了旧年不留神重了几家人家不説偺们不留心倒像两家商議定了送虛情怕費事的一樣賈蓉忙答應去了一時拿了請人吃年酒的日期單子來了賈珍看了命交給頼陞去看了請人別重了这上頭的日子因在廊上看着小廝们抬圍屏擦抹几案金銀供器只見小廝手裡拿着一个稟帖並一篇賬目回説黑山村烏庄頭來了賈珍道这个老砍頭的今兒才來賈蓉接过稟帖和賬目忙展開捧着賈珍倒背着两手向賈蓉手内看去那紅稟上寫着门下庄頭烏進孝叩請爺奶〻萬福金安並公子小姐金安新春大喜大福榮貴平安加官進禄萬事如意賈珍笑道庄家人有些意思賈蓉也忙笑道別看文法只取个吉利兒罷一面忙展開單子看時只見上面寫着大鹿三十隻獐子五十隻麅子五十隻暹猪二十个湯猪二十个龍猪二十个野猪二十个家臘猪二十个野羊二十个青羊二十个家湯羊二十个家風羊二十个鱘鰉魚二百个各色雜魚二百斤活鷄鴨鵝各二百隻風鷄鴨鵝二百隻野鷄野猫各二百對熊掌

二十对鹿筋二十斤海參五十斤鹿舌五十條牛舌五十條蟶乾二十斤榛松桃杏瓤各二口袋大对蝦五十对乾蝦二百斤銀霜炭上等選用一千斤中等二千斤柴炭三萬斤御田胭脂米二担碧糯五十斛白糯五十斛粉杭五十斛雜色粱穀各五十斛下用常米一千担各色乾菜一車外賣粱穀牲口各項折銀二千五百兩外門下孝敬哥兒姐兒頑意兒活鹿兩对白兔四对黑兔四对活錦鷄兩对西洋鴨兩对賈珍看完說帶進他來一時只見烏進孝進來只在院内磕頭請安賈珍命人拉起他來咲說你還硬朗烏進孝咲回托爺的福還走得動賈珍道你兒也大了該叫他走走也罷了烏進孝咲道不瞞爺說小的們走慣了不來也悶的慌他們可都不是願意來見見天子脚下世面他們到底年輕怕路上有閃失再過幾年就可以放心了賈珍道你走了幾日烏進孝道回爺的話今年雪大外頭都是四五尺深的雪前日忽然一暖一化路上竟難走的狠躭擱了幾日雖是走了一個月零兩日日子有限怕爺心焦可不趕着來了賈珍道我說呢怎麼今兒才來我才看那單子上今年你這老貨又來打擂台來了烏進孝忙進前兩步回道回爺說今年年成實在不好從三月下雨接連着直到八月竟沒有一連晴過五六日九月一場碗大的雹子方近二三百里地方連人帶房並牲口粮食打傷了上千上萬的所以才這樣小的並不敢說謊賈珍皺眉道我算定你至少也有五千銀子來這穀敷什麼的如今你們一共只剩了八九個庄子今年倒有兩処报了旱澇你們又打擂台真真正是叫別過年了烏進孝道爺的地方還算好呢我兄弟離我那裡只一百多地竟又大差了他現管着那府八處庄地比爺這边多着幾倍今年也是這些東西不過二三千兩銀子也是有飢荒打呢賈珍道

正是呢我这边倒可已没什麽外项大事不过是一年的费用我受用些就费些我受些委曲就省些再者年例送人请人我把脸皮厚些也就完了比不得那府里这几年添了许多花钱的事一定不可免是要花的却又不添些银子产业这一二年里赔了许多不和你们要找谁去乌进孝笑道那府里如今虽添了事有去有来娘娘和万岁爷岂不赏呢贾珍听了笑向贾蓉等道你们听听他说的可笑不可笑贾蓉等忙笑道你们山坳海沿子上的人那里知道这道理娘娘难道把皇上的库给我们不成他心里纵有这心他不能作主岂有不赏之礼按时按节不过是些彩缎古董顽意儿就是赏也不过一百两金子才值一千多两银子彀什麽这二年那一年不赔出几千两银子来头一年省亲连盖花园子我算算那一注花了多少就知道了再二年再省一回亲只怕就精穷了贾珍笑道所以他们庄客老实人外明不知里暗的事黄柏木作了磬槌子外头体面里面苦贾蓉又说又笑向贾珍道果真那府里穷了前儿我听见二婶娘和鸳鸯悄悄商议要偷老太太的东西去当银子呢贾珍笑道那又是凤姑娘的鬼那里就穷到如此他必定是见去路大了实在赔得很了不知又要省那一项的钱先设出这法子来使人知道说穷到如此了我心里却有个算盘还不至此田地说着便命人带了乌进孝出去好生待他不在话下这里贾珍吩咐将方才各物留出供祖宗的来将各样取了些命贾蓉送过荣府里来然后自己留了家中所用的馀者派出等第一分一分的堆在月台底下命人将族中子侄唤来分给他们接着荣国府也送了许多供祖之物

及給賈珍之物賈珍看着收拾完備供器靸着鞋披着一件猞猁猻大皮袄命人在所柱下石階上太陽中鋪了一个大狼皮褥子負暄閑看各子弟們來領取年物因見賈芹亦來領物賈珍叫他过來說道你做什么也來了誰叫你來的賈芹垂手回說听見大爺這裡叫我們領東西我沒等人去我就來了賈珍道我這東西原是給你那些閑着無事沒進益的叔叔兄弟们的那二年你閑着我也給过你的你如今在那府裡管事家廟裡管和尚道士們一月又有你的分例外这些和尚的分例銀錢都從你手裡过你还來取这个來太也貪了你自己瞧瞧你穿的可像个手裡使錢办事的先前的說沒進益如今又怎么了比先倒不像了賈芹道我家裡原人口多費用大賈珍冷笑道你又支吾我你在家廟裡幹的事打諒我不知道呢你到那裡自然是爺了沒人敢抗違你你手裡又有了錢離着我们又遠你就為王稱霸起來夜夜招聚匪類賭錢養老婆小子這會子花得這个形像你还敢領東西來領不成東西領一頓馱水棍去才罢等过了年我必和你二叔說你回來賈芹紅了臉不敢答言人回北府王爺送了对聯荷包來了賈珍听說忙命賈蓉出去欵待只說我不在家賈蓉去了這裡賈珍攆走賈芹看着領完了東西回屋同尤氏吃畢晚飯一宿無話至次日更忙不必細說已到了臘月二十九日了各色齊備供兩府中都換了門神聯对掛牌新油了桃符煥然一新寧國府從大门儀门大所煖閣內所內三门內儀门並內垂花门直到正堂一路正门大開兩边階下一色硃紅大高燭點的兩條金龍一般次日由賈母有封誥者

皆按品級着朝服先坐八人大轎帶領衆人進宮朝賀行礼領宴畢回來便到寧府煖閣下轎諸子
弟有未隨入朝者皆在寧府門前排班伺候然後引入宗祠且說宝琴是初次進賈祠觀看一面細細
留神打諒這宗祠原来寧府西边另一个院子黑油栅欄内五間大門上面懸一匾寫着是賈氏宗祠四个
字傍書特晋爵太傅前翰林掌院事王希獻書兩边有一付長聯寫道

肝腦塗地兆姓頼保育之恩　功名貫天百代仰蒸嘗之盛

也是王太傅所書進入院中白石甬路兩邊皆是蒼松翠栢月台上鼎設着古銅彝等器抱厦前面懸一
塊九龍金匾寫道　星輝輔弼
乃先皇御筆兩边一付对聯寫道是

勲業有光昭日月　功名無間及兒孫

也是御筆五間正殿前懸一塊鬧龍填青匾寫道是　慎終追遠
傍边一付对聯寫道是

已後兒孫承福德　至今黎庶念寧榮

俱是御筆裡边灯燭輝煌錦帳繡幙雖列著些神主却看不真只見賈府人分昭穆排班立定賈敬
主祭賈赦陪祭賈珍献爵賈璉賈琮献帛宝玉捧香賈菖賈菱展拜毯守焚池青衣樂奏三献爵

俟拜畢焚帛奠酒礼畢樂止退出衆人圍隨賈母至正堂上影前錦帳高掛彩屏張護香烛輝煌上面正房中懸着榮寧二祖遺像皆是披蟒腰玉兩边还有几軸列祖遺像賈荇賈芷等從内儀门挨次站列直到正堂廊下檻外方是賈敬賈赦檻内是各女眷衆家人小厮皆在儀门之外每一道菜至傳儀门賈荇賈芷等便接了按次傳至堦下賈敬手中賈蓉係長房長孫獨他隨女眷在檻裡每賈敬捧菜至傳於賈蓉賈蓉便傳於他媳婦又傳於鳳姐尤氏諸人直傳至供桌前方傳與王夫人王夫人傳與賈母賈母方捧放在桌上邢夫人在供桌之西東向立同賈母供放直至將菜飯湯點酒茶傳完賈蓉方退出去歸入賈芹階位之首當時凡從文旁之名者賈敬為首下則從玉者賈珍為首再下從草頭者賈蓉為首左昭右穆男東女西俟賈母拈香下拜衆人方一齊跪下將五間大廳三間抱厦內外廊簷堦上堦下兩丹墀內花團錦簇塞的無一隙空地鴉雀無聞只听鏗鏘叮噹金鈴玉珮微微搖曳之声並起跪靴履颯沓之響一時礼畢賈敬賈赦等便忙退出至榮府専候與賈母行礼尤氏上房地下鋪滿紅毡当地放着象鼻三足泥鰍流金琺瑯大火盆正面炕上鋪着新猩紅毡子設着大紅彩繡雲龍捧壽的靠背引枕、坐褥外另有黑狐皮的袱子搭在上面大白狐皮坐褥請賈母上去坐了兩边又鋪皮褥請賈母一輩的兩三位妯娌坐了這边横頭排插之後小炕上也鋪了皮褥讓邢夫人等坐下地下兩面相対十二張雕漆椅上都是一色灰鼠椅搭小褥每一張椅下一个大銅脚炉讓寶琴等姐妹坐尤氏用茶盤親捧茶與賈母賈蓉媳婦捧與

衆老祖母然後尤氏又捧与邢夫人等賈蓉媳婦又捧与衆姐妹凤姐李紈等只在地下伺候茶畢邢夫人
等便先起身來侍賈母吃茶賈母与老妯娌們閒話了兩三句便命看轎凤姐兒忙上去才起身來尤氏
笑回說已經預備下老太太的晚飯每年都不肯賞些体面用過晚飯再過去果然我們就不如凤丫頭了凤
姐兒攙着賈母笑道老祖宗走咱們家去吃去別理他賈母笑道你這裡供着祖宗忙得什麼是的那
裡还擱的住我鬧况且我每年不吃你們也要送去的不如还送了來我吃不了留着明兒再吃豈不多吃些說
的衆人都笑了又吩咐他好生派妥当人夜裡坐着看着香火不是大意得的尤氏答應了一面走出來至暖
閣前尤氏等閃過屏風小廝們才領轎夫請了轎出大門尤氏亦隨邢夫人等回至榮府這裡轎出大門
這一條街上東一邊設立着寧國公的儀仗執事樂器西一边設立着榮國府的儀仗執事樂器來往行人皆屏退不從此過一時來至榮府也是大
門正門一直開到裡頭如今便不在暖閣下轎了過了大廳轉彎向西至賈母這邊正廳上下轎衆人圍隨同
至賈母正室中間亦是錦裀繡屏煥然一新當地火盆內焚着松柏香百合草賈母歸了坐老嬷嬷
來回老太太們來行禮賈母忙起身要迎只見兩三個老妯娌已進來了大家挽手笑了一回讓了一回吃茶去
後賈母只送至內儀門便回來歸坐賈敬賈赦等領着諸子弟進來賈母笑道一年家難為你
們不行禮罷一面男一起女一起一起一起俱行過了禮左右設下交椅然後又按長幼挨次歸坐受禮兩府
男女小廝丫鬟亦按差役上中下行禮畢然後散了押歲錢並荷包金銀錁等物擺上合歡宴來

男東女西歸坐獻屠蘇酒合歡湯吉祥果如意糕畢賈母起身進內間更衣眾人方各散出那晚各處佛堂灶王前焚香上供王夫人正房院內設着天地紙馬香供大觀園正門上挑着角灯兩傍高照各處皆有路灯上下人等打扮的花團錦簇一夜人声雜沓語咲喧闐爆竹起火絡繹不絕至次日五鼓賈母等人按品上粧擺全付執事進宮朝賀兼祝元春千秋領宴回來又至寧府祭过列祖方回來受禮畢便换衣歇息所有賀節來的親友一槩不會只和薛姨媽李嬸娘二人說話隨便或和宝玉宝釵等姐妹赶圍棋摸牌作戲王夫人和凤姐天天忙着請人吃年酒那边厅上和院內皆是戲酒親友絡繹不絕一連忙了七八天才完了早又元宵將近寧榮二府皆張灯結彩十一日是賈赦請賈母等次日賈珍又請賈母（皆去随便坐了半日）王夫人和凤姐兒也連日被人請去吃年酒不能勝記至十五日这一晚上賈母便在大花厅上命擺几席酒定一班小戲满掛各色花灯帶領榮寧二府各子侄孫男孫媳等家宴賈敬素不飲酒茹葷因此不去請他十七日祀祖已完他就出城修養就是这几天在家也只靜室默處一槩無聞不在話下賈赦領了賈母之賞告辭而去賈母知他在此不便也隨他去了賈赦到家中和眾門客賞灯吃酒笙歌聒耳錦繡盈眸其取樂与这裡不同这裡賈母花厅上擺了十來席酒每席傍边設一几几上設炉瓶三事焚着御賜百合宫香又有八寸來長四五寸寬二三寸高點綴着山石的小盆景俱是新鮮花卉又有小洋漆茶盤放着旧窑十錦小茶盃又有紫檀雕嵌的大紗透繡花草詩字的纓絡各色旧窑小

瓶中都点綴着歲寒三友玉棠富貴等鮮花上面两席是李嬸娘薛姨媽坐東边单設一席乃是雕

夔龍護屏矮足短榻靠背引枕皮褥俱全榻上設一个輕巧洋漆描金小几〻上放着茶碗漱盂洋巾之類

又有一个眼鏡匣子賈母歪在榻上和衆人説笑一回又取眼鏡向戲台上照一回又説恕我老了骨頭疼容我放

肆些歪着相陪罢又命琥珀坐在榻上拿着美人拳捶腿榻下並不擺席面只一張高几設着高架纓

絡花瓶香炉等物外另設一小高桌摆着杯箸将自己一席設于榻傍在傍边一席命宝琴湘云代玉宝玉四人坐着每饌菓菜来

先捧給賈母看喜則留在小桌上嘗〻仍撤了放在席上只算他四人跟着賈母坐下面方是邢夫人

王夫人之位下边便是尤氏李紈凤姐賈蓉的媳婦西边便是宝釵李紋李綺岫烟迎春姐妹等两边大梁

上掛着聯三聚五玻璃彩穗灯每席前竪着倒垂荷葉一柄〻上有彩烛插着这荷葉乃是洋鏨琺瑯活信

可以扭轉向外將灯影逼住照着看戲分外真切窗槅门户一齐摘下全掛彩穗各種宫灯廊簷内外及两边游

廊罩棚將羊角玻璃戳紗料絲或繡或画或絹或紙諸灯掛满廊上几席就是賈珍賈璉賈環賈琮賈蓉

賈芹賈芸賈菖賈菱等賈母也曾差人去請衆族中男女奈他們有年老的懶于热鬧有家内没有

人又有疾病淹纏要来竟不能来有一等妒富愧貧不肯来的更有憎畏凤姐之為人賭氣不来的更有虚

手羞脚不慣見人不敢来的因此族中雖多女眷来者不过賈藍之母婁氏带了賈菌来男人只有賈

芹賈菖賈芸賈菱四个現在凤姐麾下办事的来了当下人雖不全在家庭小宴也算熱鬧的当下又有

林之孝的媳婦帶了六个媳婦抬了三張炕桌每一張上搭着一條紅毡放着選淨一般大新出局的銅錢用紅繩串着每二人搭一張共三張林之孝家的吩咐將那兩張擺至薛姨媽李嬸娘的席下將一張送至賈母榻下賈母便說放在當地罷這媳婦素知規矩放下桌子一並將錢都打開將紅繩抽去堆在桌上此時唱的西樓會正是這齣將完于叔夜賭氣去了那文豹便發科諢道你賭氣去了恰好今日正月十五榮國府裡老祖宗家宴待我騎了這馬趕進去討些果子吃是要緊的說畢引得賈母等都笑了薛姨媽等都說好个鬼頭孩子可憐見的鳳姐便說這孩子才九歲了賈母笑說難為他說得巧說了一个賞字早有三个媳婦已經手下預備下小笸籮聽見一个賞字走上去將桌上散堆錢每人撮了一笸籮走出來向戲台說老祖宗姨太太親家太太賞文豹買果子吃的說畢向台上一撒只聽豁啷啷滿台的錢响賈珍賈璉已命小廝們抬大笸籮的錢預備未知怎麼賞去且聽下回分解

第五十四回　史太君破陳腐旧套　王熙凤效戲彩斑衣

話說賈珍賈璉暗暗預備下簸籮的錢听見賈母說賞忙命小廝們快撒錢只听滿台錢响賈母大悅二人隨起
身小廝們忙將一把新暖銀壺捧在賈璉手內隨了賈珍趋至裡面賈珍先至李嬸席上躬身取下杯來回身賈
璉忙斟了一盞然後便至薛姨媽席上也斟了二人忙起身笑說二位爺請坐着罢何必多礼于是除邢二夫人滿
席都離了席垂手傍侍賈珍等至賈母榻前因榻矮二人便屈膝跪了賈珍在先捧杯賈璉在後捧壺雖止二人奉
酒那賈琮兄弟等却也是排班按序一溜隨着他二人進來見他二人跪下也都一溜跪下宝玉也忙跪下了湘云悄推他
笑道你這会子又帮着跪下作什麼有這樣你也去斟一巡酒豈不好宝玉悄笑道再等一会再斟去說着等他二人斟完
起來方起来又與邢王二夫人斟过了賈珍笑道妹妹們怎麼樣呢賈母等都說你們去罢他們到便宜些說了賈
珍等方退出当下天未二鼓戲演的是八義中觀灯八齣正在熱鬧之際宝玉因下席往外走賈母因說你往那里去
外頭爆竹利害仔細天上吊下火來紙燒了宝玉回說不往远去只出去就來賈母命婆子們好生跟着于是宝玉
出来只有麝月秋紋並几个小丫頭隨着賈母因說襲人怎麼不見他如今也有些些拿大了單支使小女孩子出来王
夫人忙起身笑回道他媽前日沒了因為熱孝不便前頭来賈母点頭又笑道跟主子却講不起孝与不孝若是
他还跟我难道这会子也不在这裡不成皆因我們太宽了有人使不查这些竟成了例了凤姐忙过来笑回道今兒晚
上他便沒孝那園子裡也須得他看着灯烛花炮最是耽險的这里一唱戲園子裡的人谁不偷來瞧瞧他还

细心各处照看〇况且这一散后宝兄弟回去睡竟各色都是齐全的若他再来了众人又不经心散了回去铺盖也
是冷的茶水也不齐全(便)各色都不便宜所以我叫他不用来了有若要散了又齐备我们这里也不能心上可以全他的礼岂不
因为有这老祖宗要叫他我叫他来就是了贾母听了这话忙说你这话很是比我想的周到快别叫他了但只他妈
几时没了我怎么不知道凤姐儿呀道前儿袭人去親自回老太太的怎么到忘了贾母想了一想呀说(道)想起来了我的记
性竟平常了众人都呀说老太太那裡记得这些事贾母因又呀道我想着他从小儿伏侍〇我一场又伏侍了云儿[illegible]末
後給了一个魔王宝玉亏他魔了他这几年他又不是咱们家根生土长的奴才没受过咱们什么大恩典他媽没了我想
着要給他几两银子发送也就忘了凤姐儿道前儿太太赏了他四十两银子也就是了贾母听说点头道这还罢了正好鸳鸯
的娘前儿也死了我想他老子娘都在南京我也没叫他家去守孝如今叫他两个一处作伴儿去又命婆子们(拏)将些菓子
菜馔点心之类与他两个吃去琥珀呀说(道)还等这会子呢他早(就)去了说着大家又吃酒看戏且说宝玉一径来到园中
众婆子见他回房便不跟去只坐在园门(裡)茶房裡烤火和管茶的女人们偷空饮酒斗牌宝玉至院中虽是灯光灿
爛却无人声麝月道他们都睡了不成咱们悄悄的进去唬他们一跳于是大家(蹑手)蹑脚潜踪的进了镜壁(去)一看只见袭人和(个)人对面都
歪在地炕上那头有两三个老嬷嬷打盹宝玉只当他两个睡着着才要进去忽听鸳鸯叹了一声说道可知天下事难定论礼你单
身在这里父母在外头每年他们东去西来没个定准想来你是再不能送终了偏生今年就死在这裡你到出去送了终
袭人道正是我也想不到能彀看着父母(殡殓)回南了太太又赏了四十两银子这到也算养我一场我也不敢妄想了宝玉听了

六四六

忙转身悄向麝月等道谁知他也来了我这一进去他又堵气走了不如偺们回去罢让他两个清〻净〻的说话罢袭人正在那裡□他□□来的好说着你悄〻的出来宝玉便走过山石□后去站着撩衣麝月秋纹皆站住背过脸去口内嗳说蹲下再解小衣仔细风吹了肚子后面两个小丫头子知是小解忙先出去茶房内预备水去了宝玉这裡刚□过来只见两个媳妇子迎面来了又问是谁秋纹道宝玉在这裡呢你大呼小叫留神唬着他那媳妇们忙笑道我们不知道大节下来惹祸了姑娘们可连日辛苦了说着已到了跟前麝月等问手裡拿的是什么媳妇们道是老太〻赏金花二位姑娘吃的秋纹笑道外头唱的是八义没唱混元盒那裡又跑出金花娘〻来了宝玉笑命揭起来我瞧〻秋纹麝月忙上去将两个盒子揭开两个媳妇忙蹲下身子宝玉看了两个盒内都是席上所有的上等菓品菜馔点了一点头□步就走麝月等忙胡乱掷了盒盖跟上来宝玉笑道这两个女人倒和气会说话他们天〻乏了倒说你们连日辛苦倒不是那矜功自伐的麝月道这两个就也好那不知礼的也太不知礼宝玉笑道你们是明白人耽待他们是粗笨可怜的人就完了一面说一面□□园门那几个婆子虽吃酒斗牌却不住出来打探见宝玉出来也都跟上了来到花厅后廊上只见那两个小丫头一个捧着小沐盆一个搭着手巾又拿着沤子小壶在那里久等秋纹先忙伸手向盆内试了一试说道你越大越粗心了那裡弄的这冷水小丫头笑道姑娘瞧〻这个天我怕水冷倒的是滚水这还冷了正说着可巧见一个老婆子提着一壶滚水走来小丫头就说好奶〻过来给我倒上些那婆子道哥儿姐〻这是老太〻泡茶的劝你自己舀去罢那里就走大了脚呢秋纹道凭你是谁的你不给我管把

老太〻茶盃子倒了洗手那婆子回頭見是了秋紋忙提起壺來就倒了些秋紋道𢿙了你這麼大年紀也沒有見識誰不知是老太〻的東西要不着的人就敢要了婆子笑道我眼花了沒認出這姑娘來寶玉洗了手那小丫頭子拿了小壺倒了些溫子在他手內寶玉漉了秋紋麝月也趂熱水洗了一洗跟進寶玉來寶玉便要了一壺煖酒也從李嬸斟起二人也笑讓坐賈母便說他小人兒讓他斟去大家到要干過這盃說着便自己干了邢王二夫人也忙干了讓他二人薛姨媽李嬸娘也只得干了賈母又命寶玉道連你姐〻妹〻的都斟上不許亂斟都要叫他們干了寶玉聽說答應着一〻按次斟了至代玉前偏他不飲拿起盃來放在寶玉唇邊寶玉一氣飲干代玉笑說多謝寶玉替他斟上一盃鳳姐兒便笑道寶玉別喝冷酒仔細手顫明兒寫不得字拉不得弓寶玉忙道沒有吃冷酒鳳姐兒笑道我知道沒有不過白囑咐你然後寶玉將裡面斟完只除賈蓉之妻是命丫頭們斟的復出至廊下又命賈珍等斟了坐了一回方進來仍歸旧坐一時上湯〻後又接着獻元宵賈母便命將戲暫歇〻小孩子們可憐見的也給他們些滾湯滾菜的吃了再唱又命將各色菓子元宵等物拿些與他們吃去一時歇了戲便有婆子們帶了兩个門下常走的女先兒進來放了兩張杌子在那一邊命他坐了將絃子琵琶遞过去賈母便向李薛二位聽什麼書他二人都回說不拘什麼都好賈母便問近來可又添些什麼新書那兩个女先兒回說到有一段新書是殘唐五代的故事賈母問是何名女先兒回說道叫作鳳求鸞賈母道這一个名字到好不知因什麼起的你大概先說大概若好再說女先兒道這書上乃是說殘唐之時有一位鄉紳本是金陵人氏名喚王忠曾做过兩朝宰輔如今告老还家膝下只有一位公子名喚王熙鳳眾人聽了笑將起來賈母笑道這不重了我們鳳丫頭了媳婦們忙上去悄〻的推他

这是二奶奶的名子少混说贾母笑道你只管说女先儿忙笑着站起来说我们该死了不知是奶奶的讳凤姐儿笑道怕什么你只管
说罢重名重姓的多呢女先儿又说道那年王老爷打发了王公子上京赶考那日遇见了大雨进到一个庄上避雨谁知这庄上也有位乡绅
姓李与王老爷是世交便留下这公子住在书房里这李乡绅膝下无儿只有一位千金小姐这小姐芳名叫作雏鸾琴棋书画
无所不通贾母忙道怪道叫作凤求鸾不用说我已猜着了自然是这王熙凤要求这雏鸾小姐为妻了女先儿笑道老祖宗原
来听过这一回书众人都道老太太什么没听过就是没听见也猜着了贾母笑道这些书就是一个套子左不过是些佳人才子最没
趣儿把人家女儿说的这样坏还说是佳人编的连影儿也没有了开口都是乡绅门第父亲不是尚书就是宰相生一个小姐必是爱
如珍宝这小姐必是通文知礼无所不晓竟是个绝代佳人只见了一个清俊的男人不管是亲是友便想起终身大事来父母也
忘了诗礼也忘了鬼不成鬼贼不成贼那一点儿像个佳人就是满腹文章做出这样事来也算不得是佳人了比如男人满腹文章去作贼难道那王
法就说他是才子不入贼情一案了不成可知那编书的是自己堵自己的嘴再者既说是世宦书香大家小姐都知礼读书连夫人都知书识礼
就是告老还家自然这样大家人口不少奶妈子丫环伏侍小姐的人也不少怎么这些书上凡有这样的事就只小姐和紧跟的一个丫环你们
想想那些人都是管什么的可是前言不答后语了众人听了都笑说老太太这一说是谎都批出来了贾母笑道这有个原故编这样
书的人有一等妒人家富贵或有求不遂心所以编出来遭塌人家再有一等人他自己看了这些书看邪了魔了他也想一个佳人所以编了出来取
乐何尝他知道那世宦读书人家的道理别说他那书上那些世宦书礼大家如今眼下真的拿我们这中等人家说起也没有
那样的事别说是那大家子可知是谄掉了下巴的话了所以我们从不许说这些书连丫头们也不懂这些话这几年

我老了他們姊妹們住的遠我偶然悶了說幾句聽聽他們一來就忙歇了李薛二人都笑說這正是大家子的規矩連我們家也沒這些雜話叫孩子們聽見鳳姐兒走上來斟酒笑道罷罷酒冷了老祖宗喝一口潤潤嗓子再掰謊這一回就叫作掰謊記就出在本朝本地本年本月本日本時老祖宗一張口難說兩家話花開兩朵各表一枝是真是謊且不表再整觀燈看戲的人老祖宗且讓二位親戚吃一盃酒看兩齣戲之後再從昨朝話言掰起如何他一面斟一面笑說未曾說完眾人俱已笑倒兩個女先兒笑個不住都說奶奶好鋼口奶奶要一說真連我們吃飯的地方都沒了薛姨媽笑道你少興頭些外頭有人比不得往常鳳姐兒笑道外頭的只有一位珍大爺我們還是論哥哥妹妹從小兒一處淘氣了這麼大這幾年因做了親我如今立了多少的規矩了便不是從小兒兄妹便以伯叔論那二十四孝上斑衣戲彩他們不能來戲彩引老祖宗笑一笑我這裡好容易引的老祖宗笑了一笑多吃了一點兒東西大家喜歡都該謝我才是難道反笑話我不成賈母笑道可是這兩日我竟沒有痛痛的笑一場倒是虧他才一路笑的我這心裡通快了些我再吃鍾酒吃着酒又命寶玉也敬你姐姐一盃鳳姐兒笑道不用他敬我討老祖宗的壽罷說着便將賈母的盃拿起來將半盃剩酒吃了將盃遞與丫鬟另將溫水浸着的盃換了一個上來於是各席上的盃都撤去另將溫水浸的盃斟了新酒上來然後歸坐女先兒回說老祖宗不聽這書或者彈一套曲子聽聽罷賈母便說道你們兩個對一套將軍令罷二人聽說忙和弦按調撥弄起來賈母因問天有幾更了眾婆子忙回三更了賈母道怪道寒浸浸的起來早有眾丫鬟拿了添換的衣裳送來王夫人起身陪笑說道老太太不如挪進暖閣裡炕上倒也罷了這二位親戚也不是外人我們陪着就是了賈母聽說笑道既這樣說不如大家都挪進去豈不暖和王夫人道恐裡間坐不下

下贾母笑道我有道理如今也不用这些棹子只用双三张併起来大家坐在一处挤着又亲热又暖和众人都道这才有趣着便起席了众媳妇忙撤去残席裡面直顺併了三张大棹另又添换了菓馔摆好贾母便说这都不要拘礼听我分派你们就坐才好说着便让薛李正面上坐自己向西坐了叫宝琴黛玉湘云三人皆紧依左右坐下向宝玉说你挨着你太太于是邢夫人王夫人之中夹着宝玉宝钗等姊妹在西边挨次下去便是娄氏带着贾菌尤氏李纨夹着贾兰下面横头便是贾蓉贾母便说珍哥儿带着你兄弟们去罢我也就睡了贾珍等忙答应又都进来贾母道快去罢不用进来才坐好了又都起来你快歇着去明日还有大事呢贾珍忙答应了又笑说留下蓉儿斟酒才是贾母笑道正是忘了他贾珍忙答应了便转身带领贾琏等出来二人自是欢喜便命人将贾琮贾璜各自家去便邀了贾琏去追欢买笑不在话下这里贾母笑道我正想着虽然这些人取乐竟没一对双全的就忘了蓉儿这可全了蓉儿就和你媳妇坐在一处也就团圆了因有家人媳妇回开戏贾母笑道我们娘儿们正说的兴头又要吵起来况且那孩子们熬夜怪冷的也罢叫他们且歇歇把咱们的女孩子们叫了来就在这台上唱两出给他们瞧瞧媳妇听了答应了出来忙的一面着人往大观园去传人一面二门口去传小厮们伺候小厮们忙至戏房将班中所有的大人一概带出只留下小孩子们一时梨香院的教习带了文官等十二个人从游廊角门出来婆子们抱着几个软包因不及抬箱估料着贾母爱听的是三五齣戏的彩衣包了来婆子们带了文官等进去见过只垂手站着贾母笑道大正月里你师傅也不放你们出来逛逛你等唱什么才刚八齣八义闹的我头疼咱们清淡些好你瞧瞧薛姨太太这李亲家太太都是有戏的人家

不知听过多少好戏的，这些姑娘都比咱们姑娘见过好戏，听过好曲子。如今这小戏子又是那有名玩戏家的班子，虽是小孩子们，却比大班还强。咱们好歹别落了褒贬，少不得弄个新样儿的。叫芳官唱一出《寻梦》，只须用箫笙笛一概不用。文官笑道：也是我们的戏自然不能入姨太太和亲家太太姑娘们的眼，不过听我们小孩子一个发脱口齿，再听一个喉咙罢了。贾母笑道：正是这话了。李婶薛姨妈都笑道：好个灵透孩子，你也跟着老太太打趣我们。贾母笑道：我们这原是随便的顽意儿，又不出去作买卖，所以竟不大合时。说着又道：叫葵官唱一出《惠明下书》，也不用抹脸，只用这两出叫他们听个野意罢了。若有一点儿力，我可不依。文官等听了去扮演，上台先是《寻梦》，次是《下书》。众人都鸦雀无闻。薛姨妈因笑道：实在戏也有过些，从没见用箫管的。贾母道：也有，是像方才《西楼·楚江晴》一支，多有小生吹箫合的。这大套的实在少，这也在人讲究罢了，这算什么出奇。指着湘云道：我像他这么大的时节，他爷爷有一班小戏，偏有一个弹琴的凑了来，西厢记的《听琴》，玉簪记的《琴挑》，续琵琶的《胡笳十八拍》，竟成了真的了，比这个更如何？众人都道：这更难得了。贾母便命媳妇来吩咐文官等，叫他们吹弹一套《灯月圆》。媳妇领命而去。当下贾蓉夫妻二人捧酒一巡。凤姐儿见贾母十分高兴，便笑道：趁着女先儿们在这里，不如叫他们咱们传梅，行一个春喜上梅梢的令如何？贾母笑道：这是个好令，正对时对景。忙命人取了一面黑漆铜钉花腔令鼓来，给女先儿们击着，席上取了一枝红梅。贾母笑道：到谁手里住了，吃一杯，也要说个什么才好。凤姐儿笑道：依我说，谁像老祖宗要什么有什么呢，我们这不会的岂不没意思。雅俗共赏，不如谁输了谁说个笑话儿罢。众人听了，都知道他素日善说笑话，肚内有无限的新鲜趣令儿。

如此說不但在席的諸人喜歡連地下伏侍的大小人等無不歡喜那小丫頭們都忙出去找姐喚妹的告訴他們快來听
二奶々又說笑話了众丫頭子們便擠了一屋子于是戲樂罷了賈母命將些湯点菓菜與文官等吃去便命响鼓那
女先兒們皆是慣的或緊或慢或如殘漏之滴或如迸豆之急或如驚馬之亂馳或如疾電之光忽明忽暗其鼓聲慢
傳梅亦慢鼓聲疾傳梅亦疾恰至賈母手中鼓聲忽住大家呵々大笑賈蓉忙上來斟了一盃众人都笑道自然老
太々先喜了我們才托賴些喜賈母笑道這酒也罷了只是這笑話到有些難說众人都說老太々的比鳳姐兒的还好还多
賞一个我們也笑一笑兒賈母笑道並没有什麼新鮮招兒的少不得老臉皮厚的說一个罷了因說道一家子養了
十个兒子娶了十房媳婦惟有第十个媳婦最聰明伶俐心巧嘴乖公婆最疼成日家說那九个不孝順这九个
媳婦委屈便商議說咱們九个心裡孝順只是不像那小蹄子嘴巧所以公々婆々老人家只說他好这委屈向誰訴去呢
大嫂有主意的便說道咱們明兒到閻王廟去燒香和閻王爺說去問他一問叫我們托生人為什麼單々的給那小蹄
子一張乖嘴我們都是笨的衆人听了都喜歡說这主意不錯第二日便都到閻王廟裡來燒了香九个人都在供桌
底下睡着了九个魂專等閻王駕到左等不來右等也不來正着急只見孫行者駕着觔斗雲來了看見九个
魂便要拿金箍棒打來唬的九个魂忙跪下央求孫行者問原故九个人忙細々的告訴了他孫行者听了把腳一跺嘆
了一口氣道这原故幸而遇見我等着閻王來了他也不得知道的九个人听了便說道大聖發个慈悲我
們就好了孫行者笑道这却不难那日你們妯娌十个托生時可巧我到閻王那裡去的因為撒了一泡尿在地

下你那小蹄子便吃了你们如今要伶俐嘴乖有的是尿再撒谎你们吃了就是了说毕大家都笑起来凤姐儿
笑道好的幸而我们都嘴快不然也吃了猴儿尿了尤氏娄氏都笑向李纨道咱们这里谁是吃过猴儿尿的别装没事人儿
薛姨妈笑道笑话儿在对景就发笑说着又引起笑来小丫头们只要听凤姐儿的笑话便悄悄的和女先儿说明
以咳嗽为记须臾转至又道刚到凤姐儿手里小丫头们故意咳嗽女先儿便住了众人齐笑道这可拿住他了快吃了酒说一个
好的别太逗的人笑的肠子疼凤姐儿想了一想笑道一家子也是过正月节合家赏灯吃酒真真的热闹非常祖婆婆太婆婆婆婆
媳妇孙子媳妇重孙子媳妇亲孙子侄孙子重孙子灰孙子滴滴搭搭的孙子孙女儿外孙女儿姨表孙女儿姑表孙女儿嗳
哟哟真好热闹众人听他说已经笑了都说听数贫嘴又不知编派那一个呢尤氏笑道你要招我我可撕你的嘴凤姐儿
起身拍手笑道人家费力说你们混我就不说了贾母笑道你说你说底下怎么样凤姐儿想了一想笑道底下就团团的坐
了一屋子吃了一夜酒就散了众人见他正言厉色的说了别无他话都怔怔的还等他往下说只觉他冰冷无味史湘云看着他
半日凤姐儿笑道再说一个过正月半的几个人抬着个房子大的炮仗往城外放去引的上万的人跟着瞧去有一个性急的
人等不得便偷着拿香点着了只听噗哧一声众人哄然一笑都散了这抬炮仗的人抱怨卖炮仗的扞的不结实没等
放就散了湘云道难道他本人没听见响凤姐儿道这本人原是个聋子众人听说一回想不觉失声都大笑起来又想
着先前那一个没完的问他先那一个怎么样也该说完凤姐儿将桌子一拍说道好罗唆到了第二日是十六日年
也完了节也完了我看着人忙着收东西还闹不清那里还知道底下的事了众人听说复又笑将起来凤姐儿

笑道外頭已經四更了依我說老祖宗也乏了偺們也該聾子放炮㸊散了罷尤氏等用手帕子握着嘴笑的前仰後合指他說道這个東西真會數貧嘴賈母笑道真〻這鳳丫頭越發貧嘴了一面說一面分付道他提起炮㸊來偺們也把烟火放了解〻酒賈蓉聽了忙出去帶着小厮們就在院内安下屏架將烟火設吊齊備這烟火皆係各處進貢之物雖不甚大却極精巧各色故事俱全夾着各色花炮代玉稟氣虛弱不禁劈拍之聲賈母便摟在懷中薛姨媽便摟着湘雲〻笑道我不怕寶釵等笑道他專愛自己放大炮㸊還怕這个呢王夫人便將寶玉摟在懷内鳳姐笑道我們是没人疼的了尤氏笑道有我呢我摟着你〻又怕炮㸊了聽見放炮㸊吃了蜜蜂兒屎的今兒又輕狂起來鳳姐兒笑道等散了偺們園子裡放去我比小厮們放的還好呢說話之間外面一色〻的放了又放又有許多的滿天星九龍入雲平地一聲雷飛天十響之類的零碎小炮㸊放罷然後又命小戲子打了一會蓮花落撒的滿台的錢命那些孩子們滿台搶錢取樂又上湯時賈母說夜長覺的有些餓了鳳姐兒忙回說有預備的鴨子肉粥賈母道我吃些清淡的罷鳳姐又道也有棗兒熬的粥預備太〻們吃齋的賈母笑道倒是這个還罷了說着已命人撤去殘席內外另設各種精緻小菜大家隨便吃了些用過漱口茶方散十七日早又過寧府行禮伺候掩了祠堂收過影像方回來此日便是薛姨媽家請吃年酒十八日便是賴大家十九日便是寧府賴升家二十日便是林之孝家二十一日便是單大良家二十二日便是吳新登家這幾家賈母也有去的也有不去的也有高興直待衆人散了方回的也有興盡半日一時就來的凡親友

來請或來赴席的賈母一概怕煩不會自有王夫人邢夫人鳳姐三人料理連寶玉只除王子騰家去了餘
者亦皆不去只說賈母留下解悶
鳳姐忽然小月了合家驚慌要知端底
說當下元宵已過且聽下回分解

第五十五回　辱親女愚妾争閒氣　欺幼主刁奴蓄險心

話說剛將年事忙過鳳姐兒便小月了在家一月不能理事天天兩三个太醫用藥鳳姐兒自恃強壯雖不出门然籌画計算想起什麼事來便命平兒去回王夫人任人諫勸他只不听王夫人便覺失了膀臂一人能有許多精神凡有了大事自己主張將家中瑣碎之事一應都暫令李紈協理李紈是个尚德不尚才的未免逞縱了下人王夫人便命探春合同李紈裁處只說過了一月鳳姐將息好了仍交與他誰知鳳姐稟賦氣血不足兼年幼不知保養平生爭強鬥智心力更虧故雖係小月竟着實虧虛下來一月之後又添了下紅之症他雖不肯說出來眾人看他面目黃瘦便知失於調養王夫人只令他好生服藥調養不令他操心他自己也怕成了大症遺笑于人便想偷空調養恨不得一時復旧如常誰知直服藥調養到八九月間才漸漸的起復過來下紅也漸漸止了此是後話如今且說王夫人見他如此探春與李紈暫難謝事园中人多又恐失于照管因又特請了寶釵來托他各處小心老婆子們不中用得空兒吃酒鬥牌白日里睡覺夜里鬥牌我都知道的鳳丫頭在外頭他們還有个懼怕如今他們又該取便了好孩子你还是个妥當人你兄弟妹妹們又小我又沒工夫你替我辛苦兩天照看照看凡有想不到的事你來告訴我別等老太太問出來我沒話回那些人不好了你只管說他們不聽你來告訴我別弄出大事來才好寶釵聽說只得答應了時屆孟春黛玉又犯了嗽疾湘雲亦因時氣所感也臥病在蘅蕪苑一天醫藥不斷探春同李紈相住間隔二人近日同事不比往年來往回話人等亦不便故二人議定每日早晨皆到园门口南边的三間小花廳上去會齊辦事吃過早飯于午錯方回房這三間廳原係預備省親之時眾執事太監起坐之處故省親之後也用不着了每日只有婆子們上夜如今天已

和暖不用十分修饰只不过略略的铺陈了便可他二人每日卯正至此午正方散凡一应执事媳妇等来往回话者络绎不绝众人先听见李纨独办各各心中暗喜以为李纨素日是个厚道多恩无罚的自然比凤姐好搪塞便添了一个探春也都想着不过是个未出闺阁的青年小姐且素日也最和平恬淡因此都不在意比凤姐前便懈怠了许多只三四天后几件事过手渐觉探春精细处不让凤姐只不过是言语安静性情和顺而已可巧连日有王公侯伯世袭官员十几处皆系荣宁非亲即世交之家或有升迁或有黜降或有婚丧红白等事王夫人贺吊迎送应酬不暇前边更无人他二人便一日皆在厅上起坐宝钗便一日在上房监察至王夫人回方散每于夜间针线暇时临寝之先坐了小轿带领园中上夜人等各处巡察一次他三人如此一理更觉比凤姐当权时倒更谨慎了些因而里外下人都暗中抱怨说刚刚的倒了一个巡海夜叉又添了三个镇山太岁越发连夜里偷着吃酒顽的工夫都没了这日王夫人正是往锦乡侯家去赴席李纨与探春早已梳洗伺候出门去后回至厅上坐了刚吃茶时只见吴登新的媳妇进来回说赵姨娘的兄弟赵国基昨日死了昨日回过太太太太说知道了叫回姑娘奶奶来说毕便垂手傍侍再不言语彼时来回话者不少都打听他二人办事如何若办的妥当大家则安个畏惧之心若少有嫌隙不当之处不但不畏服一出二门还要编出许多笑话来取笑吴登新媳妇心中已有主意若是凤姐前他便早已献勤说出许多主意又查出许多旧例来任凤姐儿拣择施行如今他藐视李纨老实探春是青年的姑娘所以只说出这一句话来试他二人有何主见探春便李纨李纨想了一想便道前儿袭人的妈死了听见说赏了四十两这也赏他四十两罢了吴登新家的听了忙答应了是

六五八

接了对牌就走探春道你且回来吴登新家的只得回来探春道你且别支银子我且问你那几年老太太屋里的几位老姨奶奶也有家里的也有外头的这个分别家里的若死了人赏多少外头的死了人是赏多少你且说两个我们听听一问吴登新家的便都忘了忙赔笑回道这也不是什么大事赏多赏少谁还敢争不成探春道这话胡闹依我说赏一百倒好若不按理别说你们笑话明儿也难见你二奶奶吴登新家的笑道既这么说我查旧账去此时却记不得探春道你办事办老了的还不记得倒来难我们你素日回你二奶奶也是现查去若有这道理凤姐姐还不算利害也就算是宽厚了还不快找了来我瞧再迟一日不说你们粗心反像我们没主意了吴登新家的满面通红忙转身出来众媳妇们都伸舌头这里又回别的事一时吴登新家的取了旧账来探春看时两个家里的赏过皆是廿两两个外头的皆赏过四十两外还有两个外头的一个赏过一百两一个赏过六十两这两笔底下皆有原故一个是隔省迁父母之柩外赏六十两一个是现买葬地外赏廿两探春便递与李纨看了探春便说给他廿两银子把这账留下我们细细看看吴登新家的去了忽见赵姨娘进来李纨探春忙让坐赵姨娘开口便说道这屋里的人都踹下我的头去还罢了姑娘你也想一想该替我出气才是一面说一面眼泪鼻涕哭起来探春忙道姨娘这话说谁我竟不解谁踹姨娘的头说出来我替姨娘出气赵姨娘道姑娘现踹我我告诉谁探春听说忙站起来道我并不敢李纨也忙站起来劝赵姨娘道你们请坐下听我说我这屋里熬油似的熬了这么大年纪又有你和你兄弟这会子连袭人都不如了我还有什么脸连你也没脸别说是我探春笑道原来为这个我说我并不敢犯法违理一面

便坐了拿帐翻与赵姨娘看又念与他听又说道这是祖宗手里旧规矩人人都依着偏我改了不成这也不但袭人将来环儿收了外头的自然也是同袭人一样这原不是什么争大争小的事讲不到有脸没脸的话上他是太太的奴才我是按着旧规矩办说办的好领祖宗的恩典太太恩典若说办的不公道那是他糊涂不知福也只好凭他抱怨去太太连房子赏了人我有什么有脸之处一文不赏我也没什么没脸之处依我说太太不在家姨娘安静些养神罢了何苦只要操心太太满心疼我因姨娘每每生事几次寒心我但凡是个男人可以出得去我早走了立一番事业那时自有我一番道理偏我是女孩儿家一句多话也没我乱说的太太满心里都知道如今因看重我才叫我照管家务还没有做一件好事姨娘倒先来作践我倘或太太知道了怕我为难不叫我管那才正经没脸连姨娘真也没脸一面说一面不禁滚下泪来赵姨娘没了别话答对便说道太太疼你你越发拉扯拉扯我们你只顾讨太太的疼就把我们忘了探春道我怎么忘了叫我怎么拉扯这也问他们各人那一个主子不疼出力得用的人那一个好人用人拉扯的李纨在傍只管劝说姨娘别生气也怨不得姑娘他满心里要拉扯口里怎么说的出来探春忙道这大嫂子也糊涂了我拉扯谁谁家姑娘们拉扯奴才了他们的好歹你们该知道与我什么相干赵姨娘气的问道谁叫你拉扯别人去了你不当家我也不来问你你如今现说一是一说二是二如今你舅舅死了你多给了二三十两银子难道太太就不依你分明太太是好太太都是你们尖酸刻薄可惜太太有恩无处使姑娘放心这也使不着你的银子明儿等出了阁我还想你额外照看赵家呢如今没有长翎毛就忘了根本只拣高枝儿飞去了探春没听完已气的脸白气噎抽抽咽咽的一面哭一面问道谁是我舅舅我舅舅年下才升了九省检点那里又跑出一个舅舅来

我到素昔按理尊敬怎么敬出这些亲戚来了既这么说每日环儿出去为什么赵国基又站起来又跟他上学为什么不拿出舅舅的款来何苦来谁不知道我是姨娘养的必要过两三个月寻出由头来彻底来翻腾一阵生怕人不知道故意表白表白也不知是谁给谁没脸幸亏我还明白但凡糊涂不知礼的早急了李纨急的只管劝赵姨娘只管还唠叨忽听有人说二奶奶打发平姑娘说话来了赵姨娘听说方把嘴止住只见平儿走来赵姨娘忙陪笑让坐又忙问你奶奶好些我正要瞧去就只没得空儿李纨见平儿进来因向他来作什么平儿笑道奶奶说赵姨娘的兄弟没了恐怕奶奶和姑娘不知有旧例若照常例只得二十两如今请姑娘裁度着再添些也使得探春早已拭去泪痕忙说道又好好的添什么谁又是二十四个月养下来的不然也是那出兵放马背着主子逃出命过来的人不成你主子真个倒巧叫我开了例他做好人拿着太太不心疼的钱乐的做人情你告诉他我不敢添减混出主意他添他施恩等他好了出来爱怎么添怎么添平儿一来时已明白了对半今听这一番话越发会意见探春有怒色便不敢以往日喜乐之时相待只一边垂手默侍时值宝钗也从上房中来探春等忙起身让坐未及开口又有一个媳妇进来回事因探春才哭了便有三四个小丫环捧了脸盆巾帕靶镜等物来此时探春因盘膝坐在矮板床上那捧盆的丫环走至跟前便双膝跪下高捧脸盆那两个丫环也都在旁屈膝捧着巾帕并靶镜脂粉之类平儿见待书不在这里便忙上来与探春挽袖卸镯又接过一条大手巾来将探春面前衣襟掩了探春方伸手向面盆中盥沐那媳妇便回道回奶奶姑娘家学里支环爷和兰哥儿的一年公费平儿先道你忙什么你睁着眼睛看见姑娘洗脸你不出去伺候着先回话来二奶奶跟前你也这么没眼色来着姑娘虽

然恩寬我去回了二奶奶只說你們眼裡都沒姑娘你們吃了虧可別怨我唬的那個媳婦忙陪笑說道我粗心了一面說一面忙退出去探春一面勻臉一面向平兒冷笑道你來遲了一步還有可笑的連吳姐姐這麼個辦老了事的也不查清楚了就來混我們幸虧我們問他他竟有臉說忘了我說他回你主子事也忘了再找去我料着你那主子未必有耐性兒等他去找平兒忙笑道他有這麼一次包管腿上的筋早折了兩根姑娘別信他們那是他們瞧着大奶奶是個菩薩姑娘又是腼腆小姐固然是托懶來混說着又向門外說道你們只管撒野等奶奶大安了咱們再說門外的眾媳婦都笑道姑娘你是個最明白的人俗語說一人作罪一人當我們並不敢欺哄小姐如今小姐是嬌客若認真惹惱了死無葬身之地平兒冷笑道你們明白就好又陪笑向探春道姑娘知道二奶奶本來事多那裡照看的這些保不住不忽略俗語說旁觀者清這幾年姑娘冷眼看着或有該添該減的去處二奶奶沒行到姑娘竟一添減頭一件於太太的事有益第二件也不枉姑娘待我們奶奶的情義了話未說完寶釵李紈皆笑道好丫頭真怨不得鳳丫頭偏疼他本來無可添減的事如今聽你一說到要找出兩件來斟酌斟酌不辜負你這話探春笑道我一肚子氣沒個煞性子正要拿他奶奶出氣去偏他碰了來說了這話叫我也沒主意了一面說一面叫進方才那媳婦來問環爺和蘭哥家學裡這一年的銀子是做那一項用的那媳婦便回說一年學裡吃點心或者買紙筆每位有八兩銀子的使用探春道凡爺們的使用都是各屋裡領了月錢的環哥的是姨娘領二兩寶玉的是老太太屋裡襲人領蘭哥兒是大奶奶屋裡領怎麼學裡每人又有這八兩銀子原來上學去的是為這八兩銀子從今兒起把這一項免了平兒回去告訴你奶奶

〻我的話把這一條務必免了平兒笑道早就該免舊年奶〻原說要免的因年下忙就忘了那個媳婦只得答應着去
了就有大觀園中媳婦捧了飯盒來待書素云早已抬過一張小飯桌來平兒也忙着上菜探春笑道你說完了話幹
你的去罷在這裡又幫什麼忙平兒笑道我原沒事的二奶〻打發了我來一則說話二則恐〔怕〕這里人不〔方〕便原叫我幫着
妹〻們伏侍奶〻姑娘的〔來了〕探春因問寶姑娘的飯怎麼不端來一處吃丫環們聽說忙出至簷外命媳婦們去說寶姑娘
如今在廳上一處吃叫他們把飯送〻這里來探春聽說便高聲說道你別混支使人那都是辦大事的管家娘子們
你們支使他要飯要茶的連個高低都不知道平兒這里站着你叫〔他〕〻去平兒忙答應了一聲出來那些媳婦們都悄〻的
拉住笑道那裡用姑娘去叫我們已有人叫去了一面說一面用手巾〔絹子〕撣台階上的土說姑娘站了這半日乏了這〔太陽地〕裡且歇〻〔兒歇〕平兒便坐
下又有茶房裡的兩個婆子拿了個坐褥鋪下說石頭冷這是極乾淨的姑娘將就坐一坐〔罷〕平兒忙〔點頭〕陪笑道多謝一个
又捧了一碗茶來也悄〻笑說這不是我們的常用茶原是預倫姑娘們的姑娘且潤一潤口平兒忙欠身接了因指眾媳婦
悄〻說道你們太鬧的不像了他是个姑娘家不肯發威動怒這是他尊重你們就藐〔視〕欺負他要〔果然招他〕動了大氣不
過說他一個粗糙就完了你們就現吃不了〻的虧他撒個嬌兒太〻也得讓他一二分二奶〻也不敢怎樣你們就這麼
大胆子小看他可是雞〔蛋〕往石頭上碰眾人都忙道我們何嘗敢大胆了都是趙姨奶〻鬧的平兒也悄〻的道罷了好
奶〻們牆倒眾人推那趙姨〔娘〕原有些〔數〕倒三不〔着〕兩的有了事都就賴他你們素日那眼裡沒人心術利害我這几年難道還
不知道二奶〻〔要〕是略〔畧〕差一點兒的早被〔叫〕你們這些奶〻治倒了饒這麼有得一點空兒還要難他一難好几次沒落了你們

的閙衆人都道他利害你們都怕他惟我知道他心裏也就不算不怕你們呢前兒我們还议論到这裏再不能順
頭順尾必有又塲氣生那三姑娘雖是个姑娘你們都錯看了他二奶奶这些大姑子小姑子裏頭也就只單畏他五分你們这
會子到不把他放在眼裏了正說着只見秋紋走来衆人忙趕着問好又說姑娘且歇歇裏頭擺飯呢等撤下飯桌子来再
回話去秋紋咲道我比不得你們我那裏等得說着便直要上去平兒忙叫快回来秋紋回頭見了平兒咲道你又在这里充什麽
外圍的防護又一面回身便坐在平兒褥子上平兒悄問回什麽秋紋道問一向宝玉的月錢我們的月錢多早晚纔領平兒道这什麽
大事你快回去告訴襲人說我的話憑他有什麽事今兒都别回若回一件管駁一件回一百件管駁一百件秋紋听了忙問道这是
為什麽平兒与衆媳婦等都忙告訴他原故又說正要找几件利害事与有体面的人来開例作法子鎮壓与衆人作榜様呢何
苦你們先来碰在这釘子上你这一去說了他們若拿你們也作一二件榜様又碍着老太太太太若不拿着你們作一二件人家
又說偏一个向一个仗着老太太太太的威勢就怕他不敢動只拿着软的作鼻子頭你听听罷二奶奶的事他还要駁两件才
壓的住衆人的口聲呢秋紋听了伸舌咲道幸而平姐姐在这里沒的臊一鼻子灰我趂早知会他們去說着便起身走了接着
宝釵的飯至平兒忙進来伏侍那時趙姨娘已去三人在板床上吃飯宝釵面南探春面西李紈面東衆媳婦皆在廊
下静候裏頭只有他們緊跟常侍的丫环伺候别人一概不敢擅入这些媳婦們都悄悄的议論說大家省事罷别安着
沒良心的主意連吳大娘才都討了没意思咱們又是什麽有臉的都一边悄议等飯完回事只覺裏面鴉雀
無聞並不聞碗箸之声一時只見一个丫頭將簾櫳高揭又有兩个將桌抬出茶房内早有三个丫頭捧着三盆水

见饭摆已出三人便进去了回又捧出沐盆并漱盂来方有侍书素云莺儿三个每人用茶盘捧了三盖碗茶进去一时

等他三人出来侍书命小丫头子们好生伺候着我们吃了饭来换你们可又别偷坐着去媳妇们方慢慢的一个一个的安分

回事不敢像先前轻慢疏忽了探春气方渐平因向平儿道我有一件大事早要和你奶奶商议如今可巧想起来你吃了饭

快来宝姑娘也在这里咱们四个人商议了再细细问你奶奶可行可止平儿答应回去凤姐因问为何去了这一日平儿便

咲着将方才的原故细细说与他凤姐儿听了咲道好好好好个三姑娘我说他不错只可惜他命薄没托生在太太肚子里

平儿咲道奶奶也说糊涂话了他便不是太太养的难道谁敢小看他不和别的一样看了凤姐儿叹道你那里知道虽然

庶出一样女儿却比不得男人将来攀亲时如今有一种轻狂人先要打听姑娘是正出是庶出多有为庶出不要的殊

不知庶出只要人好比正出的强百倍呢将来不知那个没造化的挑庶正误了事呢也不知那个有造化的不挑庶正的

得了去说着又向平儿咲道你知道我这几年生了多少省俭的法子一家子大约也没个不背地里恨我的我如今也是骑

上老虎了虽然看破些无奈一时也难宽放二则家里出去的多进来的少凡有大小事仍是照着老祖宗手里的规矩却一年进的产

业又不及先时多省俭了外人又咲话老太太太太也受委屈家下人也抱怨刻薄若不趁早儿料理省俭之计再几年就都赔尽

了平儿道可不是这话将来还有三四位姑娘还有两三个小爷一位老太太这几件大事未完呢凤姐儿咲道我也虑到这里倒

也够了宝玉和林妹妹他两个一娶一嫁可以使不着官中的钱老太太自有梯己拿出来二姑娘是大老爷那边的也不算剩

下三四个满破着每人花上一万银子环哥娶亲有限花上三千两银子不拘那里省一抄子也就够了老太太的事出来

一應都是全有的不過零碎雜項便費也滿破三五千兩又再省儉些陸續也就彀了只怕如今平空再生出一二件事來可就了不得了咱們且別慮後事你且吃了飯快聽他商議些什麽這正碰了我的機會我正愁沒个膀臂雖有个寶玉他又不是這裏頭的貨縱收伏了他也不中用大奶奶是个佛爺也不中用二姑娘更不中用亦且不是這屋裏的人四姑娘小呢蘭小子更小環兒更是个燎毛的小凍貓子只等有熱灶火坑讓他鑽去罷真真一个娘肚子裏跑出這樣天懸地隔的兩个人來我想到這裏就不伏再者林丫頭和寶姑娘他兩个倒好偏又都是親戚又不好管咱家務事況且一个是美人燈兒風吹吹就壞了一个是拿定了主意不干己事不張口一問搖頭三不知也難十分去問他倒只剩了三姑娘一个心裏嘴裏都也來的又是咱家的正人太太又疼他雖然面上淡淡的皆因是趙姨娘那老東西鬧的心裏却是和寶玉一樣呢比不得環兒實在令人難疼要依我的性早攆出去了如今他既有這主意正該和他協同大家做个膀臂我也不孤不獨了按正理天理良心上論咱們有他這一个人幫着咱們也省些心於太太的事也有些益若按私心藏奸上論我也太行毒了也該抽頭退步回頭看看再要窮追苦尅人恨極了暗地裏笑裏藏刀咱們兩个才四个眼睛兩个心一時不防倒弄壞了趁着緊溜之中他出頭一料理衆人就把往日咱們的恨暫可解了還有一件我雖知你極明白恐怕你心裏挽不過來如今囑咐你他雖是姑娘家心裏却事事明白不過是言語謹慎他又比我知書識字更利害一層了如今俗語說擒賊必先擒王他如今要作法開端一定是先拿我開端倘或他要駁我的事你可別分辨你只越恭敬越說駁的是才好千萬別想着怕我沒臉和他一強就不好了平兒不等說完便笑道你太把人看糊塗了我才已經行在先這會子又反囑咐我鳳姐兒笑道我是恐怕你心裏眼裏只有了我一概沒有別人

六六六

囑咐你既已行在先更比我明白了你又急了滿嘴裡你我起來平兒道偏說你不依這不是嘴巴子再打一頓難道這
臉上還沒嘗過的不成鳳姐兒唉道你這小蹄子要掂多少過子才罷看我病的這樣還來慪我過來坐下橫竪沒
人來偺們一處吃飯是正經說着豐兒等三四个小丫頭子進來放小炕桌鳳姐兒只吃燕窩粥兩碟子精緻小菜每日分
例已暫減了豐兒便將平兒的四樣分例菜端至桌上與平兒盛了飯來平兒屈膝于炕沿之上半身猶立
于炕下陪着鳳姐兒吃了飯伏侍漱盥口畢囑咐了豐兒些話方往探春處來只見院中寂靜人已散出要
知端的且聽下回分解

第五十六回　敏探春興利除宿弊　識寶釵小惠全大体

話說平兒陪着鳳姐兒吃了飯伏侍盥漱畢方往探春處來只見院中寂靜只有丫環婆子在窓下聽候平兒進入所中見他姊妹三人正議論些家務說的是年內賴大家請吃酒他家花園中的事故見他來了探春便命他脚踏上坐了因說道我想的事不為別的只因想着我們一月有二兩月銀外丫頭們又另有月錢前兒又有人回要我們一月所用的頭油脂粉每人又是二兩這又同才剛學裡的八兩一樣重重疊疊事雖小錢有限看起來也不妥當你奶奶怎麼就沒想到這個平兒笑道這有個原故姑娘們所用的這些東西自然是該有分例每月買辦買了令女人們各房交與我們收管不過預備姑娘們使用就罷了沒有一個我們天天各人拿着錢找人買頭油又是脂粉的理所以外頭買辦總領了去按月使人按房交與我們的姑娘們的每月這二兩原不是為買這些的原為的是當家的奶奶太太或不在家或不得閑姑娘們偶然一時可巧要幾個錢使省得找人去這原是恐怕姑娘們受委曲可知這個錢並不是買這個才有的如今我冷眼看着各房裡我們的姊妹都是現拿錢買這些東西的竟有一半子我就疑惑不是買辦脫了空遲些日子就是買的不是正經貨弄些使不得的東西來搪塞探春李紈都笑道你也留心看出來了脫空是沒有的也不敢只是遲些日子催急了不知那裡弄些來不過是個名兒其實使不得依然得現買就用這二兩銀子另叫別人的奶媽的或是弟兄哥哥的兒子買了來纔使得若使了官中的人依然是那一樣的不知他們是什麼法子是鋪子裡壞了不要的他們都弄了來單預備給我們平兒笑道買辦買的是那樣的他買了好的來買辦

办事有人也罢去南买又说他使坏心要夺这买办所以他们也只得如此宁可得罪了里头不肯得罪了外头办事的人

姑娘们只使奶妈们他们也就不敢说闲话了探春道因此我心里不自在钱费两起东西又白丢一半通算起来反费了两折不

如竟把买办的这一项每月蠲了此是一件事第二件年里头往赖大家去你也去的你看他那小园子比咱们这个如何平儿

笑道还没有咱们这一半大树木花草也少多了探春道我因和他们家女儿说闲话儿谁知那么个园子除他们带

的花吃的笋菜鱼虾之外一年还有人包了去年终足有二百两银子剩从那日我才知道一个破荷叶一根枯草根子都

是值钱的宝钗笑道真真膏粱纨袴之谈你们虽是千金小姐原不知这事但你们都念过书识字的竟没看见

朱夫子有篇不自弃文不成探春笑道虽也看过不过是勉人自励虚比浮词那里都真有的宝钗道朱子都有

虚比浮词那句句都是有的你才办了两天事就利欲熏心把朱子都看虚浮了你再出去见了那些利弊大事

越发把孔子也都看虚了探春笑道你这样一个通人竟没看见子书当日姬子有云登利禄之场处运筹之界者

窃尧舜之词背孔孟之道宝钗笑道底下一句呢探春笑道如今只断章取意念出底下一句来我自己骂我自己

不成宝钗道天下没有不可用的东西既可用便值钱难为你是个聪明人这大节目正事竟没经历过李纨

笑道叫了人家来不说正事你们且对讲学问宝钗道学问中便是正事此刻于小事上用学问一提那小事越发作高一层了不拿学问

提着便都流入市俗去了三人都是取笑之谈说了笑了一回便仍谈正事探春因又接着说道咱们这园子只算比他们的多一半加一

倍算一年就有四百银子的利息若此时也出脱生发银子自然小器不是咱们这样人家的事若派出两个一定的人来

既有許多值錢的東西一味任人作踐也似乎暴殄天物不如在園子裡的所有的老媽〻中揀出幾个本分老誠能知園圃
事的派準他們收什料理也不必要他們交租納稅只問他們一年可以孝敬些什麽一則園子有專定之人修理花木自有一年
好似一年的也不用臨時忙亂二則也不至作踐白辜負了東西三則老媽〻們也可借此小補不枉年日在園中辛苦四則亦可以省了這些花兒匠山
子匠並打掃人等的工費將此有餘以補不足未為不可寶釵正在地下看壁上的字畫聽如此說便點頭笑道善哉三年之內無飢饉
矣李紈笑道好主意這果一行太〻必喜歡省錢事小第一有人打掃專司其職又許他們去賣錢使之以權動之以利再無不盡職的了平兒道
這件事須得姑娘說出來我們奶〻雖有此心未必好出口此刻姑娘們在園子裡住着不能多弄些頑意兒去陪襯反叫人去監管
修理圖省錢這話斷不好出口寶釵忙走過來摸着他的臉笑道你張開嘴我瞧〻你的牙齒舌頭是什麽做的從早起到這會
子你說〻這些話一套一个樣兒也不奉承三姑娘也不見你說你們奶〻才短想不到三姑娘說一句你就說一句是橫竖三姑娘一套話出
話去你就有一套話進去總是三姑娘想的到的你奶〻也想到了只是必有个不可辦的原故這會子又是因姑娘住的園子不
好因省錢令人去監管你們想〻這話若果真交與人弄錢去的那人自然是一枝花也不許掐一个果子也不許動了姑娘們分中
自然不敢天〻與小丫頭們就吵不清他這遠愁近慮不亢不卑他奶〻便不是和咱們好聽他這一番話也必要自愧的變好了不和也變
和了探春笑道我早起一肚子氣聽他來了忽然想起他主子來素日當家使出來的好撒野的人我見了他便生了氣誰知他
來了避貓鼠兒似的站了半日怪可憐的接着又說了那麽些話不說他主子待我好倒說不枉姑娘待我們奶〻素日的情意
這一句話不但沒了氣我倒愧了又傷起心來我細想我一个女孩兒家自己還鬧的沒人疼沒人顧的我那裡還有好處去待人口內說到這裡

不免又流下泪来李纨等见他说的恳切又想他素日赵姨娘每生诽谤在王夫人跟前亦为赵姨娘所累也都不免流下泪来都忙
劝他趁今日清净大家商议两件兴利剔弊的事也不枉太太委托一场又提这没要紧的事做什么平儿忙道我已明白了姑娘竟说
谁好竟一派人就完了探春道虽如此说也须得回你奶奶一声我们这里搜剔小遗已经不当因你奶奶是个明白人我才这样行若是糊涂的我
也不肯到像抓他的乖是的岂可不商议了再行平儿笑道既这样我去告诉一声说着去了半日方回来笑说我说是白走一趟这样好事
奶奶岂有不依的探春听了便和李纨命人将园中所有的婆子的名单要来大家参度大概定了几个又将他们一齐传来李纨大概告
诉了他们众人听了无不愿意也有说那一片竹子单交给我一年工夫明年又是一片除了家里吃的笋一年还可交些钱粮这一片稻
地交给我一年这些顽意的大小雀鸟的粮食不必动官中钱粮我还可交钱粮探春才要说话人回大夫来了进园瞧姑娘众婆子
只得去领大夫平儿忙说单你们有一百个也不成个体统难道没有两个管事的头脑带进大夫来又回事的那人说有吴大娘和单大娘
他两个在西南角上聚锦门等着呢平儿听说方罢了众婆子去后探春问宝钗如何宝钗笑答道幸于始者怠于终缮其辞
者嗜其利探春听了点头称赞便向册上指出几个人来与他三人看平儿忙去取笔砚来他三人说道这一个老祝妈是个妥当
的况他老头子和他儿子代代都是管打扫竹子如今竟把这所有的竹子交与他这一个老田妈本是种庄家的稻香村一带凡有菜
蔬稻稗之类虽是顽意儿不必认真大耕锄事也须得他去再按时加些培植岂不更好探春又笑道可惜蘅芜苑和怡红院
这两处大地方竟没有出息之物李纨忙笑道蘅芜院里更利害如今香料铺并大市大庙卖的各处香料香草儿都是这
这些东西算起来比别的利息更大怡红院别说别的单只说春夏两季玫瑰花至那篱笆上的蔷薇月季宝相金银藤

的小丫頭們的花草干了又賣到茶葉鋪藥鋪去也值好些錢探春笑道雖然如此只是弄香草的沒有在行的人平兒忙笑道跟寶姑娘的鶯兒他媽就會弄這个的上回他還採了些曬干了辮成花籃葫蘆給我頑的姑娘倒忘了不成寶釵笑道我才讚你〃到來捉弄我了三人都吒異都問道這是為何寶釵道斷〃使不得你們這里多少得用的人一个〃閒着沒事辦這會子我又弄个人來叫那起人連我也看小了我倒替你們想出一个人來怡紅院有个老葉媽他就是茗烟的娘那是个誠實老人家他又合我們鶯兒的娘極好不如把這事交與葉媽他有不知道的不用咱們說他就找鶯兒的娘去商議了那怕葉媽全不管竟交與那一个那是他們的私情兒有人說閒話也就怨不到咱們身上〇如今此一行你們辦的又至公于事又甚妥李紈平兒都道是極探春笑道雖如此只怕他們見利忘義呢平兒笑道不相干前兒鶯兒還認了葉媽作干娘請吃飯吃酒兩家和厚好的很呢探春聽了方罷了又公仝斟酌出几个人來俱是他四人素昔冷眼取中的用筆圈出一時婆子們來回大夫已去將藥方送上去三人看了一面遣人去取藥監派調服的人一面探春與李紈明示諸人某人管某處按四季除家中定例用多少外餘者任憑你們採取了去取利年終算賬探春笑道我又想起一件事若年終算賬歸錢時自然歸到賬房仍是上頭又添一層管主還在他們手裏又剝一層皮這如今我們興出這件事來派了你們已是跨過他們的頭去了心裏有氣只說不出來你們年終去歸賬他還不捉弄你們等什麼再者這一年間管什麼的主子有一全分他們就得半分這是家裏的舊例人所共知的別的偷着的在外如今這園子是我的新創竟別入他們手每年歸賬竟歸到裏頭來才好寶釵笑道依我說裏頭也不用歸賬這个多了那个少了到不好不如叫他們領一分子的就派他攬一宗事去不過是園裏的人動用的我替你們算出來了有限的幾宗事不過是頭油脂粉香紙每一位姑娘幾个丫頭都是有定例的再者各處笤帚簸箕撣

子并大小禽鸟鹿兔吃的粮食不过这几样都是他们包了去不用账房去领钱你算算就省下多少来平儿咲道这几宗虽小一年

通共算起来也省的四百多银子宝钗咲道却又来一年四百二年八百两租的房子也能多得几间薄地也可添几亩了虽然还有富余的但

他们既辛苦了一年也要叫他们剩些粘补粘补自家虽是兴利节用为纲然亦不可太过要再省上二三百银子失了大体统也不像所以

如此一行外头账房里一年少出四五百银子也不觉得很艰难了他们里头却也得些小补这些没营生的妈妈们也宽裕了园子里花

木也可以每年滋生些他们也得了可使之物这庶几不失大体若一味要省那里搜寻不出几个钱来凡有些余利的一概入了官那时怨

声载道岂不失了你们这样人家的大体如今这园子里几十个老妈妈们若只给了这几个那剩的也必抱怨不公道我才说的他

们只供给这几样也未免太宽裕了一年竟除了这个之外每人不论有余无余只叫他拿出若干吊钱来大家凑齐单散与那些

园中的妈妈们他们虽不料理这些却也是日夜在园中照看当差之人关门闭户起早睡晚大雨大雪姑娘们出入抬轿子撑船拉冰床一应粗重活计都是他们的差使一年在园里辛苦到头这园内既有出息也是分内该沾带些的还有一句至

小的话索性说破了你们只管了自己宽裕不分与他们些他们虽不敢明怨心里却都不服只用假公济私的多摘你们几

个果子多掐几枝花儿你们有冤还没处诉呢叫他们也沾带些利息你们有照顾不到的他们就替你们照顾了平儿听了

这个议论又去了账房的辖制又不与凤姐儿去算账一年不过多拿出若干吊钱来各各欢喜异常都齐声说愿意强如出去被

他们揉搓着还得拿出钱来呢那不得管的听了每年终又无故得钱更都喜欢起来口内说他们辛苦收拾是该剩些钱粘

补的我们怎好稳坐着吃三注呢宝钗咲道妈妈们也别推辞了这原是分内应当的你们只要日夜辛苦些别躲懒纵放人吃酒

赌钱就是了不然我也不该管这事你们也知道我姨娘亲口嘱托我三五回说大奶奶如今又不得闲儿别的姑娘又小托我照看

六七四

〻〻我若不管分明是叫姨媽操心你奶〻又多病家務也忙我原是个閑人便是个街坊鄰居也要幫着些何况是親姨娘
托我講不起眾人嫌我倘或我只顧小分沽名釣譽那時酒醉賭博生出事來我怎麽見姨娘你們那時後悔也遲
素昔的老臉也都丟了這些姑娘小姐們這一所大花園子都是你們照管着皆因看的你們
了就連你們是三四代的老媽〻最是循規遵矩的原該大家齊心顧些體統你們反縱放別人任意吃酒賭博姨娘聽見了教訓一場猶
可倘或被那幾个管家娘子知道了他們也不用回姨娘竟教導你們一場你們這年老的反受了年小的教訓雖是他們是管家管
的着你們何如自己存些體統他們如何得來作踐所以我如今替你們想出這个額外的進益來也為大家齊心把這園裡周全得
謹〻慎〻使那些有權執事的看見這般嚴肅謹慎且不用他們操心他們心裡豈不敬服也不枉替你們籌畫進益
既能奪他們之權生你們之利豈不能行無為之治分他們之憂你們去細〻想〻這話眾人聽了都歡聲鼎沸說姑娘說的很是從此姑娘奶〻只管放心姑娘奶〻這樣
疼顧我們〻再要不体面上情天地也不容了剛說着只見林之孝家的進來說江南甄府裡家眷昨日到京今日進宮朝賀〻此
刻先遣人來送禮請安說着便將禮單送上來探春接了看道是上用的妝緞蟒緞十二疋上用雜色緞十二疋上用
宮綢十二疋上用紗十二疋上用各色紬綾四十疋李紈也看過便說道用上等封兒賞他因又命人去回了賈母〻便
命人叫李紈探春寶釵等也都過來將禮物看了李紈收過一邊吩咐內庫上人說等太〻回來看了再收賈母因說道甄
家又不與別家相同上等封兒賞男人只怕展眼又打發女人來請安預備下尺頭一語未完果然人回甄府四个女人來請安
賈母聽了忙命人帶進來那四个人都是四十往上年紀穿帶之物皆比主子不甚差請安問好畢賈母便命拿了
四个腳踏來他四人謝了坐待寶釵等坐了方都坐下賈母便問多早晚進京的四人忙起身回說昨日進的京今日太〻

带了姑娘进宫请安去了，故先令奴才们来请安，问候姑娘们好。贾母笑道：“这些年没进京，也不想到来。”四人也都笑回道：“正是。今年是奉旨进京的。”贾母问道：“家眷都来了？”四人回说：“老太太和哥儿、两位小姐并别位太太都没来，就只太太带了三姑娘来了。”贾母道：“有了人家没有？”四人回道：“还没有呢。”贾母笑道：“你们大姑娘和二姑娘这两家，都和我们家甚好。”四人笑道：“正是。每年姑娘们有信回去说，全亏府上照看。”贾母笑道：“什么照看，原是世交，又是老亲，原应当的。你们二姑娘更好，更不自尊自大，所以我们才走的亲密。”四人笑道：“这是老太太过谦了。”贾母又问：“你们哥儿也跟着你们老太太？”四人回说：“也是跟着老太太。”贾母道：“几岁了？念书了没有？”四人笑说：“今年十三岁。因长的齐整，老太太很疼。自幼淘气异常，天天逃学，老爷太太也不敢十分管教。”贾母笑道：“也不成了我们家的了！你们这哥儿叫什么名字？”四人说道：“因老太太当作宝贝一样，他又生的白，老太太便叫作宝玉。”贾母便向李纨等道：“偏也叫个宝玉。”李纨等忙欠身笑道：“从古至今，同时隔代重名的很多。”四人也笑道：“起了这个小名儿之后，我们上下都疑惑，不知那位亲友家也倒像有一个似的，只是十来年没进京，都记不真了。”贾母笑道：“那就是我的孙子。人来。”众媳妇了头答应了一声，走近几步。贾母笑道：“园子里把咱们的宝玉叫了来，给这四位管家娘子瞧瞧，比他们的宝玉如何？”众媳妇听了，忙去了，半刻围了宝玉进来。四人见了，忙起身笑道：“唬了我们一跳。若是我们不进府来，倘若别处遇见，还只当我们的宝玉后赶着也进了京了呢。”一面说，一面都上来拉他的手，问长问短。宝玉也忙笑问好。贾母笑道：“比你们的长的如何？”李纨等笑道：“四位妈妈才一说，可知是模样相仿了。”贾母笑道：“那有这样巧事？大家子孩子们再养的娇嫩，除了脸上有残疾十分黑丑的，大概看去都是一样的齐整，这也没有什么怪处。”四人笑道：“如今看来，模样是一样。据老太太说，淘气也一样。我们看来，这位哥儿性情比

我们的这位好些贾母忙问怎么见得四人笑道方才我们拉哥儿的手说话便知我们那一个只说我们糊涂慢说拉手他的东西我
们略动一动也不依所使唤的人都是女孩子们四人未说完李纨姊妹等禁不住都失声笑出来贾母也笑道我们这会子也打发
人去见了你们宝玉若拉他的手他也自然勉强忍耐一时可知你我这样人家的孩子们凭他们有什么刁钻古怪的毛病儿见了
外人必是要还出正经礼数来的若他不还正经礼数也断不容他刁钻去了就是大人溺爱他一则生的得人意儿二则见人礼数
竟比大人行出来的不错使人见了可疼可爱背地里所以才纵他一点子若一味他只管没里没外不给大人争光凭他生的怎样也是
该打死的了四人听了都笑说老太太这话正是虽然我们宝玉淘气古怪有时见了人客规矩礼数更比大人还有趣所以无人见了不
爱只说为什么还打他殊不知他在家里无法无天大人想不到的话他会说想不到的事他偏要行所以老爷太太恨的无法就
是弄任性也是小孩子的常情胡乱花费这也是公子哥儿的常事怕上学也是小孩子的常情都还治的过来第一天
生下来这一种刁钻古怪的脾气如何使得一语未了人回太太回来了王夫人进来问过安他四人请了安大概说了两句贾母便
命歇歇去王夫人亲捧过茶方退出四人告辞了贾母便往王夫人处来说了一会家务打发他们回去不必细说这里贾
母喜的逢人便告诉也有一个宝玉也都一般行景众人都想着天下的世宦大家同名的也甚多祖母溺爱孙者也古今所有常事
不是什么罕事皆不介意独宝玉是个迂阔呆公子的心性自为是那四人承悦贾母之词后至园中去看湘云病
去湘云说他你放心闹罢先是单丝不成线独树不成林如今有了个对子闹急了再打很了你逃走到南京找那一个去宝玉
道那里的谎话你也信了偏又有个宝玉了湘云道怎么列国有个蔺相如汉朝又有个司马相如呢宝玉笑道这也罢了

了偏又模样儿也一样这是没有的事湘云道怎么匡人看见孔子只当是阳虎呢宝玉笑道孔子阳虎虽同貌却不同名蔺与司马虽同名而不同貌偏我和他就两样俱同不成湘云没了话答对因笑道你这会胡搅我也不和你分证有也罢没也罢与我无干说着便睡下了宝玉心中便又疑惑起来若说必无然也似有若说必有又并无目睹心中闷闷回至房中榻上默默盘算不觉就忽忽的睡去不觉竟到了一座花园之内宝玉诧异道除了我们大观园竟又有这一个园子正疑惑间从那边来了几个女儿都是丫环宝玉又诧异道除了鸳鸯袭人平儿之外也竟还有这一干人只见那些丫环笑道宝玉怎么跑到这里来了宝玉只当是说他自己忙来陪笑说道因我偶步到此不知是那位世交的花园好姐姐们带我逛逛众丫环都笑道原来不是咱们家的宝玉他生的倒也还干净嘴儿到也乖觉宝玉听了忙道姐姐们这里也竟还有个宝玉丫环们忙道宝玉二字我们是奉老太太太太之命为保佑他延寿消灾我们叫他他听见喜欢你是那里远方来的臭小厮也乱叫起他来仔细你的臭肉打不烂你的又一个丫头笑道咱们快走罢别叫宝玉看见又说同这臭小子说了话把咱们熏臭了说着一迳去了宝玉纳闷道从来没有人如此塗毒我他们如何竟这样的莫不真有我这样一个人不成一面想一面顺步早到了一所院内宝玉又诧异道除了怡红院也竟有这么个院落忽上了台阶进入屋内只见榻上有一个人卧着那边有几个女孩儿做针线也有嘻笑顽耍的只见榻上那个少年叹了一声一个丫环笑问道宝玉你不睡又叹什么想必为你妹妹病了你又胡愁乱恨呢宝玉听说心下也便吃惊只见榻上少年说道我听见老太太说长安都中也有个宝玉和我一样的性情我只不信我才做了一个梦竟梦中到了都中一个花园子里头遇见几个姐姐都叫我臭小子不理我好容易找到他房里偏他睡觉空有皮囊真

性不知那去了宝玉听说忙说道我因找宝玉来到这裡原来你就是宝玉榻上的忙下来拉住笑道原来你就是宝
玉这可不是梦裡宝玉道这如何是梦真而又真一语未了只见人来说老爷叫宝玉唬的二人皆慌了一个宝玉就走一个宝
玉便忙叫宝玉快回来宝玉快回来袭人在傍听他梦中自唤忙推醒他笑问道宝玉在那里此时宝玉虽醒神意尚恍惚因
向门外指道才出去了袭人笑道那是你梦迷了你揉眼细瞧是镜子裡照的你的影儿宝玉向前瞧了一瞧原是那嵌的大镜
对面相照自己也笑了早有人捧过漱盂茶卤来漱了口麝月道怪道老太太常嘱咐说小人屋裡不可多有镜子人小魂不
全镜子照多了睡觉惊恐做胡梦如今到在大镜子那裡安了床有时放下镜套还好往前来天热不肯困那裡
想的到放他比如方才就忘了自然是先躺下照着影儿顽时合上眼自然是胡梦颠倒不然如何看着自己
叫着自己的名字不如明儿挪进床来是正经一语未了只见王夫人遣人来叫宝玉不知有何话说且听下回分解